W9-BBT-967

NOV 2011

BESTSELLER

Stephen King es el maestro indiscutible de la narrativa de terror contemporánea, con más de treinta libros publicados. En 2003, fue galardonado con la medalla de la National Book Foundation por su contribución a las letras estadounidenses y en 2007 recibió el Grand Master Award que otorga la asociación Mystery Writers of America. Entre sus títulos más célebres cabe destacar: *El misterio de Salem's Lot*, *El resplandor*, *La zona muerta*, *Ojos de fuego*, *It*, *Maleficio*, *La milla verde*, *Cell*, *La cúpula* y las siete novelas que componen el ciclo La Torre Oscura. Vive en Bangor, Maine, con su esposa Tabitha King, también novelista.

Biblioteca
STEPHEN KING

Duma Key

Traducción de
José Óscar Hernández Sendín

DEBOLSILLO

Título original: *Duma Key*

Tercera edición en Debolsillo: marzo, 2011

© 2008, Stephen King
   Publicado por acuerdo con el autor, representado por
   Ralph M. Vicinanza, Ltd.
© 2009, Random House Mondadori, S. A.
   Travessera de Gràcia, 47-49. 08021 Barcelona
© 2009, José Óscar Hernández Sendín, por la traducción

Animals de The Collected Poems of Frank O'Hara, editado
por Donald Allen © 1971, Maureen Granville-Smith, Admi-
nistratrix propiedad de Frank O'Hara.
Utilizado con permiso de Alfred A. Knopf, una división de
Random House, Inc.
Permiso para reproducir la letra de *Dig* de Shark Puppy (R.
Tozier, W. Denbrough), concedido por Bad Nineteen Music
© 1986.

Quedan prohibidos, dentro de los límites establecidos en la ley y bajo
los apercibimientos legalmente previstos, la reproducción total o parcial
de esta obra por cualquier medio o procedimiento, ya sea electrónico o
mecánico, el tratamiento informático, el alquiler o cualquier otra forma
de cesión de la obra sin la autorización previa y por escrito de los
titulares del *copyright*. Diríjase a CEDRO (Centro Español de Derechos
Reprográficos, http://www.cedro.org) si necesita fotocopiar o escanear
algún fragmento de esta obra.

Printed in Spain – Impreso en España

ISBN: 978-84-9908-211-0 (vol. 102/58)
Depósito legal: B-14052-2011

Compuesto en Lozano Faisano, S. L. (L'Hospitalet)

Impreso en Liberdúplex, S. L. U.
Sant Ll.orenç d'Hortons (Barcelona)

P 882110

R05023 26889

Para Barbara Ann y Jimmy

La memoria… es un rumor interno.

GEORGE SANTAYANA

La vida es más que amor y placer,
vine a cavar en busca del tesoro.
Si quieres jugar, tienes que pagar,
sabes que siempre ha sido así,
todos cavamos en busca del tesoro.

SHARK PUPPY

Cómo dibujar un cuadro (I)

Comienza con una superficie en blanco. No ha de ser un papel o un lienzo, aunque tengo la sensación de que debería ser blanco. Lo llamamos blanco porque necesitamos una palabra, pero su verdadero nombre es nada. Negro es la ausencia de luz, pero blanco es la ausencia de memoria, el color del no poder recordar.

¿Cómo nos acordamos de cómo recordar? Esa es una cuestión que a menudo me he planteado desde mi época en Duma Key, a menudo en las horas previas al amanecer, mirando a la ausencia de luz, recordando a los amigos ausentes. A veces en aquellas cortas horas pienso en el horizonte. Tienes que establecer el horizonte. Tienes que trazar una marca en el blanco. Un acto bastante simple, podrías decir, pero cualquier acto que rehace el mundo es heroico. O así lo había llegado a creer.

Imagina a una niñita, apenas mayor que un bebé. Se cayó de un carruaje casi noventa años atrás, se golpeó la cabeza contra una roca, y lo olvidó todo. No solo su nombre; ¡todo! Y entonces un día recobró justo lo suficiente para coger un lápiz y trazar aquella primera marca vacilante a través del blanco. Una línea del horizonte, seguro. Pero también una grieta por la que verter la negrura.

Aún más, imagina aquella pequeña mano levantando el lápiz… dudando… y luego trazando una marca en el blanco. Imagina el coraje de aquel primer esfuerzo para restablecer el mundo mediante la acción de pintarlo. Siempre amaré a esa niñita, a pesar de todo lo que ella me ha costado. Debo amarla. No tengo elección.

Los dibujos son mágicos, como bien sabes.

1

Mi otra vida

I

Me llamo Edgar Freemantle. En el pasado fui un contratista de éxito con importantes negocios en el sector de la construcción. Eso fue en Minnesota, en mi otra vida. Aprendí lo de «mi-otra-vida» de Wireman. Quiero hablarte de Wireman, pero terminemos primero con la parte de Minnesota.

Tengo que decirlo: allí era un genuino triunfador americano. Me labré mi camino en la compañía donde empecé, y cuando no pude ascender más, me marché y monté la mía propia. El jefe de la empresa que abandoné se burló de mí, y vaticinó que en un año estaría arruinado. Supongo que la mayoría de los jefes dicen eso cuando algún joven hábil que asciende como un cohete se larga para establecerse por su cuenta.

En mi caso, todo resultó bien. Si Minneapolis-St. Paul experimentaba un *boom* urbanístico, la Compañía Freemantle prosperaba. Si tocaba apretarse el cinturón, nunca trataba de jugar a lo grande. Pero seguí mis corazonadas, y acerté con la mayoría. Cuando cumplí los cincuenta, Pam y yo poseíamos una fortuna de cuarenta millones de dólares. Y continuábamos unidos. Teníamos dos hijas, y al final de nuestra particular Edad Dorada, Ilse estudiaba en la Universidad de Brown y Melinda enseñaba en Francia, como parte de un programa de intercambio. En la época en que las cosas empezaron a torcerse mi mujer y yo planeábamos ir a visitarla.

Tuve un accidente en una obra. Fue bastante sencillo: cuando una camioneta, aunque sea una Dodge Ram con todos los accesorios, se enfrenta a una grúa de doce pisos, la camioneta siempre lleva las de perder. El lado derecho de mi cráneo sufrió solo una fisura. El lado izquierdo golpeó con tanta fuerza la jamba de la Ram que se fracturó por tres sitios. O quizá fueron cinco. Mi memoria es mejor que antes, pero aún se halla a una larga distancia de lo que una vez fue.

Los médicos denominaron a lo que le sucedió a mi cabeza una contusión por contragolpe, y esa clase de cosas a menudo causa un daño mayor que el golpe original. Me rompí las costillas. Mi cadera derecha se hizo añicos. Y aunque conservé el setenta por ciento de la vista en el ojo derecho (más en un día bueno), perdí el brazo derecho.

Se suponía que iba a perder la vida, pero no fue así. Se suponía que iba a quedar mentalmente incapacitado a consecuencia de la cosa del contragolpe, y al principio así fue, pero pasó. Más o menos. Para cuando lo hizo, mi mujer se había ido, y no solo más o menos. Estuvimos casados durante veinticinco años, pero ya sabes lo que dicen: ajo y agua. Supongo que ya da igual; lo que se ha ido, se ha ido. Y lo que se acabó, se acabó. Algunas veces eso es algo bueno.

Cuando digo que estaba mentalmente incapacitado, quiero decir que al principio no reconocía a la gente (mi esposa incluida) ni sabía lo que había sucedido. No comprendía por qué sentía tanto dolor. Ahora, cuatro años después, ya no recuerdo la cualidad de aquel dolor. Sé que lo padecí, y que era insoportable, pero eso es muy abstracto. No era abstracto en aquel momento. Era como estar en el infierno y no saber por qué.

«Al principio te daba miedo morir, luego te daba miedo vivir.» Eso es lo que Wireman dice, y con conocimiento de causa: había pasado su propia temporada en el infierno.

Me dolía todo a todas horas. Sufría una cefalea continua, martilleante; tras mi frente siempre era medianoche en la mayor relojería del mundo. Veía las cosas a través de una película de sangre, porque tenía jodido el ojo derecho, y apenas reconocía lo que era el mundo. Nada poseía un nombre. Recuerdo un día en que Pam estaba en la habitación (todavía me encontraba en el hospital) junto a mi cama. Yo estaba sumamente cabreado porque ella no debería estar de pie cuando allí mismo en la espina había uno de esos trastos para aposentar el culo.

—Acerca la amiga —dije—. Asiéntate en la amiga.

—¿Qué quieres decir, Edgar? —preguntó.

—¡La amiga, la socia! —grité—. ¡Trae aquí la puñetera colega, zorra de mala muerte!

Mi cabeza me estaba matando y ella empezó a llorar. La odié por eso. No tenía motivos para ponerse a llorar, porque no era ella quien estaba en la jaula, observándolo todo a través de una mácula roja. No era ella el mono en la jaula.

Y entonces me vino.

—¡Trae aquí la *quilla* y siéntete abajo!

Fue lo más cercano a «silla» que mi cerebro jodido y convulso pudo alcanzar.

Estaba furioso todo el tiempo. Había dos enfermeras viejas a las que llamaba Coño Seco Uno y Coño Seco Dos, como si fueran personajes de una sucia historia de Dr. Seuss. Había una voluntaria del hospital a la que llamaba Pilch Pastilla; no tenía ni idea de por qué, pero aquel apodo también encerraba algún tipo de connotación sexual. Al menos para mí.

A medida que iba recuperando las fuerzas intentaba agredir a la gente. En dos ocasiones traté de apuñalar a Pam, y en una de ellas tuve éxito, aunque solo fue con un cuchillo de plástico. Aun así necesitó puntos en el antebrazo. Había veces que tenían que atarme.

He aquí lo que más claramente recuerdo de aquella parte de mi otra vida: una calurosa tarde hacia el final de mi estancia de un mes en una costosa clínica de reposo, el costoso aire acondicionado estropeado, atado en la cama, un culebrón en la televisión, mil campanas de medianoche repicando en mi cabeza, el dolor que agarrota el lado derecho de mi cuerpo como un atizador abrasador, el picor de mi brazo perdido, el temblor de mis dedos perdidos, no más Oxycontina programada durante un rato (no sé por cuánto tiempo, porque hablar de tiempo está más allá de mis posibilidades), y una enfermera que sale nadando del rojo, una criatura que se acerca a mirar al mono en la jaula, y la enfermera que dice:

—¿Está preparado para hablar con su mujer?

Y yo respondo:

—Solo si trajo una pistola para pegarme un tiro.

Crees que esa clase de dolor no remitirá, pero lo hace. Luego te despachan a casa, y entonces lo reemplazan por la agonía de la rehabilitación. El rojo empezó a escurrirse de mi vista. Un psicólogo especializado en hipnoterapia me enseñó algunos trucos ingeniosos para controlar los dolores y picores fantasmas de mi brazo perdido. Hablo de Kamen. Fue este quien me trajo a Reba: una de las pocas cosas que me llevé conmigo cuando abandoné cojeando mi otra vida y me adentré en la que viví en Duma Key.

—Esta no es una terapia psicológica aprobada para al tratamiento de la ira —dijo el doctor Kamen, aunque supongo que tal vez mintió para hacer a Reba más atractiva.

Me explicó que debía darle un nombre odioso, y por lo tanto, aunque se parecía a Lucy Ricardo, le puse el de una tía mía que cuando era pequeño me pellizcaba los dedos si no me comía todas las zanahorias. Entonces, menos de dos días después, olvidé su nombre. Solo me venían a la mente nombres de chico, cada uno de los cuales me enfurecía más: Randall, Russell, Rudolph, incluso el jodido River Phoenix.

Para aquel entonces ya me encontraba en casa. Pam llegó con mi tentempié matutino y debió de advertir la expresión de mi rostro, porque noté que se armaba de valor para afrontar uno de mis arrebatos. Pero aunque había olvidado el nombre de la muñeca roja antifuria que el psicólogo me había dado, recordaba cómo se suponía que debía usarla en esta situación.

—Pam, necesito cinco minutos para recuperar el control. Puedo hacerlo —le dije.

—¿Estás seguro…?

—Sí, simplemente saca ese codillo de jamón de aquí y retócate el maquillaje con él. Puedo hacerlo.

No sabía si realmente podría, pero eso era lo que supuestamente debía decir. Era incapaz de recordar el puto nombre de la muñeca, pero recordaba el «puedo hacerlo». Una cosa clara del final de mi otra vida es el modo en que seguía diciendo «puedo hacerlo» incluso cuando sabía que era mentira, incluso cuando sabía que estaba jodido, jodido por partida doble, que estaba más jodido que una mierda bajo un chaparrón.

—Puedo hacerlo —repetí, y sabe Dios qué aspecto tendría mi cara, porque se retiró sin una palabra, con la bandeja todavía en las manos y la taza repiqueteando contra el plato.

Cuando se hubo marchado, sostuve la muñeca frente a mi rostro, mirando a sus estúpidos ojos azules mientras mis pulgares desaparecían en su estúpido cuerpo flexible.

—¿Cómo te llamas, puta con cara de murciélago? —le grité. Nunca se me ocurrió que Pam estuviera escuchando a través del intercomunicador de la cocina, ella y la enfermera diurna. Te diré algo: aunque el aparato hubiera estado estropeado, habrían podido oírme a través de la puerta. Tenía buena voz aquel día.

Empecé a sacudir la muñeca con violencia. Su cabeza se movía de un lado a otro y su pelo sintético imitación de Lucy Ricardo volaba. Sus grandes ojos de dibujos animados parecían estar diciendo: «¡Oouuu, qué hombre más antipático!», como Betty Boop en una de esas series animadas que todavía puedes ver de tanto en cuando en la tele por cable.

—¿Cómo te llamas, zorra? ¿Cómo te llamas, hija de perra? ¿Cómo te llamas, puta barata rellena de trapo? ¡Dime tu nombre! ¡Dime tu nombre! ¡Dime tu nombre o te sacaré los ojos y te arrancaré la nariz y te cortaré…!

Mi mente sufrió un cortocircuito entonces, algo que todavía me pasa hoy en día, cuatro años más tarde, aquí abajo en el municipio de Tamazunchale, estado de San Luis Potosí, México, hogar de la tercera vida de Edgar Freemantle. De repente me hallé en mi camioneta, con el sujetapapeles traqueteando contra mi vieja fiambrera de acero en el hueco para los pies, bajo la guantera (dudo que fuera el único millonario trabajador en Norteamérica que llevase un fiambrera, pero probablemente podrías contarnos en unas docenas), y el PowerBook a mi lado, en el asiento. Y en la radio una voz de mujer gritó, con fervor evangélico: «¡Era ROJO!». Solo dos palabras, pero con dos bastaba. Era esa canción acerca de una pobre mujer que mete a su bonita hija a prostituta. «Fancy», de Reba McEntire.

—Reba —susurré, y abracé a la muñeca contra mí—. Eres Reba. Reba-Reba-Reba. Nunca más lo olvidaré.

Pero sí lo olvidé, a la semana siguiente, aunque esa vez no me enfadé. No. La sostuve contra mí como a una pequeña amante, cerré los ojos, y visualicé la camioneta destrozada en el accidente. Visualicé mi fiambrera de acero traqueteando contra el sujetapapeles, y la voz de la mujer salió de la radio una vez más, exultante, con el mismo fervor evangélico: «¡Era ROJO!».

El doctor Kamen lo calificó de modo vehemente como un punto de inflexión. Mi mujer parecía mucho menos entusiasmada, y el beso que posó en mi mejilla fue de la variedad obligada. Transcurrieron aproximadamente dos meses hasta que me pidió el divorcio.

II

Por entonces el dolor había disminuido, o bien era mi mente la que realizaba ciertos ajustes cruciales a la hora de lidiar con él. Todavía padecía migrañas, pero con menos frecuencia y raramente con tanta violencia; entre mis oídos no era medianoche perpetua en la mayor relojería del mundo. Siempre me encontraba más que dispuesto a tomar la Vicodina a las cinco y la Oxycontina a las ocho (hasta que me tragaba aquellas píldoras mágicas apenas podía caminar renqueante con mi brillante muleta canadiense de color rojo), pero mi cadera reconstruida empezaba a soldar.

Kathi Green, la Reina de la Rehabilitación, venía a Casa Freemantle, en Mendota Heights, los lunes, miércoles y viernes. Antes de nuestras sesiones me permitía tomar una Vicodina extra, y aun así, mis gritos inundaban la casa para cuando terminábamos. La habitación de juegos del sótano se convirtió en una sala de terapia, que contaba incluso con una bañera de hidromasaje accesible para minusválidos. Tras dos meses de tortura, era capaz de bajar allí yo solo por las noches para duplicar mis ejercicios de piernas y empezar a trabajar los abdominales. Kathi me explicó que hacer eso un par de horas antes de acostarme liberaría endorfinas y dormiría mejor.

Fue durante uno de aquellos entrenamientos vespertinos (Edgar en busca de las esquivas endorfinas) cuando la que había sido mi esposa durante un cuarto de siglo bajó por la escalera y me dijo que quería el divorcio.

Dejé lo que estaba haciendo (abdominales) y la miré. Me quedé sentado en la colchoneta; ella se quedó al pie de la escalera, prudentemente al otro lado de la estancia. Podría haberle preguntado si hablaba en serio, pero allí abajo había bastante luz (por aquellos fluorescentes alineados) y no fue necesario. De todas formas, no creo que sea la clase de cosas con la que las mujeres bromean seis meses después de que sus maridos casi hayan muerto en un accidente. Podría haberle preguntado por qué, pero conocía la respuesta. Veía la pequeña cicatriz blanca en su brazo en el lugar donde la había apuñalado con el cuchillo de plástico del hospital, el de la bandeja con la cena, aunque en realidad eso era lo de menos. Me acordé de cuando le ordené, no hacía tanto, que se llevara el codillo de jamón y se retocara el maquillaje con él. Consideré pedirle que al menos lo meditara, pero la ira regresó. En aquellos días, lo que el doctor Kamen llamaba «ira inapropiada» era mi amiguito feo. Y, oye, lo que sentía justo en ese momento no parecía en absoluto tan inapropiado.

No llevaba puesta la camisa. Mi brazo derecho terminaba nueve centímetros por debajo de mi hombro. Lo moví nerviosamente hacia ella (una contracción espasmódica era lo mejor que podía hacer con el músculo remanente).

—Este soy yo —le dije—, mostrándote un dedo. Lárgate de aquí si eso es lo que quieres. Lárgate, zorza abandonista.

Las primeras lágrimas empezaron a rodar por su rostro, pero trató de sonreír. El resultado fue una mueca bastante horrenda.

—Zorra, Edgar —corrigió—. La palabra es zorra.

—La palabra es la que yo digo que sea —repliqué, y reanudé los abdominales. Hacerlos cuando te falta un brazo es duro de la hostia; tu cuerpo quiere empujar y obligarte a girar hacia ese lado—. Yo no te habría dejado a ti, esa es la cuestión. No te habría dejado. Habría aguantado la mierda y la sangre y las meadas y la cerveza derramada.

—Es diferente —dijo ella. No hacía ningún esfuerzo por reprimir las lágrimas—. Es diferente y lo sabes. Yo no podría partirte en dos si me diera un ataque de furia.

—Sería un trabajo de mil demonios partirte en dos con un solo hertzio —dije, y aceleré el ritmo de los abdominales.

—Me clavaste un cuchillo.

Como si ese fuera el motivo. No lo era, y ambos lo sabíamos.

—No era más que un cuchillo de margarita, ¡y de plástico! Estaba medio fuera de mí, y esas serán tus últimas palabras en tu jodido leche de muerte, «Eddie me contrató un rodillo de plástico, adiós mundo cruel».

—Intentaste estrangularme —afirmó en un tono de voz apenas audible.

Dejé de hacer abdominales y la miré boquiabierto. La relojería se puso en marcha en el interior de mi cabeza; ding-dong-ding, allá vamos por fin.

—¿De qué estás hablando? ¿Que yo te estrangulé? ¡Nunca he intentado estrangularte!

—Sé que no lo recuerdas, pero lo hiciste. Y no eres el mismo.

—Oh, basta ya. Ahórrate esas chorradas New Age para el… para el tipo… tu… —Conocía la palabra y podía visualizar al hombre al que hacía referencia, pero no me venía—. Para ese puto calvo al que visitas en su despacho.

—Mi terapeuta —especificó, y por supuesto eso me enfureció más: ella tenía la palabra y yo no. Porque su cerebro no había sido sacudido como gelatina.

—Quieres el divorcio, y tendrás tu divorcio. Mándalo todo a la mierda, ¿por qué no? Pero vete a hacer el caimán a cualquier otra parte. Lárgate de aquí.

Subió la escalera y cerró la puerta sin mirar atrás. Y no fue hasta que se marchó cuando me di cuenta de que había pretendido decir lágrimas de cocodrilo. Vete a derramar tus lágrimas de cocodrilo a cualquier otra parte.

Oh, bueno. Lo bastante cerca para el rock'n'roll. Eso es lo que Wireman dice.

Y al final fui yo quien terminó largándose.

III

A excepción de Pam, en mi otra vida nunca tuve un socio. Las Cuatro Reglas del Éxito de Edgar Freemantle (siéntete libre de tomar nota) eran: nunca solicites un crédito superior a tu coeficiente intelectual multiplicado por cien, nunca pidas prestado nada a quien te llame por tu nombre de pila en el primer encuentro, nunca tomes un trago mientras el sol aún está en lo alto, y nunca te asocies con quien no estés dispuesto a revolcarte desnudo en una cama de agua.

Tenía un contable en el que confiaba, no obstante, y fue Tom Riley el que me ayudó a mover las pocas cosas que necesitaba de Mendota Heights a nuestra pequeña casa en el lago Phalen. Tom, un triste perdedor por partida doble en el juego del matrimonio, se mostró preocupado por mí todo el camino.

—No tienes por qué dejarle la casa en una situación como esta —comentó—. No a menos que el juez te eche. Es como ceder la ventaja de campo en los *play off*.

Me traía sin cuidado la ventaja de campo; tan solo quería que se mantuviera atento a la carretera. Yo hacía una mueca de dolor cada vez que algún coche se aproximaba por el carril contrario, si este parecía rodar demasiado cerca de la línea divisoria. Algunas veces me ponía tenso y apretaba el invisible freno del copiloto. Y en cuanto a volverme a colocar detrás de un volante, pensaba que nunca llegaría a sonarme del todo bien. Por supuesto, Dios ama las sorpresas. Eso es lo que Wireman dice.

Kathi Green, la Reina de la Rehabilitación, se había divorciado solo una vez, pero ella y Tom se movían en la misma longitud de onda. La recuerdo sentada en leotardos con las piernas cruzadas, sosteniéndome los pies y mirándome con indignación.

—Aquí estás, recién salido del Motel de la Muerte y con un brazo de menos, y ella quiere escaquearse. ¿Solo porque la pinchaste con un cuchillo de plástico de hospital cuando apenas podías recordar tu propio nombre? ¡No me jodas! ¿No comprende que los cambios de humor y la pérdida de memoria a corto plazo son normales tras un traumatismo?

—Lo único que ella comprende es que le doy miedo —dije yo.

—¿Sí? Bueno, escucha a tu mamá, Radiante Jim: si tienes un buen abogado, puedes conseguir que pague por ser tan blandengue. —Algunos cabellos se habían soltado de su coleta, que la llevaba al estilo de la Gestapo de la Rehabilitación, y se los apartó de la frente con un soplido—. Debería pagar por ello. Lee mis labios, Edgar: «Nada de todo esto es culpa tuya».

—Dice que intenté estrangularla.

—Y aunque así fuera, que te estrangule un inválido manco debe de ser una experiencia para mearse en los pantalones. Vamos, Eddie, haz que pague. Estoy segura de que me estoy extralimitando en mis funciones, pero me da lo mismo. No debería estar haciendo lo que está haciendo.

—Creo que puede haber más que el asunto del estrangulamiento y el cuchillo de la mantequilla.

—¿Qué?

—No lo recuerdo.

—¿Qué dice ella?

—Nada.

Pero Pam y yo habíamos estado juntos mucho tiempo, e incluso aunque el amor se hubiera refugiado en un delta de aceptación pasiva, creía que aún la conocía lo bastante bien como para saber que sí, que había existido algo más, que todavía existía algo más, y que era eso de lo que quería alejarse.

IV

No mucho después de que me instalara en la casa del lago Phalen, las chicas (ya unas jóvenes mujeres) vinieron a verme. Trajeron una cesta de picnic, nos sentamos en el porche que daba al lago, y miramos el agua y mordisqueamos los sándwiches. El día del Trabajo ya había pasado, y la mayoría de los juguetitos flotantes se habían guardado para otro año. La cesta también contenía una botella de vino, pero solo bebí un poco. Con la medicación para el dolor, el alcohol me pega fuerte; una sola copa bastaría para que acabara arrastrándome borracho. Las chicas (las mujercitas) se terminaron el resto entre las dos, y eso hizo que se soltaran. Melinda, de regreso de Francia por segunda vez desde mi desventurada discusión con la grúa, e infeliz por ello, me preguntó si todos los adultos de cincuenta padecían esos desagradables interludios regresivos, y que si ella debía esperar lo mismo. Ilse, la pequeña, se puso a llorar, apoyada en mí, y me preguntó por qué no podía ser como era, por qué no podíamos nosotros (refiriéndose a su madre y a mí) ser como éramos. Lin le replicó que aquel no era momento para la patentada Actuación Bebé de Illy, y esta le enseñó el dedo medio. Me eché a reír, no pude evitarlo. Y entonces nos reímos los tres.

El mal humor de Lin y las lágrimas de Ilse no eran agradables, pero fueron sinceras, y me resultaban tan familiares como el lunar en el mentón de Ilse o la apenas visible línea vertical entre los ojos de Lin, que con el tiempo se hundiría en un surco.

Linnie se interesó por lo que iba a hacer en adelante. Le confesé que no lo sabía. Había recorrido una larga distancia hasta decidir acabar con mi propia vida, pero comprendía que, de llevarlo a cabo, debía, absolutamente, parecer un accidente. No permitiría que ellas dos, que acababan de iniciar sus propias vidas, acarrearan con la culpa residual del suicidio de su padre. Ni dejaría una carga de remordimientos tras la mujer con quien una vez compartí un batido en la cama, los dos desnudos y riendo y escuchando a la Plastic Ono Band en el equipo de música.

Después de que hubieron aprovechado la oportunidad de desahogarse —después de un «completo y total intercambio de sentimientos», en el lenguaje del doctor Kamen—, mi recuerdo es que pasamos una tarde agradable, mirando viejos álbumes de fotos y rememorando el pasado. Creo que incluso nos reímos unas pocas veces más, pero no todos los recuerdos de mi otra vida son de fiar. Wireman dice que, en lo que concierne al pasado, todos nosotros amañamos la baraja.

Ilse quería que saliésemos a cenar, pero Lin tenía que encontrarse con alguien en la Biblioteca Pública antes de que cerrara, y yo admití que no me apetecía mucho andar cojeando por ahí; leería unos pocos capítulos del último libro de John Sandford y luego me acostaría. Me besaron (todos amigos otra vez) y entonces se marcharon.

Dos minutos después, Ilse regresó.

—Le dije a Linnie que perdí las llaves —declaró.

—Interpreto que eso no es cierto —contesté.

—No. Papá, nunca le harías daño a mamá, ¿verdad? Ahora, quiero decir. A posta.

Negué con la cabeza, pero eso no le bastaba. Podría asegurarlo simplemente por la forma en que permaneció allí de pie, mirándome directamente a los ojos.

—No —dije—. Nunca. Yo…

—¿Tú qué, papá?

—Iba a decir que antes me cortaría un brazo, pero de repente me pareció una muy mala idea. Nunca lo haría, Illy. Dejémoslo así.

—Entonces, ¿por qué te tiene miedo?

—Creo que… porque estoy lisiado.

Se arrojó entre mis brazos con tanta fuerza que casi nos hizo caer a ambos sobre el sofá.

—Oh, papá, lo siento tanto. Todo esto es una mierda.

Le acaricié el pelo.

—Lo sé, pero recuerda esto: peor no va a ser.

No era cierto, pero si ponía cuidado, Ilse nunca descubriría que se trataba de una rotunda mentira.

El sonido de un claxon llegó desde el camino de entrada.

—Vamos —le dije, y la besé en la mejilla mojada—. Tu hermana se está impacientando.

Ella arrugó la nariz.

—Vaya novedad. No te estarás pasando con los calmantes, ¿verdad?

—No.

—Llámame si me necesitas, papá, y cogeré el siguiente vuelo.

Ella lo haría, sin duda. Por eso no la llamaría.

—Descuida. —Le planté un beso en la otra mejilla—. Dáselo a tu hermana.

Asintió con la cabeza y se marchó. Me senté en el sofá y cerré los ojos. Tras ellos, los relojes martilleaban y martilleaban y martilleaban.

V

La siguiente visita que recibí fue la del doctor Kamen, el psicólogo que me regaló a Reba. No le había invitado; tenía que agradecérselo a Kathi, la dominatrix de mi rehabilitación.

Aunque seguramente no tenía más de cuarenta años, Kamen caminaba como un hombre mucho mayor y respiraba con dificultad, incluso estando sentado, espiando el mundo a través de unas enormes gafas con montura de carey sobre la enorme pera que tenía por barriga. Era un hombre muy alto y muy negro negro, con rasgos tan marcados que parecían irreales. Aquellos grandes ojos de mirada fija, aquel mascarón de proa que era su nariz y aquellos labios totémicos eran imponentes. Xander Kamen parecía un dios menor vestido con un traje del Men's Wearhouse. También parecía un candidato excelente a sufrir un ataque al corazón fatal o una embolia antes de su quincuagésimo cumpleaños.

Rehusó mi oferta de un refrigerio, afirmando que no podía quedarse, y luego puso su maletín a un lado del sofá, como para contradecir lo anterior. Se hundió a cinco brazas de profundidad junto al apoyabrazos (y cada vez más a medida que pasaba el tiempo; temí por los muelles del armatoste); me miraba y resollaba con benevolencia.

—¿Qué te trae hasta aquí? —le pregunté.

—Oh, Kathi me contó que planeas suicidarte —comentó. Podía haber usado el mismo tono para decir: «Kathi me contó que das una fiesta en el jardín y que hay rosquillas recién hechas»—. ¿Hay algo de verdad en ese rumor?

Abrí la boca y luego volví a cerrarla. Una vez, cuando tenía diez años y me criaba en Eau Claire, cogí un tebeo del expositor giratorio de un supermercado, me lo embutí en los vaqueros y lo tapé con la camiseta. Cuando salía por la puerta, creyéndome muy listo, una dependienta me agarró por el brazo. Me levantó la camiseta con la otra mano y dejó a la vista mi malogrado tesoro. «¿Cómo ha llegado eso ahí?», me preguntó.

Nunca, en los cuarenta años transcurridos desde entonces, me había quedado tan completamente paralizado ante una respuesta a una pregunta tan sencilla.

—Eso es ridículo. No sé de dónde puede haber sacado esa idea —contesté finalmente, mucho después de que la respuesta tuviera alguna importancia.

—¿No?

—No. ¿Seguro que no quieres una Coca-Cola?

—Gracias, pero paso.

Me levanté y saqué una del frigorífico de la cocina. Metí la botella firmemente entre el muñón y el costado del pecho (posible pero doloroso; no sé lo que puedes haber visto en las películas, pero las costillas rotas duelen durante mucho tiempo), y le quité el tapón con la mano izquierda. Soy zurdo. Como Wireman dice, eso es tener potra, *muchacho*.*

—En cualquier caso, me sorprende que la tomaras en serio —dije a mi regreso—. Kathi es una fisioterapeuta de narices, pero no es psicoanalista. —Hice una pausa antes de sentarme—. Ni tú tampoco, en realidad. Técnicamente.

---

* En español en el original. En adelante, en negrita y cursiva. *(N. del T.)*

Kamen se llevó la mano detrás de una oreja que parecía más o menos del tamaño de un escritorio.

—¿Oigo… ruido de trinquetes? ¡Creo que sí!

—¿De qué estás hablando?

—Es el encantador sonido medieval que hacen las defensas de una persona cuando se levantan. —Intentó hacer un guiño irónico, pero el tamaño de su cara imposibilitaba cualquier ironía; solo podía resultar burlesco. De todas formas capté su significado—. En cuanto a Kathi Green, tienes razón, ¿qué sabe ella? Todo lo que hace es trabajar con parapléjicos, tetrapléjicos, accidentados con algún miembro amputado como tú, y gente que se recupera de traumas en la cabeza, también como tú. Kathi Green lleva quince años realizando su trabajo, ha tenido la oportunidad de observar a mil pacientes lisiados reflexionar sobre lo imposible que es volver atrás, recuperar siquiera un solo segundo de tiempo, así que, ¿cómo es posible que reconozca los síntomas de una depresión presuicidio?

Me senté en el sillón lleno de bultos colocado frente al sofá y le miré de manera hosca. Aquí había un problema. Y Kathi Green lo era más.

Se inclinó hacia delante… pero, dado su contorno, solo pudo avanzar unos pocos centímetros.

—Tienes que esperar —dijo.

Le miré boquiabierto.

—Estás sorprendido —añadió con un asentimiento de cabeza—. Sí. Pero no soy cristiano, mucho menos católico, y en el tema del suicidio tengo una mente bastante abierta. Pero profeso la creencia en las responsabilidades, y te digo esto: si te matas ahora… o incluso dentro de seis meses… tu mujer y tus hijas lo sabrán. Por muy astutamente que lo hagas, ellas lo sabrán.

—Yo no…

—Y la compañía de tu seguro de vida, que será por una gran suma de dinero, no lo dudo, también lo sabrá. Puede que no sean capaces de demostrarlo… pero pondrán en ello todo, todo su empeño. Los rumores que inicien causarán daño a tus hijas, sin

27

importar lo mucho que creas que están blindadas contra esa clase de cosas.

Melinda estaba bien blindada. Ilse, sin embargo, era una historia diferente. Cuando Melinda se cabreaba con ella, calificaba a Illy como un caso de desarrollo cautivo, pero yo dudaba que aquello fuera cierto. En mi opinión, Illy era sencillamente una persona sensible.

—Y al final, puede que lo demuestren. —Encogió sus hombros descomunales—. No me aventuraría a decir a cuánto ascendería el impuesto sobre la herencia, pero seguramente eliminaría una gran porción del tesoro de tu vida.

Ni siquiera pensaba en el dinero. Imaginaba a un equipo de investigadores de seguros olisqueando lo que fuera que hubiera preparado. Y de repente me eché a reír.

Kamen apoyó sus enormes manos oscuras en sus voluminosas rodillas, mirándome con esa sonrisita suya de «ya-lo-he-visto-todo». Salvo que nada en su rostro podía describirse con diminutivos. Permitió que mi risa siguiera su curso y cuando lo hubo hecho, me preguntó qué era tan divertido.

—Me estás diciendo que soy demasiado rico para suicidarme —respondí.

—Te estoy diciendo que no ahora, Edgar, y es lo único que digo. También voy a sugerirte algo que va en contra de una gran parte de mi propia experiencia práctica. Pero tengo una intuición muy fuerte en tu caso, la misma clase de intuición que me indujo a darte la muñeca. Te propongo que pruebes con una cura geográfica.

—¿Con una qué?

—Es un método de recuperación que a menudo intentan los alcohólicos en su última etapa. Esperan que un cambio de localización les proporcione un nuevo comienzo. Dar un giro completo a las cosas.

Sentí un rayo de algo. No diré que de esperanza, pero era algo.

—Raramente funciona —prosiguió Kamen—. Los veteranos de Alcohólicos Anónimos, que poseen una respuesta para todo…

es su maldición, y también una bendición, pero muy pocos llegan a comprenderlo alguna vez…, suelen decir: «Pon a un imbécil en un avión en Boston, y un imbécil se bajará en Seattle».

—Entonces, ¿dónde me deja eso? —pregunté.

—Ahora mismo, en las afueras de St. Paul. Lo que estoy sugiriendo es que escojas algún lugar lejos de aquí y te marches. Te hallas en una posición única para hacerlo, dada tu situación financiera y el estado de tu matrimonio.

—¿Por cuánto tiempo?

—Al menos un año. —Me estudió con aire inescrutable. Su largo rostro era apropiado para tal expresión; de haber estado grabado en la tumba de Tutankamón, creo que incluso Howard Carter habría vacilado—. Y si al final de ese año haces algo, Edgar, por el amor de Dios… no, por el amor de tus hijas, hazlo bien.

Casi había desaparecido en el interior del viejo sofá; ahora forcejeaba para levantarse. Me acerqué para ayudarle, y agitó la mano para que me apartara. Finalmente consiguió ponerse en pie, resollando más ruidosamente que nunca, y recogió su maletín. Me miró desde su metro noventa y cinco de altura, con aquellos ojos inquisidores de córneas amarillentas que se agrandaban por el efecto de sus gafas de cristales gruesos.

—Edgar, ¿hay algo que te haga feliz?

Consideré la superficie de la pregunta (la única parte que parecía segura) y respondí:

—Solía dibujar.

En realidad se había tratado de algo más, no solo de dibujar unos simples bosquejos a lápiz, pero eso había sucedido mucho tiempo atrás. Desde entonces habían intervenido otros factores. El matrimonio, una carrera. Ambas cosas estaban ahora desapareciendo, o ya lo habían hecho.

—¿Cuándo?

—De niño.

Pensé en contarle que en su día soñaba con ingresar en la escuela de bellas artes (incluso compraba ocasionalmente libros de reproducciones cuando podía permitírmelo), pero me lo callé.

En los últimos treinta años, mi contribución al mundo del arte se limitaba a poco más que garabatos mientras hablaba por teléfono, y habían transcurrido probablemente diez años desde la última vez que compré la clase de libro de pintura que adorna las mesitas de café para poder impresionar a tus amigos.

—¿Y desde entonces?

Consideré mentirle (no quería parecer un completo esclavo del trabajo), pero me ceñí a la verdad. Los hombres con un solo brazo deberían contar la verdad siempre que sea posible. Eso no lo dice Wireman; eso lo digo yo.

—No.

—Retómalo —aconsejó Kamen—. Necesitas cercas.

—Cercas —repetí, desconcertado.

—Sí, Edgar. —Se mostró sorprendido y un poco decepcionado, como si hubiera fallado en comprender un concepto muy simple—. Cercas contra la noche.

VI

Aproximadamente una semana más tarde, Tom Riley vino a verme otra vez. Para entonces las hojas de los árboles empezaban a cambiar de color, y recuerdo a varias dependientas colgando pósters de Halloween en el Wal-Mart donde compré mis primeros blocs de dibujo desde la universidad… diablos, tal vez desde la escuela secundaria.

Lo que recuerdo con mayor claridad de su visita es el aspecto avergonzado e incómodo que presentaba Tom.

Le ofrecí una cerveza y me la aceptó. Cuando regresé de la cocina, examinaba un dibujo a plumilla que había bosquejado, tres palmeras recortadas sobre una extensión de agua, y un trozo de porche acristalado sobresaliendo en primer plano a la izquierda.

—Esto es muy bueno —comentó—. ¿Lo has hecho tú?

—Qué va, los duendes. Vienen por la noche. Me arreglan los zapatos y esporádicamente pintan algo.

Se rió demasiado fuerte y dejó de nuevo el dibujo sobre la mesa.

—Nej parekse mucho a Minnesota —dijo, con su imitación de acento sueco.

—Lo copié de un libro.

En realidad había utilizado una fotografía del folleto de una inmobiliaria. Estaba tomada desde la denominada «habitación Florida» de Punta Salmón, la casa que acababa de alquilar por un año. Nunca había estado en Florida, ni siquiera de vacaciones, pero esa foto había despertado algo profundo en mí, y por vez primera desde el accidente, sentía verdadera expectación. Era una línea delgada, pero allí estaba.

—¿Qué puedo hacer por ti, Tom? Si es sobre la compañía…

—En realidad, Pam me pidió que viniera. —Agachó la cabeza—. No me hacía mucha gracia, pero tampoco me sentía bien negándome. Por los viejos tiempos, ya sabes.

—Claro. —Tom evocaba los días en que la Compañía Freemantle consistía en tres camionetas, una oruga D9, y un montón de grandes sueños—. Pues cuéntame. No voy a morderte.

—Ha contratado a un abogado. Va a seguir adelante con este asunto del divorcio.

—Nunca pensé que abandonaría.

Era la verdad. Todavía no recordaba que la estrangulara, pero me acordaba del aspecto de su rostro cuando me contó que lo había hecho. Y aparte, una vez que Pam empezaba a recorrer un camino, raramente daba media vuelta.

—Quiere saber si vas a recurrir a Bozie.

No me quedó más remedio que sonreír ante eso. William Bozeman III era un perro de presa, el hombre fuerte del bufete de abogados de Minneapolis que representaba a mi compañía, un tipo elegante, de sesenta y cinco años, que siempre llevaba corbatín y se hacía la manicura; si se hubiera enterado de que Tom y yo nos pasamos los últimos veinte años llamándole Bozie, probablemente habría sufrido una embolia.

—No había pensado en ello. ¿Qué pasa, Tom? ¿Qué quiere exactamente?

Se bebió la mitad de su cerveza, y luego dejó el vaso en una estantería junto a mi boceto a medio terminar. Sus mejillas se habían encendido con un apagado color rojo ladrillo.

—Dijo que espera que no sea algo desagradable. Dijo, «no quiero ser rica, y no quiero pelear. Solo quiero que él sea justo conmigo y con las chicas, como siempre fue. ¿Se lo dirás?». Y aquí estoy —concluyó y se encogió de hombros.

Me levanté, me acerqué al ventanal que separaba el cuarto de estar del porche, y contemplé el lago. Pronto sería capaz de salir a mi propia «habitación Florida», fuera lo que fuese, y otear el golfo de México. Me pregunté si sería algo mejor, algo diferente, que contemplar el lago Phalen. Decidí que me conformaría con que fuese diferente, al menos para empezar. Diferente sería un comienzo. Cuando me volví, Tom Riley en absoluto parecía él mismo. Al principio pensé que se encontraba enfermo del estómago. Luego me di cuenta de que se esforzaba por no llorar.

—Tom, ¿cuál es el problema? —le pregunté.

Trató de hablar, y solo fue capaz de emitir un graznido acuoso. Se aclaró la garganta y probó de nuevo.

—Jefe, no me acostumbro a verte así, con un solo brazo. Cuánto lo siento.

Era ingenuo, espontáneo y dulce. En otras palabras: un disparo directo al corazón. Creo que por un instante los dos estuvimos a punto de ponernos a berrear, como una pareja de Tíos Sensibles en el *Show de Oprah Winfrey*. Ese pensamiento me ayudó a recuperar de nuevo el control.

—Yo también lo siento —contesté—, pero me las voy arreglando. De veras. Ahora bébete tu maldita cerveza antes de que pierda fuerza.

Rió y vertió el resto de su Grain Belt en el vaso.

—Voy a proporcionarte una oferta que llevarle a ella —continué—. Si le gusta, podemos pulir los detalles. Un trato «hágalo-usted-mismo». No necesitaremos abogados.

—¿Hablas en serio, Eddie?

—En serio. Haz una contabilidad exhaustiva para tener un balance final sobre el que trabajar. Dividimos el botín en cuatro partes iguales. Ella se lleva tres, el setenta y cinco por ciento, para ella y las chicas. Yo me quedo el resto. El divorcio en sí mismo… bueno, en el estado de Minnesota no es necesario probar la culpabilidad; después de salir a comer podemos ir a comprar el *Divorcio para Dummies* en Borders.

Tom parecía aturdido.

—¿Existe tal libro?

—No lo he investigado, pero si no existe, me comeré tus camisas.

—Creo que la expresión es que «te comerás mis calzoncillos».

—¿No es eso lo que he dicho?

—No importa. Eddie, esa clase de trato va a tirar por el retrete todo el patrimonio.

—Pregúntame si me importa una mierda. O una camisa,* para el caso. Todavía me importa la compañía, y esta marcha bien, se mantiene intacta y está dirigida por gente competente. Y en cuanto al patrimonio, lo único que estoy proponiendo es que prescindamos del amor propio que suele permitir a los abogados comerse la nata. Hay mucho para todos nosotros, si somos razonables.

Se terminó la cerveza, sin quitarme los ojos de encima en ningún momento.

—Algunas veces me pregunto si eres el mismo hombre para el que trabajaba —dijo.

—Aquel hombre murió en su camioneta —contesté.

VII

Pam aceptó el trato, e intuyo que, si se lo hubiera propuesto, bien podría haberse quedado conmigo en lugar de con el acuerdo (cuando nos reunimos para comer y discutir los detalles, había cierta expresión en su rostro que iba y venía como un rayo

* Juego de palabras basado en el parecido entre los vocablos *shit*, «mierda», y *shirt*, «camisa». *(N. del T.)*

de sol entre las nubes), pero no lo hice. Tenía Florida en mente, aquel refugio para los recién casados y los casi muertos. Y creo que, en lo más profundo de su corazón, incluso Pam sabía que era para mejor; sabía que el hombre que habían sacado de la destrozada Dodge Ram, con el casco de acero aplastado alrededor de las orejas como una arrugada lata de comida para animales, ya no era el mismo tipo que había montado en la camioneta. La vida con Pam y las chicas y la compañía de construcción había terminado; en esa vida ya no quedaban habitaciones que explorar. Existían, no obstante, puertas. La marcada con la palabra SUICIDIO era actualmente una mala opción, como el doctor Kamen había señalado. Eso solo dejaba la marcada con DUMA KEY.

Sin embargo, otro suceso tuvo lugar en mi otra vida antes de deslizarme a través de aquella puerta. Fue lo que aconteció con Gandalf, el jack russell terrier de Monica Goldstein.

VIII

Si has estado pintando mi lugar de reposo como una cabaña junto a un lago, completamente aislada, al final de un solitario camino de tierra en los bosques septentrionales, harías bien en reconsiderarlo; estamos hablando de una típica zona residencial en las afueras. Nuestra casa junto al lago se hallaba al final de Aster Lane, una calle pavimentada que corría desde la avenida East Hoyt hasta el agua. Nuestros vecinos más cercanos eran los Goldstein.

A mediados de octubre, me decidí por fin a seguir el consejo de Kathi Green y empecé a salir a caminar. No eran los Grandes Paseos Playeros que daría más adelante, y a pesar de lo cortas de esas excursiones, siempre regresaba con mi cadera mala implorando misericordia, y en más de una ocasión con lágrimas en los ojos. Pero eran pasos en la dirección correcta.

Retornaba de una de esas caminatas cuando la señora Fevereau atropelló al perro de Monica.

Había recorrido las tres cuartas partes del camino de vuelta a casa cuando la Fevereau me adelantó con su ridículo Hummer color mostaza. Como siempre, sostenía su teléfono móvil en una mano y un cigarrillo en la otra; como siempre, conducía a demasiada velocidad. Apenas me fijé, y ciertamente no vi a Gandalf corriendo hacia la carretera y concentrado únicamente en Monica Goldstein, que bajaba por el otro extremo de la calle con su uniforme completo de girl scout. Yo estaba pendiente de mi cadera reconstruida. Como siempre, cerca del final de aquellos cortos paseos, esta maravilla médica (o así la denominaban) parecía estar rellena de aproximadamente diez mil minúsculos fragmentos de cristales rotos.

Entonces aullaron los neumáticos, y el grito de una niña pequeña se les unió.

—¡GANDALF, NO!

Por un momento tuve una clara y sobrenatural visión de la grúa que casi me había matado, el mundo en el que siempre había vivido repentinamente devorado por un amarillo más brillante que el del Hummer de la señora Fevereau. Letras negras flotaban en su interior, creciendo, aumentando de tamaño. **LINK-BELT**.

Entonces Gandalf también se puso a gritar, y el *flashback* (lo que el doctor Kamen habría llamado un «recuerdo recobrado», supongo) se desvaneció. Hasta aquella tarde de octubre, cuatro años atrás, nunca habría imaginado que los perros fueran capaces de gritar.

Eché a correr tambaleándome como un cangrejo y aporreando la acera con mi muleta de color rojo. Estoy seguro de que a cualquier espectador le habría parecido ridículo, pero nadie me prestaba atención. Monica Goldstein estaba arrodillada en mitad de la calle, junto a su perro, que yacía delante de la alta rejilla cuadrada del Hummer. Tenía la cara blanca, en contraste con su uniforme de color verde bosque, del que colgaba una banda con insignias y medallas. El extremo de la banda estaba sumergido en un creciente charco de sangre procedente de Gandalf. La señora Fevereau había medio saltado, medio caído, del asiento ridículamente alto del Hummer. Ava Goldstein venía corriendo desde la puerta delantera de la casa de los Goldstein, pronunciando a voz en grito el nombre de su hija. Llevaba la blusa a medio abotonar y los pies descalzos.

—No lo toques, cariño, no lo toques —aconsejó la señora Fevereau. Todavía sostenía su cigarrillo, al que daba nerviosas caladas.

Monica no le prestó atención. Tocó el costado de Gandalf y el perro gritó de nuevo. Sí, era un grito. Monica se cubrió los ojos con las manos y empezó a sacudir la cabeza. No la culpé.

La señora Fevereau alargó una mano hacia la chica, y luego cambió de idea. Dio dos pasos atrás, se apoyó contra el elevado costado de su Hummer y alzó la mirada al cielo.

La señora Goldstein se arrodilló junto a su hija.

—Cariño, oh, cariño, por favor, no...

Gandalf yacía en la calle, en un charco creciente de sangre, aullando. Y en ese momento pude recordar también el sonido que había hecho la grúa. No el miip-miip-miip que supuestamente debía emitir (la alarma de marcha atrás se había averiado), sino el retumbante tartamudeo del motor diésel y el sonido de las gomas de los neumáticos devorando la tierra.

—Llévatela adentro, Ava —dije—. Métela en casa.

La señora Goldstein pasó un brazo alrededor del hombro de su hija y le instó a que se levantara.

—Vamos, cariño. Vamos adentro.

—¡No sin Gandalf! —chilló Monica. Tenía once años, y era madura para su edad, pero en aquellos momentos había retornado a la edad de tres años—. ¡No sin mi perrito!

Su banda, ahora con más de siete centímetros empapados de sangre, se deslizó por el costado de su falda y la sangre le salpicó la pantorrilla delineando una mancha alargada.

—Monica, entra y llama al veterinario —le sugerí—. Dile que un coche ha atropellado a Gandalf. Dile que tiene que venir ahora mismo. Yo me quedaré con tu perro mientras tanto.

Monica me miró con unos ojos más que consternados, más que horrorizados. Locos. Conocía bien esa mirada. La veía a menudo en mi propio espejo.

—¿Lo prometes? ¿Lo juras a lo grande? ¿En el nombre de tu madre?

—Lo juro a lo grande, en el nombre de mi madre. Venga.

Se fue con su madre, y antes de subir los escalones de su casa lanzó una última mirada sobre su hombro y profirió un último gemido desconsolado. Me arrodillé junto a Gandalf, sujetándome al guardabarros del Hummer y agachándome como siempre hacía, con una dolorosa y severa inclinación hacia la izquierda, tratando de doblar la rodilla derecha no más de lo absolutamente imprescindible. Aun así, solté mi propio gritito de dolor, y me pregunté si sería capaz de volver a levantarme sin ayuda. No cabía esperarla de la señora Fevereau, que caminaba hacia el lado izquierdo de la calle, con piernas rígidas y separadas. Entonces se dobló por la cintura, como si hiciera una reverencia a un rey, y vomitó en una alcantarilla. Mientras lo hacía, mantuvo apartada a un lado la mano en la que sostenía el cigarrillo.

Volví mi atención hacia Gandalf. Había recibido el golpe en los cuartos traseros. Tenía la espina dorsal machacada. Sangre y mierda rezumaban lentamente de entre sus patas traseras fracturadas. Sus ojos se giraron hacia mí y distinguí en ellos una horrible expresión de esperanza. Sacó la lengua y me lamió la muñeca izquierda. Estaba seca como una alfombra, y fría. Gandalf iba a morir, pero quizá no con la rapidez suficiente. Monica regresaría pronto, y yo no quería que, cuando llegara, el perro siguiera vivo para poder lamerle la muñeca de ese modo.

Comprendí lo que debía hacer. No había nadie que pudiera verme. Monica y su madre estaban dentro. La señora Fevereau todavía me daba la espalda. Si otros en este extremo de la calle se habían acercado a las ventanas (o salido a sus jardines), el Hummer les impediría verme sentado junto al perro, con la pierna mala torpemente extendida. Tendría algo de tiempo, pero muy poco, y si me paraba a considerarlo, perdería la oportunidad.

Así que cogí en brazos a Gandalf y sin pausa estoy de vuelta en la obra de la avenida Sutton, donde la Compañía Freemantle se dispone a construir un edificio financiero de cuarenta plantas. Estoy en mi camioneta. Reba McEntire suena en la radio, cantando «Fancy». De repente me doy cuenta de que la grúa hace un ruido muy fuerte, aunque no he oído ningún aviso de marcha atrás, y cuando miro a mi derecha la parte del mundo que debería estar en esa ventanilla ha desaparecido. El mundo en aquel lado ha sido reemplazado por el amarillo. Allí flotan letras negras: **LINK-BELT**. Están creciendo, giro del todo el volante de la Ram hacia la izquierda, sabiendo que ya es demasiado tarde. Comienzan los gritos del metal al arrugarse, ahogando la canción en la radio y encogiendo el interior de la cabina de derecha a izquierda porque la grúa está invadiendo mi espacio, robándome el espacio, y la camioneta se está inclinando. Estoy tratando de salir por la puerta del conductor, pero es inútil. Debería haberlo hecho antes, pero el tiempo se ha esfumado realmente rápido. El mundo delante de mí desaparece cuando el parabrisas se convierte en una imagen lechosa a través de un millón de grietas. Entonces el edificio en obras regresa, aún girando sobre una bisagra mientras el parabrisas estalla hacia fuera. ¿Estalla? Sale volando hacia fuera, doblado por el centro como un naipe, y yo estoy golpeando el claxon con ambos codos, mi brazo derecho está haciendo su último trabajo. Apenas puedo oír el claxon sobre el motor de la grúa. **LINK-BELT** aún sigue moviéndose, empujando la puerta del lado del pasajero, cerrando el hueco para los pies frente al asiento, astillando el salpicadero en placas tectónicas de plástico. La porquería de la guantera flota alrededor, la radio muere, mi fiambrera está vibrando contra el sujetapapeles, y aquí llega **LINK-BELT**. **LINK-BELT** está directamente sobre mí, podría sacar la lengua y lamer ese puto guión. Me pongo a chillar porque ahí es cuando empieza la presión. La presión empuja primero mi brazo derecho contra el costado, luego se extiende, luego raja y divide. La sangre rocía mi regazo como un cubo de agua caliente y oigo cómo algo se rompe. Probablemente mis costillas. Suenan como huesos de pollo bajo el tacón de una bota.

Sostuve a Gandalf contra mí y pensé: *¡Trae la amiga, asiéntate en la amiga, asiéntate en la puñetera COLEGA, zorra de mala muerte!*

Ahora estoy sentado en la 'quilla, sentado en la puñetera colega, estoy en casa pero no lo siento como mi hogar, con todos los relojes de Europa dando la hora en el interior de mi cabeza fracturada y no puedo recordar el nombre de la muñeca con la que Kamen me obsequió, lo único que puedo recordar son nombres de chico: Randall, Russell, Rudolph, el jodido River Phoenix. Cuando llega con la fruta y el puto queso, le digo que me deje solo, le digo que necesito cinco minutos. «Puedo hacerlo», afirmo, porque es la frase que Kamen me ha proporcionado, es la vía de escape, es el miip-miip-miip que dice «cuidado, Pammy, Edgar está dando marcha atrás». Pero en vez de marcharse, coge la servilleta de la bandeja para limpiarme el sudor de la frente y mientras lo hace la agarro por la garganta porque en ese momento la declaro culpable de que no me acuerde del nombre de mi muñeca, ella es culpable de todo, incluyendo **LINK-BELT**. La agarro con mi mano buena, la izquierda. Durante unos pocos segundos quiero matarla, y quién sabe, quizá lo intento. Lo que sí sé es que preferiría recordar todos los accidentes de este mundo redondo antes que la mirada en sus ojos mientras forcejea para liberarse. Luego pienso: *¡Era ROJO!*, y permito que se marche.

Sostuve a Gandalf contra mi pecho como antaño sostuve a mis hijas cuando eran bebés y pensé: *Puedo hacerlo. Puedo hacerlo. Puedo hacerlo.* Notaba cómo la sangre de Gandalf me empapaba los pantalones como agua caliente y pensé: *Vamos, cabrón, sal del Dodge.*

Sostuve a Gandalf y pensé en lo que se sentía al ser aplastado vivo mientras la cabina de tu camioneta se come el aire alrededor de ti y el aliento abandona tu cuerpo y te brota sangre de la nariz y la boca, y esos sonidos secos mientras la conciencia huye, esos eran los huesos rompiéndose en el interior de tu propio cuerpo: tus costillas, tu brazo, tu cadera, tu pierna, tu mejilla, tu puto cráneo.

Sostuve al perro de Monica y pensé, en una suerte de triunfo miserable: *¡Era ROJO!*

Por un momento me hallé en una oscuridad salpicada de

aquel mismo rojo; entonces abrí los ojos. Apretaba firmemente a Gandalf con el brazo izquierdo contra mi pecho, y el perro clavaba los ojos en mi cara.

No, más allá de mi cara. Y más allá del cielo.

—¿Señor Freemantle? —Era John Hastings, el viejo que vivía dos casas más arriba de la de los Goldstein. Con su gorra de tweed inglesa y su jersey sin mangas, parecía preparado para una excursión por los páramos escoceses. Excepto, claro, por la expresión de consternación en su rostro—. ¿Edgar? Déjelo ya. Ese perro está muerto.

—Sí —contesté, relajando mi apretón sobre Gandalf—. ¿Me ayudaría a levantarme?

—No estoy seguro de que pueda —dijo Hastings—. Es probable que acabáramos los dos en el suelo.

—Podría ir entonces a comprobar si las Goldstein están bien —sugerí.

—Es su perro —dijo—. Esperaba… —Sacudió la cabeza.

—Es su perro —confirmé—. Y no quiero que ella salga y lo vea así.

—Por supuesto, pero…

—Yo le ayudaré —se ofreció la señora Fevereau. Tenía mejor aspecto, y se había desecho del cigarrillo. Me asió por el muñón del brazo derecho, y luego vaciló—. ¿Le dolerá?

Dolería, pero mucho menos que si permanecía en aquella posición, así que le contesté que no. Mientras John subía por el camino de entrada de los Goldstein, me agarré del parachoques del Hummer. Juntos nos las apañamos para ponerme en pie.

—Supongo que no tendrá nada para cubrir al perro, ¿no? —pregunté.

—Pues de hecho tengo una manta vieja en la parte de atrás.

—Bien. Genial.

Empezó a rodear el vehículo (sería un largo recorrido, dado el tamaño del Hummer), y luego se volvió.

—Gracias a Dios que murió antes de que la pequeña regresara.

—Sí —asentí—. Gracias a Dios.

IX

No me encontraba lejos de mi casita al final de la calle, pero a pesar de ello recorrí esa distancia a paso lento y resoplando. Para cuando llegué, había desarrollado el dolor en mi mano que denominaba Puño de Muleta, y la sangre de Gandalf estaba endureciéndose en mi camisa. Había una tarjeta insertada entre el cristal y el marco de la puerta delantera. La saqué de un tirón. Bajo una sonriente niña saludando al estilo de las Girl Scouts, estaba escrito este mensaje:

¡UNA AMIGA DEL VECINDARIO VINO
A TRAERTE NOTICIAS
DE UNAS DELICIOSAS GALLETITAS DE GIRL SCOUT!
¡AUNQUE HOY NO TE ENCONTRÓ EN CASA,
Monica VOLVERÁ A LLAMAR!
¡HASTA PRONTO!

Monica había dibujado sobre la i de su nombre una cara sonriente a modo de punto. Estrujé la tarjeta y la arrojé a la papelera mientras cojeaba hacia la ducha. Tiré a la basura la camisa, los vaqueros y la ropa interior, manchados de sangre. No quería volver a ver esas prendas nunca más.

X

Mi Lexus de dos años estaba aparcado en el camino de entrada, pero no me había sentado tras el volante de un vehículo desde el día de mi accidente. Un chico de la escuela universitaria próxima a mi casa me hacía recados tres veces por semana. Kathi Green también se mostraba dispuesta a acercarse al supermercado más cercano si se lo pedía, o me llevaba al Blockbuster antes de alguna de nuestras pequeñas sesiones de tortura (tras las cuales siempre terminaba hecho polvo). Si me hubieras dicho que aquel otoño volvería a conducir, me habría reído. No era por la pierna mala; la idea misma de conducir me producía sudores fríos.

Pero no mucho después de mi ducha, eso es precisamente lo que hacía: deslizarme tras el volante, poner en marcha el motor, y mirar sobre mi hombro derecho mientras retrocedía por el camino de entrada. Me había tomado cuatro de las pequeñas píldoras rosas de Oxycontina en lugar de las dos habituales, y confiaba en que pudieran llevarme hasta la Stop & Shop cerca de la intersección de East Hoyt y Eastshore Drive y traerme de vuelta sin sufrir alucinaciones ni matar a nadie.

No me demoré demasiado en el supermercado. No fue en absoluto una compra de comestibles en el sentido normal, sino más bien la rápida batida de un bombardero: una incursión en la carnicería seguida de una expedición renqueante por la caja para menos de diez artículos, sin cupones de descuento, nada que declarar. Aun así, para cuando regresé a Aster Lane me encontraba oficialmente colocado. Si un policía me hubiera parado, jamás habría superado una prueba de alcoholemia.

Nadie me detuvo. Pasé por delante de la casa de los Goldstein, donde había cuatro coches en el camino de entrada, al menos otra media docena aparcados en la acera, y luces surgiendo a raudales de todas las ventanas. La madre de Monica había pedido refuerzos por el teléfono rojo, y daba la impresión de que muchos familiares y amigos habían respondido. Bien por ellos. Y bueno para Monica.

Menos de un minuto después, viraba hacia mi propio camino de entrada. A pesar de la medicación, sentía un dolor punzante en la pierna derecha, de moverla entre el acelerador y el freno, y me dolía la cabeza: una constante cefalea tensional al viejo estilo. Mi principal problema, sin embargo, era el hambre. Para empezar, era lo que me había inducido a salir. Salvo que hambre, por sí solo, era un término demasiado suave para describir lo que padecía. Tenía un hambre canina, voraz, y las sobras de lasaña en el frigorífico no la aplacarían. Contenía carne, pero no la suficiente.

Entré en la casa dando tumbos sobre la muleta, con la cabeza flotando en un mar de Oxycontina. Ya en la cocina, saqué una sartén del cajón bajo el hornillo y la arrojé sobre uno de los quemadores. Giré el regulador hasta la posición de ALTO, sin oír apenas el sonido del gas al encenderse; estaba demasiado ocupado rasgando el envoltorio del paquete de carne picada. La eché sobre la sartén y la aplasté con la palma de la mano antes de escarbar en el cajón junto al hornillo en busca de una espátula.

Anteriormente, al regresar a casa, cuando me desprendí de mis ropas y trepé a la ducha, había confundido la palpitación de mi estómago con náuseas: parecía una explicación razonable. Para cuando me estaba aclarando el jabón, no obstante, las palpitaciones habían dado paso a un estacionario rugido sordo como el sonido de un potente motor en reposo. Las drogas lo habían amortiguado un poco, pera ahora estaba de vuelta, y peor que nunca. Si alguna vez en mi vida me había sentido tan hambriento, era incapaz de recordar cuándo.

Volteé la hamburguesa, grotescamente grande, e intenté contar hasta treinta. Me imaginaba que treinta segundos a fuego fuerte sería al menos un paso en la dirección correcta hacia lo que la gente se refería con «cocinar la carne». Si se me hubiera ocurrido poner en marcha el ventilador para extraer el olor podría haberlo conseguido. Pero en la situación actual ni siquiera llegué a veinte. En el diecisiete agarré a toda prisa un plato de plástico, eché en él la hamburguesa, y engullí la carne de ternera medio cruda, apoyado sobre el armario. Hacia la mitad, reparé en el jugo rojo que escurría de la carne roja y tuve una momentánea pero brillante visión de Gandalf mirándome mientras la sangre y la mierda rezumaban de entre los restos destrozados de sus cuartos traseros, apelmazando el pelaje de sus patas fracturadas. Mi estómago no llegó a agitarse, simplemente imploraba impaciente más comida. Estaba hambriento.

Hambriento.

XI

Aquella noche soñé que me encontraba en el dormitorio que había compartido durante tantos años con Pam. Ella dormía a mi lado y no escuchaba la voz que, croando, procedía de algún lugar de la planta baja de la casa a oscuras: «*Recién casados, casi muertos, recién casados, casi muertos, recién casados, casi muertos*». Sonaba como algún aparato mecánico atascado. Sacudí a mi mujer, que simplemente se giró. Me dio la espalda alejándose de mí. Habitualmente los sueños cuentan la verdad, ¿no es así?

Me levanté y bajé las escaleras, asiendo el pasamanos para compensar la pierna mala. Y había algo extraño en el modo en que sujetaba aquella familiar barandilla lustrada. Al aproximarme al pie de la escalera, me di cuenta de lo que era. Justo o no, este es un mundo para diestros: las guitarras no se fabrican para zurdos, ni los pupitres de la escuela, ni los paneles de mando de los coches americanos. La balaustrada de la casa en la que había vivido con mi familia no era una excepción; estaba a la derecha porque, aunque mi compañía había construido la vivienda a partir de mis planos, tanto mi esposa como mis dos hijas eran diestras, y la mayoría manda.

Pero aun así, mi mano se deslizaba siguiendo la barandilla.

Naturalmente, pensé. *Porque es un sueño. Como lo de esta tarde. ¿Sabes?*

Gandalf no fue un sueño, repliqué mentalmente, y la voz del intruso, más cerca que nunca, repitió, una y otra vez: «*Recién casados, casi muertos*». Quienquiera que fuese, la persona se encontraba en la sala de estar, y yo no quería entrar allí.

No, Gandalf no fue un sueño, me dije. Quizá aquellos pensamientos procedían del fantasma de mi mano derecha. *El sueño lo estaba matando*.

¿Había muerto por sí mismo, entonces? ¿Era eso lo que la voz trataba de decirme? Porque no creía que Gandalf hubiera muerto por sí mismo. Había necesitado ayuda.

Entré en la sala de estar. No era consciente de que moviera los pies; entré del mismo modo en que te mueves en sueños, como si fuera el mundo el que realmente se desplazara a tu alrededor, corriendo hacia atrás en algún extravagante truco de proyección. Y allí, sentada en la vieja mecedora Boston de Pam, se hallaba Reba, la Muñeca Anticólera, que ahora había crecido hasta alcanzar el tamaño de una niña real. Sus pies, calzados con unos zapatos Mary Jane negros, se balanceaban adelante y atrás a ras del suelo, al final de horribles piernas rosadas sin huesos. Sus ojos poco profundos se clavaban en mí. Sus rizos de fresa sin vida brincaban de un lado a otro. Tenía la boca embadurnada de sangre, y en el sueño supe que no era sangre humana ni sangre de perro, sino la sustancia que había rezumado de la hamburguesa prácticamente cruda, la sustancia que había lamido del plato de plástico cuando la carne hubo desaparecido.

¡La rana malvada nos perseguía!, gritó Reba. *¡Tenía PIÑOS!*

XII

Aquella palabra —*¡PIÑOS!*— aún resonaba en mi cabeza cuando me incorporé en la cama, con un charco de luz de luna otoñal en mi regazo. Intentaba gritar pero lo único que emitía era una serie de silenciosos jadeos. Mi corazón latía atronador. Estiré el brazo en busca de la lámpara de la mesilla y evité misericordiosamente que cayera al suelo, aunque una vez encendida vi que la había empujado y que la mitad de la base quedaba suspendida sobre el vacío. La radio-despertador proclamaba que eran las 3.19 de la madrugada.

Saqué las piernas de la cama con una oscilación y posé la mano en el teléfono. «Si realmente me necesitas, llámame», había dicho Kamen. «A cualquier hora, de día o de noche.» Y si su número hubiera estado grabado en la memoria del teléfono del dormitorio, probablemente lo habría hecho. Pero a medida que la realidad se reafirmaba a sí misma (este era el refugio del lago Phalen, no la casa en Mendota Heights, no había voces croando escaleras abajo), la urgencia pasó.

Reba, la Muñeca Anticólera en la mecedora Boston, que había crecido hasta alcanzar el tamaño de una niña real. Bueno,

¿por qué no? Había estado furioso, aunque más con la señora Fevereau que con el pobre Gandalf, y no tenía ni idea de la relación de las ranas dentudas con el precio de las judías en Boston. La verdadera pregunta, a mi juicio, era sobre el perro de Monica. ¿Había matado yo a Gandalf, o había expirado sin más?

O tal vez la cuestión era por qué me había sentido tan hambriento después. Quizá esa era la cuestión.

Tan hambriento de carne.

—Lo tomé entre mis brazos —susurré.

En tu brazo, querrás decir, porque ahora solo tienes uno. Tu brazo izquierdo, el bueno.

Pero mi memoria lo tomaba entre mis brazos, en plural. Canalizaba de algún modo mi enojo

(era ROJO)

desde aquella insensata mujer con su cigarrillo y su teléfono móvil de vuelta hacia mí mismo, en una suerte de loco bucle cerrado... lo tomaba entre mis brazos... seguramente una alucinación, pero sí, ese era mi recuerdo.

Lo tomaba entre mis brazos.

Acunaba contra el pecho su pescuezo con mi codo izquierdo, de tal forma que pudiera estrangularle con la mano derecha.

Estrangularle y poner fin a su miseria.

Dormía con el torso desnudo, para que fuera fácil contemplar el muñón. Solo tenía que girar la cabeza. Era capaz de agitarlo, pero no mucho más. Lo hice un par de veces, y luego miré hacia el techo. Mi ritmo cardíaco se estaba normalizando un poco.

—El perro murió a causa de sus heridas —dije—. Y del shock. Una autopsia lo confirmaría.

Salvo que nadie practicaba autopsias a perros muertos cuyos huesos habían sido machacados y convertidos en gelatina por Hummers conducidos por mujeres distraídas y descuidadas.

Mirando al techo, deseé que esta vida acabara. Esta infeliz vida que a buen seguro acababa de iniciarse. Pensé que ya no podría dormir más esa noche, pero finalmente lo hice. A la postre, siempre terminamos por desgastar nuestras preocupaciones.

Eso es lo que Wireman dice.

Cómo dibujar un cuadro (II)

Recuerda que la verdad está en los detalles. Sin importar cómo veas el mundo o el estilo que impongas a tu obra como artista, la verdad está en los detalles. Naturalmente, el diablo también se encuentra ahí (todo el mundo dice eso), pero quizá verdad y diablo sean palabras que expresan la misma cosa. Podría ser, ¿sabes?

Imagina de nuevo a aquella chiquitina, la que se cayó del carruaje. Se golpeó el lado derecho de la cabeza, pero fue la parte izquierda de su cerebro la que sufrió las peores consecuencias; el contragolpe, ¿recuerdas? En ese lado es donde se encuentra el área de Broca, claro que no es algo que se conociera en mil novecientos veintitantos. El área de Broca procesa el lenguaje. Pégale un puñetazo lo suficientemente fuerte y perderás tu facultad de hablar, a veces solo momentáneamente, a veces para siempre. Pero, aunque estrechamente relacionadas, decir no es lo mismo que ver.

La niñita todavía ve.

Ve a sus cinco hermanas. Sus vestidos. Su pelo alborotado por el viento cuando llegan del exterior. Ve el bigote de su padre, ahora lleno de hebras grises. Ve a Nana Melda, no solo el ama de llaves, sino lo más cercano a una madre que esta niña pequeña conoce. Ve el pañuelo que Nanny se pone en la cabeza para limpiar; ve el nudo delantero, justo sobre la gran frente marrón de Nana Melda; ve las pulseras de plata de Nana Melda, y ve cómo titilan como estrellas bajo la luz del sol que se derrama a través de las ventanas.

Detalles, detalles, la verdad está en los detalles.

¿Y lo que se ve no pide a gritos ser dicho, incluso en una mente dañada? ¿Un cerebro herido? Oh, seguro que sí, seguro que sí.

Ella piensa: Me duele la cabeza.

Ella piensa: Algo malo ha pasado, y no sé quién soy. O dónde estoy. O lo que todas estas imágenes brillantes a mi alrededor son.

Ella piensa: ¿Libbit? ¿Me llamo Libbit? Antes lo sabía. Podía hablar en el antes-lo-sabía, pero ahora mis palabras son como peces en el agua. Quiero al hombre con el pelo sobre el labio.

Ella piensa: Ese es mi papi, pero cuando trato de decir su nombre, le llamo «¡Jaro!¡Jaro!», porque uno pasa volando por mi ventana. Veo cada una de sus plumas. Veo su ojo como de cristal. Veo su pata, que se dobla como si estuviera rota, y esa palabra es *tocida*. Me duele la cabeza.

Entran unas chicas. Entran Maria y Hannah. Ellas no le gustan, pero le gustan las gemelas, pequeñas como ella.

Ella piensa: Llamaba a Maria y Hannah las Malas Malosas en el antes-lo-sabía, *y se da cuenta de que lo vuelve a saber. Es otra cosa que regresa. El nombre para otro detalle. Lo olvidará otra vez, pero la próxima vez que lo recuerde, lo recordará por más tiempo. Está casi segura de ello.*

Ella piensa: Cuando intento decir Hannah, digo «¡Jaro! ¡Jaro!». Cuando trato de decir Maria digo «¡Mea! ¡Mea!». Y ellas se ríen, esas malvadas. Lloro. Quiero a mi papá y no puedo recordar cómo se dice; esa palabra se ha vuelto a ir. Palabras que son como pájaros, que vuelan y vuelan y vuelan y se alejan. Mis hermanas hablan. Hablan, hablan, hablan. Mi garganta está seca. Intento decir sedienta. Digo: «¡Sexta!¡Sexta!». Pero ellas solo se ríen, esas malvadas. Tengo un vendaje, huelo el yodo, el sudor, escucho sus risas. Les pego un grito, y grito fuerte, y se van corriendo. Llega Nana Melda, que tiene la cabeza roja porque su pelo está envuelto con el pañuelo. Sus cosas redondas brillan brillan brillan bajo el sol, son lo que tú llamas pulseras. Digo «¡Sexta!¡Sexta!» y Nana Melda no comprende. Así que entonces digo «¡Aca! ¡Aca!» y Nana me lleva a hacer caquita aunque no tengo ganas de hacer caquita. Estoy sentada en el orinal y veo y señalo. «¡Aca! ¡Aca!» Llega papá. «¿A qué se deben estos gritos?», dice con toda la cara llena de burbujas blancas menos una parte que está suave. Ahí es por donde raspó esa cosa para quitarse el pelo. Me ve señalar. Lo comprende. «A que tiene sed.» Llena el vaso con agua. La habitación está llena de soleado. El polvo flota en lo soleado, y su mano pasa por lo soleado con el vaso de agua, y a eso lo llamarías hermoso. Lo bebo todo. Después lloro, pero porque estoy mejor. Él me besa me besa me besa, me abraza me abraza me abraza, y trato de decirle: «¡Papi!», pero no puedo todavía. Entonces me pongo a pensar de refilón en su nombre, y aparece John, así que pienso eso en mi mente, y mientras pienso John un «¡Papi!» escapa de mi boca y él me abraza me abraza más y más.

Ella piensa: Papi es mi primera palabra en este lado de la cosa mala.

La verdad está en los detalles.

2

Big Pink

I

La cura geográfica de Kamen funcionó, aunque a la hora de arreglar lo que andaba mal en mi cabeza, creo que la parte de Florida fue una mera coincidencia. Es cierto que viví allí, estrictamente hablando, pero en la realidad nunca viví allí. No. La cura geográfica de Kamen funcionó debido a Duma Key, y a Big Pink. Para mí, esos lugares llegaron a constituir un mundo propio en sí mismo.

Dejé St. Paul el 10 de noviembre, con el corazón esperanzado pero sin auténticas expectativas. Kathi Green, la Reina de la Rehabilitación, vino a despedirse. Me plantó un beso en la boca, me dio un fuerte abrazo, y susurró:

—Que tus sueños se hagan realidad, Eddie.

—Gracias, Kathi —respondí. Me conmovió, incluso a pesar de que el sueño que me obsesionaba era el de Reba, la Muñeca Anticólera, el sueño en que ella, con el tamaño de una niña real, me esperaba sentada en el salón iluminado por la luna de la casa que había compartido con Pam. Podía vivir sin que dicho sueño se hiciera realidad.

—Y envíame una postal desde Disney World. Estoy deseando verte con orejas de ratón.

—Lo haré —dije, pero nunca visité Disney World. Ni tampoco Sea World, ni los Jardines Busch, ni fui a la Carrera de Daytona.

Cuando despegué de St. Paul en un Lear 55 (ser un jubilado de oro tiene sus privilegios), la temperatura era de cuatro grados centígrados bajo cero, y el cielo escupía los primeros copos de nieve de otro largo invierno septentrional. Cuando aterricé en Sarasota, el termómetro marcaba veintinueve grados y lucía el sol. Mientras cruzaba la pista hacia la terminal privada, todavía cojeando con mi fiel muleta roja, hasta me pareció oír las palabras de agradecimiento de mi cadera.

Al echar la vista atrás hacia aquella época, lo hago con un estofado de emociones de lo más extraño: amor, nostalgia, pavor, horror, pesar, y la dulzura profunda que solo aquellos que han estado al borde de la muerte conocen. Así es como imagino que debieron de sentirse Adán y Eva. ¿Acaso no crees que volvieron la vista hacia al Edén cuando, descalzos, iniciaron su andadura por el camino que terminaría en nuestra situación actual, en este mundo politizado, afligido, de balas, bombas y televisión vía satélite? ¿Miraron más allá del ángel que custodiaba la puerta cerrada con su fiera espada? Seguro que sí. Imagino que debieron de desear echar una última mirada al verde mundo que habían perdido, con su dulce agua y sus animales de corazón amable.

Y su serpiente, desde luego.

II

A lo largo de la costa occidental de Florida se extiende todo un brazalete ornamentado de cayos. Si te calzaras unas botas de siete leguas, podrías caminar de Longboat a Lido, de Lido a Siesta, de Siesta a Casey. La siguiente zancada te lleva a Duma Key, de unos quince kilómetros de largo y menos de un kilómetro en su punto más ancho, ubicado entre Casey Key y la isla de Don Pedro. Deshabitado en su mayor parte, es una maraña de banianos, palmeras y pinos australianos, con una desigual y arrugada playa llena de dunas en el lado del Golfo. El arenal está resguardado por una franja de matas de araña, o uniola paniculata, gramíneas que alcanzan la altura de la cintura.

—La uniola es autóctona —me explicó Wireman una vez—, pero el resto de toda esa porquería no tendría posibilidad alguna de crecer sin irrigación.

Durante la mayor parte de mi estancia en Duma Key, nadie vivió allí salvo Wireman, la Novia del Padrino, y yo.

Sandy Smith era mi agente inmobiliaria en St. Paul. Le había solicitado que me buscara un lugar tranquilo (no estoy seguro de si empleé la palabra aislado, puede que sí), pero con todos los servicios a mano. Pensando en el consejo de Kamen, le transmití a Sandy mi deseo de alquilar algo por un año, y añadí que el dinero no sería una objeción, siempre y cuando no me quedara demasiado pelado. A pesar de mi estado depresivo y el dolor, más o menos persistente, me disgustaba la idea de que se aprovecharan de mí. Sandy introdujo mis requerimientos en el ordenador y Big Pink fue el resultado. Fue sencillamente cuestión de suerte.

Salvo que realmente no lo creo. Porque incluso mis primeros dibujos parecen tener, no sé, algo.

Algo.

III

El día que llegué en mi coche de alquiler (conducido por Jack Cantori, el joven que Sandy Smith había contratado a través de una agencia de empleo de Sarasota) no conocía nada de la historia de Duma Key. Lo único que sabía era que para llegar allí había que cruzar desde Casey Key un puente levadizo de los tiempos de la WPA.* Mientras lo atravesábamos, advertí que la punta norte de la isla estaba libre de la vegetación que tupía el resto del Cayo. En su lugar había un paisaje auténtico (en Florida eso significa césped y palmeras regados casi continuamente). Pude ver media docena de casas pegadas a la carretera angosta y desigual

* Siglas de Works Projects Administration, agencia estadounidense creada en 1935 cuya finalidad era proporcionar empleo a los afectados por la Gran Depresión. *(N. del T.)*

que discurría en dirección sur, la última de las cuales era una hacienda de grandes dimensiones, indiscutiblemente elegante.

Y cerca, en ese extremo de Duma Key, a una distancia del puente inferior a la longitud de un campo de fútbol, divisé una casa de color rosa colgando sobre el Golfo.

—¿Es esa? —pregunté, pensando: *Por favor, que lo sea. Esa es la que quiero*—. Lo es, ¿verdad?

—No lo sé, señor Freemantle —respondió Jack—. Conozco Sarasota, pero esta es la primera vez que estoy en Duma. Nunca tuve ninguna razón para venir aquí. —Detuvo el coche junto al buzón, que tenía inscrito un gran 13 de color rojo, y echó un vistazo a la carpeta situada en el asiento entre los dos—. Muy bien, esta es. Punta Salmón, número trece. Espero que no sea supersticioso.

Negué con la cabeza, sin apartar los ojos de la casa. No me preocupaban los espejos rotos ni los gatos negros que se cruzaban en mi camino, pero creo en… bueno, quizá no en el amor a primera vista (eso se lo dejo para Rhett Butler y Escarlata O'Hara), pero ¿en la atracción instantánea? Claro que sí. Es lo que sentí la primera vez que vi a Pam, en una cita doble (ella salía con el otro tipo). Y es lo que sentí hacia Big Pink desde el primer momento.

Se alzaba sobre pilotes con el mentón despuntando por encima de la línea de la marea alta. Había un letrero de PROHIBIDO EL PASO ladeado en una vieja estaca gris junto al camino de entrada, pero supuse que eso no se aplicaba a mí.

—Una vez que firme el contrato de arrendamiento, la tendrá por un año —me había dicho Sandy—. Incluso si se vende, el dueño no puede echarle hasta que haya vencido el plazo.

Jack condujo lentamente hasta la puerta trasera… pero visto que su fachada pendía sobre el golfo de México, aquella era la única puerta de la casa.

—Me sorprende que les concedieran el permiso para construirla de esa manera. Imagino que las cosas se hacían de forma diferente en los viejos tiempos —comentó. Para él, probablemente los viejos tiempos eran los años ochenta—. Ahí está su coche. Espero que le guste.

El vehículo estacionado en el recuadro de asfalto agrietado a la derecha de la casa era uno de esos anónimos coches americanos de tamaño medio en los que se especializan las agencias de alquiler. No había vuelto a conducir desde el día que la señora Fevereau atropelló a Gandalf, y apenas le eché un vistazo. Estaba más interesado en el elefante de color rosa que había arrendado.

—¿No existen ordenanzas que regulen las edificaciones en la costa del golfo de México?

—Ahora claro que sí, pero no cuando se levantó este lugar. Desde el punto de vista práctico, el problema es la erosión de la playa. Dudo que este sitio sobresaliera de esa forma cuando se construyó.

Sin duda llevaba razón. Calculaba que por lo menos quedaban a la vista dos metros de los pilotes que sujetaban el porche acristalado (la denominada habitación Florida), y a no ser que se hundieran veinte metros en el lecho de roca, tarde o temprano la casa terminaría adentrándose en el golfo de México. Era solo cuestión de tiempo.

Jack Cantori expresaba ahora en voz alta lo que yo mismo estaba pensando. Luego sonrió.

—Pero no se preocupe; fijo que le avisará con tiempo de sobra. La oirá gemir.

—Como la Casa Usher —comenté, y su sonrisa se ensanchó.

—Pero seguro que aguanta otros cinco años o así. De lo contrario, ya la habrían declarado ruinosa.

—No necesariamente.

Jack había dado marcha atrás hasta la puerta de entrada, para facilitar la descarga del maletero. No es que hubiera mucho en él; tres maletas, una bolsa de ropa, un maletín de acero que contenía el ordenador portátil, y una mochila con algunos suministros primitivos de pintura (en su mayor parte cuadernos y lápices de colores). Abandoné mi otra vida ligero de equipaje. Sospechaba que lo que más necesitaría en la nueva sería mi talonario y mi American Express.

—¿Qué quiere decir? —preguntó.

—En primer lugar, alguien con capital suficiente para costearse una casa aquí, a buen seguro podría convencer a un par de inspectores de la OVU.

—¿La OVU? ¿Qué es eso?

Por un momento fui incapaz de explicárselo. Podía visualizar el concepto: hombres con camisa blanca y corbata, llevando un casco amarillo de plástico en la cabeza y una tablilla con sujetapapeles en la mano. Hasta podía ver las plumas en los bolsillos de sus camisas, y los protectores de plástico a los que estaban sujetas. El diablo está en los detalles, ¿verdad? Pero era incapaz de recordar lo que representaban las letras OVU, aunque lo sabía tan bien como mi propio nombre. Y de repente me enfurecí. De repente juzgué que cerrar la mano izquierda y propinar un puñetazo en la desprotegida nuez de Adán del muchacho sentado a mi lado era la cosa más razonable del mundo. Casi imperativo. Porque fue su pregunta lo que me había dejado colgado.

—¿Señor Freemantle?

—Un segundo —contesté, y me dije: *Puedo hacerlo*.

Pensé en Don Field, el tipo que había inspeccionado al menos la mitad de mis construcciones en los noventa (o eso me parecía), y mi mente realizó el truco de la interconexión. Me di cuenta de que había estado sentado muy tieso, con las manos apretadas sobre el regazo. Comprendí la causa de la preocupación en la voz del muchacho. Tenía el aspecto de un hombre sufriendo un episodio gastrointestinal. O un ataque al corazón.

—Lo siento. Tuve un accidente. Un buen golpe en la cabeza, y a veces mi mente tartamudea.

—No se preocupe —dijo Jack—. No importa.

—OVU es Oficina de Vivienda y Urbanismo. Básicamente, los tipos que deciden si tu construcción es apta o no.

—¿Está hablando de sobornos? —Mi nuevo joven empleado parecía abatido—. Bueno, estoy seguro de que esas cosas pasan, sobre todo por aquí abajo. El dinero habla.

—Eso es bastante cínico. A veces solo se trata de una cuestión de amistad. Los constructores, los contratistas, los inspectores de vivienda, incluso la gente de la OSHA...* Suelen beber en los mismos bares, y todos fueron a los mismos colegios —dije—. Correccionales de menores, en algunos casos —añadí, riéndome.

—Clausuraron un par de casas en la playa norte de Casey Key cuando la erosión allí se aceleró —apuntó Jack—. En realidad, una de ellas llegó a caer a la mar.

—Bueno, como tú dices, probablemente la oiré gemir, y por ahora parece lo bastante segura. Metamos mis cosas dentro.

Abrí la portezuela y bajé del coche, pero entonces se me quedó bloqueada la cadera mala y trastabillé. Si no hubiera plantado la muleta a tiempo, le habría dicho hola a Big Pink despatarrado sobre el escalón de piedra de la entrada.

—Yo meteré las cosas —dijo Jack—. Será mejor que entre y se siente, señor Freemantle. Una bebida fría tampoco le haría daño. De verdad que tiene aspecto de cansado.

IV

La fatiga del viaje terminó por alcanzarme, y me sentía más que cansado. Para cuando me senté cuidadosamente en una butaca del salón (inclinándome hacia la izquierda, como de costumbre, y tratando de mantener la pierna derecha lo más recta posible), estaba dispuesto a admitir que me sentía exhausto.

Pero no añoraba mi hogar, al menos no todavía. Mientras Jack iba y venía, guardaba mis bolsas en el dormitorio más grande de los dos que tenía la casa, y ponía el portátil sobre el escritorio del pequeño, mis ojos se vieron atraídos hacia la pared occidental de la sala de estar, toda de cristal, atraídos hacia la habitación Florida al otro lado y más allá, hacia el golfo de México. Era una vasta extensión azul, llana como un plato en aquella calurosa tarde de noviembre, e incluso con la puerta corredera cerrada, podía oír su suave y constante susurro. *No tiene memo-*

* Siglas de Occupational Safety and Health Administration, Agencia de Seguridad y Salud Ocupacional. (*N. del T.*)

ria, me dije. Era un pensamiento raro, y extrañamente optimista. En lo que concierne a la memoria (y a la ira), aún tengo asuntos por resolver.

Jack volvió del cuarto de invitados y se sentó en el brazo del sofá; la posición, pensé, de un muchacho que está deseando largarse.

—Las provisiones incluyen todos los alimentos básicos —informó—, más una bolsa de ensalada, hamburguesas, y uno de esos pollos cocinados en una cápsula de plástico. En mi casa los llamamos Pollos Astronautas. Espero que le parezca bien.

—Estupendo.

—Leche desnatada…

—Estupendo también.

—… y semidesnatada. Puedo traerle leche de verdad la próxima vez, si lo desea.

—¿Quieres que se me atasque la única arteria que me queda? —le pregunté, y se echó a reír.

—Hay una pequeña despensa con todo tipo de mier… comida enlatada. El cable está conectado, la conexión a internet preparada; le conseguí un Wi-Fi, cuesta un poco más pero mola. Si lo desea, puedo hacer que le instalen la tele vía satélite.

Negué con la cabeza. Era un buen chico, pero anhelaba escuchar al Golfo, que me susurraría dulcemente palabras que un minuto después ya no recordaría. Y anhelaba escuchar a la casa, ver si tenía algo que decir. Mi impresión era que quizá sí.

—Las llaves están dentro de un sobre en la mesa de la cocina; también las del coche. Hay una lista con los números que podría necesitar en la nevera. Yo tengo clases en la FSU* en Sarasota todos los días menos los lunes, pero llevo mi teléfono móvil, y vendré los martes y los jueves a las cinco a no ser que quedemos en otra cosa. ¿Está bien así?

—Sí. —Metí la mano en el bolsillo y saqué mi sujetabilletes—. Me gustaría recompensarte con un pequeño extra. Te has portado muy bien.

---

* Siglas de Florida State University, Universidad Estatal de Florida. (*N. del T.*)

—No —replicó, apartando el fajo de billetes con la mano—. Este es un trabajo agradable, señor Freemantle. Buena paga y buen horario. Me sentiría como un perro sabueso si se lo aceptara.

Aquello me hizo reír, y retorné la pasta al bolsillo.

—De acuerdo.

—Quizá debiera echarse una siesta —sugirió, al tiempo que se levantaba.

—Tal vez sí. —Era extraño ser tratado como el Abuelo Walton, pero supuse que más me valía irme acostumbrando—. ¿Qué pasó con la otra casa del extremo norte de Casey Key?

—¿Eh?

—Dijiste que una se cayó al mar. ¿Qué le pasó a la otra?

—Hasta donde yo sé, sigue allí. Aunque si alguna vez un huracán como el Charley embiste de lleno contra esta parte de la costa, será como una rebaja por liquidación: no tiene que quedar nada. —Se acercó a mí y extendió la mano—. En cualquier caso, señor Freemantle, bienvenido a Florida. Espero que le trate bien de verdad.

Le estreché la mano.

—Gracias… —Titubeé por un instante, probablemente no lo bastante largo como para que lo notara, y esta vez no me cabreé. Bueno, al menos no con él—. Gracias por todo.

—No fue nada.

Me dirigió una pequeñísima mirada de desconcierto mientras salía, conque quizá sí lo había notado. Quizá lo había notado, a la vista de aquello. Me era indiferente. Por fin estaba solo. Escuché las conchas y la gravilla que brincaron bajo los neumáticos cuando el coche empezó a rodar. Escuché el ruido del motor, que perdía gradualmente intensidad. Un ruido menor, mínimo, extinguido. Entonces solo quedó el afable susurro estacionario del Golfo. Y los latidos de mi propio corazón, suaves y bajos. No había relojes. Ni timbres, ni talanes, ni siquiera un tictac. Respiré profundamente y olí el aroma a moho ligeramente húmedo de una casa que había permanecido cerrada por un período de tiempo tremendamente largo, excepto por el ritual semanal (o quincenal) de la aireación. Creí percibir también el olor de la sal y de las hierbas subtropicales para las que todavía no poseía nombres.

Escuchaba sobre todo el suspiro de las olas, como la respiración de alguna criatura durmiente de enormes proporciones, y miré a través de la pared de cristal orientada hacia el mar. Debido a la elevación de Big Pink, desde donde estaba sentado, muy al fondo de la sala de estar, no divisaba absolutamente nada de la playa; desde mi butaca, bien podría hallarme en uno de aquellos grandes cargueros que recorren laboriosamente las rutas petrolíferas desde Venezuela a Galveston. Una bruma alta había trepado, sigilosa, sobre la cúpula del cielo, velando las motas de luz en el agua. A la izquierda había tres palmeras recortadas contra el cielo, con sus hojas agitándose en la más suave de las brisas: los objetos de mi primer bosquejo postaccidente. «Nej parekse mucho a Minnesota», había dicho Tom Riley.

Mirarlas provocó que deseara volver a dibujar; era como un hambre seca, pero no precisamente en el estómago; hacía que me picara la mente. Y, por raro que parezca, el muñón de mi brazo amputado.

—Ahora no —murmuré—. Más tarde. Estoy molido.

Conseguí, no sin esfuerzo, levantarme del sillón al segundo intento, feliz de que el chico no hubiera estado allí para presenciar mi primera caída hacia atrás y escuchar mi infantil grito («¡Maricón!») de exasperación. Una vez en pie, me quedé oscilando sobre la muleta durante un instante, sorprendido de lo cansado que estaba. En general, «molido» es solo algo que se dice, pero en aquel momento era exactamente como me sentía.

Con movimientos lentos (no tenía intención de caerme ya el primer día) recorrí el camino hasta el dormitorio principal. La cama era extragrande, y no deseaba más que llegar hasta ella, sentarme, barrer con la muleta esos estúpidos cojines decorativos (uno de ellos tenía el retrato de dos cockers retozones y la idea, harto peregrina, de que QUIZÁ LOS PERROS NO SON MÁS QUE PERSONAS EN SUS MEJORES MOMENTOS), tumbarme, y dormir un par de horas. Quizá tres. Pero primero me acerqué a la banqueta a los pies de la cama, donde el chico había apilado dos de mis tres maletas. Me movía todavía con cuidado, pues sabía lo fácil que sería que, con semejante nivel de extenuación, se me enredaran los pies y me desplomara. La maleta que buscaba estaba debajo, naturalmente. Tiré al suelo la que había encima sin ningún tipo de vacilación y abrí la cremallera del bolsillo delantero de la otra.

Unos vidriosos ojos azules miraron hacia fuera con una expresión de sorpresa eternamente desaprobatoria: «¡Oouuu, qué hombre más antipático! ¡He estado aquí metida todo este tiempo!». Una pelusa de pelo rojo anaranjado brotó del confinamiento. Reba, la Muñeca Anticólera, con su mejor vestido azul y sus zapatos negros Mary Janes.

Me tumbé en la cama, sujetándola entre el muñón y el costado. Cuando me hube hecho sitio entre los cojines ornamentales (eran sobre todo los cockers retozones los que quería en el suelo), la puse a mi lado.

—He olvidado su nombre —murmuré—. Lo recordé todo el camino hasta aquí, y ahora se me ha olvidado.

Reba miraba hacia el techo, donde las palas de un ventilador permanecían inmóviles. Se me había pasado ponerlo en marcha. A Reba le traía sin cuidado que mi nuevo empleado a tiempo parcial se llamara Ike, Mike o Andy Van Slyke. Para ella todo era igual; no era más que un montón de trapos que rellenaban un cuerpo de color rosa, probablemente fabricada por algún niño infeliz que trabajaba en Camboya o en el maldito Uruguay.

—¿Cómo se llama? —le pregunté. Cansado como estaba, sentía cómo se afianzaba el viejo y funesto pánico. La vieja y funesta ira. El temor a que esto continuaría durante el resto de mi vida. ¡O empeoraría! ¡Sí, era posible! Me llevarían de vuelta a la clínica de reposo, que en realidad era el infierno con una capa fresca de pintura.

Reba no respondió, aquella zorra deshuesada.

—Puedo hacerlo —dije, aunque sin demasiada fe. Y pensé: *Jerry. No, Jeff.* Entonces: *Estás pensando en Jerry Jeff Walker, gilipollas. ¿Johnson? ¿Gerald? ¿Jehosaphat el Gran Saltimbanqui?*

Empezaba a alejarme a la deriva. Empezaba a adentrarme en

el sueño a pesar de la ira y el pánico. En sintonía con la suave respiración del Golfo.

Puedo hacerlo, pensé. *Interconexión. Como cuando recordaste lo que significaba OVU.*

Pensé en el chico diciendo: *Clausuraron un par de casas en la playa norte de Casey Key*, y allí había algo. El muñón me picaba como un hijoputa rabioso. Pero finge que es el muñón de algún otro tipo en algún otro universo, mientras persigue esa cosa, ese jirón, ese hueso, esa conexión…

… a la deriva…

Aunque si alguna vez un huracán como el Charley embiste de lleno contra esta parte de la costa…

Bingo.

Charley era un huracán, y cuando los huracanes azotaban, echaba un vistazo al Canal Meteorológico, como el resto de los Estados Unidos, y el tío de los huracanes era…

Recogí a Reba. En mi estado, pastoso y semidormido, parecía pesar diez kilos como mínimo.

—El tío de los huracanes es Jim Cantore —dije—. El chico que me echa una mano es Jack Cantori. Puto caso cerrado.

Dejé caer a la muñeca de espaldas y cerré los ojos. Puede que siguiera oyendo aquel tenue suspiro del Golfo durante diez o quince segundos. Después me quedé dormido.

Dormí hasta la puesta de sol. Fue el sueño más profundo y satisfactorio que había disfrutado en ocho meses.

V

No había tomado más que un pequeño refrigerio en el avión, y por consiguiente me desperté con un hambre canina. Realicé una docena de flexiones de tobillo en lugar de las veinticinco habituales para desentumecer la cadera, hice un rápido viaje al cuarto de baño, y luego fui dando bandazos hasta la cocina. Me inclinaba sobre la muleta, pero no tan pesadamente como habría imaginado dada la duración de mi siesta. Mi plan era prepararme un sándwich, quizá dos. Albergaba la esperanza de que hubiera mortadela de Bolonia, pero calculaba que cualquier embutido que encontrara en el frigorífico estaría bien. Llamaría a Ilse después de comer y le diría que había llegado sano y salvo. Seguro que Ilse enviaría un e-mail a todos aquellos interesados en el bienestar de Edgar Freemantle. Luego tomaría la dosis nocturna de analgésicos y exploraría el resto de mi nuevo hábitat. Me aguardaba el segundo piso por entero.

Lo que mi plan no tuvo en cuenta fue el modo en que había cambiado la vista hacia el oeste.

El sol se había ido, pero aún quedaba una brillante franja de color naranja sobre la línea plana del Golfo, rota en un único punto por la silueta de un barco de gran longitud. Su forma era tan simple como el dibujo de un alumno de primer curso de primaria. Había un cable tenso que se extendía desde la proa hasta lo que asumía que sería la torre de radio, que creaba un triángulo de luz. A medida que esa luminosidad ascendía por el cielo, el naranja se difuminaba en un pasmoso verdeazulado estilo Maxfield Parrish que nunca antes mis ojos habían contemplado… y aun así me invadió una sensación de *déjà vu*, como si quizá lo hubiera visto en mis sueños. Quizá todos nosotros vemos cielos como aquel en nuestros sueños, y nuestras mentes despiertas nunca son capaces de traducirlos con exactitud en colores que posean un nombre.

Por encima, en la profunda oscuridad, las primeras estrellas.

Ya no tenía hambre, y ya no quería llamar a Ilse. Lo único que quería hacer era dibujar lo que estaba contemplando. Comprendía que no podría captarlo todo, pero me daba igual (eso era la parte hermosa). Me importaba Una Gran Mierda.

Mi nuevo empleado (por un momento volví a quedarme en blanco; luego pensé en el Canal Meteorológico y entonces me vino a la mente el nombre de Jack: puto caso cerrado) había dejado la mochila con los utensilios de dibujo en el segundo dormitorio. Me debatí con ella todo el camino hasta la habitación Florida, acarreándola con torpeza y tratando de usar la muleta al mismo tiempo. Una curiosa y gentil brisa levantó mi cabello. La idea de que dicha brisa y la nieve de St. Paul pudieran existir simultáneamente, en el mismo mundo, se me antojaba absurda, como ciencia ficción.

Puse la bolsa sobre la larga y tosca mesa de madera. Pensé en encender una luz, pero decidí que no. Dibujaría hasta que no pudiese ver para dibujar, y solo entonces admitiría que era de noche. Me senté a mi torpe estilo, abrí la cremallera de la mochila y saqué el cuaderno. ARTESANO, rezaba la tapa. Dado el nivel actual de mis habilidades, aquello era un chiste. Escarbé a mayor profundidad y extraje una caja de lápices de colores.

Dibujé y coloreé apresuradamente, sin apenas fijarme en lo que hacía. Sombreé por encima de una línea del horizonte arbitraria, frotando el Amarillo Venus de lado a lado con salvaje abandono, sin preocuparme por las rayas que a veces pintarrajeaba por encima del buque (sería el primer petrolero del mundo con ictericia, supuse). Cuando tuve la franja del crepúsculo con la saturación que juzgué correcta (ahora estaba muriendo rápidamente), empuñé el naranja y sombreé más, y más fuerte. Entonces volví sobre el barco, sin pensar, limitándome a trazar una serie de líneas angulares negras en el papel. Eso fue lo que yo vi.

Cuando terminé, la oscuridad era casi completa.

A la izquierda, las tres palmeras entrechocaban ruidosamente sus hojas.

Por debajo de mí, y a lo lejos (aunque ya no a mucha distancia, la marea alta regresaba), el golfo de México suspiraba, como si hubiera tenido un día muy largo y todavía le quedara trabajo por hacer.

En lo alto había ahora miles de estrellas, y aparecían más y más incluso mientras miraba.

Todo esto ha estado siempre aquí, pensé, y me acordé de algo que Melinda solía decir cuando escuchaba en la radio alguna canción que le gustaba de verdad: «Me atrapó desde el hola». Bajo mi rudimentario petrolero garabateé la palabra **HOLA** con letras pequeñas. Hasta donde puedo recordar (y ya he mejorado mucho en eso), era la primera vez en mi vida que ponía nombre a una obra artística. En comparación con otros, es un buen nombre, ¿no es cierto? A pesar de todo el daño posterior, todavía creo que es el nombre perfecto para un cuadro dibujado por un hombre que intentaba con todas sus fuerzas dejar de estar triste; que intentaba recordar qué se sentía al ser feliz.

El dibujo estaba terminado.

Solté el lápiz, y fue entonces cuando Big Pink me habló por vez primera. Su voz era más suave que el murmullo de la respiración del Golfo, pero igualmente la oí bastante bien.

Te he estado esperando, dijo.

VI

Ese fue el año de las conversaciones conmigo mismo, yo me hablaba y yo me respondía. En ocasiones también se unían otras voces, pero aquella primera noche solo estábamos yo mismo y yo.

—Houston, aquí Freemantle, ¿me recibe, Houston?

Estaba apoyado en el frigorífico, pensando: *Por Dios, si esto son suministros básicos, no me gustaría ver cómo sería si el chico decidiera de verdad hacer acopio de provisiones: podría aguantar aquí hasta el final de la III Guerra Mundial.*

—Ah, roger, Freemantle. Le recibimos.

—Bueno, tenemos mortadela de Bolonia, Houston; así que atacaremos la Bolonia, ¿me recibe?

—Comprendido, Freemantle, le recibimos alto y claro. ¿Cuál es la situación de la mayonesa?

Vía libre para atacar la mayonesa, también. Me preparé dos sándwiches con pan blanco (donde crecí, los niños son educados en la creencia de que la mayonesa, la mortadela de Bolonia y el pan blanco son el alimento de los dioses), y me los comí en la mesa de la cocina. En la despensa encontré un estante lleno de tartas, tanto de manzana como de arándanos. Comencé a plantearme la idea de modificar mi testamento en favor de Jack Cantori.

Regresé a la sala de estar, casi chapoteando en comida, encendí todas las luces y examiné el *Hola*. No era muy bueno, pero resultaba interesante. El arrebol pintarrajeado poseía una sombría cualidad, como un horno, que atraía la atención. El buque no era el que yo había visto, pero el mío era más sugestivo en un modo más o menos siniestro. Era poco más que un espantajo de barco, y los garabatos amarillos y anaranjados que se solapaban encima lo convertían, además, en un barco fantasma, como si aquella peculiar puesta de sol brillara a través de él.

Lo apoyé sobre el televisor, contra el cartel que rezaba LA PROPIETARIA LES RUEGA A USTED Y A SUS INVITADOS QUE NO FUMEN EN EL INTERIOR DE LA CASA. Lo contemplé durante un momento más, pensando que necesitaba algo en primer plano (un bote más pequeño, quizá, simplemente para aportar al que se veía en el horizonte algo de perspectiva), pero ya no me apetecía dibujar más. Además, añadir algo podría desbaratar el pequeño encanto que poseía. En su lugar probé el teléfono, pensando que si este todavía no funcionaba, podría llamar a Ilse con el móvil, pero Jack también se había ocupado de eso.

Imaginaba que probablemente me saltaría el contestador automático (las chicas universitarias son chicas ocupadas), pero descolgó al primer timbrazo.

—¿Papá? —Me cogió tan de improviso que al principio no pude hablar, y repitió—: ¿Papá?

—Sí —respondí—. ¿Cómo lo supiste?

—El número de la llamada entrante tiene el prefijo 941. Ahí es donde está ese Duma-como-sea. Lo comprobé.

—Tecnología moderna. No soy capaz de ponerme al día. ¿Cómo estás, hija?

—Estupendamente. La pregunta es: ¿cómo estás tú?

—Estoy bien. Mejor que bien, de hecho.

—¿El tío que contrataste…?

—Tiene aptitudes. La cama está hecha y la nevera está llena. Llegué y me eché una siesta de cinco horas.

Se produjo una pausa, y cuando volvió a hablar su voz parecía más turbada que nunca.

—No estarás atiborrándote de calmantes, ¿verdad? Porque se

supone que la Oxycontina es una especie de caballo de Troya. No es que te esté diciendo algo que ya no sepas.

—No, me limito a la dosis prescrita. En realidad... —Me detuve.

—¿Qué, papá? ¿Qué? —Ahora sonaba como si estuviera lista para llamar a un taxi y coger un avión.

—Me acabo de dar cuenta de que me salté la Vicodina de las cinco... —Comprobé la hora—. Y también la Oxycontina de las ocho. Estoy condenado.

—¿Te duele mucho?

—Nada que un par de Tylenoles no pueda solucionar. Por lo menos hasta medianoche.

—Seguro que es por el cambio de clima —dijo—. Y la siesta.

No me cabía duda de que se debía parcialmente a eso, pero intuía que no era todo. Quizá fuera una locura, pero creía que el dibujar también había jugado su parte. De hecho, era algo que sabía, de alguna forma, con certeza.

Charlamos durante un rato, y pude oír cómo poco a poco la preocupación iba desapareciendo de su voz. Lo que la sustituyó fue tristeza. Estaba empezando a entender, suponía yo, que esto estaba ocurriendo de verdad, que su madre y su padre no despertarían simplemente una mañana y volverían a estar juntos. Pero prometió llamar a Pam y enviarle un e-mail a Melinda, para comunicarles que yo seguía en la tierra de los vivos.

—¿No tienes e-mail allí, papá?

—Sí tengo, pero esta noche tú eres mi correo electrónico, Galletita.

Se echó a reír, aspiró con fuerza por la nariz y siguió riendo. Pensé en preguntarle si estaba llorando, pero cambié de idea. Quizá fuera mejor así.

—¿Ilse? Más vale que te deje ya, cariño. Quiero pegarme una ducha para desprenderme del cansancio del día.

—Vale, pero... —Una pausa, y entonces de repente estalló—: ¡Odio la idea de que estés tú solo allá abajo en Florida! ¡A lo mejor te caes en la ducha! ¡No está bien!

—Galletita, estoy bien. De veras. El chico, que se llama...

—*Huracanes*, pensé. *Canal Meteorológico*—, se llama Jim Cantori —finalicé, pero aquel era un caso de iglesia correcta, banco equivocado—. Jack, quiero decir.

—No es lo mismo, y lo sabes. ¿Quieres que vaya?

—No a menos que quieras que tu madre nos arranque la cabellera a los dos —contesté—. Lo que quiero es que te quedes ahí donde estás, y sigas con tus cosas, cielo. Estaré en contacto.

—Vale. Pero cuídate. No hagas estupideces.

—Sin estupideces. Roger, Houston.

—¿Eh?

—Nada, no importa.

—Todavía quiero oír tu promesa, papá.

Por un momento, indescriptible e inquietante, me sobrecogí con una visión de Ilse con once años, Ilse vestida con el uniforme de girl scout, que me miraba con los ojos conmocionados de Monica Goldstein. Antes de que pudiera detener las palabras, me oí a mí mismo diciendo:

—Prometido. Lo juro a lo grande. En el nombre de mi madre.

Ella se rió tontamente.

—Nunca te había oído eso.

—Hay un montón de cosas sobre mí que desconoces. Soy un hombre muy profundo.

—Si tú lo dices… —Tras una pausa, añadió—: Te quiero.

—Yo también te quiero.

Colgué suavemente el teléfono en la horquilla y me quedé un buen rato mirándolo fijamente.

VII

En lugar de ducharme, bajé caminando por la playa hasta el agua. Enseguida descubrí que mi muleta no era de mucha ayuda en la arena (de hecho, era un estorbo), pero una vez que rodeé la casa, la orilla quedaba a menos de dos docenas de pasos. Aquello era fácil si me movía despacio. La marejada era suave y las olas entrantes apenas alcanzaban unos centímetros de altura. Era difícil imaginar esta agua azotada por el frenesí destructivo de un huracán. Imposible, en realidad. Más tarde, Wireman me diría que Dios siempre nos castiga por lo que nos es imposible de imaginar.

Aquella era una de sus mejores frases.

Di media vuelta para regresar a la casa, y entonces me detuve. Había la luz justa para distinguir una gruesa alfombra de conchas, un cúmulo de conchas, bajo la prominente habitación Florida. Advertí que, con la marea alta, la parte frontal de mi nuevo hogar se asemejaba a la cubierta de proa de un barco. Recordé a Jack diciendo que me avisaría con tiempo de sobra si el golfo de México decidía devorar la casa, que la oiría gemir. Probablemente tenía razón… pero también se suponía que una pieza pesada de maquinaria dando marcha atrás en una obra emitiría suficientes señales de alarma.

Cojeé hasta el lateral de la casa donde había apoyado la muleta y recorrí el corto paseo de tablones que rodeaba la casa hasta la puerta. Tomé un baño en lugar de ducharme, entrando y saliendo de la bañera a mujeriegas, el esmerado estilo que Kathi Green me había enseñado en mi otra vida, ambos en bañador, mi pierna derecha con el aspecto de un trozo de carne terriblemente triturado. Pero ahora la carnicería pertenecía al pasado; mi cuerpo estaba obrando su milagro. Las cicatrices perdurarían toda una vida, pero hasta ellas palidecían. Ya estaban palideciendo.

Después de secarme y cepillarme los dientes, entré en el dormitorio principal apoyado en la muleta e inspeccioné la cama XXL, ahora despojada de sus cojines decorativos.

—Houston, tenemos una cama —informé.

—Recibido, Freemantle —respondí—. Vía libre.

Sí, ¿por qué no? Nunca dormiría, no después de tamaña siesta, pero podría tenderme un rato. Mi pierna seguía transmitiendo buenas sensaciones, incluso tras mi expedición hasta el agua, pero tenía un nódulo en la parte inferior de la espalda y otro en la base del cuello. Me tumbé. No, el dormir estaba fuera de toda cuestión, pero de todas formas apagué la lámpara. Simplemente para descansar los ojos. Me quedaría allí tumbado un rato, hasta que mi espalda y mi cuello se sintieran mejor, y después sacaría un libro de bolsillo de la maleta y leería.

Solo descansar aquí un rato, eso era...

No llegué más lejos, y entonces me quedé dormido. Sin soñar.

VIII

Retorné a una suerte de consciencia escurridiza en mitad de la noche. Me picaba el brazo derecho, notaba un cosquilleo en la mano derecha y no tenía ni idea de dónde estaba, solo que por debajo de mí algo inmenso chirriaba y chirriaba y chirriaba. Al principio pensé en maquinaria, pero el sonido era demasiado intermitente para tratarse de una máquina. Y, de algún modo, demasiado orgánico. Entonces pensé en algo rechinando los dientes, pero no había nada que tuviera una dentadura de ese tamaño. Al menos, nada en el mundo conocido.

Está respirando, me dije, y me pareció correcto. Pero ¿qué clase de animal era capaz de emitir un sonido tan estridente al respirar? Y, por Dios, esa picazón que me recorría el antebrazo hasta el pliegue del codo me estaba volviendo loco. Fui a rascarme, pasando la mano izquierda por encima del pecho, y por supuesto no había codo, ni antebrazo, y lo único que rasqué fue la sábana.

Eso provocó que me despertara por completo y me incorporé. Aunque la habitación seguía muy oscura, la luz de las estrellas que entraba a través de la ventana occidental era suficiente para ver los pies de la cama, donde una de mis maletas descansaba sobre una banqueta. Eso consiguió que me ubicara. Me hallaba en Duma Key, a poca distancia la costa oeste de Florida, el hogar de los recién casados y los casi muertos. Estaba en la casa en la que ya pensaba como Big Pink, y ese chirriante sonido...

—Son las conchas —murmuré, y volví a tumbarme—. Las conchas bajo la casa. La marea ha penetrado bajo la casa.

Amé ese sonido desde el primer momento, cuando desperté y lo oí en la oscuridad de la noche, cuando no sabía dónde estaba, ni quién era, ni qué partes de mi cuerpo aún seguían unidas. Era mío.

Me atrapó desde el hola.

3

Empleando nuevos recursos

I

Lo que vino a continuación fue un período de recuperación y transición desde mi otra vida a la que viví en Duma Key. El doctor Kamen probablemente sabría que, durante esas épocas, la mayoría de los cambios son internos: malestar social, revueltas, revolución, y finalmente, ejecuciones en masa, las cabezas dirigentes del antiguo régimen que caen en un cesto a los pies de la guillotina. Estoy seguro de que el hombretón había visto cómo tales revoluciones triunfaban, y también las había visto fracasar. Porque no todo el mundo consigue alcanzar la otra vida, ¿sabes? Y aquellos que lo logran no siempre descubren las orillas doradas del paraíso.

Mi nuevo hobby ayudó en la transición, e Ilse también ayudó. Siempre estaré agradecido por ello. Pero me avergüenzo de haber registrado su bolso mientras dormía. Todo lo que puedo decir es que en aquel momento no creí tener otra elección.

II

Desperté la mañana siguiente a mi llegada sintiéndome mejor que nunca desde el accidente, pero no tan bien como para saltarme mi cóctel de analgésicos matutino. Me tomé las píldoras con zumo de naranja y luego salí al exterior. Eran las siete de la mañana. En St. Paul el aire habría estado tan frío que me roería la punta de la nariz, pero en Duma era como un beso.

Apoyé la muleta donde la había dejado la noche anterior y descendí de nuevo hasta las dóciles olas. A mi derecha, cualquier vista del puente levadizo y de Casey Key quedaba bloqueada por mi propia casa. A la izquierda, sin embargo...

En aquella dirección la playa parecía extenderse hasta el infinito, un deslumbrante margen blanco entre el Golfo grisazulado y las matas de araña. Divisé un puntito a lo lejos, o tal vez eran dos. Por lo demás, aquella fabulosa playa de postal se encontraba totalmente desierta. Ninguna otra casa se levantaba cerca del arenal, y cuando miré de frente, hacia el sur, solo avisté un único tejado: lo que parecía un acre de tejas anaranjadas en su mayoría enterradas en palmeras. Era la hacienda que había visto el día anterior. Podía taparla con la palma de la mano y sentirme como Robinson Crusoe.

Caminé en aquella dirección, en parte porque, siendo zurdo, girar a la izquierda había sido mi tendencia natural toda la vida. Pero sobre todo porque en aquella dirección podía ver. No fui lejos, no di un Largo Paseo Playero aquel día, porque quería asegurarme de poder regresar hasta la muleta, pero aun así fue el primero. Recuerdo darme la vuelta y maravillarme de mis propias pisadas en la arena. A la luz de la mañana, las huellas dejadas por el pie izquierdo estaban tan bien delineadas y tan remarcadas que parecían producto de una prensa de imprenta. La mayoría de las pisadas del pie derecho eran borrosas, porque tendía a arrastrarlo, pero aparte de eso, incluso aquellas se distinguían con cierta claridad. Conté mis pasos al volver. El total sumaba treinta y ocho. Para entonces ya tenía un dolor punzante en la cadera. Estaba más que preparado para entrar, agarrar un yogur de la nevera, y comprobar si la tele por cable funcionaba tan bien como Jack Cantori afirmaba.

Resultó que sí.

Y eso se convirtió en mi rutina matinal: zumo de naranja, caminata, yogur, sucesos de actualidad. Me hice coleguita de Robin Meade, la joven mujer que presentaba las Noticias de Cabecera de seis a diez de la mañana. Una rutina aburrida, ¿verdad? Pero los acontecimientos superficiales de un país sometido a una dictadura también pueden parecer aburridos (a los dictadores les gusta lo aburrido, los dictadores aman lo aburrido), incluso cuando se avecinan grandes cambios bajo la superficie.

Un cuerpo y una mente heridos no es que sean como una dictadura: son una dictadura. No existe tirano tan despiadado como el dolor, ni déspota tan cruel como la confusión. Que mi mente había resultado tan gravemente herida como mi cuerpo era algo que solamente llegué a comprender una vez que me encontré solo y todas las demás voces se acallaron. Que hubiera tratado de estrangular a la que fue mi esposa durante veinticinco años, por el único motivo de intentar enjugarme el sudor de la frente después de ordenarle que se marchara, era lo de menos. Que no hubiéramos hecho el amor ni una sola vez en los meses transcurridos entre el accidente y la separación, que ni siquiera lo hubiéramos intentado, tampoco era el quid de la cuestión, aunque invitaba a reflexionar sobre el auténtico problema. Ni siquiera los repentinos y angustiosos arranques de ira se hallaban en el corazón del asunto.

El corazón del asunto consistía en una especie de distanciamiento elusivo. No se me ocurre otra manera de describirlo. Mi mujer había llegado a parecer alguien… otra. Casi todas las personas en mi vida también parecían otras, y lo triste era que no me importaba lo más mínimo. Al principio intentaba convencerme a mí mismo de que el sentimiento de otredad que experimentaba cuando pensaba en mi mujer y en mi vida era probablemente natural en un hombre que a veces ni siquiera recordaba el nombre de esa cosa de la que tiras cuando te abrochas los pantalones (la crimonera, la cremotera, la crema-duh-dah). Me decía a mí mismo que pasaría, pero cuando eso no ocurrió y Pam pidió el divorcio, el alivio reemplazó a la furia. Porque ahora estaba bien tener ese otro sentimiento, al menos hacia ella. Ahora ella era verdaderamente otra. Ahora ella se había despojado del uniforme Freemantle y abandonado el equipo.

Durante las primeras semanas en Duma, aquella sensación de otredad me permitía recurrir a evasivas fácilmente y con fluidez. Respondía a cartas y a e-mails de gente como Tom Riley, Kathi Green y William Bozeman III (el inmortal Bozie) con notas cortas (estoy bien, el tiempo es bueno, los huesos están soldando) que poco tenían que ver con mi vida real. Y cuando la comunicación con ellos fue poco a poco remitiendo y finalmente cesó, no lo lamenté.

Solo Ilse parecía seguir en mi equipo. Solo Ilse se negaba a despojarse del uniforme. Nunca tuve aquel otro sentimiento hacia ella. Ilse aún continuaba a mi lado de la ventana de cristal, siempre tendiendo la mano. Si no le enviaba un e-mail cada día, ella telefoneaba. Si no la llamaba una vez cada tres días, ella telefoneaba. Y no le mentía acerca de mis planes para pescar en el Golfo o echar un vistazo al parque de los Everglades. A Ilse le contaba la verdad, o al menos tanta como pudiera sin sonar como un chiflado.

Le hablé, por ejemplo, de mis paseos matutinos por la playa, y que cada día caminaba un poco más, pero no le hablé del Juego de los Números, porque parecía demasiado tonto... o quizá el término que realmente busco es obsesivo-compulsivo.

Solo treinta y ocho pasos desde Big Pink aquella primera mañana. La segunda, me serví otro enorme vaso de zumo de naranja y volví a caminar en dirección sur por la playa. Esta vez di cuarenta y cinco pasos, lo que, en aquellos días, era una distancia muy larga para andar tambaleándome sin muleta. Logré persuadirme a mí mismo de que en realidad eran solo nueve. Ese truco de prestidigitación mental es la base del Juego de los Números. Das un paso, luego dos pasos, luego tres, cuatro..., y reseteas tu odómetro mental a cero cada vez que llegas a nueve. Y cuando sumas todos los números del uno al nueve, obtienes cuarenta y cinco. Si esto te parece una paja mental, no te lo discutiré.

La tercera mañana me autoconvencí para, desprovisto de muleta, caminar diez pasos desde Big Pink, lo cual equivalía en realidad a cincuenta y cinco, o unos ochenta y tantos metros ida y vuelta. Una semana más y ya había subido a diecisiete... y cuando sumas todos estos números, el resultado es ciento cincuenta y tres. Recorrí toda esa distancia hasta el final, volví la mirada hacia mi casa, y me asombré de lo lejana que parecía. También flaqueó un poco mi espíritu ante el pensamiento de tener que desandar todo el camino de vuelta.

Puedes hacerlo, me decía a mí mismo. *Es fácil. Solo diecisiete pasos, eso es todo.*

Eso es lo que me decía a mí mismo, pero no se lo contaba a Ilse.

Un poco más lejos cada día, estampando mis huellas en la arena tras de mí. Para cuando Santa Claus se presentó en el centro comercial de Beneva Road, donde Jack Cantori a veces me llevaba de compras, me percaté de algo sorprendente: todas las huellas en dirección sur se distinguían con absoluta nitidez. El diseño de la zapatilla derecha no empezaba a emborronarse, a mostrar marcas de arrastre, hasta el camino de regreso.

El ejercicio físico se convierte en una adicción, y los días lluviosos no ponían freno a la mía. La segunda planta de Big Pink consistía en una larga habitación. Una resistente alfombra rosada de aspecto industrial cubría el suelo, y un enorme ventanal encaraba el golfo de México. No había nada más. Jack sugirió que anotara en una lista los muebles que quisiera poner allí arriba, y dijo que los conseguiría en la misma empresa de alquiler de donde había sacado las cosas de abajo... siempre y cuando las cosas de abajo estuvieran bien. Le aseguré que eran magníficas, y añadí que no necesitaría mucho en la segunda planta. Me gustaba el vacío de aquella habitación. Era un reclamo a mi imaginación. Lo que quería, le comuniqué, eran tres cosas: una silla de respaldo recto, un caballete y una cinta de andar Cybex. ¿Podría Jack proporcionarme aquellas cosas? Podía y lo hizo. En tres días. Desde entonces hasta el final, era en el segundo piso donde dibujaba o pintaba, y era en el segundo piso donde me ejercitaba los días en los que el clima no acompañaba. La silla de respaldo recto fue el único mueble verdadero que habitó allí arriba durante mi ocupación de Big Pink.

En cualquier caso, no hubo tantos días lluviosos. No por nada se conoce a Florida como el estado del Sol. A medida que mis caminatas hacia el sur se alargaban, el punto o puntos que había divisado aquella primera mañana terminaron por concretarse en dos personas. Al menos, la mayoría de los días eran dos. Una iba en silla de ruedas y llevaba puesto lo que me parecía un sombrero de paja. La otra la empujaba y después se sentaba a su lado. Aparecían en la playa a eso de las siete de la mañana. A veces la figura que podía andar dejaba a la de la silla de ruedas y regresaba al cabo de un rato con algo que relucía bajo la luz temprana del sol. Sospechaba que era una cafetera, o la bandeja del desayuno, o ambas cosas. También sospechaba que ambos procedían de la enorme hacienda cuyo tejado anaranjado ocupaba una extensión de un acre o así. Aquella era la última casa visible en Duma Key antes de que la carretera se adentrara en la entusiasta maraña de vegetación que cubría la mayor parte de la isla.

IV

No llegaba a acostumbrarme del todo a la desolación de aquel lugar.

—Se supone que es muy tranquilo —me había informado Sandy Smith, pero aun así había pintado en mi mente una playa que a mediodía se llenaría de parejas que tomarían el sol tumbadas en mantas y se aplicarían crema antisolar el uno al otro, universitarios que jugarían al voleibol con iPods ligados a sus bíceps y niños con bañadores abombados que chapotearían en la orilla mientras motos acuáticas zumbarían de un lado a otro a veinte metros mar adentro.

Jack me recordó que todavía estábamos en diciembre.

—Si hablamos de turismo —comentó—, entre Acción de Gracias y Navidad Florida es como un depósito de cadáveres. No es tan malo como agosto, pero aun así está bastante muerto. Además... —Gesticuló con el brazo. Estábamos junto al buzón con el número 13, yo apoyado en la muleta, Jack con pinta de deportista, vistiendo a la moda con un par de vaqueros cortos y una camiseta hecha jirones de los Devil Rays de Tampa—. No es que tengamos una atracción turística aquí, precisamente. ¿Ves algún delfín adiestrado? Todo lo que hay son siete casas, contando aquella grande de allá abajo... y la jungla, donde hay otra casa desmoronándose, por cierto, si hacemos caso a algunas historias que he oído en Casey Key.

—¿Qué tiene de malo Duma, Jack? Quince kilómetros de terreno edificable en una atractiva zona de Florida, una magnífica playa, ¿y nunca ha sido explotada? ¿Qué pasa aquí?

Se encogió de hombros.

—Por lo que sé, hay algún tipo de disputa legal desde hace mucho tiempo. ¿Quieres que vea si puedo averiguar algo?

Lo consideré y luego negué con la cabeza.

—¿Te molesta? —preguntó Jack, que parecía honestamente curioso—. ¿Toda esta quietud? Porque a mí me pondría un poco de los nervios, para ser totalmente sincero.

—No —contesté—. En absoluto.

Y era cierto. El proceso de curación es una suerte de sublevación, y como creo que ya he dicho, todas las revoluciones que triunfan se fraguan en secreto.

—¿Qué haces para pasar el tiempo? Si no te molesta que pregunte...

—Ejercicio por las mañanas. Leer. Dormir por la tarde. Y dibujar. Puede que termine pasándome a la pintura, pero todavía no estoy preparado.

—Algunos de tus dibujos parecen muy buenos para ser un principiante.

—Gracias, Jack, muy amable.

No sabía si simplemente estaba siendo amable o si expresaba su visión de la verdad. Quizá no importaba. En lo referente al arte, todo se reduce siempre a la opinión de alguien, ¿no? Lo único que sabía es que algo me estaba sucediendo. En mi interior.

A veces daba un poco de miedo, pero en general era una sensación condenadamente maravillosa.

Realizaba la mayoría de mis dibujos en el piso de arriba, en la habitación a la que me refería como Little Pink. La única vista desde allí era el Golfo y la línea plana del horizonte, pero tenía una cámara digital y a veces fotografiaba otras cosas, las imprimía, las sujetaba con un clip en el caballete (que Jack y yo habíamos ajustado de tal forma que la fuerte luz de la tarde golpeara de lleno en el papel), y las reproducía. No había razón alguna para sacar aquellas fotos, ni siquiera eran artísticas, aunque cuando se lo conté a Kamen por e-mail, respondió que la mente inconsciente escribe poesía cuando se la deja sola.

Quizá *sí*, quizá *no*.

Dibujé mi buzón. Dibujé la vegetación que crecía alrededor de Big Pink, y más tarde le encargué a Jack que me comprara un libro (*Plantas comunes de la costa de Florida*) que me permitiera dar un título a mis creaciones. Nombrarlas parecía ayudar... otorgaba poder, de algún modo. Para entonces ya había empezado la segunda caja de lápices de colores, y tenía una tercera esperando entre bastidores. Había aloe vera; lavanda marina con sus ramilletes de minúsculas flores amarillas (cada una con un minúsculo corazón de un intenso violeta); *Ilex glabra*, un acebo con largas hojas con forma de pica; y mi favorita, la sófora, que el *Plantas comunes de la costa de Florida* también identificaba como «Collar de Eva», por la forma de las minúsculas vainas que crecían en sus ramas.

También dibujaba conchas. Naturalmente que sí. Había conchas por todas partes, una eternidad de conchas en el espacio limitado que recorría en mis paseos. Duma Key estaba formado de conchas, y en poco tiempo me había llevado a casa docenas de ellas.

Y casi todas las noches, cuando descendía el sol, dibujaba el ocaso. Sabía que las puestas de sol eran un cliché, y ahí radicaba la razón de que las dibujara. Tenía la impresión de que si conseguía atravesar, siquiera una vez, ese muro que te ceñía al «ya-he-pasado-por-esto», quizá llegara a alguna parte. Así que apilé lámina tras lámina, y ninguna de ellas valía mucho. Intenté de nuevo cubrir el Amarillo Venus con el Naranja Venus, pero tales esfuerzos ulteriores resultaron infructuosos. Siempre se perdía ese sombrío resplandor de horno. Cada puesta de sol no era más que un pedazo de mierda delineada donde los colores exclamaban: «Intento decirte que el horizonte está en llamas». Sin duda podrías comprar cuarenta mejores que aquellas en alguna exposición de arte callejera en Sarasota o Playa Venice un sábado cualquiera. Guardé algunas de esas obras, pero la mayoría me indignaban tanto que acababan en la basura.

Una noche, tras una nueva remesa de fracasos, y mientras observaba una vez más cómo desaparecía el arco superior del sol, dejando tras de sí aquel arrebol de Halloween, pensé: *Fue el barco; eso fue lo que le dio al primero un sorbito de magia. La forma en que el crepúsculo parecía brillar directamente a través de él.* Quizá, pero no había barco alguno en aquel momento que rompiera el horizonte; era una línea recta que dejaba por debajo un oscuro color azul y un brillante amarillo anaranjado por encima, y que se fundían en una delicada sombra verdosa que podía ver pero no duplicar, no con mi precaria caja de lápices de colores.

Había veinte o treinta fotos impresas desparramadas a los pies del caballete. Mis ojos se toparon con un primer plano de un collar de sófora. Mientras lo miraba, mi brazo derecho fantasma empezó a picarme. Sujeté el lápiz amarillo entre los dientes, me doblé, recogí la foto de la sófora y la examiné. La luz ya se estaba desvaneciendo, pero de forma gradual (la habitación superior que llamaba Little Pink retenía la luz durante mucho tiempo), y bastaba para admirar los detalles; mi cámara digital tomaba unos primeros planos exquisitos.

Sin pensar en lo que hacía, sujeté la foto al borde del caballete e incorporé el brazalete de sófora a mi puesta de sol. Trabajé rápidamente, primero lo bosquejé a lápiz (en realidad solo tracé una serie de arcos: eso es la sófora) y seguidamente apliqué los colores: marrón sobre negro primero, y a continuación un toque brillante de amarillo (los restos de una flor). Recuerdo mi concentración afilada como un cono reluciente, como ocurría a veces en los primeros tiempos de mi negocio, cuando cada construcción (cada puja, en realidad) podía causarme la ruina. Recuerdo que en algún momento volví a sujetar un lápiz en la boca para poder rascarme el brazo que no estaba allí; siempre olvidaba la parte perdida de mí. Cuando estaba distraído o llevaba algo en la mano izquierda, a veces alargaba la derecha para abrir la puerta. Los amputados olvidan, eso es todo. Sus mentes olvidan y, durante el proceso de curación, sus cuerpos se lo permiten.

Lo que sobre todo recuerdo de aquella noche es una maravillosa sensación de éxtasis, la sensación de haber atrapado un auténtico relámpago en una botella por un lapso de tres o cuatro minutos. Para entonces la habitación había comenzado a oscurecerse, las sombras parecían avanzar nadando sobre la alfombra de color rosa hacia el rectángulo de la ventana que se extinguía. Incluso con la última luz golpeando directamente en el caballete, fui incapaz de obtener una buena visión de mi obra. Me levanté, rodeé cojeando la cinta de andar hasta el interruptor al lado de la puerta, y encendí la lámpara del techo. Regresé junto al caballete, y contuve la respiración.

El brazalete de sófora parecía erigirse desde la línea del horizonte como el tentáculo de una criatura marina lo bastante grande para tragarse un petrolero. La única flor amarilla podría haber sido un ojo alienígena. Lo más importante para mí es que de algún modo había devuelto a la puesta de sol la verdad de su reiterada «hago-esto-todas-las-noches» belleza.

Guardé aquel dibujo. A continuación bajé al piso inferior, calenté en el microondas un paquete de pollo frito Hungry Man para cenar, y me lo comí todo, rebañando con avidez el fondo del envase.

V

La noche siguiente cubrí la puesta de sol con espigas de grama, y el naranja radiante que brillaba a través del color verde transformó el horizonte en un incendio forestal. La noche después de aquella lo intenté con palmeras, pero no fue buena idea; aquello era otro cliché, y casi podía ver a mujeres bailando el hula-hula y oír el rasgueo de los ukeleles. La siguiente agregué a la composición una gran concha de caracola en el horizonte, con la puesta de sol ardiendo a su alrededor como una corona, y el resultado fue, al menos para mí, de un espeluznante casi insoportable. Pensé que cuando la mirara al día siguiente habría perdido ya su magia, pero no fue así. No para mí, en todo caso.

Le saqué una foto con mi cámara digital y la adjunté en un e-mail. Provocó el siguiente intercambio de mensajes, que imprimí y archivé en una carpeta:

De EFree19 a KamenDoc
9 de diciembre, 10.14 h

Kamen, ya te conté que volvía a dibujar. Es culpa tuya, así que lo menos que puedes hacer es mirar la foto adjunta y decirme qué te parece. La vista es desde el sitio donde vivo aquí abajo. No hieras mis sentimientos.

Edgar

De KamenDoc a EFree19
9 de diciembre, 12.09 h

Edgar, creo que estás mejorando. MUCHO.

Kamen

P.D.: De verdad que es increíble. Como un Dalí inédito. Claramente has encontrado algo. De qué tamaño es?

De EFree19 a KamenDoc
9 de diciembre, 13.13 h

No lo sé. Grande, quizá.

EF

De KamenDoc a EFree19
9 de diciembre, 13.22 h

Entonces, EXPLÓTALO!

Kamen

Dos días después, cuando Jack vino a preguntarme si tenía algún recado, le dije que quería ir a una librería a comprar algún libro sobre el arte de Salman Dalí.

—Creo que quieres decir Salvador Dalí —corrigió Jack, riéndose—. A no ser que estés pensando en el tío que escribió esa novela que le metió en un buen lío. No me acuerdo del título.

—*Los versos satánicos* —respondí al instante. La mente es un mono chistoso, ¿verdad?

Cuando regresé con mi libro de reproducciones (costó la pasmosa suma de ciento diecinueve dólares, incluso con mi tarjeta de descuento de Barnes & Noble; menos mal que el divorcio me había dejado unos pocos millones para mí), la lucecita de MENSAJE EN ESPERA del contestador automático parpadeaba. Era Ilse, y tan solo en la primera escucha su mensaje fue críptico.

—Mamá va a llamarte —decía—. Le hablé con mucha elocuencia, papá; apelé a cada favor que me debía, le añadí mis mejores «porfi-porfi», y casi le supliqué a Lin, así que dile que sí, ¿vale? Dile que sí. Por mí.

Me senté, me comí un pastel Table Talk que había estado deseando pero que ya no me apetecía, y hojeé mi caro libro de reproducciones, pensando (y estoy seguro de que no era nada original): *Bueno, hola Dalí*. No todas las ilustraciones me impresionaron. En muchos casos tenía la sensación de estar observando el trabajo de un sabiondo que pasaba el rato, o poco más. Pero algunas de las pinturas sí que me sedujeron y unas cuantas me aterrorizaron igual que lo había hecho mi amenazante concha de caracola. Tigres flotantes sobre una mujer desnuda reclinada. Una rosa flotando. Y un grabado, *Cisnes que reflejan elefantes*, que era tan extraño que apenas podía mirarlo… aunque seguía volviendo las páginas atrás para examinarlo un poco más.

Pero lo que hacía en realidad era esperar a que mi pronto futura ex mujer telefoneara y me invitara a St. Paul a pasar las Navidades con las chicas. Al final el teléfono sonó, y cuando dijo que extendía aquella invitación en contra de su buen juicio, resistí el impulso de batear aquella bola traicionera fuera del campo: *Y yo acepto en contra del mío*. Lo que contesté fue: «Lo comprendo». Lo que contesté fue: «¿Cómo se presenta la Nochebuena?». Y cuando respondió que bien, parte de ese tono de «estoy-en-guardia-y-al-pie-del-cañón» había desaparecido de su voz. Se había evitado la discusión que habría cortado de raíz las Navidades con la Familia. Lo cual no convertía ese viaje de vuelta al hogar en una buena idea.

EXPLÓTALO, había escrito Kamen con grandes letras mayúsculas. Sospechaba que al dejarlo ahora podría matarlo, en lugar de escarbarlo. Podría volver a Duma Key… pero eso no significaba que regresara a mi camino. Los paseos, los dibujos. Uno retroalimentaba al otro. No sabía cómo exactamente, y no tenía necesidad de saberlo.

Pero estaba Illy, rogando: «Dile que sí. Por mí». Ella sabía que lo haría, no solo porque era mi favorita (Lin era la única que sabía aquello, creo), sino porque siempre se había conformado con muy poco, y en muy raras ocasiones pedía algo. Y porque cuando escuché su mensaje recordé cómo se había echado a llorar el día que Melinda y ella me visitaron en el lago Phalen, y cómo se había arrimado a mí preguntándome por qué no podía volver a ser como antes. Porque las cosas nunca lo son, creo que repliqué, pero quizá podrían serlo por un par de días… o al menos un razonable facsímil. Ilse tenía diecinueve años, probablemente demasiado mayor para una última Navidad infantil, pero sin duda no lo suficiente para no merecer una más junto a la familia con la que había crecido. Y eso también se aplicaba a Lin. Sus habilidades de supervivencia eran mejores, pero volaría a casa desde Francia otra vez, y eso me decía algo.

Muy bien, entonces. Iría, me mostraría agradable, y me aseguraría de meter a Reba en la maleta, por si acaso era azotado por alguno de mis arrebatos de ira. Estaban mitigándose, pero por supuesto en Duma Key no había verdaderamente nada contra lo que enfurecerse, a excepción de mis lagunas periódicas y la cojera de mierda. Llamé al servicio chárter que había estado utilizando durante los últimos quince años y confirmé la reserva de un Learjet, desde Sarasota al Aeropuerto Internacional MSP, con salida a las nueve de la mañana del veinticuatro de diciembre. Llamé a Jack, que dijo que con mucho gusto me llevaría en coche hasta el Aeródromo Dolphin Aviation, y que luego me recogería el día veintiocho. Y entonces, justo cuando ya tenía todo dispuesto, Pam telefoneó para informarme de que todo el asunto se había suspendido.

VI

El padre de Pam era un marine retirado. Su mujer y él se habían mudado a Palm Desert, California, el último año del siglo veinte, y se habían instalado en una de esas urbanizaciones privadas donde hay una simbólica pareja afroamericana y cuatro simbólicas parejas judías. No se permiten niños ni vegetarianos. Los residentes tienen que votar a los republicanos y ser dueños de perros pequeños con collares de estrás, y nombres que terminen en i. Taffi está bien, Cassi es mejor, y algo como Rififí es la rehostia. Al padre de Pam le habían diagnosticado cáncer rectal. No me sorprendió. Pon a un grupo de gilipollas blancos juntos y descubrirás que siempre hay algo de eso rondándoles.

No le dije esto a mi esposa, que si bien comenzó con entereza, no pudo evitar estallar en lágrimas.

—Ha empezado la quimio, pero mamá dice que ya podría haber metas… mesas… o como sea la puta palabra. ¡Ya me parezco a ti! —Y entonces, todavía sorbiendo, pero con voz conmocionada y humillada, añadió—: Lo siento, Eddie, eso fue horrible.

—No, no lo fue —dije yo—. No fue para nada horrible. Y la palabra es metastatizado.

—Sí. Gracias. De todos modos, van a realizar la operación para extraer el tumor principal esta noche. —Empezaba a llorar otra vez—. No puedo creer que esto le esté pasando a mi padre.

—Tómatelo con calma. Hacen milagros en estos tiempos. Yo soy la Prueba A.

O no me consideraba un milagro, o no quiso seguir por ahí.

—De todas formas, la Navidad aquí se ha suspendido.

—Lógico —respondí. ¿Y la verdad? Estaba contento. Contento como el demonio.

—Vuelo a Palm mañana. Ilse llega el viernes y Melinda el día veinte. Asumo… como la verdad es que mi padre y tú nunca habéis estado de acuerdo en nada…

Teniendo en cuenta que una vez casi llegamos a las manos después de que mi suegro se hubiera referido a los Demócratas como «los Rojócratas», consideré que lo estaba expresando muy sutilmente.

—Si piensas que no quiero juntarme contigo y las chicas por Navidad en Palm Desert, tienes razón —dije—. Tú ayudarás económicamente, y espero que tus viejos comprenderán que yo tuve algo que ver con eso…

—¡No creo que este sea el momento de sacar a colación tu maldito talonario!

Y la ira regresó, así, tal cual. Conectada y a punto de salir de su apestosa cajita. Quise decir: «¿Por qué no te vas a tomar por culo, zorra bocazas?». Pero no lo hice. En parte, al menos, porque habría pronunciado algo como «zorza bocona» o quizá «borla zorruna». De algún modo lo sabía.

A pesar de todo, estuvo cerca.

—¿Eddie? —Su voz sonaba agresiva, más que dispuesta a entrar al trapo si yo quería.

—No estoy sacando a colación mi talonario para nada —dije, escuchando cuidadosamente cada palabra. Fue un alivio que las pronunciara bien—. Solo estoy diciendo que mi cara junto a la cama de tu padre posiblemente no aceleraría su recuperación.

Por un momento la ira (la furia) casi me hizo agregar que yo tampoco había visto su cara junto a mi cama. Una vez más me las apañé para detener las palabras, pero ya estaba sudando.

—De acuerdo. Entiendo lo que dices. ¿Qué harás por Navidad, Eddie? —preguntó tras una pausa.

Pintar la puesta de sol, pensé. *Quizá la saque del todo.*

—Creo que si me porto bien, a lo mejor Jack Cantori me invita a la cena de Navidad con su familia —respondí, sin creer en tal cosa—. Jack es el muchacho que trabaja para mí.

—Pareces mejor. Más fuerte. ¿Sigues olvidando cosas?

—No lo sé. No me acuerdo.

—Eso es muy divertido.

—La risa es la mejor medicina. Lo leí en el *Reader's Digest*.

—¿Y qué hay de tu brazo? ¿Sigues teniendo esas sensaciones fantasma?

—No —mentí—. Aquello ya pasó del todo.

—Bien, es estupendo —dijo. Y después de un momento de silencio—: ¿Eddie?

—Sigo aquí —contesté. Y con medias lunas de color rojo oscuro en las palmas de las manos, de apretar los puños.

Se produjo una larga pausa. Las líneas de teléfono ya no sisean ni chisporrotean como cuando yo era niño, pero podía oír el suave suspiro de todos los kilómetros que nos separaban. Sonaba como el Golfo con la marea baja.

—Lamento que las cosas resultaran así —dijo por fin.

—Yo también —respondí, y, cuando colgó, cogí una de las conchas más grandes y estuve muy cerca de arrojarla contra la pantalla del televisor. En su lugar, atravesé cojeando la estancia, abrí la puerta, y la tiré a la carretera desierta. No odiaba a Pam (realmente no), pero me parecía que aun así odiaba algo. Quizá aquella otra vida.

Quizá solo me odiaba a mí mismo.

VII

De ifsogirl88 a EFree19
23 de diciembre, 09.05 h

Querido papá: Los médicos no dicen mucho, pero no tengo buenas vibraciones sobre la operación del abuelo. Claro que a lo mejor es solo cosa de mamá, ella va a visitar al abuelo todos los días, se lleva a la Nana y trata de ser «optimista», pero ya sabes cómo es, no de las que ven un resquicio de esperanza.

Quiero bajar a verte. Comprobé los vuelos y puedo pillar uno a Sarasota el 26. Llega a las 18.15, hora local, y podría quedarme 2 o 3 días. Di que sí, por favor! Además así te podría llevar mis regalitos en vez de enviártelos por correo.

Te quiero.

Ilse

PD: Tengo una noticia especial.

¿Lo medité o simplemente me limité a consultar el tictac del instinto? No lo recuerdo. Quizá ninguna de las dos cosas. Quizá lo único importante era que deseaba verla. Sea como fuera, respondí casi al instante.

De EFree19 a ifsogirl88
23 de diciembre, 09.17 h

Ilse: Adelante! Termina los preparativos y te iré a recoger con Jack Cantori, que resulta ser mi propio Elfo de la

Navidad. Espero que te guste mi casa, a la que llamo Big Pink.

Una cosa: no lo hagas sin el conocimiento & aprobación de tu madre. Hemos tenido una mala temporada, como bien sabes, y espero que eso ya sea parte del pasado. Creo que lo comprenderás.

Papá

La respuesta de ella fue igual de rápida. Debía de haber estado esperando.

De ifsogirl88 a EFree19
23 de diciembre, 09.23 h

Ya está aclarado con mamá, dice q OK.
Intenté convencer a Lin, pero prefiere quedarse aquí antes de volar de vuelta a Francia. No se la guardes.

Ilse

PD: Yupi! Estoy emocionada! ☺

No se la guardes. Parecía que mi If-So-Girl había estado diciendo eso de su hermana mayor desde que tuvo capacidad de hablar. Lin no quiere ir a la barbacoa porque no le gustan los perritos calientes... pero no se la guardes. Lin no puede llevar ese tipo de zapatillas porque ninguno de los niños de su clase se pone ya deportivas altas... así que no se la guardes. Lin quiere que el padre de Ryan les lleve a la promoción... pero no se la guardes. ¿Y sabes lo peor? Nunca lo hice. Podría haberle dicho a Linnie que preferir a Ilse era como ser zurdo, algo sobre lo que no tenía control, y eso solo lo hubiera empeorado, aunque fuese cierto. Quizá precisamente porque era cierto.

VIII

Ilse viniendo a Duma Key, a Big Pink. Yupi, estaba emocionada, y yupi, yo también. Jack me había encontrado a una corpulenta mujer llamada Juanita para hacer la limpieza dos veces por semana, y le pedí que preparara el dormitorio de invitados. También le pregunté si podría traer flores frescas el día después de Navidad. Sonrió y sugirió algo que sonó como «cackus de crismas». Mi cerebro, para entonces bastante cómodo con el fino arte de las interconexiones, no se detuvo en esto más de cinco segundos; le dije a Juanita que seguro que a Ilse le encantaría un cactus de Navidad.

En Nochebuena me encontré a mí mismo releyendo el e-mail original de Ilse. El sol se movía en dirección oeste, trazando en el agua un largo y reluciente sendero, pero aún quedaban al menos dos horas para el ocaso, y yo me hallaba sentado en la habitación Florida. La marea estaba alta. Debajo de mí, el profundo cúmulo de conchas se transfiguraba y chirriaba, emitiendo aquel sonido que era como una respiración o un ronco cuchicheo secreto. Deslicé el pulgar sobre la posdata («Tengo una noticia especial») y empecé a sentir un hormigueo en mi brazo derecho, el que ya no estaba allí. La localización de aquel cosquilleo estaba claramente definida, de un modo casi exquisito. Comenzaba en el pliegue del codo y descendía en espiral hasta finalizar en la parte externa de la muñeca. Se intensificó hasta convertirse en una picazón que ansiaba alcanzar y rascar.

Cerré los ojos, junté el pulgar y el corazón de la mano derecha y chasqueé los dedos. No se produjo sonido alguno, pero lo percibí. Restregué el brazo contra el costado y pude notar el roce. Bajé la mano derecha (incinerada mucho tiempo atrás en el horno crematorio de un hospital de St. Paul) hasta el brazo de la silla y tamborileé con los dedos. Ningún sonido, pero la sensación estaba allí: piel sobre mimbre. Lo habría jurado en el nombre de Dios.

De repente me entraron ganas de dibujar.

Pensé en la gran habitación del piso de arriba, pero Little

Pink me parecía un lugar demasiado lejano. Entré en la sala de estar y cogí un bloc Artesano de una pila que descansaba sobre la mesita de café. La mayor parte de mis utensilios de pintura estaban arriba, pero había unas pocas cajas de lápices de colores en los cajones del escritorio, y también cogí una de ellas.

De regreso en la habitación Florida (en la que siempre pensaría como una veranda), me senté y cerré los ojos. Escuché el sonido de las olas haciendo su trabajo debajo de mí, levantando las conchas y creando nuevos diseños, cada uno diferente al anterior. Con los ojos cerrados, aquel chirrido se parecía más que nunca a una conversación: el agua otorgando una lengua temporal a los labios de la tierra. Y la tierra en sí misma también era temporal, porque, desde un punto de vista geológico, Duma no duraría mucho. Ninguno de los cayos lo haría; al final el Golfo se los llevaría y otros nuevos emergerían en nuevas ubicaciones. Probablemente eso también sucedería con la misma Florida. La tierra era baja, y en préstamo.

Oh, pero aquel sonido era relajante. Hipnótico.

Sin abrir los ojos, palpé en busca del e-mail de Ilse y deslicé la punta de los dedos sobre él. Los dedos de mi mano derecha. Entonces abrí los ojos, aparté a un lado el e-mail impreso con la mano que estaba allí, y me coloqué la libreta en el regazo. Volteé la cubierta, desparramé los doce afilados lápices Venus en la mesa frente a mí, y empecé a dibujar. Suponía que mi intención era la de retratar a Ilse (después de todo, ¿en quién había estado pensando?), y creía que iba a ser un trabajo espectacularmente malo, porque desde que retomé el hobby de dibujar nunca había intentado esbozar ni una sola figura humana. Pero ni retraté a Ilse ni fue malo. No se trataba de una genialidad, quizá no era un Rembrandt (ni siquiera un Norman Rockwell), pero tampoco era malo.

Mostraba a un hombre joven con tejanos y una camiseta de los Minnesota Twins. El número en la prenda era el 48, lo cual no significaba nada para mí; en mi antigua vida solía ir a tantos partidos de los Timberwolves como me fuera posible, pero nunca he sido aficionado al béisbol. El tipo tenía el cabello rubio, pero yo sabía que no estaba del todo bien; no tenía los colores para conseguir el tono exacto tirando a castaño. Llevaba un libro en una mano. Sonreía. Sabía quién era. Era la noticia especial de Ilse. Eso era lo que las conchas contaban mientras la marea las elevaba y las volteaba y las dejaba caer otra vez. *Prometida, prometida.* Ella tiene un anillo, un diamante, él se lo había comprado en…

Había estado sombreando los vaqueros del muchacho con Azul Venus. Lo solté, cogí el negro, y garabateé la palabra

ZALES

en la parte inferior de la hoja. Era información; era también el nombre del dibujo. Los nombres conceden poder.

A continuación, sin pausa, solté el negro, cogí el naranja, y le agregué unas botas de trabajo. El naranja era demasiado brillante; hacía que las botas parecieran nuevas cuando no lo eran, pero la idea era la correcta.

Me rasqué el brazo derecho, me rasqué a través del brazo derecho, y encontré las costillas en su lugar. Mascullé un «Joder» entre dientes. Debajo de mí, las conchas parecían chirriar un nombre. ¿Era Connor? No. Y había algo erróneo aquí. No sabía de dónde procedía esa sensación de error, pero de repente la picazón fantasma de mi brazo derecho se transformó en un dolor frío.

Pasé la hoja del cuaderno hacia atrás con un movimiento brusco y volví a dibujar, esta vez usando solo el lápiz de color rojo. Rojo, rojo, *¡era ROJO!* El lápiz volaba, derramando una figura humana como si fuera sangre manando de un corte. Estaba de espaldas y vestida con una toga roja y una especie de collar festoneado. Le coloreé el pelo también de rojo, porque se parecía más a la sangre, y esta persona evocaba sangre. Peligro. No para mí, sino…

—Para Ilse —musité—. Peligro para Ilse. ¿Es por este chico? ¿El chico «Noticia-Especial»?

Había algo que no estaba bien con el chico Noticia-Especial, pero no creía que fuera eso lo que me ponía los pelos de punta.

Por un lado, la figura de la toga roja no parecía un hombre. Era difícil asegurarlo, pero sí…. presentía que era femenina. Así que tal vez no era una toga. ¿Quizá un vestido? ¿Uno largo y rojo?

Volví la hoja para ver la primera figura y me fijé en el libro que el chico Noticia-Especial sostenía. Tiré el lápiz rojo al suelo y coloreé el libro de negro. Luego miré al tipo otra vez, y de pronto escribí en la parte superior

COLIBRÍS

con letras de aspecto caligráfico. Después arrojé el lápiz negro al suelo. Levanté mis temblorosas manos y me cubrí el rostro con ellas. Pronuncié el nombre de mi hija, del mismo modo que lo pronunciarías si vieras a alguien demasiado cerca de una abrupta caída o una calle abarrotada de tráfico.

Quizá solo era que estaba loco. Probablemente estaba loco.

Finalmente me di cuenta de que, por supuesto, solo había una mano sobre mis ojos. El dolor y la picazón fantasma se habían marchado. La idea de que podría estar enloqueciendo (diablos, que ya podría haber enloquecido) continuaba allí. Algo estaba más allá de toda duda: tenía hambre.

Un hambre canina.

IX

El avión de Ilse aterrizó con diez minutos de adelanto sobre el horario previsto. Ofrecía un aspecto radiante, con unos vaqueros desteñidos y una camiseta de la Universidad de Brown, y se me antojó imposible que Jack no se enamorara de ella a primera vista, allí en la Terminal B. Ilse se arrojó entre mis brazos, me cubrió la cara de besos, y luego se rió y me agarró cuando empecé a inclinarme sobre mi muleta. Le presenté a Jack y fingí no ver el pequeño diamante (adquirido en Zales, no me cabía duda) centelleando en el dedo anular izquierdo al tiempo que se estrechaban las manos.

—Tienes un aspecto espléndido, papá —comentó mientras salíamos a la templada y agradable noche de diciembre—. Estás moreno. La primera vez desde que construisteis aquel centro de recreo en el parque Lilydale. Y has engordado al menos cinco kilos. ¿No crees, Jack?

—Tú puedes juzgar eso mejor que yo —contestó Jack, sonriendo—. Iré a por el coche. ¿Podrá aguantar aquí, jefe? A lo mejor me lleva un rato.

—Estoy bien.

Esperamos en el bordillo de la acera con sus dos maletas de mano y el ordenador. Me sonreía directamente a los ojos.

—Lo viste, ¿no? —preguntó—. No disimules.

—Si te refieres al anillo, lo vi. A no ser que lo ganaras en una de esas máquinas de pinzas, diría que lo que toca es felicitarte. ¿Lo sabe Lin?

—Sí.

—¿Y tu madre?

—¿Tú qué crees, papá? Adivina.

—Me figuro que… no. Porque ella estará muy preocupada por el abuelo ahora mismo.

—El abuelo no es la única razón. Guardé el anillo en el bolso todo el tiempo que estuve en California, salvo para enseñárselo a Lin, claro está. Sobre todo porque quería contártelo a ti primero. ¿Es eso tan malo?

—No, cariño. Estoy conmovido.

Ciertamente lo estaba, pero también temía por ella, y no solo porque aún le faltaban tres meses para cumplir los veinte.

—Se llama Carson Jones y estudia teología, quién lo iba a decir. ¿Te lo puedes creer? Le quiero, papá, le quiero muchísimo.

—Eso es genial, cariño —dije, pero sentía el pavor trepando por mis piernas. *No le ames demasiado*, pensaba. *No demasiado. Porque…*

Ella me miraba detenidamente y su sonrisa se difuminaba.

—¿Qué? ¿Pasa algo malo?

Había olvidado lo rápida que era, y lo bien que leía en mi

interior. El amor transmite sus propios poderes psíquicos, ¿no es así?

—Nada, cariño. Bueno… me duele un poco la cadera.

—¿Te has tomado tus pastillas para el dolor?

—La verdad es que… las estoy reduciendo cada vez un poco más. Planeo dejar de tomarlas por completo en enero. Ese es mi propósito de Año Nuevo.

—¡Papá, eso es fantástico!

—Aunque los propósitos de Año Nuevo fueron creados para no ser cumplidos.

—Tú no. Tú siempre haces lo que dices que vas a hacer. —Ilse frunció el ceño—. Esa es una de las cosas que a mamá nunca le gustó de ti. Creo que te tenía envidia.

—Cariño, el divorcio solo es algo que pasó. No te pongas a elegir bando, ¿vale?

—Bueno, pues te contaré otra cosa que está pasando —dijo Ilse. Sus labios ahora eran más finos—. Desde que está en Palm Desert está viendo un montonazo al tío ese que vive calle abajo. Dice que se trata solo de café y empatía, porque Max perdió a su padre el año pasado, y a Max le gusta de veras el abuelo, y bla, bla, bla… pero veo la forma en que le mira y a mí… no… ¡no me gusta! —Ahora sus labios casi habían desaparecido, y pensé que se parecía de manera inquietante a su madre. El pensamiento que siguió fue insólitamente reconfortante: *Creo que estará bien. Creo que aunque ese santo Jones la deje plantada, estará bien.*

Divisé mi coche de alquiler, pero Jack todavía tardaría un rato. El tráfico en el área de recogida avanzaba de forma intermitente. Me apoyé la muleta contra la cintura y abracé a mi hija, que había venido desde California para verme.

—No seas muy dura con tu madre, ¿vale?

—¿Ni siquiera te preocupa que…?

—Lo que más me preocupa estos días es que Melinda y tú seáis felices.

Había círculos bajo sus ojos y pude observar que, joven o no, el viaje la había dejado agotada. Pensé que dormiría hasta tarde al día siguiente, y eso estaba bien. Si mi presentimiento acerca de su novio era correcto (esperaba que no lo fuera, pero creía que sí), le aguardaban noches sin dormir en el año venidero.

Jack había llegado a la terminal de Air Florida, lo que todavía nos proporcionaba algo de tiempo.

—¿Tienes alguna foto de tu chico? Los Padres Inquisidores desean saber.

El rostro de Ilse se iluminó.

—Eso ni se pregunta.

La fotografía que sacó de su cartera de cuero rojo se hallaba en una de esas fundas de plástico transparentes. La extraje y me la tendió. Supongo que esta vez no dejé entrever ninguna reacción, porque su cariñosa sonrisa (un poco bobalicona) no cambió. ¿Y yo? Me sentía como si hubiera tragado algo que no está hecho para descender por una garganta humana. Una bala de plomo, quizá.

No era que Carson Jones se asemejara al hombre que había dibujado en Nochebuena. Me encontraba preparado para eso desde el momento en que vi el pequeño anillo chispeando con gracia en el dedo de Ilse. Lo que me conmocionó fue que la foto era prácticamente idéntica. Era como si, en lugar de imágenes de sóforas, lavandas u otras plantas, hubiera sujetado a un lado de mi caballete aquella misma foto. Llevaba vaqueros y las rozadas botas amarillas que no había conseguido colorear del todo bien; su cabello rubio oscuro se derramaba sobre sus orejas y su frente; sujetaba en una mano un libro que yo sabía que era una Biblia. Lo más revelador de todo era la camiseta de los Minnesota Twins, con el número 48 estampado en el pecho izquierdo.

—¿Quién es el número 48, y cómo fue que conociste a un seguidor de los Twins en Brown? Tenía entendido que era territorio Red Sox.

—El número 48 es Torii Hunter —me informó, mirándome como si fuera el mayor ignorante del mundo—. Tienen una pantalla gigante en el salón principal de estudiantes, y un día en julio entré para ver el partido entre los Sox y los Twins. El lugar estaba abarrotado, a pesar de ser verano, pero Carson y yo éramos los únicos que llevábamos algo de los Twins: él su camiseta de Torii y yo mi gorra. Así que nos sentamos juntos y... —Se encogió de hombros, como para indicar que el resto era historia.

—¿Cuál es su gusto, en términos religiosos?

—Baptista —respondió, mirándome con actitud desafiante, como si hubiera dicho Caníbal. Pero como miembro en buena posición de La Primera Iglesia de Nada en Particular no guardaba rencor a los baptistas. Las únicas religiones con las que no simpatizo son aquellas que insisten en que su Dios es más grande que el tuyo—. Hemos estado asistiendo juntos a los servicios religiosos tres veces por semana durante los últimos cuatro meses.

Jack detuvo el coche junto a nosotros, y ella se agachó para agarrar las asas de sus bolsas.

—Se va tomar libre el semestre de primavera para viajar con su grupo de gospel, que es de veras maravilloso. Es una auténtica gira, con gente que gestiona las contrataciones y todo. El grupo se llama Los Colibrís. Deberías oírle: canta como un ángel.

—Apuesto a que sí —dije.

Me volvió a besar, suavemente, en la mejilla.

—Estoy contenta de haber venido, papá. ¿Y tú?

—Más de lo que jamás imaginarías —contesté, y me encontré a mí mismo deseando que se enamorara locamente de Jack. Eso lo hubiera solucionado todo... o así me lo parecía entonces.

X

No tuvimos nada tan ostentoso como una cena de Navidad, pero había uno de los Pollos Astronautas de Jack, además de salsa de arándanos, ensalada de bolsa, y pudín de arroz. Ilse comió dos raciones de todo. Tras intercambiar regalos y lanzar nuestras respectivas exclamaciones de alborozo (¡todo era justo lo que queríamos!), llevé a Ilse a Little Pink y le mostré la mayor parte de mi producción artística. El retrato de su novio y el dibujo de la mujer de rojo (si es que era una mujer) se hallaban escondidos en un estante alto del armario de mi dormitorio, y allí permanecerían hasta que mi hija se hubiera marchado.

Había sujetado con clips una docena de los otros (puestas de sol, mayoritariamente) en rectángulos de cartón y los había apoyado contra las paredes de la estancia. Los recorrió uno a uno. Se detuvo y luego los recorrió de nuevo. Ya era de noche y el gran ventanal de la planta superior rebosaba oscuridad. La marea estaba en su punto más bajo; la única forma que tenías de saber que el Golfo seguía allí era por los continuos y débiles suspiros que exhalaba mientras las olas se acumulaban en la arena y morían.

—¿De verdad los has hecho tú? —preguntó por fin. Se volvió y me miró de una forma que me incomodó. Es la manera en que una persona mira a otra cuando está realizando una re-evaluación seria.

—Sí, de verdad —respondí—. ¿Qué opinas?

—Son buenos. Quizá mejor que buenos. Este… —Se agachó y con mucho cuidado cogió el que mostraba la caracola asentada sobre la línea del horizonte, con la luz anaranjada del ocaso ardiendo a su alrededor—. Este es la host… perdón, es escalofriante de narices.

—Yo también lo creo —dije—. Pero lo cierto es que no tienen nada de novedoso. Se trata solo de vestir la puesta de sol con un toque de surrealismo. —A continuación, estúpidamente, exclamé—: ¡Hola, Dalí!

Dejó en su sitio el *Puesta de sol con caracola* y cogió el *Puesta de sol con sófora*.

—¿Quién los ha visto?

—Solo tú y Jack. Ah, y Juanita, que califica mi trabajo como **asustador**. O algo similar. Jack me explicó que significa que da miedo.

—Dan un poco de miedo —admitió—. Pero papá… el lápiz que estás utilizando se correrá. Y creo que se difuminarán si no les haces algo a los cuadros.

—¿Hacer qué?

—Ni idea. Pero deberías enseñárselos a alguien que entienda. Alguien que pueda decirte si de verdad son buenos.

Me sentí halagado, pero también incómodo. Consternado, casi.

—No sabría a quién o dónde...

—Pregúntale a Jack. Tal vez él conozca alguna galería de arte donde podrían echarles un ojo.

—Sí, seguro, no tengo más que entrar cojeando de la calle y decir: «Vivo en Duma Key y tengo algunos dibujos a lápiz, la mayor parte son puestas de sol, algo muy poco habitual en la costa de Florida, y mi sirvienta dice que son *muy asustadores*.

Puso los brazos en jarras y meneó la cabeza de lado a lado. Era la viva imagen de Pam cuando esta no tenía intención de dar su brazo a torcer en una discusión. De hecho, cuando esta pretendía arremeter con un cuatro por cuatro.

—Padre...

—Ay chaval, ahora sí que voy a tener problemas.

Ella prestó oídos sordos.

—Convertiste dos camionetas, un bulldozer de segunda mano de la guerra de Corea y un préstamo de veinte mil dólares en un negocio de millones de dólares. ¿Vas a quedarte ahí parado y decirme que no eres capaz de convencer a algunos propietarios de galerías de arte para que evalúen tus cuadros si de verdad te lo propones?

Se suavizó.

—Es decir, son buenos, papá. Buenos. Mi formación se limita a un asqueroso curso de Apreciación del Arte en el instituto, pero me basta para saberlo.

Repliqué algo, pero no estoy seguro de qué. Pensaba en mi frenético boceto de Carson Jones, alias *el Colibrí Baptista*. Si lo viera, ¿también opinaría que era bueno?

Pero no los veía. Ni ese, ni el de la persona de la toga roja. Nadie los veía. Eso era lo que suponía entonces.

—Papá, si tuviste este talento dentro de ti todo el tiempo, ¿dónde estaba?

—No lo sé —contesté—. Y de cuánto talento estamos hablando es algo que todavía está abierto a debate.

—Entonces encuentra a alguien que te lo confirme, ¿vale?

Alguien que sepa. —Recogió el dibujo de mi buzón—. Incluso este… no parece nada especial, si no fuera porque sí lo es. Por el… —Tocó el papel—. El caballito balancín. ¿Por qué pusiste un caballito balancín en el cuadro, papá?

—No lo sé. Simplemente, el caballito quería estar ahí.

—¿Lo dibujaste de memoria?

—No. Aparentemente soy incapaz de hacer eso, ya sea a causa del accidente o porque nunca tuve esa habilidad en particular.

—Salvo cuando algunas veces lo hacía. Cuando se refería a jóvenes con camisetas de los Twins, por ejemplo—. Encontré una imagen en internet, la imprimí…

—Oh, mierda. ¡La he emborronado! —gimió—. ¡Oh, mierda!

—Ilse, está bien. No importa.

—¡No está bien y sí que importa! ¡Tienes que conseguir unas putas pinturas! —Repitió lo que acababa de decir y se tapó la boca con la mano.

—Probablemente no lo creerás —comenté—, pero he escuchado esa palabra una o dos veces. Aunque tengo la impresión de que quizá a tu novio… podría no ser exactamente…

—Has acertado —admitió, con algo de tristeza. Luego sonrió—. Pero puede dejar escapar un buen «¡Mecachis!» cuando alguien le corta el paso mientras conduce. Papá, sobre tus dibujos…

—Me hace muy feliz que te gusten.

—Es más que gustarme. Estoy asombrada. —Bostezó—. Y también estoy muerta.

—Creo que quizá necesites una taza de chocolate caliente y luego una cama.

—Eso suena maravilloso.

—¿Cuál de las dos cosas?

Se rió. Era maravilloso oírla reír. Llenaba el lugar.

—Ambas.

XI

Nos plantamos en la playa a la mañana siguiente con sendas tazas de café en la mano mientras las olas rompían contra nuestros tobillos. El sol se había izado sobre la pequeña elevación del Cayo detrás de nosotros, y nuestras sombras parecían extenderse varios kilómetros en el tranquilo océano. Ilse me miró solemnemente.

—¿No es este el lugar más hermoso de la tierra, papá?

—No, pero eres joven y no puedo culparte por creer que lo es. Está en el número cuatro de la lista de los Más Hermosos, en realidad, pero el top tres son lugares que nadie puede pronunciar.

Sonrió sobre el borde de la taza.

—Venga, dilos.

—Si insistes… Número uno, Machu Pichu. Número dos, Marrakech. Número tres, Monumento Nacional del Petroglifo. Después, en el número cuatro, Duma Key, a poca distancia de la costa oeste de Florida.

Su sonrisa se ensanchó durante un segundo o dos. Entonces se desvaneció y me dirigió otra vez aquella mirada solemne. La recordé mirándome de la misma forma cuando tenía cuatro años, preguntándome si existía la magia como en los cuentos de hadas. Le había dicho que sí, por supuesto, sabiendo que era mentira. Ahora ya no estaba tan seguro. Pero el aire era cálido, mis pies desnudos tocaban el Golfo, y no deseaba que Ilse resultara lastimada. Creía que le iban a hacer daño. Pero todo el mundo tiene su ración de eso, ¿verdad? Claro que sí. Paf, en la nariz. Paf, en el ojo. Paf, por debajo de la cintura, y el árbitro acaba de salir a por un perrito caliente. La diferencia es que los que amas pueden verdaderamente multiplicar ese dolor y hacer que circule. El dolor es la fuerza más poderosa del amor. Eso es lo que Wireman dice.

—¿Tengo algo verde en la cara, cariño? —pregunté.

—No, solo pensaba otra vez en lo contenta que estoy de haber venido. Te imaginaba pudriéndote entre la casa de unos viejos jubilados y algún horrible bar tiki que celebra todos los jueves un concurso de Camisetas Mojadas. Supongo que he leído demasiado a Carl Hiaasen.

—Hay multitud de lugares como ese aquí abajo —aseguré.

—¿Y hay otros lugares como Duma?

—No lo sé. Quizá unos pocos.

Pero basándome en lo que Jack me había contado, intuía que no.

—Bueno, tú te mereces este sitio. Te mereces tiempo para descansar y recobrarte. Y si todo esto no te cura —dijo, abarcando el Golfo con un movimiento de su brazo— no sé qué lo hará. Lo único…

—¿Síí? —pregunté, y gesticulé en el aire con dos dedos, como si estuviera tratando de elegir alguna cosa de entre dos posibles. Las familias poseen su propio idioma interno, y eso incluye el lenguaje de los signos. Mi gesto no habría significado nada a un extraño, pero Ilse lo conocía y se rió.

—Muy bien, listillo. Lo único que me mosquea es el ruido que hace la marea cuando sube. Me desperté en mitad de la noche y casi grité antes de darme cuenta de que eran las conchas moviéndose en el agua. Es decir, ¿es eso, no? Por favor, dime que es eso.

—Es eso. ¿Qué pensaste que era?

—Mi primer pensamiento… no te rías… fue que era una procesión de esqueletos —respondió, y se estremeció realmente—. Cientos de ellos, desfilando alrededor de la casa.

Nunca se me había ocurrido, pero sabía lo que quería decir.

—Lo encuentro en cierta forma balsámico.

Se encogió de hombros, breve y dubitativamente.

—Bueno… vale, entonces. Cada uno con lo suyo. ¿Estás listo para volver? Podría preparar unos huevos revueltos. Hasta puedo acompañarlos con pimientos y champiñones.

—Trato hecho.

—No te había visto tanto tiempo sin tu muleta desde el accidente.

—Espero ser capaz de andar medio kilómetro por la playa para mediados de enero.

Lanzó un silbido y preguntó:

—¿Medio kilómetro más y la vuelta?

—No, no —respondí, sacudiendo la cabeza—. Solo medio kilómetro en total. Mi propósito es regresar planeando. —Extendí el brazo a modo de demostración.

Soltó un resoplido, empezó a andar hacia la casa de nuevo y luego se detuvo cuando un punto de luz hacia el sur envió señales heliografiadas en nuestra dirección. Una vez, luego dos. Las dos manchitas ya estaban allí abajo.

—Gente —observó Ilse, cubriéndose los ojos.

—Mis vecinos. Mis únicos vecinos por ahora. Por lo menos eso creo.

—¿Los has conocido?

—No. Todo lo que sé es que son un hombre y una mujer en silla de ruedas. Creo que ella toma el desayuno junto al agua todos los días, y creo que lo que brilla es la bandeja.

—Deberías hacerte con un cochecito de golf. Entonces podrías bajar hasta allí y decir hola.

—Con el tiempo llegaré caminando y diré hola —repliqué—. Nada de cochecitos de golf para el niño. El doctor Kamen dice que fije mis objetivos, y los estoy fijando.

—No necesitabas a un loquero para decirte que fijes tus objetivos, papá —declaró, todavía con la vista clavada en el sur—. ¿En qué casa viven? ¿En la grande que parece un rancho de película del Oeste?

—Sí, estoy bastante seguro.

—¿Y no vive nadie más aquí?

—No ahora. Jack dice que hay gente que alquila algunas de las otras casas en enero y febrero, pero por ahora supongo que solo estamos ellos y yo. El resto de la isla es pura pornografía botánica. Las plantas se han desmadrado.

—Dios mío, ¿por qué?

—No tengo ni la más remota idea. Quiero averiguarlo, o por lo menos intentarlo, pero por ahora todavía trato de asentar los pies. Y lo digo literalmente.

Caminábamos hacia la casa en ese momento.

—Una isla casi desierta bajo el sol —comentó Ilse—. Debería tener una historia. Casi necesita una historia, ¿no crees?

—Sí —convine—. Jack Cantori se ofreció a husmear un poco, pero le dije que no se molestara, pensando que podría investigarlo yo mismo.

Me enganché la muleta, ajustando el brazo en la abrazadera de acero, que resultaba reconfortante tras un tiempo en la playa sin su apoyo, y empecé a dar tumbos por el camino. Pero Ilse no seguía a mi lado. Me giré y vi que estaba mirando hacia el sur, cubriéndose otra vez los ojos con la mano.

—¿Vienes, cariño?

—Sí.

Hubo otro centelleo desde la playa: la bandeja del desayuno. O una cafetera.

—A lo mejor ellos conocen la historia —aventuró Ilse, dándome alcance.

—A lo mejor.

—¿Y la carretera? —preguntó, señalándola con el dedo—. ¿Hasta dónde llega?

—No lo sé.

—¿Te gustaría recorrerla en coche esta tarde y comprobarlo?

—¿Estás deseosa de conducir un Chevy Malibú de la compañía Hertz?

—Claro que sí —respondió. Colocó las manos sobre sus delgadas caderas, fingió escupir, y adoptó un acento sureño—. Conduciré por esa carretera hasta que no quede más por donde conducir.

XII

Pero ni siquiera nos acercamos al final de Duma Road. No aquel día. Nuestra exploración hacia el sur empezó bien, y terminó mal.

Ambos nos sentíamos estupendamente cuando salimos. Había descansado los pies durante una hora, además de tomarme mi

Oxycontina del mediodía. Mi hija se había cambiado de ropa y ahora vestía unos pantalones cortos y un top de cuello Halter con la espalda descubierta. Me reí mientras le insistía en que se untara la nariz con óxido de zinc.

—Bobo el payaso —dijo, contemplándose en el espejo.

Estaba muy animada, y yo me encontraba más feliz que nunca desde el accidente, así que lo que nos ocurrió aquella tarde fue una total sorpresa. Ilse culpó a la comida (quizá la mayonesa de la ensalada de atún estaba mala), y yo no la contradije, pero en absoluto creo que fuera mayonesa en mal estado. *Mojo* en mal estado, más bien.

La carretera era estrecha, llena de baches y penosamente parcheada. Hasta alcanzar el lugar donde se adentraba en la frondosa vegetación que cubría casi todo el Cayo, estaba también acaballonada con dunas de arena color hueso, que habían sido arrastradas tierra adentro por el viento desde la playa. El Chevy de alquiler pasaba animosamente sobre casi todas con un ruido sordo, pero después de que la carretera describiera una pequeña curva en dirección al mar (esto fue justo antes de que alcanzáramos la hacienda que Wireman llamaba *Palacio de Asesinos*) los cúmulos de arena se hicieron más espesos y el coche anduvo como un pato en lugar de brincar sobre ellos. Ilse, que había aprendido a conducir en el país de la nieve, lo manejó sin comentarios ni queja alguna.

Las casas entre Big Pink y *El Palacio* eran de un estilo arquitectónico en el que llegué a pensar como Feo Pastel de Florida. La mayoría tenían los postigos echados, y en las veredas de todas menos una se veían verjas cerradas. El camino de entrada que constituía la excepción había sido bloqueado con dos caballetes, con un difuminado aviso troquelado: **PERROS ARISCOS PERROS ARISCOS**. Más allá de la casa Perro Arisco comenzaban los terrenos de la hacienda. Estaban cercados por un robusto muro de falso estuco con una altura de unos tres metros y rematado con tejas de color naranja. Más tejas naranjas (el tejado de la mansión) se elevaban en distintos ángulos y pendientes contra el inocente cielo azul.

—¡Cáspitas y recáspitas! —exclamó Ilse; esa expresión debía de haberla aprendido de su novio baptista—. Este lugar parece sacado de Beverly Hills.

El muro se extendía al menos unos ochenta metros por el lado oriental de la estrecha carretera combada. No había ninguna señal de PROHIBIDO EL PASO; dada la existencia del muro, la postura del propietario con respecto a vendedores a domicilio y mormones proselitistas se antojaba perfectamente clara. En el centro se alzaba una verja de hierro de dos hojas, entornada. Y sentada justo entre las dos puertas…

—Allí está —susurré—. La señora de la playa. Hostia puta, es La Novia del Padrino.

—¡Papá! —exclamó Ilse, riendo y escandalizándose a la vez.

La mujer era seriamente vieja, de unos ochenta y pico años al menos. Estaba en su silla de ruedas. Un enorme par de zapatillas Converse de color azul descansaban sobre los reposapiés de cromo. Aunque la temperatura era de unos veintipocos grados, llevaba una sudadera gris de dos piezas. En una de sus manos nudosas sostenía un cigarrillo humeante. Embutido en la cabeza estaba el sombrero de paja que había visto durante mis paseos, pero en ellos no había advertido lo grande que era; no solo un sombrero, sino uno mexicano muy maltrecho. Su parecido con Marlon Brando al final de *El Padrino* (cuando juega con el nieto en el jardín) era inequívoco. Había algo en su regazo que poseía cierta semejanza con una pistola.

Ilse y yo saludamos con la mano. Durante unos instantes la vieja no reaccionó. Entonces levantó una mano, extendió la palma en un gesto indio de «*Hau*», y de pronto exhibió una radiante sonrisa casi sin dientes. Lo que se antojaba un millar de arrugas surcando su rostro ahora la convertía en una bruja benévola. En ningún momento alcancé a vislumbrar la casa tras ella; trataba todavía de asimilar su repentina aparición, sus zapatillas de un frío color azul, su delta de arrugas, y su…

—Papá, ¿eso era una pistola? —Ilse miraba por el espejo retrovisor, con los ojos abiertos como platos—. ¿Esa anciana tenía una pistola?

El coche se estaba desviando, y contemplé la posibilidad real de estamparnos contra la esquina más alejada de la hacienda. Toqué el volante y corregí la dirección.

—Creo que sí. De alguna clase. Concéntrate en la conducción, cariño. No hay mucha carretera en esta carretera.

Volvió a dirigir la vista al frente. Habíamos estado conduciendo bajo la brillante luz del sol, pero eso se había acabado a causa del muro de la hacienda.

—¿De alguna clase? ¿Qué significa eso?

—Parecía... no sé, una pistola-ballesta, o algo así. Quizá la utiliza para disparar a las serpientes.

—Gracias a Dios que sonrió —dijo—. Y tenía una sonrisa magnífica, ¿verdad?

—Sí —asentí.

La hacienda era la última casa de la zona despejada en el extremo norte de Duma Key. Más allá, la carretera serpenteaba tierra adentro y el follaje se aglomeraba en una forma que al principio encontré interesante, más tarde imponente y al final claustrofóbica. Las masas de vegetación se alzaban a una altura de al menos cuatro metros y un rojo bermellón oscuro surcaba sus hojas redondas como sangre seca.

—¿Qué son esas cosas, papá?

—*Coccoloba uviferai*, o uva de playa. La verde con flores amarillas se llama wedelia. Crecen por doquier. También hay rododendros. Los árboles son casi todos pinos elioti, creo, aunque...

Redujo la velocidad al mínimo, y apuntó a la izquierda, estirando el cuello para mirar por la esquina del parabrisas.

—Aquellas son palmeras de alguna clase. Y mira... allí arriba...

La carretera giraba hacia el interior todavía más, y aquí los troncos que flanqueaban el camino parecían nudosas masas de cuerda gris. Las raíces habían combado el asfalto. Juzgué que nosotros seríamos capaces de pasar sobre ellas, pero ¿podría algún coche circular por este camino dentro de unos pocos años? De ninguna manera.

—Ficus estrangulador —informé.

—Bonito nombre, propio de una película de Alfred Hitchcock. ¿Y crecen de manera salvaje?

—No lo sé —confesé.

Pasó dando tumbos sobre las raíces subterráneas y proseguimos la marcha. No rodábamos a más de diez kilómetros por hora. Había más ficus estranguladores creciendo entre las uvas de playa y los rododendros. La alta vegetación proyectaba oscuras sombras sobre la carretera. Era imposible divisar nada a ninguno de los lados. Salvo por alguna cuña ocasional de azul o algún rayo de luz errante, hasta el mismo cielo había desaparecido. Ahora empezamos a distinguir matas de hierba serrucho, y cetaroxilos correosos, cerúleos, creciendo a través de las grietas del asfalto.

Me empezó a picar el brazo. El que no estaba allí. Alargué la mano sin pensar y solo encontré las todavía doloridas costillas, como siempre. Al mismo tiempo comencé a sentir también una picazón en el lado izquierdo de la cabeza. Ahí sí me podía rascar, y lo hice.

—¿Papá?

—Estoy bien. ¿Por qué paras?

—Porque… yo no me siento tan bien.

Ni tampoco tenía aspecto de encontrarse bien, noté. Su tez era casi tan blanca como la gota de óxido de zinc sobre su nariz.

—¿Ilse? ¿Qué pasa?

—Mi estómago. Estoy empezando a tener serias dudas sobre la ensalada de atún que preparé para comer. —Me dirigió una enfermiza sonrisa tipo «estoy-pillando-la-gripe»—. Además, no sé cómo me las voy a apañar para sacarnos de aquí.

No era una mala pregunta. De improviso las uvas de playa parecían abrirse paso a empellones y las entretejidas palmeras sobre nuestras cabezas parecían espesarse. Percibí el olor de su crecimiento a nuestro alrededor, un aroma a soga de horca que parecía cobrar vida mientras descendía por mi garganta. ¿Y por qué no? Provenía de seres vivos, después de todo; seres vivos que se congregaban a ambos lados. Y por encima.

—¿Papá?

El picor empeoraba. Era rojo, ese picor, tan rojo como verde era el hedor en mi nariz y en mi garganta. La clase de prurito que resultaría si tu brazo quedara atascado en la quemadora, atascado y achicharrado en una pira de carbón.

—Papá, lo siento, pero creo que voy a vomitar.

Nada de quemadoras, nada de piras; solo era un coche. Abrió la portezuela y se inclinó hacia fuera, aferrándose al volante con una mano, y acto seguido la oí sembrar el suelo de vómito.

Un velo rojo cubrió mi ojo derecho y pensé: *Puedo hacerlo. Puedo hacerlo. Solo tengo que dejar la mierda de lado y mover el culo.*

Abrí la puerta, contorsionando el cuerpo para hacerlo, y salí a trompicones. Me agarré a la parte superior de la puerta para evitar ser catapultado de cabeza contra una pared de uva de playa y las ramas entrelazadas de una higuera de Bengala semienterrada. Me picaba todo el cuerpo. Los arbustos y ramas se hallaban tan próximos al coche que me arañaron mientras avanzaba hacia la parte delantera del vehículo. La mitad de mi campo visual

(ROJO)

parecía inundada de sangre escarlata. Sentí cómo una aguja de pino me arañaba la muñeca (lo habría jurado) derecha, y pensé: *Puedo hacerlo, TENGO QUE hacerlo,* al tiempo que oía a Ilse vomitar otra vez. Era consciente de que en ese estrecho camino hacía mucho más calor del que debería, incluso a pesar del tejado verde sobre nuestras cabezas. Me quedaba suficiente espacio en la mente como para preguntarme en qué pensábamos al decidir recorrer esta carretera. Pero, naturalmente, en aquel momento había parecido algo divertido.

Ilse continuaba inclinada, colgándose del volante con la mano derecha. Gotas de sudor como abalorios inundaban su frente.

—Ay, chico… —farfulló, alzando la mirada hacia mí.

—Échate a un lado, Ilse.

—Papá, ¿qué vas a hacer?

Como si no pudiera verlo. En cualquier caso, de improviso las palabras «conducir» y «regreso» dejaron de existir para mí.

Todo lo que podría haber articulado en aquel momento era «nos», la palabra más inservible del idioma inglés cuando quiere expresar algo por sí sola. Sentí la ira subiendo por mi garganta como agua caliente. O sangre. Sí, más bien eso. Porque la ira era, por supuesto, roja.

—Sacarnos de aquí. Échate a un lado —dije, pensando: *No te enfades con ella. No le levantes la voz y le grites vete a saber qué. Oh, por el amor de Dios, por favor, no lo hagas.*

—Papá, tú, no puedes…

—Sí. Puedo hacerlo. Échate a un lado.

El hábito de la obediencia tarda en morir, especialmente, quizá, entre padres e hijas. Y desde luego ella estaba enferma. Se echó a un lado y me coloqué tras el volante, sentándome hacia atrás con mi torpe y estúpido estilo y usando la mano para elevar la maltrecha pierna derecha. Todo el costado derecho zumbaba, como si estuviera sufriendo una descarga eléctrica de baja potencia.

Cerré fuertemente los ojos y pensé: *PUEDO hacerlo, maldita sea, y no necesito la ayuda de una puta muñeca de trapo para que me supervise.*

Cuando volví a contemplar el mundo, parte de esa rojez (y parte de la ira, gracias a Dios) se había escurrido. Puse la transmisión en marcha atrás y empecé a retroceder lentamente. No podía inclinarme hacia fuera como había hecho Ilse, porque no tenía mano derecha con la que dirigir el volante, así que me serví del espejo retrovisor. En mi cabeza, como un fantasma, oí: «Miip-miip-miip».

—Por favor, no te salgas de la carretera —rogó Ilse—. No podemos caminar. Yo estoy demasiado enferma y tu demasiado lisiado.

—No lo haré, Monica —repliqué, pero en ese instante sacó la cabeza por la ventanilla para vomitar de nuevo y creo que no me oyó.

Lenta, muy lentamente, di marcha atrás desde donde Ilse se había detenido, sin dejar de repetirme a mí mismo: «*Paso a paso se llega lejos*» y «*Vísteme despacio, que tengo prisa*». Mi cadera gruñía cada vez que golpeábamos las raíces de ficus estrangulador que horadaban la carretera. En un par de ocasiones pude oír los roces de las ramas contra el costado del coche. La gente de Hertz no se iba a alegrar, pero aquella tarde esa era la menor de mis preocupaciones.

Poco a poco, la luz se hizo más brillante a medida que el follaje se abría por encima. Eso era bueno. Mi visión también se estaba aclarando y aquel furioso picor remitía, lo cual era todavía mejor.

—Veo la casa grande rodeada por el muro —dijo Ilse, mirando hacia atrás sobre su hombro.

—¿Te sientes mejor?

—Un poco, quizá, pero mi estómago sigue haciendo tanta espuma como una lavadora Maytag. —Se oyó un sonido de arcadas—. Oh, Dios, nunca debí haber dicho eso. —Se inclinó hacia fuera, vomitó otra vez, y se derrumbó en el asiento, riendo y gimiendo. El flequillo se le pegaba en la frente en mechones—. Acabo de barnizar este lado del coche. Por favor, dime que tienes una manguera.

—No te preocupes de eso. Tú solo quédate ahí sentada, quieta, y respira lenta y profundamente.

Ejecutó un saludo militar sin energía y cerró los ojos.

No vi indicio alguno de la vieja del sombrero de paja, pero las dos puertas de la verja de hierro estaban ahora abiertas de par en par, como si esperaran compañía. O como si supieran que necesitábamos un lugar donde dar media vuelta.

No perdí el tiempo reflexionando sobre aquello, sino que directamente retrocedí con el Chevy hasta el arco de entrada. Durante un instante divisé un patio adoquinado con baldosas de un gélido color azul, una pista de tenis, y una inmensa puerta doble con anillos de hierro engarzados. Luego giré en dirección a casa, donde llegamos cinco minutos después. Mis ojos veían tan claramente como esa mañana al despertarme, si no más. A excepción de la débil picazón que me subía y bajaba por el costado derecho, me encontraba bien.

También sentía un fuerte deseo de dibujar. No sabía qué, pero lo sabría cuando estuviera sentado en Little Pink con uno de mis cuadernos apoyado contra el caballete. Estaba seguro de ello.

—Deja que te limpie el coche —pidió Ilse.

—Vas a acostarte. Pareces medio muerta.

Me ofreció una lánguida sonrisa.

—Eso es que queda la mejor mitad. ¿Recuerdas que mamá solía decir eso?

Asentí con la cabeza.

—Venga, vamos. Yo lo lavaré. —Señalé hacia el lugar donde la manguera esperaba enroscada en el flanco norte de Big Pink—. Está enganchada al grifo y lista para ser usada.

—¿Seguro que estás bien?

—Seguro. Creo que tú comiste más ensalada de atún que yo.

Se las arregló para sonreír otra vez.

—Siempre tuve debilidad por la comida que preparo yo misma. Estuviste genial al traernos de vuelta, papá. Te daría un beso, pero mi aliento…

La besé yo, en la frente. La piel estaba fría y húmeda.

—Ahora, a descansar, Doña Galletita. Órdenes del cuartel general.

Se fue. Abrí la llave y lavé con la manguera el lateral del Malibú, tomándome más tiempo del que requería el trabajo en realidad. Quería asegurarme de que estuviera fuera de combate. Y lo estaba. Cuando espié a través de la puerta entreabierta del segundo dormitorio, la vi tendida de costado, durmiendo como un niño: una mano bajo la mejilla y una rodilla doblada casi hasta el pecho. Creemos que cambiamos, pero lo cierto es que no lo hacemos. Eso es lo que Wireman dice.

Quizá *sí*, quizá *no*. Eso es lo que Freemantle dice.

Algo tiraba de mí, quizá algo que habitaba en mi interior desde el accidente, pero sin duda era algo que traje de vuelta conmigo de Duma Road. Permití que tirara. No estoy seguro en cualquier caso de haber podido resistirme, así que ni siquiera lo intenté. Tenía curiosidad.

El bolso de mi hija se hallaba sobre la mesita de café de la sala de estar. Lo abrí, saqué su cartera, y hojeé las fotos que guardaba dentro. Eso me hizo sentir un poco como un canalla, pero solo un poco. No es como si estuviera robando algo, me dije a mí mismo, pero naturalmente hay muchas formas de robar, ¿verdad?

Ahí estaba la foto de Carson Jones que ella me había mostrado en el aeropuerto, pero no buscaba esa. No le quería a él solo. Le quería con ella. Quería una fotografía de ellos como pareja. Y encontré una. Daba la impresión de haber sido tomada junto a un puesto de carretera; había cestos de pepinos y maíz tras ellos. Sonreían y lucían jóvenes y hermosos. Se rodeaban con los brazos el uno al otro, y una de las manos de Carson Jones parecía estar descansando sobre el culo de los vaqueros azules de mi hija. Ay, cristiano majadero. Todavía me picaba el brazo derecho, en una comezón débil, estacionaria, como si padeciera un caso de fiebre miliar. Me rasqué el brazo, me rasqué a su través y, por milésima vez, en su lugar encontré las costillas. Esa foto también estaba dentro de una funda protectora transparente. La deslicé fuera, eché un vistazo por encima del hombro hacia la puerta parcialmente abierta de la habitación donde dormía Ilse, nervioso como un ladrón en su primer trabajo, y después le di la vuelta.

> *¡Te quiero, Calabacita!*
> *«Smiley»*

¿Podía confiar en un pretendiente que llamaba a mi hija Calabacita y que firmaba como «Smiley»? No lo creía. Puede que fuera injusto, pero no, no lo creía. No obstante, había encontrado lo que buscaba. No a uno, sino a ambos. Le di otra vez la vuelta a la foto, cerré los ojos, y fingí que tocaba sus imágenes kodacromo con la mano derecha. Aunque lo que sentí no se parecía en nada a un fingimiento. Supongo que ya no hace falta explicarlo a estas alturas.

Después de cierto período de tiempo (no sé cuánto exactamente), devolví la foto a su funda de plástico y sumergí su cartera entre pañuelos de papel y cosméticos, dejándola más o menos en el mismo lugar en el que la había encontrado. Después puse el bolso sobre la mesita de café y fui al dormitorio a por Reba, la Muñeca Anticólera. Subí cojeando las escaleras a Little Pink, con ella afianzada entre el muñón y el costado.

—Te voy a convertir en Monica Seles —creo recordar que dije cuando la senté enfrente de la ventana, pero fácilmente podría haber sido Monica Goldstein; en lo que concierne a la memoria, todos nosotros amañamos la baraja. El evangelio según Wireman.

Estoy siendo más explícito de lo que quisiera en casi todo lo que aconteció en Duma, pero aquella tarde en particular se me presenta muy vaga. Sé que me invadió un frenesí pictórico, y que el prurito enloquecedor en mi no existente brazo derecho desapareció por completo mientras estuve trabajando; no sé, pero estoy casi seguro de que la bruma rojiza que flotaba siempre sobre mi vista en aquellos días, y que se espesaba cuando estaba cansado, también desapareció durante un rato.

No sé cuánto tiempo pasé en aquel estado. Creo que bastante. Lo suficiente como para que al terminar me encontrara exhausto y famélico.

Bajé las escaleras y me puse a engullir fiambre a la gélida luz del frigorífico. No quise prepararme un auténtico sándwich, porque no deseaba que Ilse se enterara de que me sentía en buenas condiciones para comer. Dejaría que siguiera creyendo que la causa de nuestros problemas había sido la mayonesa en mal estado. De esa forma no perderíamos el tiempo a la caza de otras explicaciones.

Ninguna de las otras explicaciones que me venían a la cabeza eran racionales.

Después de comerme medio paquete de salami en lonchas y tragar aproximadamente una pinta de té dulce, me fui al dormitorio, me tumbé, y me sumergí en un sueño macerado.

XV

Puestas de sol.

A veces tengo la impresión de que mis recuerdos más vívidos de Duma Key son los cielos anaranjados del ocaso, cielos que sangraban en la parte inferior y que, en lo alto, fundían el verde en negro. Cuando desperté al anochecer, otro día se desvanecía gloriosamente. Entré en la estancia principal, apoyado pesadamente sobre la muleta, rígido y haciendo muecas de dolor (los primeros diez minutos siempre eran los peores). La puerta de la habitación de Ilse estaba abierta y su cama vacía.

—¿Ilse? —llamé.

Por un instante no recibí respuesta. Entonces llegó su voz desde el piso de arriba.

—¿Papá? ¡Santo Dios! ¿Tú has hecho esto? ¿Cuándo lo hiciste?

Todos los pensamientos de dolor y sufrimiento me abandonaron. Subí a Little Pink tan rápido como pude, tratando de recordar qué había dibujado. Fuera lo que fuese, no había hecho ningún esfuerzo por ocultarlo. ¿Y si era algo verdaderamente horrible? ¿Y si había tenido la brillante idea de representar una caricatura de la crucifixión, con el Colibrí Gospeliano en la cruz?

Ilse estaba plantada frente al caballete, y no pude ver lo que este exhibía. Su cuerpo lo bloqueaba. Incluso aunque se hubiera echado a un lado, la única iluminación de la habitación provenía de la sangrienta puesta de sol, y no habría distinguido nada en el bloc excepto un rectángulo negro recortado contra el deslumbrante fulgor.

Encendí las luces, rezando para que no hubiera hecho nada para afligir a la hija que había viajado toda esa distancia para cerciorarse de que yo estaba bien. Por su voz me era imposible decirlo.

—¿Ilse?

Se volvió hacia mí, y su rostro mostraba una expresión de perplejidad más que de furia.

—¿Cuándo has hecho este?

—Bueno… —balbuceé—. Apártate un poco, ¿quieres?

—¿Está tu memoria jugándote otra mala pasada? Es eso, ¿no?

—No —dije—. Bueno, sí. —Era capaz de distinguir la playa que se extendía al otro lado de la ventana, pero no mucho más—. Tan pronto como lo vea, estoy seguro de que… apártate a un lado, cariño, no eres transparente.

—Pero sí soy una pelmaza, ¿no?

Se rió. Rara vez me había sentido tan aliviado por el sonido de una risa. Fuera lo que fuese lo que exhibía el caballete, no se había cabreado, y mi estómago cayó al lugar donde pertenecía. Si no estaba enfadada, el riesgo de que la ira estropeara lo que era en buena medida una estupenda visita desapareció.

Dio un paso a la izquierda y contemplé lo que había dibujado durante mi estado de aturdimiento presiesta. Técnicamente, era con toda probabilidad lo mejor que había creado desde mi primera tentativa a plumilla en el lago Phalen, y supuse que no tenía nada de sorprendente que se hubiera quedado perpleja. Yo mismo lo estaba.

Era la sección de la playa que se divisaba desde el ventanal que ocupaba casi toda la pared de Little Pink. El despreocupado garabato de luz sobre el agua, conseguido con un tono que la compañía Venus denominaba Cromo, indicaba que era por la mañana temprano. En el centro de la composición había una niña pequeña de pie con atuendo de tenista. Volvía la espalda, pero su cabello rojo la delataba: era Reba, mi amorcito, aquella novia de mi otra vida. La figura estaba pobremente perfilada, pero de algún modo sabías que era así a propósito, que en absoluto era una niña real, tan solo una figura onírica en un paisaje onírico.

Sobre la arena, brillantes pelotas de tenis de color verde rodeaban sus pies.

Otras flotaban en el suave oleaje en dirección a la orilla.

—¿Cuándo lo hiciste? —Ilse seguía sonriendo, casi riendo—. ¿Y qué diantres significa?

—¿Te gusta? —pregunté. Porque a mí no. El color de las pelotas de tenis no era el correcto, porque no tenía el tono de verde adecuado, pero esa no era la razón; lo detestaba porque se me antojaba del todo erróneo. Era como si se me rompiera el corazón.

—¡Me encanta! —exclamó, y después se rió—. Vamos, ¿cuándo lo hiciste? Dímelo.

—Mientras dormías. Fui a tumbarme, pero me volví a sentir mareado, así que pensé que me convendría seguir en posición vertical durante un rato. Decidí dibujar un poco, ver si las cosas se asentaban. No me di cuenta de que tenía esa cosa en la mano hasta que llegué aquí arriba. —Apunté a Reba, sentada contra la ventana con sus piernas de peluche en el aire.

—Esa es la muñeca a la que se supone que gritas cuando olvidas cosas, ¿no?

—Algo así. En cualquier caso, hice este dibujo. Me llevó como una hora. Cuando terminé me sentía mejor. —Recordaba muy poco, pero sí lo suficiente para saber que mi relato era mentira—. Entonces me tumbé y me eché una siesta. Fin de la historia.

—¿Puedo quedármelo?

Noté que me invadía una oleada de consternación, pero no podía encontrar la manera de negarme sin herir sus sentimientos o sonar como un loco.

—Si lo quieres de verdad… Aunque no es para tanto. ¿No preferirías quedarte con una de las Famosas Puestas de Sol Freemantle? ¡O el buzón con el caballo balancín! Podría…

—Este es el que quiero —insistió—. Es divertido y dulce, y hasta un poco… no sé… ominoso. La miras de una forma y dices: «Una muñeca». La miras de otra y dices: «No, una chiquilla. Después de todo, está de pie, ¿no?». Es sorprendente todo lo que has aprendido a hacer con lápices de colores. —Asintió con decisión—. Este es el que quiero. Pero tienes que ponerle un nombre. Los artistas tienen que poner nombre a sus obras.

—Estoy de acuerdo, pero no se me ocurre ninguna idea…

—Vamos, vamos, no te escaquees. Lo primero que te venga a la cabeza.

—Está bien —dije—. El final del partido.

—Perfecto. ¡Perfecto! —exclamó aplaudiendo—. Y también tienes que firmarlo. ¿A que soy una mandona?

—Desde siempre. Mandona por partida triple. Debes de sentirte mejor.

—Sí. ¿Y tú?

—También —contesté, pero no era cierto. De repente me embargó una fuerte depresión, como si tuviera uno de esos Días Rojos. Venus no fabricaba ningún color con ese nombre, pero había un Negro Venus nuevo, afilado con precisión, sobre la canaleta del caballete. Lo cogí y firmé al lado de una de las piernas rosadas de la muñeca. Más allá, sobre una suave ola, flotaban una docena de pelotas de tenis cuyo color verde no era el correcto. No sabía qué significaban aquellas solitarias pelotas, pero no me gustaban. Tampoco me gustaba poner mi nombre en ese dibujo, pero tras hacerlo, escribí «El final del partido» a un lado en la parte superior. Y lo que sentí fue lo que Pam había enseñado a decir a las chicas cuando eran pequeñas, tras finalizar alguna tarea ingrata.

Acabado-finito-caput.

XVI

Se quedó dos días más, y fueron días agradables. Cuando Jack y yo la llevamos al aeropuerto, había cogido algo de sol en la cara y en los brazos, y parecía emitir su propia radiación benévola: juventud, salud, bienestar.

Jack había encontrado un tubo de cartón rígido para su nuevo cuadro.

—Papá, prométeme que te cuidarás y que me llamarás si me necesitas.

—Roger —contesté con una sonrisa.

—Y prométeme que buscarás a alguien que te dé una opinión sobre tus dibujos. Alguien que sepa del tema.

—Bueno...

Bajó el mentón y frunció el ceño. De nuevo, era como mirar a Pam cuando la conocí.

—Más te vale que lo prometas, o si no...

Y como hablaba en serio (el surco vertical entre sus cejas así lo denotaba), lo prometí, y el surco se suavizó.

—Bien, está decidido. Mereces recobrarte, lo sabes, ¿no? Aunque a veces me pregunto si tú te lo crees de verdad.

—Por supuesto que sí.

—Porque lo que pasó no fue culpa tuya —continuó diciendo Ilse, como si no me hubiera oído.

Noté que se me empañaban los ojos de lágrimas. Supongo que lo sabía, pero era agradable oír a alguien expresándolo en voz alta. Alguien aparte de Kamen, claro, cuyo trabajo consistía en raspar la mugre endurecida de esos engorrosos platos sin lavar apilados en el fregadero del subconsciente.

Me miró asintiendo con la cabeza.

—Te vas a poner mejor. Lo digo yo, que soy mandona por partida triple.

«Vuelo Delta 559, con destino a Cincinnati y Cleveland», graznó el altavoz. La primera escala de Ilse en su viaje de vuelta a casa.

—Venga, cielo. Hora de que te escaneen el cuerpo e inspeccionen tus zapatos.

—Primero tengo que decirte otra cosa.

—¿Y ahora qué, hijita mía? —pregunté, alzando la mano que aún conservaba.

Sonrió ante eso. Así era como me dirigía a las dos chicas cuando mi paciencia finalmente se aproximaba al límite.

—Gracias por no decirme que Carson y yo somos demasiado jóvenes para casarnos.

—¿Habría servido de algo?

—No.

—No. Además, no dudo que tu madre realizará esa tarea por ambos de manera más que aceptable.

Arrugó la boca como si fuera a soltar una exclamación de dolor y luego se rió.

—Y también Linnie… pero la única razón es que por una vez me he adelantado a ella.

Me dio otro fuerte abrazo. Aspiré profundamente el olor de su cabello, ese dulce aroma mezcla de champú y mujer joven y saludable. Se retiró y miró a mi hombre-para-todo, que aguardaba con deferencia a un lado.

—Será mejor que cuides bien de él, Jack. Es uno de los buenos.

No se habían enamorado (no hubo potra ahí, *muchacho*), pero le brindó una cálida sonrisa.

—Lo haré lo mejor que pueda.

—Y prometió que buscaría una opinión sobre su trabajo. Eres testigo.

Jack sonrió y asintió con la cabeza.

—Bien. —Me plantó un último beso, esta vez en la punta de la nariz—. Pórtese bien, padre. Cúrese.

Luego atravesó las puertas, engalanada con sus bolsas, pero aún caminando con brío. Volvió la vista atrás antes de que se cerraran.

—¡Y consíguete unas pinturas!

—¡Lo haré! —grité, pero no sé si me oyó. En Florida, las puertas corredizas se cierran a toda velocidad, para preservar el aire acondicionado. Durante un momento o dos todo lo perteneciente al mundo se emborronó y brilló con más intensidad; sentía un martilleo en las sienes y un picor húmedo en la nariz. Torcí la cabeza y me restregué enérgicamente los ojos con el pulgar y el índice mientras Jack, una vez más, fingía estudiar algo muy interesante en el cielo. Había una palabra para describir mi estado, pero no me salía. Pensé: *Calado*, y a continuación: *Congelado*.

Dale tiempo, no pierdas la cabeza, convéncete a ti mismo de que puedes hacerlo, y por lo general las palabras vendrán. A veces no las deseas, pero igualmente aparecen. Y en esta ocasión, la palabra era desconsolado.

—¿Quieres esperar aquí mientras voy a por el coche, o…? —empezó a preguntar Jack.

—No, estoy bien para andar —aseguré. Cerré los dedos alrededor de la empuñadura de la muleta—. Pero ojo al tráfico. No me gustaría ser atropellado al cruzar la carretera. Ya he pasado por eso, y con una vez basta.

XVII

Paramos en la tienda Arte & Utensilios de Sarasota en nuestro camino de regreso, y mientras estábamos allí le pregunté a Jack si conocía alguna galería de arte.

—Voy por delante tuyo, jefe. Mi madre trabajaba antes en la Scoto, que está en Palm Avenue.

—¿Eso debería decirme algo?

—Es la *crème de la merde* de las galerías de la zona cultureta de la ciudad —explicó, pero pareció reconsiderarlo—. Lo digo en el buen sentido. Y los dueños son buena gente... por lo menos siempre lo fueron con mi madre, pero, bueno... ya sabes...

—Es *crème de la merde*.

—Sí.

—¿Quiere decir precios exorbitados?

—Es donde se reúne la élite —contestó solemnemente, y cuando estallé en carcajadas, se unió a mí. Creo que ese fue el día en que Jack Cantori se convirtió más en un amigo que no en un recadero a tiempo parcial.

—Entonces está decidido —dije—, porque definitivamente yo soy parte de la élite. Admítelo, hijo.

Levanté la mano y Jack le dio una palmada.

XVIII

De vuelta en Big Pink, Jack me ayudó a meter en la casa mi botín: cinco bolsas, dos cajas y un lote de nueve lienzos estirados. Material por valor de casi mil dólares. Le dije que nos preocuparíamos por subirlo al piso de arriba al día siguiente. Pintar era lo último en la tierra que deseaba hacer esa noche.

Atravesaba cojeando la sala de estar en dirección a la cocina, con intención de prepararme un sándwich, cuando vi que parpadeaba la lucecita de mensajes en espera del contestador automático. Supuse que debía de ser Ilse, diciendo que su vuelo se había cancelado por causas meteorológicas o por algún problema mecánico.

No era ella. La voz era agradable, pero cascada por la edad, y supe quién era al instante. Casi pude ver aquellas enormes zapatillas azules apoyadas en los brillantes reposapiés de su silla de ruedas.

—Hola, señor Freemantle. Bienvenido a Duma Key. Fue un placer verle el otro día, aunque fuera brevemente. Una supone que la joven dama que le acompañaba era su hija, dado el parecido. ¿La ha llevado de vuelta al aeropuerto? Una verdaderamente espera que así sea.

Se produjo una pausa. Oía su fuerte respiración enfisémica, la de una persona que probablemente ha pasado gran parte de su vida con un cigarrillo en la mano. Entonces volvió a hablar.

—Considerándolo todo, Duma Key nunca ha sido un lugar que trajera suerte a las hijas.

Me encontré a mí mismo pensando en Reba, con su improbable atuendo de tenista, rodeada de difusas pelotitas, y más que llegarían con la siguiente ola.

—Una espera que nos conozcamos, en el transcurso del tiempo. Adiós, señor Freemantle.

Sonó un clic. Entonces solo quedé yo y el incansable chirrido de las conchas bajo la casa.

Había subido la marea.

Cómo dibujar un cuadro (III)

Debes tener hambre. Le funcionó a Miguel Ángel, le funcionó a Picasso, y le funciona a cientos de miles de artistas que no lo hacen por amor (aunque eso puede jugar su parte), sino para poner un plato de comida en la mesa. Si quieres interpretar el mundo, has de utilizar tus propios apetitos. ¿Esto te sorprende? No debería. No existe nada tan humano como el hambre. No existe la creación sin talento, eso te lo concedo, pero el talento es barato. El talento no se mendiga. El hambre es el pistón del arte. ¿La niñita de la que te hablaba? Ella encontró la suya, y la utilizó.

Ella piensa: Se acabó estar en la cama todo el día. Voy a la habitación de papá, el estudio de papá. A veces digo estudio, a veces digo escudo. Hay una ventana grande muy bonita. Me ponen en la pira. Veo de abajo a arriba. Veo pájaros, bonitos. Demasiado bonitos para mí, y eso me deja sentada. Algunas nubes tienen alas. Algunas tienen ojos azules. Siempre lloro sentada con la puesta de sol. Duele ver. El abajo arriba me duele dentro. Nunca podría decir lo que veo y eso me deja sentada.

Ella piensa: TRISTE, la palabra es TRISTE. Sentada* es lo que sientes cuando te ponen en la pira.

Ella piensa: Si pudiera parar el dolor. Si pudiera sacarlo como pipí. Lloro y pido pido pido decir lo que quiero. Nana no puede ayudar. Cuando digo «¡Color!» se toca la cara y sonríe y dice

---

* Juego de palabras intraducible entre *sat*, «sentado», y *sad*, «triste» *(N. del T.)*

«Siempre fue, siempre será». Las niñas grandes no ayudan tampoco. Estoy tan enfadada con ellas, ¡¿por qué no escucháis, MALAS MALOSAS?! Entonces un día vienen las gemelas, Tessie y Lo-Lo. Hablan de forma especial entre ellas, me escuchan de forma especial. No me entendían al principio, pero ahora sí. Tessie me trae papel. Lo-Lo me trae un lápiz y un «¡Lá-bid!» sale de mi boca y ellas dan brindis y palmeras con las manos.

Ella piensa: ¡CASI PUEDO DECIR EL NOMBRE DEL LÁPIZ!

Ella piensa: Puedo hacer el mundo en el papel. Puedo dibujar lo que las palabras significan. Veo un árbol, hago un árbol. Veo un pájaro, hago un pájaro. Es una cosa buena, como el agua de un vaso.

Esta es una niñita con una herida vendada en la cabeza, que viste una batita de color rosa y se sienta en una silla junto a la ventana en el estudio de su padre. Su muñeca, Noveen, descansa en el suelo junto a ella. Tiene un tablero y sobre el tablero hay una hoja de papel. Ha logrado dibujar una garra que en realidad posee cierta semejanza con el pino muerto que hay afuera.

Ella piensa: Quiero tener más papel, por favor.

Ella piensa: Soy ELIZABETH.

Debió de ser como si te devolvieran la lengua después de creer que te la han acallado para siempre. Y todavía más. Todavía mejor. Era un don, un regalo de ella misma, de ELIZABETH. Incluso desde aquellos primeros dibujos, increíblemente valientes, debió de haber comprendido lo que estaba sucediendo. Y ansiaba más.

Su don estaba hambriento. Los mejores dones (y los peores) siempre lo están.

4

Amigos con privilegios

I

En la tarde de Año Nuevo desperté de una corta pero refrescante siesta pensando en cierta clase de concha, una anaranjada con motitas blancas. No sé si soñé con ella o no, pero codiciaba una. Estaba listo para comenzar a experimentar con las pinturas, y decidí que una de aquellas conchas anaranjadas sería precisamente lo que dejaría caer en medio de la puesta de sol en el golfo de México.

Empecé a explorar la playa en dirección sur, acompañado únicamente por mi sombra y dos o tres docenas de aquellos diminutos pájaros (Ilse los llamaba piolines) que eternamente escudriñaban el borde del agua en busca de comida. A lo lejos, los pelícanos surcaban el cielo, y en un momento dado doblaban las alas y descendían en picado como piedras. No pensaba en el ejercicio aquella tarde, no monitorizaba el dolor de mi cadera, y no contaba los pasos. No pensaba en nada, en realidad; mi mente planeaba como los pelícanos antes de vislumbrar su cena en el *caldo largo* debajo de ellos. Por lo tanto, cuando finalmente encontré la clase de concha que quería y volví la vista atrás, me quedé atónito al comprobar lo mucho que había encogido Big Pink.

Allí parado, haciendo malabarismos con la concha anaranjada en la mano, de improviso sentí aquel dolor punzante como de cristales rotos en la cadera. Se originaba ahí y descendía con un sordo latido todo lo largo de la pierna. Sin embargo, las huellas que se extendían hasta mi casa en absoluto indicaban que hubiera arrastrado los pies. Se me ocurrió que me había malcriado a mí mismo, quizá un poco, quizá mucho. Yo y mi estúpido Juego de los Números. Hoy había olvidado autosometerme a ese ansioso mini reconocimiento médico cada cinco minutos o así. Simplemente había… había salido a dar un paseo. Como cualquier persona normal.

Por tanto, tenía dos opciones para el camino de regreso. Podía seguir comportándome como un crío mimado y parar de vez en cuando para realizar alguno de los estiramientos laterales de Kathi Green, que dolían como mil demonios y aparentemente no servían para mucho más, o podía sencillamente caminar. Como cualquier persona normal e ilesa.

Me decanté por esto último. Pero antes de comenzar, eché un vistazo por encima del hombro y divisé una tumbona a rayas a cierta distancia hacia el sur. Había una mesa al lado con una sombrilla a rayas, similares a las de la tumbona. Había un hombre sentado. Lo que desde Big Pink era solo una manchita apenas vislumbrada, se había convertido en un tipo alto y fornido, vestido con tejanos y una camisa blanca remangada hasta los codos. La brisa le revolvía el cabello largo. No era capaz de distinguir sus facciones, pues todavía estábamos demasiado alejados para ello. Notó que le miraba y saludó con la mano. Le devolví el saludo, y después di media vuelta y empecé a desandar con dificultad mis propios pasos de regreso a casa.

Aquel fue mi primer encuentro con Wireman.

II

Mi último pensamiento antes de acostarme esa noche fue que, probablemente, el segundo día del nuevo año estaría renqueante y demasiado dolorido para caminar. Me alegré al comprobar que no fue el caso; un baño caliente se ocupó de disolver la rigidez residual.

Así que, naturalmente, repetí a la tarde siguiente. Nada de fijar objetivos; nada de propósitos de Año Nuevo; no más Juego de los Números. Solo un tipo paseando despreocupadamente por la playa, que a veces se desviaba en dirección al suave oleaje lo suficiente para desperdigar a los piolines en una ascendente nube pulverulenta. A veces recogía un concha y me la metía en el bolsillo (una semana más tarde estaría cargando con una bolsa de plástico donde almacenar mis tesoros). Cuando me acerqué lo suficiente para distinguir al tipo fornido con cierto detalle (hoy lucía una camisa azul y pantalones caquis, y a buen seguro estaba descalzo), di media vuelta y me encaminé de regreso a Big Pink, pero no sin antes saludarle con la mano, saludo que él devolvió.

Ese fue el verdadero comienzo de mis Grandes Paseos Playeros. Cada tarde recorría una distancia un poco mayor, y distinguía con un poco más de claridad al hombre fornido en su tumbona a rayas. Me parecía obvio que seguía su propia rutina. Por las mañanas salía con la anciana, empujándola por una pasarela de madera que era como una lengua sobre la arena y que era imposible de distinguir desde Big Pink. Por las tardes salía él solo. Nunca se quitaba la camisa, pero sus brazos y su rostro eran tan oscuros como los muebles antiguos de una mansión clásica. A su lado, sobre la mesa, reposaban un vaso alto y una jarra que podría haber contenido agua con hielo, limonada o gin tonic. Siempre me saludaba con la mano, y yo siempre le devolvía el saludo.

Un día a finales de enero, cuando había recortado la distancia entre nosotros a no mucho más de doscientos metros, una segunda silla a rayas apareció en la arena. Un segundo vaso, vacío pero alto y terriblemente tentador, apareció en la mesa. Cuando saludé, primero agitó la mano y después señaló la silla vacía.

—¡Gracias, pero todavía no! —contesté a voz en cuello.

—¡Demonios, ven aquí! —gritó él a su vez—. ¡Te llevaré de vuelta en el cochecito de golf!

Sonreí ante eso. Ilse había estado totalmente a favor de la idea de un cochecito de golf, para que pudiera hacer carreras por la playa de un lado a otro asustando a los piolines.

—¡No está en la táctica del partido —vociferé—, pero llegaré allí a su debido tiempo! Lo que sea que haya en esa jarra, ¡mantenlo en hielo para mí!

—¡Tú sabrás lo que más te conviene, *muchacho*! —Esbozó un pequeño saludo militar—. Mientras tanto, ¡forja tu día y deja que el día te forje a ti!

Recuerdo toda clase de cosas que decía Wireman, pero creo que aquella es la que asocio más intensamente con él, quizá porque la escuché antes de conocer su nombre o de haberle siquiera estrechado la mano: forja tu día y deja que el día te forje a ti.

III

Andar no era el único sinónimo de Freemantle aquel invierno; Freemantle comenzó a ser sinónimo de revivir. Y, joder, qué maravillosa sensación. Una noche ventosa, mientras las olas batían con fuerza contra la orilla y las conchas discutían en lugar de conversar tranquilamente, tomé una decisión: cuando supiera que esta nueva manera de sentir era auténtica, llevaría a Reba, la Muñeca Anticólera, hasta la playa, la rociaría con fluido de mechero y la haría estallar en llamas. Proporcionaría a mi otra vida un verdadero funeral vikingo. ¿Por qué coño no iba a hacerlo?

Entretanto, me zambullí en la pintura igual que los piolines y los pelícanos se zambullían en el agua. Tras una semana pintando, me arrepentí de haber malgastado como un idiota tanto tiempo con los lápices de colores. Envié un e-mail de agradecimiento a Ilse por haber empleado sus técnicas intimidatorias conmigo, y su respuesta fue que apenas necesitaba estímulos en ese terreno. Me contó también que Los Colibrís habían actuado en una gran iglesia en Pawtucket, Rhode Island (una especie de calentamiento previo a la gira) y la congregación se había desmadrado, batiendo palmas y gritando aleluyas. «Un montón de gente meneaba las caderas en los pasillos», escribió. «Es el sustituto baptista del baile.»

Aquel invierno también trabé una íntima amistad personal con internet, y con Google en particular, picoteando aquí y allá con una sola mano. En referencia a Duma Key, encontré poco más que un mapa. Podría haber indagado más profundamente y con mayor empeño, pero algo me aconsejó que lo dejara estar por el momento. Lo que realmente me interesaban eran aquellos sucesos peculiares que seguían a la pérdida de miembros, y hallé un filón de oro.

Debo confesar que, si bien me tomaba las historias a las que me conducía Google con cierto escepticismo, no rechacé por completo ni la más disparatada, porque nunca dudé de que mis propias experiencias extrañas estaban relacionadas con las lesiones que había sufrido, ya fuera por mi afrenta al área de Broca, por mi brazo amputado, o por ambas cosas. No tenía más que contemplar el retrato de Carson Jones con su camiseta de Torii Hunter siempre que quisiera, y estaba convencido de que el señor Jones había comprado el anillo de compromiso de Ilse en Zales. Menos concretos, pero igual de persuasivos, eran mis dibujos cada vez más surrealistas. Los garabatos que había hecho en mi vida anterior en la libreta junto al teléfono no ofrecían el más mínimo indicio de las embrujadas puestas de sol que yo creaba ahora.

No era la primera persona que perdía una parte de su cuerpo y ganaba otra cosa a cambio. En Fredonia, Nueva York, un leñador se cortó una mano en los bosques, y salvó su vida cauterizando el muñón chorreante de la muñeca. Se llevó la mano a casa, la metió en un tarro con alcohol, y la guardó en el sótano. Tres años más tarde, no obstante, empezó a sentir un frío gélido en aquella mano que ya no se encontraba al sur de la muñeca. Bajó al sótano y descubrió que una de las ventanas estaba rota y que el viento invernal soplaba directamente contra el tarro en cuyo interior flotaba su mano en conserva. Cuando el ex leñador acercó el tarro a la caldera, aquella sensación de frío gélido desapareció.

Un campesino ruso de Tura, en la Siberia profunda, perdió el brazo izquierdo de codo para abajo en una máquina agrícola, y pasó el resto de su vida como zahorí. Cuando se plantaba sobre un punto donde había agua, su brazo y su mano izquierda, aunque no siguieran allí, se enfriaban, con una acompañante sensación de humedad. Según los artículos que leí (había tres), sus habilidades nunca fallaron.

Había un tipo en Nebraska que podía predecir tornados con los callos de su pie perdido. Un marinero sin piernas en Inglaterra que era utilizado por sus compañeros como una especie de detector humano de bancos de peces. Un japonés con una doble amputación que se había convertido en un respetado poeta (lo cual no era un mal truco para un colega que era un analfabeto cuando sufrió el accidente de tren en el que perdió los brazos).

De todas las historias, quizá la más extraña fuese la de Kearney Jaffords, de New Jersey, un niño nacido sin brazos. Poco después de su decimotercer cumpleaños, este niño minusválido, anteriormente de mente equilibrada, se puso histérico, y no cesaba de insistir a sus padres que sus brazos «estaban sepultados en una granja y dolían». Afirmaba que podía mostrarles el lugar. Condujeron durante dos días, y terminaron en un camino de tierra en Iowa, en algún sitio entre Ninguna-Parte y Ninguna-Parte-En-Particular. El niño los guió hasta un maizal, divisó un granero cercano con un anuncio de TABACO MAIL POUCH en el tejado, y les instó a que cavaran. Los padres así lo hicieron, no porque esperaran encontrar algo, sino porque tenían la esperanza de poder, por fin, devolver la paz a su cuerpo y su mente. A un metro de profundidad hallaron dos esqueletos. Uno era el de una niña, de entre doce y quince años. El otro era el de un hombre, de edad indeterminada. El forense del condado de Adair estimó que los cadáveres habían permanecido enterrados aproximadamente doce años… pero, naturalmente, podrían haber sido trece, que era la edad de Kearny Jaffords. Ninguno de los cadáveres fue identificado. Al esqueleto de la niña le habían arrancado los dos brazos. Aquellos huesos estaban mezclados con los del hombre sin identificar.

A pesar de lo fascinante de esta historia, existían otras dos que me interesaron todavía más, especialmente al recordar la manera en que había hurgado en el bolso de mi hija.

Las descubrí en un artículo que se titulaba «Ven con lo que les falta», publicado en *The North American Journal of Parapsychology*. Describía los casos de dos psíquicos, una mujer de Phoenix y un hombre de Río Gallegos, Argentina. La mujer había perdido la mano derecha; el hombre, el brazo derecho por completo. Ambos habían ayudado con éxito a la policía a encontrar a varias personas desaparecidas (tal vez hubo otros casos que acabaron en fracaso, pero estos no se recogían en la crónica).

Según los autores del artículo, ambos psíquicos mutilados empleaban la misma técnica. Se les proporcionaba alguna prenda de la persona desaparecida, o una muestra de su letra. Cerraban los ojos y visualizaban que tocaban el objeto con la mano perdida (aquí se añadía una confusa nota al pie sobre algo denominado la Mano de la Gloria, también conocida como la Mano *Mojo*). La mujer de Phoenix, entonces, «obtenía una imagen», que transmitía a sus interlocutores. El argentino, sin embargo, acompañaba sus comuniones espirituales con breves pero furiosos arrebatos, durante los cuales escribía como un autómata con la mano remanente, un proceso que se me antojaba análogo al de mis pinturas.

Y, como digo, puede que pusiera en duda la veracidad de las anécdotas más absurdas con las que me topé durante mis exploraciones en internet, pero nunca dudé de que algo me estaba pasando a mí. Creo que lo hubiera creído aun sin la imagen de Carson Jones. Por el silencio, sobre todo. Excepto cuando Jack se dejaba caer, o cuando Wireman (cada vez más cerca) saludaba con la mano y gritaba «*¡Buenos días, muchacho!*», no veía a nadie ni hablaba con nadie salvo conmigo mismo. Me desprendí de casi todo lo superfluo, y cuando eso sucede, empiezas a oírte a ti mismo con claridad. Y la comunicación clara entre los yos (me refiero al yo superficial y al yo profundo) es enemiga de la duda en uno mismo. Da muerte a la confusión.

Pero, para cerciorarme, determiné llevar a cabo lo que me dije a mí mismo que sería un experimento.

IV

De Efree19 a Pamorama667
24 de enero, 09.15 h

Querida Pam: Tengo una partición algo inusual. Ahora me dedico a pintar, y la temática es un poco rara, pero divertida a su manera (por lo menos eso pienso yo). En vez de describirlo, es mejor que te enseñe lo que quiero decir, así que te adjunto un par de jpegs en el e-mail. Me he acordado de aquellos guantes de jardín tuyos, esos que tenían escrito MANOS en uno y FUERA en el otro. Me encantaría colocarlos en una puesta de sol. NO me preguntes por qué, estas ideas simplemente me vienen. Todavía los tienes? Si es así, me los mandarías? Te los devolveré con mucho gusto si quieres.

Preferiría que no compartieras las fotos con nadie de la «vieja tropa». En particular con Bozie, que seguro que se reiría como un lobo si viera ESTAS cosas.

Eddie

PD: Si no te parece bien lo de enviarme los guantes, perfecto. Es solo un alisio.

E.

Esa noche recibí la siguiente respuesta de Pam, que ya había regresado a la casa en St. Paul.

De Pamorama667 a EFree19
24 de enero, 17.00 h

Hola Edgar: Ilse ya me habló de tus dibujos, y desde luego son diferentes. Con suerte este hobby durará más q lo de la restauración de coches. Si no es por ebay creo q aquel viejo Mustang seguiría detrás de la casa. Tienes razón en lo de q es una petición extraña, pero después de mirar las fotos creo q veo lo q pretendes (poner juntas cosas distintas para q la gente las vea desde otra perspectiva, ¿no?), y de todas formas quería comprar un nuevo par, así que «son todo tuyos». Te los mandaré vía UPS, solo te pido q me envíes un jpg del «Resultado Finés» (☺) si alguna vez llegas a pintarlos.

Ilse dijo q lo pasó fenomenal. Espero q te mandara una tarjeta de agradecimiento y no solo un e-mail, pero ya sé cómo es.

Una cosa más, Eddie, aunq a lo mejor no te hace mucha gracia. Le hice un fwd de tu mail con los jpgs a Zander Kamen, seguro q te acuerdas de él. Pensé q le gustaría verlas, pero sobre todo quería q viera el e-mail y saber si había motivos para preocuparme, pq estás escribiendo igual q solías hablar: «partición» en vez de «petición», «lobo» en vez de «loco». Al final escribiste «Es solo un alisio», y no sé lo q significa, pero el dr Kamen dice q quizá «capricho».

Pienso en ti.

Pam

PD: Mi padre está un poco mejor, la operación salió bien (los médicos dicen q puede q lo hayan «extirpado todo» pero apuesto a q siempre dicen eso). Parece q lleva bien la quimio, ya está en casa y puede andar.

Gracias x tu preocupación.

Su cáustica posdata era un ejemplo perfecto de la cara menos adorable de mi esposa: te recuesta… te relaja… y entonces te muerde y se esfuma. No obstante, tenía razón. Debería haberle pedido que le diera a su viejo los mejores deseos de parte del Rojócrata cuando hablara con él por teléfono. Ese cáncer de culo es una putada.

El e-mail entero era una sinfonía de irritación, desde la mención del Mustang que nunca tuve tiempo de terminar hasta su preocupación por mi elección errónea de las palabras. Una preocupación procedente de una mujer que pensaba que Xander se escribía con Z.

Y expulsando de mi organismo ese nimio arrebato de ira (hablándole a la casa vacía en un tono de voz elevado, por si necesitas saberlo), revisé el e-mail que le había enviado a ella, y sí, me provocó cierta inquietud. No mucha, en cualquier caso.

Por otra parte, quizá solo fuera una ráfaga de aire. O los vientos alisios.

V

La segunda tumbona a rayas se había convertido en parte integrante de la mesa del hombre corpulento y, según me iba **aproximando**, a veces manteníamos pequeñas conversaciones a voz en grito. Era un modo extraño de entablar una amistad, pero agradable. El día después del e-mail de Pam, con su preocupación superficial y su soterrado trasfondo (podrías estar tan enfermo como mi padre, Eddie, si no más), el hombre playa abajo gritó:

—¿Cuánto tiempo crees que tardarás en llegar hasta aquí?

—¡Cuatro días! —contesté—. ¡Quizá tres!

—¿Sigues decidido en hacer el viaje de vuelta andando?

—¡Totalmente! —dije—. ¿Cómo es tu nombre?

Su rostro profundamente bronceado, aunque algo rollizo, todavía conservaba cierto aire de galán. Centelleó una blanca dentadura, y sus incipientes mofletes carnosos desaparecieron cuando sonrió abiertamente.

—¡Te lo diré en cuanto llegues aquí! —respondió—. ¿Y el tuyo?

—¡Está escrito en mi buzón! —repliqué.

—¡El día que me incline a leer buzones será el día que empiece a enterarme de las noticias por las tertulias de la radio!

Me despedí con la mano, él agitó la suya en respuesta, vociferó un «*¡Hasta mañana!*» y se volvió para seguir contemplando el mar y los pájaros que lo sobrevolaban.

De vuelta en Big Pink, la bandera del buzón de correo de mi ordenador estaba levantada, y encontré este e-mail:

De KamenDoc a Efree19
25 de enero, 14.49 h

Edgar: Pam me reenvió tu último e-mail y las fotos. Permíteme decir antes que nada que me hallo ATÓNITO por tu veloz crecimiento como artista. Puedo verte rehuyendo esa palabra con el patentado fruncimiento oblicuo de ceño, tan característico en ti, pero no hay otra. NO DEBES ABDICAR. En cuanto a las preocupaciones de ella: probablemente carecen de fundamento. De todos modos, no sería mala idea que te sometieras a una RM. Tienes algún médico ahí? Es hora de un reconocimiento completo, de cabo a rabo, amigo mío.

Kamen

De Efree19 a KamenDoc
25 de enero, 15.58 h

Kamen: Me alegro de saber de ti. Si quieres llamarme artista (o incluso «artiste»), quién soy yo para discutírtelo? En la actualidad no tengo ningún matasanos en Florida. ¿Puedes recomendarme alguno o prefieres que pregunte a Todd Jamieson, el último médico que me manoseó el cerebro?

Edgar

Supuse que me remitiría a alguien, y puede que incluso me presentara a la cita, pero en aquel preciso instante unas pocas palabras omitidas y las rarezas lingüísticas no eran una prioridad.

Las caminatas eran una prioridad, y alcanzar la tumbona a rayas reservada para mí era también una especie de objetivo prioritario, pero a medida que enero menguaba, le daba mucha más importancia a las búsquedas en internet y a la pintura. La noche anterior había conseguido por fin terminar *Puesta de sol con concha n.º 16*.

El veintisiete de enero, después de dar media vuelta a unos ciento ochenta metros escasos de la tumbona en espera, llegué a Big Pink y me encontré con que UPS había dejado un paquete. Dentro había dos guantes de jardín, uno con la palabra MANOS impresa en color rojo desteñido y el otro con la palabra FUERA, impresa de modo similar. Estaban desgastados de tantas estaciones en el jardín, pero limpios; ella los había lavado, tal como había imaginado. Como había esperado, de hecho. No era la Pam que los había llevado durante los años de nuestro matrimonio en la que estaba interesado, ni siquiera la Pam que podría habérselos puesto en el jardín de Mendota Heights el pasado otoño, mientras yo me recuperaba en el lago Phalen. Aquella Pam no era ninguna incógnita. Pero... «te contaré otra cosa que está pasando», había dicho mi If-So-Girl, sin ser consciente de su inquietante parecido con su madre mientras hablaba. «Está viendo un montonazo al tío ese que vive calle abajo.»

Esa era la Pam que me interesaba, la que había estado viendo un montonazo al tío ese que vivía calle abajo. El tío llamado Max. Las manos de esa Pam habían lavado estos guantes, y luego los habían embalado en la caja blanca dentro del paquete de UPS.

Esa Pam era el experimento... o eso me decía a mí mismo, pero nos engañamos con tanta frecuencia a nosotros mismos que podríamos ganarnos la vida con ello. Eso es lo que Wireman dice, y a menudo tiene razón. Probablemente demasiado a menudo. Incluso ahora.

VI

No esperé al ocaso, porque al menos no traté de engañarme a mí mismo con que mi único interés era pintar un cuadro; mi interés se concentraba en la información de la pintura. Llevé los guantes de jardín tan anormalmente limpios a Little Pink (seguro que ella los había frotado fuertemente con lejía) y me senté delante del caballete. Un nuevo lienzo se hallaba colocado allí, aguardando. A la izquierda había dos mesas. Una era para las fotos tomadas con la cámara digital y otros hallazgos diversos. La otra estaba situada sobre una pequeña lona de color verde. Sobre ella reposaban unas dos docenas de botes de pintura, varias jarras parcialmente llenas de aguarrás, y algunas botellas de agua mineral Zephyr Hills que utilizaba para diluir. Era una pequeña pero completa estación de trabajo, saturada y caótica.

Sostuve los guantes en el regazo, cerré los ojos y fingí que los tocaba con la mano derecha. Nada. Ni dolor, ni picazón, ni sensación de dedos fantasmas acariciando el basto tejido desgastado. Me quedé allí sentado, deseando que me viniera, fuera lo que fuese, y solo conseguí más nada. Para el caso, lo mismo me habría servido ordenar a mi cuerpo que cagara cuando no tenía necesidad. Después de cinco largos minutos, volví a abrir los ojos y bajé la mirada hacia los guantes sobre mi regazo: MANOS... FUERA.

Chismes inútiles... Putos chismes inútiles.

No te cabrees, mantén el equilibrio, pensé. Y a continuación: *Demasiado tarde. Estoy cabreado. Cabreado con estos guantes y con la mujer que se los ponía. ¿Incluso para mantener el equilibrio?*

—Demasiado tarde para eso, también —dije, y me miré el muñón—. Nunca más volveré a estar equiparado.

Palabra equivocada. Siempre la palabra equivocada y así seguiría siendo por el puto siempre jamás. Sentía deseos de golpear y tirar al suelo todo lo que había sobre mis estúpidas mesas de juego.

—Equilibrado —dije, en voz deliberadamente baja y deliberadamente lenta—. Nunca más volveré a estar e-qui-liii-braaa-do. Estoy con un brazo desemparejado.

Eso no era muy divertido (ni siquiera tenía mucha lógica), pero igualmente la ira empezó a escurrirse. Escucharme a mí mismo pronunciar la palabra correcta ayudaba. Por lo general lo hacía.

Aparté el muñón de mis pensamientos y retorné a los guantes de mi mujer. MANOS FUERA, vaya que sí.

Con un suspiro (puede que hubiera algo de alivio en él, no lo recuerdo seguro, pero es probable) los puse sobre la mesa donde colocaba los objetos que me servían de modelo y cogí un pincel de una jarra con aguarrás. Lo limpié con un trapo, lo enjuagué, y me quedé mirando el lienzo en blanco. Y a todo esto, ¿en serio tenía intención de pintar los guantes? ¿Por qué, joder? ¿Por qué?

Súbitamente, la idea de haber pasado todo este tiempo pintando se me antojó ridícula. La idea de que yo no poseía tal habilidad me parecía mucho más, infinitamente más plausible. Si humedeciera este pincel en la pintura negra y luego lo aplicara sobre ese amenazador espacio en blanco, seguramente, y en el mejor de los casos, no sería capaz de pintarrajear más que una serie de monigotes desfilando: *Diez negritas salieron a cenar; una se ahogó; y entonces quedaron nueve. Nueve negritas, despiertas hasta muy tarde…*

Aquello era siniestro. Me levanté de la silla, y rápido. Repentinamente no deseaba estar allí, en Little Pink, ni en Big Pink, ni en Duma Key, ni seguir con mi estúpida e inútil vida de jubilado renqueante y retrasado. ¿Cuántas mentiras estaba contando? ¿Que yo era un artista? Ridículo. Kamen podría gritar: «ATÓNITO», y: «NO DEBES ABDICAR», con sus patentadas mayúsculas en los e-mails, pero Kamen era un especialista en trucos con los que inducir a las víctimas de accidentes terribles a creer que el pálido sucedáneo de vida que vivían era tan bueno como una vida verdadera. En lo que concernía al refuerzo positivo, Kamen y Kathi Green, la Reina de la Rehabilitación, eran una fuerza arrolladora. Eran BRILLANTES DE COJONES, y la mayoría de sus agradecidos pacientes les gritaban NO DEBÉIS AB-

DICAR. ¿Pensaba en serio que yo era un médium? ¿Que estaba poseído por un brazo fantasma capaz de ver lo desconocido? Aquello no era ridículo, era lastimoso y demencial.

Había un 7-Eleven en Nokomis. Decidí que probaría mis habilidades de conducción, compraría un par de paquetes de seis cervezas y me emborracharía. Puede que al día siguiente viera las cosas desde una perspectiva mejor, a través de la bruma de la resaca. No me imaginaba cómo podrían ser peor. Me moví para coger la muleta pero entonces tropecé cuando mi pie (el izquierdo, el bueno, por el amor de Dios) quedó enganchado bajo la silla. Mi pierna derecha no era lo bastante fuerte como para sostenerme erguido, y caí cuan largo era, extendiendo el brazo derecho hacia delante para amortiguar la caída.

Puro acto reflejo, por supuesto… excepto que amortiguó la caída. Sí que lo hizo. No lo vi (tenía los ojos fuertemente cerrados, del modo en que los aprietas cuando te sacrificas por el bien del equipo), pero si no hubiese amortiguado el choque, lo más probable es que me hubiera lesionado gravemente, con alfombra o sin ella. Podría haber sufrido un latigazo cervical, eso si no me hubiera roto el cuello.

Me quedé allí tumbado durante un instante, hasta que pude confirmar que seguía con vida, y a continuación me puse de rodillas. Me dolía ferozmente la cadera. Mantuve el palpitante brazo derecho erguido, delante de los ojos. Salvo que allí no había brazo. Afiancé la silla sobre sus patas, me apoyé en ella con mi antebrazo izquierdo… y entonces lancé la cabeza hacia delante como una flecha y mordí el brazo derecho.

Sentí la media luna de mis dientes hundiéndose justo por debajo del codo. El dolor.

Sentí más. Sentí la carne de mi antebrazo contra mis labios. Entonces eché la cabeza atrás, jadeando.

—¡Jesús! ¡Jesús! ¿Qué está pasando? ¿Qué es esto?

Casi esperé ver el brazo materializándose de la nada en un remolino. Eso no ocurrió, pero ahí había algo, de acuerdo. Alargué el brazo por encima del asiento de la silla en busca de uno de mis pinceles. Noté que los dedos lo agarraban, pero el pincel no se movió. Pensé: *Conque esto es lo que se siente al ser un fantasma.*

Trepé a la silla a duras penas. Mi cadera gruñía, pero el dolor parecía desarrollarse a lo lejos, río abajo. Con la mano izquierda recuperé a toda velocidad el pincel que había limpiado antes y me lo puse en la oreja izquierda. Lavé otro y lo dejé en la canaleta del caballete. Lavé un tercero y lo dejé allí, también. Pensé en limpiar un cuarto y decidí que no quería tomarme ese tiempo. La fiebre había descendido sobre mí otra vez, el hambre. Fue tan repentina y violenta como mis arrebatos de rabia. Si los detectores de humo se hubieran activado escaleras abajo, anunciando que la casa ardía, no les habría prestado ninguna atención. Quité el celofán de un pincel por estrenar, lo empapé de negro, y comencé a pintar.

Al igual que ocurrió con el dibujo titulado *El final del partido*, no me acuerdo mucho de la creación real de *Amigos con privilegios*. Todo lo que sé es que sucedió en una violenta explosión, y que nada tenía que ver con las puestas de sol. Era en su mayor parte de color negro y azul, el color de los hematomas, y al acabar, me dolía el brazo izquierdo a causa de la actividad física. Tenía toda la mano salpicada de pintura hasta la muñeca.

El lienzo terminado me recordaba un poco a aquellas cubiertas de libros en rústica *noir* que solía ver de niño, las que mostraban siempre a alguna furcia de camino al infierno. Salvo que en aquellos libros la mujer era por lo general rubia y de unos veintidós años. En mi cuadro tenía el cabello negro y aparentaba más de cuarenta. La dama en cuestión se trataba de mi ex esposa.

Estaba sentada en una cama desbaratada, y no llevaba encima más que un par de pantis azules. El tirante de un sujetador a juego colgaba de una pierna. Tenía la cabeza ligeramente inclinada, pero sus facciones no ofrecían confusión posible; la había captado BRILLANTEMENTE con tan solo unas ásperas pinceladas de negro que casi se asemejaban a ideogramas chinos. En la suave pendiente de un pecho estaba el único punto verdadero de luminosidad en el cuadro: el tatuaje de una rosa. Me pregunté cuándo se lo habría puesto, y por qué. Pam con un tatuaje se me antojaba tan improbable como Pam en una carrera de motocross en

Mission Hill, pero en cualquier caso no me cabía duda de que era cierto; era sencillamente un hecho, como la camiseta de Torii Hunter de Carson Jones.

En el cuadro había además dos hombres, ambos desnudos. Uno estaba de pie junto a la ventana, medio de espaldas. Su cuerpo era el perfecto paradigma de burgués blanco de cincuenta años, como el que, imaginaba, podrías encontrar en el vestuario de cualquier Gold's Gym: estómago fofo, culo pequeño, nalgas planas, incipientes tetas de hombre. Su rostro era inteligente y distinguido. Ese rostro reflejaba ahora una expresión melancólica que decía «casi-la-he-perdido». Una expresión que decía «nada-lo-cambiará». Este era Max, de Palm Desert. Para el caso, bien podría haber llevado un cartel alrededor del cuello. Max, quien había perdido a su padre el año pasado; Max, quien había empezado ofreciendo café a Pam y había terminado ofreciéndole algo más. Ella le había aceptado el café y el «algo más», pero no todo el «algo más» que él podría haberle dado. Eso era lo que su rostro expresaba. No se veía todo, pero lo que se veía estaba mucho más desnudo que su culo.

El otro hombre se apoyaba en la jamba de la puerta con los tobillos cruzados, una posición que presionaba y juntaba sus muslos, poniendo de relieve su considerable paquete. Era quizá diez años mayor que el hombre de la ventana, pero en mejor forma. Sin barriga. Sin michelines. Largos músculos en los muslos. Tenía los brazos cruzados bajo el pecho, y miraba a Pam con una sonrisita en el rostro. Conocía bien esa sonrisa, porque Tom Riley había sido mi contable, y mi amigo, durante treinta y cinco años. Si no hubiera sido costumbre en nuestra familia pedir a tu padre que fuera el padrino de bodas, se lo habría pedido a Tom.

Sin apartar la vista de él, plantado allí desnudo en la puerta, mirando a mi mujer en la cama, me acordé de cuando me ayudó a mudarme a la casa del lago Phalen. Me acordé de cuando me dijo: «No tienes por qué dejarle la casa, es como ceder la ventaja de campo en los *play off*».

Entonces le había sorprendido con lágrimas en los ojos. «Jefe, no me acostumbro a verte así, con un solo brazo.»

¿Te la has follado, entonces? No lo creía. Pero…

«Voy a proporcionarte una oferta que llevarle a ella», había dicho yo. Y lo hizo. Solo que quizá hizo más que informarle de mi oferta.

Cojeé hasta el ventanal, sin utilizar la muleta. Aún faltaban horas para el ocaso, pero el sol se movía hacia el oeste con paso firme, despidiendo reflejos en el agua. Me obligué a mirar directamente su rastro deslumbrante, enjugándome los ojos repetidamente.

Intenté autoconvencerme de que el cuadro podría no ser más que una invención de una mente que todavía se esforzaba en sanar. No coló. Todas mis voces hablaban entre sí claramente y de forma coherente, y sabía lo que sabía. Pam se había follado a Max allí en Palm Desert, y cuando este le propuso una relación más duradera, más profunda, ella le rechazó. Pam también se había follado a mi más antiguo socio y amigo, y puede que todavía se lo estuviera follando. La única pregunta sin contestar era quién de los dos la había convencido para tatuarse la rosa en la teta.

—Tengo que deshacerme de esto —dije, y apoyé mi frente palpitante contra el cristal. Más allá, el sol ardía sobre el golfo de México—. De verdad que tengo que deshacerme de esto.

Entonces chasquea los dedos, pensé.

Chasqueé los dedos de la mano derecha y oí el sonido que produjo, un pequeño ¡crac! enérgico.

—Muy bien, ¡acabado-finito-caput! —exclamé jovialmente. Pero entonces cerré los ojos y vi a Pam sentándose en la cama, en alguna cama, con los pantis puestos, con el tirante de un sujetador reposando sobre su pierna como una serpiente muerta.

Amigos con privilegios.

Putos amigos, con putos privilegios.

VII

Aquella noche no contemplé la puesta de sol desde Little Pink. Dejé mi muleta apoyada contra la esquina de la casa, bajé cojeando hasta la playa, y me adentré en el mar hasta las rodillas. El agua estaba fría, que es lo normal un par de meses después de que la temporada de huracanes se haya disipado, pero apenas me percaté. Ahora la senda abierta en la superficie del mar era de un naranja amargo, y eso era lo que yo miraba.

—Experimento, una mierda —murmuré, y el agua se encrespó a mi alrededor. Me mecí de forma inestable sobre los pies, extendiendo el brazo para mantener el equilibrio—. Una puta mierda.

Por encima, una garza planeaba a través del cielo cada vez más oscuro, un silencioso proyectil de cuello alargado.

—Fisgonear, eso es lo que era, fisgonear, y nada más, pero he pagado el precio por ello.

Cierto. Y si sentía deseos de volver a estrangularla, nadie excepto yo mismo tenía la culpa. No espíes por el ojo de la cerradura, no sea que te disguste lo que veas, solía decir mi vieja querida madre. Espié, me disgusté, fin de la historia. Ahora era su vida, y lo que hiciera con ella era asunto suyo. Mi tarea era dejarlo pasar. La cuestión era si podría o no. Era más difícil que chasquear los dedos, incluso más que chasquear los dedos de una mano que no existía.

Otra ola rompió, una lo suficientemente grande como para tirarme. Por un momento me encontré sumergido y respirando agua. Emergí a la superficie resoplando, pero el reflujo trató de arrastrarme mar adentro entre la arena y las conchas. Me di impulso con el pie bueno hacia la orilla, moviendo el malo de un lado a otro sin energía, y conseguí de algún modo encontrar un asidero. Podría estar confuso con respecto a algunas cosas, pero no quería ahogarme en el golfo de México. No había confusión respecto a eso. Repté fuera del agua, con el pelo sobre los ojos, escupiendo y tosiendo, con la pierna derecha a rastras como un fardo empapado en exceso.

Cuando finalmente alcancé arena seca, rodé sobre mi espalda y miré al cielo. Una gruesa luna creciente navegaba por la aterciopelada oscuridad sobre la cúspide del tejado de Big Pink. Parecía que allí arriba todo estaba sereno. Aquí abajo había un hombre cuyos sentimientos eran todo lo contrario a sereno:

un hombre tembloroso y triste y furioso. Giré la cabeza para mirar el muñón del brazo, y luego volví a levantar la vista hacia la luna.

—No más espionaje —declaré—. Esta noche entra en vigor el nuevo pacto. No más espionaje y no más experimentos.

Y hablaba en serio, de veras. Pero, como ya he dicho (y Wireman había pasado por esto antes que yo), nos engañamos con tanta frecuencia a nosotros mismos que podríamos ganarnos la vida con ello.

5

Wireman

I

En nuestro primer encuentro verdadero, Wireman se rió tan fuerte que rompió la silla en la que se sentaba, y yo me reí tan fuerte que casi me desmayé (entré, de hecho, en un estado de semiinconsciencia, una especie de «fundido en negro»). Aquello era lo último que hubiera esperado tan solo un día más tarde de descubrir que Tom Riley tenía una aventura con mi ex mujer (aunque no es que mi prueba sirviera para sustentarlo en un palacio de justicia), pero era un augurio de las cosas por venir. No fue la única vez que nos reímos juntos. Wireman era muchas cosas para mí (entre ellas, y no la menos importante, mi destino), pero, sobre todo, era mi amigo.

II

—Bueno —habló cuando finalmente alcancé la mesa de la sombrilla a rayas y la silla vacante ubicada frente a la suya—. El forastero renco arribó, cargando con una bolsa para pan llena de conchas. Sentaos, oh, forastero renco. Remojad vuestro gaznate. Ese vaso ya lleva varios días esperando.

Dejé encima de la mesa mi bolsa de plástico (que era, en efecto, una bolsa para pan) y alargué la mano.

—Edgar Freemantle —me presenté.

Su mano era pequeña, los dedos romos y el apretón fuerte.

—Jerome Wireman. Casi siempre respondo por Wireman.

Eché un vistazo a la silla de playa destinada a mí. Era de las que tenían un respaldo alto y el reposaculos bajo, como el asiento de capitán de un Porsche.

—¿Le ocurre algo malo, *muchacho*? —preguntó Wireman, levantando una ceja. Y tenía mucha ceja para levantar, almohadillada y medio gris.

—No, siempre y cuando no te rías cuando tenga que salir de ella —contesté.

Sonrió y dijo:

—«Cariño, vive como tengas que vivir». Chuck Berry, mil novecientos sesenta y nueve.

Me posicioné al lado de la silla vacía, musité una pequeña oración, y me dejé caer. Me incliné como siempre a la izquierda, para que la cadera mala no resultara maltratada. No aterricé completamente recto, pero me agarré a los reposabrazos de madera, empujé con mi pie fuerte, y la silla tan solo osciló un poco. Un mes antes me hubiera despatarrado, pero ahora era más fuerte. Podía imaginarme a Kathi Green aplaudiendo.

—Buen trabajo, Edgar —me felicitó—. ¿O te llamo Eddie?

—Como más rabia te dé, respondo a cualquiera de los dos. Me intriga el contenido de esa jarra.

—Té verde helado —contestó—. Muy refrescante. ¿Te apetece un poco?

—Me encantaría.

Me sirvió un vaso, luego se rellenó el suyo y lo alzó. El té era solo vagamente verde. Sus ojos, atrapados en finas redes de arrugas, eran más verdes. Tenía el cabello negro, veteado de blanco en las sienes, y bastante largo, por cierto. Cuando el viento se lo levantó, pude ver una cicatriz en el nacimiento del pelo a la derecha, redonda como una moneda, pero más pequeña. Hoy iba en bañador, y sus piernas estaban tan morenas como sus brazos. Parecía en forma, pero me dio la impresión de que tenía aspecto de cansado.

—Bebamos por ti, *muchacho*. Lo lograste.

—De acuerdo —dije yo—. Por mí.

Chocamos los vasos y bebimos. Había tomado té verde anteriormente, y no me desagradaba, pero aquel era celestial, como beber seda fría, con un tenue regusto dulce.

—¿Le notas el sabor a miel? —preguntó, y sonrió cuando asentí con la cabeza—. No todo el mundo lo hace. Solo le añado una cucharada por jarra, pero libera la dulzura natural del té. Aprendí esta receta en un buque a vapor en el mar de China. —Alzó el vaso y miró a su través con los ojos entrecerrados—. Luchábamos contra muchos piratas e intimábamos con extrañas mujeres de tez morena bajo los cielos tropicales.

—Eso me suena a tontería supina, señor Wireman —declaré, y se rió.

—La verdad es que leí lo del truco de la miel en uno de los libros de cocina de la señorita Eastlake.

—¿Es la señora con la que sales por las mañanas? ¿La de la silla de ruedas?

—Sí, efectivamente.

Y sin meditar lo que iba a decir (pensaba en las inmensas zapatillas azules de ella apoyadas sobre los reposapiés cromados de la silla de ruedas), solté:

—La Novia del Padrino.

Wireman se quedó boquiabierto, esos ojos verdes suyos abiertos de par en par hasta tal punto que ya me disponía a disculparme por mi metedura de pata. Entonces se echó a reír de verdad. Era la clase de bramido llevado hasta el límite que profieres en esas raras ocasiones cuando algo atraviesa sigilosamente todas tus defensas y te alcanza en ese dulce lugar donde se ubica el hueso de la risa. Quiero decir que el hombre se estaba tronchando de risa, y cuando se percató de que yo no tenía ni la más remota idea de lo que le ocurría, se rió incluso con más ganas, su nada desdeñable barriga moviéndose arriba y abajo. Trató de dejar el vaso en la mesita, y falló. El vaso cayó a plomo en la arena y quedó allí plantado, perfectamente derecho, como una colilla en una de esas urnas con arena que normalmente ves junto al ascensor en un vestíbulo de hotel. Encontró aquello todavía más gracioso, y apuntó con el dedo.

—No habría podido hacer eso ni a posta —se las apañó para decir, y luego continuó riendo, estallido tras estallido, agitándose en la silla, agarrándose el estómago con una mano y la otra plantada en el pecho. De repente me vino a la mente, con amenazante claridad, el fragmento de un poema recitado en el instituto, unos treinta años antes: «*No fingen los hombres convulsiones / Ni simulan estertores*».

Yo mismo estaba sonriendo; sonreía y reía entre dientes, porque esa clase de hilaridad es contagiosa, incluso aunque no sepas cuál es el chiste. Y el vaso cayendo de aquel modo, conservando todas y cada una de las gotas del té de Wireman en su interior… aquello era gracioso. Como un gag del Correcaminos. Pero el vaso cayendo a plomo no había sido el origen del ataque de risa desenfrenada de Wireman.

—No lo pillo. Quisiera disculparme si…

—¡Es que lo es! —cacareó Wireman tan alocadamente que casi resultaba incoherente—. ¡En cierto modo lo es, ahí está el punto! Solo que sería la hija, desde luego, La Hija del Padri…

Pero al haber estado balanceándose de lado a lado y de arriba abajo (nada de fingimientos, era una auténtica convulsión), fue entonces cuando la tumbona finalmente entregó su alma con un potente crrrack, que le catapultó hacia delante con una expresión de sorpresa sumamente cómica en su rostro, y cayó desparramado en la arena. Uno de sus brazos, que se agitaban como aspas de molino, asió el poste de la sombrilla y volcó la mesa. Una ráfaga de viento atrapó la sombrilla, la hinchó como si fuera una vela, y comenzó a arrastrar la mesa playa abajo. Lo que me hizo reír no fue la estupefacta mirada de insecto en el rostro de Wireman cuando la tumbona, medio desintegrada, trató de inmovilizarle cual mandíbula con rayas, ni que repentinamente empezara a rodar como un barril sobre la arena. Ni siquiera fue la visión de la mesa intentando escapar, remolcada por su propia sombrilla. Fue el vaso de Wireman, que seguía plácidamente en posición vertical entre el costado del hombre despatarrado y su brazo izquierdo.

Compañía de Té Helado Acme, pensé, todavía atascado en aquellos viejos dibujos del Correcaminos. *¡Mip-mip!* Y eso, naturalmente, hizo que evocara la grúa que había causado tantos estragos, la de la puta señal de advertencia que no había advertido nada, y de pronto tuve una visión de mí mismo como Wile E. Coyote en la cabina de la camioneta que se desintegraba, con los ojos fuera de las órbitas por el asombro y las orejas reventadas apuntando erectas en dos direcciones opuestas, quizá con las puntas un poco humeantes.

Aquello lo consiguió. Me reí hasta rodar fuera de mi propia silla, como si no tuviera huesos, y me desplomé en la arena al lado de Wireman... pero el vaso volvió a salvarse y continuó en posición perfectamente vertical, como la colilla de un cigarrillo en una urna de arena. Era imposible que pudiera reírme con más fuerza, pero lo hice. Las lágrimas me resbalaban por las mejillas a borbotones y el mundo empezaba a oscurecerse al tiempo que mi cerebro entraba en modo de privación de oxígeno.

Wireman, que seguía aullando, gateó tras la mesa fugitiva, impulsándose con las rodillas y los codos. Intentó asirla por la base, pero la mesa se apartó deslizándose como si hubiera presentido que se aproximaba. Wireman abrió un surco en la arena con la cara y se levantó, riendo y estornudando. Yo rodé sobre la espalda y boqueé en busca de aliento, al borde de un síncope, pero sin dejar de reír.

Así fue como conocí a Wireman.

III

Veinte minutos más tarde la mesa estaba colocada en una tosca aproximación de su posición original. Todo aquello estaba muy bien, pero ninguno de nosotros podía mirar la sombrilla sin romper en un ataque de risa tonta. Una de las cuñas que la sujetaban a la mesa se había desprendido, y ahora se erguía torcida, confiriéndole el aspecto de un borracho tratando de fingir sobriedad. Wireman había trasladado la única silla que quedaba ahora hasta el final del paseo de madera, y se había sentado en ella ante mi insistencia. Yo me senté en el borde de la pasarela, que, aunque sin respaldo, me facilitaba la tarea de levantarme, por no mencionar que la hacía menos indecorosa. Wireman se ofreció a sustituir la jarra derramada de té con hielo por una nueva. Rehusé, pero consentí en compartir el vaso que milagrosamente aún contenía líquido.

—Ahora somos hermanos de agua —declaró cuando nos lo terminamos.

—¿Eso es algún ritual indio? —pregunté.

—No, es *Forastero en tierra extraña*, de Robert Heinlein. Que Dios bendiga su recuerdo.

Se me ocurrió que nunca le había visto leyendo allí, en la tumbona a rayas, pero no lo mencioné. Hay mucha gente que no lee en la playa; la luz deslumbrante les produce dolor de cabeza. Yo simpatizaba con las personas que sufrían dolores de cabeza.

Se echó a reír otra vez. Se cubrió la boca con ambas manos, como un chiquillo, pero la risa brotó a través.

—Basta. Jesús, basta ya. Me siento como si tuviera todos los músculos del estómago a punto de reventar.

—Yo también —dije.

Durante un tiempo no hablamos. La brisa procedente del Golfo era húmeda y fría aquel día, con un atribulado aroma a sal. El desgarrón de la sombrilla ondeaba. El punto oscuro en la arena donde la jarra de té helado se había derramado ya estaba casi seco.

—¿Viste la mesa tratando de escapar? —preguntó, dejando escapar otra risita—. Jodida mesa.

Yo también reí por lo bajo. Me dolían la cadera y los músculos del estómago, pero me encontraba bastante bien para ser un hombre que casi había quedado inconsciente de tanto reírse.

—*Huida de Alabama* —dije.

Asintió mientras continuaba sacudiéndose la arena de la cara.

—Grateful Dead. Mil novecientos sesenta y nueve. O por ahí cerca.

Soltó una risita tonta; la risita aumentó de intensidad hasta convertirse en risa, y la risa se transformó en otro estallido de carcajadas a pleno pulmón. Se sujetó la barriga y gruñó.

—No puedo más, tengo que parar, pero... ¡la Novia del Padrino! ¡Jesús! —Y se dejó llevar otra vez.

—Nunca le cuentes que he dicho eso —le pedí.

Cesaron las risas, pero continuó sonriendo.

—No soy tan indiscreto, *muchacho*. Pero... ¿fue por el sombrero, no? Ese gran sombrero de paja que lleva. Como el de Marlon Brando, cuando está jugando con el crío en el jardín.

En realidad había sido principalmente por las zapatillas, pero asentí con la cabeza y nos reímos un poco más.

—Si nos desternillamos cuando te presente —dijo, lanzando fuertes risotadas otra vez, probablemente ante la idea de desternillarnos; es lo que pasa cuando tienes estos arrebatos—, diremos que es porque se me rompió la silla, ¿de acuerdo?

—De acuerdo —convine—. ¿A qué te referías con lo de «en cierto modo lo es»?

—¿De verdad que no lo sabes?

—Ni idea.

Señaló hacia Big Pink, que parecía muy pequeña en la distancia. Parecía un largo camino de regreso.

—¿A quién crees que pertenece tu casa, *amigo*? Quiero decir, seguro que le pagas a un agente inmobiliario, o a la típica agencia «Su Hogar De Vacaciones Lo Tenemos Nosotros», pero ¿dónde crees que termina al final el saldo de tu cheque?

—Deduzco que en la cuenta bancaria de la señorita Eastlake.

—Correcto. La señorita Elizabeth Eastlake. Dada la edad de la dama en cuestión, ochenta y cinco, supongo que bien podrías llamarla «Doña». —Empezó a reír de nuevo, sacudió la cabeza y añadió—: Tengo que parar. Pero en aras de la justicia, ha pasado mucho tiempo desde que tuve algo de lo que reírme con tantas ganas.

—Lo mismo digo.

Posó sus ojos en mí, un hombre sin un brazo y con calvas en un lado del cuero cabelludo, y asintió con la cabeza. Después nos quedamos simplemente contemplando el Golfo durante un rato. Sé que la gente viene a Florida cuando son viejos y están enfermos, porque el clima es bastante cálido la mayor parte del año, pero creo que el golfo de México tiene alicientes adicionales. Solo el hecho de observar esa planicie en calma, serena, rebosante de luz solar, tiene un efecto terapéutico. Es una gran palabra, ¿no es cierto? Golfo, quiero decir. Lo bastante grande como para dejar caer un montón de cosas en su interior y verlas desaparecer.

—¿Y a quién crees que pertenecen las casas entre la tuya y esta? —preguntó después de un rato. Sacudió el pulgar sobre su hombro hacia las paredes blancas y el tejado naranja—. Que, por cierto, está listada en los mapas del condado como *Heron's Roost*, Percha de Garza, pero yo la llamo **El Palacio de Asesinos**.

—¿También a la señorita Eastlake?

—Dos de dos —confirmó.

—¿Por qué lo llamas «Palacio de Asesinos»?

—Bueno, sería «Guarida de Forajidos» cuando lo pienso en inglés —contestó Wireman con una sonrisa contrita—. Porque parece el lugar donde el malo de un *western* de Sam Peckinpah colgaría su sombrero. En cualquier caso, hay seis casas bastante bonitas entre Heron's Roost y Punta Salmón…

—Que yo llamo Big Pink —le interrumpí—. Cuando lo pienso en inglés.

Asintió con la cabeza.

—*El Rosado Grande*. Buen nombre. Me gusta. Estarás allí… ¿por cuánto tiempo?

—Tengo alquilada la casa por un año, pero, honestamente, no lo sé. No me da miedo el calor, que supongo que corresponderá con lo que aquí llaman la estación mala, pero hay que tener presente los huracanes.

—Sí, aquí todos tenemos presente la temporada de huracanes, en especial desde el Charley y el Katrina. Pero las casas entre Punta Salmón y Heron's Roost estarán vacías mucho antes de la temporada de huracanes. Como el resto de Duma Key. Que, por cierto, fácilmente podría haberse llamado Isla Eastlake.

—¿Estás insinuando que todo esto es suyo?

—Es complicado incluso para un tipo como yo, que fue abogado en su otra vida —dijo Wireman—. Hubo un tiempo en que su padre era el dueño de todo, junto con una buena porción de la

Florida continental al este de aquí. Lo vendió todo en los años treinta excepto Duma. La señorita Eastlake posee el extremo norte, eso no admite ninguna duda. —Wireman agitó el brazo para indicar la punta septentrional de la isla, la parte que más tarde calificaría como «más pelada que el coño de una *stripper*»—. El terreno y las casas desde Heron's Roost, la más lujosa, hasta tu Big Pink, la más innovadora. Le proporcionan unos ingresos que apenas necesita, pues heredaron de su padre **mucho dinero**.

—¿Cuántos de sus hermanos y hermanas siguen…?

—Ninguno —respondió Wireman—. La Hija del Padrino es la última. —Resopló y sacudió la cabeza—. Tengo que dejar de llamarla así —manifestó, más a sí mismo que a mí.

—Si tú lo dices. Lo que me intriga en realidad es por qué el resto de la isla no está urbanizada. Dado el interminable *boom* inmobiliario de la construcción en Florida, me pareció algo ilógico ya desde el primer día que crucé el puente.

—Hablas como un hombre con conocimientos especializados. ¿Qué eras en tu otra vida, Edgar?

—Contratista de la construcción.

—¿Y ahora has dejado atrás aquellos días?

Podía haber respondido con evasivas (no le conocía lo suficientemente bien como para ponerme en la línea de fuego), pero no lo hice. Estoy seguro de que nuestro mutuo ataque de histeria tuvo mucho que ver en ello.

—Sí —respondí.

—¿Y qué eres en esta vida?

Suspiré y aparté la vista de él. Hacia el Golfo, donde podías descargar todas tus antiguas miserias y verlas desaparecer sin dejar ni rastro.

—No puedo asegurarlo todavía. He estado pintando algo… —Y esperé a que se echara a reír.

Pero no lo hizo.

—No serías el primer pintor que se aloja en Punta Sa… Big Pink. Posee toda una tradición artística.

—Me tomas el pelo. —No había nada en la casa que sugiriera tal cosa.

—Oh, sí —afirmó—. Alexander Calder se alojó allí. Keith Haring. Marcel Duchamp. Todos antes de que la erosión de la playa pusiera el lugar en peligro de caer al agua. —Hizo una pausa—. Salvador Dalí.

—¡Anda ya, ni de monda! —exclamé, y entonces me ruboricé cuando vi que ladeaba la cabeza. Por un momento sentí toda la vieja ira frustrada abalanzándose sobre mí, obstruyéndome la cabeza y la garganta.

Puedo hacerlo, pensé.

—Perdón. Tuve un accidente hace algún tiempo, y… —Callé.

—No es difícil de adivinar —dijo Wireman—. Por si acaso no lo has notado, te falta un buen trozo del brazo derecho, *muchacho*.

—Sí. Y a veces sufro… no sé, afasia, supongo.

—Ya. En cualquier caso, no mentía sobre Dalí. Se alojó en tu casa durante tres semanas en 1981. —Y casi sin pausa, agregó—: Sé por lo que estás pasando.

—Lo dudo seriamente.

No pretendía que sonara duro, pero así fue como sonó. Así fue como me sentía, en realidad.

Wireman no dijo nada durante un rato. La sombrilla desgarrada ondeaba. Tuve tiempo de pensar: *Bueno, esta fue una amistad potencialmente interesante que no va a fraguar*, pero cuando habló a continuación, su voz sonaba tranquila y apacible. Era como si ese pequeño desvío de la conversación nunca hubiera ocurrido.

—Parte del problema que impide el desarrollo urbanístico de Duma es pura y llanamente la vegetación. La uniola es autóctona, pero el resto de toda esa porquería no tendría posibilidad alguna de crecer sin irrigación. Alguien haría bien en llevar a cabo una investigación, eso es lo que pienso.

—Mi hija y yo fuimos un día a explorar. Hay una verdadera selva al sur de aquí.

Wireman se mostró alarmado.

—Una excursión por Duma Road no es lo más apropiado para un tipo en tu estado. Está hecha una mierda.

—Dímelo a mí. Lo que me gustaría saber es cómo es posible que no sea una carretera de cuatro carriles, con un carril bici a cada lado y edificios de apartamentos cada setecientos metros.

—¿Porque nadie sabe quién es el propietario del terreno? ¿Qué opinas de eso para empezar?

—¿Hablas en serio?

—Sí. La señorita Eastlake es la dueña legítima desde la punta de la isla justo al sur de Heron's Roost desde 1950. Sobre eso no hay ninguna duda en absoluto. Estaba en los testamentos.

—¿Testamentos? ¿En plural?

—Hay tres. Todos ológrafos, todos con diferentes testigos, y todos diferentes en lo que se refiere a Duma Key. En todos ellos, no obstante, su padre John le lega incondicionalmente el extremo norte de Duma a Elizabeth Eastlake. El resto ha estado en los tribunales desde entonces. Sesenta años de riñas que hacen que *Casa Desolada* parezca *Dick y Jane*.

—Creí que habías comentado que la señorita Eastlake era la única hija viva.

—Sí, pero tiene sobrinos y sobrinas y además es tía abuela. Cubren toda la Tierra, como las Pinturas Sherwin-Williams. Son los que provocan las riñas, pero se pelean los unos contra los otros, no con ella. La única mención a la señorita Eastlake en los múltiples testamentos del viejo hacía referencia a esta parte de Duma Key, la cual fue cuidadosamente delimitada mediante dos peritajes topográficos distintos, el primero antes de la Segunda Guerra Mundial y el otro justo después. Está todo inscrito en un registro público. ¿Y sabes una cosa, *amigo*?

Negué con la cabeza.

—La señorita Eastlake cree que eso es exactamente lo que su viejo quería que ocurriera. Y, después de examinar con mi ojo de abogado las copias de los testamentos, yo también lo pienso.

—¿Quién paga los impuestos?

Me miró sorprendido y luego soltó una carcajada.

—Cada vez disfruto más contigo, *vato*.

—Mi otra vida —le recordé. Ya empezaba a gustarme cómo sonaba eso de la «otra-vida».

—Claro. Entonces sabrás apreciar esto —aseguró—. Es inteligente. Los tres últimos testamentos de John Eastlake contienen idénticas cláusulas que establecen un fondo de fideicomiso para pagar los impuestos. La compañía inversora original que administraba este fideicomiso ya ha sido absorbida desde entonces. De hecho, la compañía que la absorbió ha sido absorbida…

—Es el estilo americano de hacer negocios —remarqué.

—Vaya si lo es. En cualquier caso, el fondo nunca ha corrido peligro de agotarse, y los impuestos se pagan cada año como un reloj.

—El dinero habla, las tonterías vuelan.

—Es la pura verdad —asintió, y después se levantó, se llevó las manos a la base de la espalda y se retorció—. ¿Te gustaría subir a la casa y conocer a la jefa? Debe de estar levantándose de su siesta justo ahora. Tiene sus problemas, pero incluso a sus ochenta y cinco años, es todo un encanto.

No era el momento de confesarle que pensaba que ya la había conocido, brevemente, cortesía de mi contestador automático.

—Otro día. Cuando pase el peligro de hilaridad.

Asintió con la cabeza.

—Baja mañana por la tarde, si quieres.

—Quizá venga. Ha estado bien.

Volví a extender la mano y él la estrechó de nuevo, mirando el muñón de mi brazo derecho mientras lo hacía.

—¿Nada de prótesis? ¿O solo te la quitas cuando no te mezclas con la plebe?

Tenía una historia para contar a la gente acerca de eso (una neuralgia en el muñón), pero era mentira, y no quería engañar a Wireman. En parte porque tenía una nariz sintonizada con el delicado olor de las gilipolleces, pero sobre todo porque, sencillamente, no quería mentirle.

—Me tomaron medidas una vez, cuando todavía estaba en el hospital, claro, y he sufrido el acoso de todo el mundo para ponerme una, especialmente por parte de mi fisioterapeuta y de un psicólogo amigo mío. Dicen que cuanto antes aprenda a manejarme con ella, antes seré capaz de retomar mi vida.

—Dejar todo el asunto detrás de ti y seguir bailando...

—Sí.

—Salvo que a veces dejar algo atrás no resulta fácil.

—No.

—A veces ni siquiera es lo correcto —dijo Wireman.

—No es eso exactamente, pero... —Mi voz se fue apagando y moví la mano en el aire en un gesto de «así o asá».

—¿Lo bastante cerca para el rock'n'roll?

—Sí —asentí—. Gracias por la bebida fría.

—Vuelve cuando quieras otra. Solo tomo el sol entre las dos y las tres, una hora al día es suficiente para mí, pero la señorita Eastlake se pasa casi toda la tarde o durmiendo o reordenando sus figuritas de porcelana, y por supuesto nunca se pierde a Oprah, así que tenemos tiempo. Tanto que no se me ocurre qué hacer con él, la verdad. ¿Quién sabe? Puede que encontremos mucho de lo que hablar.

—De acuerdo —dije—. Suena estupendo.

Wireman sonrió abiertamente. Le hacía más atractivo. Me ofreció la mano y se la sacudí otra vez.

—¿Sabes lo que pienso? Las amistades cimentadas sobre la risa son siempre fortuitas.

—Quizá tu próximo trabajo sea escribir las fortunas de las galletitas chinas —dije yo.

—Podría haber peores trabajos, *muchacho*. Mucho peores.

IV

Mientras caminaba de vuelta, mis pensamientos retornaron a la señorita Eastlake, una anciana dama con grandes zapatillas azules y un amplio sombrero de paja que sencillamente resultó que era propietaria (más o menos) de su propio Cayo de Florida. No era la Novia del Padrino, después de todo, sino la Hija del Barón de Florida y, en apariencia, Patrona de las Artes. Mi mente había patinado otra vez en uno de aquellos raros «lapsus resbaladizos» y no me acordaba del nombre de su padre (algo simple, de una sola sílaba), pero recordaba la situación básica tal y como Wireman la había perfilado. Nunca había oído hablar de nada semejante, y cuando te ganas la vida con la construcción, ves toda clase de extraños acuerdos de propiedad. Pensé que era una estratagema verdaderamente ingeniosa... si, claro estaba, querías mantener la mayor parte de tu pequeño reino en un estado de gracia subdesarrollada. La cuestión era: ¿por qué?

Había recorrido la mayor parte del camino de vuelta a Big Pink antes de notar que mi pierna me dolía como una hija de puta. Entré cojeando, sorbí agua directamente del grifo de la cocina, y luego conseguí atravesar la sala de estar hasta el dormitorio principal. Vi que la luz del contestador automático parpadeaba, pero en ese preciso instante no quería tener relación alguna con mensajes del mundo exterior. Todo lo que deseaba era bajarme de los pies.

Me tumbé y contemplé el giro lento de las palas del ventilador. No había justificado muy bien la ausencia de un brazo de pega. Me preguntaba si Wireman habría tenido mejor suerte al responder a la cuestión: ¿Qué hace un abogado trabajando como mayordomo de una vieja solterona rica? ¿Qué clase de otra vida es esa?

Todavía considerándolo, me dispersé en una siesta sin sueños y muy satisfactoria.

V

Cuando desperté, me di una ducha caliente y luego entré en la sala de estar para comprobar el contestador automático. No me encontraba tan rígido como habría esperado, dada mi caminata de tres kilómetros. Puede que por la mañana me levantara renqueante, pero pensaba que esta noche la pasaría bien.

El mensaje era de Jack. Decía que su madre había contactado con alguien llamado Dario Nannuzzi, y Nannuzzi estaría encantado de echar una ojeada a mis pinturas, el viernes por la tarde entre las cuatro y las cinco. ¿Podría yo llevar a la Galería Scoto no más de diez de aquellas que considerara mejores? Nada de bosquejos; Nannuzzi solo quería ver obras terminadas.

Sentí un cosquilleo de inquietud…

No, eso ni siquiera se aproximaba a lo que sentía.

Un calambre me agarrotó el estómago, y habría jurado que mis intestinos descendieron más de siete centímetros. Y aun eso no era lo peor. Aquel medio picor, medio dolor, trepó por mi costado derecho y descendió por el brazo que ya no estaba allí. Me dije a mí mismo que tales sensaciones (que equivalían al pánico al fracaso con tres días de antelación) eran estúpidas. En una ocasión había presentado un proyecto de obra por valor de diez millones de dólares al Ayuntamiento de St. Paul, donde en aquella época había un concejal que llegó a convertirse en gobernador de Minnesota. Había visto a mis dos chicas pasar por sus primeros festivales de danza, los ensayos de las animadoras, las prácticas de conducir y el infierno de la adolescencia. ¿Qué era enseñar algunas de mis pinturas al tío de una galería de arte comparado con eso?

No obstante, subí la escalera a Little Pink con pies plomizos.

El sol descendía, inundando la gran habitación con una magnífica e improbable luz del color de una mandarina, aunque no sentía el impulso de intentar capturarla, no esa tarde. La luz me seducía a pesar de todo. Igual que la fotografía de un antiguo amor hallada por casualidad mientras revisas una vieja caja de recuerdos. Y la marea estaba dentro. Incluso desde el piso de arriba oía la voz chirriante de las conchas. Me senté y empecé a juguetear con el revoltijo de objetos que había sobre la mesa-trastero: una pluma, una piedra alisada por el agua, un mechero desechable cuyo color se había degradado hasta un anónimo tono gris. Ahora no pensaba en Emily Dickinson, sino en alguna vieja canción tradicional: «*¿No se ve hermoso el sol, mamá, brillando entre los árboles?*». Nada de árboles ahí fuera, por supuesto, pero podría plantar uno en el horizonte si quisiera. Podría plantar uno ahí fuera para que el rojo crepúsculo brillara a través de él. Hola, Dalí.

No tenía miedo de que me dijeran que no poseía talento. Tenía miedo de que el Signor Nannuzzi me dijera que tenía un *piccolo* talento. Quizá extendería juntos el pulgar y el índice, separados por no más de un centímetro, y me aconsejaría que reservara un espacio en el Festival de Arte Callejero de Venice, que con toda certeza encontraría el éxito allí, y que muchos turistas sin duda se sentirían atraídos por mis encantadoras imitaciones de Dalí.

¿Y si lo hacía? ¿Y si extendía juntos el pulgar y el índice, separados por no más de un centímetro, y pronunciaba *piccolo*? ¿Qué haría yo entonces? ¿Podría el veredicto de un extraño desposeerme de mi nueva confianza en mí mismo, robarme mi nueva y peculiar alegría?

—Quizá —murmuré.

Sí. Porque pintar cuadros no era como levantar centros comerciales.

Lo más fácil sería simplemente cancelar la cita… salvo que en cierta forma se lo había prometido a Ilse, y no tenía el hábito de romper las promesas que hacía a mis hijas.

Todavía me picaba el brazo, me picaba tan fuerte que dolía, pero apenas lo noté. Había ocho o nueve lienzos alineados contra la pared a mi izquierda. Me volví hacia ellos, con la intención de decidir cuáles eran los mejores, pero nunca llegué a acercarme lo suficiente para mirarlos.

Tom Riley estaba de pie en lo alto de la escalera. Se encontraba desnudo a excepción de un pantalón de pijama de color celeste, más oscuro en la entrepierna y en la parte interior de una pierna, donde los había mojado. Le faltaba el ojo derecho. En su lugar había una apelmazada cuenca llena de coágulos de sangre, roja y negra. Más sangre seca surcaba su sien derecha como una pintura de guerra, y desaparecía entre el pelo gris sobre su oreja. Su otro ojo contemplaba fijamente el golfo de México. Un ocaso de carnaval nadaba sobre su rostro estrecho y pálido.

Me encogí por la sorpresa y el terror, reculé y caí de la silla. Aterricé sobre la cadera mala y volví a gritar, esta vez de dolor. Me sacudí, y el pie golpeó la silla en la que había estado sentado, volcándola. Cuando miré de nuevo hacia la escalera, Tom había desaparecido.

VI

Diez minutos después estaba en la planta baja, marcando el número de su casa. Había descendido las escaleras desde Little Pink en posición sentada, golpeando ruidosamente los escalones uno a uno con el culo. La razón no era que me hubiera dañado la cadera al caer de la silla, sino que mis piernas temblaban tanto que no confiaba en que me sostuvieran en pie. Temía que pudiera caerme de cabeza, incluso aunque bajara de espaldas y pudiera así aferrarme a la barandilla con la mano izquierda. Demonios, temía que pudiera desmayarme.

No me quitaba de la cabeza el día en el lago Phalen cuando me giré y descubrí a Tom con aquel brillo poco natural en sus ojos; Tom, tratando de no ponerse a gimotear de verdad para no incomodarme. «Jefe, no me acostumbro a verte así… Cuánto lo siento.»

El teléfono empezó a sonar en la bonita casa de Tom en Apple Valley. Tom, quien se había casado y divorciado dos veces. Tom, quien me había desaconsejado mudarme de la casa de Mendota Heights («es como ceder la ventaja de campo en los *play off*», había argumentado). Tom, quien había seguido disfrutando de mi terreno de juego un poquito más, si se daba crédito a *Amigos con privilegios*… y yo lo hacía.

También daba crédito a lo que había visto en el piso de arriba.

Un tono… dos… tres.

—Vamos —mascullé entre dientes—. Descuelga el puto teléfono.

No sabía lo que le diría si eso ocurría, y no me importaba. Todo lo que anhelaba en ese momento era escuchar su voz.

Y la escuché, pero en una grabación.

—Hola, has llamado a Tom Riley —decía—. Mi hermano George y yo estamos fuera con nuestra madre, en nuestro crucero anual. Este año toca Nassau. ¿Qué dices, Madre?

—Que soy Mama Bahama —habló una voz cascada por los cigarrillos pero innegablemente jovial.

—Correcto, lo es —continuó Tom—. Estaremos de vuelta el

ocho de febrero. Mientras tanto, puedes dejar un mensaje...
¿Cuándo, George?

—Al zonido de la zeñal —gritó una voz masculina.

—¡Correcto! —confirmó Tom—. Zonido de la zeñal. O puedes llamar a mi oficina. —Recitó el número, y después los tres exclamaron: «¡BON VOYAGE!»

Colgué sin decir nada. No sonaba como el mensaje de un hombre que contempla el suicidio, pero por supuesto se encontraba con sus seres más cercanos y queridos (los que, más tarde, tendían a decir: «Parecía bien»), y...

—¿Quién dice que va a ser un suicidio? —pregunté a la habitación vacía... y miré temeroso a mi alrededor para asegurarme de que seguía vacía—. ¿Quién dice que no podría ser un accidente? ¿O incluso un asesinato? Eso suponiendo que no haya pasado ya.

Pero si ya hubiera ocurrido, probablemente me habría llamado alguien. Quizá Bozie, pero más posiblemente Pam. Además...

—Es un suicidio. —Esta vez se lo conté a la habitación—. Es un suicidio y todavía no ha pasado. Eso fue un aviso.

Me levanté y caminé sobre la muleta hasta el dormitorio. Últimamente la había estado utilizando menos, pero la quería esta noche, vaya que sí.

Mi más leal compañera estaba recostada contra las almohadas en el lado de la cama que habría correspondido a una mujer real, si aún tuviera una. Me senté, la recogí y estudié aquellos grandes ojos escrutadores de color azul, como de dibujos animados, rebosantes de sorpresa: «¡Oouuu, qué hombre más antipático!». Mi Reba, que se parecía a Lucy Ricardo.

—Fue como cuando Scrooge recibe la visita del Fantasma de las Navidades Futuras —le dije—. Cosas que podrían llegar a ser.

Reba no expresó opinión alguna sobre mi razonamiento.

—Pero ¿qué hago? Eso no fue como las pinturas. ¡No fue para nada como las pinturas!

Pero lo era, y lo sabía. Tanto las pinturas como las visiones se originaban en el cerebro humano, y en el mío había cambiado algo. Creía que el cambio había ocurrido como resultado solo de la correcta combinación de lesiones. O de la equivocada. Contragolpe. Área de Broca. Y Duma Key. El Cayo estaba... ¿qué?

—Amplificándolo —le dije a Reba—. ¿No?

Ella no expresó opinión alguna.

—Hay algo aquí, y está actuando sobre mí. ¿Es posible que incluso me haya llamado?

La idea me puso la carne de gallina. Debajo de mí, las conchas entrechocaban y chirriaban cuando el oleaje las levantaba y las dejaba caer. Era demasiado fácil imaginar que eran calaveras en lugar de conchas, miles de ellas, todas rechinando los dientes al mismo tiempo cuando las olas penetraban bajo la casa.

¿Fue Jack quien había comentado que había otra mansión ahí fuera, en algún lugar en medio de la jungla, desmoronándose? Eso pensaba. Cuando Ilse y yo tratamos de conducir en aquella dirección, la carretera se había deteriorado rápidamente. Igual que el estómago de Ilse. Mis tripas lo soportaron bien, pero el hedor de la vegetación invasora había sido repugnante, y peor todavía el picor de mi brazo perdido. Wireman se había mostrado alarmado cuando le hablé de nuestra tentativa de exploración. «Una excursión por Duma Road no es lo más apropiado para un tipo en tu estado», había comentado. La cuestión era: ¿exactamente, cuál era mi estado?

Reba seguía sin expresar opinión alguna.

—No quiero que esto esté sucediendo —murmuré con suavidad.

Reba solo me miraba de hito en hito. Yo era un hombre antipático, esa era su opinión.

—¿Para qué sirves? —le pregunté, y la arrojé a un lado. Aterrizó sobre su almohada con la cara hacia abajo, el trasero levantado y las piernas rosadas de algodón extendidas, asemejándose bastante a una pequeña fulana. «¡Oouuu, qué hombre más antipático, ya lo creo!»

Bajé la cabeza, miré la alfombra entre las rodillas, y me masajeé la nuca, donde tenía los músculos duros y agarrotados. Era como masajear un trozo de hierro. No había sufrido ninguno de mis terribles dolores de cabeza desde hacía tiempo, pero si aquellos músculos no se relajaban pronto, iba a tener ración doble esa noche. Necesitaba comer algo, eso sería un comienzo. Algo reconfortante. Una de aquellas cenas congeladas abundantes en calorías parecía una buena elección; de las que quitas el envoltorio que recubre la carne en salsa, la bombardeas con microondas durante siete minutos, y después la engulles como un hijo de puta.

Pero me quedé sentado un rato más. Tenía muchas preguntas, y la mayoría se encontraban probablemente más allá de mi capacidad de respuesta. Lo reconocía y lo aceptaba. Había aprendido a aceptar muchas cosas desde el día en que tuve la confrontación con la grúa. Pero creía que debía intentar responder al menos una antes de ir a comer, por muy hambriento que estuviera.

El teléfono sobre la mesilla de noche venía incluido con la casa. Era encantadoramente anticuado, modelo Princesa con un dial rotatorio. Descansaba sobre un directorio telefónico, en su mayoría Páginas Amarillas. Lo abrí por la delgaducha sección de páginas blancas, pensando que no encontraría listado el número de Elizabeth Eastlake, pero sí aparecía. Lo marqué. El teléfono sonó dos veces antes de que Wireman contestara.

—Residencia Eastlake.

En aquella voz perfectamente modulada apenas quedaban trazas del hombre que se había reído con tanta fuerza que rompió la silla, y súbitamente lo que estaba haciendo me pareció la peor idea del mundo, pero no veía otra opción.

—¿Wireman? Soy Edgar Freemantle. Necesito ayuda.

6

La dama de la casa

I

La tarde siguiente me encontró de nuevo sentado en la pequeña mesa al final de la pasarela de madera de *El Palacio de Asesinos*. La sombrilla a rayas, aunque rasgada, era todavía aprovechable. Soplaba una brisa desde el mar lo bastante fría como para justificar una sudadera. Pequeñas cicatrices luminosas danzaban sobre el tablero de la mesa mientras hablaba. Y hablé, de acuerdo, durante casi una hora, refrescándome con sorbitos de té verde de un vaso que Wireman rellenaba continuamente. Cuando al fin callé, durante un rato no hubo más sonido que el suave murmullo de las olas entrantes, que rompían y ascendían por el arenal.

La noche anterior, Wireman debió de haber notado en mi voz que algo iba tremendamente mal, lo bastante para que se preocupara y se ofreciera a llegarse a Big Pink inmediatamente en el cochecito de golf de *El Palacio*. Afirmó que podía mantenerse en contacto con la señorita Eastlake a través de un *walkie-talkie*. Le dije que podía esperar un poco. Era importante, aseguré, pero no urgente. Por lo menos no en el sentido de necesitar llamar al 911. Y era cierto. Si Tom iba a suicidarse en su crucero, poco podía hacer para impedirlo. Y no creía que lo llevara a cabo mientras estuviera acompañado por su madre y su hermano.

No tenía intención de contarle a Wireman mi furtiva cacería en el bolso de mi hija; la vergüenza que me causaba se acrecentaba con el paso del tiempo en lugar de disminuir. Pero una vez que inicié mi relato, comenzando con **LINK-BELT**, no pude detenerme. Le conté casi todo, terminando con Tom Riley de pie en lo alto de las escaleras que conducían a Little Pink, pálido y muerto y con un ojo de menos. Creo que continué en parte por la simple comprensión de que Wireman no podía internarme en el manicomio más cercano: no tenía autoridad legal. En parte también fue porque, atraído como estaba por su amabilidad y su cínico buen ánimo, todavía era un extraño. A veces (a menudo, más bien) contar historias que son embarazosas o incluso descaradamente locas es más fácil cuando la persona que las escucha es un extraño.

En su mayor parte, sin embargo, seguí adelante por puro alivio: me sentía como un hombre exprimiendo veneno de serpiente de una mordedura.

Wireman se sirvió un vaso de té fresco con una mano no del todo firme. Lo encontré interesante y turbador. Luego echó un vistazo a su reloj, que llevaba al estilo de las enfermeras, con la esfera en el interior de la muñeca.

—En media hora o así tendré que subir a comprobar cómo está —dijo—. Seguro que se encuentra bien, pero…

—¿Y si no lo está? —pregunté—. ¿Y si se cayó, o algo?

Extrajo un *walkie-talkie* del bolsillo de sus pantalones chinos. Era tan fino como un teléfono móvil.

—Me aseguro de que siempre lleve el suyo. Hay también botones de emergencia repartidos por toda la casa, pero… —Se golpeó el pecho con el pulgar—. Yo soy el verdadero sistema de alarma, ¿de acuerdo? El único en el que confío.

Miró hacia el agua y suspiró.

—Tiene Alzheimer. Todavía no es muy malo, pero el doctor Hadlock dice que probablemente avanzará rápido ahora que está arraigado. Dentro de un año… —Se encogió de hombros casi con resentimiento, pero cuando siguió hablando sonaba más animado—. Tomamos el té todos los días a las cuatro. Té y Oprah. ¿Por qué no subes y conoces a la dama de la casa? Hasta añadiré una porción de tarta de lima de los cayos.

—Vale —accedí—. Trato hecho. ¿Crees que fue ella quien dejó el mensaje en mi contestador diciendo que Duma Key no trae suerte a las hijas?

—Seguro. Aunque si esperas una explicación, o si esperas incluso que ella lo recuerde, buena suerte. Pero quizá pueda ayudarte un poco. Dijiste algo sobre hermanos y hermanas ayer, y no tuve la oportunidad de corregirte. El hecho es que Elizabeth solo tenía hermanas. Todas hijas. La mayor nació en torno a 1908. Elizabeth apareció en escena en 1923. La señora Eastlake murió unos dos meses después de dar a luz. Algún tipo de infección. O quizá fue un coágulo… ¿quién puede saberlo a estas alturas? Eso ocurrió aquí, en Duma Key.

—¿Se volvió a casar el padre? Sigo sin poder recordar su nombre.

Wireman acudió al rescate.

—¿John? No.

—No me irás a decir que crió a seis chicas aquí él solo. Eso es demasiado gótico.

—Lo intentó, con la ayuda de una niñera. Pero su hija mayor se fugó con un chico. La señorita Eastlake tuvo un accidente que casi la mata. Y las gemelas… —Sacudió la cabeza—. Eran dos años mayores que Elizabeth. Desaparecieron en 1927. La hipótesis que se baraja es que salieron a nadar, fueron arrastradas por la resaca y se ahogaron ahí en el *caldo grande*.

Contemplamos el agua durante un rato, sin hablar, con la mirada fija en aquellas olas ilusoriamente suaves que ascendían por la playa como cachorros. Después le pregunté si Elizabeth le había contado todo eso.

—Algo. No todo. Y sus recuerdos son confusos. Encontré una web dedicada a la historia de la costa del Golfo que mencionaba de pasada un episodio que posiblemente se refería al mismo suceso. Mantuve un pequeño intercambio de e-mails con un hombre que es bibliotecario en Tampa —explicó Wireman al tiempo que levantaba las manos y movía los dedos como escribiendo en un teclado imaginario—. Tessie y Laura Eastlake. El bibliotecario me envió una copia del periódico de Tampa del

19 de abril de 1927. El titular en primera página era escueto, funesto, escalofriante. Una palabra. DESAPARECIDAS.

—Jesús —musité.

—Seis años de edad. Elizabeth tendría cuatro, edad suficiente para comprender lo que había ocurrido. Quizá edad suficiente para leer un titular tan simple como DESAPARECIDAS. Las gemelas muertas; Adriana, la hija mayor que se fuga a Atlanta con uno de sus jefes de planta… No es sorprendente que John se hartara de Duma durante un tiempo. Él y las tres niñas se mudaron a Miami. Muchos años después, se trasladó de nuevo aquí para morir, y la señorita Eastlake cuidó de él. —Wireman se encogió de hombros—. Más o menos como yo la cuido a ella. Así que… ¿entiendes por qué una vieja dama con Alzheimer incipiente consideraría a Duma un mal lugar para las hijas?

—Supongo que sí. Pero ¿cómo hace una vieja dama con Alzheimer incipiente para encontrar el número de teléfono de su nuevo inquilino?

Wireman me dirigió una mirada astuta.

—Nuevo inquilino, viejo número, función de marcación automática en todos los teléfonos de la casa —dijo, señalando con el pulgar por encima del hombro—. ¿Alguna otra pregunta?

Me quedé boquiabierto.

—¿Ella me tiene en marcación automática?

—No me culpes, yo me incorporé tarde a esta película. Mi suposición es que el agente inmobiliario que le lleva los asuntos de los alquileres programó los números de todas las propiedades en el teléfono. O tal vez fue su administrador financiero, que viene desde St. Petersburg cada seis semanas o así para cerciorarse de que no ha muerto y que no estoy robando la porcelana Spode. Le preguntaré la próxima vez que aparezca.

—Así que puede llamar a cualquier casa del extremo norte del Cayo con solo pulsar un botón.

—Bueno… sí. Quiero decir, son todas suyas. —Me palmeó la mano—. Pero ¿sabes qué, *muchacho*? Creo que tu botón va a sufrir un pequeño colapso nervioso esta noche.

—No —repliqué, sin siquiera pensar en ello—. No lo hagas.

—Ah —dijo Wireman, exactamente como si lo comprendiera. Y quién sabe, quizá sí—. En cualquier caso, eso explica lo de tu llamada misteriosa, aunque debo decirte que en Duma Key las explicaciones tienen cierta tendencia a ralear. Como demuestra tu historia.

—¿A qué te refieres? ¿Has tenido… experiencias?

Me miró directamente a los ojos, con su alargado y bronceado rostro inescrutable. El frío viento de finales de enero soplaba en ráfagas, amontonando arena alrededor de nuestros tobillos. Levantaba también su cabello, revelando una vez más la cicatriz con forma de moneda sobre la sien derecha. Me pregunté si alguien le habría clavado el cuello de una botella, quizá en una pelea de bar, y traté de imaginar a alguien cabreándose con este hombre. Era difícil.

—Sí, he tenido… «experiencias» —confesó, y curvó en forma de gancho los dos primeros dedos de cada mano para simular unas comillas—. Es lo que convierte a los niños en… «adultos». También lo que proporciona a los profesores de inglés algo sobre lo que decir sandeces en primero de… «Literatura». —Acompañó cada pequeña pausa con las comillas en el aire.

Vale, no le apetecía hablar del tema, por lo menos no en aquel momento. Así que le pregunté cuánto se creía de mi historia.

Hizo rodar los ojos y se recostó hacia atrás en la silla.

—No tientes mi paciencia, *vato*. Podrías estar equivocado en unas cuantas cosas, pero no estás chiflado. Tengo una dama allí arriba… la dama más dulce del mundo y la adoro, pero a veces piensa que yo soy su papá, y que esto es Miami en mil novecientos treinta y cuatro. A veces mete una de sus personitas de porcelana en una caja metálica de galletitas Sweet Owen y lo arroja al estanque de kois que hay detrás de la pista de tenis. No me queda más remedio que sacar las figuritas cuando duerme, o de lo contrario le da un puto ataque. Ni idea de por qué. Calculo que para el verano tendrá que llevar pañales de adulto todo el tiempo.

—¿Y la conclusión?

—La conclusión es que conozco el significado de *loco*, conozco Duma, y estoy empezando a conocerte a ti. Estoy perfectamente dispuesto a creer que tuviste una visión de tu amigo muerto.

—¿Sin coñas?

—Sin coñas. *Verdad*. La cuestión es qué vas a hacer tú al respecto, asumiendo que no estés impaciente por verle bajo tierra por, permíteme la vulgaridad, untar con mantequilla lo que antes era tu tostada.

—No lo estoy. Sentí una cosa momentánea… no sé cómo describirlo…

—¿Un ansia momentánea de cortarle la polla y luego sacarle los ojos con un espetón caliente? ¿Fue esa tu cosa momentánea, *muchacho*? —Wireman transformó el pulgar y el índice de una mano en una pistola y me apuntó—. Estuve casado con una muchacha mexicana, y conozco los celos. Es normal. Como un reflejo de sobresalto.

—¿Tu mujer alguna vez…? —Callé de inmediato, consciente de nuevo de que solo conocía a este hombre desde el día anterior. Era fácil olvidarlo. Wireman era un hombre vehemente.

—No, *amigo*, no que yo sepa. Lo que pasó fue que se me murió. —Su rostro era perfectamente inexpresivo—. No sigamos por ahí, ¿vale?

—Vale.

—Una cosa a recordar sobre los celos es que se van igual que vienen. Como los chaparrones vespertinos que caen aquí durante la estación mala. Lo has superado, te dices. Y deberías, porque ya no eres más su *campesino*. La cuestión es qué vas a hacer con respecto a lo otro. ¿Cómo vas a impedir que este tío se mate? Porque sabes lo que sucederá cuando el crucero con la familia feliz termine, ¿cierto?

Durante un momento no dije nada. Estaba traduciendo esa última palabra en español, o lo intentaba. Ya no eres más su «granjero», ¿era correcto? En tal caso, contenía un amargo halo de verdad.

—¿*Muchacho*? ¿Cuál será tu siguiente movimiento?

—No sé —respondí—. Tiene una cuenta de e-mail, pero,

¿qué le escribo? «¿Querido Tom, me preocupa que estés pensando en el suicidio, por favor contesta cuanto antes?» De todas formas me apuesto cualquier cosa a que no mira el correo mientras está de vacaciones. Tiene dos ex mujeres, y todavía le pasa una pensión compensatoria a una de ellas, pero no mantiene relación con ninguna. Tuvo un hijo, pero murió de pequeño. Espina bífida, creo. Y… ¿qué? ¿Qué?

Wireman había girado la cabeza, repantigado en su silla, y miraba hacia el agua, donde los pelícanos se zambullían en busca de su propio refrigerio. Su lenguaje corporal sugería indignación.

—Deja de irte por las ramas —soltó, volviéndose hacia mí—. Sabes perfectamente bien quién le conoce. O lo sospechas.

—¿Pam? ¿Te refieres a Pam?

Se limitó a mirarme sin decir nada.

—¿Vas a hablar, Wireman, o simplemente te vas a quedar sentado ahí?

—Tengo que ir a ver cómo está mi dama. Ya estará levantada y querrá su «té de las cuatro en punto».

—¡Pam pensaría que estoy loco! ¡Demonios, todavía lo piensa!

—Convéncela. —Entonces se ablandó un poco—. Mira, Edgar. Si ha estado tan próxima a él como tú crees, habrá visto las señales. Y lo único que puedes hacer es intentarlo. *¿Entiendes?*

—No comprendo qué significa eso.

—Significa que llames a tu esposa.

—Mi ex.

—No. Mientras no cambies de mentalidad, el divorcio es solo una ficción legal. Esa es la razón de que estés cagado por lo que ella pueda pensar sobre tu salud mental. Pero si también te preocupa ese otro individuo, la llamarás y le dirás que tienes motivos para creer que él planea hacerse el hara-kiri.

Se levantó con esfuerzo de la silla y me tendió la mano.

—Basta de parlamentar. Vamos a conocer a la jefa. No te arrepentirás. Para ser la mandamás, es muy agradable.

Tomé su mano y dejé que tirara de mí para sacarme de lo que presumía era la tumbona de repuesto. Su apretón era fuerte. Esa era otra de las cosas que nunca olvidaré de Jerome Wireman: el hombre tenía un apretón fuerte.

La pasarela de madera que ascendía hasta la puerta del muro trasero solo era lo bastante ancha para uno, así que le seguí detrás, cojeando bravamente. Se giró hacia mí esbozando una pequeña sonrisa cuando alcanzó la entrada, que era una versión pequeña de la principal y cuyo aspecto era tan español como el dialecto de Wireman.

—Josie viene a limpiar los martes y los jueves, y no le molesta mantener los oídos alerta y echar un ojo a la señorita Eastlake durante su siesta de la tarde… lo que significa que puedo bajar y echar un vistazo a tus cuadros mañana por la tarde, a eso de las dos, si te viene bien.

—¿Cómo lo supiste? Aún no había reunido el coraje para pedírtelo.

Se encogió de hombros.

—Es lógico que quieras que alguien los vea antes de enseñárselos al tipo de la galería. Aparte de tu hija y del chico que te hace los recados, claro.

—La cita es el viernes. Le tengo pavor.

Wireman meneó la mano en el aire y sonrió.

—No te preocupes —dijo, y después de una pausa—: Si tu trabajo me parece una mierda, así te lo diré.

—Por mí, perfecto —declaré, y asintió con la cabeza.

—Solo quería dejarlo claro.

A continuación abrió la verja y me condujo al patio de Heron's Roost, también conocido como *El Palacio de Asesinos*.

II

Yo ya había visto aquel patio, el día que utilicé la entrada principal para dar la vuelta con el coche, pero en aquella ocasión apenas le eché más que una rápida ojeada. Estaba concentrado sobre todo en conseguir devolvernos a mí y a mi sudorosa hija de rostro ceniciento a Big Pink. Me había percatado de la pista de tenis y las baldosas azules, pero pasé completamente por alto el estanque de kois. Ahora habían barrido la pista de tenis, cuya superficie pavimentada era dos tonos más oscura que las baldosas del patio, y estaba lista para la acción. Un giro de la manivela cromada y la red quedaría tensa y preparada. Sobre unos pilotes de cables se hallaba una cesta llena de pelotas que me hizo pensar brevemente en el dibujo que Ilse se había llevado consigo a Providence: *El final del partido*.

—Uno de estos días, **muchacho** —prometió Wireman, apuntando hacia la pista mientras pasábamos a su lado. Había reducido la marcha para ponerme a su altura—. Tú y yo. Mostraré clemencia contigo, solo pelotear, pero tengo hambre de raqueta.

—¿Pelotear es tu minuta por evaluar mis obras?

—Tengo un precio, pero no es ese —dijo con una sonrisa—. Te lo contaré más tarde. Ahora, entremos.

III

Wireman me condujo por la puerta trasera, cruzamos una cocina en penumbra con largas mesas de trabajo como islas blancas y un enorme horno Westinghouse, y después pasamos al interior susurrante de la casa, que resplandecía con maderas oscuras: roble, nogal, teca, secuoya, ciprés. Esto era un *palacio*, en efecto, al viejo estilo de Florida. Atravesamos una estancia con las paredes revestidas de libros en la que había una armadura real anidando en un rincón. La biblioteca conectaba con un estudio con cuadros colgados en las paredes, nada de óleos con aburridos retratos sino vívidas composiciones abstractas, incluyendo un par de piezas de *op-art* que provocaban que a uno se le salieran los ojos de las órbitas.

Una ducha de luz cayó sobre nosotros como lluvia blanca mientras caminábamos a través del vestíbulo principal (Wireman andaba, yo cojeaba), y me di cuenta de que, para toda la grandeza de la mansión, esta parte de la casa no era más que un pretencioso pasaje, de la clase que sirve de separación entre las secciones en ciertas viviendas de Florida más antiguas y mucho más humildes. Ese estilo, empleado casi siempre más en construcciones de madera (a veces residuos madereros) que de piedra, hasta poseía un nombre: Cuáquero de Florida.

Este pasaje, rebosante de luz gracias a su largo techo de cristal, estaba flanqueado de macetas. En el extremo más alejado, Wireman se desvió a la derecha. Le seguí al interior de una enorme y fresca sala. Una fila de ventanas daba a un patio lateral lleno de flores (mis hijas podrían haber nombrado la mitad, y Pam todas ellas, pero yo solo fui capaz de poner nombre a los ásteres, las commelinas, las bayas de saúco y las dedaleras. Ah, y el rododendro, del que había en abundancia). Más allá de aquella maraña, en un camino con baldosas azules que presumiblemente conectaba con el patio principal, acechaba una garza con ojos de águila. Poseía un aire adusto y reflexivo, pero nunca vi a ninguna sobre el suelo que no pareciera un anciano puritano decidiendo a qué bruja quemaría después.

En el centro de la estancia estaba la mujer que Ilse y yo habíamos visto el día que intentamos explorar Duma Road. Entonces ella había estado en una silla de ruedas, y calzaba zapatillas azules altas. Hoy se sostenía sobre sus pies desnudos, que eran grandes y muy pálidos, con las manos plantadas en las empuñaduras de un andador. Vestía unos pantalones beis de cintura alta y una blusa de seda marrón oscuro con hombros divertidamente anchos y mangas largas y amplias. Era un conjunto que me hizo pensar en Katharine Hepburn en aquellas antiguas películas que a veces emiten en el canal de cine clásico: *La costilla de Adán*, o *La mujer del año*. La diferencia era que no podía recordar a Katharine Hepburn con un aspecto tan viejo, ni siquiera de mayor.

La habitación estaba dominada por una larga mesa baja del tipo que mi padre había guardado en el sótano para montar sus trenes eléctricos, salvo que esta se hallaba cubierta por alguna clase de madera clara (parecía bambú) en lugar de hierba de imitación. Estaba atestada de edificios en miniatura y figuras de porcelana: hombres, mujeres, niños, animales de corral, animales de zoo, criaturas de renombre mítico. Hablando de criaturas míticas, divisé un par de sujetos con el rostro maquillado de negro que jamás habrían recibido la aprobación de la NAACP.*

Elizabeth Eastlake miró a Wireman con una expresión de dulce deleite que yo hubiera disfrutado retratando… aunque no estoy seguro de si alguien se la habría tomado en serio. No estoy seguro de si alguna vez creemos en las más simples emociones reflejadas en nuestro arte, aunque las contemplamos continuamente a nuestro alrededor, cada día.

—¡Wireman! —exclamó—. Me he despertado temprano y he pasado un rato maravilloso con mis porcelanas. —Tenía un marcado acento de chica sureña que convirtió «porcelanas» en «porse-LAA-na»—. ¡Mire, la familia está en casa!

En un extremo de la mesa se erigía la maqueta de una mansión. De las que tienen columnas. Imagina Tara en *Lo que el viento se llevó* y acertarás. O «asertaráa», si hablas como Elizabeth. Alrededor de la casa deambulaban casi una docena de figuras, dispuestas en círculo. La pose era extrañamente ceremoniosa.

—Sí que está —asintió Wireman.

—¡Y la escuela! ¡Observe cómo he colocado a los niños en el exterior de la escuela! ¡Venga a ver!

—Iré, pero sabe que no me gusta que se levante sin mí —declaró.

—No me apetecía llamarle con ese viejo *talkie-walkie*. Me siento realmente muy bien. Venga a ver. También su nuevo amigo. Ah, sé quién es usted. —Sonrió y me hizo señas con un dedo para que me acercara—. Wireman me cuenta todo sobre usted. Es el nuevo vecino de Punta Salmón.

—La llama Big Pink —dijo Wireman.

Ella se rió, con la típica risa de fumador que termina disolviéndose en una tos. Wireman tuvo que apresurarse para sujetarla y evitar que cayera. A la señorita Eastlake no pareció importarle ni la tos ni su propio equilibrio.

* Siglas de National Association for the Advancement of Colored People, Asociación Nacional para el Progreso de la Gente de Color. *(N. del T.)*

—¡Me gusta! —dijo cuando fue capaz de hablar—. ¡Oh, querido, me gusta! Venga a ver mi nueva disposición de la escuela, señor… Seguro que me han dicho su nombre pero se me escapa, como tantas otras cosas ahora, usted es el señor…

—Freemantle —me presenté—. Edgar Freemantle.

Me uní a ellos junto a su mesa de juegos y ella me tendió la mano. No era musculosa, pero, al igual que sus pies, era de buen tamaño. No había olvidado el fino arte del saludo, y apretó tan fuerte como pudo. Además, me observó con alegre interés mientras estrechábamos las manos. Me gustó porque admitía sinceramente sus problemas de memoria. Y, con Alzheimer o sin él, mi tartamudeo mental y verbal era de lejos mucho mayor que el exhibido por ella hasta aquel momento.

—Es bueno conocerle, Edgar. Le he visto antes, pero no recuerdo cuándo. Ya me vendrá. ¡Big Pink! ¡Eso es llamativo y atrevido!

—Me gusta la casa, señora.

—Bien. Me alegra que proporcione satisfacción. Es la casa propia de un artista, ¿sabe? ¿Es usted artista, Edgar?

Me miraba con sus ingenuos ojos azules.

—Sí —respondí. Era lo más fácil, lo más rápido, y quizá era cierto—. Supongo que sí.

—Sí, naturalmente, querido, lo supe enseguida. Necesitaré uno de sus cuadros. Wireman fijará un precio con usted. Es abogado y también es un cocinero excelente. ¿Le contó eso?

—Sí… no… Quiero decir… —Estaba perdido. El hilo de su conversación parecía haberse bifurcado en muchos caminos diferentes, y todos al mismo tiempo. Wireman, ese perro viejo, parecía esforzarse por no reír. Lo cual provocó que me entraran ganas de reír a mí también, por supuesto.

—Intento conseguir cuadros de todos los artistas que se han alojado en su Big Pink. Tengo un Haring que fue pintado allí. También una obra de Dalí.

Aquello frenó cualquier impulso de reírme.

—¿De verdad?

—¡Sí! Se la mostraré en un momentito, a una no le queda

otro remedio, en realidad. Está en el cuarto de la televisión y siempre vemos a Oprah. ¿No es así, Wireman?

—Sí —confirmó este, y echó un vistazo a la esfera de su reloj en la parte interior de la muñeca.

—Pero no necesitamos verlo a la hora en punto, porque tenemos un aparatito maravilloso que se llama… —Calló, frunció el ceño y se tocó con un dedo el hoyuelo de su barbilla rechoncha—. ¿*Vito*? ¿Es *Vito*, Wireman?

—*TiVo*, señorita Eastlake —corrigió él con una sonrisa, y ella se rió.

—*TiVo*, ¿no es esa una palabra curiosa? ¿Y no es curioso lo formales que somos? Para mí es Wireman, y yo soy la señorita Eastlake para él. A no ser que me enfade, como hago a veces cuando las cosas resbalan de mi mente. ¡Somos como personajes en una obra de teatro! Una feliz, donde una sabe que pronto la banda empezará a tocar y todo el mundo en la compañía se pondrá a cantar. —Rompió a reír para mostrar lo encantadora que era aquella idea, pero había en su risa algo un poco frenético. Por primera vez su acento me recordó a Tennessee Williams en lugar de a Margaret Mitchell.

Con gentileza, con mucha gentileza, Wireman dijo:

—Tal vez deberíamos pasar a la otra habitación para ver a Oprah ahora. Opino que debería sentarse. Puede fumar un cigarrillo después, y sabe que eso le gusta.

—Un minuto, Wireman. Solo un minuto. Recibimos muy pocas visitas aquí. —Y a continuación se dirigió a mí de nuevo—. ¿Qué clase de artista es usted, Edgar? ¿Cree en el arte por el arte?

—Arte por el arte, señora. Definitivamente.

—Me alegro. Esa es la clase que más le gusta a Punta Salmón. ¿Cómo la llama?

—¿A mi obra?

—No, querido. A Punta Salmón.

—Big Pink, señora.

—Big Pink será, entonces. Y yo seré Elizabeth para usted.

Sonreí. Tuve que hacerlo, porque su expresión era más de seriedad que de flirteo.

—Elizabeth será, entonces.

—Estupendo. En un momento o dos iremos al cuarto de la televisión, pero primero… —Volvió su atención a la mesa de juegos—. ¿Bien, Wireman? ¿Bien, Edgar? ¿Ven cómo he dispuesto a los niños?

Había aproximadamente una docena, todos de cara al lado izquierdo de la escuela. Una baja inscripción de alumnos.

—¿Qué les sugiere? —preguntó—. ¿Wireman? ¿Edward? ¿Ninguno?

Ese fue un desliz menor, pero claro que yo estaba acostumbrado a reconocer aquellos resbalones. Y en este caso mi propio nombre constituía la piel del plátano.

—¿El recreo? —preguntó Wireman, y se encogió de hombros.

—Rotundamente no —dijo ella—. Si fuera el recreo, estarían jugando, no todos ahí amontonados y papando moscas.

—Es un incendio o un simulacro de incendio —aventuré.

Se inclinó sobre su andador (Wireman, vigilante, agarró su hombro para evitar que perdiera el equilibrio), y plantó un beso en mi mejilla. Aquello me sorprendió horrores, pero no en el mal sentido.

—¡Muy bien, Edward! —gritó—. Ahora, ¿cuál de las dos cosas diría que es?

Reflexioné un momento. Era fácil si te tomabas la pregunta en serio.

—Un simulacro.

—¡Sí! —Sus ojos azules resplandecían de deleite—. Explíquele a Wiring por qué.

—Si fuera un incendio, estarían desperdigados en todas direcciones. En cambio, están…

—Esperando para volver a entrar, sí. —Pero cuando se giró hacia Wireman, vi a una mujer diferente, una mujer atemorizada—. Me he vuelto a equivocar con su nombre.

—Está bien, señorita Eastlake —dijo, y la besó en el hueco de la sien con una ternura que hizo que él me gustara mucho.

Ella me brindó una sonrisa. Era como contemplar el sol surcando el cielo tras atravesar una nube.

—Mientras él continúe dirigiéndose a una por su apellido, una sabe... —Pero ahora parecía perdida, y su sonrisa comenzó a titubear—. Una sabe que...

—Que es hora de ver a Oprah —dijo Wireman, y la tomó del brazo. Juntos giraron el andador, lo separaron de la mesa de juegos, y ella, con una velocidad asombrosa, echó a andar con paso firme hacia una puerta en el extremo más alejado de la estancia. Wireman caminaba vigilante a su lado.

Su «cuarto de la televisión» estaba dominado por una gran pantalla plana Samsung. En el otro extremo había un caro equipo de sonido con módulos apilados. Apenas me fijé en ninguna de las dos cosas. Miraba el dibujo enmarcado que colgaba de la pared sobre las estanterías de CD, y por unos pocos segundos me olvidé de respirar.

El cuadro era un simple boceto a lápiz, acrecentado por dos hebras de color escarlata, que probablemente habían sido agregadas con nada más que un simple bolígrafo rojo, del tipo que utilizan los profesores para corregir y calificar exámenes. Esos trazos, no demasiado bruscos, yacían sobre la línea del horizonte del Golfo como indicio del crepúsculo. Eran sencillamente perfectos. Una pequeña genialidad. Era mi horizonte, el que divisaba desde Little Pink. Lo sabía del mismo modo que sabía que el artista había estado escuchando las conchas que chirriaban constantemente por debajo de él mientras convertía el papel en blanco en lo que captaba su ojo y traducía su mente. Sobre el horizonte flotaba un barco, probablemente un petrolero. Podría ser el mismo que yo había dibujado mi primera noche en el número 13 de Duma Road. El estilo en absoluto se asemejaba al mío, pero la elección del tema era casi condenadamente idéntica.

Garabateado de manera casi despreocupada en la parte inferior: *Salo Dalí*.

La señorita Eastlake —Elizabeth— fumaba un cigarrillo mientras Oprah interrogaba a Kirstie Alley sobre el siempre fascinante tema de la pérdida de peso. Wireman preparó unos sándwiches vegetales con huevo que estaban deliciosos. Mis ojos se extraviaban una y otra vez hacia el dibujo enmarcado de Dalí y, naturalmente, seguía pensando: *Hola, Dalí.* Cuando llegó el doctor Phil y empezó a reprender a un par de señoras gordas del público que por lo visto se habían ofrecido voluntariamente a ello, les dije a Wireman y a Elizabeth que de veras tenía que regresar a casa.

Elizabeth utilizó el mando a distancia para silenciar al doctor Phil y después me tendió el libro sobre el que había estado descansando el mando. Sus ojos parecían al mismo tiempo humildes y esperanzados.

—Wireman afirma que vendrá a leerme algunas tardes, Edmund. ¿Es eso cierto?

Nos vemos obligados a tomar algunas decisiones en una fracción de segundo, y yo tomé una éntonces. Decidí no mirar a Wireman, que se sentaba a la izquierda de Elizabeth. La agudeza que había exhibido en su mesa de juego se estaba desvaneciendo, hasta yo era capaz de verlo, pero pensé que todavía le quedaba más que suficiente. Un vistazo rápido en dirección a Wireman bastaría para indicarle que aquello era una novedad para mí, y se sentiría avergonzada. No deseaba que ella se avergonzara, en parte porque me gustaba, y en parte porque sospechaba que la vida le tenía reservadas muchas más vergüenzas en los años venideros. Pronto olvidaría algo más que nombres.

—Hemos hablado del tema —le dije.

—Tal vez querría leerme un poema esta tarde —sugirió—. A su elección. Los echo mucho de menos. Podría pasar sin Oprah, pero una vida sin libros es una vida sedienta, y una sin poesía es... —Soltó una risita. Era un desconcertante sonido que me hirió el corazón—. Es como una vida sin cuadros, ¿no cree? ¿O no?

La habitación se hallaba muy silenciosa. En algún otro lugar un reloj hacía tic-tac, pero eso era todo. Pensé que Wireman diría algo, pero no lo hizo; ella le había dejado temporalmente mudo, lo cual no era un mal truco con respecto a aquel *hijo de madre.*

—Lo dejo a su elección —repitió—. O, si ya ha permanecido aquí mucho tiempo, Edward…

—No —contesté—. No, de acuerdo, estoy bien.

El libro se titulaba sencillamente *Good Poems.* El editor era Garrison Keillor, un hombre que probablemente podría presentarse a gobernador y sería elegido en la parte del mundo de la que yo procedía. Lo abrí por una página al azar y encontré un poema de alguien llamado Frank O'Hara. Era corto. Eso lo convertía en un buen poema para mi propio libro, y me sumergí en él.

¿Has olvidado nuestra forma de ser de entonces?
Cuando aún éramos de primera categoría
y el día se presentaba opíparo con una manzana en la boca

no es útil preocuparse por el Tiempo
pero guardamos unos pocos trucos en la manga
y tomamos escabrosos atajos

el pasto entero parecía nuestra comida
no necesitábamos velocímetros
preparábamos cócteles de hielo y agua…

Algo me ocurrió ahí. Mi voz vaciló y las palabras se doblaron, como si pronunciar la palabra agua la hubiera convocado en mis ojos. Alcé la vista.

—Perdóneme —me disculpé con voz ronca. Wireman mostraba un aspecto preocupado, pero Elizabeth Eastlake me sonreía con una expresión de perfecto entendimiento.

—Está bien, Edgar —dijo ella—. La poesía a veces causa el mismo efecto en mí, también. No hay que avergonzarse de los sentimientos sinceros. No fingen los hombres convulsiones.

—Ni simulan estertores —añadí. Mi voz parecía proceder de una persona distinta.

Sonrió radiantemente.

—¡Este hombre conoce a su Dickinson, Wireman!

—Eso parece —confirmó Wireman, que me observaba fijamente.

—¿Acabará el poema, Edward?

—Sí, señora.

No querría ser más veloz
ni más verde que ahora si conmigo estuvieras, oh, tú
que fuiste lo mejor de todos mis días.

Cerré el libro.

—Ese es el final.

Ella asintió con la cabeza y preguntó:

—¿Qué fue lo mejor de todos sus días, Edgar?

—Quizá estos son mis mejores días. Espero —respondí, y ella asintió de nuevo.

—Entonces yo también lo espero. Siempre se le permite a uno albergar la esperanza. Y, Edgar…

—¿Sí, señora?

—Permítame que sea Elizabeth para usted. No puedo soportar ser una señora en este final de mi vida. ¿Nos entendemos el uno al otro?

—Creo que sí, Elizabeth —asentí.

Sonrió, y las lágrimas que habían inundado sus propios ojos cayeron. Las mejillas sobre las que rodaron era viejas y devastadas por las arrugas, pero los ojos eran jóvenes. Jóvenes.

V

Diez minutos más tarde, Wireman y yo nos encontrábamos otra vez parados al final de la pasarela de madera de **El Palacio**. Había dejado a la dama de la casa con una porción de tarta de lima, un vaso de té y el mando a distancia. Yo cargaba una bolsa con dos de los sándwiches vegetales con huevo de Wireman. Dijo que se pondrían rancios si no me los llevaba a casa, y no necesitó presionarme mucho. También le sableé un par de aspirinas.

—Mira —dijo—, lo lamento. Iba a preguntártelo primero, créeme.

—Relájate, Wireman.

Asintió, pero no me miraba directamente, sino que contemplaba el Golfo.

—Solo quiero que sepas que no le prometí nada. Pero ella es... un poco infantil ahora. Así que hace suposiciones del mismo modo que los niños, basadas en lo que ella quiere, más que en los hechos.

—Y lo que ella quiere es que le lean.

—Sí.

—¿Los poemas en casete y CD no sirven?

—No. Asegura que la diferencia entre una voz grabada y una voz en directo es como la diferencia entre los champiñones enlatados y los frescos —dijo con una sonrisa, pero seguía sin mirarme.

—¿Por qué no le lees tú, Wireman?

—Porque ya no puedo —contestó, sin apartar la vista del agua.

—Ya no... ¿por qué no?

Meditó la pregunta y a continuación sacudió la cabeza.

—Hoy no. Wireman está cansado, *muchacho*, y ella estará levantada por la noche. Levantada y con ganas de discutir, llena de lamentos y confusión, y propensa a creer que está en Londres o en St. Tropez. Veo las señales.

—¿Me lo explicarás otro día?

—Sí —suspiró a través de la nariz—. Si tú puedes enseñarme los tuyos, supongo que yo puedo enseñarte los míos, aunque no me hace ni pizca de gracia. ¿Seguro que estás bien para volver por ti mismo?

—Absolutamente —aseguré, aunque mi cadera palpitaba como un motor de gran potencia.

—Te llevaría en el cochecito de golf, de verdad que sí, pero cuando está en ese estado… el término clínico del doctor Wireman es «Brillante Pasando a Estúpido», se le suele meter en la cabeza limpiar las ventanas… o quitarle el polvo a algunas estanterías… o dar un paseo sin su andador. —En ese punto se estremeció verdaderamente. Parecía de la clase que empieza siendo una parodia burlesca y termina siendo real.

—Todo el mundo sigue intentando que me haga con un cochecito de golf —dije.

—¿Llamarás a tu mujer?

—No veo ninguna otra opción.

Asintió con la cabeza.

—Buen chico. Puedes contármelo todo cuando vaya a mirar tus cuadros. A cualquier hora estará bien. Puedo llamar a una enfermera, Annmarie Whistler, si te viene mejor por la mañana.

—Vale. Gracias. Y te agradezco que me hayas escuchado, Wireman.

—Y yo te agradezco que le leyeras el poema a la jefa. *Buena suerte, amigo*.

Salí a la playa y ya había recorrido unos cincuenta metros antes de que se me ocurriera algo. Me volví, imaginando que Wireman ya se habría ido, pero continuaba allí plantado, con las manos en los bolsillos, mientras el viento, cada vez más frío, que soplaba desde el Golfo le peinaba hacia atrás su largo cabello gris.

—¡Wireman!

—¿Qué?

—¿La propia Elizabeth llegó a pintar alguna vez?

No habló durante un tiempo muy largo. Solo se escuchaba el sonido de las olas, que esta noche era más fuerte debido al viento que las impulsaba.

—Esa es una pregunta interesante, Edgar —contestó por fin—. Si fueras a preguntarle a ella (y te aconsejo que no lo hagas), te respondería que no. Pero no creo que sea cierto.

—¿Por qué no?

—Más vale que te pongas en camino, *muchacho* —fue lo único que dijo—. Antes de que esa cadera tuya se anquilose.

Me dirigió un rápido saludo de despedida, y, casi antes de ser consciente de que se marchaba, se giró y subió por la pasarela de madera, persiguiendo a su sombra cada vez más alargada.

Me quedé parado donde estaba durante un momento más, y entonces di media vuelta hacia el norte, concentré mi atención en Big Pink, y me encaminé a casa. Fue una larga travesía, y antes de llegar allí mi propia sombra absurdamente alargada se había perdido entre las matas de araña, pero al final lo conseguí. Las olas seguían irguiéndose, y bajo la casa el murmullo de las conchas se había convertido de nuevo en discusión.

Cómo dibujar un cuadro (IV)

Empieza con lo que conoces, y después reinvéntalo. El arte es magia, no hay discusión aquí, pero todo arte, no importa lo raro que sea, comienza cada día en la humildad. Simplemente no te sorprendas cuando flores extrañas broten de tierra común. Elizabeth sabía eso. Nadie se lo había enseñado; lo aprendió por sí misma.

Cuanto más dibujaba, más veía. Cuanto más veía, más deseaba dibujar. Así funciona. Y cuanto más veía, más vocabulario regresaba a ella: primero las cuatrocientas o quinientas palabras que conocía el día que se cayó del carruaje y se golpeó la cabeza, y después muchas, muchas más.

Papá estaba asombrado por la velozmente creciente sofisticación de sus dibujos. También sus hermanas, tanto las Malas Malosas como las gemelas (no Adie; Adie estaba en Europa con tres amigas y dos acompañantes; Emery Paulson, el joven con el que se casará, aún no había entrado en la composición). La niñera/ama de llaves estaba sobrecogida, la llamaba la petite obéah fille.

El doctor que atendió su caso advirtió que la niña debía ser muy cuidadosa con el ejercicio y la excitación, no fuera a ser que cogiera una fiebre, pero para enero de 1926 recorría hasta el último rincón del extremo sur del Cayo, llevando su cuaderno, bien abrigada con su «tinta chaquetita» y sus «dederos», y dibujándolo todo.

Ese invierno descubrió que su familia comenzaba a aburrirse de sus obras. Primero las Malas Malosas, Maria y Hannah, después Tessie y Lo-Lo, después papá, y después hasta Nana Mel-

da. ¿Comprendía ella que incluso las genialidades se hacen pesa-
das cuando se toman en grandes dosis? Tal vez, de algún modo
instintivo e infantil, tal vez lo comprendía.

Lo que vino después, la consecuencia de su aburrimiento, fue
la resolución de reinventar lo que ella veía para hacerles com-
prender lo maravilloso que era.

Ese fue el inicio de su fase surrealista; primero los pájaros vo-
lando cabeza abajo, después animales caminando sobre el agua,
después los Caballos Risueños que le proporcionaron cierto re-
nombre. Y ahí fue cuando algo cambió. Ahí fue cuando algo os-
curo se deslizó dentro, utilizando como canal a la pequeña Libbit.

Comenzó a dibujar a su muñeca, y cuando lo hizo, su muñeca
comenzó a hablar.

Noveen.

Para entonces Adriana ya había regresado del «Gay Paree»,
y al principio Noveen hablaba casi siempre con la voz cursi de
Adie, aguda y feliz, preguntando a Elizabeth si podía hinky-
dinky-parlevù, *y diciéndole que* fermé la buche. *A veces Noveen*
le cantaba nanas para dormir mientras los retratos del rostro de
la muñeca —grande, redondo y oscuro excepto por los labios ro-
jos— se desparramaban sobre la colcha de la cama de Elizabeth.

Noveen canta: Frère Jacques, frère Jacques, ¿estás dormidú?
¿Estás dormidú? ¿Dorme-vù, dorme-vù?

A veces Noveen le narraba cuentos —entremezclados, pero
maravillosos— en los que Cenicienta calzaba los zapatos rojos de
Oz y los Gemelos Bobbsey se perdían en el Bosque Mágico y en-
contraban una casa de chocolate con un tejado de caramelo de
hierbabuena.

Pero entonces la voz de Noveen cambió. Dejó de ser la voz de
Adie. Dejó de ser la voz de nadie que Elizabeth conociera, y con-
tinuaba hablando incluso cuando Elizabeth le decía a Noveen
fermé la buche. *Al principio quizá aquella voz fuera agradable.*
Quizá aquello era divertido. Extraño, pero divertido.

Entonces las cosas cambiaron, ¿cierto? Porque el arte es ma-
gia, y no toda la magia es blanca.

Ni siquiera para las niñas pequeñas.

7

El arte por el arte

I

Había una botella de whisky de malta en el mueble bar de la sala de estar. Me apetecía un trago, pero no me lo tomé. Me apetecía esperar, quizá comerme uno de mis sándwiches vegetales con huevo y planear lo que iba a contarle, pero tampoco esperé. A veces el único modo de hacerlo es haciéndolo. Me llevé el teléfono inalámbrico a la habitación Florida. El ambiente era gélido incluso con las ventanas correderas cerradas, pero en cierta manera aquello era bueno. Pensé que el aire fresco podría agudizarme un poco. Y quizá la visión del sol hundiéndose en el horizonte y delineando su senda dorada a través del agua me calmaría. Porque no me encontraba tranquilo. Mi corazón latía con demasiada fuerza, sentía las mejillas calientes, la cadera me dolía como una hija de puta, y súbitamente me di cuenta, con verdadero terror, que el nombre de mi esposa había resbalado de mi mente. Cada vez que bajaba a buscarlo, lo único con lo que subía era *peligro*, la palabra en español para *danger*.

Decidí que necesitaba una cosa antes de llamar a Minnesota.

Dejé el teléfono sobre el mullido sofá, cojeé hasta el dormitorio (utilizando la muleta ahora; ella y yo íbamos a ser inseparables hasta la hora de acostarse), y cogí a Reba. Una mirada a sus ojos azules fue suficiente para devolverme el nombre de Pam, y los latidos de mi corazón se ralentizaron. Con mi más leal compañera firmemente sujeta entre el costado derecho y el muñón, balanceando sus rosadas piernas desprovistas de huesos, volví sobre mis pasos hasta la habitación Florida y me senté otra vez. Reba se desplomó sobre mi regazo y la aparté de un manotazo, de tal forma que quedó cara al sol del oeste.

—Míralo mucho rato seguido y te quedarás ciega —dije—. «Pero claro, ahí es donde está la gracia». Bruce Springsteen, 1973, aproximadamente, *muchacha*.

Reba no respondió.

—Tendría que estar arriba, pintando eso —le confesé—. Haciendo puto arte por puto amor al arte.

Ninguna respuesta. Los ojos bien abiertos de Reba insinuaban al mundo entero que se veía obligada a aguantar al hombre más antipático de Norteamérica.

Levanté el inalámbrico y lo blandí frente a su cara.

—Puedo hacerlo —afirmé.

Nada por parte de Reba, pero me pareció que su mirada era dubitativa. Bajo nosotros, las conchas continuaban su discusión moderada por el viento: lo hiciste, no lo hice, oh sí que lo hiciste.

Me apetecía continuar discutiendo el asunto con mi Muñeca Anticólera. En cambio, marqué el número de lo que solía ser mi casa. Ningún problema en absoluto para recordarlo. Tenía la esperanza de que me saltara el contestador automático de Pam, pero en su lugar habló la dama en persona, y sonaba casi sin aliento.

—Ah, Joanie, gracias a Dios que llamaste. Llego tarde y esperaba que nuestra cita de las tres-quince pudiera…

—No soy Joanie —dije. Alargué la mano hacia Reba y la arrastré de vuelta a mi regazo sin siquiera pensar en ello—. Soy Edgar. Y puede que tengas que cancelar tu cita de las tres-quince. Tenemos que hablar de algo, y es importante.

—¿Qué te ocurre?

—¿A mí? Nada. Estoy bien.

—Edgar, ¿podemos hablar más tarde? Necesito arreglarme el pelo y llego tarde. Estaré de vuelta a las seis.

—Es sobre Tom Riley.

Silencio desde la parte del mundo de Pam. Duró tal vez unos diez segundos, durante los cuales la senda dorada sobre el agua se oscureció un poquito. Elizabeth Eastlake conocía a su Emily Dickinson; me preguntaba si también conocería a su Vachel Lindsay.

—¿Qué pasa con Tom? —preguntó Pam por fin. Había cautela en su voz, una profunda cautela. Estaba positivamente seguro de que la cita en la peluquería había abandonado su mente.

—Tengo razones para pensar que está planteándose el suicidio. —Apreté el teléfono contra el hombro y empecé a acariciar el cabello de Reba—. ¿Sabes tú algo?

—¿Qué…? ¿Yo qué…? —Parecía sin aliento, como si le hubieran asestado un puñetazo—. ¿Por qué, en el nombre de Dios, iba yo…? —Empezaba a recuperar algo de fuerza, echando mano de la indignación. Es práctico en esas situaciones, supongo—. Llamas por sorpresa, cuando menos me lo espero, ¿y quieres que te hable del estado mental de Tom Riley? Creía que estabas mejorando, pero imagino que solo eran ilu…

—Follar con él debería haberte dado algún indicio. —Mi mano se enroscó en el anaranjado cabello falso de Reba y apreté el puño, como si pretendiera arrancarlo de raíz—. ¿O me equivoco?

—¡Esto es demencial! —casi chilló—. ¡Necesitas ayuda, Edgar! Llama al doctor Kamen o consigue ayuda allí abajo, ¡y pronto!

La ira, y la acompañante certeza de que empezaría a perder las palabras, desapareció de repente. Relajé la mano que agarraba el pelo de Reba.

—Tranquilízate, Pam. Esto no se trata ti. Ni de mí. Se trata de Tom. ¿Has detectado signos de depresión? Tienes que haberlo hecho.

Ninguna respuesta. Pero tampoco ningún clic producto de colgar el teléfono. Y oía su respiración.

Por fin habló.

—Vale. Vale, muy bien. Sé de dónde has sacado esta idea. La Pequeña Reina Miss Drama, ¿no? Imagino que Ilse también te habló de Max Stanton, de Palm Desert. ¡Vamos, Edgar, ya sabes cómo es!

Ante eso, la ira amenazó con retornar. Extendí la mano y así a Reba por su suave cintura. *Puedo hacerlo*, pensé. *No se trata de Ilse, tampoco. ¿Y Pam? Pam solo está asustada, porque esto la ha pillado en fuera de juego. Está asustada y enfadada, pero puedo hacerlo. Debo hacerlo.*

Daba igual que durante unos segundos ardiera en deseos de matarla. O eso, de haberse hallado conmigo en la habitación Florida, es lo que podría haber intentado.

—Ilse no me lo contó.

—Basta ya de locuras. Voy a colgar ahora…

—Lo único que no sé es cuál de ellos te convenció para que te hicieras ese tatuaje en el pecho. La rosa pequeña.

Profirió un grito. Tan solo un grito suave, pero era suficiente. Se produjo otro momento de silencio, que latía como fieltro negro. Entonces estalló.

—¡Esa zorra! ¡Lo vio y te lo contó! ¡Es la única forma de que pudieras saberlo! ¡Pues no significa nada! ¡No demuestra nada!

—Esto no es un juzgado, Pam.

No replicó, pero oía su respiración.

—Ilse tenía sus sospechas acerca de ese tal Max, pero no tenía ni la menor idea de lo de Tom. Si se lo cuentas, le romperás el corazón. —Hice una pausa—. Y eso romperá el mío.

Ella lloraba.

—A la mierda tu corazón. Que te jodan. Ojalá estuvieras muerto, ¿te enteras? Cabrón embustero y entrometido, ojalá estuvieras muerto.

Por lo menos yo ya no me sentía así respecto a ella. Gracias a Dios.

La senda sobre el agua se había oscurecido hasta adquirir una tonalidad de cobre pulido. Ahora el naranja comenzaría a reptar sigilosamente.

—¿Qué sabes del estado mental de Tom?

—Nada. Y para tu información no tengo una aventura con él. Si alguna vez tuve una, duró en total tres semanas. Se terminó. Se lo dejé claro cuando volví de Palm Desert. Había todo tipo de razones, pero básicamente tiene demasiados… —Abruptamente saltó al tema anterior—. Debe de habértelo contado ella. Melinda no lo habría hecho, aunque lo supiera. —Y añadió, de forma absurdamente maliciosa—: Ella sabe por lo que he pasado contigo.

En realidad, era sorprendente mi poco interés en seguir por aquel camino. Me interesaba otra cosa.

—¿Tiene demasiados qué?

—¿Quién tiene demasiados qué? —chilló—. ¡Jesús, odio esto! ¡Este interrogatorio!

Como si a mí me encantara.

—Tom. Dijiste: «Básicamente tiene demasiados», y luego paraste.

—Demasiados cambios de humor. Es una bolsa de sorpresas emocional. Un día arriba, un día abajo, un día las dos cosas, especialmente si no se toma…

Se interrumpió bruscamente.

—Si no se toma sus pastillas —terminé por ella.

—Sí, bueno, no soy su psiquiatra —replicó, y aquello en su voz no era petulancia; estaba positivamente seguro de que era acero puro. Jesús. La mujer con la que había estado casado podía ser dura cuando la situación lo requería, pero pensé que aquel implacable acero azul era algo nuevo: sus secuelas de mi accidente. Pensé que era la cojera de Pam—. Ya tragué bastante mierda haciendo de loquera contigo, Edgar. Solo por una vez me gustaría conocer a un hombre que fuera un hombre y no una Bola 8 Mágica empastillada. «No puedo decirlo ahora, pregúntame luego cuando se me pase el cabreo.»

Resopló en mi oreja, y esperé el subsiguiente graznido. Cuando llegó, gritó igual que siempre; aparentemente algunas cosas nunca cambian.

—Que te den por culo, Edgar, por joderme lo que era un día realmente bueno.

—No me importa con quién te acuestas —le dije—. Estamos divorciados. Lo único que quiero es salvarle la vida a Tom Riley.

Esta vez gritó tan fuerte que tuve que sostener el teléfono lejos de la oreja.

—¡No soy RESPONSABLE de su vida! ¡NO NOS DEBE-MOS NADA! ¿No pillaste eso? —Después, con un tono de voz un poco más bajo (pero no mucho)—: Ni siquiera está en St. Paul. Está de crucero con su madre y ese hermano marica suyo.

De repente lo comprendí, o eso pensé. Fue como si hubiera estado sobrevolándolo para obtener una vista aérea. Quizá porque yo mismo había contemplado el suicidio, advirtiéndome continuamente a mí mismo de que debía parecer absolutamente un accidente. No porque de lo contrario no se pagaría el dinero del seguro, sino para que mis hijas no tuvieran que vivir con el estigma de que todos supieran…

Y esa era la respuesta, ¿verdad?

—Dile que lo sabes. Cuando vuelva, dile que sabes que planea matarse.

—¿Por qué me creería?

—Porque tiene intención de hacerlo. Porque tú le conoces. Porque está mentalmente enfermo, y probablemente piensa que va por ahí con un cartel pegado en la espalda que dice: **PLA-NEO SUICIDARME**. Dile que sabes que ha estado saltándose sus antidepresivos. Eso lo sabes, ¿no? A ciencia cierta.

—Sí. Pero decirle que se los tome nunca sirvió de nada antes.

—¿Alguna vez le dijiste que lo delatarías si no empezaba a tomar su medicación? ¿Que te chivarías a todo el mundo?

—No, ¡y no voy a hacerlo ahora! —Sonaba consternada—. ¿Crees que quiero que todo el mundo en St. Paul sepa que me acostaba con Tom Riley? ¿Que tuve un lío con él?

—¿Y qué tal que todo St. Paul sepa que te preocupas por su vida? ¿Sería eso tan jodidamente horrible?

Guardó silencio.

—Lo único que quiero es que te encares con él cuando regrese.

—¡Lo único que quieres! ¡Perfecto! ¡Toda tu vida ha girado en torno a lo tú quieres! Te diré una cosa, Eddie. Si esto es tan importantísimo para ti, ¡entonces encárale tú, joder! —De nuevo había aparecido aquella dureza estridente, pero esta vez ocultaba miedo tras ella.

—Si fuiste tú la que cortaste —continué—, entonces probablemente aún tendrás influencia sobre él. Y eso incluye, quizá, el poder para salvarle la vida. Sé que asusta, pero ahora corre de tu cuenta.

—No, nada de eso. Voy a colgar.

—Si se mata, dudo que te pases el resto de tu vida con remordimientos de conciencia... pero creo que tendrás un año miserable. O dos.

—No. Dormiré como un bebé.

—Perdona, Panda, pero no te creo.

Era un antiguo nombre cariñoso, uno que no había utilizado durante años, y no sé de dónde vino, pero hizo que se desmoronara. Rompió a llorar otra vez, y en esta ocasión no había furia en su llanto.

—¿Por qué tienes que ser tan cabrón? ¿Por qué no me dejas en paz?

No me apetecía seguir con aquello. Lo que me apetecía era tomarme un par de analgésicos. Y quizá tumbarme en la cama y tener mi propia ración de llanto, no estaba seguro.

—Dile que lo sabes. Dile que vea a su psiquiatra y que vuelva a tomar sus antidepresivos. Y esto es lo más importante: dile que si se mata, se lo contarás a todo el mundo, empezando por su madre y por su hermano. Que no importa lo bien que lo haga, todo el mundo sabrá que fue realmente un suicidio.

—¡No puedo hacer eso! ¡No puedo! —Sonaba desesperanzada.

Lo medité, y decidí que pondría la vida de Tom Riley enteramente en sus manos; simplemente le transmitiría esa responsabilidad a través del cable del teléfono. Esa clase de evasión no había formado parte del repertorio del viejo Edgar Freemantle, pero naturalmente, a aquel Edgar Freemantle nunca se le hubiera ocurrido pasar el tiempo pintando puestas de sol. O jugando con muñecas.

—Tú decides, Panda. De todas formas, podría resultar inútil si a él ya no le importas, pero…

—Oh, sí que le importo. —Su voz sonaba más desesperanzada que nunca.

—Entonces dile que tiene que empezar a vivir su vida de nuevo, le guste o no.

—El bueno y viejo Edgar, todavía manipulándolo todo —dijo lánguidamente—. Incluso desde su reino insular. El bueno y viejo Edgar. Edgar el monstruo.

—Eso duele.

—Estupendo —respondió, y colgó.

Me senté en el sofá un rato más, con la mirada perdida mientras el crepúsculo se hacía cada vez más brillante y el aire de la habitación Florida se volvía cada vez más frío. Las personas que creen que en Florida no hay invierno están muy equivocadas. En 1977 cayeron en Sarasota unos pocos centímetros de nieve. Imagino que hace frío en todas partes. Apuesto cualquier cosa a que incluso nieva en el infierno, aunque dudo que la nieve cuaje.

II

Wireman telefoneó al día siguiente poco después del mediodía, y preguntó si todavía estaba invitado a ver mis cuadros. Sentí cierto recelo al recordar su promesa (o amenaza) de que me daría su opinión sincera, sin adornos, pero le dije que viniera.

Dispuse los que consideraba que eran los dieciséis mejores… aunque a la luz diurna, fría y clara, de aquella tarde de enero, todos me parecían una mierda. El retrato que había hecho de Carson Jones todavía descansaba en la repisa del armario de mi dormitorio. Lo bajé, lo sujeté con un clip a un panel de madera conglomerada y lo apoyé al final de la fila. Los colores a lápiz parecían desaliñados y planos comparados con los óleos, y por descontado era más pequeño que el resto, pero aun así pensaba que poseía algo de lo que los otros carecían.

Me planteé la idea de añadir a la colección la efigie de la toga roja, pero no lo hice. No sé por qué. Quizá solo porque me daba escalofríos. En su lugar me decanté por *Hola*, el dibujo a lápiz del petrolero.

Wireman llegó zumbando en un cochecito de golf de un vívido color azul con una deportiva raya amarilla. No tuvo que tocar el timbre: yo le esperaba en la puerta.

—Ciertamente tienes un aspecto demacrado, *muchacho* —comentó mientras entraba—. Relájate. Ni soy el médico ni esta es su consulta.

—No puedo evitarlo. Si esto fuera una construcción y tú un inspector de obra, no me sentiría así, pero…

—Pero aquello era tu otra vida —señaló Wireman—. Esta será la nueva, donde todavía no has encontrado la horma de tu zapato.

—Tú lo has dicho.

—Y llevas razón, demonios. Hablando de tu previa existencia, ¿llamaste a tu mujer para comentarle ese asuntillo que discutimos?

—Sí. ¿Quieres que te lo cuente con pelos y señales?

—No. Lo único que quiero saber es si estás satisfecho con la forma en que se desarrolló la conversación.

—No he tenido una conversación satisfactoria con Pam desde que desperté en el hospital. Pero estoy positivamente seguro de que hablará con Tom.

—Entonces supongo que bien hecho, cerdo. *Babe*, 1995. —Ya había pasado al interior de la casa, y miraba a su alrededor con curiosidad—. Me gusta lo que has hecho con este lugar.

Estallé en carcajadas. Ni siquiera había quitado el letrero de no fumar que había sobre el televisor.

—Jack me puso una cinta de andar en el piso de arriba, eso es lo nuevo. Ya has estado aquí antes, ¿me equivoco?

Me dirigió una sonrisita enigmática.

—Todos nosotros hemos estado aquí antes, *amigo*… Esto es más grande que el fútbol profesional. Peter Straub, hacia 1985.

—No te sigo.

—Llevo trabajando para la señorita Eastlake unos dieciséis

meses, con una breve e incómoda desviación a St. Pete cuando los cayos fueron evacuados a causa del huracán Frank. De todos modos, las últimas personas que alquilaron Punta Salmón... perdón, Big Pink, permanecieron aquí solo dos semanas de las ocho que habían pagado y después adiós-muy-buenas. O no les gustaba la casa o ellos no le gustaban a la casa. —Wireman levantó unas manos de fantasma sobre su cabeza y dio unos grandes pasos temblorosos de fantasma por la alfombra azul de la sala de estar. El efecto quedó arruinado en gran medida por su camisa, decorada con pájaros tropicales y flores—. Después de eso, cualquier cosa que anduviese por Big Pink... ¡caminaba sola!

—Shirley Jackson —apostillé—. Hacia cuando sea.

—Exacto. En cualquier caso, Wireman estaba definiendo la situación, o lo intentaba. ¡Big Pink ANTES! —Abrió los brazos en un gesto que pretendía abarcarlo todo—. ¡Amueblada con ese popular estilo de Florida conocido como Casa de Alquiler del Siglo Veintiuno! ¡Big Pink AHORA! Amueblada al estilo Casa de Alquiler del Siglo Veintiuno, más una cinta Cybex en el piso de arriba, y... —Bizqueó—. ¿Esa cosa sentada que veo en el sofá de la habitación Florida es una muñeca Lucille Ball?

—Esa es Reba, la Reina Anticólera. Me la dio mi amigo psicólogo, Kramer.

Pero aquello no era correcto. El brazo perdido empezó a picarme con locura. Por enésima vez traté de rascarme y en su lugar solo encontré mis aún convalecientes costillas.

—Espera —dije, y miré a Reba, que clavaba la vista en el Golfo. *Puedo hacerlo*, pensé. *Es como el lugar donde guardas el dinero cuando quieres ocultárselo al gobierno.*

Wireman aguardaba pacientemente.

Me picaba el brazo. El que no estaba allí. El que a veces ansiaba dibujar. Quería dibujar, pues. Comprendí que el brazo ansiaba dibujar a Wireman. A Wireman y la fuente de frutas. A Wireman y la pistola.

Basta de imaginarte mierdas raras, pensé.

Puedo hacerlo, pensé.

Escondes el dinero del gobierno en paraísos fiscales, pensé.

Nassau. Las Bahamas. Las Islas Caimán. Y bingo, allí estaba.

—Kamen —rectifiqué—. Ese es su nombre. Kamen me regaló a Reba. Xander Kamen.

—Bien, ahora que has solucionado eso —dijo Wireman—, echemos un vistazo a tu obra pictórica.

—Si no hay más remedio —me resigné, y le conduje al piso de arriba, cojeando sobre mi muleta. A mitad de camino me vino un pensamiento a la cabeza y me detuve—. Wireman —dije, sin mirar atrás—, ¿cómo sabías que mi cinta de andar era una Cybex?

Por un momento no dijo nada, y finalmente:

—Es la única marca que conozco. Ahora, ¿puedes reanudar la ascensión por ti mismo, o necesitas una patada en el culo para ponerte en marcha?

Suena plausible, pero el tono es falso, pensé mientras reanudaba la marcha. *Creo que mientes, ¿y sabes qué? Creo que sabes que lo sé.*

III

Mis trabajos estaban apoyados contra la pared septentrional de Little Pink, y el sol de la tarde proporcionaba a las pinturas abundante iluminación natural. Wireman caminaba lentamente por delante de ellas, deteniéndose de vez en cuando, y en una ocasión incluso retrocedió sobre sus pasos para estudiar por segunda vez un par de lienzos. Mientras los observaba detrás de él, pensé que había mucha más luz de la que merecían. Ilse y Jack los habían elogiado, pero una era mi hija y el otro mi empleado.

Cuando alcanzó el dibujo coloreado a lápiz del petrolero al final de la fila, Wireman se agachó y permaneció con la vista clavada en él durante quizá treinta segundos, con los antebrazos apoyados en los muslos y las manos colgando lánguidamente entre las piernas.

—¿Qué…? —empecé a preguntar.

—¡Chis! —exclamó, y soporté otros treinta segundos de silencio. Por fin se levantó, con un crujido de rodillas. Cuando se giró y quedó frente a mí, sus ojos parecían muy grandes, y el izquierdo estaba inflamado. Del rabillo interior del ojo le brotó agua, no una lágrima. Sacó un pañuelo del bolsillo trasero de sus vaqueros y la enjugó, con el gesto automático de un hombre que repite la misma acción una docena de veces al día, o más.

—Santo Dios —murmuró, y caminó hacia la ventana mientras se guardaba de nuevo el pañuelo en el bolsillo.

—Santo Dios, ¿qué? —pregunté—. Santo Dios, ¿qué?

Estaba de pie mirando hacia el exterior.

—No tienes ni idea de lo buenos que son, ¿cierto? Quiero decir, de verdad que no lo sabes.

—¿Lo son? —pregunté. Nunca me había sentido tan inseguro de mí mismo—. ¿Hablas en serio?

—¿Los has colocado en orden cronológico? —inquirió, sin dejar de otear el Golfo.

El Wireman bromista, jocoso y socarrón se había ido de excursión. Me dio la impresión de estar escuchando a un Wireman que tenía mucho más en común con el Wireman que los jurados habían oído… siempre asumiendo que hubiera sido esa clase de abogado.

—Lo hiciste, ¿no? Menos los dos últimos, quiero decir. Obviamente son muy anteriores.

No entendía cómo cualquier cosa mía podía calificarse como «muy anterior» cuando solo llevaba pintando un par de meses, pero cuando deslicé mis ojos sobre ellos, vi que tenía razón. No había tenido intención de ponerlos en orden cronológico (no de manera consciente), pero era así como los había dispuesto.

—Sí —confirmé—. De los primeros a los más recientes.

Señaló las últimas cuatro pinturas, a las que mentalmente denominaba mis composiciones crepusculares. A una de aquellas puestas de sol le había agregado una concha de nautilo; a otra, un compact disc con la palabra **Memorex** impresa sobre él (y el fulgor rojo del sol brillando a través del agujero); a una tercera, una gaviota muerta que había encontrado en la playa, solo que inflada hasta el tamaño de un pterodáctilo. La última era la del lecho de conchas bajo Big Pink, tomando como modelo una foto digital. En esta pintura, por alguna razón, había sentido la necesidad de añadir rosas. No crecía ninguna en las inmediaciones de Big Pink, pero había multitud de imágenes disponibles gracias a mi nuevo compinche Google.

—Este último grupo de cuadros —dijo—. ¿Los ha visto alguien? ¿Tu hija?

—No. Los pinté después de que se marchara.

—¿Y el chico que trabaja para ti?

—No.

—Y por descontado nunca le enseñaste a tu hija el dibujo que hiciste de su nov…

—¡Dios, no! ¿Me tomas el pelo?

—No, claro que no lo hiciste. Ese posee su propio poder, aun precipitado como obviamente es. En cuanto al resto de estas cosas… —Se rió. Repentinamente me di cuenta de que estaba exaltado, y ahí fue cuando yo empecé a entusiasmarme. Pero con cautela, también.

Recuerda que antes era abogado, me dije. *No es crítico de arte.*

—El resto de estas jodidas cosas… —Soltó otra de aquellas entusiasmadas carcajadas. Empezó a caminar en círculos por la habitación, subiendo a la cinta de andar con una inconsciente facilidad que envidié amargamente. Se llevó las manos al pelo grisáceo y tiró de él hacia afuera y hacia arriba, como si quisiera alargar sus neuronas.

Por fin regresó y se plantó frente a mí, casi encarándose conmigo.

—Mira. El mundo te ha maltratado mucho durante el último año, más o menos, y sé que eso desinfla el *airbag* que protege la buena imagen de uno mismo. Pero no me digas que ni siquiera intuías lo buenos que son.

Me acordé de nosotros dos recuperándonos de nuestro salvaje ataque de risa, mientras el sol brillaba a través de la sombrilla desgarrada y arrojaba pequeñas cicatrices de luz sobre la mesa.

Wireman había dicho: «Sé por lo que estás pasando», y yo había replicado: «Lo dudo seriamente». Ya no admitía dudas: él lo sabía. Al recuerdo de aquel día le siguió un seco deseo (no era hambre, sino picor) de plasmar en papel a Wireman. Una combinación de retrato y bodegón: *Abogado con fruta y pistola*.

Me palmeó la mejilla con una de sus manos de dedos embotados.

—Tierra llamando a Edgar. Conteste, Edgar.

—Ah, le recibo, Houston —me oí decir a mí mismo—. Aquí Edgar.

—Entonces, ¿qué dices, **muchacho**? ¿Estoy mintiendo o estoy muriendo? ¿Intuías o no lo buenos que eran mientras los hacías?

—Sí —afirmé—. Me sentía como si estuviera pateando culos y anotando los nombres.

—Es la evidencia más simple de la expresión artística —dijo con un asentimiento de cabeza—. El buen arte casi siempre le parece bueno al artista. Y el observador, el observador comprometido, el que realmente contempla…

—Imagino que ese serías tú —le interrumpí—. Los miraste durante un buen rato.

No sonrió.

—Cuando es bueno y la persona que está mirando se abre a él, se produce un estallido emocional. Yo sentí el estallido, Edgar.

—Estupendo.

—Vaya si no. Y cuando ese tipo de Scoto reciba su ración, creo que también lo sentirá. De hecho, apostaría por ello.

—Tampoco es para tanto. Dalí recalentado, si lo miras bien.

Me pasó un brazo alrededor de los hombros y me condujo hacia las escaleras.

—Ese comentario no es digno de réplica. Ni tampoco voy a discutir el hecho de que aparentemente pintaste al novio de tu hija vía un extraño miembro fantasma telépata. Ojalá pudiera ver aquel cuadro de las pelotas de tenis, pero lo que se ha ido, se ha ido.

—Y por siempre jamás —apostillé.

—Pero tienes que ser muy cuidadoso, Edgar. Duma Key es

un lugar poderoso para… cierta clase de personas. Magnifica a cierta clase de personas. A personas como tú.

—¿Y a ti? —pregunté. No respondió de inmediato, así que señalé su rostro—. Ese ojo tuyo está goteando otra vez.

Sacó el pañuelo y se lo enjugó.

—¿Quieres contarme lo que te pasó? —pregunté—. ¿Por qué no puedes leer? ¿Por qué los cuadros te provocan esa reacción tan extraña?

Tardó mucho tiempo en contestar. Las conchas bajo Big Pink tenían mucho que decir. Con una ola decían la fruta. Con la siguiente decían la pistola. Iban y venían de esa manera. La fruta, la pistola, la pistola, la fruta.

—No —dijo por fin—. Ahora no. Y si quieres dibujarme, adelante, tú mismo. No te cortes.

—¿Cuánto de mi mente puedes leer, Wireman?

—No mucho —reconoció—. Ahí tuviste potra, *muchacho*.

—¿Podrías seguir leyéndola si no estuviéramos en Duma Key? ¿Si estuviéramos en una cafetería de Tampa, por ejemplo?

—Bueno, podría recibir un cosquilleo —sonrió—. Especialmente después de pasar un año aquí, absorbiendo los… ya sabes, los rayos.

—¿Me acompañarás a la galería? ¿A la Scoto?

—*Amigo*, no me lo perdería ni por todo el té de China.

IV

Esa noche entró soplando desde el mar una tempestad, y llovió con fuerza durante dos horas. Los relámpagos destellaban y las olas batían contra los pilares bajo la casa. Big Pink gemía, pero se mantenía firme. Descubrí una cosa interesante: cuando el Golfo enloquecía y el oleaje era de verdad intenso, las conchas callaban. Las olas las elevaban a demasiada altura como para poder conversar.

Subí al piso de arriba en el clímax del recital de relámpagos y truenos. Sintiéndome un poco como el doctor Frankenstein en el momento de dar vida a su monstruo en la torre del castillo, dibujé a Wireman, empleando sencillamente un lápiz Negro Venus. Justo hasta el final, claro. Entonces utilicé el rojo y el naranja para la fruta en el cuenco. En el fondo bosquejé una puerta, y allí puse a Reba, de pie y observando. Suponía que Kamen habría dicho que Reba era mi representante en el mundo configurado en la imagen. Quizá *sí*, quizá *no*. Lo último que hice fue coger el Cielo Venus para colorear sus estúpidos ojos. Entonces estuvo finalizado. Otra obra maestra Freemantle acababa de nacer.

Me senté a contemplarlo mientras los decrecientes truenos se alejaban y los relámpagos tartamudeaban un adiós con unos pocos centelleos sobre el Golfo. Allí estaba Wireman, sentado a una mesa. Sentado, sin duda, al final de su otra vida. Sobre la mesa había una fuente con fruta y la pistola que Wireman guardaba, bien para prácticas de tiro (tiempo atrás sus ojos habían sido agudos), bien para proteger su hogar, o ambas cosas. Había bosquejado la pistola y luego garabateado encima, confiriéndole un aspecto siniestro y ligeramente emborronado. Aquella otra casa se hallaba vacía. En algún lugar un reloj emitía un tic-tac. En algún lugar un frigorífico gemía. El aire estaba muy recargado por el aroma de las flores. Un aroma que era terrible, pero los sonidos eran aún peor. La marcha del reloj. El incesante gemido del frigorífico mientras seguía fabricando hielo en un mundo sin esposas, sin hijos. Pronto el hombre sentado a la mesa cerraría los ojos, alargaría la mano y cogería una pieza de fruta del cuenco. Si era una naranja, se iría a la cama. Si era una manzana, presionaría el cañón de la pistola contra la sien derecha, apretaría del gatillo, y airearía sus doloridas neuronas.

Resultó ser una manzana.

V

Jack apareció al día siguiente con una furgoneta alquilada y trapos en abundancia para envolver mis lienzos. Le comenté que había hecho un amigo en la casa grande playa abajo y que nos acompañaría.

—No hay problema —dijo Jack alegremente mientras subía

las escaleras a Little Pink tirando de un carrito de mano tras él—. Hay mucho espacio en la… ¡Uau! —exclamó, deteniéndose en lo alto de la escalera.

—¿Qué pasa? —pregunté.

—¿Estos son nuevos? Tienen que serlo.

—Sí. —Nannuzzi, el de galería Scoto, había solicitado ver media docena de cuadros, diez como mucho, así que dividí la diferencia entre dos y seleccioné ocho. Cuatro eran los que tanto impresionaron a Wireman la noche anterior—. ¿Qué opinas?

—¡Son increíbles, colega!

Era difícil dudar de su sinceridad: nunca antes me había llamado colega. Ascendí un par de pasos más y luego le aticé en el trasero con la punta de la muleta.

—Deja sitio.

Se hizo a un lado, tirando del carrito, y pude subir el último tramo de escaleras. Él seguía con la vista clavada en las pinturas.

—Jack, este tío de la Scoto, ¿es un buen tipo? ¿Le conoces?

—Mi madre dice que lo es, y eso es suficiente para mí. —Lo que deduje que significaba que también debería ser suficiente para mí. Suponía que debería bastar—. No me contó nada acerca de los otros socios (creo que hay dos más), pero dice que el señor Nannuzzi es un buen tipo.

Jack le había hablado en mi favor, lo cual me conmovió.

—Y si esto no le gusta —finalizó Jack—, está chalado.

—¿Tú crees eso, eh?

Asintió con la cabeza, y desde el piso de abajo llegó la voz jovial de Wireman.

—¡Toc-toc! Estoy aquí por la excursión al campo. ¿Sigue en pie? ¿Quién tiene mi tarjeta de identificación? ¿Se suponía que debía traer mi comida?

VI

Me lo había imaginado como un catedrático calvo, delgaducho y con ardientes ojos marrones, un Ben Kingsley a la italiana, pero

Dario Nannuzzi resultó ser un hombre de unos cuarenta años, regordete, distinguido y con una buena mata de pelo. Casi había acertado en los ojos, sin embargo. No se les escapaba nada. Vi cómo se ensanchaban una vez, ligera aunque perceptiblemente, cuando Wireman desenvolvió con cuidado el último lienzo que había llevado conmigo, *Rosas que nacen de conchas*. Las pinturas estaban alineadas contra la pared trasera de la galería, que en realidad estaba dedicada mayoritariamente a fotografías de Stephanie Shachat y óleos de William Berra. Un material mucho mejor, opinaba, que el que yo sería capaz de crear en un siglo.

Pero su ojos se habían ensanchado ligeramente, eso era algo.

Nannuzi recorrió toda la fila del primero al último, y después repitió en sentido contrario. No tenía ni idea de si eso era bueno o malo. La sucia verdad era que, antes de aquel día, nunca en mi vida había entrado en una galería de arte. Me volví para preguntarle a Wireman qué pensaba, pero este se había retirado y hablaba en voz baja con Jack, mientras observaban a Nannuzzi mirar mis pinturas.

Y me di cuenta de que tampoco ellos eran los únicos. El final de enero es una época ajetreada en las tiendas caras de la costa oeste de Florida. Había aproximadamente una docena de mirones en la amplia Galería Scoto (Nannuzzi más tarde empleó el mucho más ostentoso término «mecenas potenciales»), observando las dalias de Shachat, los óleos europeos, magníficos aunque demasiado turísticos, de William Berra, y unas esculturas, alegremente febriles, capaces de saltarle los ojos de las órbitas a uno; en mi ansiedad por desenvolver mi propio material, había pasado por alto estas piezas, que eran obra de un tipo llamado David Gerstein.

Al principio supuse que lo que atraía la atención de los ocasionales curiosos de la tarde eran las esculturas (músicos de jazz, nadadores locos, palpitantes escenas de ciudad). Y algunos les echaban un rápido vistazo, pero la mayoría ni siquiera eso. Eran mis cuadros lo que miraban.

Un hombre que lucía lo que los floridianos llaman un bronceado de Michigan (eso puede significar tanto que la piel tiene una palidez mortal, como que está colorada como una langosta quemada) me dio un toquecito en el hombro con la mano libre. La otra estaba entrelazada entre los dedos de su mujer.

—¿Sabe quién es el artista? —preguntó.

—Yo —musité, y noté un calor que me invadía la cara. Me sentí como si estuviera confesando que había pasado la última semana descargando imágenes de Lindsay Lohan.

—¡Buen trabajo! —exclamó su mujer afectuosamente—. ¿Va a exhibir su obra?

Ahora todo el mundo me miraba. Más o menos del modo en que mirarías una nueva especie de pez globo que podía ser o no sushi *du jour*. Es decir, esa era la impresión que me daba.

—No sé si exprimiré. Exhibiré.

Podía notar la sangre acumulándose en mis mejillas. La sangre de la vergüenza, lo cual era malo. La sangre de la ira, lo cual era peor. Si se derramaba, me enfurecería conmigo mismo, pero aquellas personas no lo sabrían.

Abrí la boca para verter algunas palabras, y la cerré. *No te apures*, pensé, y deseé tener a Reba. Para esta gente probablemente sería normal ver a un artista con una muñeca. Después de todo, habían sobrevivido a Andy Warhol.

No te apures. Puedo hacerlo.

—Lo que quiero decir es que no llevo demasiado tiempo trabajando en esto, y no conozco el procedimiento.

Deja de engañarte a ti mismo, Edgar. Sabes bien en qué están interesados. No en tus cuadros, sino en tu manga vacía. Eres Artie, el Pintor Manco. ¿Por qué no cortas por lo sano y les mandas a tomar por culo?

Eso era ridículo, desde luego, pero…

Pero que me partiera un rayo si no se agolpaba ya a mi alrededor toda la gente presente en la galería. Aquellos que habían estado admirando en la parte delantera las flores de la señora Shachat se habían aproximado por simple curiosidad. La escena me era familiar; había visto grupitos similares espiando a través de las vallas en cientos de construcciones.

—Le explicaré el procedimiento —dijo otro tipo con bronceado de Michigan. Tenía una barriga a modo de guirnalda, lucía un pequeño jardín de flores de ginebra en la nariz, y vestía una camisa tropical que le colgaba casi hasta las rodillas. Sus zapatos blancos combinaban a la perfección con su canoso cabello pulcramente peinado—. Es fácil, solo son dos pasos. El primero es decirme cuánto quiere por ese. —Señaló el *Puesta de sol con gaviota*—. El paso dos es que yo le extiendo un cheque.

La pequeña multitud rió. Dario Nannuzzi no: me hizo señas para que me acercara.

—Perdone —le dije al hombre del pelo blanco.

—La apuesta mínima acaba de subir, amigo mío —le dijo alguien a Flores de Ginebra, y se oyeron risas. Flores de Ginebra se unió a ellas, pero en realidad no parecía divertido.

Percibía todo esto como a través un sueño.

Nannuzzi me sonrió y seguidamente se volvió hacia los clientes potenciales, que todavía miraban mis pinturas.

—Damas y caballeros, el señor Freemantle solo vino hoy en busca de una opinión sobre su obra, no con intención de vender. Por favor, respeten su privacidad y mi situación profesional. —*Sea cual sea*, pensé, desconcertado—. Permítanme sugerirles que vean sin compromiso alguno las obras en exposición mientras nosotros pasamos a las dependencias traseras. La señora Aucoin, el señor Brooks y el señor Castellano estarán encantados de responder a todas sus preguntas.

—Mi opinión es que deberías reclutar a este hombre —le espetó una mujer de aspecto severo, con el cabello gris recogido en un moño y una suerte de belleza naufragada que aún persistía en su rostro.

Se produjo un amago de aplauso, aunque parezca mentira. La sensación de estar en un sueño se hizo más profunda.

Un joven etéreo flotó hacia nosotros desde la parte de atrás. Puede que Nannuzzi le hubiera convocado, pero que me maldijeran si sabía cómo. Hablaron brevemente, y luego el joven sacó un rollo grande de etiquetas adhesivas. Eran ovaladas, y tenían estampadas en plata las letras NFS.* Nannuzzi despegó una, se

---

* Siglas de *Not For Sale*, «prohibida su venta». *(N. del T.)*

inclinó sobre el primer cuadro, luego vaciló y me dirigió una mirada de reproche.

—A estas pinturas no se les ha aplicado ningún tipo de fijador.

—Eh… creo que no —dije. Me estaba ruborizando otra vez—. No… no sé exactamente qué…

—Dario, con quien estás tratando aquí es con un verdadero primitivista americano —dijo la mujer de aspecto severo—. Si lleva pintando más de tres años, te invitaré a una cena en Zoria's, y a una botella de vino. —Volvió hacia mí su naufragado aunque aún casi precioso rostro.

—Cuando haya, y si hay, algo aquí sobre lo que puedas escribir, Mary —replicó Nannuzzi—, te llamaré yo mismo.

—Más te vale —advirtió—. Ni siquiera voy a preguntar su nombre. ¿Ves lo buena chica que soy? —Movió los dedos en un gesto giratorio en mi dirección, y se escabulló entre la pequeña muchedumbre.

—Tampoco necesita preguntar —comentó Jack, y por supuesto tenía razón. Había firmado todos los óleos en la esquina inferior izquierda, tan nítidamente como había firmado en mi otra vida todas mis facturas, órdenes de trabajo y contratos: Edgar Freemantle.

VII

Nannuzzi se conformó con pegar débilmente las etiquetas de NFS en la esquina superior derecha de las pinturas, donde sobresalían como las lengüetas de una carpeta archivadora. Luego nos condujo a Wireman y a mí a su oficina. Jack también fue invitado, pero prefirió quedarse junto a los cuadros.

Una vez en el despacho, Nannuzzi nos ofreció café, a lo que rehusamos, y agua, que sí aceptamos. Yo también acepté un par de cápsulas de Tylenol.

—¿Quién era esa mujer? —preguntó Wireman.

—Mary Ire —contestó Nannuzzi—. Una institución en el

panorama artístico de Suncoast. Edita un periódico gratuito llamado *Bulevar*, para buitres de la cultura, que sale mensualmente casi todo el año, y quincenalmente durante la temporada turística. Vive en Tampa, en un ataúd, según algunas lumbreras de este mundillo. Los nuevos artistas locales son su pasatiempo favorito.

—Parecía extremadamente perspicaz —señaló Wireman.

—Mary es una persona decente —declaró Nannuzzi, encogiéndose de hombros—. Ayuda a gran cantidad de artistas y ha estado rondando por aquí desde siempre. Lo cual la convierte en una figura importante en esta ciudad, donde, en gran medida, vivimos en un mercado transitorio.

—Entiendo —asintió Wireman. Me alegraba que alguien lo hiciera—. Ella es una facilitadora.

—Más que eso —aseguró Nannuzzi—. Es una docente, una especie de guía de museo. Nos gusta contentarla. Si podemos, por supuesto.

Wireman asentía con la cabeza.

—Aquí, en la costa oeste de Florida, existe una atractiva relación económica entre artista y galería. Mary Ire lo comprende y lo fomenta. Conque si cierta Galería Arte Feliz al final de la calle descubre que pueden vender cuadros de Elvis hechos con macarrones sobre terciopelo por diez mil dólares, Mary…

—Los torpedearía —dijo Nannuzzi—. Al contrario de lo que creen los esnobs del arte (a los que en general podrán distinguir por sus ropas negras y sus diminutos teléfonos móviles), no somos venales.

—¿Ya se ha quitado ese peso de encima? —preguntó Wireman, sin llegar a sonreír del todo.

—Casi —respondió—. Todo lo que digo es que Mary comprende nuestra situación. La piezas que vendemos la mayoría de nosotros son buenas, y a veces vendemos obras magníficas. Hacemos lo imposible para descubrir y desarrollar nuevos artistas, pero algunos de nuestros clientes son tan ricos que no les hace ningún bien. Estoy pensando en tipos como el señor Costenza, ahí fuera, que va agitando su talonario por doquier, y las señoras que entran con perros que tienen el pelaje teñido para que combine con sus nuevos abrigos. —Nannuzzi mostró su dentadura en una sonrisa que apostaría a que muchos de sus clientes no habían visto jamás.

Me hallaba fascinado. Este era otro mundo.

—Mary escribe reseñas de todas las nuevas exposiciones a las que puede asistir, que son la mayoría, y créanme, no todas sus críticas son favorables.

—¿Pero sí la mayoría? —preguntó Wireman.

—Sí, desde luego, porque la mayoría de las exposiciones son buenas. De entre todas las obras que analiza, hay muy pocas que ella calificaría de extraordinarias, porque eso no es lo que por norma generan las áreas turísticas, ¿pero si existen buenas obras? Sí. Pinturas que cualquiera puede colgar en su casa, señalarlas con el dedo y decir «Compré este cuadro» sin experimentar un estremecimiento de vergüenza.

Pensé que Nannuzzi acababa de dar la definición perfecta de mediocridad (yo había visto la aplicación del concepto en cientos de diseños arquitectónicos), pero guardé silencio.

—Mary comparte nuestro interés en nuevos artistas. Puede que llegue un tiempo en que sea de su interés sentarse con ella, señor Freemantle. Antes de exhibir su obra, digamos.

—¿Te interesaría montar una exposición aquí en la Scoto? —me preguntó Wireman.

Tenía los labios secos. Traté de humedecerlos con la lengua, pero también estaba seca, así que tomé un sorbo de agua y a continuación dije:

—Eso es como poner el callo delante del catarro. —Hice una pausa. Me di tiempo. Tomé otro sorbo de agua—. Perdón. El carro delante del caballo. Vine para conocer su opinión, *signor* Nannuzzi. Usted es el experto.

Desenlazó los dedos que apoyaba sobre el chaleco y se inclinó hacia delante. El crujido de la silla en la pequeña estancia se me antojó excesivamente ruidoso. Pero él sonreía, y su sonrisa era cálida. Le iluminó los ojos y los hizo cautivadores, persuasivos. Entendí por qué tenía éxito a la hora de vender cuadros, pero no creo que en aquel momento estuviera vendiendo. Alargó el brazo por encima del escritorio y me cogió la mano, la mano con la que pintaba, la única que me quedaba.

—Señor Freemantle, me honra, pero mi padre Augustino es el *signor* de nuestra familia. Soy feliz con un simple «señor». Y en cuanto a sus pinturas, sí, son buenas. Considerando el poco tiempo que lleva trabajando, son muy buenas, en efecto. Quizá más que buenas.

—¿Qué las hace buenas? —pregunté—. Si lo son, ¿qué las hace buenas?

—La verdad —respondió—. Brilla a través de cada pincelada.

—¡Pero la mayoría solo son puestas de sol! Las cosas que añado… —Levanté la mano, y luego la volví a bajar—. Son solo un recurso efectista.

Nannuzzi se echó a reír.

—¡Conoce esa mezquina expresión! ¿Dónde la aprendió? ¿Leyendo la sección de cultura del *New York Times*? ¿Escuchando a Bill O'Reilly? ¿Ambas cosas? —Señaló al techo—. ¿Una bombilla? ¡Un recurso efectista! —Señaló su propio pecho—. ¿Un marcapasos? ¡Un recurso efectista! —Agitó las manos en el aire. El afortunado bastardo tenía dos para agitar—. Despréndase de esas palabras mezquinas, señor Freemantle. El arte debería ser un lugar de esperanza, no de duda. Y sus dudas surgen de la inexperiencia, lo cual no es algo deshonroso. Escúcheme. ¿Escuchará?

—Sí, por supuesto —aseguré—. Para eso vine.

—Donde digo verdad, quiero decir belleza.

—John Keats —dijo Wireman—. *Oda a una urna griega*. «Nada más sabemos, nada más hace falta». Un clásico, pero siempre vigente.

Nannuzzi no prestó atención. Se inclinaba sobre su escritorio y me observaba.

—Para mí, señor Freemantle…

—Edgar.

—Para mí, Edgar, eso sintetiza el propósito de todo arte, y es el único modo en que puede ser juzgado.

Esbozó una sonrisa, un poco a la defensiva, me pareció.

—Verá, no deseo pensar demasiado en el arte. No deseo criticarlo. No deseo asistir a simposios, escuchar conferencias o discutir sobre él en cócteles, aunque a veces, dada la naturaleza de mi trabajo, me vea obligado a hacer todas esas cosas. Lo que anhelo es agarrarme con firmeza el corazón y derrumbarme al contemplar una obra de arte.

Wireman estalló en carcajadas, y levantó ambas manos en el aire.

—¡Sí, oh, Señor! —proclamó—. No sé si ese tipo de ahí afuera se agarró el corazón y se derrumbó, pero con toda seguridad estaba listo para agarrar su talonario.

—En su interior, creo que sí se derrumbó —dijo Nannuzi—. Creo que todos lo hicieron.

—En realidad, yo también —confesó Wireman. Ya no sonreía.

Nannuzzi continuaba con la mirada fija en mí.

—Nada de hablar de recursos efectistas. En la mayoría de esas pinturas va tras algo que es perfectamente sencillo: busca una forma de reinventar el tópico más popular y trillado de Florida, la puesta de sol tropical. Ha estado tratando de encontrar su estilo más allá del cliché.

—Sí, más o menos. Por eso copié a Dalí…

Nannuzzi agitó una mano.

—En esas pinturas de ahí afuera no existe nada comparable a Dalí. Y no discutiré lecciones de arte con usted, Edgar, o me rebajaré a utilizar palabras que acaban en -ismo. No pertenece a ninguna escuela de arte, porque no conoce ninguna.

—Conozco los edificios —le dije.

—Entonces, ¿por qué no pinta edificios?

Sacudí la cabeza. Quizá podría haberle dicho que la idea nunca cruzó por mi mente, pero en honor a la verdad, lo correcto sería decir que nunca había cruzado por mi brazo perdido.

—Mary acertaba. Es usted un primitivista americano. No hay nada de malo en ello. La Abuela Moses era una primitivista americana. Jackson Pollock también. La cuestión, Edgar, es que usted tiene talento.

Abrí la boca y la volví a cerrar. Simplemente no se me ocurría nada que decir. Wireman me ayudó.

—Dale las gracias al hombre, Edgar —sugirió.

—Gracias —dije yo.

—De nada. Y si decide exponer, Edgar, por favor venga a la Scoto en primer lugar. Le haré la mejor oferta de cualquier otra galería de Palm Avenue. Es una promesa.

—¿Bromea? Por supuesto que vendré aquí primero.

—Y por supuesto yo revisaré el contrato —dijo Wireman con una sonrisa de niño cantor.

Nannuzzi le devolvió la sonrisa.

—Debería y lo agradecería. No es que vaya a encontrar mucho que revisar; el contrato estándar de la Scoto para un artista primerizo solo ocupa una página y media.

—Señor Nannuzzi —dije—. De verdad no sé cómo agradecérselo.

—Ya lo hizo —aseguró—. Me agarré el corazón, lo que queda de él, y me derrumbé. Antes de que se vayan, hay un asunto más.

Cogió una libreta de su escritorio, garabateó algo y a continuación arrancó la hoja y me la tendió, como un médico que entrega una receta a un paciente. La palabra escrita en ella, con grandes letras mayúsculas inclinadas, incluso parecía una de esas palabras que ves en una receta: **LIQUIN**.

—¿Qué es Liquin? —pregunté.

—Un barniz protector. Le sugiero que empiece a aplicarlo a sus trabajos con una toalla de papel una vez que estén terminados. Solo una capa fina. Lo deja secar durante veinticuatro horas y luego le pone otra capa. Eso conservará sus puestas de sol brillantes y frescas durante siglos. —Me miró tan solemnemente que sentí que mi estómago me subía un poco hacia el pecho—. No sé si son lo suficientemente buenas como para merecer tanta longevidad —agregó—, pero quizá lo sean. ¿Quién sabe? Quizá lo sean.

VIII

Cenamos en Zoria's, el restaurante que Mary Ire había mencionado, y dejé que Wireman me invitara a un bourbon antes de la comida. Era mi primer trago verdaderamente fuerte desde el accidente, y me afectó de una manera extraña y curiosa. Todo pareció afilarse hasta que el mundo quedó macerado con luz y color. Los ángulos de las cosas (puertas, ventanas, incluso los codos ladeados de los camareros que pasaban) parecían lo bastante agudos como para cortar el aire y permitir la entrada de alguna otra atmósfera más oscura, más espesa, fluyendo como sirope.

El pez espada que pedí sabía delicioso, las judías verdes se quebraban entre mis dientes, y la *crème brûlée* estaba tan rica que casi daba pena terminarla (pero demasiado rica para dejarla). La conversación entre nosotros tres fue jovial, con muchas risas. Aun así, estaba deseando que la cena acabara. Todavía me dolía la cabeza, aunque la palpitación había resbalado hacia la nuca (como un bolo en una bolera de bar), y el tráfico lento, casi un atasco, que divisábamos en Main Street distraía la atención. Todos los cláxones emitían un sonido malhumorado y amenazador. Quería estar en Duma. Deseaba la negrura del Golfo y la tranquila conversación de las conchas debajo de mí mientras yo yacía en mi cama con Reba en la otra almohada.

Para cuando el camarero se acercó a preguntar si nos apetecía más café, el peso de la conversación recaía casi exclusivamente en Jack. En mi estado de hiperconsciencia, observé que no era el único que necesitaba un cambio de local. Debido a la baja iluminación del restaurante y al bronceado caoba de Wireman, era difícil estimar cuánto color había perdido, pero imaginé que bastante. Además, aquel ojo izquierdo suyo volvía a lagrimear.

—Solo la cuenta —respondió Wireman, y después se las arregló para sonreír—. Lamento fastidiar la celebración tan pronto, pero quiero regresar junto a mi dama. Si os parece bien, muchachos.

—Por mí esta bien —dijo Jack—. ¿Comida gratis y vuelta a casa a tiempo para mirar el SportsCenter? Menudo chollo.

Wireman y yo esperamos fuera del aparcamiento mientras

Jack iba en busca de la furgoneta alquilada. Allí la luz era más fuerte, pero lo que mostró no me hizo sentir mejor con respecto a mi nuevo amigo; bajo el resplandor vertido desde el garaje, su tez lucía casi amarilla. Le pregunté si se encontraba bien.

—Wireman está sano como una manzana —contestó—. La señorita Eastlake, por otra parte, ha pasado varias noches de mierda, sin apenas descanso, llamando a sus hermanas, a su padre, pidiendo de todo, excepto su pipa, su tazón y sus tres violinistas. Es como un puto hechizo de luna llena. No tiene sentido lógico, pero ahí está. Diana emite su reclamo en una longitud de onda que solo puede sintonizar una mente que se tambalea. Ahora que la luna está en cuarto menguante, volverá a dormir otra vez de un tirón. Lo que significa que yo podré volver a dormir otra vez de un tirón. Espero.

—Bien.

—Si yo fuera tú, Edgar, consultaría con la almohada esto de la galería, y durante más de una noche. Además, sigue pintando. Has sido una abeja muy laboriosa, pero dudo que tengas aún suficientes cuadros para...

Había una columna alicatada a su espalda. Wireman se tambaleó hacia atrás contra ella, y si yo no hubiera estado allí, estoy positivamente seguro de que se habría desplomado. El efecto del bourbon se había desvanecido un poco, pero percibía aquella hiper-realidad lo suficiente como para ver lo que les ocurrió a sus ojos cuando perdió el equilibrio. El derecho miraba hacia abajo, como si comprobara los zapatos, mientras que el izquierdo, inyectado en sangre y lacrimoso, giró en su órbita hasta que el iris no fue más que un arco. Tuve tiempo de pensar que lo que estaba viendo era del todo imposible, que los ojos no podían moverse de aquella manera, en dos direcciones completamente diferentes. Y que aquello probablemente era cierto solo en personas sanas.

Entonces Wireman empezó a resbalar, pero conseguí sujetarle a tiempo.

—¿Wireman? ¡Wireman!

Sacudió la cabeza y luego me miró. Los ojos con la vista al

frente y listos para rendir cuentas. El izquierdo relucía y estaba inyectado en sangre, eso era todo. Extrajo el pañuelo, se secó la mejilla y rió.

—He oído a charlatanes que pueden hacer dormir a una persona con aburridas frases, pero ¿a uno mismo? Es absurdo.

—No te estabas quedando dormido. Estabas… no sé qué te pasaba.

—No seas tonto, cariñín —dijo Wireman.

—No, tus ojos se pusieron extraños.

—A eso se le llama dormirse, *muchacho*.

Me dirigió una de sus patentadas miradas Wireman: cabeza ladeada, cejas levantadas, hoyuelos en las comisuras de la boca indicando el principio de una sonrisa. Pero pensé que sabía exactamente de lo que yo estaba hablando.

—Yo tengo que ir a un médico, para un chequeo —dije—. Y para hacerme una resonancia. Se lo prometí a mi amigo Kamen. ¿Qué tal si vamos juntos? Un dos por uno.

Wireman seguía apoyado en la columna. Ahora se enderezó.

—Hey, aquí está Jack con la furgoneta. Tardó realmente poco. Acelera el paso, Edgar: último autobús con destino a Duma Key, próximo a efectuar su salida.

IX

Sucedió otra vez en el camino de regreso, y esta vez fue peor, aunque Jack no lo vio (estaba ocupado en pilotar la furgoneta por Casey Key Road), y estoy positivamente seguro de que el propio Wireman en ningún momento se percató. Le había preguntado a Jack si tenía inconveniente en evitar la Ruta Tamiami, que es la chabacana pero encantadora Main Street de la costa oeste de Florida, y coger el camino más estrecho y tortuoso. Quería contemplar la luna en el agua, alegué.

—Estás adquiriendo esas pequeñas excentricidades de artista, *muchacho* —dijo Wireman desde el asiento trasero, donde estaba recostado con los pies en alto: no era de esas personas tan quisquillosas en lo referente a los cinturones de seguridad, según parecía—. Lo próximo que descubriremos es que te pondrás una boina. —Lo pronunció de tal manera que lo hizo rimar con buhardilla.

—Que te jodan, Wireman —le deseé.

—Me jodieron en Atlantic City y me jodieron en Las Vegas —recitó Wireman adoptando un tono de voz nostálgico y sensiblero—, pero a la hora de follar, tu madre es la primera. —Y tras eso guardó silencio.

Contemplé la luna, que nadaba en el oscuro mar a mi derecha. Era algo hipnótico. Me pregunté si sería posible pintarla de aquel modo, vista desde la furgoneta: una luna en movimiento, una bala plateada justo bajo la superficie del agua.

Rumiaba estos pensamientos (y quizá estaba siendo arrastrado por la corriente hacia el sueño) cuando percibí un movimiento fantasmagórico sobre la luna del agua. Era el reflejo de Wireman. Por un instante se me ocurrió la loca idea de que se estaba haciendo una paja ahí atrás, porque sus muslos parecían abrirse y cerrarse, y sus caderas parecían moverse arriba y abajo. Miré fugazmente a Jack, pero Casey Key Road es una sinfonía de curvas y el chico se hallaba absorto en la conducción. Además, la mayor parte de Wireman estaba justo detrás del asiento de Jack, y ni siquiera era visible por el espejo retrovisor.

Miré sobre mi hombro izquierdo. Wireman no se masturbaba. Wireman no dormía ni tenía un sueño muy vívido. Wireman estaba sufriendo una convulsión. No era muy violenta, probablemente *petit mal*, pero era una convulsión, desde luego. Durante los primeros diez años de la existencia de la Compañía Freemantle tuve empleado a un delineante epiléptico, y era capaz de reconocer una convulsión cuando veía una. El torso de Wireman se elevaba diez o doce centímetros y caía, al tiempo que sus nalgas apretaban y se relajaban. Las manos temblaban nerviosamente sobre su estómago, y se relamía los labios como si hubiera probado algo especialmente sabroso. Y sus ojos tenían el aspecto que habían exhibido en el aparcamiento. Bajo la luz de las estrellas, aquella mirada arriba-y-abajo era tan rara que se hallaba más allá de mi habilidad para describirla. Le caía baba de la comisura izquierda de la boca; una lágrima se escurrió del acuoso ojo izquierdo por su enmarañada patilla.

Duró tal vez unos veinte segundos, y entonces cesó. Parpadeó, y sus ojos regresaron a la posición que les correspondía. Estuvo completamente quieto durante un minuto. Quizá dos. Vio que le miraba y dijo:

—Mataría por otro trago o una taza de mantequilla de cacahuete, porque imagino que lo de tomar una copa está descartado, ¿eh?

—Diría que sí, si lo que quieres es poder oír la llamada de ella durante la noche —dije, esperando que sonara natural.

—El puente a Duma Key está justo ahí delante —nos comunicó Jack—. Casi en casa, tíos.

Wireman se incorporó y se estiró.

—Ha sido un día de la hostia, pero no lamentaré ver mi cama esta noche, muchachos. Supongo que me estoy haciendo viejo, ¿no?

X

Aunque tenía la pierna rígida, salí de la furgoneta y permanecí de pie al lado de Wireman mientras este abría la tapa de la pequeña caja metálica junto a la puerta de entrada, mostrando un teclado de seguridad de última generación.

—Gracias por acompañarme, Wireman.

—Faltaría más. Pero si me lo agradeces otra vez, *muchacho*, voy a tener que darte un puñetazo en la boca. Lo siento, pero así es como debe ser.

—Es bueno saberlo —le dije—. Gracias por el aviso.

Se rió y me palmeó el hombro.

—Me gustas, Edgar. Tienes estilo y tienes clase, tienes labios para el culo besarme.

—Maravilloso. Voy a llorar. Escucha, Wireman...

Podría haberle hablado de lo que le acababa de ocurrir. Estuve cerca, pero al final decidí no hacerlo. No sé si fue la decisión correcta o me equivoqué, pero sabía que quizá le esperaba una larga noche con Elizabeth Eastlake. Además, aquel dolor de cabeza seguía aposentado en la parte trasera de mi cráneo. Me conformé con preguntarle si consideraría convertir en una cita doble la visita al médico que yo había prometido hacer.

—Lo meditaré —contestó—, y te lo haré saber.

—Bueno, pero no esperes demasiado, porque...

Levantó una mano para hacerme callar, y por una vez su rostro mostraba una expresión adusta.

—Basta, Edgar. Es suficiente para una noche, ¿vale?

—Vale.

Le observé mientras entraba y luego volví a la furgoneta.

Jack había subido el volumen de la radio, donde sonaba «Renegade». Se disponía a bajarlo, pero le detuve.

—No, está bien. Dale caña.

—¿De veras? —Giró y regresó a la carretera—. Buen grupo. ¿Los habías escuchado antes?

—Jack, son Styx. ¿Dennis DeYoung? ¿Tommy Shaw? ¿Dónde has estado toda tu vida? ¿En una cueva?

Jack esbozó una sonrisa culpable.

—Me va el country, y todavía más los viejos clásicos —confesó—. Para ser sincero, soy fan de los Rat Pack.

La idea de Jack Cantori pasando el rato con Dino y Frank hizo que me cuestionara, y no por primera vez ese día, si algo de lo que estaba sucediendo era real. Me pregunté además cómo era posible que recordara que Dennis DeYoung y Tommy Shaw habían formado parte de Styx (y que Shaw, de hecho, era el autor de la canción que en ese momento atronaba en los altavoces de la furgoneta) y otras veces no fuera capaz de acordarme siquiera del nombre de mi ex mujer.

XI

Las dos luces del contestador automático junto al teléfono de la sala de estar estaban parpadeando: la que indicaba que tenía mensajes, y la que indicaba que la cinta para grabarlos estaba llena. Sin embargo, el número mostrado en la ventanita de MENSAJES EN ESPERA era solo 1. Consideré esto como un mal presagio, mientras que la pesada bola que contenía mi dolor de cabeza se deslizaba un poco más, acercándose a la parte frontal de mi cráneo. Solo se me ocurrían dos personas que pudieran telefonear y dejar un mensaje tan largo que ocupara toda la cinta: Pam e Ilse. En ninguno de los dos casos apretar el botón de PLAY me traería buenas noticias. Para decir «Todo está bien, llama cuando tengas la oportunidad» no se necesitan cinco minutos.

Déjalo para mañana, pensé, y una voz cobarde que ni siquiera sabía que formaba parte de mi repertorio mental (quizá era nueva) estaba dispuesta a ir más lejos. Sugirió que simplemente borrara el mensaje sin escucharlo.

—Está bien, sí, seguro —murmuré—. Y cuando quienquiera que sea vuelva a llamar, puedo decir que el perro se comió mi contestador.

Pulsé el PLAY. Y, como tan a menudo sucede cuando estamos convencidos de saber lo que nos espera, saqué un comodín. No era Pam, ni tampoco Ilse. La voz jadeante y con un ligero síntoma de enfisema que brotó del contestador pertenecía a Elizabeth Eastlake.

—Hola, Edgar —decía—. Una espera que haya tenido una tarde fructuosa y esté disfrutando la noche con Wireman tanto como yo con la señorita... bueno, olvidé su nombre, pero ella es muy agradable. Y una espera que note que he recordado el nombre de usted. Estoy disfrutando de uno de mis claros de lucidez. Me encantan y los valoro, pero también me entristecen. Es como estar en un planeador y elevarse con una ráfaga de viento sobre un banco de niebla a ras del suelo. Por un momento una puede verlo todo tan claramente... y al mismo tiempo una sabe que el viento morirá y el planeador de una se hundirá en la niebla de nuevo. ¿Comprende?

Muy bien, lo comprendía. Las cosas me iban mejor ahora, pero aquel era el mundo al que había despertado, uno donde las palabras campanilleaban sin ningún sentido y los recuerdos se dispersaban como muebles de jardín tras un vendaval. Era un mundo donde trataba de comunicarme agrediendo a la gente, y donde las dos únicas emociones reales que aparentemente era capaz de sentir eran el miedo y la furia. Uno progresa más allá de ese estado, como habría dicho Elizabeth, pero a posteriori uno nunca pierde por completo la convicción de que la realidad es una telaraña. ¿Y más allá de su tejido trenzado? El caos. La locura. La auténtica verdad, quizá.

Y la auténtica verdad es roja.

—Pero basta de hablar de mí, Edgar. Llamé para formularle una pregunta. ¿Es usted uno de los que crean arte por dinero, o cree en el arte por el arte? Estoy segura de que le pregunté cuando nos conocimos, casi tengo la certeza absoluta, pero no puedo recordar cuál fue su respuesta. Creo que debe de ser arte por el arte, o Duma no debería haberle llamado. Pero si permanece aquí por mucho…

En su voz empezaba a infiltrarse una clara ansiedad.

—Edgar, una está segura de que será un vecino muy agradable, no tengo dudas en ese punto, pero debe tomar precauciones. Creo que tiene una hija, y creo que ella le visitó, ¿verdad? Parece que la recuerdo saludándome con la mano. ¿Una cosita bonita con el pelo rubio? Puede que la esté confundiendo con mi hermana Hannah, tiendo a hacerlo, lo sé, pero en este caso creo que tengo razón. Si tiene intención de quedarse, Edgar, no debe volver a invitar a su hija. Bajo ninguna circunstancia. Duma Key no es un lugar seguro para las hijas.

Me quedé mirando al aparato. No es seguro. Anteriormente había dicho «no trae suerte», o por lo menos así lo recordaba yo. ¿Esas dos cosas querían decir lo mismo, o no?

—Y sus pinturas. Queda el asunto de sus pinturas. —Su voz sonaba contrita y un poco como si le faltara el aliento—. A una no le gusta decirle a un artista lo que tiene que hacer; en realidad, una no puede decirle a un artista lo que tiene que hacer, y aun así… oh, querido… —Rompió a toser, con la floja y estertórea tos de alguien que lleva toda la vida fumando—. A una no le gusta hablar de estas cosas directamente… ni siquiera sabe cómo hablar de ellas directamente… pero ¿puedo darle un consejo, Edgar? Como una persona que solo valora, a una persona que posee la habilidad de crear. ¿Me permitiría eso?

Esperé. La máquina estaba silenciosa. Pensé que tal vez la cinta había llegado al final. Bajo mis pies las conchas murmuraban sosegadamente, como si compartieran secretos. La pistola, la fruta. La fruta, la pistola. Entonces ella comenzó a hablar de nuevo.

—Si las personas que dirigen la Scoto, o la Avenida, le ofrecieran la oportunidad de exhibir su obra, le aconsejo encarecidamente que acepte. Para que otros puedan disfrutarla, por supuesto, pero sobre todo para sacarla de Duma tan pronto como sea posible.

Inhaló profundamente y de forma audible, como una mujer que se prepara para finalizar una tarea especialmente ardua. Su voz también sonaba total y completamente cuerda, por entero en aquel lugar y en aquel momento.

—No permita que se acumule. Ese es mi consejo, bienintencionado y sin ninguna… ¿ninguna agenda personal? Sí, eso es lo que quiero decir. Permitir que la obra pictórica de un artista se acumule aquí es como dejar que una batería acumule mucha energía eléctrica. Si lo hace, la batería puede explotar.

No sabía si aquello era verdaderamente cierto o no, pero pillé su significado.

—No puedo decirle por qué, pero debe ser así —continuó… y de pronto tuve el presentimiento de que ella mentía respecto a eso—. Y seguramente si usted cree en el arte por el arte, lo importante es pintar, ¿cierto? —Su voz sonaba ahora aduladora—. Incluso si no necesita vender sus pinturas para ganarse el pan de cada día, compartir su obra… regalársela al mundo… seguramente a los artistas les importan esas cosas, ¿cierto? El regalo.

¿Cómo podría yo conocer qué era lo más importante para un artista? Aquel día había aprendido qué clase de acabado tenía que aplicar a mis pinturas para conservarlas una vez que las hubiera terminado. Yo era un… ¿cómo me habían llamado Nannuzzi y Mary Ire? Un primitivista americano.

Otra pausa. Y a continuación:

—Creo que voy a parar ya. He soltado mi discurso. Solo piense por favor en lo que he dicho si pretende quedarse, Edward. Y le aguardo para que me lea. Muchos poemas, espero. Será un placer. Adiós por ahora. Gracias por escuchar a una mujer anciana. —Una pausa, y a continuación añadió—: La mesa está goteando. Debe de ser eso. Cuánto lo lamento.

Esperé veinte segundos, luego treinta. Acababa de decidir que ella había olvidado colgar el teléfono y me disponía a apretar el botón de STOP del contestador automático cuando habló otra vez. Solo cuatro palabras, que no tenían más sentido que lo de la mesa goteando, pero aun así se me puso la piel de gallina en los brazos y se me erizaron los pelos de la nuca.

—Mi padre era buceador —dijo Elizabeth Eastlake. Cada una de las palabras fue pronunciada claramente. Después llegó el explícito clic del teléfono al ser colgado.

—No hay más mensajes —anunció la voz mecánica del aparato—. La cinta de mensajes está llena.

Me quedé allí de pie mirando el contestador, pensando en borrar la cinta, pero luego decidí conservarlo para reproducirle el mensaje a Wireman. Me desvestí, me cepillé los dientes y me acosté. Yací en la oscuridad, sintiendo las suaves palpitaciones de mi cabeza, mientras que por debajo de mí las conchas susurraban una y otra vez la última frase que ella había pronunciado.

«Mi padre era buceador.»

8

Retrato de familia

I

Las cosas desaceleraron por un tiempo. Eso sucede a veces. La olla empieza a hervir, y entonces, justo antes de que el agua se desborde, una mano (Dios, el destino, quizá la pura casualidad), reduce la intensidad del fuego. Le mencioné esto una vez a Wireman y comentó que la vida es como una telenovela un viernes. Te crean la ilusión de que todo va a resolverse, y entonces el lunes vuelven a retomar la misma mierda de siempre.

Supuse que iría conmigo a ver a un médico y que descubriríamos lo que le pasaba. Supuse que me contaría por qué se había pegado un tiro en la cabeza y cómo puede un hombre sobrevivir a esa clase de suceso. La respuesta aparentemente era: «Con convulsiones y un montón de problemas para leer la letra pequeña». Quizá hasta sería capaz de explicarme por qué a su patrona se le había metido entre ceja y ceja que mantuviera a Ilse alejada de la isla.

Y por encima de todo: yo tomaría una decisión sobre cuál sería el siguiente paso en la vida de Edgar Freemantle, el Gran Primitivista Americano.

Ninguna de esas cosas ocurrió en la realidad, por lo menos durante cierto tiempo. La vida origina cambios, y los resultados finales a veces son explosivos, pero tanto en las telenovelas como en la vida real, una gran detonación a menudo necesita de una larga mecha.

Wireman accedió a ir al médico conmigo para «que le examina-ran la cabeza», pero no hasta marzo. En febrero estaba demasiado ocupado, aseguró. Los residentes invernales, a los que Wireman denominaba «los mensuales», como si fueran períodos menstruales en lugar de inquilinos, empezarían a mudarse a las propiedades de Eastlake el fin de semana siguiente. Los primeros pinzones árticos en llegar serían los que menos agradaban a Wireman: los Godfrey, de Rhode Island, conocidos por Wireman (y por ende por mí) como Joe y Rita Perro Arisco. Venían por diez semanas todos los inviernos, y se quedaban en la casa más próxima a la finca Eastlake. Las señales advirtiendo de sus rotts y su pitbull estaban en el exte-rior; Ilse y yo las habíamos visto. Wireman dijo que Joe Perro Aris-co era un ex Boina Verde, en un tono de voz que daba a entender que eso lo explicaba todo.

—El señor Dirisko ni siquiera sale del coche cuando tiene un paquete para ellos —comentó Wireman.

Se refería al representante robusto y jovial del Servicio Pos-tal de Estados Unidos encargado del extremo sur de Casey y de todo Duma Key. Estábamos sentados en caballetes frente a la casa Perro Arisco, un día o dos antes de la fecha prevista de lle-gada de los Godfrey. El camino de entrada, asfaltado de conchas aplastadas, refulgía con un húmedo resplandor rosado. Wireman había puesto en marcha los aspersores.

—Todo lo que hace es dejar lo que sea al pie del buzón, toca el claxon, y luego gira el volante en dirección a *El Palacio*. ¿Y le culpo? *Non, non, Nannette*.

—Wireman, sobre el asunto del médico…

—En marzo, *muchacho*, y antes de los Idus. Lo prometo.

—Le estás dando largas —le recriminé.

—No. En mi trabajo solo hay una temporada de mucho aje-treo, y es esta. El año pasado me pilló con la guardia baja, pero eso no va a suceder esta vez. No puede suceder esta vez, porque este año la señorita Eastlake no va a ser tan capaz de echarme un cabo. Al menos los Perro Arisco son gente que regresa, cantidades co-nocidas, y también los Baumgarten. Me gustan los Baumgarten. Con dos hijos.

—¿Alguno de ellos es una niña? —pregunté, pensando en los prejuicios de Elizabeth con respecto a las hijas y a Duma.

—No, ambos son la clase de chicos que deberían tener estampado en la frente: LO TENEMOS TODO HECHO, PERO NO NOS GUARDES RENCOR. La gente que se alojará en las otras cuatro casas es toda nueva. Tengo la esperanza de que no haya nadie que quiera «rock & roll toda la noche y fiesta todo el día», pero ¿qué probabilidades tengo?

—Muy pocas, pero al menos existe la posibilidad de que se dejen los CD de Slipknot.

—¿Quién es Slipknot? ¿Qué es Slipknot?

—No quieras saberlo, Wireman. Especialmente mientras estés ocupado poniéndote histérico.

—No lo estoy. Wireman solo está explicando cómo es febrero en Duma Key, *muchacho*. Voy a estar sorteando emergencias de todo tipo, desde qué hacer si a uno de los chicos Baumgarten le pica una medusa, hasta dónde puede conseguir Rita Perro Arisco un ventilador para su abuela, a la que probablemente volverán a esconder en el dormitorio de atrás durante una semana o así. ¿Tú crees que la señorita Eastlake es vieja? Pues he visto momias mexicanas en las calles de Guadalajara el día de los Muertos con mejor aspecto que la Abuela Perro Arisco. Tiene dos líneas básicas de conversación. Está la inquisitiva, «¿Me has traído una galleta?», y la enunciativa, «Dame una toalla, Rita, creo que el último pedo venía con sorpresa».

Estallé en carcajadas.

Wireman trazó una sonrisa con la zapatilla sobre el lecho de conchas. Más allá, nuestras sombras yacían sobre Duma Road, la cual estaba bien pavimentada, lisa y regular. Por lo menos aquí. Más al sur era una historia diferente.

—La respuesta al problema del ventilador, por si te interesa, es la Ciudad del Ventilador de Dan. ¿No es un nombre genial? Y te diré algo: realmente me gusta resolver esos problemas. Neutralizar esas pequeñas crisis. Aquí en Duma Key hago a la gente muchísimo más feliz de lo que jamás lo hice en un juzgado.

Pero no has perdido el don de desviar la atención de la gente de las cosas que no quieres discutir, pensé.

—Wireman, solo te llevaría media hora ir a un médico para que te revise los ojos y te dé unos cuantos golpecitos en el cráneo...

—Te equivocas, *muchacho* —replicó pacientemente—. En esta época del año te lleva un mínimo de dos horas conseguir que te examinen en cualquier ambulatorio de carretera por un asqueroso estreptococo. Súmale una hora de viaje (más ahora, porque esta es la Estación Pinzón Ártico y ninguno de ellos sabe adónde va), y estarás hablando de tres horas diurnas que simplemente no puedo permitirme el lujo de perder. No cuando tengo una cita para ver al tipo del aire acondicionado el día 17, otra con el que lee los contadores el 27... otra con el tipo del cable aquí y ahora mismo, si es que se presenta alguna vez. —Apuntó a la casa más cercana carretera abajo, que resultó ser la 39—. Unos chicos de Toledo han alquilado aquella hasta el 15 de marzo, y pagan setecientos pavos extra por algo llamado Wi-Fi, que ni siquiera sé lo que es.

—La ola del futuro, eso es lo que es. Yo lo tengo instalado, porque Jack se ocupó de ello. La ola del futuro, violador de padres, apuñalador de madres.

—Esa es buena. Arlo Guthrie, 1967.

—La película es de 1969, creo —dije.

—Cuando fuera, *viva* la ola del futuro, violador de madres, apuñalador de gabachos. Eso no cambia el hecho de que estoy más ocupado que un hombre con una sola pierna en un concurso de patear culos... además, vamos, Edgar. Sabes que va a ser algo más que unos toquecitos y un vistazo rápido con la buena linterna del doctor. Eso es solo el comienzo.

—Pero si es necesario...

—Por ahora, estoy bien así.

—Sí, seguro. Esa es la razón por la que tengo que leerle poemas a ella todas las tardes.

—Un poco de cultura literaria no te hará daño, jodido caníbal.

—Ya lo sé, y sabes que no estoy hablando de eso.

Pensé, y no por vez primera, que Wireman era uno de los poquísimos hombres que había conocido durante mi vida adulta que podían decirme consistentemente que no sin hacerme enfadar. Era un genio de la negación. A veces creía que era él mismo; otras veces creía que el accidente había modificado algo en mi interior; y en ocasiones suponía que eran ambas cosas.

—Puedo leer, ¿sabes? —aseguró Wireman—. En pequeñas ráfagas. Lo suficiente para apañármelas: las etiquetas de los frascos de medicina, números de teléfono, cosas así. Y me haré un examen, así que relaja esa compulsión Tipo A tuya de querer enderezar el mundo. Cristo, debiste de haber vuelto loca a tu mujer. —Me dirigió una mirada de soslayo y añadió—: Ups. ¿Wireman metió el dedo en la llaga?

—¿Listo para hablar ya de esa pequeña cicatriz redonda en tu cabeza? *¿Muchacho?*

Sonreía de oreja a oreja.

—*Touché, touché.* «Todo disculpas.»

—Kurt Cobain —señalé—. 1993. O por ahí cerca.

—¿De veras? —preguntó parpadeando—. Habría dicho que en el 95, pero ya hace tiempo que dejé el rock atrás. Wireman se hace viejo; es triste pero es la verdad. Y en cuanto al asunto de la convulsión..., lo siento, Edgar, simplemente no me lo creo.

Sin embargo lo hacía. Pude verlo en sus ojos. Pero antes de que pudiera añadir nada más, saltó del caballete y señaló hacia el norte.

—¡Mira! ¡Una furgoneta blanca! ¡Creo que las Fuerzas de la TV por Cable han llegado!

II

Creí a Wireman cuando, después de escuchar la cinta del contestador automático, afirmó que no entendía lo que había querido decir Elizabeth Eastlake. Continuaba pensando que la preocupación de ella por mi hija tenía algo que ver con sus hermanas fallecidas largo tiempo atrás. Manifestó una perplejidad absoluta ante el deseo de ella de que yo no almacenara mis pinturas en la isla. Sobre eso, aseguró, no tenía ni la más remota idea.

Joe y Rita Perro Arisco se instalaron y comenzaron los incesantes ladridos de su colección de animales salvajes. Llegaron también los Baumgarten, y a menudo pasaba al lado de sus hijos cuando estos jugaban al Frisbee en la playa. Eran tal y como Wireman los había descrito: atléticos, guapos y educados. Uno tendría unos once años, y el otro quizá trece, con una complexión que pronto los convertiría en carne de cañón de las risitas tontas del equipo de animadoras, si es que no lo eran ya. Siempre se mostraban dispuestos a compartir su Frisbee conmigo para lanzarlo una o dos veces mientras pasaba cojeando, y el mayor, Jeff, solía alentarme con cosas como: «¡Hey, señor Freemantle, buen tiro!».

Una pareja con un coche deportivo se instaló en la casa colindante al sur de Big Pink, y los angustiantes compases de Toby Keith flotaban hacia mí a la hora del cóctel. En conjunto, hubiera preferido a Slipknot. Los cuatro jóvenes de Toledo tenían un cochecito de golf con el que recorrían arriba y abajo la playa a toda velocidad; eso cuando no jugaban al voleibol o salían de excursión a pescar.

Wireman estaba más que ajetreado: era como un derviche. Por fortuna, recibía ayuda. Un día Jack le echó una mano para desatascar los aspersores de riego de los Perro Arisco. Uno o dos días después, le ayudé a empujar el cochecito de golf de los visitantes de Toledo que había encallado en una duna: esos irresponsables lo abandonaron ahí para ir a por un paquete de seis cervezas, y la marea amenazaba con llevárselo. Mi cadera y mi pierna todavía se estaban soldando, pero no le pasaba nada malo al brazo que me quedaba.

Tuviera o no mal la cadera y la pierna, reanudé mis Grandes Paseos Playeros. Algunos días tomaba analgésicos de mi menguante reserva, sobre todo cuando a última hora de la tarde descendía una neblina que primero sumía al Golfo en una fría amnesia y después hacía desaparecer también las casas. La mayoría de los días no los tomaba. Aquel febrero era raro encontrar a Wireman sentado en su tumbona y bebiendo té verde, pero Elizabeth Eastlake siempre estaba en su salón, casi siempre me reconocía, y generalmente tenía un libro de poesía a mano. No siempre era el *Good Poems* de Keillor, aunque ese era el que más le gustaba. A mí también. Merwin y Sexton y Frost, nada menos.

Yo mismo ingerí mi propia ración de lectura durante aquellos meses de febrero y marzo. Leí más de lo que había leído en años: novelas, relatos, tres libros de no-ficción sobre cómo nos habíamos metido en el desastre de Irak (la respuesta corta tenía aparentemente una W como inicial del segundo nombre y a un capullo como vicepresidente*). Pero sobre todo pintaba. Todas las tardes y todas las noches, pintaba hasta que apenas podía levantar mi fortalecido brazo. Paisajes de playa, paisajes marinos, bodegones, y puestas de sol, puestas de sol, puestas de sol.

Pero la mecha continuaba consumiéndose. Habían disminuido la intensidad del fuego, pero no lo habían apagado. El asunto de Candy Brown no fue lo siguiente, tan solo la consecuencia lógica. Y no ocurrió hasta el día de San Valentín. Una espantosa ironía, si lo piensas.

Espantosa.

III

De ifsogirl88 a EFree19
3 de febrero, 10.19 h

Querido papá: Es genial saber que a tus pinturas les dieron el «visto bueno»! Hurra! ☺
Y si te OFRECEN montar una exposición, cogeré el si-

---

* Durante el mandato de George W. Bush, Richard (o Dick) Cheney fue el vicepresidente de EE.UU. En inglés, *dick* es un término vulgar para «pene». *(N. del T.)*

guiente avión y estaré allí con mi «vestidito negro» (tengo uno, lo creas o no). Por ahora tengo que quedarme y dejarme la piel estudiando porque (esto es un secreto) quiero darle una sorpresa a Carson en abril cuando lleguen las vacaciones de primavera. Los Colibrís estarán en Tennessee y en Arkansas para entonces (dice que la gira ha empezado con buen pie). Estoy pensando que si hago bien mis parciales, puede que me una a la gira en Memphis o en Little Rock. ¿Qué opinas?

Ilse

Mi recelo hacia el Colibrí Baptista no se había desvanecido, y lo que yo opinaba era que se estaba buscando problemas. Pero si iba a cometer un error, podría ser mejor para ella que lo averiguara lo antes posible. Así que (rogando a Dios que yo no estuviera cometiendo un error), respondí al e-mail diciendo que parecía una idea interesante, siempre y cuando cumpliera con sus trabajos de clase (no encontré la fuerza necesaria para decirle a mi amada hija pequeña que pasar una semana en compañía de su novio era buena idea, aun asumiendo que dicho novio tenía por carabina a un grupo de baptistas intransigentes). Sugerí también que podría ser una mala política compartir el plan con su madre.

Fruto de esto recibí una rápida respuesta.

De ifsogirl88 a EFree19
3 de febrero, 12.02 h

Papá queridísimo: Crees que he perdido la maldita CABEZA???

Illy

No, no lo creía… pero si en Little Rock pillaba a su tenor meneando el esqueleto horizontalmente con una de las contraltos, iba a ser una If-So-Girl muy desdichada. No tenía duda de que su madre se enteraría de todo, incluido su compromiso, y Pam tendría mucho que argumentar acerca de mi propia cordura. Yo ya me había planteado varias preguntas en ese sentido, y había resuelto mayoritariamente concederme un aprobado. Cuando se trata de tus hijos, te encuentras a ti mismo tomando extrañas decisiones descabelladas de vez en cuando y tu única esperanza es que aciertes: con tus decisiones y con tus hijos. La paternidad requiere la mayor de las aptitudes para interpretar una melodía desconocida a partir de unas pocas notas tarareadas.

Después de eso le tocó el turno a Sandy Smith, la agente inmobiliaria. En mi contestador automático, Elizabeth había dicho que yo debía de ser de los que creen en el arte por el arte, o Duma Key no me habría llamado. Lo que quería de Sandy era la confirmación de que la única llamada había procedido de un folleto satinado, un folleto que probablemente se enviaba a inquilinos potenciales montados en el dólar por todo Estados Unidos. Quizá por todo el mundo.

La respuesta que obtuve no era la que yo había esperado, pero mentiría si dijera que fue una absoluta sorpresa. Después de todo, aquel fue mi año de mala-memoria. Y aparte está el deseo de creer que las cosas sucedieron de cierta manera; en lo que concierne al pasado, todos nosotros amañamos la baraja.

De SmithRealty9505 a EFree19
8 de febrero, 14.17 h

Estimado Edgar: Me alegra saber que estás disfrutando del lugar. En respuesta a tu pregunta, la propiedad de Punta Salmón no fue el único folleto que te envié. Había nueve, que detallaban diversas oportunidades de alquiler en Florida y Jamaica. Si la memoria no me falla, Punta Salmón fue la única por la que expresaste interés. De hecho, recuerdo que dijiste: «No regatees el precio, simplemente hazlo».

Espero haber sido de ayuda.

Sandy

Leí el mensaje dos veces, y después murmuré:

—Forja el trato y deja que el trato te forje a ti, *muchacha*.

Ni siquiera ahora me acuerdo del resto de los folletos, pero recuerdo el de Punta Salmón. La carpetilla que lo contenía era de un intenso color rosa. Un rosado grande, podrías decir, y las palabras que cautivaron mis ojos no fueron Punta Salmón, sino las que aparecían debajo, en relieve dorado: SU RETIRO SECRETO JUNTO AL GOLFO. Así que tal vez me había llamado.

Quizá sí me llamó, después de todo.

IV

De KamenDoc a EFree19
10 de febrero, 13.46 h

Edgar: En largo tiempo no oír de ti, como le dijo el indio sordo al hijo pródigo (por favor, perdóname; solo conozco chistes malos). ¿Cómo va tu obra pictórica? En relación a la RMI, te sugiero que llames al Centro de Estudios Neurológicos del Hospital Memorial de Sarasota. El número es 941-555-5554.

Kamen

De EFree19 a KamenDoc
10 de febrero, 14.19 h

Kamen: Gracias por la referencia. ¡Centro de Estudios Neurológicos! ¡Eso suena condenadamente serio! Pero concertaré una cita muy pronto.

Edgar

De KamenDoc a EFree19
10 de febrero, 16.55 h

«Pronto» debería ser lo bastante pronto. Siempre que no estés sufriendo convulsiones.

Kamen

Había remarcado el «siempre que no estés sufriendo convulsiones» con uno de esos prácticos emoticonos; este en cuestión era una sonriente cara redonda exhibiendo los dientes. Después de haber visto a Wireman en el umbrío asiento trasero de la furgoneta alquilada, brincando como en un palo saltarín, con los ojos apuntando en direcciones diferentes, no tenía muchas ganas de reírme. Pero sabía que, sin cadenas ni remolque, no conseguiría que Wireman se sometiera a una revisión antes del 15 de marzo, a no ser que sufriera una convulsión de *grand mal*. Y Wireman no era problema de Xander Kamen, naturalmente. Yo tampoco era problema suyo, estrictamente hablando, y me conmovió que siguiera preocupándose. Impulsivamente pinché en el botón de RESPONDER y escribí:

De EFree19 a KamenDoc
10 de febrero, 17.05 h

Kamen: Nada de convulsiones. Estoy bien. Pintando a más no poder. Llevé parte de mi trabajo a una galería de Sarasota, y uno de los propietarios le echó un ojo. Creo que a lo mejor me ofrece montar una exposición. Si lo hace, y accedo, ¿vendrías? Sería bueno ver un rostro conocido del país del hielo & la nieve.

Edgar

Iba a apagar la máquina después de eso y prepararme un sándwich, pero la notificación de un nuevo e-mail entrante sonó antes de que tuviera la oportunidad de hacerlo.

De KamenDoc a EFree19
10 de febrero, 17.09 h

Di una fecha y allí estaré.

Sonreía mientras apagaba el ordenador. Y los ojos se me empañaron un poco, también.

V

Al día siguiente acompañé a Wireman hasta Nokomis para comprar un sifón para el fregadero para la gente del número 17 (coche deportivo, asquerosa música country) y una valla de plástico en la ferretería para los Perro Arisco. Wireman no precisaba mi ayuda, y ciertamente no necesitaba tenerme cojeando detrás de él en el TruValue de Nokomis, pero hacía un día de mierda, llovía, y deseaba salir de la isla. Comimos en Ophelia's y discutimos sobre rock'n'roll, con lo que la excursión resultó alegre. Cuando regresé a casa, la luz de mensajes de mi contestador parpadeaba. Era Pam.

—Llámame —pidió, y colgó sin más.

Lo hice, pero primero (esto tiene visos de confesión, y una confesión cobarde, además) me conecté a internet, navegué por la página del *StarTribune* de Minneapolis, y cliqueé en la sección de NECROLÓGICAS. Me desplacé por la lista de nombres rápidamente y me cercioré de que el de Thomas Riley no formaba parte de ella, aun sabiendo que eso no probaba nada; podría haberse matado demasiado tarde para aparecer en la edición de la mañana.

A veces ella enmudecía el teléfono y se echaba una siesta por la tarde, en cuyo caso saltaría el contestador y conseguiría un pequeño aplazamiento. No aquella tarde. Contestó Pam en persona.

—Hola —saludó con suavidad, aunque no con calidez.

—Soy yo, Pam. Devolviéndote la llamada.

—Supongo que estabas fuera tomando el sol —dijo—. Aquí está nevando. Nieva y hace más frío que en el sótano de un iglú.

Me relajé un poco. Tom no estaba muerto. De lo contrario, no estaríamos buscando camorra ya de entrada.

—La verdad es que aquí hace frío y llueve —le dije.

—Bien. Espero que cojas una bronquitis. Tom Riley salió de aquí hecho una furia esta mañana, después de llamarme puta entrometida y tirar un jarrón al suelo. Imagino que debería alegrarme de que no me lo tirara a mí.

Pam empezó a llorar. Soltó un graznido y luego me sorprendió al echarse a reír. Era una risa amarga pero, asombrosamente, también era alegre.

—¿Cuándo se supone que desaparecerá tu extraña habilidad para provocarme lágrimas?

—Cuéntame lo sucedido, Panda.

—Ya basta. Llámame así otra vez y cuelgo. Luego podrás pegarle un telefonazo a Tom y preguntarle a él qué ha pasado. A lo mejor es lo que tendría que obligarte a hacer, de todos modos. Te estaría bien empleado.

Me llevé la mano a la cabeza y empecé a masajearme las sienes con el pulgar y los dos primeros dedos. En cierta forma es sorprendente que una sola mano pueda abarcar tantos sueños y tanto dolor. Por no mencionar el potencial para elaborar tantas putas fantasías de manera tan clara.

—Cuéntamelo, Pam. Por favor. Te escucharé sin enfadarme.

—Estás superando eso, ¿no? Dame un segundo. —Se oyó un ruido apagado cuando soltó el teléfono, seguramente sobre la encimera de la cocina. Durante unos instantes me llegó el distante parloteo de la televisión y luego desapareció—. Vale, ahora ya puedo escuchar mis propios pensamientos —dijo cuando regresó.

Se sonó una vez más la nariz, produciendo un fortísimo bocinazo. Cuando volvió a hablar, ya había recobrado la compostura, y su voz no mostraba indicio alguno de lágrimas.

—Le pedí a Myra que me llamara cuando él regresara a casa;

Myra Devorkian, que vive al otro lado de la calle. Le dije que me preocupaba su estado mental. No había razón para guardármelo para mí misma, ¿verdad?

—No.

—¡Y bang! Myra dijo que ella también estaba preocupada, igual que Ben. Dijo que bebía demasiado, por un lado, y que a veces se iba al despacho con barba de dos días. Aunque dijo que tenía un aspecto bastante bueno cuando se fue de viaje. Es sorprendente lo mucho que ven los vecinos, incluso aunque no sean realmente amigos cercanos. Ben y Myra no sabe nada acerca de… nosotros, claro, pero sabían perfectamente bien que Tom había estado deprimido.

Tú crees que no lo sabían, pensé, pero no lo mencioné.

—De todas formas, abreviando, le invité a venir. Cuando llegó, tenía una expresión en los ojos… esa mirada… como si pensara que quizá yo pretendía… ya sabes…

—Retomarlo donde lo dejaste.

—¿Quién lo está contando, tú o yo?

—Lo siento.

—Bueno, tienes razón. Claro que tienes razón. Iba a preguntarle si quería entrar en la cocina a tomar un café, pero no llegamos a pasar del recibidor. Quería besarme. —Esto último lo dijo con una suerte de desafiante orgullo—. Se lo permití… una vez… pero cuando se hizo evidente que quería más, le empujé hacia atrás y le dije que tenía que hablarle de una cosa. Dijo que sabía que era algo malo por la forma en que le miraba, pero que nada podría herirle más que cuando le dije que no podíamos seguir viéndonos. Típico de los hombres… y luego dicen que somos nosotras las que sabemos cómo descargar la culpa en otros.

»Le respondí que solo porque no pudiéramos seguir viéndonos de una manera romántica, no significaba que ya no me importara. Después le conté que varias personas me habían comentado que estaba actuando de forma extraña, no como él mismo, y lo uní al hecho de que no se estaba tomando sus píldoras antidepresivas y que me estaba empezando a preocupar. Le dije que creía que planeaba matarse.

Calló por un momento, y luego prosiguió.

—Antes de que llegara, nunca tuve intención de soltarle algo así. Pero es curioso. En cuanto entró por la puerta, estuve casi segura, y en cuanto me besó lo supe con certeza. Tenía los labios fríos. Y secos. Fue como besar a un cadáver.

—Apuesto a que sí —dije, y traté de rascarme el brazo derecho.

—Se le puso la cara tensa, y lo digo de verdad. Todas las arrugas se le suavizaron y la boca casi desapareció. Me preguntó que quién me había metido esa idea en la cabeza. Y luego, sin ni siquiera darme tiempo a responder, dijo que eran gilipolleces. Esa es la palabra que empleó, y no es propia de Tom Riley para nada.

Tenía razón en eso. El Tom que yo conocía en los viejos tiempos no habría pronunciado la palabra «gilipolleces» si hubiera tenido algún argumento incontestable.

—No quise darle ningún nombre; desde luego no el tuyo, porque habría pensado que estaba loca, ni el de Illy, porque no sabía lo que podría decirle si...

—Te he dicho que Illy no tuvo nada que ver con...

—Cállate. Ya casi he terminado. Solo le respondí que las personas que hablaban sobre su extraña forma de comportarse ni siquiera sabían lo de las píldoras que tomaba desde su segundo divorcio, ni que había dejado de tomarlas el pasado mayo. Él las llama píldoras de estupidez. Le dije que si creía que estaba manteniendo en secreto lo mal que lo estaba pasando, se equivocaba. Luego le prometí que si se hacía algo a sí mismo, le contaría a su madre y a su hermano que había sido un suicidio, y les rompería el corazón. Eso fue idea tuya, Edgar, y funcionó. Espero que estés orgulloso. Ahí fue cuando rompió mi jarrón y me llamó puta entrometida, ¿ves? Estaba blanco como una sábana. Apuesto... —Tragó saliva, y pude oír el clic en su garganta a través de todos los kilómetros que nos separaban—. Apuesto a que ya tenía planeado el modo de llevarlo a cabo.

—Sin duda —señalé—. ¿Qué crees que hará ahora?

—No lo sé. De verdad que no.

—Quizá lo mejor sea que le llame.

—Quizá lo mejor sea que no lo hagas. Puede que averiguar que hemos hablado le empuje a una situación límite. —Y con un toque de malicia agregó—: Entonces serás tú el que pierda el sueño.

Era una posibilidad que no se me había ocurrido, pero tenía cierto sentido. Tom y Wireman se parecían en algo: ambos necesitaban ayuda y yo no podía arrastrarles hasta ella. Cierta *bon mot* retumbó en mi cabeza, que quizá venía a cuento o quizá no: puedes proporcionar cierta educación a una puta, pero no puedes enseñarle a pensar. Quizá Wireman pudiera informarme de quién había soltado esta ocurrencia. Y cuándo.

—Así que entonces, ¿cómo sabías que pretendía suicidarse? —preguntó—. Quiero saberlo, y por Dios que me lo vas a contar antes de que cuelgue. Hice mi parte y ahora me lo vas a contar.

Allí estaba, la pregunta que ella no había formulado antes porque en primera instancia le obsesionaba cómo había averiguado yo lo suyo con Tom. Bien, Wireman no era el único con dichos; mi padre conocía unos cuantos, también. Uno era: cuando una mentira no es suficiente, entonces hay que conformarse con la verdad.

—He estado pintando desde el accidente —declaré—. Eso ya lo sabes.

—¿Y?

Le conté lo del dibujo que la representaba a ella, a Max de Palm Desert y a Tom Riley. Le hablé de algunas de mis exploraciones en internet por el mundo del síndrome del miembro fantasma. Y de mi visión de Tom Riley de pie en la entrada de lo que suponía que ahora era mi estudio, desnudo salvo por los pantalones del pijama, y con un ojo menos, reemplazado por una cuenca rellena de sangre coagulada.

Cuando terminé, se produjo un largo silencio, y yo no lo rompí. Por fin habló, con un nuevo tono de voz que expresaba cautela.

—¿De verdad te crees algo de eso, Edgar?

—Wireman, el hombre que vive playa abajo… —Me detuve, enfurecido a mi pesar. Y no porque no encontrara las palabras.

O no exactamente. ¿Qué iba a decirle para que diera crédito a mi historia? ¿Que el hombre que vivía playa abajo era un telépata ocasional?

—¿Qué pasa con el hombre que vive playa abajo, Edgar? —Su voz sonaba tranquila y suave. La reconocí por el primer mes tras mi accidente. Era su voz de: «Edgar, Sección Ocho: baja-por-enfermedad-psicológica».

—Nada —respondí—. Da igual.

—Tienes que llamar al doctor Kamen y contarle esta nueva idea tuya —dijo—. La idea de que eres una especie de vidente. No le escribas un e-mail. Llámale por teléfono. Por favor.

—Está bien, Pam. —Me sentía muy cansado. Por no mencionar la frustración y el cabreo.

—¿Está bien qué?

—Está bien, te estoy escuchando. Te recibo alto y claro. Nada de malentendidos. ¡Dios nos libre! Lo único que quería era salvar la vida de Tom Riley.

Ante aquello se quedó sin respuesta. Y sin una explicación racional acerca de cómo había sabido lo de Tom. Así que lo dejamos ahí. El pensamiento que me vino a la cabeza, mientras colgaba el teléfono, fue: *Ninguna buena acción queda impune*.

Quizá ella pensó también lo mismo.

VI

Me sentía furioso y perdido, y el clima, frío, húmedo y deprimente, no ayudaba. Intenté pintar, pero no pude. Bajé la escalera, cogí uno de mis cuadernos de dibujo y descubrí que toda mi capacidad artística se reducía a la clase de monigotes que solía garabatear en mi otra vida mientras hablaba por teléfono: criaturas de dibujos animados con grandes orejas. Estaba a punto de tirar con indignación el bloc cuando sonó el teléfono. Era Wireman.

—¿Vendrás esta tarde? —preguntó.

—Sí, claro —respondí.

—Creí que a lo mejor con la lluvia…

—Pensaba acercarme en coche. No quiero quedarme aquí agazapado, la verdad.

—Bien. Pero no cuentes con la Hora de la Poesía. Ella está en la niebla.

—¿Mal?

—Tan mal como nunca la había visto. Desconectada. Desorientada. Confundida. —Inspiró una profunda bocanada de aire y la soltó. Era como escuchar una ráfaga de viento soplando a través del teléfono—. Escucha, Edgar, odio pedirte esto, pero ¿podría dejarla contigo durante un rato? Cuarenta y cinco minutos, a lo sumo. Los Baumgarten han tenido problemas con la sauna, es el maldito calentador, y el tipo que viene a repararlo tiene que enseñarme un interruptor de corte o algo por el estilo. Y tengo que firmarle su orden de trabajo, por supuesto.

—Sin problema.

—Eres un príncipe. Te besaría a no ser por esos labios tuyos llenos de granos.

—Que te jodan bien jodido, Wireman.

—Sí, todo el mundo me ama, es mi maldición.

—Pam me llamó. Habló con mi amigo Tom Riley. —Considerando lo que ambos se habían traído entre manos, sonaba extraño calificar de amigo a Tom, pero qué demonios—. Creo que consiguió que renunciara a sus planes de suicidio.

—Eso está bien. Entonces, ¿por qué percibo plomo en tu voz?

—Quería saber cómo lo supe.

—No cómo te enteraste de que ella se estaba tirando a este tío, sino…

—Cómo pude diagnosticarle una depresión suicida a dos mil quinientos kilómetros de distancia.

—¡Ah! ¿Y qué le dijiste?

—Sin la presencia de un buen abogado, me vi obligado a contar la verdad.

—Y ella pensó que estabas *un poco loco*.

—No, Wireman, ella pensó que estaba *muy loco*.

—¿Eso importa?

—No, pero ella va a rumiar esto una y otra vez, y créeme cuando digo que Pam es parte esencial del Equipo Olímpico de Rumiantes de Estados Unidos. Tengo miedo de que mi buena obra le explote en la cara a mi hija pequeña.

—Asumiendo que tu mujer busque a alguien a quien culpar.

—Esa es una apuesta segura. La conozco.

—Eso sería malo.

—Causaría un terremoto en el mundo de Ilse mayor del que se merece. Tom ha sido como un tío para ella y para Melinda durante toda su vida.

—Entonces tendrás que convencer a tu mujer de que realmente viste lo que viste, y que tu hija no tiene nada que ver en ello.

—¿Cómo lo hago?

—¿Qué tal si le dices algo sobre ella misma que tú no tengas forma de conocer?

—Wireman, ¡es una locura! ¡No puedo hacer que algo como eso ocurra así sin más!

—¿Cómo lo sabes? —preguntó—. Tengo que dejarte, *amigo*. Por el ruido, la comida de la señorita Eastlake acaba de caerse al suelo. ¿Te veré luego?

—Sí.

Estaba a punto de agregar adiós, pero ya se había ido. Colgué, preguntándome dónde había puesto los guantes de jardín de Pam, los que decían MANOS FUERA. Quizá con ellos la idea de Wireman no fuera tan disparatada, después de todo.

Los busqué por toda la casa y no aparecieron. Tal vez los había tirado a la basura después de dibujar el *Amigos con privilegios*, pero no recordaba haberlo hecho. Tampoco lo recuerdo ahora. Lo único que sé es que nunca los volví a ver.

VII

Aquella tarde la habitación que Wireman y Elizabeth denominaban el Salón Porcelana estaba inundada por una triste luz invernal subtropical. La lluvia caía con más fuerza ahora, tamborileando contra las paredes y las ventanas en oleadas, y se había levantado viento, que cuchicheaba entre las palmeras circundantes a *El Palacio* y hacía que las sombras volaran por los muros. Por vez primera desde que entrara allí, no encontré ningún sentido a las figuras de porcelana dispuestas sobre la larga mesa; no había *tableaux*, solo una mezcolanza desordenada de personas, animales y edificios. Un unicornio y una de las figuras de rostro negro yacían el uno junto a la otra próximos a la escuela volcada. Si la mesa relataba una historia hoy, era la de una película de catástrofes. Cerca de la mansión estilo Tara descansaba una lata de galletitas Sweet Owen. Wireman me había explicado la rutina que debía seguir si Elizabeth la demandaba.

La dama en persona estaba en su silla de ruedas, ligeramente desplomada hacia un lado, y supervisaba con expresión ausente el caos de su mesa de juegos, que por lo general conservaba con tanto cuidado. Llevaba un vestido de color azul que casi casaba con las enormes zapatillas Chuck Taylors de sus pies. Su postura había estirado el cuello redondo tipo barco del vestido hasta convertirlo en una boca asimétrica que dejaba al descubierto el tirante de un sujetador de color marfil. Me encontré preguntándome quién la había vestido esa mañana, si Wireman o ella misma.

Habló con raciocinio al principio, llamándome por el nombre correcto e interesándose por mi salud. Dijo adiós a Wireman cuando este se marchó a la casa de los Baumgarten y le pidió por favor que se pusiera un sombrero y cogiera un paraguas. Todo aquello estaba bien. Pero cuando quince minutos más tarde le llevé su merienda de la cocina, se había producido un cambio. Miraba hacia un rincón y la oí murmurar:

—Regresa, regresa, Tessie, este no es tu sitio. Que se vaya el chaval grande.

Tessie. Conocía ese nombre. Utilicé mi técnica de pensamiento oblicuo, buscando asociaciones, y encontré una: el titular de un periódico que rezaba DESAPARECIDAS. Tessie había sido una de las hermanas gemelas de Elizabeth. Wireman me lo había contado. Le oí decir: «La hipótesis que se baraja es que se ahogaron», y un escalofrío me resbaló por un costado como un cuchillo.

—Tráigame eso —pidió, apuntando hacia la lata de galletas, y obedecí. Extrajo del bolsillo una estatuilla envuelta en un pañuelo. Abrió la tapa de la caja, me dirigió una mirada que combinaba astucia y confusión de un modo que era difícil de contemplar, y a continuación metió la figura en su interior. Produjo un suave sonido hueco. Intentó torpemente volver a colocar la tapa, apartando mi mano cuando traté de ayudarla. Después me la tendió.

—¿Sabe qué hay que hacer con esto? —preguntó—. ¿Le... le...? —Noté cómo se esforzaba. La palabra estaba allí, pero danzaba fuera de su alcance. Mofándose de ella. Podría habérsela proporcionado, pero recordé lo furioso que me ponía yo mismo cuando la gente hacía eso, así que aguardé—. ¿Le dijo qué hay que hacer con esto?

—Sí.

—Entonces, ¿a qué está esperando? Llévese a esa zorra.

Fui con la lata hasta el pequeño estanque al lado de la pista de tenis. Los peces saltaban en la superficie, mucho más excitados por la lluvia que yo mismo. Había una pequeña pila de piedras junto al banco, justo como Wireman había asegurado. Arrojé una al agua («Quizá pienses que no puede oírlo, pero sus oídos son muy finos», me había prevenido Wireman), y tuve cuidado de no pegarle una pedrada a ninguna de las carpas. Entonces llevé la lata, que todavía contenía la estatuilla en su interior, de vuelta a la casa. Pero no al Salón Porcelana. Entré en la cocina, quité la tapa, y extraje la figura envuelta. Aquello no estaba recogido en las instrucciones de contingencia de Wireman, pero quería saciar mi curiosidad.

Era una mujer de porcelana, pero tenía la cara desconchada. Solo quedaba un astillado hueco en el lugar donde había estado.

—¿Quién está ahí? —chilló Elizabeth, y pegué un salto. A punto estuve de dejar caer al suelo el repulsivo objeto, donde con toda seguridad se hubiera hecho añicos sobre las baldosas.

—Soy yo, Elizabeth —le respondí, posando la figura sobre la encimera.

—¿Edmund? ¿O Edgar, o cualquiera que sea su nombre?

—Correcto.

Regresé al salón.

—¿Se ocupó de ese asunto mío?

—Sí, señora, claro que sí.

—¿Ya he tomado mi merienda?

—Sí.

—Muy bien. —Y suspiró.

—¿Desea algo más? Estoy seguro de que podría…

—No, gracias, cielo. Seguro que el tren llegará pronto, y sabes que no me gusta viajar con el estómago lleno. Siempre termino en uno de los asientos que van de espaldas y me mearearía, ciertamente, si echara algo de comida en el estómago. ¿Has visto mi lata, mi lata Sweet Owen?

—Creo que estaba en la cocina. ¿Debería traerla?

—No con este día tan húmedo —respondió—. Pensé en pedirle que la arrojara al estanque, el estanque serviría, pero he cambiado de idea. No parece necesario, con este día tan húmedo. «No requiere fuerza el don de la clemencia», ¿sabe? «Es cual la blanda lluvia».

—«Que del cielo baja» —completé.

—Sí, sí. —Sacudió la mano como si aquella parte no fuera de importancia.

—¿Por qué no organiza sus porcelanas, Elizabeth? Hoy están todas desordenadas.

Le echó un vistazo a la mesa, y entonces miró hacia la ventana, cuando una ráfaga de viento particularmente fuerte la abofeteó con lluvia.

—Joder —murmuró—. ¡Estoy tan confusa, joder! —Y a continuación, con un resentimiento que nunca habría imaginado en ella, añadió—: Todos murieron y me dejaron a su cargo.

Yo era la última persona del mundo que se escandalizaría por su repentino lapsus de vulgaridad; lo comprendía demasiado bien. Quizá el don de la clemencia no requiere fuerza, somos millones los que vivimos y morimos por esa idea, pero… existen cosas como esta que nos aguardan. Sí.

—Él nunca debería haber tenido esa cosa, pero no lo sabía —dijo.

—¿Qué cosa?

—Qué cosa —repitió, y asintió con la cabeza—. Quiero que venga ya el tren. Quiero salir de aquí antes de que llegue el chaval grande.

Tras eso ambos quedamos sumidos en silencio. Elizabeth cerró los ojos y aparentemente se durmió en su silla de ruedas.

Para hacer algo, me levanté de mi propia silla, que habría encajado a la perfección en un club de caballeros, y me aproximé a la mesa. Me armé de valor para coger un niño y una niña de porcelana, los examiné, y a continuación los puse a un lado. Me rasqué distraídamente el brazo que no estaba allí mientras estudiaba el caos sin sentido expuesto ante mí. Tenía que haber al menos un centenar de figuras sobre el lustrado tablero de roble. Quizá doscientas. Entre ellas había una mujer de porcelana con un anticuado gorro (un gorro de lechera, creía), pero tampoco era la que buscaba. El gorro no era apropiado, y además, era demasiado joven. Descubrí a otra mujer con un largo cabello pintado, y esta era mejor. Aquel pelo era un poquito demasiado largo y un poquito demasiado oscuro, pero…

No, no lo era, porque Pam había ido al salón de belleza, a veces conocido como la Fuente de la Juventud de la Crisis de la Mediana Edad.

Sostuve la figura de porcelana, y deseé tener una casa en la que colocarla y un libro para que ella pudiera leer.

Intenté cambiarme la figurilla a la mano derecha (lo cual era perfectamente natural porque mi mano derecha estaba allí, podía sentirla) y cayó sobre la mesa con un golpe seco. No se rompió, pero Elizabeth abrió los ojos.

—¡Dick! ¿Ese era el tren? ¿Sonó el silbato? ¿Su aullido?

—Todavía no —respondí—. ¿Por qué no se echa una pequeña siesta?

—Ah, lo encontrarás en el rellano del primer piso —contestó, como si le hubiera preguntado cualquier otra cosa, y volvió a cerrar los ojos—. Avísame cuando llegue el tren. Estoy harta de esta estación. Y vigila por si viene el chaval grande; ese lamecoños podría estar en cualquier parte.

—De acuerdo —prometí.

El picor del brazo derecho era horrible. Metí la mano en el bolsillo trasero, esperando encontrar mi libreta allí, pero no estaba. Se había quedado en la encimera de la cocina de Big Pink. Pero eso me hizo pensar en la cocina de *El Palacio*. Había un bloc de mensajes sobre la encimera donde dejé la lata. Volví allí a toda prisa, agarré el cuaderno, lo encajé entre mis dientes y luego casi regresé corriendo al Salón Porcelana, al tiempo que iba sacando ya el bolígrafo Uni-ball del bolsillo de la camisa. Me senté en el sillón orejero y empecé a esbozar velozmente la muñeca de porcelana, mientras la lluvia azotaba las ventanas y Elizabeth reposaba inclinada en la silla de ruedas al otro lado de la mesa, dormitando con la boca medio abierta. Las sombras de las palmeras, guiadas por el viento, aleteaban por las paredes como murciélagos.

No tardé mucho tiempo, y me di cuenta de algo mientras trabajaba: estaba virtiendo la picazón a través de la punta del bolígrafo, trasvasándola al papel. La mujer del dibujo era la figura de porcelana, pero era también Pam. La mujer era Pam, pero era también la figura de porcelana. Tenía el cabello más largo que la última vez que la había visto, y se derramaba sobre sus hombros. Estaba sentada en

(la QUEMADORA, la PIRA)

una silla. ¿Qué silla? Una *mecedora*. No había existido ningún mueble así en nuestra casa cuando me marché, pero ahora sí. Había algo encima de la mesa junto a ella. No supe de qué se trataba al principio, pero emergió de la punta del bolígrafo y se convirtió en una caja con algo impreso en la parte superior. ¿Sweet Owen? ¿Decía Sweet Owen? No, decía Grandma's. Mi Uni-ball agregó algo en la mesa al lado de la caja. Una galletita de avena. Las favoritas de Pam. Mientras la observaba, el bolígrafo dibujó un libro en la mano de Pam. No pude leer el título porque el ángulo no era el correcto. Pero ya mi bolígrafo estaba trazando líneas entre la ventana y sus pies. Había dicho que nevaba, pero en ese momento ya había parado de nevar. Las líneas representaban rayos de sol.

Creí que el dibujo estaba finalizado, pero aparentemente faltaban otras dos cosas. El bolígrafo se movió al margen izquierdo del papel y agregó una televisión con la velocidad de un relámpago. Una televisión nueva, de pantalla plana como la de Elizabeth. Y debajo…

El bolígrafo terminó, y se desprendió de la mano. El picor desapareció. Sentía los dedos rígidos. Al otro lado de la larga mesa Elizabeth dormitaba profundamente, sumida en un sueño verdadero. Puede que una vez hubiera sido joven y hermosa. Puede que una vez hubiera sido el sueño de algún muchacho. Ahora roncaba, la boca abierta, prácticamente desdentada, apuntando hacia el techo. Si existe un Dios, pienso que necesita esforzarse con mayor ahínco.

VIII

Había visto un teléfono en la biblioteca, y también otro en la cocina, pero la biblioteca se encontraba más cerca del Salón Porcelana. Juzgué que ni a Wireman ni a Elizabeth les molestaría que hiciera una llamada de larga distancia a Minnesota. Descolgué el auricular, pero me detuve con el cable enroscado alrededor del pecho. En una pared próxima a la armadura había una suerte de exposición de armas antiguas, que destacaban gracias a varios focos pequeños dispuestos ingeniosamente en el techo. Había un rifle de cañón largo que se cargaba por la boca y que parecía de la época de la guerra de la Independencia; un trabuco; una Derringer que se habría hallado como en casa embutida en la bota de un jugador de cartas; un rifle Winchester. Montada sobre la carabina estaba el objeto que había sostenido Elizabeth en el regazo el día que Ilse y yo la vimos. A cada lado, formando una V invertida, había cuatro cargas para el trasto. No podías llamarlas flechas, porque eran demasiado cortas. La palabra correcta sería más bien arpones. Las puntas eran brillantes y parecían muy afiladas.

Pensé: *Podrías causar verdadero daño con un trasto de esos.* Y a continuación: *Mi padre era buceador.*

Desterré el pensamiento de mi mente y marqué el número del que solía ser mi hogar.

IX

—Hola, Pam. Soy yo otra vez.

—No quiero hablar más contigo, Edgar. Ya nos hemos dicho todo lo que había que decir.

—No todo, pero seré breve. Tengo que cuidar de una vieja dama. Ahora duerme, pero no me gustaría dejarla sola mucho tiempo.

—¿Qué vieja dama? —preguntó Pam, curiosa a su pesar.

—Se llama Elizabeth Eastlake. Tiene ochenta y pico años y un principio de Alzheimer. Su enfermero particular se está ocupando de un problema eléctrico en la sauna de alguien, y yo le estoy echando una mano.

—¿Querías una medalla de oro para pegarla en la página de Buenas Acciones de tu cuaderno?

—No, te llamo para convencerte de que no estoy loco.

Había traído el dibujo conmigo. Ahora me coloqué el teléfono entre el hombro y la oreja para poder cogerlo.

—¿Por qué te preocupas?

—Porque estás convencida de que todo esto lo originó Ilse, y no es así.

—¡Dios mío, eres increíble! Si ella llamara desde Santa Fe y dijera que se le había roto el cordón de un zapato, volarías hasta allí para comprarle uno nuevo.

—Tampoco me gusta que pienses que estoy enloqueciendo aquí abajo, cuando no es cierto. Bueno… ¿me estás escuchando?

Solo llegó silencio desde el otro extremo de la línea, pero el silencio era suficiente. Escuchaba.

—Hace diez o quince minutos que has salido de la ducha. Lo deduzco porque tu pelo cae sobre la espalda de tu bata. Supongo que aún sigue sin gustarte el secador de pelo.

—¿Cómo…?

—No sé cómo. Estabas sentada en una mecedora cuando te llamé. Debes de haberla adquirido después del divorcio. Leías un libro y comías una galleta. Una galleta de avena Grandma's. Ahora ha salido el sol, y entra por la ventana. Tienes un televisor nuevo, de los de pantalla plana. —Hice una pausa y finalmente—: Y un gato. Tienes un gato. Está durmiendo bajo la tele.

Silencio mortal desde el otro extremo de la línea. En mi lado, el viento soplaba y la lluvia abofeteaba las ventanas. Estaba a punto de preguntarle si seguía allí cuando habló de nuevo, con un insulso tono de voz que en absoluto sonaba propio de Pam. Había creído que ya no le quedaba nada con lo que pudiera herir mi corazón, pero me equivocaba.

—Deja de espiarme. Si alguna vez me amaste, deja de espiarme.

—Entonces deja de culparme —respondí con voz ronca, no del todo quebrada. De repente recordé a Ilse preparándose para regresar a Brown, Ilse de pie bajo el fuerte sol tropical fuera de la terminal de Delta, mirándome y diciéndome: «Mereces recobrarte. A veces me pregunto si tú te lo crees de verdad»—. Lo que me está pasando no es culpa mía. El accidente no fue culpa mía y esto tampoco. Yo no lo pedí.

—¿Y crees que yo sí? —vociferó.

Cerré los ojos, rogando algo, cualquier cosa, que me apartara de responder a la furia con furia.

—No, claro que no.

—¡Entonces déjame al margen! ¡Deja de llamarme! ¡Deja de ASUSTARME!

Colgó. Me quedé parado, sosteniendo el teléfono contra la oreja. Solo se oía el silencio, que fue roto por un fuerte clic. A continuación llegó el distintivo zumbido gorgojeante de Duma Key. Hoy sonaba bastante subacuático. Quizá a causa de la lluvia. Colgué el auricular y me quedé contemplando la armadura.

—Creo que fue muy bien, sir Lancelot —comenté.

Ninguna respuesta de su parte, que era exactamente lo que me merecía.

X

Crucé el vestíbulo principal revestido de plantas hasta la puerta del Salón Porcelana, miré a Elizabeth y comprobé que seguía dormida en la misma posición, con la cabeza ladeada. Sus ronquidos, que antes me habían parecido tan lastimosos en su desnuda antigüedad, ahora resultaban verdaderamente reconfortantes; de lo contrario, hubiera sido fácil imaginársela muerta con el cuello roto. Me pregunté si debía despertarla, y decidí dejarla dormir. Entonces miré a la derecha, hacia la amplia escalera principal, y la recordé diciendo: «Ah, lo encontrarás en el rellano del primer piso».

¿Encontrar qué?

Probablemente solo se trataba de un poco de galimatías sin sentido, pero no tenía nada mejor que hacer, así que atravesé el vestíbulo que habría sido un pasaje en una casa más humilde, con la lluvia tamborileando sobre el techo de cristal, y ascendí por la amplia escalera. Me detuve a cinco escalones del final, con la vista fija, y luego subí lentamente el resto del camio. Había algo, después de todo: una enorme fotografía en blanco y negro enmarcada en una fina moldura dorada. Más adelante le pregunté a Wireman cómo era posible que una foto en blanco y negro de los años veinte hubiera sido ampliada hasta ese tamaño (medía por lo menos metro y medio de largo por metro veinte de ancho) sin quedar borrosa. Me explicó que posiblemente había sido tomada con una Hasselblad, la cámara no digital más fina jamás fabricada.

La fotografía mostraba a ocho personas, de pie sobre arena blanca, con el golfo de México al fondo. El hombre era alto y atractivo, y aparentaba tener cuarenta y tantos años. Llevaba un bañador negro de una pieza compuesto por una camiseta de tirantes y unos pantalones cortos semejantes a los calzones ajustados que usan los jugadores de baloncesto hoy en día. A ambos lados se alineaban cinco chicas; la mayor era una adolescente madura, y las más pequeñas eran unas rubias idénticas que me hicieron pensar en los Gemelos Bobbsey de mis más tempranas *ole lo divertido que sería pintar una gran tormen-*

ce: Existen cosas secretas. Tesoros enterrados que
menta dejará al descubierto. Cosas que a papá le
trar y mirar.

o funciona. A Elizabeth poco le interesaba pintar
¿pero agradar a su papá? La idea era irresistible.
pá estaba enfadado aquel año. Furioso con Adie,
a al colegio ni siquiera después de su tour Europeo.
interesaba conocer a las personas adecuadas, o asistir
e sociedad adecuados. Estaba embobada con su
en absoluto era el Arquetipo Adecuado, según la
osas de papá.

No es de los nuestros, es un Cuelli-Celuloide, y
de los míos, y me da igual cómo sean los cuellos
apá se pone furioso.

ron amargas discusiones. Papá furioso con Adie y
nnah y Maria furiosas con Adie por tener un novio
a Mayor y al mismo tiempo Menos-Que-Ella. Las
adas por toda aquella locura. Libbit asustada, tam-
Melda declaraba una y otra vez que si no fuera por
Lo, habría regresado con su gente en Jacksonville

o dibujó estas cosas, por lo tanto yo las vi.

te se alcanzó el punto de ebullición y la tapa saltó
Adie y su Joven No Idóneo se fugaron a Atlanta, en
ery le habían prometido un empleo en la oficina de
or. Papá estaba encolerizado. Las Malas Malosas,
vuelto a casa desde la Escuela Braden para pasar el
a, le oyeron hablar por teléfono en su estudio, dicién-
en que traería de vuelta a Emery Paulson y que le
gazos hasta dejarlo moribundo. ¡Que les daría de
mbos!

s él dice: No, que Dios me asista. Que sea así como
a hecho su cama; que duerma ahora en ella.

de eso vino la tormenta. Alicia.

aventuras con los libros. Las gemelas se cogían de la mano, y vestían idénticos trajes de baño con faldas de volantes. En sus manos libres estrechaban unas muñecas de trapo Raggedy Ann, con delantal, cuyas piernas pendían fláccidamente. Me recordaron a Reba… y con toda seguridad las hebras oscuras de pelo sobre las distraídas caras sonrientes de las muñecas de las gemelas eran *ROJAS*. El hombre, que sin duda se trataba de John Eastlake, sostenía en la parte interior del codo a la chica número seis, la niñita que con el tiempo se convertiría en la vieja que roncaba en el piso de abajo. Detrás posaba una joven mujer negra de unos veintidós años, con el cabello recogido en una pañoleta. Asía una cesta de picnic, y era pesada, a juzgar por la forma en que se marcaban los músculos nada desdeñables de sus brazos. Tres brazaletes plateados adornaban su antebrazo.

Elizabeth estiraba sus regordetas manitas hacia quienquiera que hubiera sacado este retrato de familia, y sonreía. Nadie más lo hacía, aunque el fantasma de una sonrisa podría haber estado merodeando alrededor de las comisuras de la boca del hombre; tenía bigote, y eso hacía difícil asegurarlo. La joven niñera negra lucía un aspecto inequívocamente adusto.

John Eastlake sostenía dos objetos en la mano que no estaba ocupada sujetando a la niña, poco mayor que un bebé. Uno era una máscara de buceador. El otro era la pistola de arpones que había visto montada en la pared de la biblioteca junto al resto de armas. La pregunta, me parecía a mí, era si alguna parte racional de Elizabeth había salido de la niebla mental el tiempo suficiente para enviarme aquí arriba.

Antes de que pudiera considerar la cuestión un poco más, la puerta delantera se abrió en la planta baja.

—¡Ya estoy de vuelta! —gritó Wireman—. ¡Misión cumplida! Y ahora, ¿a quién le apetece un trago?

Cómo dibujar u

No tengas miedo de experimentar; en
que te guíe. A medida que su talento c
se transformó en Noveen, la milagros
pensaba ella. Para cuando descubrió s
Noveen cambió), fue demasiado tarde.
sido maravilloso. Encontrar a la musa d

La tarta, por ejemplo.

Que vaya al suelo, dice Noveen. ¡Qu
Y como puede, lo hace. Dibuja la tart
suelo. ¡Esparcida por el suelo! ¡Ja! Y a N
tarta desde arriba, disgustada, con las ma

¿Y se avergonzó Elizabeth cuando e
¿Estaba avergonzada y un poco asustada!

Sé que sí. Para los niños, la maldad es d
solo cuando es imaginada.

Aun así, hubo otros juegos. Otros exp
finalmente, en 1927…

En Florida, todos los huracanes fuera
bran Alicia. Es una especie de broma. Per
desde el Golfo en marzo de aquel año de
Huracán Elizabeth.

La muñeca le susurraba con una voz
el viento en las palmeras durante la noch
retirada rechinando a través de las conch
rrando mientras la pequeña Libbit se de

Libbit sintió su llegada. Sintió que comenzaba a levantarse viento, que las ráfagas emanaban de unos simples trazos de carboncillo negro como la muerte. Cuando llegó la verdadera tormenta (los aguaceros, los agudos alaridos del vendaval, como los de un tren de mercancías), la magnitud de esta la aterrorizó sobremanera, como si hubiera llamado con un silbato a un perro y hubiera atraído a un lobo.

Pero después el viento murió, el sol salió y todo el mundo estaba bien. Mejor que bien, porque en el período subsiguiente a Alicia, Adie y su Joven No Idóneo quedaron olvidados por un tiempo. Elizabeth incluso oyó a su papá tararear mientras él y el señor Shannington limpiaban los escombros del patio delantero, papá conduciendo el pequeño tractor rojo y el señor Shannington arrojando hojas de palmera y ramas tronchadas en el pequeño remolque que le seguía pesadamente.

La muñeca susurró, la musa narró su cuento.

Elizabeth escuchó y pintó el lugar, la Roca de la Bruja, ese mismo día, el día en que Noveen le susurró dónde había quedado expuesto el tesoro enterrado.

Libbit le rogó a su papá que fuera a mirar, se lo rogó, se lo rogó, se lo rogó. Papá dice: NO.

Papá dice: Estoy muy cansado, agarrotado, por todo el trabajo realizado en el patio.

Nana Melda dice: Un rato en el agua podría desentumecerle, señor Eastlake.

Nana Melda dice: Iré a por las pequeñas y haremos una merienda.

Y después Nana Melda dice: Ya sabe cómo es ella ahora. Si dice que hay algo ahí afuera, entonces a lo mejor…

Así que se dirigen playa abajo hacia la Roca de la Bruja, papá con el traje de baño que ya no le vale, y Elizabeth, y las gemelas, y Nana Melda. Hannah y Maria han vuelto a la escuela, y Adie… pero es mejor no hablar de ella. Adie está EN UN LÍO. Nana Melda carga con la cesta de picnic roja. Dentro estaba la comida, los sombreros de sol para las niñas, las cosas de Elizabeth para dibujar, la pistola-lanza de papá y unos cuantos arpones.

Papá se pone sus aletas y se mete hasta las rodillas en el caldo, *y dice:* ¡Está fría! Más vale que sea rápido, Libbit. Dime dónde está ese fabuloso tesoro.

Libbit dice: Te lo digo, ¿pero me prometes que puedo quedarme con la muñeca de porcelana?

Papá dice: Cualquier muñeca será tuya: derecho de salvamento.

La musa lo vio y la niña lo pintó. Así queda sentenciado su futuro.

9

Candy Brown

I

Dos noches después, pinté el barco por primera vez.

Al principio titulé el cuadro como *Niña y barco* y más tarde *Niña y barco n.º 1*, aunque ninguno de los dos era su verdadero nombre; su verdadero nombre era *Ilse y barco n.º 1*. Más que lo acontecido con Candy Brown, fue el ciclo *Barco* lo que me impulsó a decidir si expondría o no mi obra. Si Nannuzzi aceptaba, seguiría adelante con ello. No porque estuviera buscando lo que Shakespeare denominaba «la burbuja de aire de la reputación» (le debo una a Wireman por esta), sino porque llegué a comprender que Elizabeth tenía razón: era mejor no dejar que el trabajo se amontonara en Duma Key.

Las pinturas de la serie *Barco* eran buenas. O mejores, extraordinarias, quizá. Ciertamente esa fue la impresión que me causaron cuando las terminé. También eran una mala medicina, y poderosa. Creo que lo supe desde la primera, ejecutada durante las horas que precedieron al amanecer del día de San Valentín.

Durante la última noche de la vida de Tina Garibaldi.

II

El sueño no era exactamente una pesadilla, pero fue vívido más allá de mi habilidad para describirlo con palabras, aunque no obstante capturé algo de aquella sensación sobre el lienzo. No todo, pero algo. Lo suficiente, quizá.

El sol se ponía. En aquel sueño, y en todos los subsiguientes, siempre era la hora del crepúsculo. Una vasta luz rojiza inundaba el oeste, y alcanzaba una gran altura en el firmamento, donde se fundía primero en colores anaranjados y después en un insólito color verde. El Golfo reposaba en una calma casi mortal, y solo unas pequeñísimas olas cristalinas cruzaban su superficie, como si respirara. En el deslumbrante reflejo del ocaso, su aspecto era el de una enorme cavidad ocular rellena de sangre.

Contra aquella ardiente luz se recortaba la silueta de un navío abandonado de tres mástiles. Las raídas velas del barco colgaban fláccidamente, y un fuego rojo resplandecía a través de los agujeros y desgarrones. No había nadie vivo a bordo. Bastaba con mirarlo para saberlo. Se cernía sobre él una sensación de hueca amenaza, como si la cosa hubiera albergado alguna plaga que se extendió como un incendio por la tripulación, dejando solo este cadáver putrefacto de madera, cáñamo y lona. Recuerdo que me embargó la sensación de que si una gaviota o un pelícano lo sobrevolaba, el ave caería muerta sobre la cubierta con las plumas humeando.

Flotando a unos cuarenta metros de distancia se veía un pequeño bote de remos. Había una niña sentada en él, de espaldas a mí. Su cabello rojo era falso: ninguna chica viva poseía un pelo de hebras enmarañadas como aquel. Lo que delataba su identidad era el vestido que llevaba. Estaba cubierto con cuadrículas de tres en raya, e impresas las palabras YO GANO, TÚ GANAS, que se repetían una y otra vez. Ilse había tenido aquel vestido cuando era una niña de cuatro o cinco años… más o menos la edad de las gemelas en el retrato de familia que encontré en el rellano del primer piso de *El Palacio de Asesinos*.

Intenté gritar, advertirle de que no se acercara al navío abandonado. No pude. Me hallaba desvalido. En cualquier caso no parecía importar. Simplemente permanecía allí sentada, en el encantador botecito de remos sobre las suaves olas rojas, observando, con el vestido de cuadros que había pertenecido a Illy.

Me caí de la cama sobre el lado malo. Proferí un alarido de dolor y rodé sobre la espalda, escuchando a las olas en el exterior y el suave chirrido de las conchas bajo la casa. Me dijeron dónde me hallaba, pero no me reconfortó. *Yo gano*, sentenciaron. *Yo gano, tú ganas. Yo gano, tú ganas. La pistola, yo gano. La fruta, tú ganas. Yo gano, tú ganas.*

Mi brazo perdido parecía estar en llamas. Tenía que ponerle fin o enloquecería, y solo había una manera de hacerlo. Subí al piso de arriba y pinté como un lunático durante las tres horas siguientes. No tenía ningún modelo sobre la mesa, ni ningún objeto a la vista en el exterior de la ventana. Ni necesitaba ninguno. Estaba todo en mi cabeza. Y mientras trabajaba, comprendí que esta era la meta que todas las pinturas precedentes habían perseguido denodadamente. No la niña del bote de remos, necesariamente, pues con toda seguridad no era más que una atracción añadida, un punto de apoyo de la realidad. Era el barco lo que yo había estado buscando todo el tiempo. El barco y la puesta de sol. Cuando me remonté al pasado, me di cuenta de la ironía de aquello: *Hola*, el primer dibujo a lápiz que hice el día de mi llegada, fue el que más se había aproximado.

III

Me desplomé sobre la cama a eso de las tres y media y dormí hasta las nueve. Desperté sintiéndome fresco, limpio, recién salido de fábrica. El tiempo era bueno: despejado y más cálido de lo que había sido durante la última semana. Los Baumgarten se preparaban para regresar al norte, pero pude disfrutar de una animada partida de Frisbee en la playa con sus hijos antes de partir. Tenía un apetito voraz, y el dolor estaba en niveles bajos. Era agradable volver a sentirse como una persona normal, siquiera por una hora.

Las nubes de Elizabeth también habían clareado. Le leí varios poemas mientras ella disponía sus porcelanas. Wireman también se encontraba por allí, al día con sus tareas por una vez, y con buen ánimo. El mundo parecía perfecto aquel día. Solo más tarde se me ocurrió que bien pudo ser que George «Candy» Brown secuestrara a Tina Garibaldi, una niña de doce años, al mismo tiempo que yo le recitaba a Elizabeth el poema de Richard Wilbur sobre la colada: *El Amor nos llama a las cosas de este mundo.* Lo escogí porque dio la casualidad de que ese día vi un artículo en el periódico que decía que se había convertido en algo así como el favorito del día de San Valentín. El secuestro de la niña Garibaldi había quedado grabado. Ocurrió exactamente a las 3.16 de la tarde, según la hora de la cinta, y eso habría sido más o menos justo cuando me detuve para tomar un sorbo del té verde de Wireman y desdoblar el folio con el poema de Wilbur impreso, que había sacado de internet.

Había un circuito cerrado de cámaras instalado para vigilar el área de los muelles de carga por detrás del Centro Comercial Crossroads. Para prevenir los hurtos, supongo. Lo que captaron en este caso fue el hurto de la vida de una niña. Ella aparecía en pantalla cruzando de derecha a izquierda, una chiquilla delgada vestida con vaqueros y una mochila a la espalda. Probablemente planeaba zambullirse en el centro comercial antes de completar el resto de su camino a casa. En la cinta, que las cadenas de televisión reproducían obsesivamente, le ves asomar de una rampa y asirla por la muñeca. Ella alza el rostro hacia el del hombre, y parece que le pregunta algo. Brown asiente con la cabeza en respuesta y se aleja con ella. Al principio la niña no lucha, pero luego, justo antes de que desaparezcan tras un contenedor, hace un intento por liberarse. Él sigue agarrándola firmemente por la muñeca cuando desaparecen de la vista de la cámara. La asesinó menos de seis horas después, según el informe del forense del condado, pero a juzgar por las terribles evidencias en su cuerpo, aquellas horas debieron de parecerle muy largas a esa chiquilla, que nunca había causado daño a nadie.

Debieron de hacérsele eternas.

«Al otro lado de la ventana abierta, el aire de la mañana está inundado de ángeles», escribe Richard Wilbur en «El amor nos llama a las cosas de este mundo». Pero no, Richard. No.

No eran más que hojas.

Los Baumgarten partieron, y los perros de los Godfrey ladraron un adiós. Llegó una tropa de Doncellas Alegres a la casa donde se habían alojado los Baumgarten y le dieron una buena limpieza. Los perros de los Godfrey ladraron un hola (y un adiós). El cuerpo de Tina Garibaldi fue encontrado en una zanja detrás del campo de béisbol de la Liga Infantil, en Wilk Park, desnuda de cintura para abajo y desechada como una bolsa de basura. En el Canal 6 salió su madre gritando y desgarrándose angustiosamente las mejillas. Los Kintner reemplazaron a los Baumgarten. Los chicos de Toledo dejaron vacante el número 39 y se instalaron tres agradables señoras mayores procedentes de Michigan. Las viejas se reían un montón y de hecho exclamaban «Yuu-juu» cuando nos divisaban a mí o a Wireman. No tengo ni idea si conectaron o no el recién instalado Wi-Fi del número 39, pero la primera vez que jugué al Scrabble con ellas me dieron sopas con honda. Los perros de los Godfrey ladraban incansablemente cuando las ancianas salían a pasear por las tardes. Un hombre que trabajaba en la E-Z JetWash de Sarasota llamó a la policía y contó que el tipo que aparecía en la cinta de Tina Garibaldi se parecía mucho a uno de sus compañeros lavacoches, un tío llamado George Brown, al que todo el mundo conocía como Candy. Candy Brown había dejado el trabajo a las 14.30 de la tarde el día de San Valentín, declaró este hombre, y no había regresado hasta la mañana siguiente. Afirmaba que no se había sentido bien. La E-Z JetWash estaba solo a una manzana de distancia del Centro Comercial Crossroads. Dos días después de San Valentín entré en la cocina de *El Palacio* y encontré a Wireman sentado a la mesa con la cabeza echada hacia atrás, sacudiéndose. Cuando las convulsiones remitieron, me dijo que estaba bien. Cuando le repliqué que no lo parecía, me contestó que me guardara mi opinión para mí mismo, hablando con un brusco tono de voz impropio de él. Alcé tres dedos y le pregunté que cuántos veía.

Dijo que tres. Levanté dos y dije dos. Decidí, no sin recelo, dejarlo estar. Otra vez. Después de todo, yo no era el guardián de Wireman. Pinté los números 2 y 3 de *Niña y barco*. En el *N.º 2*, la chiquilla del bote de remos lucía el vestido azul con lunares de Reba, pero estaba positivamente seguro de que seguía siendo Ilse. Y el *N.º 3* no admitía la menor duda. Su cabello había retornado al fino hilo de seda color maíz que recordaba de aquellos días, y llevaba una blusa marinera con ribetes cosidos alrededor del cuello. Tenía buenas razones para acordarme perfectamente de aquella prenda: la llevaba el domingo que se cayó del manzano de nuestro patio trasero y se rompió el brazo. En el *N.º 3*, el barco había virado ligeramente, y pude leer las primeras letras de su nombre escritas en la proa con pintura descascarillada: *PER*. No tenía la más remota idea de cuáles serían las letras restantes. Fue también la primera vez que el lanza-arpones de John Eastlake se integraba en la composición del cuadro. Descansaba cargado en uno de los asientos del bote. El 18 de febrero apareció un amigo de Jack para ayudar en las reparaciones de algunas propiedades en alquiler. Los perros de los Godfrey le ladraron gregariamente, invitándole a pasarse por allí siempre que le apeteciera que le arrancaran un trozo de carne de su trasero enfundado en unos vaqueros estilo hip-hop. La policía interrogó a la mujer de Candy Brown sobre el paradero de su marido el día de San Valentín (ella también le llamaba Candy, todo el mundo le llamaba así, y probablemente había invitado a Tina Garibaldi a llamarle Candy antes de torturarla y asesinarla). Ella declaró que quizá había estado enfermo, pero que no en casa. No había llegado hasta las ocho de la noche, o así. Dijo que le había comprado una caja de bombones. Dijo que él era un encanto para cosas como esa. El 21 de febrero, los vecinos de la música country cogieron su coche deportivo y salieron a toda velocidad de regreso a los climas septentrionales de donde habían venido. Nadie más se mudó a la isla para ocupar su lugar. Wireman afirmó que señalaba la retirada de la marea de pinzones árticos. Añadió que siempre se retiraban antes de Duma Key, que tenía cero restaurantes y cero atracciones turísticas (¡ni siquiera había una granja de asquerosos aligátors!). Los perros de los Godfrey ladraron sin cesar, como si proclamaran que la marea de turistas invernales estaba retrocediendo, pero que aún le quedaba camino por recorrer. El mismo día que los *boogie-boogie cowboys* abandonaron Duma Key, la policía se personó en la casa de Candy Brown en Sarasota con una orden de registro. Según el Canal 6, varios objetos fueron confiscados. Un día más tarde, las tres ancianas del número 39 volvieron a darme sopas con honda al Scrabble; ni siquiera llegué a oler un Triple Tanto de Palabra, pero aprendí que existe el vocablo *qiviut*. Cuando regresé a casa y encendí el televisor, el logo de ÚLTIMA HORA aparecía sobreimpresionado en el Canal 6, cuyo único programa parece ser «Todo Suncoast, A Todas Horas». Candy Brown había sido arrestado. Según «fuentes cercanas a la investigación», en el registro de la casa Brown se habían incautado dos prendas de ropa interior, una de ellas manchada de sangre. La prueba de ADN vendría a continuación, igual que la noche sigue al día. Candy Brown no esperó. Los periódicos del día siguiente publicaron una cita suya confesando a la policía que «estaba colocado, hice algo horrible». Esto fue lo que leí mientras bebía mi zumo matinal. Sobre el relato de los hechos estaba La Foto, que ya me era tan familiar como la imagen de Kennedy siendo disparado en Dallas. La Foto mostraba a Candy con la mano cerrada en torno a la muñeca de Tina Garibaldi, que alzaba el rostro hacia él inquisitivamente. Sonó el teléfono. Lo descolgué sin mirar y musité un hola, inquieto por el asunto de Tina Garibaldi. Era Wireman. Me preguntó si tal vez me apetecería ir a la casa por un rato. Le contesté que claro, por supuesto, empecé a decir adiós y me di cuenta de que oía algo, no en su voz sino justo por debajo, que estaba lejos de ser normal. Le pregunté si algo iba mal.

—Por lo que parece, me he quedado ciego del ojo izquierdo, *muchacho*.

Soltó una pequeña risa entre dientes. Era un sonido extraño, ausente.

—Sabía que pasaría, pero no por ello deja de ser un shock. Supongo que todos nosotros nos sentiremos así cuando nos despertemos m...m... —Exhaló una temblorosa bocanada de

aire—. ¿Puedes venir? He intentado localizar a Annmarie, la enfermera de Bay Area, una residencia privada de ancianos, pero ha
salido a atender una llamada, y... ¿puedes venir, Edgar? ¿Por
favor?

—Ya mismo estoy allí. Cuelga, Wireman. Quédate donde
estás y cuelga.

V

Yo no había sufrido ningún problema con mi propia vista en semanas. El accidente me había provocado una pequeña pérdida de
la visión periférica, y tendía a girar la cabeza a la derecha para ver
cosas que con anterioridad captaba fácilmente cuando miraba de
frente, pero por lo demás mi departamento ocular funcionaba a
la perfección. Al salir hacia mi anónimo Chevy alquilado, me
pregunté cómo me sentiría si aquella sanguinolenta rojez empezara a deslizarse sigilosamente sobre las cosas otra vez... o si me
despertaba una mañana con nada salvo un agujero negro a un
lado de mi mundo. Eso hizo que me preguntara cómo se las había apañado Wireman para reírse. Siquiera un poco.

Tenía la mano en la manija del Malibú cuando me acordé de
Wireman diciendo que Annmarie Whistler, la persona a la que le
confiaba el cuidado de Elizabeth cuando él tenía que salir por
algún tiempo, estaba atendiendo una llamada. Volví apresuradamente a la casa y telefoneé a Jack al móvil, rezando para que contestara y para que le fuera posible venir. Contestó, y vino.

Un gol para el equipo de casa.

VI

Aquella mañana conduje fuera de la isla por vez primera, y perdí
mi virginidad a lo grande en el embotellamiento de vehículos en
dirección norte por la Ruta Tamiami. Nos dirigíamos al Hospital
Memorial de Sarasota, por recomendación del médico de Eliza-

beth, a quien yo había llamado a pesar de las débiles protestas de Wireman. Y ahora él no cesaba de preguntarme si me encontraba bien, si estaba seguro de que podía hacerlo, si no habría sido mejor dejar conducir a Jack para que yo pudiera quedarme con Elizabeth.

—Estoy bien —afirmé.

—Bueno, pareces muerto de miedo. Aún soy capaz de ver eso.

Su ojo derecho se había vuelto en mi dirección. El izquierdo trataba de seguirle el juego, pero sin mucho éxito. Estaba inyectado en sangre, miraba ligeramente hacia arriba, y derramaba despiadadas lágrimas.

—¿Vas a ponerte histérico, *muchacho*?

—No. Además, ya oíste a Elizabeth. Si no hubieras venido por ti mismo, habría cogido una escoba y te habría echado a golpes por la puerta.

Wireman no había querido que «la *signorina* Eastlake» se enterara de que le pasaba algo malo, pero ella entró en la cocina con su andador y escuchó la parte final de nuestra conversación. Y aparte, poseía un poco de lo que tenía Wireman. No era algo reconocido entre nosotros, pero ahí estaba.

—Si quieren ingresarte... —empecé a decir.

—Oh, querrán, es un puto acto reflejo, pero eso no va a ocurrir. Si pudieran arreglarlo, sería diferente. Voy solo porque Hadlock podría ser capaz de decirme que esta puta mierda no es permanente, sino nada más que un puntito luminoso temporal en el radar —dijo, sonriendo lánguidamente.

—Wireman, ¿qué coño te pasa?

—Todo a su debido tiempo, *muchacho*. ¿Qué has estado pintando estos días?

—Eso no importa ahora mismo.

—Oh, querido —dijo Wireman—. Parece que no soy el único que está cansado de interrogatorios. ¿Sabías que durante los meses invernales uno de cada cuarenta usuarios regulares de la Ruta Tamiami tendrá un percance con su vehículo? Es cierto. Y según algo que oí en las noticias el otro día, las probabilidades de que un asteroide del tamaño del Astródomo de Houston impacte sobre la Tierra son en realidad mayores que las probabilidades de…

Hice además de encender la radio y dije:

—¿Por qué no ponemos algo de música?

—Buena idea —convino—. Pero nada de puto country.

Durante un segundo no lo pillé, y entonces me acordé de los *boogie-boogie cowboys* que se habían marchado recientemente. Di con la emisora de rock más ruidosa de la zona, una estación de radio que se hacía llamar The Bone. Nazareth berreaba a voz en grito «Hair of the Dog».

—Ah, rock'n'roll hasta vomitar en los zapatos —dijo Wireman—. Ahora nos entendemos, *mi hijo*.

VII

Fue un día muy largo. Siempre que tumbas tu cuerpo sobre la cinta transportadora de la medicina moderna, en especial si se practica en una ciudad abarrotada de visitantes invernales ancianos y frecuentemente con achaques, te aguarda un largo día. Nosotros estuvimos en el hospital hasta las seis. Por supuesto, quisieron ingresar a Wireman, pero él se negó.

Yo pasé la mayor parte del tiempo en el purgatorio de las salas de espera, donde las revistas están atrasadas, los cojines de las sillas son finos y la televisión siempre está atornillada en un rincón lo más alto posible. Me senté, escuché preocupadas conversaciones compitiendo con el cacareo de la televisión, y de vez en cuando iba a una de las áreas donde se permitía usar el teléfono móvil y llamaba a Jack con el de Wireman. ¿Ella se encontraba bien? Estupendamente. Jugaban al parchís. Después reconfiguraron *China Town*, la Ciudad Porcelana. La tercera vez los pillé comiendo sándwiches y viendo el programa de Oprah. A la cuarta, ella dormía.

—Cuéntale que ha pedido ir al cuarto de baño todas las veces —informó Jack—. Hasta ahora.

Así lo hice, y a Wireman le complació oírlo. Y la cinta transportadora seguía rodando en su lento avance.

Tres salas de espera: una en Admisión General, donde Wireman se negó incluso a coger un formulario, posiblemente porque no podía leerlo (tuve que rellenarlo yo con la información necesaria); otra en Neurología, donde conocí a Gene Hadlock, el médico de Elizabeth, y a un colega pálido y con perilla llamado Herbert Principe. El doctor Hadlock afirmó que Principe era el mejor neurólogo de Sarasota. Principe no lo negó, ni siquiera soltó una exclamación de fingida vergüenza. La última sala de espera estaba en la segunda planta, hogar de los Mega-Sofisticados Equipos. Aquí no sometieron a Wireman a una Resonancia Magnética, un proceso con el que yo estaba muy familiarizado, sino que en su lugar le condujeron a Radiología, en el extremo más alejado del corredor, un laboratorio que en esta era de modernidades imaginaba polvoriento y desatendido. Wireman me entregó su medallón de la Virgen María para que se lo guardara, y me quedé intrigado por la razón que impulsaría al mejor neurólogo de Sarasota a recurrir a una tecnología tan obsoleta. Nadie se molestó en ilustrarme.

Las televisiones de las tres salas de espera sintonizaban el Canal 6, que una y otra vez me sometía a la visión de La Foto: Candy Brown con la mano cerrada alrededor de la muñeca de Tina Garibaldi, que alzaba su rostro hacia él, congelada en una expresión que era terrible porque cualquiera que hubiera sido educado en un hogar medio decente conocía exactamente, en su corazón, lo que significaba. Advertías a tus hijos que tuvieran cuidado, mucho cuidado, que un extraño podía ser sinónimo de peligro, y quizá lo creían, pero los niños procedentes de buenos hogares crecían también con la convicción de que la seguridad era un derecho de nacimiento. Así que los ojos decían: «Claro, señor, dígame lo que se supone que debo hacer». Los ojos decían: «Usted es el adulto, yo soy la niña, así que dígame lo que quiere». Los ojos decían: «He sido educada en el respeto a los mayores». Y por encima de todo, lo que te aniquilaba, eran los ojos diciendo: «Nunca antes me han hecho daño».

No creo que esa interminable cobertura, ese bucle sin fin, y la casi constante repetición de La Foto justifique todo lo que aconteció a continuación, ¿pero que había jugado un papel importante? Sí.

Seguro que sí.

VIII

Ya había oscurecido cuando finalmente saqué el coche del aparcamiento y giré hacia el sur por la Ruta, en dirección a Duma. Al principio apenas pensaba en Wireman; estaba completamente absorto en la conducción, seguro de algún modo de que esta vez me abandonaría la suerte y sufriríamos un accidente. Empecé a relajarme una vez que dejamos atrás el desvío a Cayo Siesta y el tráfico se aligeró un poco.

—Para aquí —pidió Wireman cuando llegamos al Centro Comercial Crossroads.

—¿Necesitas algo en The Gap? ¿Unos gallumbos? ¿Un par de camisetas con bolsillos?

—No te hagas el sabiondo y para aquí. Aparca en un sitio iluminado.

Detuve el coche junto a una farola y apagué el motor. Encontré el lugar moderadamente escalofriante, aun cuando el aparcamiento estaba medio lleno y sabía que Candy Brown había raptado a Tina Garibaldi en el otro lado, en el área de carga y descarga.

—Supongo que puedo contarlo una vez —dijo Wireman—. Y te mereces oírlo. Porque has sido bueno conmigo. Y has sido bueno para mí.

—Lo mismo digo, Wireman.

Sus manos descansaban sobre una delgada carpeta gris que traía consigo del hospital. Su nombre estaba escrito en la etiqueta. Levantó un dedo para hacerme callar sin mirarme; mantenía la vista fija al frente, hacia los Grandes Almacenes Bealls anclados en este extremo del centro comercial.

—Quiero hacer esto de un tirón. ¿Te sirve así?

—Sí, claro.

—Mi historia es como… —Se volvió hacia mí, repentinamente animado. El ojo izquierdo era de un color rojo brillante y lloraba de manera estacionaria, pero por lo menos ahora los dos apuntaban hacia mí al mismo tiempo—. *Muchacho*, ¿alguna vez has visto en las noticias la feliz historia de uno de esos tíos que han ganado doscientos o trescientos millones de pavos en la Powerball?*

—¿Y quién no?

—Le suben a un escenario, le entregan un gran cheque falso de cartón, y el tío pronuncia casi siempre unas palabras inarticuladas, pero eso es bueno; en una situación como esa es lo lógico, porque acertar con todos esos números es un puto escándalo. Increíble. En una situación como esa, todo lo más que puedes conseguir es: «¡Me voy al puto Disney World!». ¿Me sigues hasta el momento?

—Hasta el momento, sí.

Wireman volvió a estudiar a la gente que entraba y salía de Bealls, detrás del cual Tina Garibaldi había conocido a Candy Brown para su dolor y pesar.

—A mí también me tocó *la lotería*. Solo que no en el buen sentido. De hecho, diría que fue casi de la peor forma posible. En mi otra vida, desempeñaba la abogacía en Omaha. Trabajaba para un bufete llamado Fineham, Dooling y Allen. Los más ingeniosos (entre los cuales me incluyo) a veces lo llamábamos *Findum, Fuckum y Forgettum*: Encontramus, Jodemus y Olvidamus. En realidad era un gran bufete, honesto como el día. Ganamos casos importantes, y yo tenía una buena posición allí. Estaba soltero, y para entonces, con treinta y siete años, pensaba que probablemente ese era mi destino en la vida. Entonces llegó el circo a la ciudad, Edgar. Quiero decir un circo real, uno con grandes felinos y trapecistas. La mayoría de sus integrantes provenían de

---

* Lotería de EE.UU. en que el jugador escoge cinco números entre el 1 y el 55 (bolas blancas) y un número adicional entre el 1 y el 42 (bola roja o *powerball*). El premio mayor se consigue si se aciertan los seis números. (N. del T.)

otras nacionalidades, como a menudo es el caso. La compañía de trapecistas era de México. Una de las contables del circo, Julia Taveres, también era mexicana. Aparte de llevar los libros, actuaba de intérprete para los acróbatas.

Pronunció el nombre de ella en español: *Hulia*, aspirando la H.

—Yo no iba al circo. Wireman asistía ocasionalmente a algún concierto de rock, pero no al circo. Pero aquí viene la lotería otra vez. Cada pocos días, el personal administrativo del circo extraía un papelito de un sombrero para decidir quién iría a comprar provisiones de oficina: patatas fritas, salsa, café, refrescos. Un día en Omaha, Julia sacó el papelito marcado. Mientras cruzaba el aparcamiento del supermercado de vuelta a la furgoneta, entró un camión de reparto a velocidad elevada y chocó contra una hilera de carritos de compra. Ya sabes cómo los agrupan en fila, ¿no?

—Sí.

—Okey. ¡Bang! Los carritos ruedan unos diez metros, golpean a Julia y le rompen la pierna. La cogió desprevenida y no tuvo ninguna oportunidad de apartarse. Resultó que había un poli estacionado en las cercanías, oyó sus gritos y llamó a una ambulancia. También hizo soplar al conductor del camión de reparto. Dio un uno-siete.

—¿Eso es mucho?

—Sí, *muchacho*. En Nebraska, un uno-siete no se salda solo con una multa de doscientos dólares, es un delito de conducción en estado de embriaguez. Julia, siguiendo el consejo del médico que la atendió en Urgencias, vino a nosotros. Había treinta y cinco abogados en Findum, Fuckum y Forgettum en aquella época, y el caso de las lesiones de Julia podría haber terminado en manos de cualquiera entre quince. Me tocó a mí. ¿Ves los números empezando a rodar?

—Sí.

—Hice algo más que representarla; me casé con ella. Ganó el juicio y una buena tajada. El circo abandonó la ciudad, como es su costumbre, pero con una contable menos. ¿Tengo que decirte lo mucho que nos amábamos?

—No —contesté—. Lo oigo cada vez que pronuncias su nombre.

—Te lo agradezco, Edgar. Gracias.

Estaba allí sentado con la cabeza agachada y las manos sobre la carpeta. Entonces sacó una cartera, maltrecha y abultada, del bolsillo trasero. No tenía la menor idea de cómo podía soportar sentarse sobre tal roca. Revisó una a una las fundas destinadas a fotografías y documentos importantes, se detuvo, y extrajo la foto de una mujer de ojos y cabello oscuros que vestía una blusa blanca sin mangas. Aparentaba unos treinta años. Su belleza era capaz de provocar un paro cardíaco.

—Mi Julia —musitó. Hice ademán de devolverle la foto y sacudió la cabeza. Estaba buscando otra. Me daba pavor tener que verla. La cogí, no obstante, cuando me la tendió.

Era Julia Wireman en miniatura. El mismo cabello oscuro, enmarcando un pálido y perfecto rostro. Los mismos ojos oscuros y solemnes.

—Esmeralda —dijo Wireman—. La otra mitad de mi corazón.

—Esmeralda —repetí. Pensé que aquellos ojos y los que miraban a Candy Brown en La Foto eran casi idénticos. Pero quizá los ojos de todos los niños son iguales. Me empezó a picar el brazo. El que había sido quemado en el incinerador de un hospital. Me lo rasqué y solo encontré las costillas. Vaya novedad.

Wireman cogió las fotografías, plantó un beso en cada una de ellas con un intenso sentimiento de amor, descarnado y breve, que era terrible de contemplar, y las devolvió a sus fundas transparentes. Le llevó un rato, porque le temblaban las manos. Y porque, supongo, tenía problemas para ver.

—En realidad ni siquiera te hace falta mirar los números, *amigo*. Si cierras los ojos puedes oír cómo van cayendo las bolas en su sitio: clic, y clic, y clic. Algunas personas simplemente tienen un golpe de suerte. ¡Ajá!

Chasqueó la lengua contra el paladar. El sonido reverberó ruidosamente en el pequeño sedán de una manera espantosa.

—Cuando Ez tenía tres años, Julia firmó un contrato a tiempo parcial con una organización llamada Feria de Trabajo: Soluciones para Inmigrantes, en el distrito comercial de Omaha. Ayudaba a los hispanoparlantes a conseguir trabajo, tanto si tenían tarjeta de residencia como si no, y ponía en el buen camino a los ilegales que deseaban obtener la ciudadanía. Era una organización pequeña que utilizaba el local de una tienda, con poca repercusión, pero desde el punto de vista práctico, hicieron mucho más bien que todas las manifestaciones y todas las recogidas de firmas. En la humilde opinión de Wireman.

Presionó sus manos contra los ojos, y exhaló un profundo, trémulo suspiro. Luego dejó caer las palmas sobre la carpeta con un golpe sordo.

—Sucedió mientras yo estaba en Kansas City por negocios. Julia pasaba las mañanas de lunes a jueves en la Feria de Trabajo. Ez iba a una guardería infantil. Una de las buenas. Pude haberles demandado, y despedazar aquel lugar y hacer que la directora terminara pidiendo limosna en la calle, pero no lo hice. Porque incluso en mi aflicción, comprendía que lo que le pasó a Esmeralda pudo haberle ocurrido al hijo de cualquiera. Se trata nada más que de *la lotería, ¿entiendes?* Una vez nuestro bufete demandó a una compañía de persianas venecianas, aunque yo no estuve personalmente implicado. Un bebé acostado en su cuna agarró el cordón de una persiana, se lo llevó a la boca y murió de asfixia. Los padres ganaron, y hubo una indemnización, pero su bebé continuaba igual de muerto, y si no hubiera sido el cordón, podría haber sido cualquier otra cosa. Un coche de juguete. La placa de identificación del collar del perro. Una canica. —Wireman se encogió de hombros—. En el caso de Ez, fue una canica. Se la tragó durante el recreo y se asfixió.

—¡Wireman, Dios Santo! ¡Cuánto lo siento!

—Seguía viva cuando la llevaron al hospital. La mujer de la guardería llamó a la oficina de Julia y a la mía. Balbuceaba enloquecida. Julia salió llorando de la Feria de Trabajo, se montó en el coche y condujo como alma que lleva el diablo. A tres manzanas del hospital colisionó frontalmente con un camión del Servicio de Obras Públicas de Omaha. Murió al instante. Para entonces nuestra hija probablemente llevaba muerta unos veinte minutos. El medallón de la Virgen María que me guardaste… era de Julia.

Guardó silencio, y el silencio giró fuera de control. Yo no lo llené; no hay nada que decir ante un suceso como ese. Finalmente reanudó su historia.

—No es más que otra versión de la Powerball. Cinco números, más ese Número Extra de suma importancia. Clic, clic, clic, clic, clic. Y después un clac adicional por si acaso. ¿Imaginé alguna vez que algo así podría pasarme a mí? No, *muchacho*, nunca ni en mis peores pesadillas, y Dios nos castiga por lo que nos es imposible de imaginar. Mi madre y mi padre me rogaron que fuera a ver a un psiquiatra, y durante un tiempo, ocho meses después de los funerales, me sometí a terapia, en efecto. Estaba cansado de flotar por el mundo como un globo atado a un metro sobre mi propia cabeza.

—Conozco la sensación —dije.

—Lo sé. Hemos visitado el infierno en turnos distintos, tú y yo. Y hemos vuelto a salir, supongo, aunque mis tacones todavía humean. ¿Y los tuyos?

—También.

—El psiquiatra… un hombre agradable, pero no podía hablar con él. Era incapaz de articular palabra. Con él lo único que hacía era sonreír tontamente. Seguía esperando a la chica mona en biquini que me entregara mi gran cheque de cartón. El público lo estaría viendo y aplaudiría. Y al final el cheque llegó. Cuando nos casamos, firmamos una póliza de seguro de vida conjunto. Cuando llegó Ez, la añadí también. Así que realmente gané *la lotería*. Especialmente si le sumas la indemnización que Julia recibió por el accidente en el aparcamiento del supermercado. Lo cual nos trae hasta aquí.

Levantó la delgada carpeta gris.

—La posibilidad del suicidio siempre estuvo presente, dando vueltas en espiral, acercándose más y más. Su principal atractivo era la idea de que tal vez Julia y Esmeralda seguían ahí afuera, aguardando a que las alcanzara… pero que no podrían esperar eternamente. No soy un hombre religioso en el sentido convencional, pero creo al menos que existe la posibilidad de una vida futura después de la muerte, y que sobrevivimos como… nosotros mismos, ¿sabes? Pero por supuesto… —Una sonrisa glacial asomó en las comisuras de su boca—. Era depresión, por encima de todo. Guardaba una pistola en mi caja fuerte. Calibre 22. La compré para defensa del hogar cuando nació Esmeralda. Una noche me senté en la mesa del comedor, y… intuyo que ya conoces esta parte de la historia, *muchacho*.

Levanté una mano, girando la muñeca repetidamente en un gesto que significaba quizá *sí*, quizá *no*.

—Me senté a la mesa del comedor en mi casa vacía. Había una fuente con fruta, cortesía de la empleada que se encargaba de las tareas del hogar. Coloqué la pistola en la mesa y cerré los ojos. Hice girar la fuente de fruta dos o tres veces. Me dije que si sacaba una manzana, me llevaría la pistola a la sien y pondría fin a mi vida. Si era una naranja, sin embargo… entonces cogería mis ganancias de la lotería y me iría a Disney World.

—Podías oír el ruido del frigorífico —dije.

—Exacto —confirmó sin sorpresa—. Podía oír el frigorífico, tanto el zumbido del motor como los golpes secos del congelador. Extendí la mano y saqué una manzana.

—¿Hiciste trampa?

Wireman sonrió.

—Una razonable pregunta. Si te refieres a si miré, la respuesta es no. Si te refieres a si memoricé la disposición de la fruta en la fuente… —Se encogió de hombros—. *¿Quién sabe?* En cualquier caso, era una manzana: el pecado de Adán es el pecado de todos los hombres. No tuve que darle un mordisco ni olerla; supe lo que era por el tacto de la piel. Así que sin abrir lo ojos, sin concederme ninguna oportunidad de pensar, levanté la pistola y la apreté contra la sien.

Representó esto con la mano que yo ya no tenía, amartillando el pulgar y colocando el índice contra la pequeña cicatriz circular que en general quedaba oculta por su largo cabello grisáceo.

—Mi último pensamiento fue: «Por lo menos ya no tendré que escuchar más el ruido de ese frigorífico ni comer más de esos pasteles de carne de gourmet». No recuerdo ningún bang. Sin embargo, el mundo se volvió blanco, y ese fue el final de la otra vida de Wireman. Ahora... ¿te gustaría que te hablara de las jodidas alucinaciones?

—Sí, por favor.

—Quieres ver si concuerda con tu caso, ¿no?

—Sí. —Y entonces se me ocurrió una pregunta. Una de cierta importancia, quizá—. Wireman, ¿tuviste alguno de estos estallidos telepáticos... estas recepciones paranormales... o como quieras llamarlo... antes de venir a Duma Key?

Pensaba en el perro de Monica Goldstein, Gandalf, y en cómo experimenté la sensación de estrangularlo con un brazo que ya no tenía.

—Sí, dos o tres veces —respondió—. Puede que te hable de ellas a su debido tiempo, Edgar, pero no quiero tener a Jack pegado a la señorita Eastlake tanto tiempo. Dejando a un lado todas las demás consideraciones, ella es propensa a preocuparse por mí. Es adorable.

Podría haberle contestado que era probable que Jack, otra especie de cosa adorable, estuviera también preocupado, pero por el contrario le rogué que continuara.

—A menudo te rodea una cierta cualidad de rojo, *muchacho* —explicó Wireman—. No creo que sea un aura, exactamente, y no es exactamente un pensamiento... excepto cuando sí lo es. La he captado de ti en tres o cuatro ocasiones, tanto en forma de palabra como de color. Y sí, una vez ocurrió fuera de Duma Key. Cuando fuimos a la Scoto.

—Cuando me quedé atascado en una palabra.

—¿Sí? No lo recuerdo.

—Yo tampoco, pero estoy seguro de que fue eso. Rojo es una ayuda nemotécnica para mí. Un gatillo. Proviene de una canción de Reba McEntire, aunque parezca mentira. Tropecé con ella casi por casualidad. Y hay algo más, supongo. Cuando olvido cosas tiendo a.... ya sabes...

—¿Cabrearte un poco?

Me acordé de cómo había agarrado a Pam por el cuello. Cómo había tratado de estrangularla.

—Sí —contesté—. Podrías decirlo así.

—Ah.

—En cualquier caso, imagino que el rojo debe de haber salido a la superficie y manchado mi… ¿mi traje mental? ¿Es algo como eso?

—Muy cercano. Cada vez que lo percibo a tu alrededor, en ti, rememoro despertar después de meterme una bala en la sien y ver que el mundo entero era de color rojo oscuro. Pensé entonces que estaba en el infierno, que así era como iba a ser el infierno, una eternidad del más profundo color escarlata. —Hizo una pausa—. Luego me di cuenta de que era solo la manzana, reposando delante de mí, a un par de centímetros de mis ojos, quizá. En el suelo. Yo estaba tendido en el suelo.

—¡Pero qué diablos…! —exclamé.

—Sí, eso fue lo que pensé, pero no se trataba de ningún diablo, solo era una manzana. «El pecado de Adán es el pecado de todos los hombres», dije en voz alta, y después: «Fuente de fruta». Recuerdo todo lo sucedido y todas las palabras de las siguientes noventa y seis horas con perfecta claridad. Todos y cada uno de los detalles. —Rió—. Por supuesto, sé que algunas de las cosas que recuerdo no son ciertas, pero igualmente me acuerdo de ellas con exquisita precisión. Incluso hoy mismo, ningún contrainterrogatorio podría hacerme cometer un desliz, ni siquiera en lo concerniente a las cucarachas cubiertas de pus que vi salir reptando de los ojos, la boca y la nariz del viejo Jack Fineham.

»Me dolía la cabeza de cojones, pero por lo demás, una vez recuperado del shock de la manzana en primer plano, me sentía bastante bien. Eran las cuatro de la mañana. Habían pasado seis horas y yacía en un charco de sangre coagulada. Había formado una costra en mi mejilla derecha que parecía gelatina. Recuerdo haberme sentado y decir: «Soy un dandi bañado en áspic», y traté de recordar si el áspic era alguna clase de gelatina. Dije: «Nada de gelatina en la fuente de fruta», y el pronunciarlo en voz alta me pareció tan racional que fue como superar un examen de cordura. Empecé a dudar de si realmente me había disparado a mí mismo. Parecía más probable que me hubiera quedado dormido en la mesa del comedor mientras meditaba hacerlo, y que me hubiera caído de la silla y golpeado en la cabeza. De ahí procedía la sangre. En realidad, parecía casi cierto, teniendo en cuenta que me movía de un lado a otro y hablaba. Tenía que decir algo más. Decir el nombre de mi madre. En su lugar dije: «Sembrado el grano, riqueza para el amo».

Asentí con excitación. Yo había sufrido experiencias similares tras salir del coma, no una sino incontables veces. Siéntate en la socia, siéntate en la *'quilla*.

—¿Te sentías furioso?

—¡No! ¡Sereno y aliviado! Aceptaba que sufría una pequeña desorientación causada por el golpe en la cabeza. Fue entonces cuando vi la pistola en el suelo. La recogí y olí el cañón. No hay equivocación posible en el olor de una pistola recién disparada. Es acre, un aroma con garras. Aun así, me aferré a la idea «me-quedé-dormido-y-me-golpeé-la-cabeza», hasta que entré en el cuarto de baño y vi el orificio en mi sien. Un pequeño orificio redondo con una corona de marcas de quemadura alrededor.

Volvió a reír, como hace la gente al recordar alguna pifia... olvidar abrir la puerta del garaje, por ejemplo, y dar marcha atrás para meter el coche.

—Ahí fue cuando oí el chasquido del último número al ocupar su lugar, Edgar: ¡el Número de la Bola de la Suerte! Y supe que, después de todo, iría a Disney World.

—O a un razonable facsímil —apostillé—. Cielos, Wireman.

—Intenté limpiarme las quemaduras de pólvora, pero frotarlas con una toalla duele mucho. Es como masticar algo con una muela picada.

De repente comprendí por qué le habían hecho radiografías en lugar de meterlo en la máquina de la RMI. La bala seguía en su cabeza.

—Wireman, ¿puedo preguntarte algo?

—Está bien.

—¿Los nervios ópticos de un persona están... no sé... a la inversa?

—Sí, en efecto.

—Entonces esa es la razón de que tengas jodido el ojo izquierdo. Es como... —Por un momento no me salió la palabra, y apreté los puños. Entonces apareció—. Es como un contragolpe.

—Supongo, sí. Me disparé en el lado derecho de mi estúpida cabeza, pero es el ojo izquierdo el que se jodió... Me puse una tirita sobre el orificio. Y me tomé una aspirina.

Solté una carcajada, sin poder evitarlo. Wireman sonrió, asintiendo con la cabeza.

—Luego me fui a la cama y traté de dormir. Para el caso bien podría haberme acostado en medio de una orquesta de metal. No pegué ojo en cuatro días, y tenía la sensación de que nunca más volvería a dormir. Mi mente corría a cinco mil kilómetros por hora, y hacía que la cocaína pareciera Xanax. Ni siquiera pude permanecer tumbado por mucho tiempo. Me levanté de un brinco veinte minutos más tarde y puse un disco de mariachis. Eran las cinco y media de la mañana. Pasé media hora en la bicicleta estática (la primera vez desde que murieron Julia y Ez), me duché y me fui a trabajar.

»Los siguientes tres días fui un pájaro, fui un avión, ¡fui Super-Abogado! Mis colegas pasaron progresivamente de estar preocupados por mí a temer por mí a temer por ellos mismos; los *non sequiturs* empeoraron, igual que mi tendencia a hablar en un rudimentario español y una especie de francés a lo Pepé Le Pew, pero sin duda moví una montaña de papeles durante aquellos días, y muy pocos regresaron alguna vez al bufete. Lo comprobé. Tanto los socios de la firma como los abogados en las trincheras estaban unidos en la creencia de que yo sufría una crisis nerviosa, y en cierto sentido tenían razón. Era una crisis nerviosa orgánica. Varias personas trataron de mandarme a casa, sin éxito. Dion Knightly, uno de mis mejores amigos allí, prácticamente me suplicó que le permitiera llevarme a ver a un médico. ¿Sabes lo que le dije?

Negué con la cabeza.

—«Campo cultivado, trato pronto cerrado.» ¡Lo recuerdo perfectamente! Luego me marché, casi dando saltitos. Caminar era demasiado lento para Wireman. Me tiré allí dos noches enteras. A la tercera el guardia de seguridad me escoltó hasta la salida, mientras yo protestaba. Le informé de que un pene rígido tiene un millón de capilares, pero ningún escrúpulo. También le dije que era un dandi bañado en áspic, y que su padre le odiaba. —Wireman calló brevemente, mirando con aire pensativo la carpeta—. Lo de su padre le caló, creo. En realidad lo sé. —Se palmeó la sien cicatrizada—. Radio *Freaky*, **amigo**. Radio *Freaky*.

»Al día siguiente me convocaron al despacho de Jack Fineham, el gran rajá de nuestro reino. Me ordenaron tomarme una excedencia. No me lo pidieron; me lo ordenaron. Jack opinaba que había vuelto al trabajo demasiado pronto tras mis "desafortunados reveses familiares". Le dije que eso era estúpido, no había tenido ningún revés familiar. "Di solo que mi mujer e hija una manzana podrida comiéronse", le espeté. "Vos, síndico de blanco cabello, eso es lo que habéis de decir, pues, llena de bichos, mortal era." Fue entonces cuando las cucarachas le empezaron a salir por los ojos y la nariz. Y un par surgieron de debajo de la lengua, derramando espuma blanca por su mentón al arrastrarse por su labio inferior.

»Comencé a proferir alaridos. Y me fui a por él. Si no hubiera sido por el botón del pánico de su escritorio (ni siquiera sabía que el vejestorio paranoico tenía uno), podría haberle matado. Además, corría sorprendentemente rápido. Quiero decir que se puso a dar vueltas a toda velocidad por el despacho, Edgar. Debía de ser por todos aquellos años de jugar al tenis y al golf. —Meditó un momento sobre esto—. Aun así, la locura y la juventud estaban de mi parte. Ya había puesto mis manos sobre él cuando el equipo de rescate irrumpió en el despacho. Hicieron falta media docena de abogados para separarme de él, y le desgarré en dos la chaqueta de su traje Paul Stuart. Por toda la espalda. —Sacudió la cabeza de un lado a otro lentamente—. Deberías haber oído a ese *hijo de puta* aullando. Y deberías haberme oído a mí. La mierda más demente que puedas imaginar, incluyendo acusaciones a voz en grito sobre sus gustos en cuanto a ropa interior femenina. Y como lo del padre del guardia de seguridad, creo que bien podría haber sido cierto. Curioso, ¿no? Y, loco o no, poseyera una valiosa mente legal o no, aquel fue el final de mi carrera en Findum, Fuckum y Forgettum.

—Lo lamento —dije.

—*De nada*, todo fue para mejor —dijo con el tono de voz formal de un ejecutivo—. Mientras los abogados luchaban para sacarme de su despacho, que estaba destrozado, me dio un ataque. La mayor de las convulsiones de *grand mal*. Si no hubiera habido a mano un asesor legal con algo de entrenamiento médico, habría muerto allí mismo. Pero en todo caso, pasé tres días inconsciente. Y, oye, necesitaba dormir. Así que ahora…

Abrió la carpeta y me tendió tres radiografías. No eran tan buenas como las rebanadas corticales producidas por una RMI, pero poseía la capacidad de un laico bien informado para interpretar lo que estaba viendo, gracias a mi propia experiencia.

—Aquí tienes, Edgar, algo que muchos afirman que no existe: el cerebro de un abogado. ¿Tienes algunas imágenes tuyas como estas?

—Pongámoslo de esta forma: si quisiera llenar un álbum…

Sonrió abiertamente.

—Pero ¿quién querría un álbum con fotos como estas? ¿Ves la bala?

—Sí. Debías de haber estado sosteniendo la pistola… —Levanté la mano, inclinando el dedo índice en un ángulo descendente bastante acentuado.

—Bastante aproximado. Y tuve que haber errado el tiro parcialmente. El disparo fue suficiente para atravesarme el cráneo y desviar la bala hacia abajo en un ángulo incluso más pronunciado. Cavó un túnel en mi cerebro y se detuvo. Pero antes, originó una especie de… no sé…

—¿Ola de quilla?

Sus ojos se encendieron.

284

—¡Exacto! Solo que la textura de la materia gris del cerebro es más parecida al hígado de ternera que al agua.

—Uf, qué agradable.

—Lo sé. Wireman puede ser muy elocuente, lo admite. La bala creó una ola de quilla descendente que provocó un edema y presionó el quiasma óptico. Eso es el interruptor visual del cerebro. ¿Pillas la riqueza de esto? Me disparo en la sien y no solo sigo vivo, también termino con una bala causando problemas en el equipamiento ubicado aquí atrás. —Se dio un golpecito en la protuberancia del hueso sobre su oreja derecha—. Y los problemas empeoran porque la bala se está moviendo. Está por lo menos medio centímetro más abajo que hace dos años. Probablemente más. No necesitaba a Hadlock o a Principe para darme esa información; puedo verlo en estas imágenes por mí mismo.

—Pues deja que te operen, Wireman, y que la extraigan. Jack y yo nos aseguraremos de que Elizabeth esté bien hasta que vuelvas a tu… —Él estaba sacudiendo la cabeza—. ¿No? ¿Por qué no?

—Está a demasiada profundidad para una cirugía, *amigo*. Esa es la razón por la que no permití que me hospitalizaran. ¿Crees que es porque tengo complejo de Hombre Marlboro? De ninguna manera. Mis días de desear la muerte han acabado. Todavía echo de menos a mi mujer y a mi hija, pero ahora tengo a la señorita Eastlake de quien cuidar, y he llegado a amar el Cayo. Y estás tú, Edgar. Quiero saber en qué resulta tu historia. ¿Me arrepiento de lo que hice? A veces *sí*, a veces *no*. Cuando es *sí*, me recuerdo a mí mismo que no era el mismo hombre que soy ahora, y que tengo que darle un poco de cuerda al viejo yo. Aquel hombre estaba tan herido y tan perdido que realmente no fue responsable. Esta es mi otra vida, y trato de mirar a mis problemas de entonces como… bueno… defectos de nacimiento.

—Wireman, eso es dantesco.

—¿Lo es? Reflexiona sobre tu propia situación.

Medité sobre mi situación. Era un hombre que había estrangulado a su propia mujer y luego lo había olvidado. Un hombre que ahora dormía con una muñeca acostada en el otro lado de la cama. Decidí guardarme mi opinión para mí mismo.

—El doctor Principe solo quería ingresarme porque soy un caso interesante.

—Eso no lo sabes.

—¡Pero lo sé! —Wireman hablaba con una reprimida pasión—. He conocido al menos a cuatro Principes desde que me hice esto. Son espantosamente similares: brillantes pero desvinculados, sin capacidad de empatía, en realidad a uno o dos escalones por debajo de los sociópatas acerca de los que solía escribir John D. MacDonald. Principe no puede operarme, como no podría operar a un paciente que presentara un tumor maligno en la misma zona. Aunque en ese caso, al menos podrían probar con radiación. Una bala de plomo no es muy adecuada para eso. Principe lo sabe, pero le fascina. Y no ve nada malo en darme falsas esperanzas si con ello consigue tenerme en una cama de hospital donde pueda preguntarme si me duele cuando me haga… lo que sea. Y luego, cuando yo haya muerto, tal vez escribirá un artículo sobre el caso. Podrá ir a Cancún y beber margaritas en la playa.

—Eso es cruel.

—¿Y no pertenece a la misma liga que los ojos de Principe? Sus ojos sí que son crueles. Les eché una mirada y quise correr en dirección contraria mientras todavía pudiera. Que es más o menos lo que he hecho.

Sacudí la cabeza y lo dejé estar.

—¿Así que cuál es el pronóstico?

—¿Por qué no te pones en marcha? Este lugar está empezando a ponerme los pelos de punta. Acabo de darme cuenta de que es donde ese chalado secuestró a la chiquilla.

—Te lo podría haber dicho cuando entramos aquí.

—Probablemente, igual que te lo guardaste para ti mismo. —Bostezó—. Dios, estoy agotado.

—Es el estrés.

Miré a ambos lados antes de incorporarme de nuevo a la Ruta Tamiami. Estaba conduciendo y todavía no daba crédito, pero empezaba a disfrutarlo.

—El pronóstico no es exactamente halagüeño. Ahora estoy

tomando suficiente Doxepin y Zonegran como para tumbar a un caballo. Son drogas anticonvulsivas, y han estado funcionando bastante bien, pero supe que tenía un problema la noche que cenamos en Zoria's. Intenté negarlo, pero ya sabes lo que dicen: la negación ahogó al Faraón y Moisés liberó a los Hijos de Israel.

—Umm… creo que fue el mar Rojo. ¿No hay otros medicamentos que puedas tomar? ¿Más potentes?

—Príncipe me extendió una receta, por supuesto, pero él quería darme Neurontin, y no me aventuraré a probarlo.

—Por tu trabajo.

—Exacto.

—Wireman, no le harás ningún bien a Elizabeth si te quedas ciego como un murciélago.

Durante un minuto o dos no respondió. La carretera, ahora prácticamente desierta, se desenrollaba por delante de los faros. Al final dijo:

—Pronto la ceguera será el menor de mis problemas.

Me arriesgué a echarle una mirada de soslayo.

—¿Quieres decir que esto podría matarte?

—Sí. —Habló con una falta de dramatismo que fue muy convincente—. ¿Edgar?

—¿Qué?

—Antes de que pase, y mientras me quede todavía un ojo bueno, me gustaría ver más de tu obra. La señorita Eastlake también quiere verla. Me rogó que te lo pidiera. Puedes utilizar el coche para transportarlas hasta *El Palacio*. Parece que te desenvuelves de forma admirable.

El desvío hacia Duma Key se encontraba ya un poco más adelante, y puse el intermitente.

—Te diré lo que pienso a veces —dijo—. Creo que esta racha de tanta buena suerte que he estado teniendo en algún momento dará la vuelta en sentido contrario. No existe en absoluto una razón estadística para pensar tal cosa, pero es algo a lo que aferrarse. ¿Entiendes?

—Entiendo —respondí—. ¿Wireman?

—Sigo aquí, *muchacho*.

—Amas el Cayo, pero también crees que algo va mal en él. ¿Qué pasa en este lugar?

—No sé lo que es, pero tiene algo. ¿No lo crees?

—Por supuesto que sí. Sabes que sí. El día que Ilse y yo tratamos de conducir carretera abajo, ambos enfermamos. Ella más que yo.

—Y no ha sido la única, de acuerdo con las historias que he oído.

—¿Hay historias?

—Oh, sí. La playa está bien, pero tierra adentro… —Sacudió la cabeza—. Estoy pensando que podría ser algún tipo de polución en la capa freática. Ese algo es lo mismo que hace que la vegetación crezca como una loca bastarda en un clima donde necesitas irrigación hasta para evitar que el puto césped se seque. No lo sé. Pero es mejor mantenerse apartado. Creo que eso es especialmente cierto para las jovencitas que desean tener hijos algún día. Y sin defectos de nacimiento.

Esa era una idea desagradable que no se me había ocurrido. No hablé durante el resto del camino de vuelta.

IX

Todo esto trata de la memoria, y pocos de mis recuerdos de ese invierno son tan cristalinos como el de la llegada al *El Palacio* aquella noche de febrero. Las dos alas de la puerta de hierro delantera estaban abiertas. En medio, sentada en su silla de ruedas, igual que el día en que Ilse y yo habíamos emprendido nuestra abortada exploración hacia el sur, estaba Elizabeth Eastlake. No tenía la pistola de arpones, pero llevaba puesta una vez más su chándal de dos piezas (en esta ocasión con lo que parecía una vieja chaqueta de la escuela secundaria echada por encima), y apoyaba sobre los reposapiés cromados sus grandes zapatillas, que a la estela de los faros del Malibú parecían negras en lugar de azules. Junto a ella estaba su andador, y al lado de este se hallaba Jack Cantori con una linterna en la mano.

Cuando vio el coche, empezó a ponerse de pie con esfuerzo. Jack se movió para frenarla. Después, al comprender que ella realmente tenía intención de hacerlo, dejó la linterna sobre los adoquines y la ayudó. Cuando aparqué junto al camino de entrada, Wireman estaba abriendo la portezuela de su lado. Los faros del Malibú iluminaban a Jack y a Elizabeth como a un par de actores sobre un escenario.

—¡No, señorita Eastlake! —exclamó Wireman—. ¡No, no trate de levantarse! ¡Yo la empujaré al interior!

Ella no le prestó atención. Jack la ayudó a alcanzar el andador (o quizá ella le guió), y asió las empuñaduras. A continuación empezó a moverse dando tumbos hacia el coche, mientras yo forcejeaba para salir del vehículo por el lado del conductor, combatiendo con mi maltrecha cadera derecha para escapar, como siempre hacía. Cuando me detuve junto al capó ella soltó el andador y extendió los brazos abiertos hacia Wireman. La carne por encima de los codos colgaba fláccida y muerta, pálida como harina a la luz de los faros, pero plantaba bien separados los pies en el suelo, y su postura era firme. Una brisa repleta de los perfumes de la noche le echó el cabello hacia atrás, y no me sorprendí en lo más mínimo de ver una cicatriz, muy antigua, cincelada en el lado derecho de su cabeza. Casi podía haber sido gemela de la mía propia.

Wireman rodeó la puerta abierta del lado del pasajero y simplemente se quedó allí parado durante uno o dos segundos. Creo que estaba decidiendo si todavía podía recibir consuelo al igual que darlo. Luego fue hacia ella, con una forma de caminar similar a la de un oso, arrastrando los pies, con la cabeza gacha y el cabello largo ocultando sus orejas y meciéndose contra sus mejillas. Ella le rodeó con sus brazos y estrechó su cabeza contra su considerable busto. Por un momento osciló, y yo me alarmé, estuviera o no bien plantada en el suelo, pero después se enderezó de nuevo y vi que sus nudosas manos, retorcidas por la artritis, empezaban a frotar la espalda de él, que respiraba pesadamente.

Caminé en su dirección, un poco vacilante, y los ojos de ella giraron hacia mí. Estaban perfectamente lúcidos. Esta no era la mujer que había preguntado cuándo llegaría el tren, la que había dicho que «estaba tan confusa, joder». Todos sus interruptores estaban de nuevo en posición de ENCENDIDO. Al menos temporalmente.

—Estaremos bien —aseguró—. Puede irse a casa, Edgar.

—Pero...

—Estaremos bien —repitió, frotando la espalda de él con sus dedos nudosos. Frotándola con infinita ternura—. Wireman me empujará adentro. En solo un minuto. ¿Verdad, Wireman?

Él asintió contra su pecho sin levantar la cabeza ni emitir sonido alguno.

Lo medité un segundo y decidí obedecer su deseo.

—Está bien, entonces. Buenas noches, Elizabeth. Buenas noches, Wireman. Vamos, Jack.

El andador era de la clase equipada con una bandeja. Jack puso la linterna sobre ella, miró a Wireman, que permanecía todavía con el rostro oculto contra el busto de la anciana mujer, y a continuación caminó hacia la puerta abierta del lado del pasajero de mi coche.

—Buenas noches, señora.

—Buenas noches, joven. Es un jugador de Parchís impaciente, pero apunta buenas maneras. ¿Edgar? —Me miraba sosegadamente sobre la cabeza inclinada de Wireman, que volvía a respirar con pesadez—. El agua fluye velozmente ahora. Pronto llegarán los rápidos. ¿Lo siente?

—Sí —afirmé. No sabía de lo que hablaba. Realmente sabía de lo que hablaba.

—Quédese. Por favor, quédese en el Cayo, independientemente de lo que ocurra. Le necesitamos. Yo le necesito y Duma Key le necesita. Recuerde que le dije eso, cuando me apague otra vez.

—Lo recordaré.

—Busque la cesta de picnic de Nana Melda. En el desván, estoy casi segura. Es roja. La encontrará. Están dentro.

—¿Qué es, Elizabeth?

Ella asintió con la cabeza.

—Sí. Buenas noches, Edward.

Y tan simple como eso, supe que se trataba del inicio, una vez más, del apagón. Pero Wireman la metería dentro. Wireman cuidaría de ella. Pero hasta que él fuera capaz, ella cuidaría de ambos. Los dejé de pie sobre los adoquines tras el arco de entrada, entre el andador y la silla de ruedas, ella rodeándole con sus brazos, él con la cabeza en su pecho. Ese recuerdo es cristalino.

Cristalino.

X

Me encontraba exhausto por el estrés de conducir, y creo que también por pasar todo el día entre tanta gente después de haber estado tanto tiempo solo. No obstante, la idea de tumbarme quedaba descartada, y mucho más la de irme a dormir. Comprobé el correo y encontré *communiqués* de mis dos hijas. Melinda había pillado un estreptococo en París y se lo estaba tomando como siempre se tomaba cualquier enfermedad: como algo personal. Ilse me había enviado un enlace al *Citizen-Times* de Asheville, Carolina del Norte. Pinché en él y me llevó a una crítica magnífica de una actuación de Los Colibrís en la Primera Iglesia Baptista donde toda la congregación terminó gritando aleluyas. Había también una imagen de Carson Jones y una rubia muy atractiva que aparecían delante del resto del grupo, pillados con la boca abierta en medio de una canción y los ojos cerrados. **Carson Jones y Bridget Andreisson interpretando a dúo «Qué Grande Eres»**, rezaba el pie de foto. Mmm. Mi If-So-Girl había escrito: «No estoy celosa». Doble mmmm.

Me preparé un sándwich de mortadela de Bolonia y queso (tres meses en Duma Key y todavía seguía decantándome por la Bolonia), y subí al piso de arriba. Contemplé las pinturas de la serie *Niña y barco*, que en realidad era sinónimo de *Ilse y barco*. Recordé a Wireman preguntándome qué estaba pintando estos días. Recordé el largo mensaje que Elizabeth había dejado en mi contestador automático. La ansiedad en su voz. Había dicho que debía tomar precauciones.

Tomé una repentina decisión y bajé de nuevo las escaleras, tan rápido como pude sin caerme.

XI

A diferencia de Wireman, yo no llevaba siempre encima mi vieja e hinchada Lord Buxton; me solía meter en el bolsillo una tarjeta de crédito, mi carnet de conducir y algo de dinero suelto, y para mí ya era suficiente. La cartera se hallaba encerrada en un cajón del escritorio de la sala de estar. La saqué, hojeé las tarjetas, y encontré la que tenía las palabras **GALERÍA SCOTO** impresas con letras doradas en relieve.

Como preveía, me contestó la grabación para llamadas fuera del horario de cierre. Cuando Dario Nannuzzi finalizó su pequeña perorata y sonó el bip, dije:

—Hola, señor Nannuzzi. Soy Edgar Freemantle, de Duma Key. Soy el… —Hice una breve pausa, pues iba a decir «tío» y sabía que eso no era lo que él me consideraba—. Soy el artista que dibuja puestas de sol con grandes conchas y plantas y demás cosas. Habló usted de la posibilidad de exponer mi obra. Si aún siguiera interesado, ¿podría telefonearme? —Recité mi número de teléfono y colgué, sintiéndome un poco mejor. Sintiendo que había hecho algo, por lo menos.

Cogí una cerveza del frigorífico y encendí la tele, pensando que encontraría una película en la HBO que mereciera la pena ver antes de acostarme. Las conchas bajo la casa conversaban civilizadamente con voz grave, emitiendo un sonido placentero y arrullador.

Quedaron ahogadas por la voz de un hombre frente a un bosque de micrófonos. Era el Canal 6, y la estrella de la actualidad era el abogado de oficio de Candy Brown. Esta conferencia de prensa debía de haber sido filmada aproximadamente al mismo tiempo que examinaban la cabeza de Wireman. El abogado aparentaba unos cincuenta años, y su cabello estaba peinado hacia atrás y recogido en una coleta tipo Tribunal Supremo, pero no había nada en él que indicara que simplemente cumplía el trámite. Parecía y sonaba comprometido. Informaba a los reporteros de que su cliente se declararía no culpable, y que alegarían enajenación mental.

Dijo que el señor Brown era un adicto a las drogas, un adicto a la pornografía, y un esquizofrénico. Nada acerca de sentir debilidad por los helados y las recopilaciones *Now That's What I Call Music*, pero todavía no había un jurado confeccionado, naturalmente. Además de los micros del Canal 6, distinguí los logos de la NBC, la CBS, la ABC, la Fox y la CNN. Tina Garibaldi no habría conseguido tanta repercusión mediática por vencer en un certamen de ortografía o en un concurso de ciencias, ni siquiera por rescatar al perro de la familia de la crecida de un río; pero que te violen y te maten, y serás noticia a escala nacional, Cocoliso. Todo el mundo se enterará de que tu asesino guardaba tus bragas en un cajón de su escritorio.

—Él confiesa sus adicciones con sinceridad —declaraba el abogado—. Su madre y sus dos padrastros eran drogadictos. Durante su horrible infancia fue sistemáticamente maltratado y sometido a abusos sexuales. Pasó un tiempo internado en instituciones mentales. Su esposa es una mujer de buen corazón, pero mentalmente es un desafío para ella misma. Él nunca debería haber estado en las calles, para empezar.

Miró cara a cara a las cámaras.

—Este crimen es obra de Sarasota, no de George Brown. Mi corazón está con los Garibaldi, lloro con los Garibaldi —levantó su rostro sin lágrimas hacia las cámaras, como si quisiera demostrarlo de alguna forma—, pero hacer que pase el resto de su vida en Starke no traerá de vuelta a Tina Garibaldi, y no reparará el dañado sistema que puso a este dañado ser humano en las calles sin vigilancia. Esta es toda mi declaración, gracias por su atención, y ahora, si me disculpan...

Empezaba a alejarse, haciendo caso omiso a las preguntas formuladas a gritos, y las cosas podrían todavía haber resultado bien —diferentes, al menos— si yo hubiera apagado la televisión o cambiado de canal en aquel preciso instante. Pero no lo hice.

—Royal Bonnier —informó una cabeza parlante cuando la conexión fue devuelta a los estudios del Canal 6—, un cruzado jurídico que de forma desinteresada ha ganado media docena de casos supuestamente perdidos, declaró que haría todo lo que estuviera en su mano para excluir del juicio el siguiente vídeo, grabado por una cámara de seguridad tras los Grandes Almacenes Bealls.

Y ahí empezó de nuevo la maldita cosa. La niña cruza de derecha a izquierda con la mochila a la espalda. Brown asoma de la rampa y la agarra por la muñeca. Ella alza su mirada hacia él y parece preguntarle algo. Y fue entonces cuando el picor descendió sobre mi brazo amputado como un enjambre de abejas.

Proferí un grito —de sorpresa a la vez que de agonía— y caí al suelo, tirando sobre la alfombra el mando a distancia y el plato del sándwich, rascando lo que no estaba allí. O lo que no podía alcanzar. Me oí a mí mismo vociferando basta, por favor, basta. Pero solo había una forma de detenerlo, naturalmente. Me puse de rodillas y gateé en dirección a las escaleras, registrando el crujido del mando a distancia cuando se rompió bajo el peso mi rodilla, pero no sin antes cambiar de canal. La CMT, el canal de música country, donde Alan Jackson cantaba sobre un asesinato en Music Row. Por dos veces mientras subía las escaleras intenté aferrarme a la barandilla, como si la garra de mi mano derecha estuviera allí. Percibí realmente el crujido de la palma sudorosa contra la madera antes de atravesarla como si fuera humo.

De algún modo llegué a lo alto de la escalera y logré ponerme en pie a trompicones. Accioné todos los interruptores con el antebrazo y me acerqué al caballete haciendo eses, en una torpe carrera. Había un *Niña y barco* a medio terminar; lo arrojé a un lado sin prestarle atención, y bruscamente coloqué en su lugar un lienzo nuevo. Respiraba en pequeños y cálidos gemidos, y el pelo me chorreaba de sudor. Cogí un trapo de limpieza y lo sacudí sobre mi hombro igual que había hecho con los baberos de las chicas cuando eran pequeñas. Mordí un pincel entre los dientes, me puse un segundo tras la oreja, y empezaba a coger un tercero cuando lo dejé y alcé un lápiz en su lugar. Al instante de trazar las primeras líneas, la monstruosa picazón de mi brazo empezó a menguar. A medianoche la pintura estaba terminada y el picor había desaparecido. Solo que esta no era simplemente una pintura, esta no; esta era La Foto, y era buena, aunque esté mal que lo diga yo. Pero lo digo. Yo era realmente un hijoputa con verdadero talento. El cuadro mostraba a Candy Brown con la mano alrededor de la muñeca de Tina Garibaldi. Mostraba a Tina alzando la mirada hacia él con sus ojos oscuros, sobrecogedores por su inocencia. Había captado su mirada de manera tan perfecta que si sus padres hubieran contemplado la obra finalizada, habrían querido suicidarse. Pero sus padres nunca la verían.

No, este cuadro no.

Mi pintura era casi una reproducción exacta de la fotografía que había aparecido en todos y cada uno de los periódicos de Florida al menos una vez desde el 15 de febrero, y probablemente en muchos más a lo largo y ancho de Estados Unidos. Solo contenía una diferencia importante. Estoy seguro de que Dario Nannuzzi la hubiera considerado como una marca de la casa (Edgar Freemantle, el Primitivista Americano, luchando animosamente para dejar atrás el cliché, esforzándose en reinventar a Candy y Tina, esa pareja formada en el infierno), pero Nannuzzi tampoco la vería nunca.

Dejé caer los pinceles de vuelta a sus tarros de mayonesa. Tenía pintura en el brazo hasta el codo (y en el lado izquierdo de la cara), pero limpiarme era lo último que cruzaba mi mente.

Estaba demasiado hambriento.

Tenía hamburguesas, pero sin descongelar; un asado de cerdo que Jack había traído de Morton's la semana pasada y del que ya estaba harto; y los restos de mi actual alijo de mortadela de Bolonia que habían constituido mi cena. Encontré, no obstante, una caja sin abrir de Special K con Frutas & Yogur. Empecé a verterlos en un bol, pero en mi presente estado de voracidad un cuenco de cereales se me antojaba del tamaño de un dedal, escasamente. Le propiné un empujón tan fuerte que rebotó contra la panera. En su lugar cogí una fuente de la alacena sobre el horno y vacié todo el contenido de la caja de cereales en ella. Los cubrí con medio litro de leche, le agregué siete u ocho cucharadas de azúcar y los ataqué, parándome una sola vez para echar más leche. Me lo comí todo y luego me fui chapoteando a la cama, no sin antes detenerme junto a la tele para silenciar al vaquero urbano que cantaba en ese momento. Me desplomé cruzado sobre el cubrecama, y me encontré con Reba ojo-con-ojo, mientras las conchas bajo Big Pink susurraban.

¿Qué hiciste?, preguntó Reba. *¿Qué has hecho esta vez, hombre antipático?*

Intenté decir «Nada», pero caí dormido antes de que la palabra pudiera brotar de mis labios. Y aparte… sabía más.

XII

Me despertó el teléfono. Me las arreglé para pulsar el botón correcto al segundo intento y pronuncié algo que vagamente se asemejaba a un hola.

—¡*Muchacho*, despierta y ven a desayunar! —vociferó Wireman—. ¡Filetes y huevos! ¡Es una celebración! —Se detuvo—. Al menos yo lo estoy celebrando, pues la señorita Eastlake se ha vuelto a eclipsar en la niebla.

—¿Qué estamos cele…? —Y entonces se me ocurrió, el único motivo posible, y me senté erguido de golpe, tirando a Reba al suelo—. ¿Has recuperado la vista?

—No es algo tan bueno, me temo, pero de todos modos es bueno. Esto es algo que todo Sarasota puede celebrar. Candy Brown, *amigo*. Los guardias que hacen el recuento matutino lo encontraron muerto en su celda.

Por un instante el picor descendió como un relámpago por mi brazo derecho, un relámpago de color rojo.

—¿Qué dicen? —me oí a mí mismo preguntar—. ¿Suicidio?

—No lo sé, pero sea como sea, suicidio o causas naturales, ha ahorrado al estado de Florida un montón de dinero y a los padres el suplicio de un juicio. Vente por aquí y sopla un espanta-suegras conmigo, ¿qué dices?

—Deja que me vista —respondí—. Y que me lave —añadí al mirar mi brazo izquierdo. Estaba salpicado con pintura de muchos colores—. Estuve levantado hasta tarde.

—¿Pintando?

—No, tirándome a Pamela Anderson.

—Tus fantasías son penosamente deficitarias, Edgar. Yo me tiré a la Venus de Milo la noche pasada, y tenía brazos. No tardes mucho. ¿Cómo te gustan los *huevos*?

—Eh, revueltos. Estaré allí en media hora.

—Perfecto. Debo decirte que no pareces muy entusiasmado con mi boletín de noticias.

—Todavía me estoy despertando. Por lo general, diría que me alegro mucho de que esté muerto.

—Coge número y ponte a la cola —indicó, y colgó.

XIII

Tuve que sintonizar la tele de forma manual, pues el mando estaba roto, una antiquísima habilidad pero que descubrí que aún poseía. En el 6, el «Todo Tina, A Todas Horas» había sido reemplazado por un nuevo programa: «Todo Candy, A Todas Horas». Subí el volumen hasta un nivel ensordecedor y escuché mientras me restregaba las manchas de pinturas.

George «Candy» Brown aparentemente había muerto mientras dormía. Uno de los guardias entrevistados declaró:

—El tipo roncaba más fuerte que nadie que hayamos tenido nunca aquí. Solíamos bromear con que los internos se lo habrían cargado solo por eso de haber estado encerrado en una celda común.

Un médico declaró que posiblemente padecía apnea del sueño y opinaba que Brown podría haber fallecido como resultado de alguna complicación.

La apnea del sueño me sonaba como una buena opción, pero me

decantaba por la complicación. Cuando ya hube eliminado la mayor parte de la pintura, subí las escaleras hasta Little Pink para echar un vistazo a mi versión de La Foto bajo la clara luz de la mañana. No creía que fuera tan buena como había presumido la noche anterior cuando descendí la escalera dando tumbos para comerme una caja entera de cereales; no podía serlo, considerando la velocidad a la que trabajé.

Salvo que sí que lo era. Allí estaba Tina, vestida con vaqueros y una camiseta limpia de color rosa, con su mochila a la espalda. Allí estaba Candy Brown, también con vaqueros, y con la mano alrededor de la muñeca de ella. La niña alzaba los ojos hacia él, y tenía la boca ligeramente abierta, como si formulara una pregunta. «¿Qué desea, señor?», parecía lo más probable. Sus ojos estaban clavados en ella, llenos de oscuras intenciones, pero el resto de su cara no mostraba nada en absoluto, porque el resto de su cara no estaba allí. No le había pintado boca ni nariz.

Bajo los ojos, mi versión de Candy Brown era un vacío absoluto.

10

La reputación burbuja

I

Había embarcado en el avión que me trajo a Florida llevando una pesada trenca, y esa mañana me la puse para caminar arrastrando mi cojera playa abajo desde Big Pink hasta *El Palacio de Asesinos*. Hacía frío, y un viento cortante soplaba desde el Golfo, donde el agua parecía acero quebrado bajo un cielo vacío. Si hubiera sabido que iba a ser el último día frío que experimentaría nunca en Duma Key, podría haberlo saboreado... aunque casi seguramente que no. Había perdido mi habilidad para soportar el frío con agrado.

En cualquier caso, apenas sabía dónde me hallaba. El bolso de tela donde recolectaba mis hallazgos colgaba del hombro, porque transportarlo de la mano en la playa era ahora para mí de naturaleza arriesgada, pero no metí ni una sola concha ni resto de naufragio en él. Me limité a caminar con andares lentos y dificultosos mientras balanceaba la pierna mala sin realmente sentirla, escuchaba el silbido del viento pasando junto a mis orejas sin oírlo realmente, y observaba a los piolines sobrevolando el oleaje sin realmente verlos.

Pensé: *Le he matado, tan seguro como que maté al perro de Monica Goldstein. Sé que parece un disparate, pero...*

Salvo que no parecía un disparate. No era un disparate.

Yo le había dejado, literalmente, sin respiración.

II

Había una veranda acristalada en la fachada sur de *El Palacio*, orientada por un lado hacia la maraña de vegetación tropical, y por el otro hacia el azul metálico del Golfo. Elizabeth estaba sentada allí en su silla de ruedas, con la bandeja del desayuno acoplada a los reposabrazos. Por primera vez desde que la había conocido, estaba atada. La bandeja, cubierta con restos de huevos revueltos y trozos de tostada, parecía haber sido víctima de un bebé a la hora de la comida. Wireman incluso le había dado su zumo en un vaso con aspecto de biberón. La pequeña televisión portátil del rincón estaba puesta en el Canal 6, que continuaba emitiendo «Todo Candy, a Todas Horas». Había muerto y el Canal 6 se masturbaba sobre su cadáver. Indudablemente no merecía nada mejor, pero no por ello dejaba de ser morboso.

—Creo que ya ha terminado —dijo Wireman—, pero quizá puedas sentarte con ella mientras te preparo unos huevos y unas tostadas.

—Con mucho gusto, pero por mi parte no tienes que molestarte. Trabajé hasta tarde y comí un bocado después. —Un bocado. Seguro. Había visto la fuente vacía en el fregadero de la cocina al salir de casa.

—No es molestia. ¿Cómo está tu pierna esta mañana?

—No del todo mal —aseguré, y era cierto—. *Et tu, Brutus?*

—Estoy bien, gracias —dijo, aunque parecía cansado y tenía el ojo izquierdo rojo y lloroso—. No tardaré ni cinco minutos.

Elizabeth había desertado casi completamente. Cuando le ofrecí el biberón, tomó un poco y luego volvió la cabeza. Su rostro presentaba un aspecto anciano y desconcertado bajo la implacable luz invernal. Pensé que menudo trío formábamos: la mujer senil, el ex abogado con una bala alojada en su cerebro, y el ex contratista con un brazo amputado. Todos con cicatrices de guerra en el lado derecho de nuestras cabezas.

En la tele, el abogado de Candy Brown (ahora ex abogado, supuse) pedía una investigación. A este respecto, Elizabeth tal vez habló en nombre de todo el condado de Sarasota cuando cerró los ojos, se recostó en la silla de tal manera que la correa que la ataba le elevó su considerable parapeto, y se echó a dormir.

Wireman regresó con huevos más que suficientes para los dos, y comí con asombroso deleite. Elizabeth empezó a roncar. Una cosa era cierta: si ella sufría apnea del sueño, no moriría joven.

—Pasaste por alto una mancha en la oreja, *muchacho* —comentó Wireman, y se tocó el lóbulo de la suya con el tenedor.

—¿Eh?

—Pintura. En tu fábrica de cera.

—Ah, sí —dije—. Llevo un par de días quitándomela de todas partes. Lo salpiqué todo a base de bien.

—¿Qué estuviste pintando en mitad de la noche?

—No quiero hablar de eso ahora mismo.

Se encogió de hombros y asintió con la cabeza.

—Ya estás adquiriendo costumbres de artista. Esa actitud.

—No empecemos.

—Las cosas han llegado a un triste punto si cuando te ofrezco respeto tú oyes sarcasmo.

—Perdón.

Sacudió la mano en un gesto de «no tiene importancia».

—Cómete tus *huevos*. Así crecerás grande y fuerte como Wireman.

Me comí mis *huevos*. Elizabeth roncaba. La tele parloteaba. Ahora era la tía de Tina Garibaldi la que se hallaba en el círculo central electrónico, una chica no mucho mayor que mi hija Melinda. Declaraba que Dios había decidido que el estado de Florida sería muy lento y había castigado a «ese monstruo» Él mismo. Pensé: *Diste en el clavo,* **muchacha,** *solo que no fue Dios.*

—Quita ese asqueroso carnaval —pedí.

Desconectó el aparato, y luego se volvió hacia mí con atención.

—Quizá tenías razón en lo de las costumbres de artista. He decidido exponer mi obra en la Scoto, si ese Nannuzzi todavía quiere.

Wireman sonrió y aplaudió suavemente, para no despertar a Elizabeth.

—¡Excelente! ¡Edgar busca la burbuja de aire de la reputación! ¿Y por qué no? ¿Por qué coño no?

—No estoy buscando la burbuja de nada —repliqué, cuestionándome si aquello era completamente cierto—. Pero si me ofrecieran un contrato, ¿saldrías de tu retiro el tiempo suficiente para revisarlo?

Su sonrisa se diluyó.

—Le echaré un vistazo si sigo por aquí, pero no sé cuánto tiempo durará. —Vio la expresión en mi rostro y levantó la mano—. No estoy afinando la *Marcha Fúnebre* todavía, pero pregúntate esto, *mi amigo*: ¿todavía soy el hombre adecuado para cuidar de la señorita Eastlake? ¿En mi situación actual?

Y como aquella era una caja de Pandora que yo no deseaba abrir —no esa mañana—, pregunté:

—¿Cómo conseguiste inicialmente el trabajo?

—¿Tiene alguna importancia?

—A lo mejor sí —contesté.

Pensaba en cómo dio comienzo mi período en Duma Key con una suposición (que yo había escogido el lugar) y cómo desde entonces había llegado a la convicción de que fue el Cayo el que me escogió a mí. Incluso alguna que otra vez me preguntaba, generalmente mientras yacía en la cama y escuchaba el susurro de las conchas, si mi accidente había sido en realidad un accidente. Lo había sido, naturalmente, tenía que haberlo sido, pero aun así era fácil encontrar similitudes entre el mío y el de Julia Wireman. En el mío fue una grúa; en el suyo un camión de Obras Públicas. Pero por supuesto también existen personas (seres humanos funcionales en casi todos los aspectos) que te contarán que han visto el rostro de Jesucristo en un taco.

—Bueno —dijo—, si esperas otro extenso relato, puedes irte olvidando. Me cuesta mucho historiar cosas sobre mí, y por ahora, el pozo está casi seco. —Miró a Elizabeth con aire taciturno. Y tal vez con una sombra de envidia—. No dormí muy bien la noche pasada.

—La versión corta, entonces.

Se encogió de hombros. Su febril buen humor se había esfumado como la espuma de una jarra de cerveza. Sus fornidos hombros estaban caídos hacia delante, proporcionando a su pecho un aspecto hundido.

—Después de que Jack Fineham me «concediera un permiso», decidí que Tampa estaba razonablemente cerca de Disney World, solo que una vez allí, me aburría soberanamente.

—No me extraña.

—Además, sentía que necesitaba algún tipo de expiación. No me apetecía ir a Darfur o Nueva Orleans y trabajar en alguna organización *pro bono*, aunque la idea cruzó mi mente. Sentía como si quizá las bolitas de la lotería siguieran girando en algún lugar, como si quizá quedara una más a la espera de rodar por el tubo. El último número.

—Sí —asentí. Un dedo frío me tocó la base del cuello. Muy ligeramente—. Un número más. Conozco la sensación.

—*Sí, señor*. Sé que la conoces. Esperaba hacer algo bueno, volver a cuadrar los libros. Porque sentía que había que saldar cuentas. Y un día vi un anuncio en el *Tampa Tribune*. «Se necesita Acompañante para cuidado de señora mayor y Guarda para diversas propiedades en alquiler en isla de primer nivel. Los candidatos deberán enviar currículum y carta de recomendación. Se ofrece salario excelente y beneficios adicionales. Trabajo exigente, con retos que el candidato seleccionado encontrará gratificantes. Imprescindible persona solvente.» Bueno, yo era una persona solvente y me gustó cómo sonaba. Me entrevisté con el abogado de la señorita Eastlake, que me contó que la pareja que había ocupado el puesto anteriormente había regresado a Nueva Inglaterra porque el padre de uno de ellos había sufrido un accidente catastrófico.

—Y conseguiste el empleo. ¿Qué hay de…? —apunté aproximadamente en la dirección de su sien.

—Nunca le hablé de ello. Ya se mostraba bastante receloso; creo que se preguntaba por qué un sabueso picapleitos de Omaha querría pasar un año metiendo a una anciana en la cama y revisando cerrojos de casas que están vacías la mayor parte del tiempo. Pero la señorita Eastlake... —Estiró el brazo y acarició la mano nudosa de ella—. Nos entendimos a la perfección desde el primer momento, ¿no es cierto, querida?

Ella solo roncaba, pero observé la expresión en el rostro de Wireman y sentí de nuevo el tacto de aquel dedo gélido en mi nuca, esta vez con un poco más de firmeza. Lo sentí y supe que nosotros tres estábamos aquí porque algo nos quería aquí. Mi deducción no se basaba en la clase de lógica con la que fui educado y que había aplicado en mis negocios, pero era correcta. Aquí en Duma yo era una persona diferente, y la única lógica que necesitaba se hallaba en mis terminaciones nerviosas.

—Entiendo su mundo, ¿sabes? —prosiguió Wireman. Cogió la servilleta con un suspiro, como si fuera muy pesada, y se enjugó los ojos—. Cuando llegué aquí, toda aquella mierda febril y absurda de la que te hablé había desaparecido. Era una persona resquebrajada, un hombre gris en un clima azul y soleado, y solo podía leer el periódico en pequeñas ráfagas si no quería sufrir una migraña de campeonato. Me aferraba a una única idea: tenía una deuda que pagar. Trabajo que hacer. Lo encontraría y lo haría. Pero después de eso ya no me preocupé más. La señorita Eastlake no me contrató, no realmente; más bien me adoptó. Cuando llegué aquí no se encontraba en este estado, Edgar. Era brillante, era divertida; era altiva, coqueta, caprichosa, exigente; podía intimidarme o, si se lo proponía, alegrarme cuando tenía el ánimo alicaído, y a menudo escogía esto último.

—Parece fantástica.

—Era fantástica. Cualquier otra mujer ya se habría resignado por completo a la silla de ruedas, pero ella no. Utiliza su andador para soportar todo su peso, y recorre fatigosamente este museo climatizado, el patio exterior... hasta no hace mucho tiempo incluso practicaba tiro al blanco, le encantaba. Disparaba con alguna de las armas de fuego de su padre, a veces, y más a menudo con esa pistola de arpones, porque el retroceso es menor. Y porque asegura que le gusta el sonido. La ves con esa cosa y realmente parece la Novia del Padrino.

—Así es como la vi la primera vez —comenté.

—Me gustó de inmediato, y he llegado a amarla. Julia solía llamarme «*mi compañero*». Me acuerdo a menudo de eso cuando estoy con la señorita Eastlake. Ella es *mi compañera*, *mi amiga*. Me ayudó a reencontrar mi corazón cuando creí que mi corazón había desaparecido.

—Diría que tuviste un golpe de suerte.

—Quizá *sí*, quizá *no*. Te aseguro de que va ser duro dejarla. ¿Qué va a hacer ella cuando aparezca una persona nueva? Una persona nueva no sabrá lo mucho que le gusta tomar su café por la mañana al final de la pasarela de madera… ni lo de fingir arrojar esa puta lata de galletas al estanque de las carpas… y ella no será capaz de explicarlo, porque se ha adentrado en la niebla y ya no hay vuelta atrás.

Se giró hacia mí, con aspecto demacrado y más que un poco frenético.

—Lo dejaré todo anotado, eso es lo que haré. Nuestra rutina completa, de la mañana a la noche. Y tú vigilarás que el nuevo guarda se atenga a ella. ¿Verdad, Edgar? Quiero decir, a ti te gusta, también, ¿no? No querrías verla herida. ¡Y Jack! Quizá él podría arrimar el hombro. Sé que está mal preguntar, pero…

Un nuevo pensamiento le azotó. Se puso en pie y oteó el mar. Había perdido peso y la piel sobre los pómulos presentaba un aspecto tan tenso que resplandecía. El pelo, que necesitaba un lavado con urgencia, colgaba en mechones sobre sus orejas.

—Si muero… y es posible, es posible que me vaya en un abrir y cerrar de ojos como el *Señor* Brown…, tendrás que tomar el control hasta que la inmobiliaria encuentre un nuevo residente. No te causará demasiados apuros, puedes seguir pintando aquí afuera. La luz es buena, ¿verdad? ¡La luz es magnífica!

Estaba empezando a asustarme.

—Wireman…

Giró en redondo y ahora sus ojos relampagueaban, el izquierdo aparentemente a través de una red de sangre.

—¡Promételo, Edgar! ¡Necesitamos un plan! Si no preparamos uno, se la llevarán y la meterán en una residencia, y estará

muerta en un mes. ¡En una semana! ¡Lo sé! ¡Así que promé-
temelo!

Presumía que tenía razón. Y pensé que si no era capaz de ali-
viar parte de la presión de su caldera, sería propenso a sufrir otro
ataque justo delante de mí. Así que lo prometí. A continuación
añadí:

—Puede que termines viviendo mucho más de lo que crees,
Wireman.

—Seguro. Pero de todas formas lo anotaré todo. Por si acaso.

III

Me ofreció una vez más el cochecito de golf de *El Palacio* para el
viaje de vuelta a Big Pink. Rehusé alegando que caminar me vendría bien, pero que no me importaría tomar un vaso de zumo
antes de ponerme en marcha.

Disfruto del zumo de naranja recién exprimido de Florida
tanto como el que más, pero confieso que aquella mañana tenía
un motivo oculto. Me dejó en la pequeña recepción del vestíbulo
acristalado de *El Palacio*. Esta habitación, situada en el lado de la
casa que daba a la playa, la utilizaba como oficina, aunque no
alcanzaba a comprender cómo un hombre que no podía leer
durante más de cinco minutos seguidos era capaz de arreglárselas
con la correspondencia. Imaginaba —y esto me conmovió— que
Elizabeth le habría ayudado, y bastante, antes de que su propio
estado comenzara a empeorar.

Cuando entré en la casa esa mañana para desayunar, había
espiado de pasada el interior de la habitación y vislumbrado cierta carpeta gris descansando sobre la tapa cerrada de un portátil,
al que probablemente Wireman le había dado poco uso estos
días. Ahora la abrí y cogí una de las tres radiografías.

—¿Vaso grande o pequeño? —preguntó Wireman desde la
cocina, sobresaltándome tanto que a punto estuve de dejar caer
la placa.

—¡Mediano! —respondí. Metí la radiografía en mi bolso del

tesoro y cerré la carpeta. Cinco minutos después, caminaba pesadamente por la playa de regreso a casa.

IV

No me gustaba la idea de robar a un amigo, ni siquiera una simple fotografía de rayos X. Ni tampoco me gustaba guardar silencio sobre lo que con toda certeza le había hecho a Candy Brown. Pude habérselo contado; tras el asunto de Tom Riley, me habría creído. Lo habría hecho incluso sin ese pequeño destello de PES. En realidad, ahí radicaba el auténtico problema. Wireman no era estúpido. Si yo había sido capaz de mandar a Candy Brown a la Morgue del condado de Sarasota con un pincel, quizá podría hacer algo por cierto ex abogado con el cerebro dañado, algo que era imposible para los médicos. Pero ¿y si no podía? Mejor no crear falsas esperanzas... por lo menos fuera de mi propio corazón, donde eran escandalosamente altas.

Cuando llegué a Big Pink, mi cadera aullaba. Colgué la trenca en el armario, me tomé un par de Oxycontinas, y vi que la lucecita de mensajes en espera de mi contestador automático parpadeaba.

Era Nannuzzi. Se hallaba encantado de tener noticias mías. Por supuesto, decía, si el resto de mi obra estaba a la altura de lo que había visto, la Scoto estaría complacida y orgullosa de patrocinar una exposición de mi obra, y antes de Semana Santa, cuando los visitantes invernales regresarían a sus hogares. ¿Podrían él y uno o varios de sus socios visitarme en mi estudio y echar una ojeada al resto de mi obra, o a parte de ella? Con mucho gusto traerían un contrato modelo para que lo estudiara.

Eran buenas noticias —emocionantes noticias— pero en cierta forma parecía que aquello le estaba ocurriendo a algún otro Edgar Freemantle, en algún otro planeta. Guardé el mensaje, empecé a subir las escaleras con la radiografía robada y entonces me detuve. Little Pink no era el lugar apropiado, porque el caballete no era apropiado. Ni los lienzos ni las pinturas al óleo. No para lo que tenía en mente.

Regresé cojeando a mi gran sala de estar. Allí había una pila de cuadernos Artesano y varias cajas de lápices de colores sobre la mesita de café, pero tampoco eran apropiados. Tenía un pequeño y vago picor en el brazo derecho perdido, y por primera vez pensé que realmente podría ser capaz de hacerlo… si encontraba el *medium* apropiado para plasmar el mensaje, desde luego.

Se me ocurrió que un médium era también una persona que recibía dictados desde el Gran Más Allá, y eso me hizo reír. Con una pequeña dosis de nerviosismo, es cierto.

Entré en el dormitorio, al principio sin estar seguro de lo que buscaba. Entonces miré en el interior del armario y lo supe. Jack me había llevado de compras la semana anterior (no al Centro Comercial Crossroads, sino a una de las tiendas de hombre en St. Armand's Circle) y había comprado media docena de camisas, de las que se abotonan hasta el cuello. Cuando era una niña pequeña, Ilse solía llamarlas «Camisas de Gente Grande». Continuaban en sus bolsas de celofán. Rasgué los plásticos, quité los alfileres y arrojé las camisas dentro del armario, donde aterrizaron en un montón. No me interesaban las camisas. Lo que quería era el alma de cartón.

Esos satinados rectángulos blancos de cartón.

Encontré un rotulador Sharpie en un bolsillo del maletín de mi PowerBook. En mi vieja vida había odiado los Sharpies tanto por el olor de la tinta como por su tendencia a correrse. En la nueva había llegado a admirar la gruesa audacia de las líneas que creaban, líneas que parecían insistir en su propia realidad absoluta. Me llevé los cartones, el Sharpie, y la radiografía del cerebro de Wireman a la habitación Florida, donde la luz era brillante y declamatoria.

El picor en mi brazo amputado se intensificó. Para entonces ya se me antojaba casi un amigo.

No poseía la clase de caja luminosa en la que los médicos ponen las radiografías y las resonancias cuando quieren examinarlas, pero el muro de cristal de la habitación Florida constituía un muy aceptable sustituto. Ni siquiera necesitaba la cinta adhesiva Scotch. Fui capaz de encajar la radiografía en la ranura entre el cristal y el revestimiento de cromo, y allí estaba, algo que muchos afirmaban que no existía: el cerebro de un abogado, flotando con el Golfo de fondo. Lo contemplé fijamente durante un rato, no sé por cuánto tiempo (¿dos minutos?, ¿cuatro?), fascinado por el efecto cromático del agua azul observada a través de las grises almenas, por la forma en que esos pliegues transformaban el agua en niebla.

La bala era una esquirla negra, ligeramente fragmentada. Se asemejaba un poco a un barco pequeño. Como un bote de remos flotando en el *caldo*.

Empecé a dibujar. Mi única intención al principio era dibujar solo su cerebro intacto —sin bala— pero acabó siendo mucho más. Continué y agregué el mar, ya ves, porque la composición parecía demandarlo. O mi brazo perdido. O quizá ambas cosas eran lo mismo. Era una mera insinuación del Golfo, pero allí estaba, y bastaba para resultar atinado, porque yo era realmente un hijoputa con verdadero talento. Tardé tan solo veinte minutos, y cuando terminé había recreado un cerebro humano flotando en el golfo de México. Era alucinante, en cierto modo.

Pero también era pavoroso. No es una palabra que quiera usar para referirme a mi propio trabajo, pero es inevitable. Mientras cogía la radiografía y la cotejaba con mi representación (con bala en la ciencia, sin bala en el arte) comprendí algo que tal vez debería haber visto mucho antes. Especialmente después de iniciar la serie *Niña y barco*. Mi obra no funcionaba únicamente porque afectara a las terminaciones nerviosas; funcionaba porque la gente sabía (en algún nivel que escapaba a su raciocinio) que lo que estaban contemplando procedía de un lugar mucho más allá del talento. La sensación que transmitían aquellas pinturas de Duma era de horror, apenas contenido. Horror aguardando su hora de entrar en acción. Impulsado por unas velas raídas.

V

Nuevamente me encontraba hambriento. Me preparé un sándwich y comí frente al ordenador. Estaba poniéndome al tanto de
las últimas noticias acerca de Los Colibrís, que se habían convertido en una pequeña obsesión, cuando sonó el teléfono.

—Mi dolor de cabeza ha desaparecido —anunció.

—¿Siempre dices hola así? —pregunté—. ¿Tal vez deba esperar que tu próxima llamada empiece con un «acabo de evacuar
mis intestinos»?

—No te hagas el iluminado con esto. Me ha dolido la cabeza
continuamente desde que desperté en el comedor después de
dispararme. A veces es simplemente como un ruido de fondo, y
otras veces suena como una Nochevieja en el infierno, pero me
duele siempre. Y entonces, hace media hora, se fue. Me estaba
preparando una taza de café y se fue. No podía creerlo. Al principio pensé que estaba muerto. He andado con pies de plomo,
esperando que retornara y me aporreara bien fuerte con el Martillo de Plata de Maxwell, y no lo ha hecho.

—Lennon-McCartney —apunté—. 1968. Y no me vengas
con que me equivoco.

No me contestó nada. Ni una palabra durante un buen rato.
Pero oía su respiración. Entonces, por fin, preguntó:

—¿Hiciste algo, Edgar? Cuéntaselo a Wireman. Cuéntaselo
a tu papaíto.

Pensé en responderle que yo no había hecho una mierda.
Luego me lo imaginé comprobando la carpeta de las radiografías
y descubriendo que faltaba una. También pensé en mi sándwich,
herido, pero lejos de estar muerto.

—¿Qué hay de tu vista? ¿Algún cambio?

—Nanay, el faro izquierdo sigue apagado. Y ateniéndonos al
diagnóstico de Principe, no volverá a encenderse. No en esta
vida.

Mierda.

¿Pero no había una parte de mí que sabía que el trabajo no
estaba acabado? El coqueteo de esta mañana con Sharpie y Car-

tón no había sido nada comparable al orgasmo total de la noche anterior. Estaba cansado. No ansiaba hacer nada más hoy excepto sentarme y contemplar el Golfo. Disfrutar del descenso del sol sobre el *caldo largo* sin la puta necesidad de pintarlo. La única pega era que se trataba de Wireman.

Wireman, maldición.

—¿Sigues ahí, *muchacho*?

—Sí —asentí—. ¿Puedes hacer que Annmarie Whistler venga luego por unas horas?

—¿Por qué? ¿Para qué?

—Para que puedas posar para tu retrato —contesté—. Si tu ojo sigue apagado, supongo que necesito al Wireman verdadero.

—Hiciste algo —musitó en un tono de voz muy bajo—. ¿Ya me has pintado? ¿De memoria?

—Comprueba la carpeta que contiene tus radiografías —le indiqué—. Ven aquí hacia las cuatro. Antes quiero echarme una siesta. Y tráete algo de comida. Pintar me abre el apetito.

Consideré la posibilidad de corregir la última frase por «pintar cierta clase de cosas», pero no lo hice. Ya había hablado demasiado.

VI

No estaba seguro de si sería capaz de dormir, pero no supuso ningún problema. La alarma del reloj me despertó a las tres en punto. Subí a Little Pink y evalué mi provisión de lienzos. El mayor medía alrededor de metro y medio de largo por unos noventa centímetros de ancho, y fue ese el que escogí. Desplegué el puntal del caballete hasta su máxima extensión y coloqué el lienzo longitudinalmente. Aquella forma vacía, semejante a un ataúd blanco en posición vertical, provocó un pequeño aleteo de excitación en mi estómago y a lo largo de mi brazo derecho. Flexioné aquellos dedos. No podía verlos, pero sentía cómo se abrían y se cerraban. Sentía las uñas clavándose en la palma de la mano. Eran largas estas uñas. Habían crecido desde el accidente y no había modo de poder cortarlas.

VII

Estaba limpiando mis pinceles cuando apareció Wireman caminando por la playa a grandes zancadas, con su desgarbado y osuno estilo, haciendo revolotear a los piolines delante de él. Llevaba vaqueros y un jersey, nada de abrigo. La temperatura había empezado a alcanzar valores moderados.

Vociferó un «hola» ante la puerta de entrada y le grité que subiera al piso de arriba. Había ascendido casi todos los escalones cuando divisó el enorme lienzo sobre el caballete.

—¡Hostia puta! *Amigo*, cuando dijiste retrato, pensé que hablábamos de un primer plano de mi cara.

—Más o menos es lo que planeo —indiqué—, pero me temo que no va a ser tan realista. Ya he avanzado un poco el trabajo. Echa una mirada.

La radiografía robada y el dibujo delineado con el Sharpie reposaban en el estante inferior de mi banco de trabajo. Se los tendí a Wireman y me volví a sentar enfrente del caballete. El lienzo que aguardaba allí ya no era completamente blanco ni estaba vacío. A una altura de tres cuartas partes de la longitud del lienzo, aparecía un rectángulo que había trazado sosteniendo el cartón de la camisa contra el lienzo y deslizando levemente un lápiz del número 2 alrededor del borde.

Wireman no dijo nada durante casi dos minutos. No dejaba de pasear la mirada de la radiografía al dibujo creado a partir de ella. Luego, en un tono de voz apenas perceptible, preguntó:

—¿De qué va todo esto, *muchacho*? ¿Qué está pasando aquí?

—Nada —respondí—. Todavía nada. Pásame el cartón de la camisa.

—¿Eso es lo que es esto?

—Sí, y ten cuidado. Lo necesito. Lo necesitamos. La radiografía ya no tiene importancia.

Me tendió la cartulina pintada, con una mano no muy firme.

—Ahora acércate a la pared donde están los cuadros. Mira el que está más a la izquierda. En el rincón.

Se acercó, lo contempló, y retrocedió.

—¡Hostia puta! ¿Cuándo has hecho esto?

—La noche pasada.

Lo levantó y lo dirigió hacia el torrente de luz que entraba a raudales por el ventanal. Contempló a Tina, que alzaba la mirada hacia un Candy Brown sin boca ni nariz.

—No hay boca, no hay nariz, Brown muere, caso cerrado —dijo Wireman. Su voz apenas era un susurro—. Jesús, no me gustaría ser el *maricón de playa* que te tirara arena a la cara.

Colocó el cuadro de nuevo en su sitio y se alejó de él... con cuidado, como si pudiera estallar si se lo zarandeara.

—¿Qué es lo que se ha introducido en ti? ¿Qué te ha poseído?

—Buena pregunta, coño —respondí—. He estado a punto de no enseñártelo. Pero... con lo que nos traemos aquí entre manos...

—¿Qué es lo que nos traemos entre manos?

—Wireman, ya lo sabes.

Se tambaleó un poco, como si fuera él quien tuviera una pierna mala. Su rostro, sudoroso como estaba, resplandecía. Su ojo izquierdo seguía rojo, pero quizá no tanto. Esa impresión tal vez solo era producto del Departamento de Buenos Deseos.

—¿Puedes hacerlo?

—Puedo intentarlo —maticé—. Si quieres que lo haga.

Asintió con la cabeza, y luego se enjugó el sudor.

—Adelante.

—Necesito que te sitúes junto a la ventana, de modo que la luz te caiga de lleno en la cara a medida que el sol empiece a descender. Hay un taburete en la cocina sobre el que puedes sentarte. ¿Cuánto tiempo se quedará Annmarie?

—Dijo que podría quedarse hasta las ocho, y le dará de cenar a la señorita Eastlake. He traído lasaña para nosotros. La meteré en el horno a las cinco y media.

—Bien.

En cualquier caso, para cuando la lasaña estuviera preparada, la luz ya se habría ido. Podría tomar varias fotos digitales de Wireman, sujetarlas al caballete y trabajar a partir de ellas. Pintaba rápido, pero ya sabía que este iba a ser un proceso más largo… de días, por lo menos.

Cuando Wireman regresó con el taburete se detuvo en seco.

—¿Qué estás haciendo?

—¿Qué te parece que estoy haciendo?

—Cortando un agujero en un lienzo en perfectas condiciones.

—Te declaro oficialmente el más listo de la clase. —Dejé a un lado el rectángulo recortado, y cogí el inserto de cartón con el cerebro flotante en él. Rodeé el caballete hasta la parte trasera—. Ayúdame a pegar esto en su sitio.

—¿Cuándo maquinaste todo esto, *vato*?

—No lo hice —contesté.

—¿No? —Me observaba a través del lienzo, igual que los miles de mirones que había visto en mi otra vida, espiando a través de miles de agujeros en las vallas de las obras.

—No. Es como si algo me fuera dando indicaciones mientras avanzo. Ven por este lado.

Con la ayuda de Wireman, el resto de los preparativos estuvieron listos en un par de minutos. Bloqueó el rectángulo con el cartón de la camisa. Pesqué un pequeño tubo de pegamento Elmer del bolsillo del pecho y empecé a fijarlo en su sitio. Cuando rodeé el lienzo, era perfecto. Así me lo pareció a mí, en todo caso.

Apunté a la frente de Wireman.

—Este es tu cerebro —señalé. A continuación apunté al caballete—. Y este es tu cerebro en lienzo.

Me miró con expresión aturdida.

—Es una broma, Wireman.

—No la pillo —confesó.

VIII

Esa noche comimos como jugadores de fútbol. Le pregunté a Wireman si veía algo mejor, y meneó la cabeza con pesar.

—Las cosas continúan poderosamente negras en el lado izquierdo de mi mundo, Edgar. Ojalá pudiera decirte lo contrario, pero no puedo.

Le reproduje el mensaje de Nannuzzi. Wireman rió y movió vigorosamente el puño. Era difícil no dejarse conmover por su deleite, que rayaba en el regocijo.

—Has encontrado tu camino, *muchacho*. Esta es tu otra vida, seguro. Estoy impaciente por verte en la portada de *Time*. —Levantó las manos, como si enmarcara una portada.

—Solo hay una cosa que me preocupa sobre este asunto —dije… y entonces no me quedó más remedio que reír. En verdad existían muchas cosas que me preocupaban sobre aquel asunto, incluyendo el hecho de que no tenía ni la más remota idea de en dónde me estaba metiendo—. Mi hija querrá venir. La que vino a visitarme aquí.

—¿Qué hay de malo? La mayoría de los hombres estarían encantados de que sus hijas los vieran convertirse en profesionales. ¿Te vas a comer ese último trozo de lasaña?

Lo dividimos en dos. Como yo poseía un temperamento artístico, cogí la mitad más grande.

—Me encantaría que viniera. Pero tu señora jefa asegura que Duma Key no es lugar para las hijas, y en cierta forma me ha convencido.

—Mi señora jefa tiene Alzheimer, y le está empezando a morder de verdad. Las malas noticias son que ella ya no distingue el culo de su codo. Las buenas son que conoce a gente nueva todos los días. Incluyéndome a mí.

—Mencionó lo de las hijas en dos ocasiones, y en ninguna de ellas estaba velada por la niebla.

—Y quizá tenga razón —admitió—. O puede que solo sea una obsesión de la señorita Eastlake, basada en el hecho de que dos de sus hermanas murieron aquí cuando tenía cuatro años.

—Ilse vomitó todo el lateral del coche. Cuando estuvimos de vuelta aquí seguía tan enferma que apenas podía caminar.

—Probablemente solo comiera algo en mal estado después de tomar demasiado el sol. Mira, no quieres correr el riesgo y lo respeto. Por lo tanto, tu mejor opción es meter a tus dos hijas en un buen hotel donde haya servicio de habitaciones las veinticuatro horas y el conserje haga la pelota hasta la saciedad. Te sugiero el Ritz-Carlton.

—¿Las dos? Melinda no será capaz de…

Le dio un último mordisco a su lasaña y la dejó a un lado.

—No estás enfocando esto desde la perspectiva correcta, *muchacho*, pero Wireman, como el cabrón agradecido que es…

—Todavía no tienes nada por lo que estar agradecido.

—… te guiará por el camino recto. Porque no puedo soportar ver cómo un puñado de preocupaciones innecesarias te roban tu felicidad. Y, por Jesus-Krispis, deberías ser feliz. ¿Sabes cuánta gente hay en la costa oeste de Florida que mataría por una exposición en Palm Avenue?

—Wireman, ¿acabas de decir Jesus-Krispis?

—No cambies de tema.

—Oficialmente aún no me han ofrecido una exposición.

—Lo harán. No van a traer un contrato modelo hasta aquí, donde el diablo perdió el poncho, solo por pura diversión. Conque ahora atiéndeme. ¿Me estás escuchando?

—Claro.

—En cuanto la exposición esté programada, y lo estará, vas a hacer lo que se esperaría de cualquier nuevo artista que aparece en escena: publicidad. Entrevistas. Empiezas con Mary Ire y de ahí pasas a los periódicos y al Canal 6. Si quieren sacar partido de tu brazo amputado, mucho mejor. —Repitió el gesto del marco con las manos—. ¡Edgar Freemantle irrumpe en el escenario artístico de Suncoast como un Ave Fénix de las humeantes cenizas de la tragedia!

—Huméamela, *amigo* —repliqué, y agarré la muleta, aunque no puede evitar sonreír.

Wireman prestó oídos sordos a mi vulgaridad. Estaba en racha.

—Ese *brazo* perdido tuyo va a ser de oro.

—Wireman, menudo cínico bastardo que eres.

Se tomó esto como el cumplido que más o menos era. Asintió con la cabeza y ejecutó una suerte de reverencia magnánima.

—Te serviré como abogado. Vas a seleccionar las pinturas; Nannuzzi lo consulta. Nannuzzi te presenta el acuerdo para la exposición; tú me consultas. ¿Te parece bien?

—Supongo, sí. Si ese es el procedimiento…

—Así es como será en este caso. Y, Edgar, una última cosa, pero ni de lejos la menos importante: vas a llamar a todo el mundo que te importe y los invitarás a tu exposición.

—Pero…

—Sí —asintió—. A todo el mundo. A tu loquero, a tu ex, a tus dos hijas, a ese Tom Riley, a la mujer que te rehabilitó…

—Kathi Green —señalé, estupefacto—. Wireman, Tom no vendrá. Ni aunque se congele el infierno. Ni tampoco Pam. Y Lin está en Francia, con faringitis, por el amor de Dios.

Wireman hizo caso omiso.

—Mencionaste a un abogado.

—William Bozeman Tercero. Bozie.

—Invítale. Ah, y a tu madre y a tu padre, por supuesto. A tus hermanas y hermanos.

—Mis padres murieron y soy hijo único. En cuanto a Bozie… —asentí—. Bozie vendría. Pero no le llames así, Wireman. No a la cara.

—¿Llamar Bozie a otro abogado? ¿Crees que soy idiota? —Lo meditó y añadió—: Me disparé a mí mismo en la cabeza y no logré matarme, así que mejor no respondas a eso.

No prestaba mucha atención, porque estaba reflexionando. Por primera vez comprendí que podía celebrar una fiesta de despedida para mi otra vida… y que era posible que la gente asistiera. La idea era al mismo tiempo emocionante y sobrecogedora.

—Puede que vengan todos, ¿sabes? —prosiguió—. Tu ex, tu hija trotamundos, y tu contable suicida. Piensa en ello: una horda de michiganenses.

—Minnesotanos.

Se encogió de hombros y volteó las manos, indicando que ambas cosas eran lo mismo para él. Bastante pretencioso para un tipo de Nebraska.

—Podría fletar un vuelo chárter —comenté—. Un Gulf-

317

stream. Reservar una planta completa del Ritz-Carlton. Gastarme un buen pastón. Joder, ¿por qué no?

—Así me gusta —dijo, y rió irónicamente—. El artista muerto de hambre que aporta su granito de arena.

—Sí. Puedo colocar un cartel en la ventana. «SE OFRECE TRABAJO A CAMBIO DE TRUFAS.»

Entonces nos echamos a reír los dos.

IX

Después de meter los platos y los vasos en el lavavajillas, le conduje de vuelta al piso de arriba, pero tan solo el tiempo necesario para poder tomarle media docena de fotos digitales, primeros planos enormes y poco atractivos. A lo largo de mi vida había sacado unas pocas fotografías buenas, pero siempre por accidente. Detestaba las cámaras, y las cámaras parecían saberlo. Cuando terminé, le dije que ya podía marcharse a casa y relevar a Annmarie. Fuera estaba oscuro, y le ofrecí mi Malibú.

—Iré andando. Un poco de aire me sentará bien. —A continuación apuntó con el dedo al lienzo—. ¿Puedo echar un vistazo?

—En realidad, preferiría que no.

Supuse que protestaría, pero se limitó a asentir y bajó las escaleras, casi al trote. Caminaba con un nuevo ímpetu, y con seguridad no se trataba de mi imaginación.

—Llama a Nannuzzi por la mañana. No dejes que la hierba crezca bajo tus botas —dijo desde la puerta.

—Está bien. Y tú llámame si se produce algún cambio en… —Moví la mano salpicada de pintura en dirección a su cara, y sonrió abiertamente.

—Serás el primero en saberlo. Por ahora, me conformo con haberme librado del dolor de cabeza. —La sonrisa se desvaneció—. ¿Estás seguro de que no volverá?

—No estoy seguro de nada.

—Ya. Sí, es la condición humana, ¿no? Pero te agradezco el intento.

Y antes de presentir lo que se disponía a hacer, ya había tomado mi mano y besado el dorso. Un beso gentil a pesar de la erizada barba sobre sus labios. Luego me dijo *adiós* y se adentró en la oscuridad, y el único sonido que quedó fue el suspiro del Golfo y la susurrante conversación de las conchas bajo la casa.

Entonces se oyó otro sonido: el ring del teléfono.

X

Era Ilse, que deseaba charlar un rato. Sí, sus clases iban estupendamente, sí, se sentía bien (genial, de hecho), sí, llamaba a su madre una vez por semana y se mantenía en contacto con Lin a través del e-mail. En opinión de Ilse, la faringitis de Lin tenía mucho de fantasía autodiagnosticada. Le respondí que la generosidad de sus sentimientos me dejaba atónito y se rió.

Le conté que existía la posibilidad de que exhibiera mi obra en una galería de Sarasota, y profirió un grito tan fuerte que tuve que apartar el teléfono de la oreja.

—¡Eso es maravilloso, papá! ¿Cuándo? ¿Puedo ir?

—Sí, claro, si quieres —respondí—. Voy a invitar a todo el mundo. —Fue una decisión que no terminé de tomar por completo hasta que me oí decírselo a ella—. Estamos pensando hacia mediados de abril.

—¡Mierda! Eso es cuando planeo unirme a la gira de Los Colibrís. —Una pausa para reflexionar, y a continuación—: Puedo encajar las dos cosas. Hacer mi propia minigira.

—¿Segura?

—Sí, totalmente. Tú dime una fecha y allí estaré.

Las lágrimas me aguijonearon los párpados. No sé cómo será tener hijos varones, pero estoy convencido de que no puede ser tan gratificante, tan bonito, simple y llanamente, como tener hijas.

—Te lo agradezco, cariño. ¿Crees que… hay alguna posibilidad de que también venga tu hermana?

—¿Sabes qué? Creo que sí —dijo Ilse—. Se volverá loca por ver qué haces para que toda la gente enterada esté tan excitada. ¿Escribirán sobre ti?

—Mi amigo Wireman opina que sí. Un artista manco, y todo eso…

—¡Pero tú eres buenísimo, papá!

Le agradecí el cumplido y cambié de tema. Le pregunté por Carson Jones y qué noticias tenía suyas.

—Está bien —respondió.

—¿De verdad?

—Sí… ¿por qué?

—No sé. Solo creí notar una pequeña nube en tu voz.

Rió con arrepentimiento.

—Me conoces demasiado bien. Lo que pasa es que están reventándolo en todos los sitios donde tocan y se está corriendo la voz. Se suponía que la gira terminaría el 15 de mayo, porque cuatro de los cantantes tienen otros compromisos, pero el agente de reservas encontró a tres nuevos. Y Bridget Andreisson, que se ha convertido en la estrella, se las ha arreglado para retrasar el comienzo de su vicariato pastoral en Arizona. Qué suerte. —Su voz descendió un tono al decir esto último y se transformó en la voz de una mujer adulta que yo no conocía—. Con lo que en vez de terminar a mediados de mayo, la gira ha sido ampliada hasta finales de junio, con varias fechas en el Medio Oeste y un último concierto en el Cow Palace de San Francisco. Buscando la fama a lo grande, ¿eh? —Eso era lo que yo solía decir cuando Illy y Lin eran pequeñas y escenificaban en el garaje lo que llamaban el «supershow de ballet», pero no recordaba ninguna vez en que lo hubiera expresado con ese triste tono no-del-todo-sarcástico.

—¿Te preocupa que haya algo entre tu chico y esta Bridget?

—¡No! —respondió al instante, y rió—. Dice que ella posee una gran voz y que es una suerte poder cantar a su lado; ahora tienen dos canciones a dúo en lugar de una solo. Pero es superficial y engreída. Además, dice que ojalá ella se comiera algunos caramelos de menta antes del momento de, ya sabes, compartir el micro.

Esperé.

—Vale —admitió Ilse por fin.

—¿Vale, qué?

—Vale, me preocupa. —Una pausa—. Un poco, porque está con ella en un autobús todos los días, y sobre el escenario todas las noches, y yo estoy aquí. —Otra pausa, más larga. A continuación añadió—: Y cuando hablo con él por teléfono no parece el mismo. Casi… pero no igual.

—Podría ser tu imaginación.

—Ya, a lo mejor. Y de todas formas, si hay algo… aunque estoy segura de que no hay nada, pero bueno… si lo hay, mejor ahora que después de… ya sabes, después de que nos…

—Sí —asentí, pensando que esa mentalidad era dolorosamente adulta. Recordé cuando encontré la fotografía de ellos dos abrazados en el puesto de carretera. Cuando toqué la imagen con mi mano derecha perdida y a continuación me lancé escaleras arriba a Little Pink con Reba incrustada entre mi muñón y el costado derecho. Parecía haber ocurrido largo tiempo atrás. «¡Te quiero, Calabacita!», palabra de «Smiley», pero el dibujo que pinté aquel día con mis lápices de colores Venus (que también parecían pertenecer a un tiempo muy lejano) se había mofado de algún modo de la idea del amor imperecedero: la niña pequeña con su vestidito de tenis, oteando el inmenso Golfo. Pelotas de tenis alrededor de sus pies. Más pelotas flotando en las olas rompientes.

Aquella niña había sido Reba, pero también Ilse, y… ¿quién más? ¿Elizabeth Eastlake?

La idea surgió de ninguna parte, pero la encontré cierta.

«El agua fluye velozmente ahora —había dicho Elizabeth—. Pronto llegarán los rápidos. ¿Lo siente?»

Lo sentía.

—¿Estás ahí, papá?

—Sí —repetí—. Cariño, pórtate bien, ¿vale? Y trata de no darle muchas vueltas. Mi amigo de aquí abajo dice que, de tanto comernos la cabeza, a la postre terminamos por desgastar nuestras preocupaciones. Y en cierta forma opino que es verdad.

—Siempre haces que me sienta mejor —manifestó—. Por eso te llamo. Te quiero, papá.

—Yo también te quiero.

—¿Cuántos puñados?

¿Cuántos años habían transcurrido desde que ella preguntaba eso? ¿Doce? ¿Catorce? No importaba, porque recordaba la respuesta.

—Un millón y uno más guardado bajo tu almohada —contesté.

Después nos despedimos y colgué, pensando que si Carson Jones le causaba algún daño a mi hija, le mataría. El pensamiento me hizo sonreír un poco, y me pregunté cuántos padres habrían tenido el mismo pensamiento y realizado la misma promesa. Pero de todos aquellos padres, posiblemente yo fuera el único que podía matar con unas pocas pinceladas a cualquier pretendiente insensato que se atreviera a herir a mi hija.

XI

Dario Nannuzzi y uno de sus socios, Jimmy Yoshida, me visitaron al día siguiente. Yoshida era un Dorian Gray japonés. Cuando se apeó del Jaguar de Nannuzzi en mi camino de entrada me pareció que tendría unos dieciocho años. Vestía unos vaqueros desteñidos de tiro recto y una camiseta aún más desteñida de Rihanna Pon De Replay. La brisa del Golfo le peinaba hacia atrás el largo cabello negro. Cuando llegó al final del paseo, me pareció que su edad debía de rondar los veintiocho. Cuando estrechó mi mano, de cerca y en persona, distinguí las arrugas tatuadas alrededor de sus ojos y de su boca, y le eché cuarenta y muchos.

—Encantado de conocerle —saludó—. En la galería se sigue comentando su visita. Mary Ire ya ha vuelto tres veces a preguntar cuándo nos decidiríamos a contratarle.

—Entremos —invité—. Nuestro amigo Wireman, que vive playa abajo, me ha telefoneado ya dos veces para asegurarse de que no firmo nada sin su presencia.

Nannuzzi sonrió y dijo:

—Nuestro negocio no es timar a los artistas, señor Freemantle.

—Edgar, ¿recuerda? ¿Les apetece un café?

—Veamos su obra primero —contestó Jimmy Yoshida—. El café más tarde.

Tomé aliento.

—Estupendo. Vayamos arriba.

XII

Había tapado el retrato de Wireman (que todavía era poco más que una vaga forma con un cerebro flotando a una altura cercana a las tres cuartas partes de la longitud del lienzo), y el cuadro de Tina Garibaldi y Candy Brown había dicho adiós, encerrado en el armario de abajo (junto con *Amigos con privilegios* y la figura de la toga roja), pero el resto de mi material se hallaba a la vista, suficiente para cubrir dos paredes y parte de una tercera; cuarenta y un lienzos en total, incluyendo cinco versiones de *Niña y barco*.

Cuando su silencio fue más de lo que pude soportar, lo rompí.

—Gracias por el consejo del Liquin. Es magnífico. Mis hijas dirían que es «la bomba».

Nannuzzi no dio muestras de haberlo oído. Caminaba en una dirección, Yoshida en la opuesta. Ninguno preguntó sobre el gran lienzo camuflado con una sábana dispuesto en el caballete; supuse que eso podría considerarse una falta de cortesía en su mundillo. Por debajo de nosotros, las conchas murmuraban. En algún lugar, a lo lejos, una moto acuática gimoteaba estruendosamente. Me picaba el brazo derecho, pero de forma tenue y en las profundidades, indicándome que ansiaba dibujar, pero que podía esperar: sabía que llegaría su hora. Antes de que se pusiera el sol. Pintaría, y al principio consultaría las fotografías prendidas a los laterales del caballete y entonces algo tomaría el control y las conchas chirriarían más fuerte y el cromo del Golfo cambiaría de color, a melocotón primero, luego a rosado y luego a naranja, y finalmente a *ROJO*, y estaría bien, estaría bien, toda suerte de cosas estarían bien.

Nannuzzi y Yoshida se reunieron junto a la escalera que descendía de Little Pink. Conferenciaron brevemente y a continuación se acercaron. Yoshida extrajo del bolsillo de sus tejanos un sobre alargado con las palabras **CONTRATO MODELO/GALERÍA SCOTO** pulcramente impresas en la parte delantera.

—Aquí tiene —dijo—. Dígale al señor Wireman que llegaremos a cualquier acuerdo razonable para poder representar su obra.

—¿De verdad? —pregunté—. ¿Están seguros?

Yoshida no sonrió.

—Sí, Edgar. Totalmente seguros.

—Gracias —dije—. Gracias a ambos. —Pasé la mirada de Yoshida a Nannuzzi, que sonreía—. Dario, de verdad que aprecio mucho su ofrecimiento.

Dario se giró a mirar las pinturas, soltó una pequeña carcajada y luego levantó las manos y las dejó caer.

—Creo que somos nosotros quienes deberíamos expresar nuestro agradecimiento, Edgar.

—Estoy impresionado por la claridad de las pinturas —comentó Yoshida—. Y su... no sé, pero... creo que por... su lucidez. Estas imágenes arrastran al observador sin ahogarlo. La otra cosa que me sorprende es la rapidez con la que trabaja. Es usted un desencorchado.

—No entiendo eso último.

—Los artistas que empiezan a una edad tardía a veces se dice de ellos que se han desencorchado —explicó Nannuzzi—. Es como si trataran de recuperar el tiempo perdido. Pero así y todo... cuarenta pinturas en cuestión de meses... de semanas, en realidad...

Y ni siquiera has visto la que mató al asesino de niñas, pensé.

Dario se echó a reír sin mucho humor.

—Intente evitar que la casa quede reducida a cenizas, ¿de acuerdo?

—Sí, eso sería malo. Suponiendo que cerremos el trato, ¿podría guardar algunos de mis trabajos en su galería?

—Faltaría más —respondió Nannuzzi.

—Genial —dije, deseando firmar lo antes posible sin importar lo que opinara Wireman del contrato, solo para sacar esos cuadros del Cayo… y no era el fuego lo que me preocupaba. El desencorchado podría ser moderadamente habitual entre artistas que se inician en un período tardío de su vida, pero cuarenta y una pinturas en Duma Key eran por lo menos tres docenas más de lo normal. Notaba su presencia viva en la habitación, como electricidad en una campana de vidrio.

Naturalmente, Dario y Jimmy también la percibían. Eso formaba parte de lo que hacía a esas putas pinturas tan efectivas. Eran infecciosas.

XIII

A la mañana siguiente me uní a Wireman y Elizabeth para tomar café al final de la pasarela de madera de *El Palacio*. A estas alturas ya no recurría a nada más que aspirinas para ponerme en marcha, y mis Grandes Paseos Playeros eran ahora un placer en lugar de un desafío. En especial desde que el clima se había vuelto más cálido.

Elizabeth estaba en su silla de ruedas, con los restos del bollo del desayuno desmigajados por la bandeja. Daba también la impresión de que el abogado había logrado que bebiera algo de zumo y media taza de café. Ella miraba hacia el Golfo con una expresión de severa desaprobación, y esa mañana se parecía más al capitán Bligh del *HMS Bounty* que a la hija de un capo de la Mafia.

—*Buenos días, mi amigo* —saludó Wireman, y dirigiéndose a Elizabeth—: Es Edgar, señorita Eastlake. Ha venido para una partidita. ¿Quiere decirle hola?

—Pis mierda cabeza rata —contestó ella. Creo. En cualquier caso, se lo dijo al Golfo, de un color azul oscuro, aún dormido en su mayor parte.

—Ninguna mejora todavía, por lo que veo.

—No. Antes, cuando se hundía, retornaba rápido a la superficie, pero nunca había descendido a tanta profundidad.

—Todavía no le he traído ninguno de mis cuadros para que los vea.

—Ahora mismo no serviría de nada. —Me tendió una taza de café negro—. Toma. Alivia tu mala conciencia con esto.

Le pasé el sobre que contenía el contrato modelo. Mientras Wireman lo extraía, me giré hacia Elizabeth.

—¿Le gustaría escuchar algunos poemas después? —le pregunté.

Nada. Solo miraba hacia el Golfo con el pétreo ceño fruncido: capitán Bligh a punto de ordenar que aten a alguien al palo mayor y lo azoten.

—¿Su padre fue buceador, Elizabeth? —le pregunté, sin ningún motivo en concreto.

Movió ligeramente la cabeza y entornó sus ancianos ojos en mi dirección. Su labio superior se levantó en una sonrisa canina. Por un momento (breve, aunque se me antojó una eternidad) me embargo la sensación de que era otra persona la que me observaba. O ninguna persona en absoluto. Una entidad que vestía el octogenario cuerpo abizcochado de Elizabeth Eastlake como un calcetín. Apreté el puño derecho por un breve instante, y una vez más sentí las inexistentes uñas largas mordiendo una inexistente palma. Entonces volvió a fijar la vista en el Golfo, y simultáneamente tanteó la bandeja hasta que sus dedos toparon con un trozo del bollo del desayuno. Me dije que era un idiota, un idiota que tenía que impedir que sus nervios se apoderaran de él. Sin duda en aquel lugar operaban fuerzas extrañas, pero no todas las sombras eran fantasmas.

—Lo era —intervino Wireman con aire ausente mientras desdoblaba el contrato—. John Eastlake era un asiduo Ricou Browning, ya sabes, el tipo que interpretaba a la Criatura del Lago Negro en los cincuenta.

—Wireman, eres un pozo artesiano de sabiduría inútil.

—Sí, ¿a que soy guay? Su viejo no compró esa pistola de arpones en una tienda, ¿sabes? La señorita Eastlake afirma que lo encargó fabricar a medida. Probablemente debería estar en un museo.

Pero no me importaba la pistola de arpones de John Eastlake, no en aquel preciso momento.

—¿Estás leyendo el contrato?

Lo dejó sobre la bandeja y me miró, desconcertado.

—Lo intentaba.

—¿Y tu ojo izquierdo?

—Nada. Pero, eh, no hay razón para estar decepcionado. El médico dijo...

—Hazme un favor. Tápate tu catalejo izquierdo.

Se cubrió el ojo con una mano.

—¿Qué ves?

—A ti, Edgar. A un *hombre muy feo*.

—Ya, ya. Tápate el derecho.

Obedeció y dijo:

—Ahora todo negro. Solo... —Hizo una pausa—. Quizá no tan negro —añadió, y volvió a bajar la mano—. No puedo asegurarlo. Estos días soy incapaz de separar la realidad de la quimera.

Sacudió la cabeza con tanta violencia que hizo volar su pelo, y luego se golpeó la frente con el canto de la mano.

—Tómatelo con calma.

—Para ti es fácil decirlo.

Permaneció sentado en silencio durante un breve instante, cogió el trozo de bollo de la mano de Elizabeth y se lo dio de comer. Después de metérselo en la boca para que pudiera tragarlo sin riesgo, se volvió hacia mí.

—¿Te importaría cuidarla mientras voy a buscar algo?

—Encantado.

Recorrió al trote el camino entablado y me quedé solo con Elizabeth. Intenté que comiera otro de los trozos restantes del bollo y lo mordisqueó directamente de mi mano, lo que me trajo de vuelta un fugaz recuerdo del conejo que había tenido con siete u ocho años. Se llamaba Señor Hitchens, aunque ya no sé por qué. La memoria es algo curioso, ¿verdad? Los labios de ella eran suaves y desdentados, pero no desagradables. Le acaricié la cabeza, donde su cabello blanco, hirsuto y bastante grueso, estaba recogido hacia atrás en un moño. Se me ocurrió que Wireman debía de peinar ese cabello todas las mañanas, y hacer ese moño. Que Wireman debió de haberla vestido esa mañana, incluyendo pañales, pues seguramente ella sufriría de incontinencia cuando se hallaba en ese estado. Me pregunté si él se acordaba de Esmeralda mientras prendía los alfileres o ataba los cordones. Me pregunté si él se acordaba de Julia cuando le arreglaba el moño.

Cogí otro trozo de bollo. Ella abrió la boca obedientemente, pero yo vacilé.

—¿Qué hay en la cesta roja de picnic, Elizabeth? La que está en el desván.

Pareció meditarlo. Y concienzudamente. Entonces dijo:

—Alguna vieja vela hueca. —Titubeó y se encogió de hombros—. Alguna vieja vela hueca que Adie quiere. ¡Dispara! —Entonces se echó a reír con un cacareo. Fue un sonido espeluznante, como la carcajada de una bruja.

Le di de comer el resto de su bollo, trozo a trozo, sin formular más preguntas.

XIV

Wireman regresó con una micrograbadora de casete, que me tendió.

—Odio pedirte que grabes el contrato en una cinta, pero no me queda otro remedio. Al menos el condenado solo ocupa dos páginas. Me gustaría que me lo entregaras esta tarde, si es posible.

—De acuerdo. Y si alguno de mis cuadros realmente se vende, tendrás tu comisión, amigo mío. El quince por ciento. Eso debería cubrir la asesoría legal y la artística.

Se sentó de nuevo en su silla, riendo y gimiendo al mismo tiempo.

—*¡Por Dios!* ¡Justo cuando pensaba que no podría caer más bajo en mi vida, me convierto en un puto agente artístico! Perdone mi lenguaje, señorita Eastlake.

Ella hizo caso omiso, se limitaba a otear con severidad el Golfo. En los confines del horizonte, del más oscuro color azul, un petrolero casi imperceptible para la vista navegaba ensoñadoramente en dirección norte, hacia Tampa. Me fascinó de inmediato. Las embarcaciones en el Golfo poseían la habilidad de provocarme esa reacción.

Entonces me forcé a centrar de nuevo toda mi atención en Wireman.

—Tú eres el responsable de todo esto, por lo tanto…

—No dices más que tonterías.

—… por lo tanto tienes que estar dispuesto a dar la cara como un hombre y llevarte tu tajada.

—Aceptaré el diez por ciento, y probablemente es demasiado. Acepta, *muchacho*, o empezamos a negociar por el ocho.

—De acuerdo. Que sea el diez. —Extendí la mano y nos las estrechamos sobre la bandeja cubierta de migas de Elizabeth. Me metí la pequeña grabadora en el bolsillo—. Y me informarás si se produce algún cambio en tu… —Apunté a su ojo rojo. El cual, en realidad, no estaba tan rojo como antes.

—Desde luego.

Recogió el contrato, que tenía migas del bollo de Elizabeth. Las barrió con la mano y me lo tendió; a continuación se inclinó hacia delante, con las manos apretadas entre las rodillas y mirándome sobre la imponente balda del busto de Elizabeth.

—Si me hiciera otra radiografía, ¿qué mostraría? ¿Que la bala es más pequeña? ¿Que ha desaparecido?

—No lo sé.

—¿Sigues trabajando en mi retrato?

—Sí.

—No pares, *muchacho*. Por favor, no pares.

—No tengo intención de hacerlo. Pero no alimentes demasiadas esperanzas, ¿de acuerdo?

—Descuida.

Pareció entonces que otro pensamiento le zarandeó, uno que era extrañamente similar a la inquietud que había manifestado Dario.

—¿Qué crees que pasaría si un rayo cayera sobre Big Pink y quemara la casa hasta los cimientos, con ese cuadro dentro? ¿Qué crees que me ocurriría?

Sacudí la cabeza. No quería pensar en ello. Me planteé la posibilidad de pedirle permiso a Wireman para registrar el desván de **El Palacio** en busca de cierta cesta de picnic (era *ROJA*), pero decidí que no. Estaba seguro de que la encontraría allí, aunque menos seguro de querer conocer su contenido. Había cosas extrañas deambulando por Duma Key, y tenía razones para creer que no todas eran cosas agradables, y lo que quería hacer con la mayor parte de ellas era nada. Si las dejaba en paz, entonces quizá ellas me dejarían en paz a mí. Enviaría la mayoría de mis cuadros fuera de la isla para que todo continuara siendo agradable y pacífico; los vendería, también, si la gente deseaba comprarlos. Podría desprenderme de ellos sin remordimientos. Me apasionaban mientras los pintaba, pero una vez finalizados, para mí no significaban más que los duros callos semicirculares que a veces me lijaba del dedo gordo del pie para que no me apretaran las botas al final de un caluroso día de agosto en alguna obra.

Retendría las pinturas del ciclo *Niña y barco*, no por un afecto especial, sino porque la serie no estaba completa; aquellas pinturas continuaban frescas. Podría exponerlas y venderlas más tarde, pero por ahora mi intención era dejarlas justo donde estaban: en Little Pink.

XV

Cuando llegué a casa no se divisaba ninguna embarcación en el horizonte, y la urgencia de pintar se había calmado por el momento. En su lugar, empleé la micrograbadora de Wireman para pasar el contrato modelo a cinta. No era abogado, pero en mi otra vida había visto y firmado una buena ración de papeles legales, y este me pareció bastante simplón.

Al anochecer llevé tanto el contrato como la grabadora de vuelta a *El Palacio*. Wireman preparaba la cena, y Elizabeth estaba sentada en el Salón Porcelana. La garza de mirada taladrante (que era una suerte de mascota no oficial) estaba plantada en el camino, espiándolo todo con adusta desaprobación. El sol moribundo inundaba de luz la habitación, y aun así estaba oscuro. En Ciudad Porcelana reinaba la confusión; las personas y los animales yacían caídos aquí y allá; los edificios se desperdigaban por los cuatro rincones de la mesa de bambú. La mansión de las columnas se hallaba, de hecho, volcada. En la silla junto a la mesa, exhibiendo su semblante a lo capitán Bligh, Elizabeth parecía desafiarme a poner las cosas en orden.

Wireman habló desde detrás de mí, provocándome un sobresalto.

—Si trato de colocar las cosas siguiendo cualquier clase de diseño, lo barre con la mano. Ha tirado un puñado de figuras al suelo y se han roto.

—¿Son muy valiosas?

—Algo, pero esa no es la cuestión, en realidad. Cuando es ella misma, reconoce cada una de las figuras. Las conoce y las ama. Si vuelve en sí y pregunta dónde está Bo Pío… o el Hombre Carbón… y me veo obligado a contarle que los rompió, se quedará triste para todo el día.

—Si recupera la consciencia.

—Sí. Bueno.

—Creo que me marcho a casa, Wireman.

—¿Vas a pintar?

—Ese es el plan. —Me giré hacia la anarquía reinante en la mesa—. ¿Wireman?

—Aquí mismo, *vato*.

—¿Por qué los desordena cuando entra en este estado?

—Sospecho que… porque no puede soportar mirar lo que ella ya no es.

Empecé a dar media vuelta y puso una mano sobre mi hombro.

—Preferiría que no me miraras en este preciso instante —pidió. Apenas controlaba la voz—. En este momento no soy yo mismo. Sal por la puerta principal y ataja a través del patio, si quieres ir por la playa. ¿Lo harás?

Así lo hice, y cuando estuve de vuelta en casa, trabajé en su retrato. No estaba mal. Con lo cual supongo que quiero decir que era bueno. Distinguía su rostro allí, esperando para salir. Empezando a emerger. No poseía nada de especial, pero eso estaba bien. Siempre era mejor cuando no tenía nada de especial. Me encontraba feliz, recuerdo eso. Me encontraba en paz. Las conchas murmuraban. Me picaba el brazo derecho, pero era un picor débil y profundo. La ventana sobre el Golfo era un rectángulo de oscuridad. En algún momento bajé al piso inferior y me comí un sándwich. Encendí la radio y encontré The Bone: J. Geils cantando «Hold Your Lovin». J. Geils no tenía nada de especial, era solo bueno, un regalo de los dioses del rock'n'roll. Pinté y el rostro de Wireman emergió un poco más. Ahora era un fantasma. Era un fantasma rondando el lienzo. Pero era un fantasma inofensivo. Si me volvía, Wireman no se hallaría de pie junto a la escalera donde Tom Riley había aparecido, y playa abajo, en *El Palacio de Asesinos*, el lado izquierdo del mundo de Wireman continuaba oscuro; era simplemente algo que sabía. Pinté. La radio emitía. Bajo el sonido de la música, las conchas susurraban.

En algún momento dado lo dejé, me duché y me fui a la cama. No soñé.

Cuando rememoro mi época en Duma Key, aquellos días de febrero y marzo que pasé trabajando en el retrato de Wireman me parecen ahora los mejores días.

XVI

Wireman telefoneó a las diez de la mañana siguiente. Yo ya me encontraba frente al caballete.

—¿Interrumpo?

—No pasa nada —contesté—. Puedo tomarme un descanso.
Era mentira.

—Te echamos de menos esta mañana. —Una pausa—. Bueno, ya sabes, yo te eché de menos. Ella...

—Ya —dije.

—El contrato es como la madriguera de un conejo. Hay muy poco a lo que meterle mano. Dice que la galería y tú dividiréis el pastel justo por la mitad, pero voy a enmendar eso. El cincuenta-cincuenta no se mantendrá cuando las ventas brutas alcancen los doscientos cincuenta mil. Una vez superado ese límite, el reparto será sesenta-cuarenta, a tu favor.

—Wireman, ¡nunca venderé cuadros por valor de un cuarto de millón de dólares!

—Espero que ellos opinen exactamente igual, *muchacho*, lo cual es la razón por la que también propondré que el reparto suba a setenta-treinta a partir del medio millón.

—Y que Miss Florida me haga una paja —dije sin energía—. Añade eso también.

—Anotado. La otra cosa es esta cláusula de permanencia de ciento ochenta días. Lo más conveniente es que sean noventa. No preveo ningún problema aquí, pero creo que es algo interesante. Tienen miedo de que alguna gran galería de Nueva York aparezca de improviso por aquí y te rapten.

—¿Alguna cosa más sobre el contrato que debiera saber?

—No, y tengo la sensación de que quieres volver al trabajo. Me pondré en contacto con el señor Yoshida en lo referente a estas modificaciones.

—¿Algún cambio en tu vista?

—No, *amigo*. Ojalá pudiera decir lo contrario. Pero sigue pintando.

Apartaba ya el teléfono de mi oreja cuando dijo:

—¿Por casualidad has visto las noticias esta mañana?

—No, nunca las pongo. ¿Por qué?

—El forense del condado informó de que Candy Brown murió de insuficiencia cardíaca congestiva. Simplemente pensé que te gustaría saberlo.

XVII

Pinté. Fue un proceso lento, pero de ninguna manera significó un parón. Wireman emergía a la existencia alrededor de la ventana donde su cerebro flotaba en el Golfo. Era un Wireman más joven que el de las fotos prendidas a los laterales del caballete, pero estaba bien; empecé a consultarlas menos, y al tercer día prescindí de ellas por completo. Ya no las necesitaba. Aun así, pintaba como suponía que hacían la mayoría de los artistas: como si fuera un trabajo en vez de algún tipo de demencia acelerada que iba y venía espasmódicamente. Lo hacía con la radio encendida, que ahora estaba siempre sintonizada en The Bone.

Al cuarto día, Wireman me trajo un contrato revisado y me dijo que lo firmara. Me contó que Nannuzzi quería fotografiar mis pinturas y preparar unas diapositivas para una conferencia en la Biblioteca Selby de Sarasota a mediados de marzo, un mes antes de que abriera mi exposición. A la conferencia, me informó Wireman, asistirían sesenta o setenta mecenas y consumidores de arte del área Tampa-Sarasota. Le contesté que perfecto y firmé el contrato.

Dario vino aquella tarde. Esperé impaciente a que terminara de tomar sus fotos y se marchara para poder retornar a mi trabajo. Más que nada para entablar una conversación, le pregunté que quién daría la charla en la Biblioteca Selby.

Dario me miró con una ceja levantada, como si pensara que le tomaba el pelo.

—La única persona del mundo actualmente versada en su obra —contestó—. Usted.

Le miré boquiabierto.

—¡Yo no puedo dar una conferencia! ¡No sé nada de arte!

Extendió el brazo señalando hacia las pinturas, que Jack y otros dos empleados a tiempo parcial de la Scoto embalarían y transportarían a Sarasota la semana siguiente. Permanecerían embaladas, suponía, en el almacén de la parte trasera de la galería hasta el momento justo de la inauguración de la exposición.

—Esto expresa lo contrario, amigo mío.

—Darío, ¡esa gente sabe del tema! ¡Han asistido a cursos! ¡Apostaría a que casi todos son licenciados en Bellas Artes, por el amor de Cristo! ¿Qué quiere que haga? ¿Que me plante delante de ellos y diga «dee dee dee»?

—Eso es más o menos lo que Jackson Pollock hacía cuando hablaba de su obra. A menudo borracho. Y se enriqueció.

Darío se aproximó a mí y me cogió por el muñón. Aquello me impresionó. Muy poca gente se atreve a tocar el muñón de un brazo; es como si en el fondo creyeran que las amputaciones son contagiosas.

—Escúcheme, amigo mío, estas personas son importantes. No solo porque tienen dinero, sino porque se interesan por nuevos artistas, y cada uno de ellos conoce a tres personas más con inquietudes similares. Después de la conferencia, de su conferencia, empezarán a hablar. La clase de conversaciones que casi siempre se convierten en ese mágico ente llamado «rumor».

Hizo una pausa, jugueteando con la correa de su cámara y sonriendo un poquito.

—Todo lo que ha de hacer es hablar acerca de cómo empezó, y cómo ha evolucionado…

—Darío, ¡no sé cómo he evolucionado!

—Entonces cuente eso. ¡Cuente cualquier cosa! ¡Usted es un artista, por el amor de Dios!

Lo dejé así. La amenazante conferencia todavía me parecía distante y quería que se marchara. Quería encender The Bone, retirar la tela sobre la pintura del caballete, y seguir trabajando en *Wireman mira al oeste*.

¿Quieres saber la asquerosa verdad? El objetivo de la pintura ya no era ningún hipotético truco de magia. Ella misma constituía ahora el truco de magia. Me había vuelto muy egoísta con respecto a eso, y cualquier cosa que pudiera venir después (la prometida entrevista con Mary Ire, la conferencia, la propia exposición) parecían encontrarse no delante de mí, sino de algún modo muy por encima de mí. Igual que un pez, indiferente ante la lluvia cayendo sobre la superficie del Golfo.

Aquella primera semana de marzo fue sinónimo de luz diurna. No el crepúsculo, sino la luz del día. La manera en que inundaba Little Pink y parecía elevarla. Aquella semana fue sinónimo de la música emitida por la radio, cualquier cosa de los Allman Brothers, Molly Hatchet, Foghat. Fue sinónimo de J. J. Cale iniciando «Call Me the Breeze» con un «otra de vuestras canciones predilectas de buen rock'n'roll, abriéndose camino en Broadway», y del sonido de las conchas bajo la casa que oía cuando apagaba la radio y limpiaba mis pinceles. Fue sinónimo del rostro fantasmal que percibía, el perteneciente a un hombre más joven que todavía no había contemplado la vista desde Duma. Había una canción (creo que de Paul Simon), con el verso: «Si nunca hubiera amado, nunca habría llorado». Describía a la perfección aquel rostro. No era una cara real, no del todo, pero la estaba haciendo real. Crecía alrededor del cerebro que flotaba en el Golfo. Ya no necesitaba fotografías, porque era un rostro que conocía. Este rostro era un recuerdo.

XVIII

El 4 de marzo fue un día caluroso, pero no me molesté en poner en marcha el aire acondicionado. Pinté con nada más que un par de pantalones cortos de gimnasia puestos, mientras el sudor me corría por la cara y los costados. El teléfono sonó en dos ocasiones. La primera vez se trataba de Wireman.

—No te hemos visto mucho últimamente por esta parte del mundo, Edgar. ¿Vienes a cenar?

—Creo que voy a pasar, Wireman. Gracias.

—¿Estás pintando o es que ya te has cansado de nuestra sociedad aquí en *El Palacio*? ¿O ambas cosas?

—Solo la parte de la pintura. Casi he terminado. ¿Algún cambio en el departamento visual?

—El faro izquierdo sigue apagado, pero me he comprado un parche, y cuando lo llevo puesto soy capaz de leer con el ojo derecho durante quince minutos de un tirón. Esto es un gran salto adelante, y creo que te lo debo.

—No sé si me lo debes o no —repliqué—. Esto no es igual que el cuadro que pinté de Candy Brown y Tina Garibaldi. O el de mi mujer y sus… sus amigos, para el caso. Esta vez no es como un bang. ¿Entiendes lo que quiero decir?

—Sí, *muchacho*.

—Pero si va a suceder algo, creo que sucederá pronto. Si no, al menos conseguirás un retrato con el aspecto que tenías (que quizá tenías) con veinticinco años.

—¿Te burlas de mí, *amigo*?

—No.

—Ni siquiera yo recuerdo mi aspecto con esa edad.

—¿Cómo está Elizabeth? ¿Algún cambio?

Lanzó un suspiro.

—Ayer por la mañana parecía un poco mejor, así que la instalé en la sala trasera… Allí hay una mesa más pequeña, que yo llamo Suburbio Porcelana… y tiró al suelo un juego de bailarinas Wallendorf. Las ocho se hicieron añicos. Irremplazables, por supuesto.

—Lo lamento.

—El pasado otoño nunca pensé que empeoraría hasta este extremo. Dios nos castiga por lo que nos es imposible de imaginar.

Mi segunda llamada se produjo quince minutos después, y arrojé el pincel sobre la mesa de trabajo con exasperación. Era Jimmy Yoshida. Fue difícil continuar exasperado después de estar expuesto a su entusiasmo, que rayaba en la exaltación. Había visto las diapositivas, y afirmaba que iban a «patearle el culo a todo el mundo».

—Eso es maravilloso —contesté—. En mi charla pretendo decirles: «Despeguen el culo de sus asientos»… y después me iré andando tranquilamente.

Rió como si eso fuera la cosa más graciosa que había oído en su vida, y luego dijo:

—Principalmente llamaba para preguntar si hay alguna pintura que no desee vender, para marcarla como NFS.

En el exterior se produjo un estruendo que sonó como si un

enorme camión con una pesada carga estuviera cruzando un puente de madera. Miré hacia el Golfo, donde no había puentes de madera, y me di cuenta de que había oído un trueno lejano hacia el oeste.

—¿Edgar? ¿Sigue usted ahí?

—Sigo aquí —respondí—. Asumiendo que alguien quiera comprarlos, pueden vender todos excepto los de la serie *Niña y barco*.

—Oh.

—Eso ha sonado a decepción.

—Albergaba la esperanza de comprar uno para la galería. Le eché el ojo al *N.º 2*. Y considerando los términos del contrato, lo adquiriría con un cincuenta por ciento de descuento. Nada mal, chaval, habría dicho mi padre.

—La serie todavía no está completa. Quizá cuando haya pintado el resto.

—¿Cuántos más la compondrán?

Seguiré pintándolos hasta que pueda leer el puto nombre del barco fantasma en el castillo de popa.

Es posible que hubiera expresado el pensamiento en voz alta si en ese instante no hubiera retumbado otro trueno hacia el oeste.

—Supongo que lo sabré cuando llegue el momento. Ahora, si me disculpa…

—Está ocupado. Lo siento. Le dejo que vuelva al trabajo.

Cuando desconecté el inalámbrico, me planteé si realmente deseaba o no volver al trabajo. Pero… estaba cerca. Si seguía adelante, podría lograr terminarlo esa misma noche. Y en cierta forma me atraía la idea de pintar mientras una tormenta descargaba en el Golfo.

Que Dios me ayudara, la idea se me antojó romántica.

Así que subí el volumen de la radio, que había silenciado mientras hablaba por teléfono y allí hizo acto de presencia Axl Rose, cantando *Wellcome to the Jungle* a voz en grito, con más potencia que nunca. Cogí un pincel y me lo coloqué detrás de la oreja. Después empuñé otro y comencé a pintar.

XIX

Los cumulonimbos se amontonaron, como enormes barcazas negras en la base y del color púrpura de un cardenal en el centro. De vez en cuando un relámpago centelleaba en su interior, y entonces se asemejaban a cerebros rebosantes de malos pensamientos. El Golfo perdió su color y se apagó. El crepúsculo era una banda amarilla que pasó a un débil tono naranja y se extinguió. Little Pink se sumió en la penumbra. La radio empezó a emitir rebuznos de electricidad estática con cada estallido luminoso. Me detuve el tiempo suficiente para apagarla, pero no encendí las luces.

No recuerdo exactamente cuándo dejé de ser yo mismo quien pintaba el cuadro… y a día de hoy no tengo la certeza de que mi yo me abandonase ni un solo instante; quizá *sí*, quizá *no*. Todo lo que sé es que en un momento dado miré hacia abajo y vi mi brazo derecho bajo la defectuosa luz diurna y el ocasional tartamudeo de los relámpagos. El muñón estaba moreno; el resto era de un blanco mortal. Los músculos colgaban sueltos y fláccidos. No había cicatriz, no había sutura alguna excepto la línea del bronceado, pero por debajo de ella me picaba como rancio fuego seco. Un nuevo relámpago y entonces el brazo ya había desaparecido, nunca había existido un brazo (al menos, no en Duma Key), pero la picazón continuaba allí, y tal era su intensidad que te invadía el irrefrenable impulso de arrancar algo a mordiscos.

Regresé al lienzo y en el mismo instante la picazón se derramó en aquella dirección como agua fuera de una bolsa, y el frenesí se cernió sobre mí. La tormenta descargaba sobre el Cayo mientras la oscuridad descendía y pensé en ciertos números circenses en los que un hombre con los ojos vendados lanza cuchillos a una bonita chica con los brazos y piernas extendidos sobre un disco giratorio de madera, y creo que me reí porque yo estaba pintando con los ojos vendados, o casi. De vez en cuando resplandecía el fogonazo de un rayo y Wireman se abalanzaba sobre mí, Wireman a los veinticinco años, Wireman antes de Julia, antes de Esmeralda, antes de *la lotería*.

Yo gano, tú ganas.

Un imponente relámpago iluminó la ventana de púrpura y blanco, una estertórea ráfaga de viento llegó arrastrada desde el Golfo por la descarga eléctrica, y la lluvia azotó el cristal con tanta fuerza que pensé (con la parte de mi mente que aún era capaz de razonar) que seguramente se rompería. Un arsenal estalló directamente encima. Por debajo, el murmullo de las conchas se había convertido en el cuchicheo de cosas muertas contándose secretos con voces óseas. ¿Cómo era posible que no lo hubiera percibido antes? ¡Cosas muertas, sí! Un barco había llegado aquí, un barco de muertos, con velas raídas, y cadáveres vivientes habían desembarcado. Estaban bajo esta casa, y la tormenta los había devuelto a la vida. Podía verlos abriéndose paso a empujones a través del óseo manto de conchas, pálidas masas gelatinosas con pelo de color verde y ojos de gaviota, reptando unos sobre otros en la oscuridad y hablando, hablando, hablando. ¡Sí! Porque tenían que ponerse al día en muchos asuntos, ¿y quién sabía cuándo vendría la próxima tormenta que los devolvería de nuevo a la vida?

Pero a pesar de todo, pinté, aterrorizado y en la oscuridad; mi brazo se movía arriba y abajo de tal manera que durante un tiempo dio la impresión de que era yo el verdadero director de orquesta de la tormenta. No podría haberme detenido. Y, en algún momento, *Wireman mira al oeste* estuvo terminado. Mi brazo derecho me lo confirmó. Garabateé mis iniciales, EF, en la esquina inferior izquierda y a continuación partí el pincel en dos, empleando las dos manos para ello. Los trozos cayeron al suelo. Me alejé dando tumbos del caballete, pidiendo a gritos que parase lo que fuera que estuviera sucediendo. Y pararía; seguro que paraba; el cuadro estaba terminado y ahora seguro que paraba.

Llegue al borde de la escalera y miré hacia abajo, y allí, en el fondo, había dos pequeñas figuras chorreando. Pensé: *Manzana, naranja*. Pensé: *Yo gano, tú ganas*. Entonces centelleó un relámpago y vi a dos niñas de unos seis años, seguramente gemelas, seguramente las hermanas ahogadas de Elizabeth Eastlake. Llevaban vestidos que se les pegaban al cuerpo como yeso. El cabello les cubría las mejillas. Sus caras eran pálidos horrores.

Conocía su procedencia. Habían salido arrastrándose de entre las conchas.

Empezaron a subir las escaleras hacia mí, cogidas de la mano. Un trueno explotó a un kilómetro sobre mi cabeza. Intenté gritar, pero no pude. Pensé: *No estoy viendo esto. No.*

—Puedo hacerlo —dijo una de las niñas. Hablaba con la voz de las conchas.

—Era rojo —dijo la otra niña. Hablaba con la voz de las conchas.

Estaban a medio camino. Sus cabezas eran poco más que calaveras con el pelo mojado y sucio cayendo por los costados.

—Siéntate en la pira —dijeron al unísono, como niñas entonando una rima de algún juego de comba… pero hablaban con la voz de las conchas—. Siéntate en la quemadora.

Alargaron las manos hacia mí, con horribles dedos hinchados, acuosos.

Me desmayé en lo alto de la escalera.

XX

El teléfono sonaba. Ese estaba siendo mi Invierno del Teléfono.

Abrí los ojos y busqué a tientas la lámpara de la cabecera de la cama, anhelando la luz, porque acababa de tener la peor pesadilla de mi vida. En lugar de la lámpara, mis dedos tropezaron con una pared. En el momento en que la golpearon, fui consciente de que mi cabeza estaba inclinada en un extraño y doloroso ángulo contra esa misma pared. Retumbó un trueno, pero tenue y de manera triste; era un trueno que ya se alejaba, y aquello fue suficiente para hacer que lo recordara todo con dolorosa y aterradora claridad.

No estaba en la cama. Estaba en Little Pink. Y me había desmayado porque…

Súbitamente abrí los ojos de par en par. Mi culo descansaba

sobre el rellano, y las piernas pendían sobre los escalones. Me acordé de las dos niñas ahogadas —no, fue algo más que eso, fue un instante de lucidez, absoluta y reluciente—, y me puse en pie como una bala sin sentir para nada la cadera mala. Mi concentración estaba fijada por entero en los tres interruptores en la parte alta de la escalera, pero cuando mis dedos los encontraron llegué a pensar: *No funcionarán, la tormenta habrá noqueado la energía eléctrica.*

Pero funcionaban, y desterraron la oscuridad fuera del estudio y del hueco de la escalera. Pasé un horrible momento al divisar arena y agua a los pies de la escalera, pero la luz iluminaba lo suficiente como para poder percatarme de que el vendaval había abierto la puerta delantera.

Porque sin duda había sido el viento.

En la sala de estar el teléfono enmudeció y el contestador automático se puso en marcha. Mi voz grabada invitaba a la persona que llamaba a dejar un mensaje después de la señal. La persona que llamaba era Wireman.

—Edgar, ¿dónde estás? —Me hallaba demasiado desorientado para determinar si lo que oía en su voz era excitación, consternación o terror—. Llámame. ¡Tienes que llamarme inmediatamente!

Y después solo un clic.

Descendí los escalones con pasos vacilantes, de uno en uno, como un hombre de ochenta años, e hice de las luces mi primera prioridad: la sala de estar, la cocina, ambos dormitorios, la habitación Florida. Incluso encendí las luces en los cuartos de baño, adentrando mi mano en la oscuridad y preparándome para el caso de que algo frío y húmedo y cubierto de algas me tomara del brazo. Nada hizo tal cosa. Con todas las luces encendidas, me relajé hasta el extremo de notar que volvía a estar hambriento. Famélico. Fue la única vez que me sentí así después de trabajar en el retrato de Wireman... pero, naturalmente, esa última sesión había sido bárbara.

Me agaché para examinar la porquería que había arrastrado el viento a través de la puerta abierta. Solo arena y agua, esta última sobre la capa de cera que mi empleada del hogar utilizaba para preservar el brillo del ciprés. Había también algo de humedad en los primeros escalones, que estaban alfombrados, pero no eran más que eso: manchas de humedad.

No admitiría que había estado buscando huellas de pisadas.

Fui a la cocina, me preparé un sándwich de pollo y lo engullí apoyado en la encimera. Cogí una cerveza de la nevera para ayudarlo a bajar. Cuando terminé con el sándwich, me comí los restos de la ensalada del día anterior, que más o menos flotaban en salsa de aliño Newman's Own. Después entré en la sala de estar para llamar a *El Palacio*. Wireman contestó al primer tono. Estaba preparado para decirle que había estado fuera, comprobando si la tormenta había causado algún destrozo en la casa, pero cuál era mi paradero en el momento de su llamada era la última cosa que ocupaba la mente de Wireman. Lloraba y reía.

—¡Puedo ver! ¡Mejor que nunca! El ojo izquierdo está límpido, puro como el tañido de una campana. No puedo creerlo, pero...

—Más despacio, Wireman, apenas te entiendo.

No aminoró. Quizá no podía.

—En el punto culminante de la tormenta sentí un dolor atravesándome el ojo malo... un dolor al que no darías crédito... como un cable ardiente... pensé que nos había caído un rayo, así que, ayúdame Dios, me arranqué el parche... ¡y podía ver! ¿Entiendes lo que te estoy diciendo? ¡Puedo ver!

—Sí —dije—. Lo entiendo. Es maravilloso.

—¿Has sido tú? ¿Sí, verdad?

—Quizá —contesté—. Probablemente. Tengo un cuadro para ti. Mañana te lo llevaré. —Vacilé durante un instante—. Yo tomaría buen cuidado de él, *amigo*. No creo que importe lo que les pase una vez terminados, pero también pensaba que Kerry iba a derrotar a Bush.

Rió salvajemente.

—Ah, *verdad*, eso oí, sí —dijo—. ¿Fue difícil?

Un pensamiento me asaltó antes de poder responder.

—¿Fue dura la tormenta para Elizabeth?

—Oh, tío, atroz. Siempre la han asustado, pero esta vez… estaba aterrada. Gritaba acerca de sus hermanas. Tessie y Lo-Lo, las que se ahogaron en los años veinte. Incluso yo mismo me contagié de su terror por un rato… pero ya pasó. ¿Tú estás bien? ¿Fue difícil?

Contemplé la arena desperdigada por el suelo entre la puerta delantera y las escaleras. Indudablemente no había huella alguna. Y si pensaba que veía algo más que arena, eso sería simplemente mi puta imaginación artística.

—Un poco. Pero ya acabó todo.

Esperaba que fuera cierto.

XXI

Hablamos durante otros cinco minutos… o más bien fue Wireman quien habló. Parloteaba, en realidad. Lo último que dijo fue que le daba miedo irse a dormir. Temía despertar y descubrir que su ojo izquierdo volvía a estar ciego. Le respondí que no creía que tuviera que preocuparse por eso, le deseé una buena noche y colgué. Lo que me preocupaba a mí era despertar en mitad de la noche y descubrir a Tessi y a Laura (Lo-Lo, para Elizabeth) sentadas en mi cama una a cada lado.

Tal vez una de ellas sostendría a Reba sobre su regazo mojado.

Tomé otra cerveza y volví al piso de arriba. Me acerqué al caballete con la cabeza gacha, con los ojos fijos en mis pies, y entonces levanté la mirada rápidamente, como si esperara pillar desprevenido al retrato. Una parte de mí, la parte racional, esperaba encontrarlo desfigurado por violentas salpicaduras de pintura de cabo a rabo, fruto de una parada en el infierno antes del desayuno, un Wireman a medias, oscurecido por las manchas y borrones en un lienzo que yo habría embadurnado durante la tormenta, cuando mi única luz verdadera era la suministrada por los relámpagos. Pero el resto de mí conocía la verdad. El resto de mí sabía que alguna otra luz me había estado iluminando mientras pintaba (igual que los lanzadores de cuchillo vendados utilizan algún otro sentido para guiar sus manos). Esa parte de mí sabía que la ejecución de *Wireman mira al oeste* había sido sencillamente perfecta, y esa parte tenía razón.

En ciertos aspectos fue el mejor trabajo que hice en Duma Key, porque fue mi obra más racional; recuerda que, hasta el final, *Wireman mira al oeste* había sido pintado a la luz del día… y por un hombre en sus cabales. El fantasma que merodeaba en el lienzo se había transformado en un encanto de rostro, joven, tranquilo y vulnerable. El cabello era de un fino color negro claro. Una pequeña sonrisa acechaba en las comisuras de los labios, al igual que en sus ojos verdes. Las cejas eran espesas y atractivas. Encima de ellas, la ancha frente era como una ventana abierta a través de la cual este hombre dirigía sus pensamientos hacia el golfo de México. No había bala alguna en aquel cerebro visible. Podría haber extirpado igual de fácil un aneurisma o un tumor maligno. El precio a pagar por concluir el trabajo había sido elevado, pero había saldado la cuenta.

La tormenta había quedado reducida a unos pocos truenos apenas perceptibles en algún lugar sobre la franja nororiental de Florida. Resolví que ahora sería capaz de dormir, y nada me impediría dejar encendida la lámpara de la cabecera, si así lo deseaba; Reba nunca se lo contaría a nadie. Podría incluso dormir con ella acurrucada entre el muñón y el costado derecho. No sería la primera vez. Y Wireman volvería a ver. Si bien eso no venía al caso en aquel momento. La cuestión era que por fin había pintado algo extraordinario.

Y era mío.

Con eso me bastaba para poder dormir.

Cómo dibujar un cuadro (VI)

Mantén el enfoque. Es la diferencia entre un buen cuadro y una simple imagen más recargando un mundo rebosante de ellas.

Elizabeth Eastlake era un demonio en lo referente al enfoque; recuerda que ella literalmente se dibujó a sí misma de regreso al mundo. Y cuando la voz que habitaba en Noveen le habló del tesoro, ella enfocó su atención en él y lo dibujó desperdigado sobre el arenoso fondo del Golfo. Una vez que la tormenta lo dejó al descubierto, aquel fascinante batiburrillo quedó suficientemente cerca de la superficie, de manera que el sol debió de haberse reflejado en él a mediodía; reflejos que habrían buscado el modo de salir a la superficie.

Ella quería agradar a su padre. Lo único que quería para ella era la muñeca de porcelana.

Papá dice: Cualquier muñeca será tuya; derecho de salvamento, *y que Dios le ayude por eso.*

Ella se adentró en el mar a su lado, con el agua a la altura de sus rodillas regordetas, apuntando con el dedo.

Dice: Está justo ahí. Nada y patalea hasta que diga para.

Papá se adentró en el mar un poco más, mientras ella permanecía quieta, y cuando se dejó mecer por una ola, entregando su cuerpo al **caldo**, *sus aletas le parecieron del tamaño de pequeños botes de remos. Más tarde ella las dibujaría de ese modo. Él escupió en sus gafas de buceo, las enjuagó y se las puso. Mordió la boquilla de su* snorkel. *Aleteó pesadamente en el soleado mar azul, con el rostro en el agua, su cuerpo fusionándose con los in-*

quietos destellos de sol que transformaban aquellas olas cristalinas en oro.

Sé todo esto. Elizabeth dibujó algo, y yo dibujé algo.

Yo gano, tú ganas.

Libbit se quedó metida en el agua hasta las rodillas, con Noveen bien asegurada bajo el brazo, observando, hasta que Nana Melda, preocupada por el aguaje, le gritó que volviera a lo que denominaban la playa de la Sombra. Entonces todos aguardaron allí. Elizabeth gritó a John que parara. Vieron elevarse sus aletas cuando realizó su primera zambullida. Permaneció bajo el agua quizá cuarenta segundos, y entonces salió a la superficie salpicando gotas de agua, escupiendo la boquilla del snorkel.

Él dice: ¡Que me parta un rayo si no hay algo ahí abajo!

Y cuando regresa a donde está la pequeña Libbit, él la abraza la abraza la abraza.

Lo supe. Lo dibujé. Con la cesta roja de picnic sobre una banqueta cercana y el lanzaarpones descansando sobre ella.

Se sumergió de nuevo, y la siguiente vez volvió con un brazado de objetos antiguos sujetos cobardemente contra el pecho. Más tarde empezaría a usar el cesto de la compra de Nana Melda, con un peso de plomo en el fondo para bajarlo con mayor facilidad. Aún más tarde saldría una fotografía en el periódico con gran parte de las antigüedades rescatadas, el «tesoro», extendidas frente a un sonriente John Eastlake y su talentosa hija, ferozmente concentrada. Pero sin ninguna muñeca de porcelana en aquella imagen.

Porque la muñeca de porcelana era especial. Pertenecía a Libbit. Era su justo derecho de salvamento.

¿Fue la cosa-muñeca lo que condujo a Tessie y Lo-Lo a su muerte? ¿Lo que creó al chaval grande? ¿Cuánto tuvo que ver Elizabeth en ello a esas alturas? ¿Quién era el artista, quién la superficie en blanco?

Algunas preguntas que nunca he contestado para satisfacción propia, pero he dibujado mis propios cuadros y sé que en lo referente al arte, es perfectamente válido parafrasear a Nietzsche: si mantienes el enfoque, con el tiempo el enfoque te mantendrá a ti. A veces sin libertad condicional.

11

La vista desde Duma

I

A la mañana siguiente, temprano, Wireman y yo nos plantamos en el Golfo con el agua, tan fría que te desencajaba los ojos de las órbitas, hasta las pantorrillas. Se adentró caminando y yo le seguí sin preguntar. Sin una sola palabra. Ambos sosteníamos tazas de café. Él llevaba unos pantalones cortos y yo solo me detuve el tiempo justo para doblarme las perneras del pantalón hasta las rodillas. Detrás de nosotros, al final de la pasarela de madera, Elizabeth descansaba repantigada en su silla, mirando con tristeza hacia el horizonte. Le temblaba el mentón grisáceo en una suerte de gimoteo. Una gran parte de su desayuno aún reposaba ante ella. Había comido algo y desparramado el resto. Su cabello suelto revoloteaba en la cálida brisa procedente del sur.

El agua nos rodeaba en oleadas. Una vez me acostumbré, me encantó el sedoso tacto del oleaje: primero el embate, que me hacía sentir como si mágicamente hubiera adelgazado seis kilos; después el retroceso, que arrastraba arena de entre los dedos de mis pies en pequeños remolinos que me provocaban cosquillas. A unos setenta u ochenta metros mar adentro, dos gordos pelícanos trazaron una línea a través de la mañana. Entonces plegaron sus alas y cayeron como piedras. Uno emergió sin nada, pero el otro había pescado su desayuno. El pececillo desapareció en el gaznate del pelícano mientras este se elevaba. Era una antigua danza, pero no por ello menos placentera. Hacia el sur, tierra adentro, donde crecía la enmarañada vegetación, un pájaro chi-llaba una y otra vez «¡Uh-Uh! ¡Uh-Uh!».

Wireman se dio la vuelta hacia mí. No aparentaba veinticin-co, pero parecía más joven que nunca desde que le conocí. En su ojo izquierdo no quedaba nada en absoluto de aquella rojez, y había perdido aquel inconexo, «miro-hacia-donde-me-da-la-gana», bizqueo. No cabía duda de que me veía; de que me veía muy bien.

—Cualquier cosa que pueda hacer por ti —declaró—. En cualquier momento. Por el resto de mi vida. Llama y allí estaré. Pide y lo haré. Es un cheque en blanco. ¿Te queda claro?

—Sí —contesté. También tenía claro algo más: cuando al-guien te ofrece un cheque en blanco, nunca, jamás, debes hacerlo efectivo. Eso no era algo que hubiera deducido. Algunas veces la comprensión circunvala el cerebro y procede directamente del corazón.

—Muy bien, entonces —concluyó—. Es todo lo que voy a decir.

Oí ronquidos. Miré alrededor y vi que el mentón de Eliza-beth se había hundido en su pecho. Una mano se cerraba sobre un trozo de tostada. Su pelo revoloteaba alrededor de su cabeza.

—Parece más delgada —comenté.

—Ha perdido casi diez kilos desde Año Nuevo. Le estoy dando esos maxi-batidos, Ensure, se llaman, una vez al día, pero no siempre los toma. ¿Qué hay de ti? ¿Ese semblante se debe solo al exceso de trabajo?

—¿Qué semblante?

—Como si el Sabueso de los Baskerville te acabara de arrancar de un mordisco la nalga izquierda. Si es agotamiento, quizá debe-rías parar un poco y descansar. —Se encogió de hombros—. Esta es nuestra opinión, las suyas son bienvenidas, como dirían en el Canal 6.

Permanecí donde estaba, sintiendo el subir y bajar de las olas, y meditando sobre lo que podría contar a Wireman. Sobre cuán-to podría contarle. La respuesta evidente parecía caer por su pro-pio peso: o todo o nada.

—Creo que será mejor que te ponga al corriente sobre lo que sucedió anoche. Solo tienes que prometer que no llamarás a los hombres de las batas blancas.

—De acuerdo.

Le conté cómo había terminado su retrato prácticamente en la oscuridad. Le conté que había visto mi brazo derecho y la mano. Y que luego vi a las dos niñas muertas a los pies de la escalera y perdí el conocimiento. Para cuando acabé ya habíamos salido del agua y caminábamos hacia donde Elizabeth roncaba. Wireman empezó a limpiar la bandeja, barriendo con la mano los desperdicios al interior de una bolsa extraída de la mochila que colgaba de un brazo de la silla.

—¿Nada más? —preguntó.

—¿No te parece suficiente?

—Solo pregunto.

—Nada más. Dormí como un bebé hasta las seis de la mañana. Después te puse en la parte trasera del coche… es decir, tu retrato, y conduje hasta aquí. Por cierto, cuando estés listo para verlo…

—Todo a su debido tiempo. Piensa en un número entre uno y diez.

—¿Qué?

—Tú sígueme la corriente, *muchacho*.

Pensé en un número.

—Vale.

Permaneció en silencio durante un momento, contemplando el Golfo.

—¿Nueve? —aventuró finalmente.

—No. Siete.

—Siete —repitió asintiendo con la cabeza. Tamborileó con los dedos sobre su pecho durante unos segundos, y luego dejó caer la mano sobre su regazo—. Ayer podría haberlo adivinado. Hoy no puedo. Esa cosa telepática mía, ese pequeño destello, se ha ido. Es un trueque más que justo. Wireman es como Wireman fue, y Wireman dice *muchas gracias*.

—¿Qué pretendes demostrar? ¿O es que tienes alguna explicación?

351

—Sí. La cuestión es que no te estás volviendo loco, si eso es lo que temes. En Duma Key, las personas lesionadas parecen ser personas especiales. Cuando desaparecen sus lesiones, dejan de ser especiales. Yo, estoy sanado. Tú continúas lesionado, por lo tanto, sigues siendo especial.

—No estoy muy seguro de a dónde quieres llegar.

—Porque estás tratando de hacer difícil una cosa simple. Mira al frente, *muchacho*, ¿qué ves?

—El Golfo. Lo que tú llamas el *caldo largo*.

—¿Y qué es lo que pintas la mayor parte del tiempo?

—El Golfo. Puestas de sol sobre el Golfo.

—¿Y qué es pintar?

—Pintar es ver, supongo.

—Nada de suposiciones. ¿Y qué significa «ver» en Duma Key?

—¿Ver de forma especial? —respondí, sintiéndome como un chiquillo recitando una lección de la que duda.

—Sí. ¿Qué crees entonces, Edgar? ¿Te visitaron anoche esas niñas muertas o no?

Noté un escalofrío recorrer mi espalda.

—Probablemente sí.

—Yo también lo creo. Creo que viste a los fantasmas de sus hermanas.

—Me dan miedo —confesé en voz baja.

—Edgar… no creo que los fantasmas puedan herir a la gente.

—Quizá no a gente normal en un lugar normal —alegué.

Asintió ante esto, bastante a regañadientes.

—Muy bien. Entonces, ¿qué quieres hacer?

—Lo que no quiero hacer es marcharme. No he terminado aquí todavía.

No estaba pensando solo en la exposición… en la reputación burbuja. Había algo más, excepto que no sabía qué era ese algo más. No todavía. Si hubiera intentado expresarlo con palabras, habría sonado estúpido, como algo escrito en una galleta de la suerte. Algo que involucraba la palabra destino.

—¿Quieres venirte aquí a *El Palacio*? ¿Mudarte con nosotros?

—No. —Pensé que de alguna forma eso empeoraría las cosas. Y aparte, Big Pink era mi hogar. Estaba enamorado del lugar—. Pero, Wireman, ¿mirarás a ver cuánto puedes averiguar acerca de la familia Eastlake en general, y de esas dos niñas en particular? Si ya puedes leer de nuevo, entonces quizá podrías bucear en internet…

Me asió del brazo con fuerza.

—Bucearé como un cabrón. Y quizá tú también puedas sacar algo en ese sentido. Vas a tener una entrevista con Mary Ire, ¿no es cierto?

—Sí. La han programado para la semana siguiente a mi supuesta conferencia.

—Pregúntale sobre los Eastlake. Quizá te toque el gordo. La señorita Eastlake fue una gran mecenas en su época.

—De acuerdo.

Empuñó los mangos de la silla de ruedas de la anciana, que seguía durmiendo, y la giró de cara al tejado anaranjado de la casa.

—Ahora vayamos a ver mi retrato. Quiero comprobar cómo era mi aspecto cuando todavía pensaba que Jerry García podía salvar el mundo.

II

Había aparcado el coche en el patio, al lado del Mercedes-Benz plateado de Elizabeth Eastlake, el cual se remontaba a la época de la guerra de Vietnam. Saqué el retrato de mi mucho más humilde Chevrolet, lo apoyé sobre un extremo, y lo sostuve para que Wireman lo mirara. Mientras lo contemplaba en silencio, me vino a la cabeza un extraño pensamiento: yo era como un sastre junto a un espejo de una tienda de ropa masculina. Pronto mi cliente me diría que le gustaba el traje que había confeccionado para él, o por el contrario sacudiría la cabeza pesarosamente y diría que no se veía cómodo.

En la lejanía, hacia el sur, en lo que ya empezaba a pensar

como la Jungla de Duma, el pájaro de antes volvió a lanzar su chillido de aviso, «¡Uh-uh!».

Finalmente no pude resistirlo más.

—Di algo, Wireman. Di algo.

—No puedo. Me he quedado sin palabras.

—¿Tú? No es posible.

Pero cuando alzó la mirada del retrato, me di cuenta de que era cierto. Tenía el aspecto de alguien a quien le hubieran atizado en la cabeza con un martillo. En aquel entonces ya comprendía que lo que yo hacía afectaba a la gente, pero ninguna de sus reacciones eran ni remotamente parecidas a la de Wireman en aquella mañana de marzo.

Lo que finalmente le sacó del trance fue un agudo golpeteo. Era Elizabeth, que estaba despierta y aporreaba su bandeja.

—¡Cigarro! —gritó—. ¡Cigarro! ¡Cigarro!

Aparentemente, algunas cosas sobrevivían en la niebla del Alzheimer. La parte de su cerebro anhelante de nicotina nunca se desintegró. Fumaría hasta el final.

Wireman extrajo un paquete de American Spirits del bolsillo de sus pantalones, lo sacudió para sacar un cigarrillo, se lo puso en la boca y lo encendió. Acto seguido se lo tendió a ella.

—Si dejo que se lo fume sola, ¿se va a prender fuego a sí misma, señorita Eastlake?

—¡Cigarro!

—Eso no es muy alentador, querida.

Pero se lo dio, y con Alzheimer o sin él, lo fumó como una profesional, aspirando una profunda calada y expulsando el humo por los orificios nasales. Luego se recostó de nuevo en su silla, y por el momento no parecía el capitán Bligh en la cubierta de popa, sino F. D. Roosevelt pasando revista a las tropas. Lo único que necesitaba era una boquilla apretada entre los dientes. Y, naturalmente, algunos dientes.

La mirada de Wireman retornó al retrato.

—No querrás en serio desprenderte de esto, ¿verdad? No puedes hacerlo. Es un trabajo increíble.

—Es tuyo —declaré—. Sin discusión.

—Tienes que incluirlo en la exposición.

—No sé si es una buena idea...

—Tú mismo dijiste que después de terminarlos probablemente desaparece cualquier efecto sobre el sujeto...

—Sí, probablemente.

—Eso es suficiente para mí, y la Scoto es más segura que esta casa. Edgar, esto merece ser visto. Diablos, necesita ser visto.

—¿Eras así, Wireman? —pregunté, honestamente curioso.

—Sí. No. —Se quedó mirándolo un momento más, y luego se giró hacia mí—. Es como quería ser. Quizá fui así, en los escasos mejores días de mi mejor año. —Y, casi a regañadientes, agregó—: Mi año más idealista.

Permanecimos en silencio durante un rato, contemplando tan solo el retrato, mientras Elizabeth echaba humo como un tren chu-chú. Un viejo tren chu-chú.

—Hay muchas cosas que me cuestiono, Edgar —dijo Wireman entonces—. Desde que llegué a Duma Key tengo más preguntas que un niño de cuatro años a la hora de acostarse. Pero de lo que no tengo duda es de por qué quieres quedarte aquí. Si yo pudiera hacer algo como esto, querría permanecer aquí para siempre.

—El año pasado por estas fechas dibujaba garabatos en agendas telefónicas mientras me mantenían en espera —indiqué.

—Eso me contaste. Dime algo, *muchacho*. Viendo esto... y pensando en todo lo demás que has pintado desde que empezaste... ¿cambiarías el accidente que se llevó tu brazo? ¿Lo cambiarías, si pudieras?

Una sucesión de imágenes cruzó mi mente: yo pintando en Little Pink mientras The Bone bombardeaba espesas piezas de rock duro; los Grandes Paseos Playeros; incluso el hijo mayor de los Baumgarten gritando «¡Hey, señor Freemantle, buen tiro!» cada vez que le lanzaba el Frisbee. Luego rememoré el despertar en la cama de hospital, lo terriblemente caliente que había estado, lo dispersos que habían sido mis pensamientos, el no poder recordar ni mi propio nombre. La ira. El amanecer a la comprensión (que llegó durante *El Show de Jerry Springer*) de que parte de mi cuerpo había desertado. Había empezado a llorar y había sido incapaz de parar.

—Lo cambiaría en un abrir y cerrar de ojos —aseguré.

—Oh. Era simple curiosidad —dijo él, y se volvió para quitarle el cigarrillo a Elizabeth.

De inmediato ella extendió las manos como un niño que ha sido privado de un juguete.

—¡Cigarro! ¡Cigarro! ¡CIGARRO!

Wireman aplastó el cigarrillo contra el tacón de su sandalia y un momento después ella se calmó de nuevo, olvidado el tabaco ahora que el mono de nicotina había sido satisfecho.

—¿Te importaría quedarte con ella mientras pongo el cuadro en el vestíbulo delantero? —preguntó Wireman.

—Faltaría más —respondí—. Wireman, lo único que quería decir…

—Lo sé. El brazo. El dolor. Tu mujer. Fue una pregunta estúpida, obviamente. Permíteme que ponga esta pintura a salvo, ¿vale? La próxima vez que venga Jack, envíamelo aquí. Lo envolveremos bien y podrá llevarlo a la Scoto. Pero voy a garabatear NFS por todo el paquete antes de que salga hacia Sarasota. Si vas a regalármelo, este bebé es mío. Nada de cagadas.

En la jungla hacia el sur, el pájaro continuó con su ulular preocupado: «¡Uh-uh! ¡Uh-uh! ¡Uh-uh!».

Quise añadir algo más, explicárselo, pero se alejó con rapidez. Además, había sido su pregunta. Su estúpida pregunta.

III

Jack Cantori llevó *Wireman mira al oeste* a la Scoto al día siguiente, y Dario me telefoneó en cuanto lo extrajo de los paneles de cartón. Afirmó que nunca había contemplado nada igual, y concluyó que quería que las piezas centrales de la exposición fueran esa y las pinturas de la serie *Niña y barco*. Tanto él como Jimmy pensaban que el hecho de que esas obras no estuvieran en venta suscitaría el interés de la gente aún más. Le contesté que me parecía bien. Me preguntó si me estaba preparando para mi conferencia, y le contesté que lo estaba pensando. Respondió que aquello estaba bien, porque el evento ya estaba despertando un «interés singular», y las circulares ni siquiera habían sido enviadas todavía.

—Además de que, por supuesto, enviaremos imágenes JPEG a los miembros de nuestra lista de correo —dijo.

—Eso es magnífico —contesté, pero no lo sentía así.

Durante aquellos primeros diez días de marzo, una curiosa lasitud se había apoderado de mí. No se extendía al trabajo, pues había pintado otra puesta de sol y otro *Niña y barco*. Cada mañana caminaba por la playa con mi morral echado sobre el hombro, en busca de conchas y cualquier otro desperdicio interesante que hubiera arrastrado la marea. Encontré un gran número de latas de cerveza y refrescos (la mayoría tan gastados y blancos como una amnesia), unos pocos preservativos, una pistola de rayos de plástico que habría pertenecido a algún chiquillo, y el botón de un biquini. Pelotas de tenis, cero. Bebía té verde con Wireman bajo la sombrilla a rayas. Intentaba pacientemente que Elizabeth comiera ensalada de atún y ensalada de macarrones, bañadas en abundante mayonesa; la empujaba a beberse los «batidos lácteos» Ensure con una pajita. Un día me senté en la pasarela de madera junto a su silla de ruedas y limé los místicos anillos de callos amarillentos de sus grandes y ancianos pies.

Lo que no hacía era tomar notas para mi supuesta «conferencia de arte», y cuando Darío llamó para informarme de que había sido reubicada en la sala de conferencias de la Biblioteca Pública, con capacidad para doscientas personas sentadas, bajé tanto el tono de voz que mi brusca respuesta no dejó entrever ningún atisbo de lo fría que me corría la sangre.

Doscientas personas significaban cuatrocientos ojos, todos ellos encañonándome.

Lo que tampoco hacía era escribir invitaciones, ni realizar ningún movimiento para reservar habitaciones en el Ritz-Carlton de Sarasota para las noches del 15 y 16 de abril, ni reservar un avión Gulfstream para la pandilla de amigos y familiares de Minnesota.

La idea de que alguno de ellos quisiera ver mis pintarrajos empezaba a parecerme una chifladura.

La idea de que Edgar Freemantle, quien un año antes había estado peleando con el Comité de Planificación de St. Paul acerca de unas perforaciones en un lecho de rocas, pudiera dar una conferencia de arte a un puñado de verdaderos mecenas se me antojaba absolutamente demencial.

Las pinturas parecían bastante reales, no obstante, y el trabajo era… Dios, el trabajo era maravilloso. Cuando me plantaba delante del caballete en Little Pink al anochecer, desnudo salvo por los pantalones cortos de gimnasia y escuchando The Bone, observando la inquietante velocidad a la que emergía del lienzo blanco el *Niña y barco n.º 7* (como algo que hubiera salido deslizándose de un banco de niebla), me sentía totalmente despierto y vivo, un hombre exactamente en el lugar adecuado y exactamente en el momento adecuado, un cojinete que encajaba a la perfección en los engranajes del universo. El barco fantasma había virado un poco más; su nombre aparentaba ser el *Perse*. Por capricho, busqué en Google esta palabra, y encontré exactamente un resultado, lo que probablemente constituía un récord mundial. Perse era una escuela privada de Inglaterra, donde a los alumnos se les llamaba Antiguos Perseos. No había mención alguna a un barco de la escuela, ni de tres mástiles ni de cualquier otro tipo.

En esta última versión, la niña en el bote de remos llevaba puesto un vestido verde con tirantes que le cruzaban la espalda desnuda, y todo a su alrededor, flotando en el agua sombría, estaba tapizado de rosas. Era una estampa perturbadora.

Cuando caminaba por la playa, comiendo mi almuerzo y tomando una cerveza, con Wireman o yo solo, era feliz. Cuando pintaba cuadros era feliz. Más que feliz. Cuando pintaba me sentía lleno y completamente realizado, de una forma elemental que nunca había comprendido antes de llegar a Duma Key. Pero cuando pensaba en la exposición en la Scoto y todo lo que implicaba conseguir que una exhibición de la obra de un nuevo artista tuviera éxito, mi mente echaba el cerrojo. Era más que miedo escénico; era más bien una sensación de pánico absoluto.

Me olvidaba de cosas, como abrir cualquier e-mail procedente de la Scoto, ya fuera de Dario, Jimmy, o Alice Aucoin. Si Jack me preguntaba si estaba excitado por «hacer lo mío» en el Auditorio Geldbart de la Biblioteca Selby, respondía «ohsísí», y después le enviaba a llenar el depósito del Chevy a Osprey, y me olvidaba de su comentario. Cuando Wireman me preguntó si ya había hablado con Alice Aucoin sobre la disposición de los diferentes cuadros, sugerí que peloteáramos un poco en la pista de tenis, porque Elizabeth parecía disfrutar viéndonos jugar.

Entonces, más o menos una semana antes de la fecha programada para la conferencia, Wireman me dijo que quería mostrarme algo que había hecho. Un pequeño trabajo artesanal.

—Quizá puedas darme tu opinión como artista —comentó.

Había una carpeta negra sobre la mesa a la sombra de la sombrilla a rayas (Jack había enmendado el desgarrón con un trozo de cinta aislante). La abrí y extraje lo que en apariencia era un folleto en papel satinado. En la cubierta se veía una de mis primeras creaciones, *Puesta de sol con sófora*, y me sorprendí de lo profesional que parecía. Bajo la reproducción estaba escrito lo siguiente:

> *Querida Linnie: he aquí lo que me ha mantenido ocupado en Florida, y aunque sé que estás terriblemente atareada...*

Debajo de «terriblemente atareada» había una flecha. Levanté los ojos hacia Wireman, que me miraba inexpresivamente. Detrás suyo, Elizabeth contemplaba el Golfo. Dudaba de si enfadarme por su osadía, o sentirme aliviado por ella. En verdad, sentía las dos cosas. Y no podía recordar si le había contado que a veces llamaba a mi hija mayor Linnie.

—Puedes usar la fuente que quieras —me indicó—. Esta es un poco cursi para mi gusto, pero a mi colaboradora le gusta. Y el nombre en el encabezamiento es intercambiable, desde luego.

Puedes personalizarlo. Esa es la belleza de hacer estas cosas con un ordenador.

No respondí, simplemente volví la página. Ahí aparecía *Puesta de sol con espigas de grama* a un lado, y *Niña y barco n.º 1* en el otro. Debajo de las imágenes se leía esto:

... espero que puedas acompañarme en la exposición de mi obra la noche del 15 de abril, en la Galería Scoto de Sarasota, Florida, de 7 a 10 de la tarde. He reservado un billete a tu nombre en Primera Clase en el vuelo Air France 22, con salida de París el día 15 a las 8.25 AM y llegada a Nueva York a las 10.15 AM; también dispones de una plaza en el vuelo Delta 496, con salida del JFK de Nueva York el día 15 a la 1.20 PM y llegada a Sarasota a las 4.30 PM. Una limusina te estará esperando para trasladarte al Ritz-Carlton, donde me he permitido el lujo de reservarte una habitación, por gentileza mía, para las noches del 15 al 17 de abril.

Había otra flecha debajo de esto. Miré a Wireman, apabullado. Él continuaba con su cara de póquer, pero noté que le latía una vena en el lado derecho de la frente.

—Sabía que colocaba nuestra amistad en una posición arriesgada —me confesaría más tarde—, pero alguien debía hacer algo, y para entonces ya tenía claro que no ibas a ser tú.

Pasé a la página siguiente del folleto. Dos más de aquellas asombrosas reproducciones: *Puesta de sol con caracola* a la izquierda, y un bosquejo sin título de mi buzón de correos a la derecha. Aquel era uno de los más tempranos, realizado con lápices de colores Venus, pero me gustaba la flor que crecía junto al poste de madera; era una brillante margarita negra y amarilla. Incluso la reproducción de aquel dibujo lucía bien, como si el hombre que lo había hecho conociera el negocio. O estuviera empezando a conocerlo.

El texto en esta página era breve.

Si no puedes asistir, lo entenderé perfectamente (París no está precisamente a la vuelta de la esquina), pero albergo la esperanza de que vendrás.

Estaba enfadado, pero no era estúpido. Alguien tenía que tomar el control, y aparentemente Wireman había decidido que aquella era su misión.

Ilse, pensé. *Tiene que haber sido Ilse quien le ayudó con esto.*

Esperaba encontrar otra pintura impresa en la última página, pero no. Lo que vi allí hirió mi corazón con sorpresa y amor. Melinda siempre fue mi chica dura, mi proyecto inacabado, pero nunca la había amado menos por eso, y mis sentimientos se apreciaban con claridad en la foto en blanco y negro, que presentaba una arruga por la mitad y dos de sus cuatro esquinas dobladas. Era normal que ofreciera un aspecto tan deteriorado, porque la Melinda que posaba junto a mí no tendría más de cuatro años. Eso indicaba que la instantánea tendría por lo menos dieciocho años. Ella llevaba unos tejanos, unas botas de cowboy, una camisa estilo *western* y un sombrero de paja. ¿Acabábamos de regresar de la granja de Pleasant Hill, donde ella a veces montaba en un poni Shetland de nombre Azucarillo? Eso pensé. Sea como fuere, estábamos de pie en la acera delante de nuestra primera casa en el parque Brooklyn, yo con unos vaqueros desteñidos y una camisa blanca que me había arremangado, y el pelo engominado peinado hacia atrás como un rockabilly. Sostenía una lata de cerveza Grain Belt en una mano, y mi cara lucía una enorme sonrisa. Linnie se enganchaba con una mano al bolsillo de mis pantalones, y en su rostro vuelto hacia arriba mostraba una expresión de amor (de tanto amor) que me provocó un dolor en la garganta. Sonreí como cuando estás a punto de estallar en lágrimas.

Debajo de la foto decía:

Si quieres mantenerte al corriente de la gente que asistirá, puedes llamarme al 941-555-6166, o a Jerome Wireman al 941-555-8191, o a tu madre. Ella vendrá con el contingente de

Minnesota, por cierto, y se encontrará contigo en el hotel.

Espero de verdad que puedas venir.

En cualquier caso, te quiero, Pequeña Poni.

Papá

Cerré la carta que además era un folleto que además era una invitación, y me quedé sentado en silencio, con la mirada fija en el suelo durante unos momentos. No confiaba plenamente en mi capacidad para hablar.

—Esto es solo un burdo borrador, por supuesto —probó a decir Wireman, con voz indecisa. En otras palabras, que en absoluto parecía él mismo—. Si te disgusta, lo tiraré a la basura y empezaré de nuevo. No hay castigo sin delito.

—No conseguiste esa foto por Ilse —dije.

—No, *muchacho*. Pam la encontró en uno de sus viejos álbumes.

De repente todo tuvo sentido.

—¿Cuántas veces has hablado con ella, Jerome?

Hizo una mueca de disgusto.

—Eso duele, pero quizá estés en tu derecho. Puede que media docena de veces. Empecé contándole que te estabas metiendo en un charco, y que estabas arrastrando a un montón de gente contigo…

—¡¿Qué cojones?! —estallé, profundamente herido.

—Gente que ha invertido muchas esperanzas y confianza en ti, por no mencionar dinero…

—Soy perfectamente capaz de reembolsar cualquier cantidad de dinero que la gente de la Scoto pueda haber adelantado…

—Cierra el pico —ordenó. Nunca había oído tanta frialdad en su voz. Ni la había visto en sus ojos—. No eres estúpido, *muchacho*, así que no actúes como tal. ¿Puedes devolver su confianza? ¿Puedes devolver su prestigio, si el extraordinario nuevo artista que han prometido a sus clientes no hace acto de presencia en la conferencia ni en la exposición?

—Wireman, puedo hacer la exposición; es la maldita conferencia...

—¡Ellos no saben eso! —gritó con un potente torrente de voz, un auténtico bramido digno de un tribunal. Elizabeth prestó oídos sordos, pero los piolines despegaron de la orilla del agua como una manta de color marrón—. Se les ha ocurrido esta curiosa idea de que quizá el quince de abril no te presentarás, o que retirarás toda tu obra y se quedarán con un montón de habitaciones desnudas en el momento álgido de la temporada turística, que es cuando por lo general obtienen una tercera parte de su beneficio anual.

—No tienen motivos para pensar eso —protesté, pero me latía la cara como un ladrillo incandescente.

—¿No? ¿Qué opinarías de esta clase de comportamiento en tu otra vida, *amigo*? ¿Qué conclusiones sacarías de un proveedor de cemento que hubieras contratado y que al final no cumpliera lo pactado? ¿O de una empresa de fontanería subcontratada para instalar las cañerías que no se presentara el día que debía empezar? ¿De verdad tendrías... no sé, confianza en esa clase de gente? ¿Te creerías sus excusas?

No dije nada.

—Dario te envía e-mails pidiéndote que tomes decisiones, y no recibe contestación. Él y los otros te llaman por teléfono y lo único que consiguen son vagas respuestas como «Lo pensaré». Esto les pondría nerviosos si fueras Jamie Wyeth o Dale Chihuly, y no lo eres. En esencia no eres más que un tío que pasaba por la calle. Entonces me llaman a mí, y lo hago lo mejor posible; soy tu puto agente, al fin y al cabo. Pero no soy un artista, y ellos tampoco, en realidad. Somos como un puñado de taxistas intentando traer al mundo a un bebé.

—Ya lo he pillado.

—Me pregunto si es así —replicó, y lanzó un suspiro. Un profundo suspiro—. Dices que solo es miedo escénico por la conferencia, y que vas a seguir adelante con la exposición. Estoy seguro de que una parte de ti se cree eso, pero *amigo*, he de decirte que también creo que hay otra parte que no tiene intención de presentarse en la Galería Scoto el día 15 de abril.

—Wireman, eso es una…

—¿Chorrada? ¿Lo es? Llamo al Ritz-Carlton y pregunto si el señor Freemantle ha reservado alguna habitación para mediados de abril, y recibo un gran *non, non, Nannette*. Así que tomo aire profundamente y me pongo en contacto con tu ex. Ya no aparece en la guía telefónica, pero tu inmobiliaria me da el número cuando le explico que es una especie de emergencia. Y enseguida descubro que Pam todavía se preocupa por ti. De hecho, quiere llamarte para decírtelo, pero tiene miedo de que la mandes a paseo.

Le miré boquiabierto.

—La primera cosa que acordamos una vez hechas las presentaciones es que Pam Freemantle se ha enterado de algo acerca de una gran exposición de arte de su ex marido dentro de cinco semanas. Lo segundo (ella hace una llamada mientras Wireman se mantiene en espera resolviendo un crucigrama gracias a su recién reestablecida visión) es que su ex no ha movido ni un dedo para fletar un avión, por lo menos con la compañía que ella conoce. Lo que nos conduce a cuestionarnos si, en el fondo, Edgar Freemantle ha decidido que cuando llegue el momento, simplemente va a gritar «a la mierda» y se esconderá en el retrete, usando las palabras de mi malgastada juventud.

—No, estáis totalmente equivocados —dije, pero las palabras brotaron en un apático zumbido que no sonó especialmente convincente—. Es solo que todo el rollo organizativo me vuelve loco, y siempre… ya sabes, lo voy posponiendo.

Wireman no daba tregua. De haberme hallado testificando en el estrado, creo que para entonces ya me habría convertido en un charco de grasa y lágrimas; el juez habría decretado un receso para darle tiempo al alguacil a recogerme con una fregona o sacarme brillo con una gamuza.

—Pam dice que si eliminaras los edificios de la Compañía Freemantle, el *skyline* de St. Paul parecería Des Moines en 1972.

—Pam exagera —declaré, pero él hizo caso omiso.

—¿Se supone que debo creer que un hombre que dirigía una empresa de tamaña envergadura no puede hacerse cargo de unos billetes de avión y dos docenas de habitaciones de hotel? ¿Especialmente cuando le bastaría con pedírselo al personal administrativo de su compañía, que estaría absolutamente encantado de tener noticias suyas?

—Ellos no… yo no… simplemente no pueden…

—¿Te estás cabreando?

—No —mentí. Lo estaba. La vieja ira había regresado, deseando alzar la voz hasta chillar más fuerte que Axl Rose en The Bone. Me froté con los dedos un punto justo sobre mi ojo derecho, donde se estaba generando una migraña. Hoy no habría pintura para mí, y Wireman era el responsable. Wireman era la persona a quien culpar. Por un momento deseé que se quedara ciego. No solo medio ciego, sino completamente, ciego de ambos ojos, y me di cuenta de que podría pintarle de esa manera. Ante esa idea, la ira se desplomó.

Wireman vio que me llevaba la mano a la cabeza y aflojó un poco.

—Mira, la mayoría de la gente con la que ha contactado de forma extraoficial ya ha dicho «coño, claro que sí, por supuesto, me encantaría». Tu antiguo capataz, Angel Slobotnik, le dijo a Pam que te traería un tarro de pepinillos. A ella le pareció muy ilusionado.

—Pepinillos no, huevos en vinagre —corregí, y la cara ancha, plana y sonriente de Big Ainge por un momento se encontró casi tan cerca de mí como para tocarla. Angel, que había estado a mi lado durante veinte años, hasta que un grave ataque al corazón le apartó del equipo. Angel, cuya respuesta más habitual a cualquier petición, por extravagante que fuera en apariencia, consistía en «Eso está hecho, jefe».

—Pam y yo nos encargamos de los vuelos —continuó Wireman—. No solo para la gente de Minneapolis-St. Paul, sino también para la procedente de otros lugares. —Tocó el folleto con los dedos—. Los vuelos de Air France y Delta mencionados aquí son reales, y tu hija Melinda tiene las reservas hechas de verdad. Ella sabe lo que está pasando, igual que Ilse, y solo están esperando a que sean oficialmente invitadas. Ilse quería llamarte, pero Pam le aconsejó que esperara. Dice que tú has de apretar el gatillo en este asunto, y sea lo que sea lo que haya hecho mal en el transcurso de vuestro matrimonio, *muchacho*, ella tiene razón en eso.

—Muy bien —accedí—. Te escucho.

—Bien. Ahora quiero hablar contigo acerca de la conferencia —anunció, y dejé escapar un gruñido—. Si haces un mutis en la conferencia, te resultará el doble de difícil ir a la fiesta de inauguración…

Le miré con incredulidad.

—¿Qué? —preguntó—. ¿No estás de acuerdo?

—¿Hacer un mutis? —pregunté—. ¿Hacer un mutis? ¿Qué coño es eso?

—Ahuecar el ala, escaquearse —explicó, sonando ligeramente a la defensiva—. Jerga británica. Mira, por ejemplo, *Oficiales y Caballeros*. Evelyn Waugh, 1952.

—Mira mi culo y verás tu cara —repliqué—. Edgar Freemantle, en la actualidad.

Levantó el dedo medio, y solo con ese gesto las cosas entre nosotros volvieron a estar casi bien del todo.

—Le enviaste a Pam las imágenes, ¿no? Le enviaste los JPEG.

—Sí.

—¿Cuál fue su reacción?

—Se cayó de espaldas, *muchacho*.

Permanecí en silencio, tratando de imaginarme a Pam con tal grado de estupor. Lo logré, pero el rostro que visualicé, iluminado por la sorpresa y el asombro, pertenecía a una mujer más joven. Habían transcurrido ya unos cuantos años desde la última vez que fui capaz de generar esa clase de vendaval.

Elizabeth cabeceaba, pero su cabello aleteaba contra sus mejillas y se abofeteaba la cara como una mujer siendo molestada por insectos. Me levanté, cogí una goma elástica de la bolsa que colgaba del reposabrazos de la silla (que siempre contenía una buena provisión de ellas, en muchos colores brillantes), y le recogí el pelo hacia atrás en una cola de caballo. Los recuerdos de hacer esto mismo con Melinda e Ilse eran dulces y a la vez terribles.

—Gracias, Edgar. Gracias, *mi amigo*.

—Entonces, ¿cómo lo hago? —pregunté. Apoyaba la palma de mi mano sobre la cabeza de Elizabeth, sintiendo la suavidad de su pelo igual que sentía a menudo la suavidad del cabello recién lavado de mis hijas cuando se lo acariciaba de niñas; cuando la memoria se aferra a un recuerdo con su máxima fuerza, nuestros propios cuerpos se convierten en fantasmas y nos rondan con los gestos distintivos de nuestra propia juventud—. ¿Cómo hablo acerca de un proceso que es sobrenatural, al menos parcialmente?

Ahí estaba. Por fin desenterrada. La raíz del asunto.

Sin embargo, el semblante de Wireman reflejaba calma.

—¡Edgar! —exclamó.

—¿Edgar, qué?

El hijoputa verdaderamente se echó a reír.

—Si les cuentas eso… ellos te creerán.

Abrí la boca para refutarlo, y pensé en la obra de Dalí. Pensé en ese maravilloso cuadro de Van Gogh, *La noche estrellada*. Pensé en ciertas pinturas de Andrew Wyeth, no en *El mundo de Christina*, sino en sus interiores: espaciosas estancias donde la luz era extraña y cuerda, como si procediera de dos direcciones distintas al mismo tiempo. Cerré la boca.

—No puedo decirte de qué hablar —agregó Wireman—, pero puedo proporcionarte algo como esto. —Me tendió el folleto/invitación—. Puedo proporcionarte una plantilla.

—Eso ayudaría.

—¿Sí? Entonces escucha.

Y escuché.

IV

—¿Hola?

Estaba sentado en el sofá de la habitación Florida. Mi corazón latía con fuerza. Esta era una de esas llamadas (todo el mundo ha hecho unas cuantas) en la que esperas cumplir con las formalidades a la primera y terminar cuanto antes, y al mismo tiempo albergas la esperanza de que eso no ocurra y poder así posponer un poquito más una dura y posiblemente dolorosa conversación.

Me tocó la Opción Uno; Pam contestó al primer timbrazo. Lo único que esperaba era que esta conversación fuera un poco mejor que la última. Que las dos últimas, en realidad.

—Pam, soy Edgar.

—Hola, Edgar —saludó ella de forma cautelosa—. ¿Cómo estás?

—Estoy… bien. Bien. He estado hablando con mi amigo Wireman. Me enseñó la invitación que vosotros dos habéis diseñado.

«Que vosotros dos habéis diseñado.» Sonaba poco amistoso. Confabulador, incluso. Pero ¿qué otra forma tenía de expresarlo?

—¿Sí? —El tono de su voz era imposible de descifrar.

Tomé aire y me lancé. Dios odia a los cobardes, dice Wireman. Entre otras cosas.

—Llamaba para darte las gracias. Me he estado comportando como un imbécil inepto, y que intervinieras como lo has hecho era lo que necesitaba.

El silencio fue lo suficientemente largo como para que me planteara la posibilidad de que ella hubiera colgado con suavidad en algún punto. Entonces dijo:

—Sigo aquí, Eddie. Solo me estoy recogiendo a mí misma del suelo. No recuerdo la última vez que me pediste disculpas.

¿Me había disculpado? Bueno… no importaba. Bastante cerca, quizá.

—Entonces, también lamento eso —añadí.

—Yo también te debo una disculpa —declaró—, así que supongo que estamos en paz.

—¿Tú? ¿Por qué tienes que pedir perdón?

—Tom Riley me llamó, hace solo dos días. Ha retomado su medicación, y está yendo otra vez a, cito textualmente, «ver a alguien», lo que interpreto como un loquero. Me llamó para agradecerme que le salvara la vida. ¿Alguna vez te ha llamado alguien para darte las gracias por eso?

—No. —Aunque recientemente me llamó alguien para darme las gracias por salvar su vista, así que más o menos sabía a lo que se refería.

—Es toda una experiencia. «Si no fuera por ti, ahora mismo estaría muerto.» Esas fueron sus palabras exactas. Y no podía decirle que tenía que agradecértelo a ti, porque hubiera sonado como un disparate.

Fue como si de repente hubieran cortado una correa apretada que ciñera mi cintura. Algunas veces las cosas resultan para bien. A veces lo hacen, en serio.

—Está bien así, Pam.

—Le he contado a Ilse lo de esta exposición tuya.

—Sí, yo...

—Bueno, a Illy y a Lin, a las dos, pero cuando hablé con Ilse, dirigí la conversación hacia Tom, y puedo afirmar rotundamente que no sabe nada sobre lo que pasó entre nosotros. Estaba equivocada en eso, también. Y me hizo mostrar un lado muy desagradable de mí misma.

Me di cuenta, alarmado, de que ella lloraba.

—Pam, escucha.

—He enseñado muchas caras feas de mi personalidad, a muchas personas, desde que me dejaste.

¡Yo no te dejé! Estuve a punto de gritar. Y anduvo cerca. Lo bastante cerca como para hacer brotar sudor de mi frente. *¡Yo no te dejé, tú pediste el divorcio, burbuja escapista!*

—Pam, es suficiente —dije en cambio.

—Pero era tan difícil de creer, incluso después de que llamaras y me contaras las demás cosas. Ya sabes, lo de mi tele nueva. Y Cascarrabias.

Empecé a preguntarme quién era Cascarrabias, y entonces me acordé del gato.

—Pero estoy mejorando. Asisto a la iglesia otra vez. ¿Puedes creerlo? Y a ver a una terapeuta, una vez por semana. —Hizo una pausa, y después continuó de forma acelerada—. Es buena. Dice que una persona no puede cerrar las puertas de su pasado, solo puede poner remiendos y seguir adelante. Lo entiendo, pero no sé por dónde empezar a enmendar lo que te hice, Edgar.

—Pam, no me debes nin...

—Mi terapeuta dice que no se trata de lo que tú pienses, sino de lo que piense yo.

—Ya veo. —Se asemejaba mucho a la vieja Pam, así que tal vez había encontrado a la psicóloga adecuada.

—Y entonces tu amigo Wireman me llama y me dice que necesitas ayuda... y me envía esas imágenes. No veo la hora de ver los cuadros auténticos. Quiero decir, sabía que tenías algo de talento, porque solías dibujar aquellos libritos para Lin cuando estuvo tan enferma aquel año...

—¿Sí?

Recordaba el año enfermo de Melinda, cuando sufrió una infección tras otra que culminó en un cuadro de diarrea aguda, probablemente consecuencia de ingerir tantísimos antibióticos, que la tuvo en el hospital durante una semana. Aquella primavera perdió cinco kilos. Si no llega a ser por las vacaciones de verano (y por su propia inteligencia sobresaliente), habría necesitado repetir el segundo curso. Pero no recordaba haber dibujado ningún librito.

—¿El Pececito Freddy? ¿La Cangreja Carla? ¿Donald, el Ciervo Tímido?

Donald, el Ciervo Tímido, hizo sonar una tenue campana, muy en las profundidades, pero...

—No —dije.

—Angel opinaba que debías intentar publicarlos, ¿no te acuerdas? Pero estos... Dios mío. ¿Sabías que podías hacer esto?

—No. Empecé a pensar que podría surgir algo cuando estuve en la casa del lago Phalen, pero ha llegado mucho más lejos de lo que jamás hubiera imaginado. —Considerando el *Wireman mira al oeste* y el Candy Brown sin boca ni nariz, me di cuenta de que acababa de pronunciar el eufemismo del siglo.

—Eddie, ¿dejarás que me encargue del resto de las invitaciones igual que hice con la de muestra? Puedo personalizarlas, hacerlas bonitas.

—Pa... —Casi vuelvo a decir Panda—. Pam, no puedo pedirte que hagas eso.

—Quiero hacerlo.

—¿Segura? Entonces, de acuerdo.

—Las redactaré y se las enviaré al señor Wireman por e-mail. Puedes echarles un vistazo antes de imprimirlas. Tu señor Wireman es toda una joya.

—Sí —dije yo—. Lo es. Vosotros dos realmente estuvisteis conspirando a mis espaldas.

—¿Sí, verdad? —Parecía encantada—. Lo necesitabas. Pero tú tienes que hacer una cosa por mí.

—¿Qué?

—Tienes que llamar a las chicas, porque se están volviendo locas, sobre todo Ilse. ¿Vale?

—Vale. Pam...

—¿Qué, cariño? —Estoy seguro de que lo dijo sin pensar, sin saber lo hiriente que era. Oh, bueno, probablemente mi mujer sintió lo mismo cuando oyó mi apodo cariñoso para ella, procedente de Florida, enfriándose a cada kilómetro recorrido en dirección norte.

—Gracias —dije.

—De nada. En serio.

Eran solo las once menos cuarto cuando nos despedimos y colgamos. Ese invierno, el tiempo nunca transcurrió más rápido que durante mis noches en Little Pink, plantado frente al caballete, y maravillado de la velocidad a la que se desvanecían los colores hacia el oeste; y nunca transcurrió más despacio que aquella mañana, cuando realicé todas las llamadas telefónicas que había estado postergando. Me las tragué una tras otra, como si se tratara de un medicamento.

Miré el inalámbrico posado en mi regazo.

—Puto teléfono —masculló, y empecé a marcar otro número.

V

—Galería Scoto, al habla Alice.

Una voz risueña que había llegado a conocer bien durante los últimos diez días.

—Hola, Alice, soy Edgar Freemantle.

—¿Sí, Edgar? —La alegría se transformó en cautela. ¿Estuvo siempre ahí esa nota prudente? ¿O fui yo quien simplemente la ignoró?

—Si tuviera un par de minutos —dije—, me pregunto si podríamos hablar sobre el orden de las diapositivas para la conferencia.

—Sí, Edgar, faltaría más. —El alivio era palpable, y me hizo sentir como un héroe. Naturalmente, también me hizo sentir como una rata.

—¿Tiene una libreta a mano?

—¡Puede apostar el trasero a que sí!

—Vale. Básicamente, vamos a ordenarlas por orden cronológico...

—Pero desconozco cuál es la cronología. He estado tratando de comunic...

—Lo sé, y ahora mismo se la proporcionaré. Pero escuche, Alice: la primera transparencia no será cronológica. La primera debería ser *Rosas que nacen de conchas*. ¿Lo tiene?

—*Rosas que nacen de conchas*, perfecto.

Desde que nos conocimos, esta era solo la segunda vez que Alice sonaba genuinamente feliz de estar hablando conmigo.

—Ahora, los dibujos a lápiz —dije.

Pasamos la siguiente media hora hablando.

VI

—*Oui, allô?*

Durante un momento fui incapaz de articular palabra. El francés me dejó un poco desconcertado. El hecho de que fuera la voz de un hombre joven me desconcertó aún más.

—*Allô, allô?* —repitió, con impaciencia ahora—. *Qui est à l'appareil?*

—Eh... quizá me he equivocado de número —respondí, sintiéndome no como un imbécil, sino como un imbécil americano monolingüe—. Intento hablar con Melinda Freemantle.

—*D'accord*, este es el número correcto —confirmó, y a continuación, alejándose un poco del aparato—: ¡Melinda! *C'est ton papa, je crois, chérie.*

Se oyó un golpe metálico cuando soltó el teléfono. Tuve una fugaz visión (muy nítida, muy políticamente incorrecta, y muy probablemente consecuencia de la mención de Pam de los libros que una vez dibujé para mi hijita enferma) de una gran mofeta parlante con boina, Monsieur Pepé Le Pew, pavoneándose por la *pensión* de mi hija (si aquella era la palabra adecuada en París para una habitación alquilada con derecho a baño y cocina), con ondulantes líneas aromáticas surgiendo de su espalda a rayas blancas.

Entonces llegó Melinda, y su voz sonó inusitadamente nerviosa.

—¿Papá? ¿Papá? ¿Va todo bien?

—Perfectamente —contesté—. ¿Ese es tu compañero de habitación? —Era una broma, pero comprendí por su desacostumbrado silencio que había dado en el clavo sin ser consciente de ello—. No tiene mayor importancia, Linnie. Solo estaba…

—… siendo un cretino, vale. —Era imposible asegurar si sonaba divertida o exasperada. La conexión era buena, pero no tanto—. En realidad lo es. —Recibí el trasfondo de esa última frase alto y claro: ¿quieres sacar alguna conclusión de ello?

Ciertamente, no quería.

—Bueno, me alegro de que hayas hecho un amigo. ¿Lleva boina?

Para mi inmenso alivio, ella rió. Con Lin, era imposible asegurar de qué manera resultaría una broma, pues su sentido del humor era tan variable e impredecible como una tarde de abril.

—¡Ric! —gritó—. *Mon papa…* —Aquí algo que no pillé, y a continuación—: *… si tu portes un béret!*

Se oyó una distante risa masculina. *Ah, Edgar*, pensé. *Incluso en el extranjero las pones a huevo*, père fou.

—Papá, ¿estás bien?

—Estupendamente. ¿Qué tal va tu faringe?

—Mejor, gracias.

—Acabo de hablar por teléfono con tu madre. Aunque recibirás una invitación oficial a esta exposición que voy dar, me ha confirmado que vendrás y me hace mucha ilusión.

—¿Que a ti te hace ilusión? Mamá me envió algunas fotos y me muero de impaciencia. ¿Cuándo aprendiste a pintar así?

Aquella parecía ser la pregunta de la hora.

—Estando aquí.

—Son increíbles. ¿Los demás cuadros son igual de buenos?

—Tendrás que venir y comprobarlo por ti misma.

—¿Puede ir Ric?

—¿Tiene pasaporte?

—Sí…

—¿Prometerá no cachondearse de tu viejo?

—Él es muy respetuoso con sus mayores.

—Entonces, si los vuelos no están completos, y no te importa compartir habitación (lo cual asumo que no será un problema), por supuesto que puede venir.

Profirió un chillido tan fuerte que casi me reventó el oído, pero no retiré el teléfono. Había transcurrido mucho tiempo desde la última vez que hice que Linnie Freemantle chillara de esa manera.

—Gracias, papá. ¡Es genial!

—Será agradable conocer a Ric. Quizá le robaré su boina. Después de todo, ahora soy un artista.

—Se lo voy a contar —aseguró, y a continuación se produjo un cambio en su voz—. ¿Ya has hablado con Ilse?

—No, ¿por qué?

—Cuando lo hagas, no le digas que Ric irá, ¿vale? Déjamelo a mí.

—No tenía intención de hacerlo.

—Porque ella y Carson… me dijo que te había hablado de él…

—Sí.

—Bueno, estoy bastante segura de que hay problemas. Illy está, y cito textualmente, «replanteándose las cosas». A Ric no le sorprende, pues dice que nunca deberías confiar en una persona que reza en público. Todo lo que sé es que mi hermanita parece mucho más madura de lo que era habitual en ella.

Lo mismo se puede aplicar a ti, Lin, pensé. Tuve una fugaz imagen de ella a los siete años, cuando enfermó tanto que Pam y yo creímos que se nos moriría en nuestros brazos, aunque nunca lo expresamos en voz alta. En aquel entonces Melinda tenía grandes ojos oscuros, mejillas pálidas y el cabello lacio. Recuerdo que en una ocasión pensé *Calavera en un palo* y que me odié a mí mismo por ello. Y me odié todavía más al comprender, en los profundos recovecos de mi corazón, que si el destino quiso que una de las dos enfermara de ese modo, me alegraba de que le hubiera tocado a ella. Siempre me esforcé en creer que amaba a mis dos hijas a partes iguales y con la misma intensidad, pero no era cierto. Quizá eso sea así para algunos padres (imagino que para Pam sí), pero nunca lo fue para mí. ¿Y lo sabía Melinda?

Por supuesto que lo sabía.

—¿Te estás cuidando? —le pregunté.

—Sí, papá. —Casi pude ver cómo rodaban sus ojos.

—Continúa así. Y llega aquí sana y salva.

—¿Papá? —Una pausa—. Te quiero.

Sonreí.

—¿Cuántos puñados?

—Un millón y uno más guardado bajo tu almohada —contestó ella, como si le siguiera la corriente a un chiquillo. Eso estaba bien. Me quedé allí sentado un rato, contemplando el agua, frotándome distraídamente los ojos, y a continuación realicé la que esperaba que fuera la última llamada del día.

VII

Ya era mediodía para entonces, y en realidad no esperaba localizarla; imaginaba que habría salido a comer con sus amigos. Pero al igual que Pam, contestó al primer timbrazo. Su hola fue extrañamente cauteloso, y tuve una repentina y clara intuición: ella creía que yo era Carson Jones, y que llamaba ya fuera para suplicar una segunda oportunidad ya fuera para darle una explicación. Otra explicación más. Ese fue un pálpito que nunca verifiqué, pero pensándolo bien, nunca necesité hacerlo. Algunas cosas simplemente sabes que son ciertas.

—Ey, If-So-Girl, ¿qué tal te va?

Su voz se animó al instante.

—¡Papá!

—¿Cómo estás, cariño?

—Estoy bien, papá, pero no tanto como tú. ¿No te dije que eran buenos? O sea, ¿te lo dije, o qué?

—Me lo dijiste —admití, sonriendo abiertamente a mi pesar. Puede que a Lin le pareciera mayor, pero después de ese primer hola vacilante, a mí me parecía la misma Illy de siempre, burbujeando entusiasmo como si flotara en Coca-Cola.

—Mamá dijo que te estabas haciendo el remolón, pero que iba a aliarse con ese amigo que te echaste allí para ponerte las pilas. ¡Me encantó! ¡Sonaba como en los viejos tiempos! —Hizo una pausa para tomar aliento, y cuando habló de nuevo, no parecía tan alocada—. Bueno… no del todo, pero servirá.

—Sé a qué te refieres, caramelito.

—Papá, eres increíble. Esto es como una vuelta a los escenarios por todo lo alto.

—¿Y cuánto va a costarme esto?

—Millones —contestó, y se echó a reír.

—¿Sigues planeando unirte a la gira de Los Colibrís? —pregunté como si tal cosa, intentando sonar simplemente interesado. Sin parecer especialmente preocupado por la vida amorosa de mi hija casi veinteañera.

—No —contestó—. Creo que eso se acabó.

Solo cinco palabras, y además pequeñas, pero en aquellas cinco palabras oí a una Illy diferente, más madura, una Illy que a lo mejor en un futuro no muy lejano se sentiría cómoda vistiendo traje chaqueta y pantis y zapatos con prácticos tacones de tres cuartos, que a lo mejor llevaría el pelo recogido en la nuca durante el día y que tal vez se pasearía con un maletín por las explanadas de los aeropuertos en lugar de con una mochila a la espalda. Ya no sería más una If-So-Girl, podrías descartar cualquier condicional «if» de esta imagen. Ni tampoco sería más una chica.

—¿La relación, o…?

—Eso está por ver.

—No pretendo entrometerme, cariño. Es solo que los Padres Inquisidores…

—… desean saber, claro que sí, pero no puedo ayudarte en este momento. Lo único que sé ahora mismo es que todavía le quiero, o por lo menos eso creo, y que le echo de menos, pero tendrá que elegir.

En ese punto, Pam habría preguntado, «¿Entre tú y la chica con la que canta?»

—¿Estás comiendo? —fue lo que pregunté yo en cambio.

Estalló en alegres carcajadas.

—Contesta a la pregunta, Illy.

—¡Como un maldito cerdo!

—Entonces ¿por qué no has salido a almorzar ahora?

—Un grupito vamos a hacer un picnic en el parque, ese es el porqué. No faltarán ni los apuntes de antropología ni el Frisbee. Yo llevaré el queso y barras de pan. Y llego tarde.

—Vale. Perfecto, siempre y cuando te alimentes bien y no te quedes amargándote en tu habitación.

—Me alimento bien, me amargo moderadamente. —Su voz se transformó nuevamente, se convirtió en la adulta. Tantos cambios repentinos eran desconcertantes—. A veces me quedo despierta en la cama un rato, y entonces me acuerdo de ti. ¿Tú también te quedas despierto en la cama?

—A veces, pero ahora no tanto.

—Papá, ¿casarte con mamá fue un error tuyo? ¿O suyo? ¿O fue simplemente un accidente?

—Ni fue un accidente ni fue un error. Veinticuatro años buenos, dos hijas excelentes, y seguimos hablando. No fue un error, Illy.

—¿Lo cambiarías?

La gente no se cansaba de formularme esa pregunta.

—No.

—Si pudieras volver atrás… ¿lo harías?

Hice una pausa, pero no muy larga. A veces no hay tiempo

para decidir cuál es la mejor respuesta. A veces solo puedes contestar con la verdad.

—No, cariño.

—Vale. Pero te echo de menos, papá.

—Yo también a ti.

—Y a veces echo de menos los viejos tiempos. Cuando las cosas eran menos complicadas. —Hizo una pausa. Yo podría haber hablado, quería hacerlo, pero guardé silencio. A veces el silencio es la mejor opción—. Papá, ¿la gente se merece alguna vez una segunda oportunidad?

Pensé en mi propia segunda oportunidad. En cómo había sobrevivido a un accidente que debería haberme matado. Y yo estaba haciendo algo más que pasar el tiempo, aparentemente. Sentí un ramalazo de gratitud.

—Continuamente.

—Gracias, papá. Me muero de ansiedad por verte.

—Lo mismo digo. Pronto recibirás la invitación oficial.

—Vale. Me tengo que ir, de veras. Te quiero.

—Yo también te quiero.

Después de que ella colgara, me quedé sentado un momento con el teléfono pegado a la oreja, escuchando la nada.

—Forja tu día, y deja que el día te forje a ti —murmuré. Entonces se activó el tono de línea, y decidí que, después de todo, tenía que realizar una llamada más.

VIII

Cuando Alice Aucoin respondió al teléfono, su voz sonó mucho más animada y alegre y mucho menos cautelosa. Pensé que ese era un bonito cambio.

—Alice, nunca hemos hablado acerca de un nombre para la exposición —comenté.

—En cierta forma asumí que su intención era titularla «Rosas que nacen de conchas» —dijo—. Es bueno. Muy sugerente.

—Lo es —admití, mirando hacia el exterior de la habitación

Florida y al Golfo más allá. El agua era un brillante plato de color blanco azulado; tuve que entrecerrar los ojos a causa del resplandor—. Pero no es del todo apropiado.

—Tiene uno que le gusta más, ¿lo he captado?

—Sí, creo que sí. Quiero llamarla «La vista desde Duma». ¿Qué opina?

Su respuesta fue inmediata.

—Me suena bien, armonioso.

Yo opinaba lo mismo.

IX

Mi camiseta con la leyenda PIÉRDELA EN LAS ISLAS VÍRGENES estaba empapada en sudor, a pesar del eficiente aire acondicionado de Big Pink, y me encontraba más exhausto que después de cualquiera de mis caminatas a paso ligero a *El Palacio* de los últimos días. Notaba la oreja caliente y palpitante a causa del teléfono. Me inquietaba Ilse (la inquietud propia de los padres preocupados por los problemas de sus hijos, imagino, una vez que estos crecen y dejan de llamarlos de vuelta a casa cuando empieza a oscurecer y las albercas se vacían), pero también me sentía satisfecho con el trabajo que había desempeñado, la misma sensación que solía tener después de un buen día en alguna construcción especialmente difícil.

No me sentía particularmente hambriento, pero me preparé una bazofia de ensalada con atún sobre una hoja de lechuga, y lo regué con un vaso de leche. Entera, mala para el corazón, buena para los huesos. Lo comido por lo servido, como habría dicho Pam. Encendí la tele de la cocina y me enteré de que la mujer de Candy Brown había demandado a la ciudad de Sarasota por la muerte de su marido, alegando negligencia. *Buena suerte, corazón*, pensé. El meteorólogo local anunció que la temporada de huracanes podría dar comienzo antes que nunca. Y los pobres Devil Rays habían sido machacados por los Red Sox en un partido amistoso; bienvenidos a la dura realidad del béisbol, chicos.

Consideré la opción de tomar postre (tenía pudin Jell-O, a veces conocido como El Último Recurso del Hombre Soltero), pero dejé el plato en el fregadero y cojeé hasta el dormitorio para echarme una siesta. Consideré poner el despertador, pero ni me molesté; probablemente solo dormitaría. Incluso si realmente llegaba a dormirme, la luz me despertaría en una hora o así, cuando se desplazara a la parte occidental de la casa y penetrara por la ventana del dormitorio.

Con esos pensamientos, me tumbé en la cama. Dormí hasta las seis de la tarde.

X

No existió ninguna posibilidad de cena; ni siquiera me lo planteé. Debajo de mí, las conchas susurraban: pinta, pinta.

Subí a Little Pink como un hombre en un sueño, con los calzoncillos como única vestimenta. Encendí la radio, apoyé *Niña y barco n.º 7* contra la pared, y puse un lienzo nuevo en el caballete, grande, aunque no tanto como el que utilicé para *Wireman mira al oeste*. Me picaba el brazo perdido, pero ya no me molestaba igual que lo había hecho al principio; la verdad era que casi había llegado a esperarlo con impaciencia.

Shark Puppy sonaba en la radio. «Dig.» Una canción excelente. Una letra excelente. *La vida es más que amor y placer.*

Recuerdo claramente que era como si el mundo entero estuviese aguardando a que comenzara, tal era el poder que sentía recorriéndome en mi interior mientras las guitarras aullaban y las conchas murmuraban.

Vine a cavar en busca del tesoro.

Tesoro, sí. El botín.

Pinté hasta que el sol desapareció y la luna proyectó su amarga corteza de luz blanca sobre el agua, y continué hasta después de que esto también desapareciera.

Y la noche siguiente.

Y la siguiente.

Y la siguiente.
Niña y barco n.º 8.
Si quieres jugar, tienes que pagar.
Me desencorché.

XI

La visión de Dario vestido de traje y corbata, con su exuberante cabello domesticado y peinado hacia atrás, me asustó incluso más que los murmullos del público que llenaba el Auditorio Geldbart, donde acababan de reducir la intensidad de las luces a la mitad... excepto por el foco que iluminaba el atril que se alzaba en el centro del escenario, claro. El hecho de que el propio Dario estuviera nervioso (de camino hacia el podio casi había dejado caer sus tarjetas de notas) me aterrorizó todavía más.

—Buenas noches, mi nombre es Dario Nannuzzi —empezó—. Soy co-comisario de exposiciones y director de compras de la Galería Scoto de Palm Avenue. Lo que es más importante, formo parte de la comunidad artística de Sarasota desde hace treinta años, y espero que disculparán mi breve descenso a lo que algunos llamarían «Bobbittería» cuando digo que no existe en Norteamérica una comunidad artística más distinguida.

Esto provocó un entusiasta aplauso en un público que, como opinaría Wireman más tarde, podría conocer la diferencia entre Monet y Manet, pero que aparentemente no tenía ni la más remota idea de que existía diferencia entre George Babbitt y John Bobbitt. Yo, que esperaba de pie entre bastidores, sufriendo el purgatorio que solo los aterrados oradores principales experimentan mientras el presentador desgrana su lento y peristáltico preámbulo, apenas lo noté.

Dario movió la primera tarjeta al fondo de su mazo, casi lo dejó caer de nuevo, se recompuso y volvió a mirar al público.

—Apenas sé por dónde empezar, pero para mi alivio, necesito decir muy poco, pues el verdadero talento parece surgir como una llamarada de ninguna parte, y sirve para presentarse a sí mismo.

Dicho esto, prosiguió con mi presentación durante los siguientes diez minutos, mientras yo permanecía entre bastidores apretando en mi única mano una mísera página llena de notas. Los nombres pasaban como carrozas en un desfile. Reconocí unos pocos, como Edward Hopper y Salvador Dalí, pero no otros como Yves Tanguy y Kay Sage. Cada nombre desconocido me hacía sentir más como un impostor. El terror que experimentaba ya no era solo mental; se aferraba profundamente con sus apestosas garras a mis entrañas. Tenía la sensación de necesitar expulsar gases, pero temía que en su lugar dejara un cargamento en mis pantalones. Y eso no era lo peor. Todas y cada una de las palabras del discurso que había ensayado abandonaron mi mente, excepto la primera línea, la cual resultaba terriblemente apropiada: «Me llamo Edgar Freemantle, y no tengo ni idea de qué clase de accidente me ha traído hasta aquí». Se suponía que eso suscitaría algunas risitas. No lo haría, ahora ya lo sabía, pero por lo menos era cierto.

Mientras Dario seguía hablando monótonamente (Joan Miró esto, El Manifiesto Surrealista de Breton aquello), un aterrorizado ex contratista apretaba en un puño helado su patética página de notas. Mi lengua era una babosa muerta que podría croar pero no pronunciaría ninguna palabra coherente, no ante doscientos expertos en arte, muchos de los cuales tenían carrera, y algunos hasta eran putos catedráticos. Lo peor de todo era mi cerebro. Era una cuenca seca esperando a ser rellenada de ira inútil y frenética: puede que las palabras no salieran, pero la furia siempre estaba ahí, lista para ser servida.

—¡Suficiente! —exclamó Dario con jovialidad, infundiendo una nueva oleada de terror a mi palpitante corazón y provocando retortijones en los miserables cimientos de mi cuerpo; terror encima, mierda apenas contenida abajo: una combinación fascinante.

—Han pasado quince años desde que la Scoto incorporó a un nuevo artista a su apretado calendario de primavera, y nunca hemos presentado a nadie que haya despertado un interés mayor. Creo que las diapositivas que están a punto de ver y la charla que están a punto de escuchar dilucidarán mejor nuestro interés y excitación.

Hizo una pausa dramática. Noté que un venenoso rocío de sudor me brotaba de la frente y me lo enjugué con un brazo que parecía pesar veinticinco kilos.

—Damas y caballeros, el señor Edgar Freemantle, de Minneapolis-St. Paul hasta hace poco, de Duma Key en la actualidad.

Aplaudieron, y sonó como una descarga de artillería. Mi mente me ordenó que huyera. Mi mente me ordenó que me desmayara. No hice ninguna de las dos cosas. Como un hombre en un sueño, aunque no uno bueno, salí al escenario. Todo parecía estar sucediendo a cámara lenta. Vi que todos los asientos estaban ocupados, pero todos estaban vacíos porque se habían puesto en pie, dirigiéndome una entusiasta ovación. Por encima de mí, en el techo abovedado, volaban ángeles que mostraban un displicente y etéreo desprecio por las cuestiones terrenales, y ¡cómo deseé ser uno de ellos! Dario permanecía junto al atril, con la mano extendida. Era la equivocada; en su propio nerviosismo había alargado la derecha, y el apretón que cruzamos con las manos intercambiadas resultó torpe. Mis notas quedaron atrapadas brevemente entre nuestras palmas y entonces el papel se rasgó. *Mira lo que has hecho, gilipollas*, pensé, y por un terrible instante temí que lo hubiera expresado en voz alta y que el micrófono hubiera recogido las palabras y emitido por toda la sala. Fui consciente de lo mucho que brillaba el foco mientras Dario me abandonaba allí en mi solitario pedestal. Fui consciente del micrófono al final de la flexible barra cromada, y se me antojó como una cobra saliendo de la cesta de un encantador de serpientes. Fui consciente de los relucientes puntos de luz reflejándose en el cromo y en el borde del vaso de agua y en el cuello de la botella Evian junto al vaso. Fui consciente de que el aplauso empezaba a decaer; algunas personas habían vuelto a sentarse. Pronto un silencio expectante reemplazaría al aplauso. Esperarían a que diera comienzo mi charla. Solo que no tenía nada que decir. Incluso mi frase inicial había abandonado mi cabeza. Esperarían y el silencio se expandiría. Se oirían algunas toses nerviosas, y luego empezarían los murmullos. Porque eran unos gilipollas. Solo un puñado de mirones gilipollas con cuellos de goma. Y si no me las apañaba para decir algo, empezaría a brotar de sus bocas un furioso torrente de palabras semejante al arrebato de un hombre afectado de síndrome de Tourette.

Pediría la primera diapositiva. Quizá fuera capaz de lograr eso y las imágenes me sacarían del aprieto. No me quedaba otro remedio que albergar esa esperanza. Pero cuando miré mi página de notas, vi que no solo se había rasgado por la mitad, sino que además el sudor había emborronado mis apuntes de tal manera que ya no podría descifrarlos. Era eso, o bien el estrés había creado un cortocircuito entre mis ojos y el cerebro. Y, en cualquier caso, ¿cuál era la primera diapositiva? ¿El dibujo de un buzón de correos? *¿Puesta de sol con sófora?* Tenía casi la absoluta certeza de que no era ninguno de los dos.

Todo el mundo se estaba sentando ya. El aplauso había llegado a su fin. Era hora de que el Primitivista Americano abriera la boca y ululara. En la tercera fila desde el fondo, sentada junto al pasillo, estaba esa zorza barcazas de Mary Ire, con lo que parecía una taquibreta de litografía abierta sobre su regazo. Busqué a Wireman. Él me había metido en esto, pero no le guardaba hedor. Tan solo quería disculparme con la mirada por lo que iba a suceder.

«Estaré en primera fila», había asegurado. «Justo en el centro.»

Y allí estaba. Jack, mi asistenta Juanita, Jimmy Yoshida y Alice Aucoin estaban sentados a la izquierda de Wireman. Y a la derecha, al lado del pasillo…

El hombre del pasillo tenía que ser una alucinación. Pestañeé, pero todavía seguía allí. Un vasto rostro, oscuro y tranquilo. Una figura tan ajustadamente embutida en el asiento de felpa del auditorio que seguramente haría falta una palanca para sacarlo de ahí: Xander Kamen, que me escudriñaba a través de sus enormes gafas con montura de carey, y cuyo aspecto era más parecido que nunca al de un dios menor. La obesidad había suprimido su regazo, pero en equilibrio sobre el bulto de su barriga descansaba una caja, de algo menos de un metro de largo, envuelta en papel de regalo y adornada con una cinta. Se percató de mi sorpresa (mi conmoción), y gesticuló con la mano: no un hola, sino un extraño y caritativo saludo, tocándose con la punta de los dedos su enorme frente en primer lugar, a continuación sus labios y finalmente extendiendo la mano hacia mí con los dedos abiertos. Pude ver la palidez de su palma. Me dirigió una sonrisa, como si su presencia en la primera fila del Auditorio Geldbart junto a mi amigo Wireman fuera la cosa más natural del mundo. Sus gruesos labios deletrearon tres palabras, una después de la otra: «Puedes hacer esto».

Y quizá pudiera. Si alejaba mi pensamiento de este momento. Si pensaba de refilón.

Visualicé a Wireman (Wireman mirando hacia el oeste, para ser exactos), y mi frase inicial regresó a mí.

Asentí hacia Kamen, y este me respondió con un movimiento de cabeza. Después miré al público y me di cuenta de que no eran más que personas. Todos los ángeles sobrevolaban nuestras cabezas, y ahora aleteaban en la oscuridad. Y en cuanto a los demonios, la mayoría habitaban probablemente en mi mente.

—Hola… —empecé, pero reculé ante el tronido de mi voz amplificada por el micrófono. El público rió, pero el sonido no me enfureció, como habría sucedido un minuto antes. Solo eran risas, y no eran malintencionadas.

Puedo hacerlo.

—Hola —repetí—. Me llamo Edgar Freemantle, y probablemente esto no me vaya a salir bien. En mi otra vida me dedicaba al negocio de la construcción. Sabía que era bueno en eso, porque conseguía contratos. En mi vida actual pinto cuadros. Pero nadie me dijo nada acerca de hablar en público.

Esta vez la risa fue un poco más desenvuelta y un poco más generalizada.

—Iba a iniciar mi charla diciendo que no sabía qué clase de

accidente me había hecho acabar aquí, pero en realidad sí lo sé. Y eso es bueno, porque es lo único de lo que puedo hablar. Verán, yo no sé nada de historia del arte ni de teoría artística, ni siquiera sé apreciar el arte. Algunos de ustedes probablemente conozcan a Mary Ire.

Esto provocó una risita, como si hubiera dicho: «Puede que algunos de ustedes hayan oído hablar de Andy Warhol». La dama en cuestión miró alrededor, pavoneándose un poco, con la espalda erguida.

—Cuando llevé la primera vez algunas de mis pinturas a la Galería Scoto, la señora Ire las vio y me llamó Primitivista Americano. Admito que en cierta forma eso me ofendió, porque me mudo de ropa interior todas las mañanas y me cepillo los dientes todas las noches antes de acostarme.

Otro estallido de carcajadas. Mis piernas volvían a ser piernas, no cemento, y ahora que me sentía capaz de huir, ya no lo deseaba ni lo necesitaba. Era posible que ellos detestaran mis cuadros, pero eso estaba bien, porque yo no los detestaba. Que se rieran, que abuchearan y silbaran, que expresaran su disgusto, o bostezaran, si eso era lo que querían hacer; cuando hubiera terminado, yo regresaría a casa y pintaría más.

¿Y si les encantaban? Lo mismo.

—Pero si se refería a que yo era alguien que estaba haciendo algo que no comprendía, algo que no podía expresar con palabras porque nunca nadie le enseñó los términos adecuados para hacerlo, entonces ella tiene razón.

Kamen asentía y parecía complacido. Y, por Dios, también Mary Ire.

—Por lo tanto, lo único que queda entonces es la historia de cómo llegué aquí; el puente que atravesé desde mi otra vida a la que estoy viviendo estos días.

Kamen daba palmaditas silenciosamente con sus rollizas manos. Eso me hizo sentir bien. Tenerle ahí me hacía sentir bien. No sé exactamente qué habría sucedido si no hubiera estado allí, pero creo que el asunto se habría puesto, como diría Wireman, *mucho feo*.

—Pero lo simplificaré, porque mi amigo Wireman dice que en lo que concierne al pasado, todos nosotros amañamos la baraja, y estoy convencido de que es cierto. Cuéntalo demasiadas veces y descubrirás que… mmm… no sé… ¿que estás relatando el pasado que hubieras deseado?

Bajé la mirada y vi que Wireman movía la cabeza en un gesto afirmativo.

—Sí, eso es, el que hubieras deseado. Así que, de manera simple, lo que sucedió es esto: sufrí un accidente en una obra. Un accidente malo. Verán, había una grúa que aplastó la camioneta en la que estaba, y que también me aplastó a mí. Perdí mi brazo derecho y casi la vida. Estaba casado, pero mi matrimonio se fue a pique. Me ponía como loco de desesperación. Esto es algo que ahora veo con mayor claridad, pero entonces solo sabía que me sentía muy, muy mal. Otro amigo, un hombre llamado Xander Kamen, me preguntó un día si algo me haría feliz. Lo cual era…

Hice una pausa. Kamen miraba atentamente desde la primera fila, con el regalo en equilibrio sobre su no regazo. Me acordé de él aquel día en el lago Phalen: el gastado maletín, la fría luz del sol otoñal atravesando en bandas diagonales el suelo de la sala de estar. Recuerdo la idea del suicidio que me rondaba por la cabeza, y las miríadas de caminos que conducían a la oscuridad: autopistas y carreteras secundarias y olvidadas sendas enmarañadas.

El silencio se prolongó, pero ya no me amedrentaba. Y a mi público parecía no importarle. Era perfectamente natural que mi mente deambulara sin rumbo fijo. Yo era un artista.

—La idea de la felicidad, por lo menos tal como yo la concebía, era algo en lo que no había pensado durante mucho tiempo —continué—. Pensaba en mantener a mi familia, y después de montar mi propia compañía, pensaba en no defraudar a las personas que trabajaban para mí. También pensaba en lograr el éxito, y me esforcé por conseguirlo, sobre todo porque había mucha gente que esperaba verme fracasar. Entonces tuvo lugar el accidente. Todo cambió. Descubrí que no tenía…

Busqué la palabra deseada, palpando con ambas manos, aunque ellos solo veían una. Y, tal vez, algún que otro espasmo del viejo muñón en el interior de la manga prendida con alfileres.

—No tenía recursos de los que echar mano. En lo que respecta a la felicidad… —Me encogí de hombros—. Le contesté a mi amigo Kamen que antes solía dibujar, pero que de eso hacía mucho tiempo. Me sugirió que lo retomara, y cuando le pregunté por qué, respondió que porque yo necesitaba cercas contra la noche. En aquel entonces no comprendí su significado, porque me hallaba perdido, y confundido, y lleno de dolor. Lo comprendo mejor ahora. La gente utiliza la expresión «cae la noche», pero aquí «se levanta». Se levanta del Golfo, después de que se haya puesto el sol. Ver cómo sucedía eso me asombró.

También me sorprendía mi imprevista elocuencia. Mi brazo derecho estaba en una calma absoluta. Mi brazo derecho no era más que un muñón dentro de una manga prendida con alfileres.

—¿Podríamos bajar las luces, incluyendo la mía, por favor?

Alice, que se ocupaba del tablero de mandos, no perdió el tiempo. El foco de luz en el que había estado plantado se atenuó, reducido a no más que un susurro. El auditorio quedó engullido por la penumbra.

—Lo que descubrí —dije—, mientras cruzaba el puente entre mis dos vidas, es que a veces la belleza crece contra todo pronóstico. Pero eso no es una idea muy original, ¿cierto? Realmente no es más que un tópico… más o menos como una puesta de sol en Florida. No obstante, sucede que es la verdad, y la verdad merece ser conocida… si eres capaz de contarla de una forma nueva. Traté de plasmarla en un lienzo. Alice, ¿podríamos ver la primera diapositiva, por favor?

Apareció resplandeciente en la gran pantalla a mi derecha, tres metros de ancho por dos de alto: un trío de exuberantes rosas creciendo en un lecho de conchas de un oscuro color rosado. Era oscuro porque estaban bajo la casa, a la sombra de la casa. El público contuvo el aliento, emitiendo un sonido como el de una breve pero fuerte ráfaga de viento. Lo oí, y supe que Wireman y la gente de la Scoto no eran los únicos que comprendían. Que veían. Jadearon igual que hace la gente cuando algo totalmente inesperado les pilla desprevenidos.

Entonces empezaron a aplaudir, y el aplauso se prolongó durante casi un minuto entero. Permanecí allí parado, sujetándome con fuerza al lado izquierdo del atril, escuchando, aturdido.

El resto de la presentación duró unos veinticinco minutos, pero recuerdo muy poco de ella. Era como un hombre conduciendo en sueños una procesión de diapositivas. Continuaba esperando despertar en mi cama de hospital, caliente y plagado de dolor, rugiendo por más morfina.

XII

Esa sensación onírica persistió durante la recepción subsiguiente en la Scoto. Apenas había terminado mi primera copa de champán (mayor que un dedal, pero no mucho más) cuando ya tenía una segunda en la mano. Gente que no conocía brindaba por mí. Se oyeron voces que decían «¡Escuchad, escuchad!» y alguien gritó «¡Maestro!». Miré alrededor buscando a mis nuevos amigos, pero no los encontré en ninguna parte.

Tampoco es que tuviera mucho tiempo para mirar. Las felicitaciones parecían interminables, tanto por mi charla como por las diapositivas. Por lo menos no tuve que lidiar con ninguna crítica extensa acerca de mi técnica, porque las pinturas reales (más unos pocos dibujos con lápices de colores para que no faltara de nada) se hallaban a buen recaudo en dos de las grandes habitaciones traseras, protegidas bajo llave. Y estaba descubriendo que, si eres un hombre manco, el secreto para evitar ser machacado en tu propia recepción era sostener constantemente una gamba envuelta en beicon en la zarpa restante.

Mary Ire se acercó y preguntó si continuaba en pie nuestra entrevista.

—Sí, por supuesto —respondí—. Aunque no sé qué más puedo contarle. Creo que ya lo he dicho todo esta noche.

—Oh, bueno, ya discurriremos algo —replicó, y maldito fuera si no me lanzó un guiño tras sus gafas de ojos de gato estilo años cincuenta, al mismo tiempo que le tendía su copa de champán vacía a uno de los camareros que circulaban alrededor—. Pasado mañana. *A bientôt, monsieur*.

—Delo por hecho —dije, reprimiendo el impulso de decirle que si iba a hablar en francés, entonces tendría que esperar a que yo llevara mi boina de Manet. Se alejó flotando, y besó a Dario en la mejilla antes de deslizarse en la aromática noche de marzo.

Se acercó Jack, enganchando un par de copas de champán en el camino. Juanita, mi empleada del hogar, le acompañaba. Llevaba un vestido de color rosa que le confería un aspecto esbelto y elegante. Cogió una de las gambas ensartadas, pero rehusó el champán. Jack entonces me tendió la copa, y esperó a que me tragara el último de mi *hors d'oeuvre*. A continuación entrechocamos las copas.

—Enhorabuena, jefe. Has hecho tambalearse sus cimientos.

—Gracias, Jack. Esa es una crítica que entiendo a la perfección.

Me bebí el champán (un trago era todo lo que contenía la copa) y me dirigí a Juanita.

—Estás absolutamente preciosa.

—**Gracias**, señor Edgar —dijo, y miró alrededor—. Estos cuadros son bonitos, pero los suyos son mucho mejores.

—Te agradezco el cumplido.

Jack le ofreció a Juanita otra gamba.

—¿Nos disculpas un par de segundos?

—Por supuesto.

Jack me arrastró junto a una ostentosa escultura de Gerstein.

—El señor Kamen le preguntó a Wireman si podían quedarse un poco en la biblio después de que la gente se largara.

—¿Sí? —Sentí un cosquilleo de inquietud—. ¿Por qué?

—Bueno, ha pasado casi todo el día viajando para llegar hasta aquí, y dijo que él y las letrinas de los aviones no hacen muy buenas migas. —Jack esgrimió una amplia sonrisa maliciosa—. Le dijo a Wireman que había estado sentado sobre algo todo el día y que en cierto modo quería desprenderse de ese algo en paz.

Estallé en carcajadas. Aunque también estaba conmovido. No debía de ser fácil para un hombre del tamaño de Kamen viajar en transporte público… y ahora que realmente meditaba el asunto, supuse que le sería completamente imposible sentarse en uno de esos mezquinos baños de avión. ¿Echar una meada de pie? Quizá. A duras penas. Pero no sentarse. Sencillamente no cabría.

—En cualquier caso, Wireman pensó que el señor Kamen se merecía un tiempo muerto. Dijo que lo entenderías.

—Lo entiendo —confirmé, y le hice señas a Juanita para que se acercara. Ofrecía una imagen muy solitaria allí plantada, con el que probablemente era su mejor vestido, mientras los buitres de la cultura iban y venían a su alrededor. Le di un abrazo y ella me dirigió una sonrisa. Y justo cuando finalmente la estaba persuadiendo para que tomara una copa de champán (al emplear la palabra *pequeno* se rió tontamente, así que supuse que mi pronunciación no había sido del todo correcta), llegaron Wireman y Kamen, este último todavía cargando con la caja-regalo. El rostro de Kamen se iluminó cuando me vio, y aquello me causó un bien mayor que varias rondas de aplausos, con ovación de pie incluida.

Cogí una copa de champán de una bandeja ambulante, me abrí paso entre la multitud y se la tendí. Luego deslicé mi brazo alrededor de su mole todo lo que pude y le di un abrazo. Él me lo devolvió con tanta fuerza que mis todavía sensibles costillas soltaron un berrido.

—Edgar, tienes un aspecto magnífico. Me alegro mucho. Dios es bueno, amigo mío. Dios es bueno.

—Igual que tú —contesté—. ¿Cómo es que has aparecido en Sarasota? ¿Fue Wireman? —Me volví hacia mi *compadre* de la sombrilla a rayas—. Fuiste tú, ¿no? Llamaste a Kamen y le preguntaste si quería asistir a mi conferencia como el Invitado Misterioso.

Wireman negó con la cabeza.

—Llamé a Pam. Me entró pánico, *muchacho*, porque percibía que te estabas acojonando. Me dijo que después de tu accidente al único que escuchabas era al doctor Kamen, incluso cuando no querías escuchar a nadie más. Así que le llamé. Nunca creí que vendría habiéndole avisado con tan poca antelación, pero… aquí está.

—Y no solo estoy aquí; te traigo un obsequio de tus hijas —dijo, y me tendió la caja—. Aunque tendrás que conformarte con lo que tenía en stock, porque no tuve tiempo para ir de compras. Temo que puedas sentirte decepcionado.

De repente supe en qué consistía el regalo, y mi boca se secó. No obstante, alojé la caja bajo el muñón, tiré de la cinta y rasgué el papel. Apenas me percaté de que Juanita lo cogía. Dentro había una caja de cartón estrecha que me recordó al ataúd de un niño. Por supuesto. ¿A qué otra cosa podía parecerse? Estampado en la tapa se leía: **FABRICADO EN LA REPÚBLICA DOMINICANA.**

—Tienes clase, Doc —dijo Wireman.

—Me temo que no tuve tiempo para hacer algo más bonito —replicó Kamen.

Sus voces parecían provenir de muy lejos. Juanita quitó la tapa de la caja, y creo que Jack la cogió. Y entonces apareció Reba con la mirada fija en mí, esta vez con un vestido rojo en lugar de uno azul, pero los lunares eran idénticos; igual que los brillantes zapatos negros Mary Janes, el rojizo pelo sin vida y los ojos azules que exclamaban «¡Oouuu, qué hombre más antipático! ¡He estado aquí metida todo este tiempo!».

Todavía a una gran distancia, Kamen estaba diciendo:

—Fue Ilse quien llamó y sugirió que te regaláramos una muñeca. Esto fue después de que ella y su hermana hablaran por teléfono.

Tenía que ser Ilse, ¿cómo no?, pensé. Era consciente del estacionario murmullo de las conversaciones en la galería, como el sonido de las conchas bajo Big Pink. Mi sonrisa «Oh, cielos, qué bonita» seguía clavada a mi cara, pero si alguien me hubiera tocado en la espalda justo en ese momento, habría gritado. *Ilse es la única que ha estado en Duma Key. Y que ha estado en la carretera que conduce más allá de El Palacio*.

A pesar de lo perspicaz que era, no creo que Kamen tuviera la menor idea de que algo andaba mal, aunque claro, había estado viajando todo el día y estaba lejos de ofrecer lo mejor de sí. Wireman, sin embargo, me observaba con la cabeza ligeramente inclinada hacia un lado y el ceño fruncido. Y para entonces, creo que Wireman me conocía mejor de lo que nunca me había conocido el doctor Kamen.

—Ella sabía que ya tenías una —proseguía Kamen—, pero pensó que un par de muñecas te recordaría a tus dos hijas, y Melinda estuvo de acuerdo. Pero, claro, lo único que tengo son Lucys…

—¿Lucys? —preguntó Wireman, tomando la muñeca. Sus piernas rosas de trapo oscilaron. Sus ojos planos miraban fijamente.

—Se parecen a Lucille Ball, ¿no crees? Se las doy a algunos de mis pacientes, y por supuesto ellos le ponen sus propios nombres. ¿Cómo llamaste a la tuya, Edgar?

Por un momento la vieja escarcha descendió sobre mi cerebro y pensé: *Rhonda Robin Rachel, siéntate en la socia, siéntate en la 'quilla, siéntate en la puta PIRA.* Entonces pensé: *Era ROJO.*

—Reba —contesté—. Igual que la cantante de country.

—¿Y todavía la tienes? —preguntó Kamen—. Ilse decía que sí.

—Oh, sí —respondí, y recordé a Wireman hablando de la Powerball, de cómo podía cerrar los ojos y oír los números cayendo en su lugar: *clic y clic y clic.* Pensé que yo los oía ahora. La noche en que acabé *Wireman mira al oeste* recibí una visita en Big Pink, pequeñas refugiadas buscando cobijo de la tormenta. Las hermanas ahogadas de Elizabeth, Tessie y Laura Eastlake. Ahora el destino quería que yo tuviera gemelas en Big Pink otra vez, ¿y por qué?

Porque algo había extendido la mano, ese era el porqué. Algo había extendido la mano y metido aquella idea en la cabeza de mi hija. Esta era el siguiente clic de la ruleta, la siguiente pelota de ping-pong extraída del bombo.

—¿Edgar? ¿Estás bien, *muchacho*? —preguntó Wireman.

—Sí —asentí, y sonreí. La palabra regresó nadando, con todo su color y su luz. Me obligué a coger la muñeca de las manos de

Juanita, que la miraba con perplejidad. Fue algo difícil de hacer, pero lo logré—. Gracias, doctor Kamen. Xander.

Se encogió de hombros y separó las manos.

—Agradéceselo a tus chicas, especialmente a Ilse.

—Lo haré. ¿Quién está listo para otra copa de champán?

Todos lo estaban. Volví a meter a mi nueva muñeca en su caja, mientras me prometía a mí mismo dos cosas. Una era que ninguna de mis hijas sabría nunca lo mucho que me había aterrorizado ver aquella maldita cosa. La otra promesa fue que conocía a dos hermanas, dos hermanas vivas, que nunca, jamás, pondrían un pie en Duma Key al mismo tiempo. Ni por separado, si podía evitarlo.

Aquella fue una promesa que cumplí.

12

Otra Florida

I

—Muy bien, Edgar, creo que ya casi hemos terminado.
—Quizá divisó algo en mi cara, porque Mary se rió—. ¿Ha sido
tan horrible?

—No —respondí, y era cierto, realmente, aunque sus preguntas acerca de mi técnica me habían incomodado. A lo que se
reducía era: observo las cosas, luego las vuelco en la pintura. Esa
era mi técnica. ¿Y las influencias? ¿Qué podía decir? La luz.
Siempre era una cuestión de luz, tanto en los cuadros que me
gustaba mirar como en los que me gustaba pintar. La forma en
que afectaba a la superficie de las cosas, y la insinuación de lo que
podrían contener en su interior, buscando una salida. Pero eso
no sonaba erudito; a mis oídos, era una estupidez.

—Muy bien —dijo—, último tema: ¿cuántas pinturas más hay?

Estábamos en el ático de Mary Ire en Davis Islands, un sofis-
ticado enclave en Tampa que se me antojaba la capital mundial
del art decó. La sala de estar era una vasta extensión casi vacía
con un sofá en un extremo y dos butacas de diseño en el otro.
No había libros, aunque, para el caso, tampoco había tele. En la
pared orientada al este, donde atraparía la primera luz del día,
colgaba un gran David Hockney. Mary y yo estábamos sentados
uno a cada lado del sofá. Apoyaba su libreta de taquigrafía en el
regazo. Un cenicero colgaba del brazo del sofá junto a ella. Entre nosotros había una enorme grabadora Wollensak. Debía de

tener cincuenta años, pero los cabezales giraban silenciosamente. Ingeniería alemana, nena.

Mary no llevaba maquillaje, pero sus labios estaban recu-
biertos de una sustancia transparente que los hacía brillar. Se
recogía el cabello en una suerte de moño distraído a punto de
desintegrarse y que lucía elegante y al mismo tiempo abandonado. Fumaba English Ovals y sorbía whisky, aparentemente
solo, de un vaso Waterford de lados rectos (me ofreció una
copa y pareció desilusionada cuando opté por una botella de
agua). Vestía unos pantalones cortados a medida. Su rostro tenía un aspecto viejo, usado, y sexy. Sus mejores días podrían
haber coincidido con la época en la que se exhibía en cines *Bon-
nie & Clyde*, pero los ojos todavía le dejaban a uno sin respiración, a pesar de las arrugas en las esquinas, los párpados agrie-
tados y la ausencia de maquillaje que los resaltara. Eran unos
ojos dignos de Sophia Loren.

—Mostró veintidós diapositivas en Selby. Nueve de ellas
eran dibujos a lápiz. Muy interesantes, pero poca cosa. Y once
pinturas, porque había tres diapositivas de *Wireman mira al oeste*: dos primeros planos y una panorámica. Por tanto, ¿cuántas
pinturas más hay? ¿Cuántas formarán parte de la exposición en
la Scoto del mes que viene?

—Bueno —respondí—, no sabría decirlo seguro, porque
paso pintando todo el tiempo, pero ahora mismo creo que hay
como… unas veinte más.

—Veinte —repitió con suavidad, con voz plana y apagada—.
Veinte más.

Algo en la forma en que me miraba me incomodó y cambié
de posición. El sofá crujió.

—Creo que en realidad podrían ser veintiuna. —Dejaba sin
contar varias de mis creaciones, naturalmente. *Amigos con privilegios*, por ejemplo. O el que a veces denominaba *Candy Brown
pierde la respiración*. Y la efigie de la toga roja.

—Entonces, unos treinta en total.

Hice la suma en mi cabeza y volví a cambiar de posición.

—Supongo que sí.

—Y no tiene ni idea de lo asombroso que resulta. Veo en su cara que no.

Se levantó, vació el cenicero en una papelera tras el sofá y se quedó entonces mirando el Hockney con las manos en los bolsillos de sus caros pantalones. La pintura mostraba la figura cúbica de una casa y una piscina azul. Junto a esta posaba una adolescente madura con un bañador negro de una sola pieza. Ella era todo pechos y largas piernas bronceadas y cabello negro. Llevaba gafas oscuras, y un sol diminuto ardía en cada una de las lentes.

—¿Es un original? —me interesé.

—Sí, en efecto —respondió sin girarse—. La chica en traje de baño es una original, también. Mary Ire, en torno a 1962. Gidget en Tampa. —Se volvió hacia mí, con el rostro fiero—. Apague la grabadora. La entrevista ha terminado.

Apagué el aparato.

—Me gustaría que me escuchara. ¿Lo hará?

—Sí, desde luego.

—Hay artistas que dedican meses a una única pintura con la mitad de la calidad que presenta su obra. Por supuesto, muchos pasan las mañanas reponiéndose de los excesos de la noche anterior. Pero usted… usted está produciendo como un hombre trabajando en una línea de montaje. Como un ilustrador de revistas o… no sé… ¡como un dibujante de cómics!

—Me educaron en la creencia de que la gente ha de esforzarse en su trabajo. Creo que eso es todo. Cuando tuve mi propia compañía, trabajé muchas más horas, porque el jefe más duro que un hombre puede tener jamás es uno mismo.

Asintió con la cabeza.

—Eso no siempre es válido para todo el mundo, pero cuando es cierto, es cierto de verdad. Lo sé.

—Simplemente he transferido esta… ya sabe, esta ética… a lo que hago ahora. Y está bien. Diablos, mejor que bien. Enciendo la radio… es como si entrara en un estado de aturdimiento… y pinto. —Me estaba ruborizando—. No intento batir el récord mundial de velocidad, ni nada…

—Lo sé. Dígame, ¿utiliza el bloqueo?

—¿Bloqueo? —Conocía el significado de esa palabra en un contexto futbolístico; en el resto de casos, mi mente era un lienzo en blanco—. ¿Qué es eso?

—No importa. En *Wireman mira al oeste*… y, por cierto, ese cerebro es prodigioso… ¿cómo encajó las facciones en la composición del retrato?

—Tomé algunas fotos —respondí.

—Estoy segura, querido, pero una vez que reunió todo lo necesario para pintar el retrato, ¿cómo estableció la posición de los rasgos de la cara?

—Yo… bueno, yo…

—¿Empleó la regla del tercer ojo?

—¿La regla del tercer ojo? Nunca he oído hablar de ninguna regla del tercer ojo.

Me brindó una sonrisa amable.

—Para conseguir el correcto espaciamiento entre los ojos del sujeto, los pintores a menudo imaginan, o incluso bloquean, un tercer ojo entre los dos reales. ¿Qué me dice de la boca? ¿La centró a partir de las orejas?

—No… es decir, ni siquiera sabía que se debía hacer eso.

Ahora me sentía como si todo mi cuerpo se estuviese ruborizando.

—Relájese. No estoy sugiriendo que ahora deba empezar a seguir un puñado de estúpidas reglas de escuela de arte después de ignorarlas con un resultado tan espectacular. Es solo que… —Sacudió la cabeza—. ¿Treinta pinturas desde el pasado noviembre? No, es incluso menos tiempo, porque no comenzó a pintar inmediatamente.

—Claro que no. Primero tuve que conseguir varios utensilios de dibujo —respondí, y la carcajada que soltó Mary terminó convirtiéndose en un ataque de tos que mitigó con un sorbo de whisky.

—Si treinta pinturas en tres meses es lo que se consigue al ser casi aplastado hasta la muerte —comentó cuando fue capaz de volver a hablar—, entonces quizá debería buscarme una grúa.

—No le gustaría —aseguré—. Créame. —Me levanté, me

acerqué a la ventana y bajé la vista hacia la calle Adalia—. Menudo sitio tiene aquí.

Se acercó a mí y contemplamos juntos la calle. Siete pisos más abajo, la cafetería de la acera de enfrente bien podría haber sido aerotransportada desde Nueva Orleans. O desde París. Una mujer paseaba despreocupadamente mientras se comía lo que parecía una baguette y el dobladillo de su falda roja formaba un remolino a su alrededor. En algún lugar, algún guitarrista tocaba un blues de doce compases, desgranando nítidamente cada una de las notas.

—Dígame algo, Edgar: cuando mira ahí fuera, ¿lo que ve le interesa como artista o como el constructor que una vez fue?

—Ambas cosas —respondí.

—De acuerdo, es una respuesta justa —admitió riendo—. Davis Islands es una isla enteramente artificial; la creación de un hombre llamado Dave Davis, que se podría considerar como el Jay Gatsby de Florida. ¿Ha oído hablar de él?

Meneé la cabeza.

—Eso demuestra que la fama es algo efímero. Durante los Locos Años Veinte, Davis fue una especie de dios aquí en Suncoast.

Movió un brazo en dirección hacia las laberínticas calles de abajo; las pulseras de su escuálida muñeca tintinearon con un sonido metálico; en algún lugar no muy lejano, una campana de iglesia tocó las dos.

—Dragó todas las marismas en la desembocadura del río Hillsborough. Convenció a los mandatarios municipales de Tampa para trasladar aquí el hospital y la estación de radio… en aquel entonces la radio era algo más importante que la sanidad. Construyó extraños y hermosos complejos de apartamentos, en una época en la que se desconocía el concepto de propiedad horizontal. Levantó hoteles y lujosos clubs nocturnos. Despilfarró pasta por doquier, se casó con la ganadora de un concurso de belleza, se divorció, y se volvió a casar con ella. Poseía una fortuna de millones, en un tiempo en el que un millón de dólares equivalía a doce millones de hoy. Y uno de sus mejores amigos vivía precisamente en la costa, en Duma Key. John Eastlake. ¿Le resulta familiar ese nombre?

—Naturalmente. He conocido a su hija. Mi amigo Wireman cuida de ella.

Mary encendió un nuevo cigarrillo.

—Bien, tanto Dave como John eran tan ricos como Creso; Dave con sus tierras y sus especulaciones urbanísticas, John con sus fábricas. Pero Davis presumía como un pavo real y Eastlake era más como una simple carriza marrón. Y tanto mejor para él, porque ya sabe lo que le ocurre a los pavos reales, ¿no?

—¿Que les arrancan las plumas de la cola?

Dio una calada a su cigarrillo y me apuntó con los dedos que lo sostenían mientras expulsaba el humo por sus orificios nasales.

—Correcto, señor. En 1925, la Quiebra Inmobiliaria de Florida golpeó a este estado como un ladrillo a una burbuja de jabón. Dave Davis había invertido prácticamente todo lo que poseía en lo que ve ahí afuera. —Señaló a las zigzagueantes calles y los edificios rosados—. En 1926, a Davis le debían cuatro millones de pavos de varias operaciones empresariales exitosas, pero solo pudo recaudar unos treinta mil.

Había transcurrido tiempo desde la última vez que yo cabalgué sobre el pescuezo del tigre (la expresión con la que definía mi padre al hecho de contraer obligaciones financieras hasta el punto de tener que hacer malabarismos con tus acreedores y ser creativo con el papeleo), pero yo nunca había llegado tan lejos, ni siquiera en los primeros y desesperados días de la Compañía Freemantle. Me compadecí por Dave Davis, si bien debía de llevar ya mucho tiempo muerto.

—¿Cuántas de sus propias deudas pudo cubrir? ¿Alguna?

—Se las arregló al principio. Aquellos fueron años de prosperidad en otras partes del país.

—Sabe mucho de esto.

—El arte de Suncoast es mi pasión, Edgar. La historia de Suncoast es mi afición.

—Ya veo. Así que Davis sobrevivió a la Quiebra Inmobiliaria.

—Durante un corto período de tiempo sí. Imagino que vendió sus acciones en el mercado de valores al alza para cubrir su primera tanda de pérdidas. Y los amigos le ayudaron.

—¿Eastlake?

—John Eastlake era su principal ángel de la guarda, y eso sin contar el garrafón de contrabando que quizá Dave almacenara en el Cayo de vez en cuando.

—¿Eso es cierto? —pregunté.

—Quizá, he dicho. Aquel era otro tiempo y otra Florida. Cuando llevas viviendo una temporada aquí escuchas toda clase de historias coloristas sobre la época de la Prohibición. Con alcohol o sin él, Davis habría estado complemente arruinado en la Semana Santa del 26 sin la ayuda de John Eastlake. John no era un *playboy*, no iba a clubs nocturnos ni a burdeles como Davis y algunos de los otros amigos de Davis, pero había enviudado en 1923, y supongo que el viejo Dave podría de vez en cuando conseguir una mujer para un amigo si este se sentía solo. Pero en el verano del 26, las deudas de Dave eran sencillamente demasiado altas. Ni siquiera sus viejos compinches pudieron salvarle.

—Así que desapareció en una noche oscura.

—Desapareció, pero no en la oscuridad de la luna nueva. Ese no era el estilo de Davis. En octubre de 1926, menos de un mes después de que el huracán Esther derruyera la obra de su vida, se embarcó hacia Europa con un guardaespaldas y su nueva amiguita, que resultó ser una de las Bellezas Bañistas de Mack Sennett. La amiguita y el guardaespaldas llegaron a *Gay Paree*, pero Dave Davis nunca lo consiguió. Desapareció en el mar, sin dejar rastro.

—¿Esta historia que me está contando es verdadera?

Alzó la mano derecha en el característico saludo de boy scout, aunque la imagen quedó ligeramente estropeada por el cigarrillo humeante que sujetaba entre los dedos índice y corazón.

—Totalmente fidedigna. En noviembre del 26 se celebró un servicio funerario justo allí. —Apuntó hacia donde el Golfo titilaba entre dos edificios art decó de un vívido color rosa—. Asistieron al menos cuatrocientas personas, muchas de las cuales, tengo entendido, eran la clase de mujeres que tenían debilidad por las plumas de avestruz. Uno de los oradores fue John Eastlake, que arrojó una corona de flores tropicales al agua.

Dejó escapar un suspiro, y atrapé una bocanada de su aliento. No cabía duda de que la dama podía aguantar bien el alcohol; tampoco dudaba de que estaba en camino de achisparse al menos, si es que no acababa totalmente borracha aquella tarde.

—Indudablemente, Eastlake se apenaba por el fallecimiento de su amigo —prosiguió—, pero apuesto a que también se felicitaba por haber sobrevivido a Esther. Apuesto a que todos ellos lo hacían. Poco sabía él que menos de seis meses después arrojaría más coronas al agua. No solo se le había ido una hija, sino dos. Tres, supongo, si cuentas a la mayor, que se fugó a Atlanta. Con un capataz de una de las fábricas de su padre, si la memoria no me falla. Aunque eso no es ni mucho menos igual que perder a dos hijas en el Golfo. Dios, debió de ser muy duro.

—DESAPARECIDAS —intervine, recordando el titular que Wireman había citado.

—Conque ha estado investigando por su cuenta —dijo, observándome con agudeza.

—Yo no. Wireman. Sentía curiosidad por la mujer para la que trabaja. No creo que conozca la conexión con este Dave Davis.

—Me pregunto cuánto recordará Elizabeth —comentó, con aire pensativo.

—Estos días ni siquiera recuerda su propio nombre.

Mary dirigió nuevamente la mirada hacia mí. A continuación se apartó de la ventana, se acercó al cenicero y apagó allí la colilla.

—¿Alzheimer? He oído rumores.

—Sí.

—Lamento muchísimo oírlo. Ella me proporcionó los detalles más escabrosos de la historia de Dave Davis, ¿sabe? Eran días mejores. Solía verla todo el tiempo en el circuito. Y he entrevistado a la mayoría de los artistas que se han alojado en Punta Salmón. Aunque usted la llama con otro nombre, ¿no?

—Big Pink.

—Sabía que era algo lindo —dijo con una sonrisa.

—¿Cuántos artistas se han alojado allí?

—Muchos. Venían a dar conferencias en Sarasota o en Venice, y tal vez para pasar una temporada pintando, aunque los que se quedaban en Punta Salmón hacían bien poco. Para la mayoría de los invitados de Elizabeth, su estancia en Duma Key equivalía a poco más que unas vacaciones pagadas.

—¿Ella proporcionaba la casa gratis?

—Oh, sí —contestó con una sonrisa harto irónica—. El Consejo de las Artes de Sarasota pagaba los honorarios por las conferencias, y Elizabeth por lo general proporcionaba el alojamiento: Big Pink, *née* Punta Salmón. Pero usted no consiguió ese trato, ¿verdad? Tal vez la próxima vez. Especialmente porque usted trabaja de verdad allí. Podría nombrar a media docena de artistas que se alojaron en su casa y nunca llegaron ni siquiera a mojar un pincel. —Fue hacia el sofá, levantó su vaso y tomó un sorbo. No, un buen trago.

—Elizabeth tiene un dibujo de Dalí que este hizo en Big Pink —comenté—. Lo vi con mis propios ojos.

Los ojos de Mary resplandecieron.

—Oh, sí, bueno. Dalí. A Dalí le encantaba el lugar, pero no llegó a quedarse mucho tiempo… aunque antes de que se marchara, el hijo de puta me cogió el trasero. ¿Sabe lo que Elizabeth me contó después de que se marchara?

Negué con la cabeza. No lo sabía, por supuesto que no lo sabía, pero ansiaba oírlo.

—Dijo que el lugar era «demasiado fértil». ¿Eso le suena de algo, Edgar?

Sonreí.

—¿Por qué supone que Elizabeth convirtió Big Pink en un retiro para artistas? ¿Siempre fue una mecenas?

—¿Su amigo no se lo contó? —preguntó con aire sorprendido—. Tal vez no lo sepa. Según las leyendas locales, la propia Elizabeth fue en una época una artista de cierto renombre.

—¿A qué se refiere con «según las leyendas locales»?

—Circula la historia, que por lo que sé es puro mito, de que era una niña prodigio. Que siendo muy joven pintaba maravillosamente bien, y que después simplemente lo dejó.

—¿Se lo preguntó alguna vez?

—Claro que sí, hombre. Preguntar cosas a la gente es lo que hago. —Ahora se balanceaba un poco sobre sus pies, y los ojos de Sophia Loren estaban inyectados en sangre perceptiblemente.

—¿Y que contestó?

—Que no había nada de eso. Dijo: «Aquellos que pueden, lo hacen. Y aquellos que no pueden sustentan a los que pueden. Como nosotras, Mary».

—Una respuesta convincente —opiné.

—Sí, a mí también me lo pareció —dijo Mary, tomando otro sorbo de su vaso Waterford—. Mi único problema era que no me lo creía.

—¿Por qué no?

—No lo sé, simplemente no me lo creí. Tenía una vieja amiga llamada Aggie Winterborn que solía escribir en el *Tampa Trib* la columna de «consejos para los perdidamente enamorados», y por casualidad le mencioné la historia una vez. Eso fue más o menos en la época en la que Dalí honró a Suncoast con su presencia, quizá en 1980. Estábamos en un bar en alguna parte (en aquellos días siempre estábamos en un bar en alguna parte), y la conversación había derivado a cómo se originan las leyendas. Mencioné como ejemplo la historia de cómo supuestamente Elizabeth había sido una niña Rembrandt, y Aggie, que murió hace tiempo, Dios le dé descanso en su gloria, dijo que no creía que fuera una leyenda, que creía que era la verdad, o al menos una versión de la verdad. Afirmó que había visto un artículo en un periódico sobre eso.

—¿Lo comprobó alguna vez? —pregunté.

—Por supuesto que sí. Yo no escribo todo lo que sé —declaró, lanzándome un guiño—, pero me gusta saberlo todo.

—¿Qué encontró?

—Nada. Ni en el *Tribune* ni en ninguno de los periódicos de Sarasota ni de Venice. Así que quizá solo era un cuento. Demonios, quizá toda la historia de que su padre guardaba el whisky de Dave Davis en Duma Key también era solo un cuento. Pero… habría apostado dinero a favor de la memoria de Aggie

Winterborn. Además, estaba la expresión en el rostro de Elizabeth cuando le pregunté.

—¿Qué clase de expresión?

—Una mirada de no soltar prenda. Pero todo eso ocurrió hace mucho tiempo, ha llovido mucho alcohol desde entonces, y ahora ya no se le puede preguntar, ¿verdad? No si su diagnóstico es tan grave.

—Pero quizá regrese de ese estado. Wireman dice que ya lo ha hecho antes.

—Esperemos que sí —dijo Mary—. Ella es una rareza, algo excepcional, ¿sabe? Florida está llena de gente vieja (por alguna razón la llaman la sala de espera de Dios), pero muy pocos de ellos crecieron aquí. El Suncoast que Elizabeth recuerda… recordaba… era en verdad otra Florida. No la expansión acelerada y descontrolada que tenemos ahora, con todos esos estadios abovedados y las autopistas que van a todas partes, y tampoco era como en la que me crié yo. La mía era la Florida de John D. MacDonald, en los tiempos en que la gente de Sarasota todavía conocía a sus vecinos y la Ruta Tamiami era un enorme bar de honky-tonk. En aquel entonces la gente llegaba a casa de la iglesia y todavía se podía encontrar con aligátors en sus piscinas y gatos monteses escarbando en su basura.

Estaba verdaderamente borracha, noté… pero aquello no la hacía menos interesante.

—La Florida en la que Elizabeth y sus hermanas crecieron era la que existía después de que los indios se marcharan, pero antes de que el bueno del señor Hombre Blanco hubiera conchol… consolidado por entero su dominio. Su pequeña isla le hubiera parecido muy diferente. He visto imágenes. Había palmeras sabal cubiertas de higueras trepadoras, y simarubas, y pinos tierra adentro; había robles de Virginia y mangle en los pocos sitios donde el terreno estaba húmedo. Había alabarda de cardenal y acebo de bayas negras a ras de suelo, pero nada de esa mierda de jungla que crece allí ahora. Las playas son lo único que sigue igual, y las matas de araña, claro… como el dobladillo de una falda. El puente levadizo estaba allí, en el extremo norte, pero solo había una única casa.

—¿Qué causó el crecimiento de toda esa vegetación? —pregunté—. ¿Tiene alguna idea? Quiero decir, tres cuartas partes de la isla están enterradas en ella.

—Una única casa —repitió. Era posible que no me hubiera oído—. Se erigía en la pequeña elevación de terreno hacia el extremo sur y se asemejaba a algo que verías en un Tour de Casas Señoriales Históricas en Charleston o Mobile. Columnas y un camino de grava triturada. Tienes tu espléndida vista del Golfo hacia el oeste; tu espléndida vista de la costa de Florida hacia el este. No es que hubiera mucho que ver, tan solo Venice. La villa de Venice. Un somnoliento pueblecito—. Se percató del modo en que estaba hablando y recobró la compostura—. Perdóneme, Edgar. Por favor. No hago esto todos los días. De verdad, debería tomar mi… mi excitación… como un cumplido.

—Es lo que hago.

—Hace veinte años habría intentado llevarle a la cama en lugar de beber hasta parecer estúpida. Quizá incluso hace diez. Ahora, a lo más que puedo aspirar es a no haberle espantado.

—No tendrá tanta suerte.

Se rió, lanzando un graznido insulso y a la vez jovial.

—Entonces espero que vuelva pronto. Hago un quingombó rojo fantástico. Pero ahora mismo… —Me rodeó con un brazo y me condujo hacia la puerta. Su cuerpo delgado estaba caliente y duro como una roca bajo la ropa. Su forma de andar quedaba ya lejos de ser estable—. Ahora mismo creo que es hora de que se vaya y de que yo me eche mi siesta de la tarde. Lamento decir que la necesito.

Salí al recibidor, y luego me di la vuelta.

—Mary, ¿alguna vez oyó hablar a Elizabeth de la muerte de sus hermanas gemelas? Ella tendría unos cuatro o cinco años. Edad suficiente como para recordar algo tan traumático.

—Nunca —respondió Mary—. Ni una sola vez.

II

Alrededor de una docena de sillas se alineaban al otro lado de las puertas del vestíbulo, en una delgada pero confortable franja de sombra. Eran las dos y cuarto de la tarde y había media docena de vejestorios sentados allí, observando el tráfico de la calle Adalia. Jack también se encontraba allí, pero ni miraba el tráfico ni se fijaba en las mujeres que pasaban. Estaba inclinado sobre el estuco rosado y leía *Ciencia Forense para Dummies*. Puso una marca en el libro y se levantó en cuanto me vio.

—Una gran elección para este estado —comenté, señalando con la cabeza el libro con su característico logo y la caricatura de ojos saltones en la portada.

—En algún momento tengo que elegir una carrera —explicó—, y por tu manera de moverte últimamente, no creo que este trabajo vaya a durar mucho más.

—No me metas prisa —dije, palpándome el bolsillo para cerciorarme de que tenía mi bote de aspirinas. Allí estaba.

—La verdad es que eso es justo lo que voy a hacer —dijo Jack.

—¿Tienes que ir a algún sitio? —le pregunté, mientras salía a la luz del sol cojeando a su lado sobre el camino de cemento. Hacía calor. La primavera existe en la costa oeste de Florida, pero únicamente se detiene para tomar una taza de café antes de dirigirse al norte para realizar el trabajo pesado.

—No, pero tú tienes una cita a las cuatro con el doctor Hadlock en Sarasota. Creo que podremos lograrlo, si el tráfico se porta bien.

Le hice parar con una mano en el hombro.

—¿El médico de Elizabeth? ¿De qué estás hablando?

—Un reconocimiento médico. El rumor en la calle es que lo has estado posponiendo, jefe.

—Ha sido Wireman —refunfuñé entre dientes, pasándome la mano por el pelo—. Wireman, el que odia a los médicos. Nunca permitiré que se quite ese sambenito de encima. Eres mi testigo, Jack, nunca…

—No, aunque dijo que pensarías eso —apuntó Jack, tirando de

mí para ponerme de nuevo en movimiento—. Vamos, vamos, nunca nos adelantaremos a la hora punta si no empezamos a rodar ya.

—¿Quién? Si Wireman no concertó la cita, entonces ¿quién lo hizo?

—Tu otro amigo. El tipo negro y grande. Colega, me cayó bien, era un tío muy molón.

Habíamos alcanzado el Malibú y Jack me abrió la puerta del pasajero, pero durante un momento me quedé simplemente allí parado, mirándole estupefacto.

—¿Kamen?

—Sí. El doctor Hadlock y él hablaron en la recepción después de tu conferencia, y el doctor Kamen mencionó de casualidad que estaba preocupado porque todavía no te habías sometido al chequeo que le habías prometido. El doctor Hadlock se ofreció voluntario para hacerte uno.

—Se ofreció voluntario —repetí.

Jack asintió con la cabeza, sonriendo bajo el brillante sol de Florida. Tenía un aspecto increíblemente joven, con su ejemplar de *Ciencia Forense para Dummies*, de color amarillo canario, metido bajo el brazo.

—Hadlock le comentó al doctor Kamen que no podían permitir que nada le ocurriera al importante talento que acababan de descubrir. Y, solo para que conste en acta, estoy de acuerdo.

—Una mierda para ti, Jack, como muestra de mi agradecimiento.

Soltó una carcajada.

—Estás colgado, Edgar.

—¿Debo asumir que yo también soy molón?

—Ajá, pesado como una rueda de molino. Sube al coche y crucemos el puente de vuelta mientras todavía podamos.

III

Casualmente llegamos a la consulta del doctor Hadlock en Beneva Road a las cuatro en punto. El Teorema de la Sala de Espera de Freemantle establece que uno debe añadir treinta minutos a la hora de una cita para llegar a la hora justa en que realmente será recibido, pero en este caso quedé gratamente sorprendido. La recepcionista pronunció mi nombre solo diez minutos después de las cuatro, y me hizo pasar a una alegre sala de exploración donde un póster a mi izquierda representaba un corazón ahogándose en grasa y otro a mi derecha mostraba un pulmón con aspecto de haber sido asado a la parrilla. La gráfica optométrica justo enfrente supuso un alivio, incluso aunque no distinguía demasiado bien las letras después de la sexta línea.

Entró una enfermera, me puso un termómetro bajo la lengua, me tomó el pulso, me envolvió el brazo con la manga de un tensiómetro, lo infló y estudió la lectura de la presión sanguínea. Cuando le pregunté que cómo iba, esbozó una sonrisa exenta de compromiso.

—Aprobado —dictaminó.

Después me extrajo sangre. A continuación, me retiré al cuarto de baño con un vaso de plástico, y envié a Kamen vibraciones de resentimiento mientras me desabrochaba la bragueta. Un hombre manco es capaz de proporcionar una muestra de orina, pero las posibilidades de accidente se multiplican enormemente.

Cuando regresé a la sala de exploración, la enfermera no estaba. Había dejado una carpeta con mi nombre escrito en ella. Junto a la carpeta descansaba un rotulador rojo. Sentí una punzada en el muñón. Sin pensar en lo que hacía, cogí el rotulador y me lo metí en el bolsillo del pantalón. Saqué un boli Bic azul que llevaba prendido en el bolsillo de la camisa y lo puse en el lugar que había ocupado el rotulador rojo.

¿Y qué vas a decir cuando ella vuelva?, me pregunté a mí mismo. *¿Que vino el Hada de los Rotuladores y decidió hacer un trueque?*

Antes de que pudiera responder a la cuestión, o empezar a meditar en primer lugar sobre por qué había robado el rotulador rojo, llegó Gene Hadlock y me tendió la mano. Su mano izquierda… que en mi caso era la correcta. Descubrí que me gustaba mucho más estando divorciado de Principe, el neurólogo de la perilla. El médico, un poco regordete, aparentaba unos sesenta años, tenía un bigote blanco de la variedad cepillo de dientes, y sus maneras, profesionales en la mesa de examinación, eran afables. Me obligó a quedarme en calzoncillos y me exploró la pierna derecha y el costado con detenimiento. Palpó en varios lugares, interrogándome sobre el nivel de dolor. Preguntó qué había estado tomando como analgésico y se mostró sorprendido cuando le contesté que aguantaba con aspirinas.

—Voy a examinarle el muñón —informó—. ¿De acuerdo?

—Sí. Pero tómeselo con calma.

—Haré todo lo posible.

Me senté, con la mano izquierda descansando sobre el muslo desnudo, mirando la gráfica optométrica mientras él me sujetaba el hombro con una mano y sostenía el muñón en la palma ahuecada de la otra. Las letras en la séptima línea de la tabla parecían ser **AGODSED**. *A god said*. Un dios dijo… ¿qué?, me pregunté.

En alguna parte, a mucha distancia, noté una tenue presión.

—¿Duele?

—No.

—Muy bien. No, no mire hacia abajo, mantenga la vista al frente. ¿Puede sentir mi mano?

—Ajá. Como de lejos. Una presión.

Pero ninguna punzada. ¿Por qué habría de sentirla? El brazo que ya no se encontraba allí había ansiado el rotulador, y el rotulador estaba en mi bolsillo, así que ahora el brazo dormía nuevamente.

—¿Y qué tal ahora, Edgar? ¿Me permite que le llame Edgar?

—Puede llamarme como quiera, mientras no me llame tarde para cenar. Igual. Una presión. Tenue.

—Ya puede mirar.

Miré. Una de sus manos seguía sobre mi hombro, pero la otra la tenía pegada a un costado. De ninguna manera se hallaba cerca del muñón.

—Ups.

—Nada de eso, las sensaciones fantasma en las extremidades

amputadas son normales. Lo único que me sorprende es la velocidad de curación. Y la ausencia de dolor. Al principio apreté con muchísima fuerza. Todo esto está muy bien. —Volvió a sujetar el muñón en la palma de la mano y empujó hacia arriba—. ¿Esto le produce algún dolor?

Lo hacía, como una pequeña chispa sin brillo, ligeramente caliente.

—Un poco —dije.

—Me preocuparía si no lo hiciera. —Lo soltó—. Vuelva a mirar la tabla optimétrica, ¿de acuerdo?

Hice lo que me ordenaba, y determiné que las letras de aquella importantísima séptima línea eran **AGOCSEO**. Lo cual tenía más sentido, porque no tenía ninguno.

—¿Con cuántos dedos le estoy tocando, Edgar?

—No sé. —En absoluto parecía que me estuviera tocando.

—¿Ahora?

—No sé.

—Y ahora.

—Tres. —Casi en la clavícula. Y se me ocurrió la idea (disparatada pero contundente) de que habría sido capaz de sentir sus dedos en cualquier parte del muñón durante uno de mis frenesís pictóricos. De hecho, habría sido capaz de sentir sus dedos en el aire por debajo del muñón. Y creo que él habría sido capaz de sentirme… lo que sin duda habría provocado que el buen doctor huyera gritando de la habitación.

Prosiguió con el reconocimiento, primero la pierna, después la cabeza. Me auscultó el corazón, me examinó los ojos, y realizó otro montón de cosas de médicos. Cuando hubo agotado casi todas las posibilidades, me dijo que me vistiera y que me reuniera con él al final del pasillo.

Aquello resultó ser un pequeño despacho gratamente desordenado. Hadlock estaba sentado detrás del escritorio, inclinado hacia atrás en su silla. En una pared colgaban varias fotografías. Algunas, supuse, eran de la familia del doctor, pero había también algunas instantáneas de él mismo estrechando las manos de George Bush Primero y Maury Povich (equivalentes a nivel intelectual, según mis registros), y otra con una Elizabeth Eastlake bonita e increíblemente vigorosa. Ambos sostenían raquetas de tenis, y reconocí la pista. Era la de *El Palacio*.

—Imagino que le gustaría volver a Duma cuanto antes y descansar de esa cadera, ¿no? —preguntó Hadlock—. Debe de doler a esta hora del día, y apuesto a que es peor que las tres brujas de Macbeth cuando el tiempo es húmedo. Si quiere una receta de Percocet o Vicodina...

—No, me va bien con la aspirina —aseguré—. He trabajado duro para librarme de las drogas fuertes y en este punto ya no voy a retroceder, con dolor o sin él.

—Su recuperación es admirable —elogió Hadlock—. Supongo que no necesita que le diga lo afortunado que es de no estar en una silla de ruedas durante el resto de su vida, y muy posiblemente sorbiendo por una cañita.

—Soy afortunado de seguir vivo —dije yo—. ¿Puedo suponer que no encontró nada alarmante?

—A falta del análisis de sangre y de orina, diría que está bien. Estaré encantado de ordenar radiografías de su cabeza y de las lesiones en el lado derecho de su cuerpo, si existe algún síntoma que le preocupe, pero...

—No —le interrumpí. Existían síntomas, y me preocupaban, pero no creía que los rayos X pudieran establecer con exactitud la causa. O las causas.

Asintió con la cabeza.

—La razón por la que le examiné el muñón tan minuciosamente fue porque no lleva ninguna prótesis. Pensé que podría estar experimentando algún dolor. O que podría haber signos de infección. Pero todo parece estar bien.

—Supongo que no estoy preparado todavía.

—Está bien. Mejor que bien. Considerando el trabajo que está realizando, hay que admitir que el dicho, «si no está roto, no lo arregles», es perfectamente aplicable a su caso. Sus pinturas... admirables. Estoy impaciente por verlas expuestas en la Scoto. Llevaré a mi esposa, que está muy ilusionada.

—Eso es genial. Gracias. —contesté. Sonaba un poco flojo,

a mis propios oídos al menos, pero aún no sabía muy bien cómo responder a tales halagos.

—El hecho de que usted sea verdaderamente un inquilino que paga la renta de Punta Salmón es triste e irónico —continuó Hadlock—. Durante años, puede que ya lo sepa, Elizabeth reservó la casa como un retiro para artistas. Después ella enfermó y permitió que fuera listada como cualquier otra propiedad en alquiler, aunque insistió en que quienquiera que se quedara con ella tendría que alquilarla por tres meses o más. No deseaba tener a un puñado de universitarios montando fiestas durante las vacaciones de primavera, en un lugar donde una vez reposaron las ilustres mentes de Salvador Dalí y James Bama.

—No puedo decir que la culpe por eso. Es un lugar especial.

—Sí, pero muy pocos de los artistas famosos que se alojaron allí hicieron algo especial. Entonces llega el segundo inquilino «normal», un contratista de obras de Minneapolis que está recuperándose de un accidente, y... bueno. Elizabeth debe de sentirse muy complacida.

—Como solíamos decir, eso es recargar demasiado las tintas, doctor Hadlock.

—Llámeme Gene —invitó—. Las personas que asistieron a su conferencia no opinaban lo mismo. Estuvo maravilloso. Ojalá Elizabeth hubiera estado allí. Cómo se habría vanagloriado.

—Quizá acuda a la inauguración.

Gene Hadlock sacudió la cabeza, muy lentamente.

—Lo dudo. Ha luchado contra el Alzheimer con uñas y dientes, pero llega un momento en que la enfermedad simplemente gana. No porque el paciente sea débil sino porque es un estado fisiológico, como la esclerosis múltiple, o el cáncer. Una vez que los síntomas empiezan a manifestarse, habitualmente como una pérdida de la memoria a corto plazo, un reloj se pone en marcha. Creo que la hora de Elizabeth ha llegado, y lo lamento mucho. Para mí es evidente, y creo que fue evidente para todo el mundo en la conferencia, que todo este alboroto le hace sentir incómodo...

—Y que lo diga.

413

—... pero si ella hubiera estado allí, lo habría disfrutado por usted. La conozco casi de toda la vida, y puedo asegurarle que ella lo habría supervisado todo, incluyendo la colocación de todos y cada uno de los cuadros en la galería.

—Ojalá la hubiera conocido entonces —deseé.

—Era increíble. Cuando tenía cuarenta y cinco años, y yo veinte, ganamos el torneo amateur mixto de tenis de La Colonia, en Longboat Key. Yo había vuelto de la facultad para pasar las vacaciones en casa. Todavía conservo el trofeo. Imagino que ella aún tiene el suyo, en alguna parte.

Eso hizo que un pensamiento cruzara mi mente (*La encontrará, estoy segura*), pero antes de que pudiera rastrear el recuerdo hasta su origen, se me ocurrió otra cosa más. Algo mucho más reciente.

—Doctor Hadlock, Gene, ¿Elizabeth llegó a pintar alguna vez? ¿O dibujar?

—¿Elizabeth? Nunca. —Y sonrió.

—Parece convencido de ello.

—Seguro. Le pregunté una vez, y recuerdo muy bien la ocasión. Fue cuando Norman Rockwell visitó la ciudad para dar una conferencia. No se quedó en su casa, sino que se alojó en el Ritz. ¡Norman Rockwell, con su pipa y todo! —Gene Hadlock sacudió la cabeza, ahora con una sonrisa mucho más amplia—. Por Dios, menuda controversia suscitó, el clamor cuando el Consejo de las Artes anunció que iba a venir el señor «*Saturday Evening Post*». Esto fue idea de Elizabeth y le encantaba el alboroto que había causado; decía que podrían haber llenado el Estadio Ben Hill Griffin... —Se percató de mi expresión confundida—. La Universidad de Florida. ¿«El pantano de donde solo los Gators salen con vida»?

—Si está hablando de fútbol americano, mi interés empieza con los Vikings y termina con los Packers.

—La cuestión es que le pregunté sobre sus propias habilidades artísticas durante el tumulto Rockwell (y que por cierto fue un lleno completo, no del Geldbart, sino del City Center). Elizabeth se rió y contestó que apenas sabría dibujar un monigote.

De hecho, utilizó una metáfora deportiva, que es probablemente la razón por la que he pensado en los Gators. Dijo que ella era como uno de aquellos acaudalados ex alumnos universitarios, salvo que ella se interesaba por el arte en lugar de por el fútbol. Dijo: «Si no puedes ser atleta, cariño, sé un suspensorio. Y si no puedes ser artista, aliméntales, cuídales, y asegúrate de que tengan un lugar en el que resguardarse de la lluvia». ¿Pero talento artístico? Absolutamente ninguno.

Pensé en contarle lo de Aggie Winterborn, la amiga de Mary Ire. Entonces palpé el rotulador rojo en mi bolsillo y decidí que no. Decidí que lo que deseaba hacer era regresar a Duma Key y pintar. *Niña y barco n.º 8* era el cuadro más ambicioso de la serie, también el más grande y el más complejo, y estaba casi terminado.

Me puse en pie y le tendí la mano.

—Gracias por todo.

—De nada. Y si cambia de idea y quiere algo un poco más fuerte para el dolor…

IV

El puente levadizo en dirección al Cayo estaba alzado para permitir que el juguete de algún ricachón fuera remolcado hasta el lado del Golfo. Jack se sentaba tras el volante del Malibú, con la vista clavada en la chica del biquini verde que tomaba el sol en la cubierta. La radio estaba sintonizada en The Bone, donde un anuncio sobre motocicletas (The Bone era especialista en ventas de motos y varios servicios hipotecarios) dio paso a los Who: «Magic Bus». Sentí una punzada en el muñón, y entonces me empezó a picar. Y esa picazón se extendía lentamente hacia abajo, aletargada pero profunda. Muy profunda. Subí el volumen un poco y a continuación metí la mano en el bolsillo y saqué el rotulador robado. No azul, ni negro; era rojo. Lo admiré por un momento bajo la luz del sol vespertino. Seguidamente abrí la guantera con el pulgar y rebusqué en su interior.

—¿Te ayudo a encontrar algo, jefe?

—No hace falta. No apartes los ojos de aquella ricura. Voy bien.

Extraje un cupón para una hamburguesa Checkers NASCAR gratis («¡Tienes que comer!», proclamaba). Le di la vuelta y el reverso estaba en blanco. Dibujé velozmente y sin pensar. Terminé antes de que la canción acabara. Escribí cinco letras debajo. El dibujo era similar a los garabatos que pintaba en mi otra vida mientras regateaba por teléfono (generalmente con algún soplapollas). Las letras componían la palabra *PERSE*, el nombre de mi barco misterioso. Solo que no creía que fuera así como se pronunciaba. Podría haber agregado un acento sobre la E, pero eso lo hubiera convertido en algo que sonaría como *Persay*, y tampoco creía que fuera correcto.

—¿Qué es eso? —preguntó Jack al examinarlo, y a continuación se respondió a su propia pregunta—. Una cestita de picnic roja. Bonita. Pero ¿qué es un Purse?

—Se dice *persie*.

—Aceptaré tu palabra.

La barrera a nuestro lado del puente se levantó y Jack cruzó en dirección a Duma Key.

Contemplé la pequeña cesta de picnic roja que había dibujado (aunque creía que en otras regiones a las cestas de esta clase, con los lados de mimbre, se las llamaba también canastos), y me pregunté por qué me resultaba tan familiar. Entonces me di cuenta de que no era así, no exactamente. Era la frase lo que me resultaba familiar. «Busque la cesta de picnic de Nana No-Sé-Quién», había dicho Elizabeth la noche en que traje de vuelta a Wireman del Memorial de Sarasota. La última noche que vi su *compos mentis*, me daba cuenta ahora. «En el desván. Es roja.» Y «La encontrará, estoy segura». Y «Están dentro». Cuando le había preguntado de qué estaba hablando, no había sido capaz de responderme. Se había escabullido, había patinado.

En el desván. Es roja.

—Por supuesto —murmuré—. Todo es de color rojo.

—¿Qué, Edgar?

—Nada —contesté, mirando el rotulador robado—. Solo pensaba en voz alta.

V

Niña y barco n.º 8, que casi con absoluta certeza era el último de la serie, estaba finalmente terminado, pero me quedé parado meditándolo bajo la luz cada vez más alargada, con el torso desnudo, mientras The Bone emitía a todo volumen «Copperhead Road». Había trabajado en él más tiempo que en cualquiera de los otros (había llegado a darme cuenta de que en muchos sentidos resumía el resto) y me provocaba un sentimiento perturbador. Por eso lo cubría con un trozo de sábana al finalizar cada sesión. Ahora, contemplándolo con lo que esperaba que fuera un ojo ecuánime, me di cuenta de que perturbador era probablemente un término erróneo; ese bebé era aterrador de cojones. Mirarlo era como mirar un cerebro vuelto del revés.

Y quizá nunca estaría completamente acabado. Ciertamente todavía quedaba espacio para una cesta de picnic roja. Podía colgarla del bauprés del *Perse*. ¿Qué coño, por qué no? En su estado actual, el maldito estaba abarrotado de figuras y detalles. Siempre quedaba espacio para una más.

Alcancé un pincel cargado con lo que podría haber sido sangre y me disponía a ejecutar mi idea cuando sonó el teléfono. Casi lo dejé estar, y lo habría hecho si hubiera estado inmerso en uno de mis trances pictóricos, pero no era el caso. El propósito de la cesta de picnic era agregar una apoyatura de adorno, y ya había añadido otros elementos con ese fin. Deposité el pincel en su sitio y cogí el teléfono. Era Wireman, y parecía excitado.

—¡Tuvo un claro de lucidez esta tarde a última hora, Edgar! Podría no significar nada, estoy tratando de mantener mis esperanzas a un nivel bajo, pero ya he visto esto antes. Primero es un breve intervalo de tiempo, luego otro, luego otro, y entonces empiezan a fusionarse y vuelve a ser ella misma, al menos durante un rato.

—¿Sabe quién es ella? ¿Dónde está?

—Ahora mismo no, pero durante media hora o así, a eso de las cinco y media, lo sabía y también me reconoció a mí. Escucha, *muchacho*, ¡ella misma se encendió su maldito cigarrillo!

—Me aseguraré de informar a las Autoridades Sanitarias —dije, pero estaba reflexionando. Cinco y media. Más o menos a esa hora Jack y yo habíamos estado esperando en el extremo del puente. Más o menos a esa hora me había invadido la urgencia de dibujar.

—¿Quiso algo más aparte de un cigarro?

—Comida. Pero antes de eso, pidió ir a Villa Porcelana. ¡Quería sus porcelanas, Edgar! ¿Sabes cuánto tiempo ha pasado desde la última vez?

En realidad sí. Pero era bonito oírlo tan emocionado por su causa.

—Empezó a diluirse después de que la llevara allí, no obstante. Miró alrededor y me preguntó dónde estaba Percy. Dijo que quería a Percy, que era necesario meter a Percy en la lata de galletas.

Dirigí la mirada hacia mi pintura. Hacia mi barco. Ahora era mío, de acuerdo. Mi *Perse*. Me humedecí los labios con la lengua, repentinamente correosos al tacto. Igual que cuando desperté por primera vez después del accidente. Cuando había momentos en los que no podía recordar quién era yo. ¿Sabes qué es algo curioso? Recordar olvidar. Es como mirar en el interior de una sala de espejos.

—¿Quién es Percy?

—Ni puñetera idea. Cuando quiere que arroje la lata de galletas al estanque de los peces, siempre insiste en meter una figura que sea chica. Casi siempre la pastora con la cara desconchada.

—¿Dijo algo más?

—Quiso comida, ya te lo he contado. Sopa de tomate. Y melocotones. Para entonces ya había dejado de mirar las porcelanas, y de nuevo empezaba a mostrarse confusa.

¿Su confusión se debía a que Percy no estaba allí? ¿O el *Perse*? Quizá… pero si ella había tenido alguna vez un barco de porcelana, yo nunca lo había visto. Pensé, y no por primera vez, que Perse era una palabra extraña. No podías confiar en ella. No dejaba de cambiar.

—En cierto momento me dijo que la mesa estaba goteando —añadió Wireman.

—¿Y goteaba?

Se produjo una breve pausa. Entonces, con no muy buen humor, dijo:

—¿Es alguna pequeña broma a costa de Wireman, *mi amigo*?

—No, tengo curiosidad. ¿Qué dijo exactamente?

—Simplemente eso. «La mesa está goteando.» Pero sus porcelanas están sobre una mesa-mesa, como bien sabes, no en ninguna mesa de agua.

—Cálmate. No pierdas tus buenos pensamientos.

—Lo intento, pero he de decirte que no pareces muy metido en el juego conversacional, Edster.

—No me llames Edster, suena a Ford antiguo. Le llevaste la sopa, y ella… ¿qué? ¿Se había ido otra vez?

—Prácticamente, sí. Había roto un par de sus figuras de porcelana, y los pedazos estaban en el suelo: un caballo y una muchacha vaquera. —Lanzó un suspiro.

—¿Cuándo dijo «Está goteando»? ¿Antes o después de que le llevaras la comida?

—Después, antes, ¿qué importa?

—No lo sé —repliqué—. ¿Cuándo fue?

—Antes. Creo. Sí, antes, porque después había perdido casi todo el interés por cualquier cosa, incluyendo el enésimo lanzamiento de la lata Sweet Owen al estanque. Le traje la sopa en su taza favorita, pero la apartó con un empujón tan fuerte que derramó parte sobre su pobre brazo. Ni siquiera pareció notarlo. Edgar, ¿por qué estás formulando esas preguntas? ¿Qué es lo que sabes?

Wireman andaba de un lado a otro con el teléfono móvil pegado a la oreja. Podía ver cómo lo hacía.

—Nada. Solo doy palos de ciego, por el amor de Dios.

—¿Sí? ¿Con qué brazo?

Guardé silencio por un instante, pero habíamos llegado demasiado lejos y compartido demasiadas cosas como para mentir, incluso aunque la verdad fuera un disparate.

—El derecho.

—Muy bien —dijo—. Muy bien, Edgar. Ojalá supiera qué está ocurriendo, eso es todo. Porque pasa algo.

—Quizá esté pasando algo. ¿Cómo se encuentra ella ahora?

—Duerme. Y yo te he interrumpido. Estabas trabajando.

—No —dije, y arrojé el pincel lejos de mí—. Creo que este ya está acabado, y creo que yo también he acabado por una temporada. Desde ahora y hasta la exposición, me voy a dedicar simplemente a andar y a recoger conchas.

—Nobles aspiraciones, pero no creo que seas capaz. No un trabajador adicto como tú.

—Creo que te equivocas.

—Vale, estoy equivocado. No será la primera vez. ¿Vendrás mañana a visitarnos? Si ella vuelve a iluminarse, quiero que lo veas.

—Cuenta con ello. Y quizá podamos pelotear un poco en la pista de tenis.

—Por mí estupendo.

—Wireman, hay una cosa más. ¿Elizabeth pintó alguna vez?

—¿Quién sabe? —respondió riendo—. Le pregunté una vez y me contestó que apenas sabría dibujar un monigote. Dijo que su interés por las artes no era muy diferente del interés de algún acaudalado ex alumno por el fútbol y el baloncesto. Hizo un chiste, dijo…

—Si no puedes ser atleta, sé un suspensorio.*

—Exacto. ¿Cómo lo sabías?

—Es viejo —respondí—. Te veo mañana.

Colgué y me quedé donde estaba, observando cómo la alargada luz del crepúsculo encendía una puesta de sol sobre el Golfo que no sentí la urgencia de pintar. Aquellas eran las mismas palabras que ella había empleado con Gene Hadlock. Y no me cabía duda de que si interrogaba a otros, oiría la misma anécdota una vez más, o dos, o una docena: «Dijo que ni siquiera sabría dibujar un monigote, dijo que si no puedes ser atleta, sé un suspensorio». ¿Y por qué? Porque una mujer sincera podría ocasionalmente enturbiar la verdad, pero una buena mentirosa nunca variaba su historia.

* En inglés, *supporter*, que también significa «hincha». (*N. del T.*)

No había preguntado a Wireman sobre la cesta de picnic roja, pero me dije que no pasaba nada; si estaba en el desván de *El Palacio*, seguiría allí al día siguiente, y al otro. Me dije que había tiempo. Naturalmente, eso es lo que siempre nos decimos a nosotros mismos, ¿no es cierto? Nunca somos capaces de imaginar que el tiempo se nos vaya a agotar, y Dios nos castiga por lo que nos es imposible de imaginar.

Contemplé *Niña y barco n.º 8* con algo muy parecido a la aversión, y le eché la sábana por encima. Nunca agregué la cesta de picnic roja al bauprés; nunca volví a tocar con un pincel esa pintura en particular, el último loco descendiente de mi primer dibujo en Big Pink, aquel cuyo nombre era *Hola*. Es posible que *N.º 8* fuera lo mejor que jamás pinté, pero de forma extraña, casi me olvidé de él. Hasta la exposición, desde luego.

Después de la exposición, nunca podría olvidarlo.

VI

La cesta de picnic.

Esa maldita cesta de picnic roja, con los dibujos de ella en su interior.

Cómo me obsesiona.

Incluso ahora, cuatro años después, me sorprendo a mí mismo jugando al juego del «¿y si…?», preguntándome cómo habrían resultado las cosas si hubiera dejado al margen todo lo demás y hubiera ido en su busca. Jack Cantori la encontró, pero para entonces ya era demasiado tarde.

Y quizá (no puedo afirmarlo con rotundidad) no habría cambiado nada, porque allí existía alguna fuerza en operación, tanto en Duma Key como en el interior de Edgar Freemantle. ¿Puedo decir que esa fuerza me llevó allí? No. ¿Puedo decir que no lo hizo? No, tampoco puedo decir eso. Pero cuando marzo se convirtió en abril, había empezado a fortalecerse y a ampliar su alcance con sumo sigilo.

Aquella cesta.

La maldita cesta de picnic de Elizabeth.

Era *roja*.

VII

La esperanza de Wireman de que Elizabeth recobrase la lucidez empezaba a parecer injustificada. Continuaba siendo un bulto en una silla de ruedas que hablaba entre dientes y que de vez en cuando se removía y se despertaba lo suficiente para pedir a gritos un cigarro con la cascada voz de un loro envejecido. Wireman contrató a Annmarie Whistler, de la residencia Bay Area, para que viniera a ayudarle cuatro días a la semana. La ayuda extra puede que aliviara la carga de trabajo de Wireman, pero no le reconfortó mucho; le sangraba el corazón.

Aunque eso fue algo que solo capté de reojo a medida que abril se abría camino, soleado y acompañado de un ascenso de la temperatura. Porque, a propósito de ascensos... allí estaba yo.

Mi popularidad subió como la espuma después de que se publicara mi entrevista con Mary Ire. Me convertí en una celebridad local. ¿Por qué no? Ser un artista era bueno, especialmente en el área de Sarasota. Ser un «Artista que Antes Construía Bancos y Ahora Le Da la Espalda a Mammon» era mejor. Ser un «Artista Manco de Deslumbrante Talento» era ya ser el Cabrón de Oro absoluto. Dario y Jimmy programaron varias entrevistas a continuación, incluyendo una en el Canal 6. Salí de su estudio en Sarasota con una cefalea atroz y un obsequio consistente en un adhesivo para el parachoques que decía: OBSERVADOR METEOROLÓGICO DEL CANAL 6 EN SUNCOAST. Acabé pegándola en uno de los caballetes con el aviso de **PERROS ARISCOS**. No me preguntes por qué.

También me encargué de los preparativos correspondientes al viaje-y-recepción en Florida. Wireman estaba para entonces demasiado ocupado tratando de que Elizabeth ingiriera algo más que humo de tabaco. Me encontré a mí mismo consultando a

Pam cada dos o tres días la lista de invitados de Minnesota y los planes de viaje desde otras partes del país. Ilse llamó dos veces. Pensé que se esforzaba en sonar alegre, pero podría haberme equivocado. Mis intentos para averiguar cómo progresaba el amor de su vida fueron amable pero firmemente bloqueados. Llamó Melinda, para interrogarme, de entre todos los asuntos posibles, por mi talla de sombrero, mira por dónde. Cuando le pregunté por qué, no me contestó. Quince minutos después de que colgara lo entendí: ella y su *ami* francés iban a comprarme de veras una jodida boina. Estallé en carcajadas.

Un periodista de la AP en Tampa vino a Sarasota (quería ir a Duma, pero no me agradaba la idea de un periodista merodeando por Big Pink y escuchando a las que a la sazón eran mis conchas). En su lugar, me entrevistó en la Scoto, mientras un reportero gráfico tomaba fotos de tres cuadros cuidadosamente seleccionados: *Rosas que nacen de conchas*, *Puesta de sol con sófora* y *Carretera Duma*. Yo vestía una camiseta de la Casa del Pescado de Casey Key, y una foto mía recorrió todo el país (con una gorra de béisbol echada hacia atrás y una manga corta vacía a excepción de la protuberancia del muñón). Después de eso, el teléfono no cesó de sonar ni un solo instante. Llamó Angel Slobotnik y charlamos durante veinte minutos. En un momento dado comentó que siempre supo que yo la tenía en mi interior.

—¿Qué? —pregunté.

—La tontería, jefe —fue su respuesta, y nos echamos a reír como maníacos.

Llamó Kathi Green; lo oí todo sobre su nuevo novio (no muy bueno), y su nuevo programa de autoayuda (maravilloso). Le conté que Kamen se había presentado en mi conferencia y me había salvado el trasero. Hacia el final de la llamada ella lloraba y gimoteaba que nunca había tenido un paciente «llegando-des-de-atrás» con tantas agallas como yo. Entonces me prometió que cuando me viera iba a ordenarme que me tirara al suelo y le hiciera sus cincuenta abdominales. Aquello sonó propio de la vieja Kathi. Para rematar, Todd Jamieson, el médico que con toda probabilidad me había salvado de una década o dos siendo un colinabo humano, me envió una botella de champán con una tarjeta que rezaba: «Estoy impaciente por ver tu obra».

Si Wireman hubiera apostado conmigo a que terminaría aburriéndome y cogiendo otra vez un pincel antes de la exposición, habría perdido. Cuando no estaba preparándome para mi gran momento, caminaba, leía o dormía. Le mencioné esto en una de las raras tardes en las que nos sentamos juntos al final de la pasarela de madera de *El Palacio* mientras bebíamos té verde bajo la sombrilla a rayas. Fue menos de una semana antes de la exposición.

—Me alegro —comentó simplemente—. Necesitabas el descanso.

—¿Qué hay de ti, Wireman? ¿Cómo lo llevas?

—No muy bien, pero sobreviviré. Gloria Gaynor, 1978. Es la tristeza, sobre todo. —Suspiró—. La estoy perdiendo. Me engañaba a mí mismo con que quizá regresaría, pero… la estoy perdiendo. No es como con Julia y Esmeralda, gracias a Dios, pero no me puedo quitar ese peso de encima.

—Lo siento. —Posé mi mano sobre la suya—. Por ella y por ti.

—Gracias —dijo, y dirigió la vista hacia las olas—. A veces creo que ella no morirá en absoluto.

—¿No?

—No. Creo que en cambio la Morsa y el Carpintero vendrán por ella. Que la conducirán lejos como hicieron con aquellas confiadas Ostras. Que la conducirán playa abajo. ¿Recuerdas lo que dice la Morsa?

Negué con la cabeza.

—Qué pena me da haberles jugado esta faena. ¡Las hemos traído tan lejos y trotaron tanto las pobres! —Se pasó el brazo por la cara—. Mírame, *muchacho*, llorando justo como la Morsa. ¿No soy estúpido?

—No —dije.

—Odio hacer frente a la idea de que esta vez cuando se vaya será para bien, que la mejor parte de ella se marchó playa abajo con la Morsa y el Carpintero y que no dejó nada salvo un viejo y gordo pedazo de sebo que todavía no ha olvidado cómo respirar.

No dije nada. Se volvió a enjugar los ojos con el antebrazo y tomó aire con una prolongada y acuosa inspiración.

—Indagué sobre la historia de John Eastlake —habló por fin—, y sobre cómo se ahogaron sus hijas, y sobre lo que ocurrió después. ¿Recuerdas que me lo pediste?

Lo recordaba, pero se me antojaba algo distante en el tiempo y sin importancia. Lo que creo ahora es que algo quería que así me lo pareciera.

—Estuve navegando en internet y conseguí una buena cantidad de material de los periódicos locales y un par de autobiografías que están disponibles para descargar. Una de ellas, y no me cachondeo de ti, *muchacho*, se titula «Viajes en barco y cera de abejas: la infancia de una niña en Nokomis», por Stephanie Weider Gravel-Miller.

—Suena casi como un viaje nostálgico por los senderos de la memoria.

—Es lo que era. Habla sobre «los felices negritos que recogían naranjas y cantaban sencillos cánticos de alabanza con sus melosas voces».

—Imagino que eso fue anterior a Jay-Z.

—Acertaste. Lo que es mejor aún, hablé con Chris Shannington, de Casey Key. Fijo que le has visto alguna vez. Un vejestorio pintoresco, que camina a todas partes con un retorcido bastón de madera de brezo, casi tan alto como él, y un gran sombrero de paja en la cabeza. Su padre, Ellis Shannington, era el jardinero de John Eastlake. Según Chris, fue Ellis quien llevó a Maria y Hannah, las dos hermanas mayores de Elizabeth, de vuelta a la Braden School unos días después de que las pequeñas se ahogaran. Dijo: «Esas muchaasha tenían el corazón roto por las chiquitinas».

La imitación de Wireman del acento sureño del viejo fue inquietantemente buena, y por alguna razón me encontré a mí mismo pensando otra vez en la Morsa y el Carpintero, caminando por la playa con las Ostritas. La única sección del poema que recordaba con claridad era aquella en la que el Carpintero decía que menudo buen paseo les habían dado, pero naturalmente las

Ostras no pudieron responder, pues se las habían zampado a todas.

—¿Quieres conocer ahora la historia? —preguntó Wireman.

—¿Dispones de tiempo para contarla?

—Sí. El turno de Annmarie termina a las siete, aunque por motivos prácticos compartimos las tareas casi todos los días. ¿Por qué no caminamos hasta la casa? Tengo un archivo. No contiene mucho, pero por lo menos hay una imagen que merece la pena mirar. Chris Shannington la guardaba en una caja con las cosas de su padre. Me acompañó a la Biblioteca Pública de Casey Key e hice una copia. —Tras una pausa, añadió—: Es una imagen de Heron's Roost.

—¿Quieres decir, tal como era entonces?

Habíamos empezado a andar despreocupadamente por la pasarela, pero Wireman se detuvo.

—No, *amigo*, lo has entendido mal. Estoy hablando del Heron's Roost original. *El Palacio* es el segundo Roost, construido casi veinticinco años después de que las pequeñas se ahogaran. Para entonces, los diez o veinte millones de John Eastlake habían crecido hasta los ciento cincuenta millones, o así. «La guerra es un buen negocio, invierta a su hijo.»

—Movimiento de protesta contra la guerra de Vietnam, 1969 —proclamé—. A veces visto en conjunción con «Una mujer necesita un hombre igual que un pez necesita una bicicleta».

—Muy bueno, *amigo* —alabó Wireman. Señaló con la mano en dirección a la descontrolada vegetación que se iniciaba justo al sur de nuestra posición—. El primer Heron's Roost estaba hacia allá, en aquellos tiempos cuando el mundo era joven y las chicas a la moda cantaban «pup-upi-dup».

Me acordé de Mary Ire, no simplemente contentilla o achispada, sino completamente borracha, diciendo: «Una única casa, se erigía allí arriba y se asemejaba a algo que verías en un Tour de Casas Señoriales Históricas en Charleston o Mobile».

—¿Qué ocurrió? —pregunté.

—Hasta donde sé, nada a excepción del deterioro y el paso del tiempo —contestó—. Cuando John Eastlake se dio por vencido y renunció a recuperar los cadáveres de las gemelas, también renunció a Duma Key. Saldó cuentas con casi todas las personas que le habían ayudado, empaquetó sus trastos, cogió a las tres hijas que le quedaban, las metió en su Rolls Royce (tenía uno de verdad) y se marchó. Una novela que F. Scott Fitzgerald nunca escribió, eso es lo que dijo Chris Shannington. Me contó que Eastlake nunca se halló en paz hasta que Elizabeth le trajo de vuelta aquí.

—¿Crees que Shannington conoce de verdad lo que pasó? ¿O solo es una historia a la que se ha acostumbrado de tanto contarla?

—*¿Quién sabe?* —dijo Wireman. Se detuvo de nuevo y agitó la mano señalando hacia el extremo sur de Duma Key—. Esa espesura no existía en aquel entonces. La casa original se divisaba desde el continente y viceversa. Y hasta donde sé, *amigo*, la casa sigue allí. Lo que quede de ella. Desmoronándose y pudriéndose. —Alcanzó la puerta de la cocina y me miró, sin sonreír—. Eso sería algo que merecería la pena pintar, ¿no? Un barco fantasma en tierra firme.

—Quizá —respondí—. Quizá sí.

VIII

Me llevó a la biblioteca decorada con la armadura en el rincón y la colección de armas de museo en la pared. Allí, en la mesa próxima al teléfono, había una carpeta con las palabras JOHN EASTLAKE / HERON'S ROOST I escritas en ella. La abrió y extrajo una fotografía que mostraba una casa con un inconfundible parecido a la actual, donde estábamos nosotros —como si fueran, digamos, primas hermanas—. Existía empero una diferencia esencial entre las dos, y las similitudes (la misma planta básica para ambas casas, pensé, y el mismo tejado de tejas españolas de un vívido color naranja) no hacían más que acentuarla.

El Palacio actual se ocultaba del mundo tras un elevado muro roto solo por una única puerta; ni siquiera contaba con una entrada de servicio. Tenía un hermoso patio interior que pocas personas aparte de Wireman, Annmarie, la chica de la piscina y el jardinero que venía dos veces por semana habían visto alguna vez; era como el cuerpo de una bella mujer oculto bajo una prenda de ropa sin forma.

El primer Heron's Roost era muy diferente. Al igual que la mansión de Elizabeth en Ciudad Porcelana, presentaba media docena de columnas y una amplia y acogedora veranda. Una ancha avenida subía con atrevimiento hasta la casa, dividiendo en dos una extensión de césped de aproximadamente una hectárea. No era un camino de grava, como me había contado Mary Ire, sino de sonrosadas conchas trituradas. La mansión original invitaba al mundo a entrar. Su sucesor (*El Palacio*) anunciaba al mundo que ni se le ocurriera acercarse. Ilse lo había visto en una ocasión, igual que yo, pero aquel día habíamos mirado desde la carretera. Desde entonces mi visión se había modificado, y con una buena razón: me había acostumbrado a divisar *El Palacio* desde la playa. A caer sobre él desde el flanco no protegido.

El primer Heron's Roost también había sido más alto, tres pisos, contando la planta baja, en la parte delantera y cuatro en la trasera, por lo que (si realmente se alzaba en una elevación, según las palabras de Mary), la gente en la planta superior habría tenido una imponente vista de trescientos sesenta grados del Golfo, el continente, Casey Key y la isla de Don Pedro. Nada mal. Pero el césped parecía extrañamente desgreñado, descuidado, y se veían hoyos en la línea de palmeras ornamentales que danzaban como bailarinas de hula-hula a cada lado de la casa. Examiné la foto de cerca y observé que algunas de las ventanas superiores habían sido cerradas con tablas. La silueta del tejado también presentaba un aspecto extrañamente asimétrico. Tardé un segundo en descubrir por qué. Una chimenea se erigía en el extremo oriental. Debería haber existido otra en el lado oeste, pero no había ninguna.

—¿Esta foto se tomó después de que se marcharan? —pregunté.

Negó con la cabeza.

—De acuerdo con Shannington, fue tomada en marzo de 1927, antes de que las niñas se ahogaran, cuando todos eran felices y estaban bien. Lo que ves no es consecuencia del deterioro; son los daños provocados por una tormenta. Por un Alicia.

—Que es... ¿qué es un Alicia?

—La temporada de huracanes aquí da comienzo oficialmente el quince de junio y dura unos cinco meses. Todas las tormentas fuera de estación que desencadenan lluvias torrenciales y fuertes vendavales... en lo que respecta a los veteranos, son Alicias. Como un huracán Alicia. Es una especie de broma.

—Eso te lo estás inventando.

—Nanay. Esther, el huracán más fuerte del 26, pasó completamente de largo por Duma, pero el Alicia de marzo del 27 lo golpeó de lleno. Luego se desplazó tierra adentro y se extinguió en los Glades. Causó el destrozo que ves en esta foto; no mucho, en realidad. Se llevó volando algunas palmeras, rompió algunos cristales, arrancó el césped. Pero, en otros aspectos, sus efectos se siguen notando. Porque parece bastante seguro que fue ese Alicia lo que condujo a las muertes por ahogamiento de Tessie y Laura, y lo que provocó todo lo demás. Incluyendo que tú y yo estemos aquí ahora mismo.

—Explícate.

—¿Recuerdas esto?

Sacó otra foto de la carpeta, y la recordaba, ciertamente. La misma imagen ampliada colgaba en el rellano de la escalera principal del primer piso. Esta era una copia pequeña y más nítida. Se trataba del retrato de la familia Eastlake, con John Eastlake a la cabeza, vestido con un bañador negro de una sola pieza y con aspecto de actor de Hollywood de segunda fila que se hubiera especializado en películas de detectives y aventuras selváticas. Levantaba a Elizabeth, agarrando con una mano su regordete culillo. La otra sostenía aquella pistola de arpones y una máscara de buceo con un *snorkel* acoplado.

—A juzgar por el aspecto de Elizabeth, voy a suponer que esta foto pudo haber sido tomada alrededor de 1925 —aventuró Wireman—. Aparenta dos años, camino de tres. Y Adriana

—añadió, dando unos golpecitos sobre la hija mayor—, parece que podría tener unos diecisiete camino de treinta y cuatro, ¿no dirías tú eso?

Efectivamente. Diecisiete pero con apariencia de mujer adulta, a pesar de su bañador «tapando-casi-todo-el-cuerpo».

—También exhibe ese mohín malhumorado de «quiero-estar-en-cualquier-otro-sitio» —comentó Wireman—. Me gustaría saber si su padre quedó muy sorprendido cuando ella cogió y se escapó con uno de sus jefes de planta. Y me pregunto si, en el fondo de su corazón, no se alegraría de verla marchar. Se fugó a Atlanta con un muchacho con corbata y visera —pronunció esto último arrastrando las palabras en una imitación de Chris Shannington, y después abandonó ese acento. Supuse que el tema de las pequeñas muertas, incluso aunque hubieran pasado ochenta años, era un asunto delicado para él—. Ella y su nuevo maridito volvieron, pero para entonces lo único importante ya era la búsqueda de los cuerpos.

Señalé con el dedo a la niñera negra de rostro adusto.

—¿Quién era esta?

—Melda, o Tilda, o quizá incluso, Dios nos libre, Hecuba, según Chris Shannington. Su padre lo sabía, pero Chris ya no se acuerda.

—Bonitas pulseras.

—Si tú lo dices —replicó, mirándolas sin mucho interés.

—Quizá John Eastlake se acostaba con ella —comenté—. Quizá las pulseras fueron un pequeño regalo.

—*¿Quién sabe?* Viudo rico, mujer joven; es bien sabido que esas cosas ocurren.

Toqué la cesta de picnic, que la joven mujer negra sostenía con ambas manos y los brazos en tensión como si fuera pesada. Un peso que no podía ser debido a unos pocos sándwiches, pensarías… aunque quizá contenía un pollo entero. Y quizá también unas cuantas botellas de cerveza para el amo bueno… una pequeña recompensa para después de terminar las inmersiones del día.

—¿De qué color dirías que es ese canasto? ¿Marrón oscuro? ¿O es rojo?

Wireman me dirigió una mirada extraña.

—Es difícil asegurarlo en una fotografía en blanco y negro.

—Cuéntame cómo fue que la tormenta condujo a la muerte de las niñas.

Abrió la carpeta otra vez y me tendió un viejo artículo de periódico acompañado de una fotografía.

—Esto es del *Venice Gondolier*, con fecha del 28 de marzo de 1927. Conseguí la info original en la red. Jack Cantori llamó al periódico y logró que alguien hiciera una copia y me la enviaran por fax. Jack es increíble, por cierto.

—Nada que objetar ahí —dije, y estudié la foto—. ¿Quiénes son estas niñas? No, no me lo digas. La de la izquierda es Maria. Hannah está a su derecha.

—Matrícula de honor. Hannah es la de los pechos. En el 27 tenía catorce años.

Estudiamos la hoja de fax en silencio durante unos segundos. El correo electrónico habría sido mejor, pues el fax había dejado irritantes líneas verticales oscuras que emborronaban parte de la impresión. No obstante, el titular se leía con bastante claridad: **TORMENTA AYUDA A SUBMARINISTA AMATEUR A ENCONTRAR TESORO**. Y la imagen era bastante clara, también. Las entradas en el pelo de Eastlake habían retrocedido un poco. En compensación, su fino bigote de director de orquesta ahora se parecía más al de una morsa. Y aunque llevaba puesto el mismo bañador negro de una pieza, este se hallaba sometido ahora a una severa tensión… y me dio la impresión de que en realidad había reventado bajo un brazo, pero la resolución de la foto no era lo bastante buena como para afirmarlo con certeza. Parecía que Papá Eastlake había ganado varios kilos entre 1925 y 1927 (el actor de películas de serie B tendría problemas en conseguir papeles si no empezaba a saltarse los postres y a ejercitarse en el gimnasio con mayor frecuencia). Las chicas que lo flanqueaban no eran tan atractivas como su hermana mayor de ojos azabache; mirabas a Adriana e imaginabas ardientes tardes en un pajar; mirabas a estas dos y te preguntabas si habrían terminado de hacer sus tareas escolares, pero eran bonitas en cierto sentido, y la imagen irradiaba su excitación. Con razón, necesariamente.

Porque, extendido delante de ellos en la arena, había un tesoro.

—No puedo distinguirlo todo, y el maldito pie de página está emborronado —me quejé.

—Hay una lupa en el escritorio, pero permíteme ahorrarte un dolor de cabeza. —Wireman cogió un bolígrafo y señaló con la punta—. Eso es un bote de medicina, y eso de ahí es una bala de mosquete… o eso es lo que Eastlake declara en el artículo. Maria tiene la mano en lo que aparenta ser una bota… o los restos de una. Cerca de la bota…

—Un par de anteojos —dije—. Y… ¿un colgante?

—El artículo dice que es una pulsera. No lo sé. Lo único que podría jurar es que es un lazo metálico de alguna clase, recubierto de porquería. Pero la mayor definitivamente está enseñando un pendiente.

Leí el artículo de un vistazo rápido. En adición a los objetos visibles, Eastlake había encontrado varios utensilios de comida… cuatro copas que él afirmaba que eran «de estilo itálico»… un salvamanteles… una caja de bártulos (lo que fuera que significase eso)… y una incontable cantidad de clavos. También había encontrado medio Hombre de Porcelana. No un chino, sino una figura masculina de porcelana.* No aparecía en la foto, al menos que yo pudiera ver. El artículo mencionaba que Eastlake llevaba quince años buceando en los erosionados arrecifes al oeste de Duma Key, algunas veces para pescar, a menudo solo para relajarse. Declaraba que durante ese tiempo había encontrado toda clase de basura, pero nunca nada de interés. Afirmaba que Alicia (así nombró a la tormenta) había generado una cantidad de olas notablemente grandes, y que debían de haber removido la arena en el interior del arrecife lo suficiente como para dejar al descubierto lo que él denominaba «un yacimiento de reliquias».

* Juego de palabras intraducible entre *Chinaman*, «chino», y *China Man*, literalmente, «hombre de porcelana». *(N. del T.)*

—No dice que sean los restos de un naufragio —comenté.

—No lo eran —confirmó Wireman—. No había ninguna embarcación. No encontró ninguna, ni tampoco lo hicieron las docenas de personas que le ayudaron a intentar recuperar los cadáveres de sus hijas pequeñas. Solo detritus. Habrían encontrado un barco naufragado si hubiera habido alguno que encontrar; el agua al suroeste del Cayo no tiene más de ocho metros de profundidad hasta lo que queda del Arrecife Kitt, y todavía hoy es bastante clara. En aquel entonces era como cristal turquesa.

—¿Alguna teoría sobre cómo acabó todo esto allí?

—Pues sí. La mejor es que algún barco a punto de zozobrar llegó arrastrado por el viento cien, o doscientos, o trescientos años antes, dejando un reguero de mierda a su paso. O quizá la tripulación estuvo soltando lastre por la borda para mantenerse a flote. Repararon el barco cuando terminó la tormenta y siguieron su camino. Eso explicaría por qué había una franja de detritus esperando a que Eastlake los encontrara, y también por qué ninguno de los objetos era especialmente valioso. El tesoro habría permanecido en el barco.

—¿Y en 1700, o en 1600 y pico, el arrecife no habría desgarrado la quilla de un barco arrastrado hasta aquí por el viento?

Wireman se encogió de hombros.

—Chris Shannington dice que nadie sabe cómo era la geografía del Arrecife Kitt hace ciento cincuenta años.

Miré el botín desplegado ante ellos. Las sonrientes hijas medianas. El sonriente papá, que pronto tendría que comprarse un nuevo traje de baño. Y de repente comprendí que no se acostaba con la niñera. No. Incluso una amante le habría dicho que no podía salir en el periódico con ese trapo viejo. Ella habría encontrado un motivo diplomático, pero el real estaba justo frente a mí, después de todos aquellos años; lo veía, incluso a pesar de mi menos que perfecta visión del ojo derecho. Estaba demasiado gordo. Solo que él no lo notaba, ni tampoco sus hijas. Ojos que aman son ciegos.

Demasiado gordo. Había algo ahí, ¿verdad? Alguna A que prácticamente demandaba una B.

—Me sorprende que hablara lo más mínimo de lo que encontró —comenté—. Si te ocurriera algo como esto hoy en día y lo largaras en el Canal 6, la mitad de Florida se presentaría aquí con sus palanganas en busca de doblones y piezas de a ocho con detectores de metal.

—Ah, pero esta era otra Florida —replicó Wireman, y me acordé de que Mary Ire había empleado la misma expresión—. John Eastlake era un hombre rico, y Duma Key era su coto privado. Aparte, no había doblones ni piezas de a ocho; solo un montón de trastos moderadamente interesantes desenterrados a causa de una anómala tormenta. Estuvo buceando durante semanas por donde yacían desparramados esos despojos en el fondo del Golfo, y estaba cerca, según Shannington; con la marea baja prácticamente se podría vadear esa corta distancia. Y seguramente mantenía los ojos bien abiertos en busca de objetos valiosos. Era un hombre rico, pero no creo que eso sea suficiente vacuna contra la fiebre del tesoro.

—No —dije yo—. Seguro que no.

—La niñera habría ido con él en sus expediciones a la caza del tesoro. Y también las tres niñas que continuaban viviendo en casa: las gemelas y Elizabeth. Maria y Hannah habían regresado a su internado en Bradenton, y la hermana mayor se había fugado a Atlanta. Eastlake y sus pequeñas probablemente se llevaban la comida allí.

—¿Con cuánta frecuencia? —Empezaba a divisar hacia dónde conducía esto.

—Muy a menudo. Quizá a diario antes de que el yacimiento de despojos empezara a agotarse. Usaban un sendero desde la casa hasta la playa de la Sombra, como la llamaban. A unos ochocientos metros, si acaso.

—Un sendero que dos pequeñas niñas aventureras podrían recorrer por sí mismas.

—Y un día lo hicieron, para disgusto de todo el mundo. —Volvió a deslizar los papeles en el interior de la carpeta—. Aquí hay toda una historia, *muchacho*, y supongo que es marginalmente más interesante que la de una niña que se traga una canica, pero una tragedia es una tragedia, y en el fondo, todas las tragedias son estúpidas. Dame a elegir y siempre me decantaré por *El sueño de una noche de verano* antes que por *Hamlet*. Cualquier idiota con manos firmes y un par de pulmones en buenas condiciones es capaz de construir un castillo de naipes y derribarlo de un soplido, pero se necesita ser un genio para hacer reír a la gente.

Meditó durante un instante y continuó.

—Lo que probablemente sucedió es que un día de abril del 27, cuando se suponía que Tessie y Laura tendrían que estar durmiendo su siesta, decidieron levantarse y bajar a hurtadillas por el sendero para buscar el tesoro en la playa de la Sombra. Puede que su intención no fuera más que adentrarse en el agua hasta las rodillas, como mucho, que era lo máximo que se les permitía; uno de los artículos cita a John Eastlake diciendo eso, y a Adriana respaldándolo.

—La hija casada que volvió.

—Correcto. Ella y su nuevo marido regresaron un día o dos antes de que la búsqueda de los cadáveres fuera oficialmente cancelada. Eso siempre según Shannington. En cualquier caso, quizá una de las pequeñas viera algo brillando un poco más lejos y empezó a hundirse. Luego…

—Luego su hermana intentó salvarla.

Sí, podía verlo. Solo que en mi mente eran Lin e Ilse de pequeñas. No eran gemelas, pero durante tres o cuatro años dorados fueron casi inseparables.

Wireman asintió.

—Y luego el aguaje las arrastró a las dos. Tuvo que haber sido así, *amigo*; esa es la razón por la que los cuerpos nunca fueron hallados. En la distancia se alejaron, ¡ay, en fin, el *caldo largo*!

Abrí la boca para preguntarle sobre qué había querido decir con «el aguaje», pero entonces recordé una pintura de Winslow Homer, romántica pero con innegable fuerza: *Resaca*.

El intercomunicador de la pared emitió un pitido, y ambos nos sobresaltamos. El brazo de Wireman tropezó con la carpeta al darse la vuelta, esparciendo fotocopias y faxes por doquier.

—¡Señor Wireman! —Era Annmarie Whistler—. Señor Wireman, ¿está usted ahí?

—Estoy aquí —respondió Wireman.

—¿Señor Wireman? —Sonaba agitada. Como para sí misma, dijo después—: Jesús, ¿dónde está?

—El puto botón —masculló entre dientes, y fue hacia el aparato de la pared, sin llegar a correr del todo. Pulsó el botón—. Estoy aquí. ¿Cuál es el problema? ¿Qué ha ocurrido? ¿Se ha caído Elizabeth?

—¡No! —gritó Annmarie—. ¡Está despierta! ¡Despierta y consciente! ¡Pregunta por usted! ¿Puede venir?

—Ahora mismo —respondió, y se volvió hacia mí, sonriendo abiertamente—. ¿Has oído eso, Edgar? ¡Vamos! —Se detuvo—. ¿Qué estás mirando?

—Esto —contesté, y le tendí las dos fotos de Eastlake en traje de baño: la imagen en la que aparecía rodeado por todas sus hijas y la tomada dos años después, donde solo aparecía flanqueado por Maria y Hannah.

—Eso no importa ahora. ¿No la has oído? ¡La señorita Eastlake ha vuelto! —exclamó y atravesó la puerta. Deposité la carpeta sobre la mesa de la biblioteca y le seguí. Había hecho la conexión, pero solo porque había pasado los últimos meses cultivando el arte de la visión. Cultivándolo enérgicamente.

—¡Wireman! —llamé. Había recorrido todo el largo del corredor acristalado y se encontraba a mitad de la escalera. Yo cojeaba tan rápido como podía y todavía me sacaba una buena distancia. Esperó por mí con impaciencia—. ¿Quién le contó que el yacimiento de despojos estaba allí?

—¿A Eastlake? Asumo que tropezó con él mientras practicaba su afición al submarinismo.

—Yo no lo creo. Llevaba mucho tiempo sin ponerse ese bañador. Puede que bucear fuera su hobby a principio de los años veinte, pero sospecho que hacia 1925 las cenas se convirtieron en su principal distracción. Así que entonces, ¿quién se lo contó?

Annmarie salió de una puerta próxima al final del pasillo. Su rostro exhibía una bobalicona sonrisa de incredulidad que la hacía aparentar la mitad de sus cuarenta años.

—Vamos —apremió—. Esto es maravilloso.

—¿Está…?

—Sí, lo está —respondió la cascada pero inconfundible voz de Elizabeth—. Entre aquí, Wireman, y permítame ver su rostro mientras todavía pueda reconocerlo.

IX

Permanecí en el pasillo con Annmarie, sin saber qué hacer, mirando los adornos y el enorme y antiguo Frederic Remington en el extremo más alejado: indios a caballo. Entonces Wireman me llamó. Su voz sonaba impaciente y áspera a causa de las lágrimas.

El dormitorio se hallaba sumido en penumbra. Todas las persianas habían sido cerradas. El aire acondicionado susurraba a través de una rejilla de ventilación en algún lugar sobre nosotros. Había una mesa próxima a su cama con una lámpara cuya pantalla era de cristal verde. La cama era como la de los hospitales, elevada ahora para que pudiera colocarse en posición casi erguida. La lámpara la bañaba en un suave haz de luz, y tenía el cabello suelto sobre los hombros de un camisón de color rosa. Wireman estaba sentado junto a ella, sosteniéndole las manos. En la pared sobre el cabecero de la cama colgaba el único cuadro de la habitación, una fina reproducción de *Once de la mañana*, de Edward Hopper, un arquetipo de soledad aguardando pacientemente junto a la ventana algún cambio, cualquier cambio.

En algún lugar un reloj marcaba los segundos.

Me miró y sonrió. Observé tres cosas en su rostro que me golpearon una tras otra como piedras, a cada cual con más fuerza. La primera, que había perdido mucho peso. La segunda, que parecía terriblemente cansada. La tercera, que no le quedaba mucho tiempo de vida.

—Edward —dijo ella.

—No… —empecé, pero cuando alzó una mano (la carne por encima del codo le colgaba en una bolsa blanca como la nieve), callé de inmediato. Porque ahí había una cuarta cosa, y fue de todas ellas la que más duramente me golpeó; no como una piedra, sino como una enorme roca erosionada. Me estaba mirando a mí mismo. Esto era lo que la gente había visto en el amanecer de mi accidente, cuando yo trataba de amontonar los pobres pedazos dispersos de mi memoria, ese tesoro que parecía basura cuando se hallaba desperdigado de manera tan horrible y desnuda. Me acordé de cómo había olvidado el nombre de mi muñeca, y supe lo que vendría después.

—Puedo hacerlo —aseguró ella.

—Sé que puede —confirmé yo.

—Trajo a Wireman de vuelta del hospital.

—Sí.

—Tenía tanto miedo de que se lo quedaran. Y de estar sola.

No tenía respuesta para esto último.

—¿Su nombre es Edmund? —preguntó tímidamente.

—Señorita Eastlake, no se ponga a prueba —intervino Wireman con dulzura—. Esto es…

—Silencio, Wireman —le interrumpí—. Puede hacerlo.

—Usted pinta —dijo ella.

—Sí.

—¿Ya ha pintado el barco?

Algo curioso le sucedió a mi estómago. La sensación no fue tanto como si se hundiera, sino más bien como si hubiera desaparecido y dejado un vacío entre el corazón y el resto de mis entrañas. Mis rodillas trataron de doblarse. El acero en mi cadera se calentó. Mi nuca se enfrió. Y un fuego cálido y espinoso ascendió por el brazo que no estaba allí.

—Sí —respondí—. Una y otra y otra vez.

—Es Edgar —dijo.

—Sí, Elizabeth. Soy Edgar. Bien hecho, cariño.

Sonrió, y sospeché que nadie la había llamado cariño en mucho tiempo.

—Mi mente es como un mantel con un gran agujero quemado. —Se dirigió a Wireman—. *Muy divertido, ¿sí?*

—Necesita descansar —aconsejó él—. De hecho, necesita *dormir como un tronco*.

—Como un leño —dijo ella, esbozando una leve sonrisa—.

Sí, y creo que cuando despierte seguiré aquí. Por un rato. —Levantó las manos de él hasta su cara y las besó—. Te quiero, Wireman.

—Yo también te quiero, señorita Eastlake —respondió. Bien hecho, Wireman.

—¿Edgar?… ¿Es Edgar?

—¿Usted qué cree, Elizabeth?

—Sí, naturalmente. ¿Exhibirá su obra? ¿Es eso en lo que habíamos quedado antes de mi última…? —Sus párpados se cerraron, como simulando dormir.

—Sí, en la Galería Scoto. Necesita descansar, de verdad.

—¿Será pronto? ¿Su exposición?

—En menos de una semana.

—Sus cuadros… los cuadros del barco… ¿están en la península? ¿En la galería?

Wireman y yo intercambiamos una mirada. Él se encogió de hombros.

—Sí —contesté.

—Bien. —Volvió a sonreír—. Descansaré, entonces. Todo lo demás puede esperar… hasta después de su exposición. Su momento al sol. ¿Las venderá? ¿Las pinturas del barco?

Wireman y yo intercambiamos otra mirada, y el mensaje en sus ojos fue muy claro: *No la alteres.*

—Están marcadas como NFS, Elizabeth. Eso significa…

—Sé lo que significa, Edgar, no me he caído de un guindo ayer. —En el interior de sus profundas bolsas de arrugas, atrapados en un rostro que se alejaba hacia la muerte, sus ojos relampaguearon—. Véndalas. Independientemente de su número, debe venderlas. E independientemente de lo duro que le resulte. Rómpalas y esparza los pedazos a los cuatro vientos. ¿Me ha entendido?

—Sí.

—¿Lo hará?

No conocía la respuesta a esa pregunta, pero reconocí en ella las señales de creciente agitación que yo mismo había experimentado en mi no-tan-distante pasado.

—Sí. —En aquel momento, le habría prometido que saltaría hasta la luna con mis botas de siete leguas si aquello hubiera apaciguado su mente.

—Incluso en ese caso puede que no sean seguras —reflexionó con voz casi aterrorizada.

—Basta ya —dije, dándole unas palmaditas en la mano—. Basta de pensar en eso.

—De acuerdo. Hablaremos más después de su exposición. Nosotros tres. Estaré más fuerte… más despejada… y usted, Edgar, será capaz de prestar atención. ¿Tiene hijas? Me parece recordar que sí.

—Sí, y se alojarán en Sarasota con su madre. En el Ritz. Ya está arreglado.

Me brindó otra sonrisa, pero las comisuras de sus labios se desplomaron casi de inmediato. Era como si su boca se estuviera fundiendo.

—Póngame en posición horizontal, Wireman. He estado en los pantanos… cuarenta días y cuarenta noches… o eso parece… y estoy cansada.

Wireman accionó la manivela de la cama. Entró Annmarie con un vaso de algo en una bandeja, pero no había posibilidad alguna de que Elizabeth se bebiera aquello, pues ya dormitaba. Sobre su cabeza, la chica más solitaria del mundo se sentaba en una silla y miraba por la ventana eternamente, con el rostro oculto por la cascada de su cabello, desnuda salvo por un par de zapatos.

X

Esa noche, el sueño tardó en llegar. Cuando finalmente me deslicé en él, era pasada medianoche. La marea se había retirado, y la conversación en murmullos bajo la casa había cesado. Lo cual, sin embargo, no acalló las susurrantes voces en mi cabeza.

Otra Florida, susurraba Mary Ire. *Aquella era otra Florida.*

Véndalas. Independientemente de su número, debe venderlas. Esa era Elizabeth, por supuesto.

La Elizabeth adulta. Escuché otra versión de ella, no obstante, y como tuve que inventar su voz, lo que oí fue la voz de Ilse cuando era niña.

Hay un tesoro, papi, declaró esta voz. *Puedes cogerlo si te pones la máscara y el* snorkel. *Yo te enseño dónde mirar.*

Dibujé un cuadro.

XI

Me levanté al alba. Creí que podría dormirme otra vez, pero no hasta que me tomara una de las pocas píldoras de Oxycontina que aún guardaba como reserva, ni hasta que hubiera realizado una llamada telefónica. Me tomé la pastilla, marqué el número de la Scoto y me saltó el contestador automático; faltaban horas hasta que apareciera alguna persona viva por la galería. La raza artística no es gente mañanera.

Marqué el 11, que correspondía a la extensión de Dario Nannuzzi, y después de la señal dije:

—Dario, soy Edgar. He cambiado de idea con respecto a la serie *Niña y barco*. Al final he decidido venderlos, ¿de acuerdo? El único requisito es que deberían ir a parar a personas diferentes, si es posible. Gracias.

Colgué y me volví a la cama. Yací allí durante quince minutos viendo cómo giraba perezosamente el ventilador del techo y escuchando el susurro de las conchas por debajo de mí. La pastilla realizaba su función, pero no conciliaba el sueño. Y sabía por qué.

Sabía exactamente por qué.

Me levanté de nuevo, pulsé el botón de rellamada del teléfono, escuché el mensaje grabado y marqué una vez más la extensión de Dario. Su voz grabada me invitaba a dejar un mensaje después de la señal.

—Excepto el *N.º 8* —dije—. Ese sigue siendo NFS.

¿Y por qué no lo ponía en venta?

No porque fuera la obra de un genio, aunque yo opino que

sí. Ni siquiera porque contemplarlo era, para mí, como escuchar a la parte más oscura de mi corazón narrando su relato. Era porque sentía que algo me había permitido vivir simplemente para pintarlo, y que venderlo sería como negar mi propia vida, y todo el sufrimiento que había padecido para recuperarla.

Eso era, sí.

—Ese es mío, Dario —añadí.

Entonces regresé a la cama, y esta vez sí pude conciliar el sueño.

Cómo dibujar un cuadro (VII)

Recuerda que «ver es creer» implica poner el carro delante del caballo. El arte es el artefacto concreto de la fe y la expectación, la comprensión de un mundo que de otra forma sería poco más que un velo de consciencia sin sentido extendido sobre un golfo de misterio. Y además, si tú no crees en lo que ves, ¿quién creerá en tu arte?

El problema tras el tesoro radicó completamente en una cuestión de creencia. Elizabeth poseía un fiero talento, pero era solo una niña, y en los niños, la fe se les presupone. Forma parte del equipamiento de serie. Tampoco los niños están, ni siquiera los talentosos (especialmente los talentosos), en plena posesión de sus facultades. Su razón aún duerme, y el sueño de la razón produce monstruos.

He aquí un cuadro que nunca pinté:

Gemelas idénticas con idénticos vestidos pichi, excepto que uno es rojo, con una L en la parte delantera, y el otro es azul, con una T. Las niñas se agarran de la mano mientras corren por el sendero que conduce a la playa de la Sombra. La llaman así porque la mayor parte del día está resguardada del sol bajo la Roca de la Bruja. En sus pálidas caras redondas hay rastros de lágrimas, pero estas pronto desaparecerán porque por ahora están demasiado aterrorizadas para llorar.

Si puedes creer esto, podrás ver el resto.

Un cuervo gigante las sobrepasa volando lentamente, cabeza abajo, con las alas desplegadas. Les habla con la voz de su padre.

Lo-Lo se cae y se corta las rodillas con las conchas. Tessie tira de ella hasta ponerla en pie. Continúan corriendo. No temen al

443

cuervo parlante que vuela cabeza abajo, ni al modo en que el cielo a veces fluctúa del azul a un rojo crepuscular antes de retornar al azul; temen a la cosa tras ellas.

El chaval grande.

A pesar de los colmillos sigue pareciendo un poco como una de las divertidas ranas que Libbit solía dibujar, pero esta es mucho más grande, y real hasta el punto de proyectar sombra. Real hasta el punto de desprender un hediondo olor y hacer temblar el suelo cada vez que salta. Desde que papá encontró el tesoro, se han visto asustadas por toda clase de cosas, aunque Libbit dice que no salen de su habitación por la noche, que ni siquiera miran por la ventana, pero hoy es de día, y la cosa tras ellas es demasiado real como para no ser creída, y está ganando terreno.

La siguiente vez es Tessie la que cae, y Lo-Lo la que tira de ella hasta ponerla en pie, lanzando una aterrorizada mirada hacia atrás, a la cosa que las persigue. La rodean danzarines bichos que a veces atrapa con la lengua. Lo-Lo puede distinguir a Tessie en uno de sus estúpidos ojos saltones. Ella misma está en el otro.

Irrumpen en la playa jadeando sin aliento, y ahora no hay lugar adonde ir, excepto el agua. Pero quizá sí hay uno, porque el barco ha vuelto otra vez, el que han divisado más y más frecuentemente durante las últimas semanas. Libbit dice que no es lo que aparenta, pero ahora es un sueño de seguridad, blanco y flotante, y además: no queda otra opción. Tienen al chaval grande casi en los talones.

Salió de la piscina justo después de que ellas terminaran de jugar a la Boda de Adie en Rampopo, la casa de muñecas en el césped adyacente (hoy le toca a Lo-Lo interpretar a Adie). A veces Libbit puede hacer que esas horripilantes cosas desaparezcan con un simple garabato en su cuaderno, pero ahora Libbit está dormida: últimamente ha pasado una gran cantidad de noches agitadas.

El chaval grande salta desde el sendero hasta la playa, rociando arena por doquier. Sus ojos abultados miran fijamente. Su frágil barriga blanca sobresale, abarrotada de vísceras malolientes. Su garganta late con fuerza.

Las dos niñas, paradas con las manos unidas y los pies en la corriente de agua que su padre llama la pequeña ola de espuma, se miran una a la otra. Luego miran hacia el barco, meciéndose en el sitio donde está anclado, con las velas plegadas y brillantes. Hasta parece más cercano, como si se hubiera aproximado para rescatarlas.

Lo-Lo dice: Tenemos que ir.

Tessie dice: ¡Pero no sé NADAR!

¡Sabes chapotear como un perro!

El chaval grande salta. Oyen el chapoteo de sus tripas cuando aterriza en el suelo. Suena como basura húmeda en un barril de agua. El azul se desvanece del cielo y entonces el cielo sangra rojo. Después, lentamente, vuelve a cambiar a su color original. Ha sido esa clase de día. ¿Y no habían sabido que esta clase de día se aproximaba? ¿No lo habían visto en los ojos angustiados de Libbit? Nana Melda lo sabe, hasta papá lo sabe, pero él no está aquí todo el tiempo. Hoy ha ido a Tampa, y cuando miran al horror blanco-verdoso que casi está sobre ellas, comprenden que Tampa bien podría estar en la cara oculta de la luna. Están solas en esto.

Tessie agarra el hombro de Lo-Lo con dedos fríos. ¿Y el aguaje?

Pero Lo-Lo sacude la cabeza. ¡El aguaje es bueno! ¡El aguaje nos llevará hasta el barco!

El tiempo para hablar se acaba. La cosa-rana se prepara para saltar otra vez. Y comprenden que, aunque no puede ser real, de algún modo lo es. Puede matarlas. Mejor arriesgarse en el agua. Dan media vuelta, todavía cogidas de la mano, y se lanzan al caldo. Fijan la vista en la delgada silueta blanca meciéndose donde está anclada. Seguramente les tirarán un cabo para subirlas a bordo, y alguien utilizará la radio de a bordo para llamar al Roost. «Pescamos un par de sirenas —dirán—. ¿Saben de alguien que las quiera?»

El aguaje separa sus manos. Es despiadado, y en realidad es Lo-Lo quien se ahoga primero porque lucha con más fuerza. Tessie la oye gritar dos veces. Grita primero pidiendo auxilio. Luego, rindiéndose, grita el nombre de su hermana.

Mientras tanto, un capricho del aguaje arrastra a Tessi direc-

tamente al barco, y la eleva al mismo tiempo. Durante un breve instante mágico es como si estuviera en una tabla de surf, y su débil brazada de perro parece estar impulsándola como un motor fueraborda. Entonces, justo antes de que una corriente gélida la alcance y se enrosque alrededor de sus tobillos, observa cómo el barco cambia a…

He aquí un cuadro que pinté, no una vez, sino una y otra y otra vez:

La blancura del casco no desaparece exactamente; es succionada hacia dentro igual que sangre abandonando las mejillas de un hombre aterrorizado. Las cuerdas se deshilachan. El metal pulido se opaca y pierde brillo. Los cristales de las ventanas de la cabina de popa estallan hacia fuera. Un revoltijo de chatarra aparece en la cubierta, se materializa mientras rueda de proa a popa. Salvo que estuvo allí todo este tiempo. Tessie no lo vio, sencillamente. Ahora ve.

Ahora cree.

Una criatura emerge de la bodega del barco. Se aproxima deslizándose hasta la balaustrada, desde donde mira fijamente a la niña. Es una cosa encorvada, encapuchada, en una toga roja. El cabello, que podría no ser cabello en absoluto, ondea con aspecto frío y húmedo alrededor de un rostro derretido. Unas manos amarillentas agarran con fuerza la madera astillada y sucia. Entonces, una se alza lentamente.

Y le hace señas a la niña que pronto estará DESAPARECIDA.

Dice: Ven a mí, niña.

Y, ahogándose, Tessie Eastlake piensa: ¡Es una MUJER!

Se hunde. ¿Y siente unas manos todavía calientes, las de su hermana recién muerta, que se aferran a sus pantorrillas y tiran de ella hacia abajo?

Sí, por supuesto. Por supuesto que las siente.

Creer es también sentir.

Cualquier artista te dirá eso.

13

La exposición

I

Algún día, si tu vida es larga y tu maquinaria pensante permanece engranada, vivirás para recordar la última cosa buena que te sucedió jamás. Este no es un comentario pesimista, tan solo lógico. Albergo la esperanza de no haber agotado ya las cosas buenas, la vida no tendría ningún sentido si creyera eso, pero entre medias ha pasado mucho tiempo.

Recuerdo la última con claridad. Sucedió hace poco más de cuatro años, la noche del 15 de abril, en la Galería Scoto. Fue entre las siete cuarenta y cinco y las ocho, y las sombras en Palm Avenue empezaban a adquirir un tenue matiz azulado. Sé la hora porque no cesaba de mirar el reloj. La Scoto ya estaba atestada de gente, hasta el límite legal y probablemente un poco más allá, pero mi familia no había llegado. Había visto a Pam y a Illy ese mismo día más temprano, y Wireman me había asegurado que el vuelo de Melinda había aterrizado puntual, pero en lo que iba de noche no se había producido señal alguna de ellas. Ni una llamada.

En un cubículo a mi izquierda, donde tanto el bar como ocho de los cuadros de la colección *Puesta de sol con* había atraído a una multitud, un trío del conservatorio local de música tocaba una fúnebre versión de «My Funny Valentine». Mary Ire (sosteniendo una copa de champán pero hasta el momento sobria) se explayaba en algo artístico ante una pequeña congrega-

447

ción que escuchaba atentamente. A la izquierda había una estancia más grande, donde se había instalado el bufet. En una de sus paredes colgaba *Rosas que nacen de conchas*, y una pintura de nombre *Veo la Luna*; en otra, tres vistas de Duma Road. Observé que varias personas tomaban fotos con sus teléfonos móviles, aunque un cartel sobre un trípode en la entrada anunciaba que todas las fotografías estaban prohibidas.

Se lo mencioné a Jimmy Yoshida de pasada, y este asintió, aunque no parecía enfadado, ni siquiera irritado, sino más bien perplejo.

—Hay una gran cantidad de personas aquí que no asocio con el ámbito cultural, y que ni siquiera reconozco —comentó—. Esta afluencia de público sobrepasa mi experiencia.

—¿Eso es malo?

—¡Por Dios, no! Pero después de años peleando por mantener nuestra empresa a flote, cabalgar en la cresta de la ola es una sensación extraña.

La galería central de la Scoto era muy amplia, lo cual era muy conveniente para aquella noche. A pesar de la comida, la bebida y la música de las estancias más pequeñas, era la sala central hacia donde gravitaban al final la mayoría de los visitantes. Los óleos de la colección *Niña y barco* colgaban del techo con hilos casi invisibles, justo en el centro de la habitación. *Wireman mira al oeste* se exhibía en la pared del extremo más alejado. Esta y *Niña y barco n.º 8* eran las únicas pinturas de la exposición que había etiquetado como NFS; *Wireman*, porque el cuadro era suyo; *N.º 8* porque, sencillamente, no podía venderlo.

—¿Le estamos quitando el sueño, jefe? —preguntó Angel Slobotnik a mi izquierda, ignorando, igual que siempre, el codazo de su mujer.

—No —respondí—. Jamás he estado más despierto en toda mi vida. Yo solo…

Un hombre vestido con un traje que debía de haber costado dos de los grandes se acercó y me extendió la mano.

—Señor Freemantle, Henry Vestick, del Primer Banco de

Sarasota. Inversiones y Cuentas de Ahorro. Esto es sencillamente maravilloso. Estoy asombrado. Atónito.

—Gracias —contesté, pensando que había omitido un «NO DEBE ABDICAR»—. Muy amable.

Una tarjeta de visita apareció entre sus dedos. Fue como ver a un músico callejero realizar un truco de magia. O lo habría sido, si los músicos callejeros vistieran trajes de Armani.

—Si hay algo que yo pueda hacer… He escrito mis teléfonos en la parte de atrás: el de casa, el móvil y el de la oficina.

—Muy amable —repetí. No se me ocurría qué otra cosa podía decir, y, en realidad, ¿qué creía el señor Vestick que yo iba a hacer? ¿Llamarle a casa y darle las gracias de nuevo? ¿Solicitar un crédito y ofrecerle una pintura como aval?

—¿Podría traer a mi esposa más tarde y presentársela? —me preguntó, y noté cierta expresión en sus ojos. No era exactamente como la que había aparecido en los ojos de Wireman cuando comprendió que yo había liquidado a Candy Brown, pero se acercaba. Como si Vestick me tuviera un poco de miedo.

—Faltaría más —respondí, y se escabulló.

—Antes construías sucursales bancarias para tipos como ese y luego tenías que pelearte con ellos cuando no querían pagar los costes excedentes —comentó Angel. Llevaba un traje de confección azul a punto de reventar en nueve direcciones distintas, como el Increíble Hulk—. En esos tiempos te habría tomado por un burro con intención de joderle el día. Ahora te mira como si pudieras cagar hebillas de oro.

—¡Angel, basta! —exclamó Helen Slobotnik, y simultáneamente le propinó otro codazo y trató de quitarle su copa de champán, que él apartó serenamente fuera de su alcance.

—¡Dile que es verdad, jefe!

—En cierta forma lo es —confirmé.

Y el banquero no era el único en el que percibía aquella expresión. Las mujeres… ¡cielos! Cuando mis ojos se topaban con los suyos, captaba cierto enternecimiento, cierta especulación, como deliberando si podría yo sujetarlas con un solo brazo. Probablemente era una locura, pero…

Me agarraron por detrás y mis pies casi se despegaron del suelo. El champán se habría derramado si Angel no hubiera reaccionado rápido para coger hábilmente la copa. Me giré, y allí estaba Kathi Green, sonriéndome. Había abandonado la Gestapo de la Rehabilitación, al menos por esta noche. Llevaba un vestido corto de un brillante color verde, ceñido por completo a cada centímetro de su bien conservado cuerpo, y alzada sobre sus tacones me llegaba casi a la altura de la frente. A su lado, descollando sobre ella, se erguía Kamen. Sus ojos enormes flotaban con benevolencia tras las gafas de montura de carey.

—¡Jesús, Kathi! —exclamé—. ¿Qué habrías hecho si me hubieras tirado al suelo?

—Obligarte a hacerme cincuenta —respondió, sonriendo más ampliamente que nunca. Sus ojos estaban anegados en lágrimas—. Te lo dije por teléfono. Mira qué bronceado tienes, chico guapo.

Se le desbordaron las lágrimas y me abrazó.

Le devolví el abrazo y luego saludé a Kamen. Su mano se tragó la mía por entero.

—Tu avión es el medio perfecto para que los hombres de mi tamaño puedan volar —dijo, y la gente se volvió en su dirección. Tenía una de esas profundas voces a lo James Earl Jones que podía hacer que un anuncio de supermercado sonara como el Libro de Isaías—. He disfrutado al máximo, Edgar.

—La verdad es que no es mío, pero gracias —contesté—. ¿Alguno de vosotros ha…?

—¿Señor Freemantle?

Era una encantadora pelirroja cuyos generosos pechos llenos de pecas corrían serio peligro de rebosar por encima de su frágil vestido rosa. Tenía grandes ojos verdes, y aparentaba la edad de mi hija Melinda. Antes de que pudiera hablar, alargó la mano y me cogió gentilmente los dedos.

—Solo quería tocar la mano que pintó esos cuadros —dijo—. Esos maravillosos y alucinantes cuadros. Dios, es usted increíble. —Levantó mi mano, la besó, y entonces la presionó contra uno de sus pechos. Noté la perla áspera de su pezón a través de la fina tela de seda. Acto seguido desapareció entre la multitud.

—¿Te pasa eso a menudo? —preguntó Kamen.

—Entonces, ¿cómo llevas el divorcio, Edgar? —preguntó Kathi al mismo tiempo.

Se miraron el uno al otro durante un instante y después estallaron en carcajadas.

Entendía de qué se reían (el momento Elvis de Edgar), pero a mí simplemente me parecía raro. Las estancias de la Scoto empezaban a parecerse un poco a las cámaras de una gruta submarina, y me di cuenta de que podía pintarlo de ese modo: habitaciones submarinas con pinturas en las paredes, pinturas que eran estudiadas por peces humanoides mientras que el Trío Neptuno cantaba «Octopus's Garden» entre burbujas.

Muy, muy raro. Demasiado. Quería a Wireman y a Jack (también ausentes), pero todavía más, ansiaba a mi gente. A Illy, por encima de todo. Si tuviera conmigo a mi familia, quizá regresaría la sensación de realidad. Eché un vistazo en dirección a la puerta.

—Si buscas a Pam y a las chicas, imagino que llegarán de un momento a otro —dijo Kamen—. Melinda sufrió un percance con su vestido y subió a cambiarse en el último minuto.

Melinda, pensé. *Naturalmente, tenía que ser Mel...*

Y fue entonces cuando las divisé, abriéndose paso entre la multitud de rapiñas del arte, con aspecto muy norteño y fuera de lugar entre tanto bronceado. Detrás, Tom Riley y William Bozeman III (el inmortal Bozie), vestidos con trajes oscuros, mantenían el ritmo de ellas. Se detuvieron a mirar tres de mis dibujos más tempranos, que Dario había ubicado cerca de la puerta en un tríptico.

Fue Ilse quien me vio primero.

—¡PAPÁ! —chilló, y atravesó la multitud como una lancha torpedera, con su hermana justo detrás. Lin arrastraba en su estela a un hombre joven y alto. Pam saludó con la mano y también empezó a acercarse.

Dejé a Kamen, Kathi y a los Slobotnik; Angel todavía sostenía mi copa.

—Perdone, señor Freemantle, me preguntaba si podría pedir... —comenzó a decir alguien, pero no le presté atención. En ese momento lo único que veía era el rostro radiante de Ilse y sus ojos colmados de júbilo.

Nos encontramos frente al letrero que rezaba: **LA GALERÍA SCOTO PRESENTA «LA VISTA DESDE DUMA», PINTURAS Y DIBUJOS DE EDGAR FREEMANTLE.** Me percaté de que llevaba un vestido azul pastel que nunca antes había visto, y de que el pelo recogido y el largo cuello de cisne desnudo le conferían un aspecto alarmantemente adulto. Fui consciente de un inmenso y casi irresistible sentimiento de amor por ella, y también de gratitud porque ella sintiera lo mismo hacia mí: lo reflejaban sus ojos. Entonces la rodeé con el brazo.

Un momento después llegó Melinda con su joven hombre junto a ella (y sobre ella; era como un largo y alto helicóptero). No disponía de brazos suficientes para ella y su hermana, pero Lin reservaba uno para mí; me agarró y me besó en la mejilla.

—*Bonsoir*, papá. ¡Felicidades!

Entonces Pam estuvo frente a mí, la mujer a la que una vez, no hacía tanto, había llamado «zorza abandonista». Lucía un traje chaqueta azul oscuro, una blusa de seda azul claro y un collar de perlas. Pendientes cómodos y prácticos. Zapatos de tacón bajo, cómodos y prácticos, pero bonitos. Estilo Minnesota cien por cien, si alguna vez había visto uno. Era evidente que estaba muerta de miedo, por toda la gente y el entorno extraño, pero igualmente esgrimía una esperanzadora sonrisa en el rostro. Pam fue muchas cosas en el transcurso de nuestro matrimonio, pero el desaliento nunca se contó entre ellas.

—¿Edgar? —preguntó Pam con voz tímida—. ¿Seguimos siendo amigos?

—Más te vale creerlo —contesté. Solo le di un breve beso, pero la abracé con toda la intensidad de la que es capaz un hombre manco. Ilse se agarraba a mí; Melinda hacía lo propio al lado contrario, apretándome tan fuerte que me dolían las costillas, pero no me importaba. Como procedente de una gran distancia, oí que la sala prorrumpía en un espontáneo aplauso.

—Tienes buen aspecto —me susurró Pam al oído—. No, tienes un aspecto magnífico. No estoy segura de si te hubiera reconocido en la calle.

Retrocedí un poco, observándola.

—Tú también estás estupenda.

Se echó a reír, ruborizándose, una extraña con quien en un tiempo pasé mis noches.

—El maquillaje disimula multitud de pecados.

—Papá, este es Ric Doussault —intervino Melinda.

—*Bonsoir* y felicidades, *monsieur* Freemantle —saludó Ric. Sostenía una sencilla caja blanca que ahora me alargaba—. De parte de Linnie y mía. *Un cadeau*. ¿Regalo?

Sabía lo que era *un cadeau*, naturalmente; la verdadera revelación era la cadencia exótica que su acento transmitía al apodo de mi hija. Eso me hizo comprender, de un modo que ninguna otra cosa podría haber conseguido, que ahora ella era más suya que mía.

Me dio la impresión de que la mayoría de las personas en la galería se habían reunido alrededor para verme abrir el regalo. Tom Riley había conseguido llegar hasta el hombro de Pam. Bozie se encontraba cerca de él. Justo detrás, Margaret Bozeman me sopló un beso desde la palma de la mano. Cerca de ella estaba Todd Jamieson, el médico que me había salvado la vida… dos grupos de tíos y tías… Rudy Rudnick, mi antigua secretaria… Kamen, por supuesto, era imposible pasarlo por alto… y Kathi a su lado. Habían venido todos… todos menos Wireman y Jack, y estaba empezando a preguntarme si habría sucedido algo que les había impedido asistir. Pero por el momento eso parecía secundario. Me acordé de cuando desperté en la cama de hospital, confuso y aislado de todo por un dolor que no concedía tregua; entonces miré a mi alrededor, y pensé en cómo era posible que las cosas hubieran cambiado tan radicalmente. Todas estas personas habían regresado a mi vida por una noche. No quería llorar, pero estaba positivamente seguro de que lo haría; podía notar cómo empezaba a disolverme como un pañuelo de papel bajo un aguacero.

—¡Ábrelo, papá! —exclamó Ilse. Pude oler su perfume, dulce y fresco.

—¡Ábrelo! ¡Ábrelo! —Voces bondadosas emergiendo del atestado círculo que nos observaba.

Abrí la caja. Saqué el papel de seda y quedó al descubierto lo que había esperado… aunque yo había imaginado que sería algo chistoso, y esto no era una broma. La boina que Melinda y Ric me habían traído de Francia era de terciopelo rojo oscuro, suave al tacto, como seda. No había costado barata.

—Es muy bonita —murmuré.

—No, papá —replicó Melinda—. Nada es lo bastante bonito. Solo esperamos que te valga.

La saqué de la caja y la sostuve en alto. La audiencia soltó una exclamación de asombro en señal de apreciación. Melinda y Ric se miraron el uno al otro con expresión feliz, y Pam (quien notaba que de algún modo Lin nunca obtendría de mí su correspondiente ración de afecto o aprobación) me dedicó una mirada decididamente radiante. A continuación me puse la boina, que encajaba a la perfección. Melinda la cogió y realizó un minúsculo ajuste. Luego se dirigió al público expectante, volvió las palmas de sus manos hacia mí y dijo:

—*Voici mon père, ce magnifique artiste!*

Estallaron en aplausos y gritos de «¡Bravo!». Ilse me besó, llorando y riendo al mismo tiempo. Recuerdo la blanca vulnerabilidad de su cuello y el tacto de sus labios, justo por encima de mi mandíbula.

Yo era la reina de la fiesta, y estaba rodeado de mi familia. Había luz y champán y música. Sucedió hace cuatro años, la noche del 15 de abril, entre las siete cuarenta y cinco y las ocho, mientras las sombras en Palm Avenue empezaban a adquirir un tenue matiz azulado. Este es un recuerdo que conservo.

Les guié en la visita a la exposición, con Tom y Bozie y el resto de la banda de Minnesota pegados detrás. Puede que fuera la primera vez que muchos de los allí presentes acudían a la galería, pero fueron lo bastante educados como para proporcionarnos algo de espacio.

Melinda se detuvo un minuto entero delante de *Puesta de sol con sófora*, y luego se volvió hacia mí, casi acusadoramente.

—Si poseías esta habilidad desde siempre, papá, en el nombre de Dios, ¿por qué desperdiciaste treinta años de tu vida levantando edificios para la oficina de Extensión del Condado?

—¡Melinda Jean! —exclamó Pam, pero de manera ausente. Miraba hacia la sala central, donde las pinturas de la serie *Niña y barco* colgaban suspendidas en el vacío.

—Bueno, es verdad —replicó Melinda—. ¿No?

—Cariño, no lo sabía.

—¿Cómo puedes poseer algo tan grande en tu interior y no saberlo? —inquirió.

No tenía respuesta para eso, pero Alice Aucoin me rescató.

—Edgar, Dario se preguntaba si podrías pasar a la oficina de Jimmy unos minutos. Estaré encantada de acompañar a tu familia a la sala principal, donde podrás unirte a ellos más tarde.

—De acuerdo… ¿qué quieren?

—No te preocupes, son todo sonrisas —informó, y ella misma sonrió.

—Ve, Edgar —dijo Pam, y dirigiéndose a Alice—: Estoy acostumbrada a que tenga que ausentarse. Cuando estuvimos casados, era un estilo de vida.

—Papá, ¿qué significa este círculo rojo en la parte de arriba del marco? —preguntó Ilse.

—Que está vendido, querida —contestó Alice.

Me detuve a mirar *Puesta de sol con sófora* cuando ya me alejaba, y… efectivamente, había un pequeño círculo rojo en la esquina superior derecha del marco. Aquello era algo bueno; era agradable saber que el público estaba compuesto de algo más que simples mirones atraídos por la novedad de un pintamonas manco. Pero aún notaba una punzada, y me pregunté si era normal sentirse de aquel modo. No tenía forma de asegurarlo. No conocía a ningún otro artista a quien preguntar.

III

Dario y Jimmy Yoshida estaban en la oficina, y también un hombre que nunca había visto antes. Dario me lo presentó como Jacob Rosenblatt, el contable que mantenía los libros de la Scoto en buen estado. Mi corazón se hundió un poco cuando le estreché la mano, girando la mía para lograrlo porque él me tendió la equivocada, como era habitual en tanta gente. Ah, pero este es un mundo para diestros.

—Dario, ¿hay algún problema? —pregunté.

Dario puso una cubitera plateada de champán sobre el escritorio de Jimmy. En su interior, reclinada sobre un lecho de hielo triturado, había una botella de Perrier-Jouët. La bebida que estaban sirviendo en la galería era buena, pero no tanto. Había sido descorchada recientemente; un aliento apenas perceptible seguía saliendo sin rumbo de la boca verde de la botella.

—¿Esto parece un problema? —preguntó—. Le habría dicho a Alice que hiciera pasar a tu familia también, pero esta puñetera oficina es muy pequeña. Dos personas que deberían estar aquí ahora mismo son Wireman y Jack Cantori. ¿Dónde diablos están? Pensaba que vendrían juntos.

—Yo también. ¿Has probado a llamar a la casa de Elizabeth Eastlake? ¿Heron's Roost?

—Por supuesto —respondió Dario—. Pero nada, solo el contestador automático.

—¿Ni siquiera la enfermera de Elizabeth? ¿Annmarie?

—Solo el contestador automático —repitió, sacudiendo la cabeza.

—No me gusta nada todo esto —dije. Visiones del Memorial de Sarasota empezaban a invadir mi mente.

—Tal vez los tres vienen de camino hacia aquí en estos momentos —intervino Rosenblatt.

—Creo que eso es improbable. El estado de salud de ella es muy delicado y tiene dificultades para respirar. Ni siquiera puede usar ya su andador.

—Estoy seguro de que la situación se resolverá por sí misma —dijo Jimmy—. Mientras tanto, deberíamos brindar.

—Debemos brindar, Edgar —añadió Dario.

—Gracias, muchachos, sois muy amables y me encantaría tomar una copa con vosotros, pero mi familia está fuera y quiero pasear con ellos mientras miran el resto de mis cuadros, si os parece bien.

—Comprensible, pero… —empezó a decir Jimmy.

—Edgar —interrumpió Dario, hablando en tono sosegado—, la exposición se ha vendido íntegra.

Miré en su dirección.

—¿Perdón?

—Suponíamos que no tendrías oportunidad de dar una vuelta y ver todos los puntos rojos —dijo Jimmy. Sonreía y el color de su cara era tan intenso que bien podría estar ruborizado—. Se han vendido todas las pinturas y todos los dibujos que estaban en venta.

—Treinta pinturas y catorce dibujos —especificó Jacob Rosenblatt, el contable—. Es algo sin precedentes.

—Pero… —Sentía los labios entumecidos. Miré a Dario darse la vuelta y coger esta vez una bandeja de copas de la estantería situada detrás del escritorio. Tenían el mismo diseño floral que la botella de Perrier-Jouët—. ¡Pero el precio que pusisteis a *Niña y barco n.º 7* era de cuarenta mil dólares!

Rosenblatt extrajo del bolsillo de su sencillo traje negro un papel curvado que debía de proceder de una máquina calculadora.

—Por las pinturas se han sacado cuatrocientos ochenta y siete mil dólares, y por los dibujos diecinueve mil más. El total supera el medio millón de dólares. Es la mayor suma que la Scoto ha recaudado durante la exhibición de la obra pictórica de un único artista. Un éxito rotundo. Felicidades.

—¿Todo? —volví a preguntar en un hilo de voz tan minúsculo que apenas me oí a mí mismo. Miré a Dario mientras me ponía una copa de champán en la mano y asentía con la cabeza.

—Si hubieras decidido vender *Niña y barco n.º 8*, creo que por ese solo se habrían pagado cien mil dólares.

—El doble de eso —observó Jimmy.

—¡Por Edgar Freemantle y el inicio de una brillante carrera! —exclamó Rosenblatt y alzó su copa. Levantamos nuestras copas y bebimos, sin saber que mi brillante carrera, a todos los efectos prácticos, había llegado a su fin.

Ahí tuvimos potra, *muchacho*.

IV

Tom Riley se unió a mí mientras me movía entre el gentío en dirección a mi familia, sonriendo y desbaratando tácticas para entablar conversación tan rápido como podía.

—Jefe, son increíbles —comentó—, pero también un poco espeluznantes.

—Supongo que eso es un cumplido —contesté. La verdad era que hablar con Tom sí que producía una sensación espeluznante, sabiendo lo que sabía sobre él.

—Definitivamente es un cumplido —confirmó—. Escucha, te dejo que vayas con tu familia. Me iré a dar un paseo. —Y se disponía a hacer justo eso, pero le agarré por el codo.

—No te separes de mí —le dije—. Juntos podremos repeler a todos los que intenten abordarnos. Por mí mismo, no llegaría hasta Pam y las chicas antes de las nueve.

Rompió a reír. El viejo Tommy presentaba buen aspecto. Había ganado varios kilos desde el día en el lago Phalen, pero leí en algún sitio que los antidepresivos a veces tienen ese efecto, especialmente en los hombres. En su caso, un poco más de peso le venía bien. Los huecos bajo sus ojos se habían rellenado.

—¿Cómo te ha ido, Tom?

—Bueno… a decir verdad… con depresión. —Levantó una mano en el aire, como para rechazar una compasión que yo no le había ofrecido—. Tiene que ver con un desequilibrio químico, y es jodido acostumbrarse a las pastillas. Al principio te enturbian la mente… o, por lo menos, a mí me pasó. Las dejé una temporada, pero ahora he vuelto a tomarlas y la vida parece mejor. No sé si es el subidón causado por las falsas endorfinas o el efecto de la primavera en La Tierra del Billón de Lagos.

—¿Y la Compañía Freemantle?

—Libre de deudas, pero no es lo mismo sin ti. Vine aquí pensando en que podría convencerte para que regresaras. Entonces eché un vistazo a lo que estás haciendo ahora y me di cuenta de que probablemente tus días en el mundo de la construcción se han acabado.

—Eso creo, sí.

—¿Qué son, de verdad? —preguntó, gesticulando en dirección a los lienzos de la sala principal—. Es decir, sin tonterías. Porque… no le contaría esto a muchas personas… pero me recuerdan a la forma en que veía la vida en el interior de mi cabeza cuando no tomaba la medicación.

—Son solo fantasías —respondí—. Sombras.

—Yo sé de sombras —dijo—. Tan solo tienes que cuidarte de que no les crezcan dientes. Porque es posible y entonces a veces, cuando pulsas el interruptor de la luz para hacerlas desaparecer, descubres que no hay corriente.

—Pero ya estás mejor.

—Sí —confirmó—. Pam tuvo mucho que ver en eso. ¿Puedo contarte algo sobre ella que posiblemente ya sepas?

—Claro —respondí, con la única esperanza de que no fuera a compartir conmigo el hecho de que ella emitía a veces risitas en cierto modo guturales en el momento de llegar al orgasmo.

—Es muy perspicaz pero le falta delicadeza —dijo Tom—. Es una mezcla extrañamente cruel.

No dije nada… pero no necesariamente porque pensara que se equivocaba.

—No hace mucho me echó un enérgico sermón por no cuidarme, y me obligó a abrir los ojos.

—¿Sí?

—Sí, y por su aspecto, puede que tú mismo recibas otro de sus sermones, Edgar. Ahora, si me disculpas, creo que trataré de encontrar a tu amigo Kamen y entablar con él una pequeña conversación. Disculpa.

Las chicas y Ric estaban admirando *Wireman mira al oeste* y charlaban animadamente. Pam, sin embargo, estaba apostada hacia la mitad de la hilera de pinturas *Niña y barco*, que colgaban como pósters de películas, y parecía agitada. No enfadada, exactamente, solo agitada. Confusa. Me hizo señas para que me acercara, y una vez allí, no perdió el tiempo.

—¿La niña pequeña de estos cuadros es Ilse? —preguntó, señalando al *N.º 1*—. Al principio pensé que esta con el pelo rojo supuestamente sería la muñeca que el doctor Kamen te dio tras el accidente, pero Ilse tenía un vestido a cuadros como ese cuando era pequeña. Lo compré en Rompers. Y este… —Ahora señalaba al *N.º 3*—. Juraría que este es el mismo vestido que tenía cuando empezó el primer curso… ¡el que llevaba puesto cuando se rompió el maldito brazo aquella noche después de ver la carrera de la NASCAR!

Bueno, pues ahí lo tenía. En mis recuerdos, el suceso del brazo roto tuvo lugar al volver de la iglesia, pero aquello solo era un desliz menor en la solemne danza de la memoria. Había cosas más importantes. Una era que Pam se hallaba en una posición única para ver a través del humo y los espejos que a los críticos les gusta denominar arte… por lo menos en mi caso. En ese sentido, y probablemente en muchos otros, continuaba siendo mi mujer. Parecía que, al final, solo el tiempo estaba capacitado para dictar una sentencia de divorcio. Y que, en el mejor de los casos, esa sentencia sería parcial.

La giré hacia mí. Estábamos siendo observados por un gran número de personas, y supuse que a ellos les parecería un abrazo. Y en cierto sentido lo era. Percibí un viso de alarma en sus ojos abiertos de par en par, y entonces me encontré susurrándole al oído.

—Sí, la chica del bote de remos es Ilse. Nunca pretendí que estuviera allí, porque nunca pretendí nada. Ni siquiera supe nunca que iba a pintar estos cuadros hasta que empecé a hacerlos. Y como ella está de espaldas, nadie más lo sabrá nunca a menos que tú o yo lo contemos. Y yo no lo haré. Pero... —La aparté de mí un poco. Sus ojos seguían abiertos como platos, y sus labios separados como preparándose para recibir un beso—. ¿Qué comentó Ilse?

—La cosa más extraña. —Me cogió de la manga y me arrastró hasta el *N.º 7* y el *N.º 8*. En ambos, la Chica de la Barca llevaba el vestido verde con tirantes que le cruzaban la espalda desnuda—. Dijo que debías de haber leído su mente, porque esta primavera acababa de encargar un vestido como ese en el *Newport News*.

Volvió la vista hacia los cuadros. Permanecí en silencio a su lado y dejé que mirara.

—Estos no me gustan, Edgar. No son como los otros, y no me gustan.

Recordé a Tom Riley diciendo: «Tu ex es muy perspicaz pero le falta delicadeza».

Pam bajó la voz.

—No sabes nada acerca de Illy que no deberías saber, ¿verdad? Igual que supiste...

—No —contesté, pero las pinturas de la serie *Niña y barco* me inquietaban más que nunca. Parte de esa sensación se debía al hecho de verlas de aquel modo, suspendidas en fila; toda esa rareza acumulada era como un puñetazo.

Véndalas. Esa era la opinión de Elizabeth. *Independientemente de su número, debe venderlas*.

Y entendía perfectamente por qué pensaba así. No me gustaba ver a mi hija, ni siquiera con el aspecto de la chiquilla que fue largo tiempo atrás, a tan corta distancia de ese cascarón podrido. En cierto sentido me sorprendía que los únicos sentimientos de Pam fueran de perplejidad y desasosiego. Pero, naturalmente, las pinturas aún no habían tenido ninguna oportunidad de actuar sobre ella.

Y ya no se hallaban en Duma Key.

Los jóvenes se nos unieron, Ric y Melinda rodeándose el uno al otro con sus brazos.

—Papá, eres un genio —dictaminó Melinda—. Ric también lo piensa, ¿no es cierto, Ric?

—La verdad es que sí —asintió Ric—. Vine preparado para ser… cortés. Pero en lugar de eso ahora no encuentro las palabras para decir que estoy asombrado.

—Eso es muy amable —contesté—. *Merci*.

—Estoy muy orgullosa de ti, papá —dijo Ilse, y me abrazó.

Pam puso los ojos en blanco, y en ese instante podría haberle pinchado alegremente uno y quedarme como si tal cosa. En cambio, estreché a Ilse con mi brazo y le planté un beso en la coronilla. Mientras lo hacía, la voz de Mary Ire se alzó desde la parte delantera de la Scoto en un ronco grito de fumador que rebosaba de pasmosa incredulidad.

—¡Libby Eastlake! ¡No doy crédito a lo que ven mis malditos ojos!

Eran mis oídos a los que yo no daba crédito, pero cuando se desencadenaron de forma espontánea algunos aplausos aislados desde la entrada, donde los verdaderos aficionados se habían reunido para charlar y respirar un poco del aire fresco de la noche, comprendí por qué se habían retrasado Jack y Wireman.

V

—¿Qué pasa? —preguntó Pam—. ¿Qué?

Me encaminé hacia la puerta, con Pam e Illy junto a mí, una a cada lado; Linnie y Ric se movían en nuestra estela. El aplauso se intensificó, y la gente se volvió hacia la puerta y estiraba el cuello para mirar.

—¿Quiénes son, Edgar?

—Mis mejores amigos en la isla —contesté, y luego, dirigiéndome a Ilse—: Una de ellas es la señora que vimos desde la carretera, ¿te acuerdas? Resultó ser la Hija del Padrino en lugar de su Novia. Se llama Elizabeth Eastlake y es adorable.

Los ojos de Ilse resplandecían con excitación.

—¡La anciana de los zapatones azules!

Los asistentes —muchos de los cuales seguían aplaudiendo— se abrieron para dejarnos paso, y les vi a los tres en la recepción, donde habían sido instaladas dos mesas con un cuenco de ponche en cada una. Empecé a notar una picazón en los ojos y un bulto ascendió por mi garganta. Jack iba vestido con un traje de color gris pizarra. Había conseguido domar su habitualmente rebelde mata de pelo estilo surfero, y presentaba el aspecto de un joven ejecutivo del Banco de América, o bien el de un alumno de secundaria particularmente alto en el Día de las Profesiones. Wireman, que empujaba la silla de Elizabeth, vestía unos desteñidos tejanos sin cinturón y una camisa de lino blanco de cuello redondo, que resaltaba su intenso bronceado. Tenía el cabello peinado hacia atrás, y me percaté por primera vez de que era apuesto, al estilo de Harrison Ford a los cincuenta años.

Pero era Elizabeth quien robaba todo el protagonismo, era Elizabeth quien suscitó los aplausos, incluso de aquellos primerizos que no tenían la más mínima idea de quién era ella. Lucía un traje chaqueta de algodón de un apagado color negro, holgado pero elegante. Tenía el cabello recogido y sujeto con una redecilla que emitía destellos de diamante bajo el halo de luz de los focos de la galería. De su cuello pendía una cadena de oro con una figura de marfil tallada a mano, y sus pies no calzaban zapatones azules estilo Frankenstein, sino unos elegantes zapatos de salón de un oscuro escarlata casi negro. Entre el segundo y tercer dedo de su nudosa mano izquierda sostenía un cigarrillo apagado en una boquilla de oro grabado.

Miraba a izquierda y derecha, sonriendo. Cuando Mary se acercó a la silla, Wireman se detuvo el tiempo suficiente para que la mujer de menor edad le diera a Elizabeth un beso en la mejilla y le susurrara al oído. Elizabeth escuchó, asintió, y le susurró algo en respuesta. Mary soltó una risa como un graznido, y después acarició el brazo de Elizabeth.

Alguien me rozó al pasar. Era Jacob Rosenblatt, el contable, con los ojos húmedos y la nariz roja. Dario y Jimmy le seguían.

Rosenblatt se arrodilló junto a la silla de ruedas, y sus huesudas rodillas restallaron como una pistola dando la salida en una carrera.

—¡Señorita Eastlake! —exclamó—. Oh, señorita Eastlake, tanto tiempo sin verla, y ahora… ¡oh, qué maravillosa sorpresa!

—Igualmente, Jake —contestó ella, y acunó la cabeza calva de él contra su pecho. Parecía como si hubieran puesto allí un enorme huevo—. ¡Tan atractivo como Bogart!

Ella me vio… y me guiñó un ojo. Le devolví el guiño, pero no me era fácil mantener una expresión de felicidad en mi cara. Tenía un aspecto demacrado, terriblemente cansado a pesar de su sonrisa.

Levanté los ojos hacia Wireman, y me dirigió un minúsculo encogimiento de hombros. «Ella insistió», expresaba aquel gesto. Desvié la mirada hacia Jack y la respuesta de este fue más o menos la misma.

Rosenblatt, entretanto, hurgaba en sus bolsillos. Al fin logró sacar una caja de cerillas tan maltratada que era como si hubiera intentado entrar sin pasaporte en Estados Unidos por Ellis Island. La abrió y arrancó una.

—Pensaba que ahora se prohibía fumar en los edificios públicos —dijo Elizabeth.

Rosenblatt pasó un momento de apuro. El color ascendió por su cuello y casi temí que su cabeza explotara.

—¡A la mierda las prohibiciones, señorita Eastlake! —exclamó finalmente.

—*BRAVISSIMO!* —gritó Mary, riendo y alzando las manos hacia el techo, y la reacción a esto fue otra salva de aplausos. Otra aún más fuerte se produjo cuando Rosenblatt finalmente consiguió que la antigua cerilla prendiera y se la tendió a Elizabeth, que se colocó la boquilla entre los labios.

—¿Quién es ella realmente, papá? —preguntó Ilse con suavidad—. Quiero decir, aparte de la mujer mayor que vive carretera abajo.

—Según todos los informes, en una época fue la gran mecenas del panorama artístico de Sarasota.

—No entiendo por qué eso le da derecho a contaminar nuestros pulmones con el humo de su cigarro —protestó Linnie. El surco vertical reapareció entre sus cejas.

Ric sonrió.

—Oh, *chérie*, después de todos los bares que…

—No estamos allí —respondió ella, y la arruga vertical se hizo más profunda. Pensé: *Ric, por muy francés que seas, te queda mucho por aprender sobre esta mujer americana en concreto.*

Alice Aucoin le susurró algo a Dario y este extrajo de su bolsillo una cajita metálica de Altoids. Vertió los caramelos de menta en la palma de la mano y le entregó a Alice el recipiente. Alice se lo dio a Elizabeth, quien se lo agradeció y echó la ceniza en su interior con un toquecito del dedo índice.

Pam observaba, fascinada, y entonces se volvió hacia mí.

—¿Qué opina ella de tus cuadros?

—No lo sé —contesté—. No los ha visto.

Elizabeth me estaba haciendo señas para que me acercara.

—¿Me presentará a su familia, Edgar?

Así lo hice, empezando con Pam y terminando con Ric. Jack y Wireman también estrecharon las manos de Pam y las chicas.

—Después de todas las llamadas, es un placer conocerte en carne y hueso —le dijo Wireman a Pam.

—Lo mismo digo —contestó Pam, evaluándole con la mirada. Debió de gustarle lo que vio, porque sonrió, y era una sonrisa verdadera, la sonrisa que le ilumina el rostro por completo—. Lo conseguimos, ¿verdad? No lo puso fácil, pero lo conseguimos.

—El arte nunca es fácil, jovencita —sentenció Elizabeth.

Pam bajó la vista hacia ella, todavía sonriendo con su genuina sonrisa… la sonrisa de la que me había enamorado.

—¿Sabe cuánto tiempo hacía que nadie me llamaba jovencita?

—Ay, pero a mis ojos es muy joven y hermosa —respondió Elizabeth… ¿y era esta la mujer que tan solo una semana atrás no había sido más que un balbuceante bulto de carne desplomado en una silla de ruedas? Esta noche aquello se antojaba difícil de creer. A pesar de su extenuado aspecto, se antojaba imposible de creer—. Pero no tan joven y hermosa como sus hijas. Muchachas, vuestro padre es, a todos los efectos, un hombre de gran talento.

—Estamos muy orgullosas de él —dijo Melinda al tiempo que retorcía su collar.

Elizabeth le dirigió una sonrisa, y después se volvió a mí.

—Me agradaría ver su obra y juzgar por mí misma. ¿Satisfará mis deseos, Edgar?

—Me encantaría.

Lo decía en serio, pero también estaba condenadamente nervioso. Una parte de mí tenía miedo de recibir su opinión. Temía que ella sacudiera la cabeza y pronunciara su veredicto con la franqueza que su edad le otorgaba: «Superficial... de colores muy vivos... ciertamente con mucha energía... pero tal vez no es tan bueno. A fin de cuentas».

Wireman se movió para asir las empuñaduras de la silla, pero ella sacudió la cabeza.

—No, Wireman, permita que sea Edgar quien me empuje. Permita que sea él quien me guíe. —Arrancó el pitillo a medio fumar de la boquilla, sus dedos nudosos realizaron el trabajo con asombrosa destreza, y lo aplastó en el fondo del improvisado cenicero—. Y la jovencita lleva razón. Creo que todos nosotros ya hemos tragado bastante de esta peste.

Melinda tuvo la cortesía de ruborizarse. Elizabeth le ofreció la cajita metálica a Rosenblatt, que la cogió con una sonrisa y un asentimiento de cabeza. Desde entonces me he preguntado (sé que es morboso, pero sí, me lo he preguntado) si ella se lo habría fumado entero de haber sabido que sería el último.

VI

Incluso aquellos que no conocían ni siquiera de oídas a la hija superviviente de John Eastlake comprendieron que todo un Personaje se hallaba entre ellos, y la marea que fluyó hacia la recepción a consecuencia del exuberante grito de Mary Ire ahora retrocedía, al tiempo que yo empujaba la silla de ruedas al interior del cubículo donde colgaban la mayoría de los cuadros de la colección *Puestas de sol*. Wireman y Pam caminaban a mi izquierda; Ilse y Jack iban a mi derecha, siendo mi hija la que me ayudaba a mantener el rumbo con pequeños toquecitos en la empuñadura de la silla de ese lado. Melinda y Ric nos seguían detrás, con Kamen, Tom Riley y Bozie tras ellos. Detrás de este trío venían aparentemente todos los demás visitantes de la galería.

No estaba seguro de si habría suficiente espacio para meter la silla entre el improvisado bar y la pared, pero entró justa. Empezaba a empujar la silla por el estrecho pasillo, agradecido al menos de haber dejado detrás de nosotros al resto de la comitiva, cuando Elizabeth soltó un grito.

—¡Para!

Me detuve de inmediato.

—Elizabeth, ¿se encuentra bien?

—Solo un minuto, cielo… silencio.

Nos quedamos allí parados, contemplando las pinturas en la pared. Después de un momento, exhaló un suspiro y dijo:

—Wireman, ¿tiene un Kleenex?

El abogado sacó su pañuelo de tela, lo desdobló y se lo entregó.

—Venga aquí, Edgar —dijo ella—. Acérquese a donde pueda verle.

Conseguí a duras penas pasar entre la silla y el bar, mientras el camarero apuntalaba la mesa para evitar que se volcara.

—¿Es capaz de arrodillarse y poder así hablar cara a cara?

Fui capaz. Mis Grandes Paseos Playeros estaban reportando dividendos. Aferraba en una mano la boquilla (un poco ridícula pero de algún modo también espléndida) y el pañuelo de Wireman en la otra. Sus ojos estaban húmedos.

—Me leía poemas porque Wireman no podía. ¿Se acuerda de eso?

—Sí, señora. —Por supuesto que lo recordaba. Habían supuesto un dulce interludio.

—Si le dijera «Habla, memoria», pensaría en el hombre… no recuerdo su nombre… que escribió *Lolita*, ¿verdad?

No tenía ni idea de a quién se refería, pero asentí con la cabeza.

—Pero hay un poema, también. No recuerdo quién lo escribió, pero empieza así: «Habla, memoria, que no he de olvidar el aroma de las rosas ni el sonido de las cenizas en el viento; que pueda una vez más saborear la verde taza del mar». ¿Le conmueve? Sí, veo que sí.

Abrió la mano que sostenía la boquilla. La extendió y acarició mi pelo. Se me ocurrió la idea (recurrente desde entonces) de que todo mi esfuerzo por vivir y por recobrar un atisbo de mí mismo podía haber sido ya recompensado con algo tan simple como el contacto de la mano de esa anciana. La erosionada suavidad de su palma. La fortaleza retorcida de esos dedos.

—El arte es memoria, Edgar. No hay una manera más sencilla de definirlo. Cuanto más nítida es la memoria, mejor es el arte. Más puro. Estas pinturas… me rompen el corazón y lo vuelven a reconstruir totalmente nuevo. Cómo me alegro de saber que han sido creadas en Punta Salmón. Independientemente de cualquier otra cosa. —Alzó la mano con la que me había acariciado la cabeza—. Dígame cómo llama a ese.

—*Puesta de sol con sófora.*

—Y estos… ¿cómo? ¿*Puesta de sol con caracola*, números 1 a 4? Sonreí.

—Bueno, en realidad existen dieciséis de estos, aunque los primeros son dibujos con lápices de colores. Algunos están fuera, en la entrada. Escogí los mejores óleos para exponerlos aquí dentro. Son surrealistas, lo sé, pero…

—No son surrealistas, son clásicos. Cualquier idiota puede verlo. Contienen todos los elementos: tierra… aire… agua… fuego.

Vi a Wireman mover los labios: «¡No la agotes!».

—¿Por qué no damos una vuelta rápida por el resto de la exposición y después le consigo una bebida fría? —le pregunté, y ahora Wireman asentía con la cabeza y formaba un círculo en el aire con el pulgar y el índice—. Hace calor aquí dentro, incluso con el aire acondicionado.

—Bien. Estoy un poco cansada. Pero ¿Edgar?

—¿Sí?

—Reserve las pinturas del barco para el final. Después necesitaré un trago. Tal vez en la oficina. Solo uno, pero algo más fuerte que Co'-Cola.

—Delo por hecho —dije, y bordeé la silla nuevamente para situarme detrás.

—Diez minutos —me susurró Wireman al oído—. Ni uno más. Me gustaría sacarla de aquí antes de que Gene Hadlock aparezca, si es posible. Si la encuentra aquí, va a cagar ladrillos del enfado. Y ya sabes a quién se los tirará.

—Diez —convine, e hice rodar a Elizabeth hacia la sala del bufet para que viera las pinturas de allí. El multitudinario público aún nos seguía. Mary Ire había empezado a tomar notas. Ilse deslizó una mano en la parte interior de mi codo y me dirigió una sonrisa. Yo se la devolví, pero experimentaba de nuevo aquella sensación de estar soñando. La clase de sueño que podía tornarse en pesadilla en cualquier momento.

Elizabeth prorrumpió en exclamaciones de admiración ante *Veo la Luna* y la colección *Carretera Duma*, pero fue la manera en que alargó los manos hacia *Rosas que nacen de conchas*, como si pretendiera abrazarla, lo que me puso la piel de gallina. Volvió a bajar los brazos y me miró por encima del hombro.

—Esa es su esencia —afirmó—. La esencia de Duma. La razón por la cual aquellos que han vivido allí una temporada nunca pueden marcharse realmente. Incluso aunque la cabeza aleje al cuerpo, sus corazones permanecen allí. —Volvió a admirar el cuadro y asintió—. *Rosas que nacen de conchas*. Es justamente eso.

—Gracias, Elizabeth.

—No, Edgar… gracias a usted.

Volví la vista atrás en busca de Wireman y le vi hablando con aquel otro abogado de mi otra vida. Parecían estar congeniando a las mil maravillas. Solo esperaba que Wireman no cometiera un desliz y le llamara Bozie. Después retomé mi atención hacia Elizabeth, que continuaba contemplando *Rosas que nacen de conchas* y enjugándose los ojos.

—Me he enamorado de este —declaró—, pero deberíamos avanzar.

Cuando acabamos de ver el resto de pinturas y dibujos de la sala del bufet, Elizabeth murmuró algo, como si hablara consigo misma.

—Sabía que alguien vendría, por supuesto. Pero nunca habría imaginado que sería una persona capaz de producir obras de semejante poder y dulzura.

Jack me dio una palmadita en el hombro, y se inclinó para susurrarme al oído.

—El doctor Hadlock ha entrado en el edificio. Wireman quiere que te apresures y termines con esto lo antes posible.

La galería principal —donde colgaban los óleos *Niña y barco*—, se encontraba de camino a la oficina, y Elizabeth podría marcharse por la puerta de carga en la parte trasera después de tomar su copa, lo cual en realidad sería más cómodo y práctico por su silla de ruedas. Hadlock podría acompañarla, si así lo deseaba. Pero me aterrorizaba conducirla a la colección *Barco*, y ya no era su opinión crítica lo que más me preocupaba.

—Vamos —dijo, y golpeó con su anillo de amatista sobre el reposabrazos de la silla de ruedas—. Mirémoslas. Sin titubeos.

—Muy bien —contesté, y comencé a empujarla hacia la galería principal.

—¿Estás bien, Edgar? —me preguntó Pam en voz baja.

—Perfectamente —respondí.

—No, no lo estás. ¿Qué es lo que va mal?

Lo único que hice fue sacudir la cabeza. Ya estábamos en la sala principal. Los cuadros se hallaban suspendidos a una altura de unos dos metros; por lo demás, la estancia estaba libre de cualquier otro mobiliario. Las paredes, cubiertas con una burda tela marrón que parecía arpillera, estaban desnudas salvo por *Wireman mira al oeste*. Conduje la silla de Elizabeth lentamente. Las ruedas se deslizaban silenciosas sobre la moqueta de pálido color azul. El murmullo de la multitud detrás de nosotros se había detenido, o bien mis oídos lo habían filtrado. Era como si yo mismo viera las pinturas por primera vez, extrañamente semejantes a una serie de fotogramas seleccionados de la bobina de una película. Cada imagen era un poco más nítida, estaba un poco más enfocada, pero en esencia siempre era la misma, siempre el barco cuya visión había captado en un sueño. Siempre era la hora del crepúsculo, y la luz que llenaba el oeste siempre era como un titánico yunque rojo que derramaba sangre a través del agua e infectaba el cielo. El barco era un cadáver de tres mástiles, algo a la deriva procedente de una casa marcada por la peste. Sus velas eran harapos. Su cubierta estaba desierta. Se percibía la presencia de algo horrible en cada trazo angular, y aunque era imposible definir lo que era, temías por la niña, pequeña, sola, en el bote de remos, la niña pequeña que aparecía primero con un vestido a cuadros, la niña pequeña flotando sobre el oscuro Golfo color vino.

En aquella primera versión, el ángulo del barco de la muerte impedía distinguir nada del nombre. En *Niña y barco n.º 2*, el ángulo mejoraba, pero la niña pequeña (todavía con su falso pelo rojo y ahora también llevando el vestido de lunares de Reba) bloqueaba todo excepto la letra *P*. En el *N.º 3*, la *P* se convertía en *PER* y Reba claramente se había transformado en Ilse, incluso estando de espaldas. La pistola de arpones de John Eastlake reposaba en el bote de remos.

Elizabeth no mostró indicio alguno de haberla reconocido. La empujé lentamente a lo largo de la hilera, a medida que el barco aumentaba en tamaño y en cercanía, los negros mástiles como dedos amenazantes, las velas fláccidas como carne muerta. A través de sus agujeros resplandecía el horno del cielo en el lienzo. Ahora el nombre que se leía en el espejo de popa era *PERSE*. Puede que existieran más letras (había espacio suficiente), pero de ser así quedaban ocultas por las sombras. En *Niña y barco n.º 6* (el navío se alzaba ahora amenazante sobre el bote), la pequeña llevaba lo que parecía ser una camiseta azul con una franja amarilla bordeando el cuello. Tenía el cabello de color naranja; era la única Chica de la Barca de cuya identidad dudaba. Quizá era Ilse, igual que en las otras... pero no me acababa de convencer del todo. Aquí habían empezado a aparecer los primeros pétalos de rosa en el agua (más una única pelota de tenis de color verde amarillento en la que eran visibles las letras DUNL), y un extraño surtido de abalorios saturaban la cubierta: un espejo alto (que con el reflejo del ocaso parecía rebosar sangre), el caballo balancín de un niño, un baúl, una montaña de zapatos. Estos mismos objetos aparecían en el *N.º 7* y en el *N.º 8*, donde se les unían varios más: una bicicleta de niña apoyada contra el trinquete, un montón de neumáticos apilados en la popa, un gran reloj de arena en la crujía. Este último también reflejaba el sol y parecía estar relleno de sangre en lugar de arena. En *Niña y barco n.º 8* había más pétalos de rosa flotando entre el bote de remos y el *Perse*. También se veían más pelotas de tenis, por lo menos media docena. Y una guirnalda de flores putrefactas colgaba del cuello del caballo balancín. Casi podía oler el hedor de su perfume en la estática atmósfera.

—Santo cielo —musitó Elizabeth—. Ella, qué fuerte se ha hecho.

Su rostro había exhibido antes algo de color, pero ahora había desaparecido por completo. No aparentaba ochenta y cinco años; más bien doscientos.

«¿Quién?», intenté preguntar, pero nada brotó de mis labios.

—Señora... señorita Eastlake... no debería esforzarse —intervino Pam.

—¿Puedes traerle un vaso de agua? —le pedí tras aclararme la garganta.

—Yo lo haré, papá —se ofreció Illy.

Elizabeth continuaba con la mirada fija en *Niña y barco n.º 8*.

—¿Cuántos de estos... de estos souvenirs... reconoce? —inquirió.

—Yo no... mi imaginación... —Enmudecí. La niña en el bote de remos del *N.º 8* no era un souvenir, sino que era Ilse. El vestido verde, con la espalda abierta y los tirantes cruzados, se antojaba un elemento estridente en la composición, demasiado sensual para una niña pequeña, pero ahora sabía por qué: era un vestido que Ilse había comprado recientemente a través de un catálogo por correspondencia, e Ilse ya no era una niña pequeña. Por lo demás, las pelotas de tenis continuaban siendo un misterio para mí, el espejo no significaba nada, ni tampoco los neumáticos apilados. Y no sabía a ciencia cierta que la bicicleta apoyada contra el palo trinquete fuera la de Tina Garibaldi, pero lo temía... y mi corazón, de algún modo, estaba seguro de ello.

La mano de Elizabeth, fría en grado sumo, se posó sobre mi muñeca.

—No hay ninguna bala en el marco de este último.

—No sé a qué...

Me apretó más fuerte.

—Sí lo sabe. Sabe perfectamente lo que quiero decir. La exposición se ha vendido íntegra, Edgar, ¿cree que estoy ciega? Hay una bala en los marcos de cada pintura que he mirado, incluyendo la *N.º 6*, en la que aparece mi hermana Adie en el bote... ¡pero no en este!

Volví la vista atrás hacia el *N.º 6*, a la Chica de la Barca con el pelo naranja.

—¿Esa es su hermana? —pregunté, pero ella no prestó atención. Creo que ni siquiera me oyó. Toda su atención estaba concentrada en *Niña y barco n.º 8*.

—¿Qué pretende hacer con esta pintura? ¿Retornarla? ¿Pretende retornarla a Duma?

—Señora... Señorita Eastlake... de verdad, no debería exaltarse de este modo —volvió a intervenir Pam.

Los ojos de Elizabeth relampaguearon en la laxitud de su rostro. Sus uñas se clavaron en la escasa carne de mi muñeca.

—¿Y después qué? ¿Ponerla junto a la otra que ya has comenzado?

—No he comenzado otra...

¿O acaso lo había hecho? Mi memoria jugaba conmigo otra vez, como a menudo hacía en momentos de estrés. Si alguien me hubiera ordenado en ese instante que pronunciara el nombre del novio francés de mi hija mayor, habría dicho probablemente René. Como el de Magritte. El sueño se había transformado, de acuerdo; aquí estaba la pesadilla, justo a la hora prevista.

—La del bote de remos vacío, ¿no?

Antes de que pudiera pronunciar palabra, Gene Hadlock

atravesó la multitud entre empujones, seguido por Wireman, seguido por Ilse, que sostenía un vaso de agua.

—Elizabeth, deberíamos irnos —aconsejó Hadlock. Intentó tomarla del brazo, pero Elizabeth le apartó la mano. En su movimiento golpeó el vaso que Ilse le ofrecía y salió volando, chocó contra una de las paredes desnudas y se hizo añicos. Alguien gritó y una mujer, increíblemente, se rió.

—¿Ve el caballo balancín, Edgar? —Alargó la mano, que temblaba considerablemente. Sus uñas estaban pintadas con esmalte de color rosa coral, probablemente por cortesía de Annmarie—. Pertenecía a mis hermanas, Tessie y Laura. Les encantaba. Llevaban a rastras ese maldito trasto a todas partes. Estaba fuera de Rampopo, la casita de muñecas que había en el césped, después de que se ahogaron. Mi padre no soportaba mirarlo e hizo que lo arrojaran al mar en las exequias. Junto con la corona de flores, por supuesto. La que está alrededor del pescuezo del caballo.

Silencio, excepto por el desgarrador sonido áspero de su respiración. Mary Ire, que miraba con enormes ojos, había puesto fin a su obsesión anotadora, con la libreta olvidada en una mano que colgaba a su costado. La otra cubría su boca. Entonces Wireman señaló una puerta que estaba inteligentemente camuflada tras una cortina de ese material de arpillera marrón. Hadlock asintió, y de repente Jack apareció de la nada, y fue él en realidad quien se hizo cargo de la situación.

—La sacaré de aquí en un santiamén, s'ita Eastlake —dijo—. No se preocupe. —Y asió las empuñaduras de la silla de ruedas.

—¡Mire la estela del barco! —me chilló Elizabeth mientras era apartada del ojo público por última vez—. Por el amor de Dios, ¿no ve lo que ha pintado?

Miré. Y también lo hizo mi familia.

—Ahí no hay nada —dijo Melinda. Miró con recelo hacia la puerta de la oficina, que justo se estaba cerrando tras Jack y Elizabeth—. ¿Está chiflada, o qué?

Illy se erguía sobre la punta de los pies, estirando el cuello para echar un vistazo más de cerca.

—Papá —me llamó con voz vacilante—. ¿Eso son caras? ¿Caras en el agua?

—No —respondí, sorprendido de la firmeza de mi propia voz—. Todo lo que ves es la idea que ella puso en tu cabeza. Gente, ¿me disculpáis un minuto?

—Por supuesto —respondió Pam.

—¿Puedo servir de ayuda, Edgar? —preguntó Kamen con su retumbante voz de contrabajo.

—Gracias, pero no —contesté con una sonrisa, sorprendido de la facilidad con la que brotó ese gesto también. Aparentemente, un shock tiene sus utilidades—. Su médico está con ella.

Me apresuré hacia la puerta de la oficina, resistiendo la tentación de mirar atrás. Melinda no lo había visto, pero Ilse sí. En mi opinión, no mucha gente lo haría, aunque le indicaran dónde mirar… e incluso entonces la mayoría lo descartaría imaginando que era una coincidencia o bien un pequeño guiño artístico.

Aquellas caras.

Aquellas caras, gritando, ahogándose, en la estela crepuscular del barco.

Tessie y Laura estaban allí, casi con certeza, pero también otros, justo por debajo de ellas, donde el rojo se fundía en verde y el verde en negro.

Una bien podría ser una chica con pelo de zanahoria y un anticuado bañador de una pieza: la hermana mayor de Elizabeth, Adriana.

VII

Wireman le daba sorbitos de lo que aparentemente era Perrier mientras que Rosenblatt se removía inquieto junto a ella, retorciéndose literalmente las manos. La oficina parecía atestada de gente. Hacía más calor que en la galería, y la temperatura continuaba subiendo.

—¡Les quiero a todos fuera! —ordenó Hadlock—. ¡Todos menos Wireman! ¡Ahora! ¡Ahora mismo!

Elizabeth apartó el vaso con el dorso de la mano.

—Edgar —murmuró con voz ronca—. Edgar se queda.

—No, Edgar se va —se opuso Hadlock—. Ya se ha exaltado lo suf…

Ella le agarró la mano, que le quedaba enfrente, y la apretó. Con fuerza, aparentemente, porque los ojos de Hadlock se abrieron de par en par.

—Se queda. —Fue apenas un susurro, pero un susurro poderoso.

La gente empezó a abandonar la habitación. Oí a Dario decir a la multitud congregada fuera que todo iba bien, que la señorita Eastlake se sentía un poco desfallecida, pero que su médico se encontraba con ella y se estaba recobrando. Jack salía por la puerta cuando Elizabeth le llamó.

—¡Jovencito! —El chico se giró—. No te olvides —le pidió.

Jack le brindó una breve sonrisa y realizó un saludo militar.

—No, señora, por supuesto que no.

—Debería haber confiado en ti desde el primer momento —dijo antes de que Jack se marchara. Después, en voz más baja, como si su fuerza se estuviera diluyendo, añadió—: Es un buen chico.

—¿Confiar en él para qué? —le preguntó Wireman.

—Para registrar el desván en busca de cierta cesta de picnic —contestó ella—. La que Nana Melda está sujetando en la fotografía del rellano —aclaró.

Me dirigió una mirada llena de reproche.

—Lo siento —contesté—. Recuerdo que me lo dijo, pero yo… me puse a pintar, y…

—No le culpo —dijo ella. Sus ojos se habían retirado a las profundidades de sus cuencas—. Debería haberlo sabido. Es el poder de ella. El mismo poder que le atrajo aquí en un primer momento… Y a ti —agregó, mirando a Wireman.

—Elizabeth, es suficiente —dictaminó Hadlock—. Quiero llevarla al hospital y realizar algunas pruebas y mientras le administraré algunas soluciones parenterales. Necesita descansar un poc…

—Muy pronto tendré todo el descanso que necesito —le replicó, y sonrió. La sonrisa expuso una numerosa cantidad de dantescas prótesis dentales. Sus ojos regresaron a mí—. Trixie Pixie Nixie. Para ella todo es un juego. Todo nuestro pesar. Y está despierta otra vez. —Apoyó su mano, muy fría, en mi antebrazo—. ¡Edgar, está despierta!

—¿Quién? Elizabeth, ¿quién? ¿Perse?

Se estremeció hacia atrás en la silla, como si la estuviera atravesando una descarga eléctrica. Su mano se contrajo, apretándome el brazo con fuerza, y sus uñas de coral me perforaron la piel, dejando un cuarteto de rojas lunas crecientes. Abrió la boca, exponiendo esta vez los dientes en una mueca gruñona en lugar de una sonrisa. Su cabeza cayó hacia atrás y oí un chasquido.

—¡Agarra la silla antes de que vuelque! —rugió Wireman, pero no podía… solo tenía un brazo, y Elizabeth lo aferraba con firmeza: estaba anclada a mi brazo.

Hadlock agarró uno de los mangos y la silla resbaló de lado en lugar de caer hacia atrás, golpeando el escritorio de Jimmy Yoshida. Ahora Elizabeth estaba en plena crisis convulsiva, moviéndose nerviosamente en la silla de un lado a otro como una marioneta. La redecilla del pelo se aflojó y ondeó, centelleando bajo la luz de los fluorescentes del techo. Los pies se agitaron con violencia y uno de sus zapatos escarlata salió volando. *Los ángeles quieren calzar mis zapatos rojos*, y como convocada por la canción que me había venido a la mente, la sangre empezó a manar de repente de la nariz y la boca.

—¡Sujétala! —vociferó Hadlock, y Wireman se arrojó sobre los brazos de la silla.

Ella hizo esto, pensé con frialdad. *Perse. Quienquiera que sea.*

—¡La tengo! —exclamó Wireman—. ¡Llama al 911, Doc, por el amor de Dios!

Hadlock rodeó el escritorio a toda prisa, descolgó el teléfono, marcó y escuchó.

—¡Joder! ¡Me sale otra vez el tono de marcado!

Le arrebaté el aparato.

—Tienes que marcar el 9 para llamar al exterior —indiqué, y fue lo que hice, con el teléfono encajado entre mi oreja y el hombro. Y cuando la mujer de voz sosegada al otro extremo de la línea me preguntó por la naturaleza de mi emergencia, fui capaz de decírselo. Fue la dirección lo que no pude recordar. Ni siquiera pude recordar el nombre de la galería.

Le pasé el teléfono a Hadlock y rodeé el escritorio hacia Wireman.

—Santo Dios —murmuró—. Sabía que no debería haberla traído, lo sabía… ¡pero insistió tanto, joder!

—¿Está inconsciente? —pregunté, observando que se había desplomado en la silla. Tenía los ojos abiertos, pero miraban con aire ausente algún punto en el rincón más alejado—. ¿Elizabeth?

No hubo respuesta.

—¿Ha sufrido un derrame cerebral? —preguntó Wireman—. No sabía que pudieran ser tan violentos.

—Eso no fue un derrame. Algo la hizo callar. Ve con ella al hospital…

—Por supuesto que…

—Y si habla, escucha.

Volvió Hadlock.

—La están esperando en el hospital. La ambulancia llegará en cualquier momento. —Contempló con dureza a Wireman, y seguidamente su mirada se suavizó—. Vale, de acuerdo —añadió.

—¿Vale, de acuerdo? —preguntó Wireman—. ¿Qué significa eso, vale-de-acuerdo?

—Significa que si algo como esto tenía que suceder —respondió Hadlock—, ¿dónde piensas que habría querido que sucediera? ¿En casa tendida en su cama o en una de las galerías donde pasó tantos días y tantas noches felices?

Wireman tomó una profunda y temblorosa bocanada de aire, lo expulsó y asintió con la cabeza. A continuación se arrodilló junto a ella y empezó a acariciarle el pelo. El rostro de Elizabeth estaba rojo en algunos puntos, e hinchado, como si hubiera sufrido una extrema reacción alérgica.

Hadlock se agachó y le inclinó la cabeza hacia atrás, tratando de facilitar su terrible respiración estentórea. No mucho después, oímos la sirena de la ambulancia que se aproximaba.

VIII

La exposición se alargó interminablemente, y yo aguanté hasta el final, en parte por todo el esfuerzo que Dario, Jimmy y Alice habían realizado, pero sobre todo por Elizabeth. Pensé que era lo que ella habría deseado. Mi momento al sol, como lo definió.

No acudí, sin embargo, a la cena de celebración posterior. Me excusé y envié por delante a Pam y las chicas, junto a Kamen, Kathi y algunos otros de Minneapolis. Al verles partir, me di cuenta de que no tenía a nadie que me llevara al hospital. Mientras permanecía allí parado frente a la galería, preguntándome si Alice Aucoin se habría marchado ya, un viejo Mercedes hecho polvo se detuvo a mi lado, y la ventanilla del pasajero se deslizó hacia abajo.

—Suba —me invitó Mary Ire—. Si va al Sarasota Memorial, le dejaré allí. —Vio que vacilaba y sonrió torciendo la boca—. Mary ha bebido muy poco esta noche, se lo aseguro, y en cualquier caso, el tráfico en Sarasota pasa prácticamente del embotellamiento a la inexistencia a partir de las diez de la noche; los viejos se toman su escocés y su Prozac y luego se enroscan para ver a Bill O'Reilly en la TiVo.

Subí al coche. La portezuela emitió un sordo ruido metálico al cerrarse, y por un alarmante momento pensé que mi culo iba a seguir bajando hasta encontrarse verdaderamente en Palm Avenue. Finalmente mi movimiento descendente se detuvo.

—Escuche, Edgar —empezó a decir, y titubeó—. ¿Puedo seguir llamándole Edgar?

—Claro que sí.

Asintió con la cabeza.

—Magnífico. No puedo recordar con total claridad los términos en que nos separamos. A veces, cuando bebo demasiado… —dijo, y encogió sus hombros huesudos.

—Nuestra relación sigue siendo buena —contesté.

—Mejor así. Y con respecto a Elizabeth... la cosa no es tan buena. ¿Verdad?

Sacudí la cabeza, sin confiar en mi capacidad para hablar. Las calles estaban prácticamente desiertas, como había prometido. Las aceras eran un cementerio.

—Ella y Jake Rosenblatt tuvieron algo durante un tiempo. Fue bastante serio.

—¿Qué sucedió?

—No sabría qué decir —respondió, encogiéndose de hombros—. Si me obliga a aventurar algo, diría que al final ella estaba demasiado acostumbrada a ser su propia dueña como para ser de alguien más. Es decir, a tiempo completo. Pero Jake nunca la olvidó.

Me acordé de él diciendo: «¡A la mierda las prohibiciones, señorita Eastlake!». Sentí curiosidad por saber cómo la habría llamado en la cama. Seguro que no señorita Eastlake. Era un pequeño ejercicio de especulación triste e inútil.

—Quizá esto sea lo mejor —continuó Mary—. Se estaba extinguiendo como una vela. Si la hubiera conocido en su apogeo, Edgar, sabría que era la clase de mujer que no habría querido apagarse de ese modo.

—Ojalá la hubiera conocido en su apogeo.

—¿Puedo hacer algo por su familia?

—No —contesté—. Están cenando con Dario y Jimmy y con el estado de Minnesota al completo. Me reuniré con ellos más tarde si puedo, quizá para el postre, y tengo una habitación reservada en el Ritz, donde se alojan todos. En el peor de los casos, los veré por la mañana.

—Eso está bien. Parecían agradables. Y comprensivos.

En realidad, Pam parecía más comprensiva ahora que antes del divorcio. Claro que ahora yo me encontraba aquí pintando y no allí pegándole gritos. Ni tratando de contratarla con un rodillo de mantequilla.

—Voy a poner su exposición por las nubes, Edgar. Dudo si esto significa mucho para usted esta noche, pero tal vez lo hará más adelante. Las pinturas son sencillamente extraordinarias.

—Gracias.

Más adelante, las luces del hospital titilaban en la oscuridad. Había un Waffle House justo al lado, lo cual probablemente era un buen negocio para la unidad de cardiología.

—¿Querría transmitirle a Libby todo mi cariño, si está en condiciones de apreciarlo?

—Faltaría más.

—Y tengo algo para usted. Está en la guantera, un sobre manila. Iba a utilizarlo como anzuelo para otra entrevista, pero... a la mierda.

Tuve algún problema con el botón de la guantera de ese viejo coche, pero finalmente la puerta se abrió como la boca de un cadáver. Dentro había mucho más que un sobre manila (un geólogo podría haber tomado muestras testigo que probablemente datarían de 1965), pero el sobre estaba delante, y tenía mi nombre impreso en él.

—Prepárese para una sorpresa —me advirtió mientras se detenía delante del hospital, al lado de una señal que rezaba 5 MINUTOS CARGA Y DESCARGA—. Yo me quedé atónita. Una vieja editora amiga mía investigó esto por mí; es mayor que Libby, pero sigue siendo muy avispada.

Abrí el sobre y saqué dos fotocopias de un antiguo artículo de periódico.

—Eso está sacado del *Weekly Echo* de Port Charlotte. Junio de 1925 —me informó Mary—. Tiene que ser el artículo que vio mi amiga Aggie, y la razón de que nunca pudiera encontrarlo es porque nunca llegué a buscarlo tan al sur. Además, el *Weekly Echo* exhaló su último aliento en 1931.

La luz de la farola junto a la que Mary había aparcado no era suficiente para distinguir la letra pequeña, pero pude leer el titular y ver la imagen. La miré durante mucho tiempo.

—Significa algo para usted, ¿verdad? —me preguntó.

—Sí. Solo que no sé qué es.

—Si lo averigua, ¿me lo contará?

—De acuerdo —accedí—. Puede que incluso lo crea. Pero

Mary... es una historia que nunca publicará. Gracias por traerme. Y gracias por asistir a mi exposición.

—Un placer ambas cosas. Acuérdese de transmitirle a Libby todo mi amor.

—Descuide.

Pero nunca tuve oportunidad de hacerlo. Había visto a Elizabeth Eastlake por última vez.

IX

La enfermera de guardia de la UCI me informó de que Elizabeth estaba en el quirófano. Cuando le pregunté el motivo, me contestó que no estaba segura.

Inspeccioné la sala de espera.

—Si busca al señor Wireman, creo que fue a la cantina a por un café —indicó la enfermera—. Está en la cuarta planta.

—Gracias. —Empecé a alejarme, pero entonces me volví—. ¿El doctor Hadlock forma parte del equipo de cirujanos?

—Creo que no —contestó—, pero está observando.

Le di las gracias de nuevo y fui en busca de Wireman. Le encontré en un rincón lejano de la cafetería, sentado frente a un vaso de cartón con el tamaño aproximado de un proyectil de mortero de la Segunda Guerra Mundial. Salvo por unas pocas enfermeras y camilleros desperdigados y una familia con aire tenso agrupada en otro rincón de la sala, teníamos el lugar para nosotros solos. La mayoría de las sillas descansaban en posición vertical sobre las mesas, y una mujer de aspecto cansado con una bata roja pasaba la mopa. Un iPod colgaba flojamente entre sus pechos.

—*Hola, mi vato* —saludó Wireman, y me dirigió una lánguida sonrisa. Su cabello, que había estado pulcramente peinado hacia atrás cuando hizo su entrada con Elizabeth y Jack, ahora caía alrededor de sus orejas, y círculos oscuros bordeaban sus ojos.

—¿Por qué no te pillas una taza de café? Sabe como mierda

manufacturada, pero sirve para apuntalar los párpados de una persona.

—No, gracias. Tan solo permíteme tomar un sorbo del tuyo.

Guardaba tres aspirinas en el bolsillo del pantalón. Las pesqué y me las tragué con un poco del café de Wireman. Este arrugó la nariz.

—Y encima ahora con todos tus gérmenes. Qué desagradable.

—Tengo un fuerte sistema inmunológico. ¿Cómo está Elizabeth?

—No muy bien. —Me miró sombríamente.

—¿Volvió en sí en la ambulancia? ¿Dijo algo más?

—Sí.

—¿Qué dijo?

Del bolsillo de su camisa de lino, Wireman extrajo una invitación a mi exposición. Impreso en una cara se leía **LA VISTA DESDE DUMA**. En la otra había garabateado tres notas de manera irregular, con las letras bailando arriba y abajo, debido al movimiento de la ambulancia, supuse. Sin embargo, pude descifrarlas:

La mesa está goteando.

Querrás, pero no debes.

Ahógala a dormir.

Todas ellas eran siniestras, pero la última me provocó un cosquilleo nervioso que me erizó el vello de los brazos.

—¿Nada más? —le pregunté, devolviéndole la invitación.

—Pronunció mi nombre un par de veces. Me reconoció. Y pronunció el tuyo, Edgar.

—Echa un vistazo a esto —le indiqué, y deslicé el sobre manila sobre la mesa.

Me preguntó dónde lo había conseguido y se lo conté. Comentó que no parecía un momento muy oportuno para todo eso, y me encogí de hombros. Recordaba algo que Elizabeth me había dicho: «El agua fluye velozmente ahora. Pronto llegarán los rápidos». Bueno, pues los rápidos se encontraban ya aquí, y me embargaba la sensación de que esto era solo el comienzo de las aguas bravas.

Notaba la cadera un poco mejor, y sus sollozos nocturnos habían quedado reducidos a meros gimoteos. Según la sabiduría popular, el perro es el mejor amigo del hombre, pero yo votaría por la aspirina. Rodeé la mesa tirando de la silla y me senté cerca de Wireman, desde donde pude leer el titular: **¿NIÑA PRODIGIO EN DUMA KEY? PEQUEÑA FLORECE DESPUÉS DE UNA CAÍDA**. Debajo había una fotografía. En ella se mostraba a un hombre que conocía bien enfundado en un traje de baño que conocía bien: John Eastlake, en su encarnación más delgada y esbelta. Sonreía y sostenía a una risueña niña. Era Elizabeth, y aparentaba la misma edad que en el retrato de familia de Papá y Sus Chicas, solo que ahora tendía un dibujo hacia la cámara con las dos manos y una venda de gasa le recubría la cabeza. Había otra chica en la imagen, mucho mayor (Adriana, la hermana mayor, y sí, podría haber tenido pelo color zanahoria), pero en un principio ni Wireman ni yo le prestamos mucha atención. Ni a John Eastlake. Ni siquiera a la chiquilla con el vendaje alrededor de la cabeza.

—Santo cielo —murmuró Wireman.

El dibujo era de un caballo que asomaba la cabeza por encima de un cercado de madera. Lucía una improbable, y nada equina, sonrisa. En primer plano, de espaldas, había una niñita con innumerables rizos dorados que le ofrecía al sonriente caballo una zanahoria del tamaño de una escopeta. A ambos lados se veían palmeras, que enmarcaban la escena como el telón abierto de un teatro. Encima flotaban unas esponjosas nubles blancas y un sol enorme disparaba alegres rayos de luz.

Era el dibujo de una niña, pero el talento que lo había creado se hallaba más allá de toda duda. El caballo poseía una *joie de vivre* que hacía de la sonrisa la culminación alegre de una divertida broma. Podías meter a una docena de estudiantes de arte en una habitación, pedirles que ejecutaran un caballo feliz, y estaría más que dispuesto a apostar a que ninguno de ellos sería capaz de igualar el éxito de aquel dibujo. Incluso la desmesurada zanahoria no parecía un error, sino parte de la broma, un intensificador, un esteroide artístico.

—No es una broma —musité, inclinándome más cerca… solo que no servía para mucho. Estaba viendo ese dibujo a través de cuatro exasperantes niveles de ofuscación: la fotografía, la reproducción de la fotografía en el periódico, la fotocopia de la reproducción de la fotografía en el periódico… y el propio tiempo. Más de ochenta años, si había calculado bien.

—¿Qué no es una broma? —preguntó Wireman.

—El modo en que se exagera el tamaño del caballo. Y de la zanahoria. Hasta los rayos del sol. ¡Es el grito de júbilo de una niña, Wireman!

—Una patraña es lo que es. Ha de serlo. ¡No tendría más dos años! Una niña de dos años ni siquiera podría pintar un par de monigotes y llamarlos mamá y papá, ¿verdad?

—¿Fue una patraña lo que le sucedió a Candy Brown? ¿O, qué hay de la bala que solía alojarse en tu cerebro? ¿La que ahora ha desaparecido?

Guardó silencio.

Golpeé con los dedos las palabras **NIÑA PRODIGIO**.

—Mira, hasta tenían el término adecuado para definirla. ¿No piensas que si hubiera sido pobre y negra la habrían llamado **NEGRITA** *FREAK* y la habrían exhibido en cualquier barraca de feria? Porque yo creo que sí.

—Si hubiera sido pobre y negra, nunca habría aparecido en los periódicos. De entrada, nunca se habría caído de un calesín tirado por ponis.

—¿Eso es lo que pas…? —empecé a preguntar, pero me detuve cuando mis ojos se vieron de nuevo atraídos por la borrosa fotografía. Ahora era a la hermana grande a quien miraba. Adriana.

—¿Qué pasa? —preguntó Wireman, en un tono de voz que expresaba «¿Y ahora qué?».

—Su bañador. ¿Te resulta familiar?

—No distingo mucho, solo la parte de arriba. Elizabeth sostiene su dibujo delante del resto.

—¿Y la parte que sí puedes ver?

Contempló la foto durante un buen rato.

—Ojalá tuviera una lupa.

—Eso probablemente lo empeoraría en lugar de mejorarlo.

—Está bien, *muchacho*, me resulta vagamente familiar... pero quizá es solo la idea que me has metido en la cabeza.

—De todas las pinturas *Niña y barco*, solo había una única Chica de la Barca de cuya identidad nunca estuve seguro: la del *N.º 6*. La del pelo anaranjado, la del bañador azul con una franja amarilla bordeando el cuello. —Palmeé con los dedos la imagen poco nítida de Adriana en la fotocopia que Mary Ire me había dado—. Esta es la chica. Este es el bañador. Estoy seguro. Y también lo estaba Elizabeth.

—¿Pero de qué estamos hablando aquí? —preguntó Wireman. Recorría el artículo con la vista, frotándose las sienes mientras lo hacía. Le pregunté si el ojo le estaba causando molestias.

—No. Esto es tan... joder... —Levantó la mirada hacia mí, con los ojos bien abiertos y todavía frotándose las sienes—. Se cayó del maldito calesín y se golpeó la cabeza contra una roca, o al menos así está escrito aquí. Despertó en la consulta del médico justo cuando se preparaban para transportarla al hospital en St. Pete. Convulsiones a partir de entonces. Dice: «La Bebé Elizabeth continúa sufriendo convulsiones de carácter moderado, que están remitiendo y que, según parece, no causarán un daño permanente». ¡Y entonces empezó a dibujar!

—El accidente debió de ocurrir justo después de que se tomara el retrato de todo el grupo, porque tiene exactamente el mismo aspecto, y a esa edad los niños cambian rápido.

—Estamos todos en la misma barca —dijo Wireman, que pareció prestar oídos sordos a mi comentario.

Empecé a preguntarle qué quería decir, y entonces me di cuenta de que no era necesario.

—*Sí, señor* —afirmé.

—Ella cayó de cabeza. Yo me pegué un tiro en la cabeza. Una excavadora te aplastó la cabeza a ti.

—Una grúa —corregí.

Agitó la mano como para indicar que no suponía ninguna

diferencia. Luego utilizó esa misma mano para asirme por la muñeca superviviente. Tenía los dedos fríos.

—Tengo preguntas, *muchacho*. ¿Cómo es que dejó de pintar? ¿Y cómo es que yo nunca empecé?

—No sabría decir a ciencia cierta por qué lo dejó. Quizá se olvidó, lo borró de su mente… o quizá de forma deliberada mintió y lo negó. En cuanto a ti, tu talento es la empatía. Y en Duma Key, la empatía adquiere rango de telepatía.

—Eso es una gilip…

Su voz se fue apagando. Esperé.

—No —rectificó—. No, no lo es. Pero también ha desaparecido completamente. ¿Quieres saber algo, *amigo*?

—Sí, claro.

Levantó un pulgar y señaló al tenso grupo familiar del otro lado de la habitación. Habían retomado su discusión. Papá ahora agitaba un dedo en dirección a Mamá. O quizá era la Hermana.

—Hace un par de meses, podría haberte dicho qué significaba ese numerito. Ahora todo lo que puedo aventurar es una deducción lógica.

—Y probablemente llegarías a la misma conclusión —dije—. En cualquier caso, ¿cambiarías una por la otra? ¿Tu vista por alguna esporádica onda telepática?

—¡Dios, no! —exclamó, y luego inspeccionó la cafetería con la cabeza ladeada y una sonrisa irónica y desconsolada—. No me puedo creer que estemos manteniendo esta conversación, ¿sabes? Sigo pensando que me despertaré y entonces todo será igual que antes, Soldado Wireman, asuma su posición.

Le miré directamente a los ojos.

—Eso no va a pasar.

X

De acuerdo con el *Weekly Echo*, la Bebé Elizabeth (como se referían a ella casi de principio a fin) realizó sus primeras tentativas artísticas en cuanto inició su período de convalecencia en casa. Hizo rápidos progresos, «ganando en habilidad y destreza a cada hora que transcurría, según la impresión de su asombrado padre». Empezó con lápices de colores («¿Te suena familiar?», preguntó Wireman en ese punto), antes de pasar a las pinturas al agua, que un perplejo John Eastlake le trajo desde Venice.

En los tres meses posteriores al accidente, muchos de los cuales los pasó en cama, pintó literalmente cientos de acuarelas, produciéndolas a una velocidad que John Eastlake y las otras niñas encontraban un poco atemorizante (si Nana Melda había expresado su opinión, esta no se reflejaba en la noticia). Eastlake intentó que disminuyera el ritmo, siguiendo las órdenes del médico, pero esto resultó contraproducente. Le provocó irritabilidad, ataques de llanto, insomnio, fiebre. La Bebé Elizabeth decía, cuando no podía dibujar o pintar, que «su cabeza dolía». El padre afirmaba que, cuando pintaba, «ella comía como uno de esos caballos que le gustaba dibujar». Al autor del artículo, un tal M. Rickert, este hecho le resultaba simpático. Recordando mis propias comilonas, a mí me resultaba todo demasiado familiar.

Iba a repasar la emborronada copia por tercera vez, con Wireman ocupando el espacio que habría correspondido a mi brazo derecho, si hubiera tenido uno, cuando se abrió la puerta y entró Gene Hadlock. Todavía llevaba la corbata negra y la camisa de color rosa fuerte que había llevado puestas en la exposición, aunque se había aflojado la corbata y desabrochado el cuello de la camisa. Todavía llevaba los pantalones verdes de cirujano y unos patucos en los pies. Tenía la cabeza baja. Cuando alzó la mirada, vi una cara que era tan larga y triste como la de un viejo perro sabueso.

—Once-diecinueve de la noche —informó—. Nunca tuvo ninguna posibilidad, realmente.

Wireman escondió el rostro entre las manos.

XI

Llegué al Ritz a la una menos cuarto de la madrugada. Cojeaba con fatiga, y no quería estar allí. Quería estar en mi dormitorio en Big Pink. Quería tumbarme en mitad de mi cama, tirar la nueva y extraña muñeca al suelo de un empujón, como hacía con los cojines ornamentales, y abrazar a Reba contra mí. Quería yacer allí y ver girar el ventilador. Sobre todo, quería escuchar la susurrante conversación de las conchas bajo la casa mientras me dejaba arrastrar hacia el sueño.

En cambio, no me quedó más remedio que hacer frente a ese vestíbulo: demasiado ampuloso, demasiado lleno de gente y música (el piano-bar seguía abierto incluso a esas horas), sobre todo, demasiado brillante. Aun así, mi familia se encontraba aquí. Me había perdido la cena de celebración, pero no me perdería el desayuno de celebración.

Le pedí al recepcionista mi llave. Me la entregó, junto con un fajo de mensajes. Los abrí uno tras otro. La mayoría eran de felicitación. El de Ilse era distinto. Decía: «¿Estás bien? Si no te veo a las 8 AM, iré a buscarte. Estás advertido».

El último era de Pam. La nota en sí misma la componían solo cuatro palabras: «Sé que ha muerto». El resto de lo que necesitaba decir quedaba expresado en el objeto adjunto.

La llave de su habitación.

XII

Cinco minutos más tarde me hallaba parado frente a la 847 con la llave en la mano. La acerqué a la ranura, luego moví los dedos hacia al timbre, luego volví la vista atrás en dirección a los ascensores. Debí de permanecer de ese modo durante cinco minutos o más, demasiado exhausto para aclarar mi mente, y podría haberme quedado allí incluso más tiempo si no hubiera oído el ruido de las puertas del ascensor al abrirse, seguido del sonido de una achispada risa de camaradería. Tuve miedo de que resultara ser alguien que conocía, tal vez Tom y Bozie, o el Gran Ainge y su esposa. Quizá hasta Lin y Ric. Al final no había reservado la planta entera, pero había ocupado la mayor parte de ella.

Metí la llave en la cerradura. Era de esas electrónicas que ni siquiera tenías que girar. Se encendió una lucecita verde, y cuando las risas empezaron a aproximarse por el pasillo, me deslicé al interior de la habitación.

Le había reservado una suite para ella, y la sala de estar era espaciosa. Aparentemente se había celebrado allí una fiesta pre-exposición, porque había dos carritos del servicio de habitaciones y muchos platos con restos de canapés. Divisé dos… no, tres cubiteras de champán. Dos de las botellas se erguían boca abajo, como soldados muertos. La tercera aparentaba seguir viva, aunque con respiración asistida.

Eso me hizo pensar nuevamente en Elizabeth. La veía sentada junto a su Villa Porcelana, con un aire a lo Katharine Hepburn en *La mujer del año*, y la oí decir: «¡Observe cómo he colocado a los niños en el exterior de la escuela! ¡Venga a ver!».

El dolor es la fuerza más poderosa del amor. Eso es lo que Wireman dice.

Me abrí paso entre las sillas donde mis seres más queridos y cercanos se habían sentado, charlando y riendo y (tenía la certeza) brindando por mi trabajo y mi buena fortuna. Saqué la última botella de champán de la piscina en la que estaba inmersa y la alcé hacia el ventanal que abarcaba toda la longitud de la pared y que ofrecía vistas sobre la bahía de Sarasota.

—Esta va por ti, Elizabeth. *Hasta la vista, mi amada.*

—¿Qué significa *amada*?

Me giré. Pam se hallaba de pie en el umbral del dormitorio. Llevaba un camisón azul que yo no recordaba. El cabello suelto reposaba sobre sus hombros. La última vez que lo tuvo tan largo Ilse asistía a la escuela secundaria.

—Significa «querida» —expliqué—. La aprendí de Wireman, que estuvo casado con una mujer mexicana.

—¿Estuvo?

—Ella murió. ¿Quién te contó lo de Elizabeth?

—El muchacho que trabaja para ti. Le pedí que llamara si se producía alguna novedad. Lo siento mucho.

Esbocé una sonrisa. Traté de devolver la botella de champán a la cubitera y erré el blanco. Diablos, ni siquiera le acerté a la mesa. La botella cayó sobre la alfombra y rodó. En una ocasión la Hija del Padrino fue una niña que exhibía su dibujo de un sonriente caballo ante la cámara de un fotógrafo, el cual probablemente era algún tipo llamativo, con sombrero de paja y ligas en los brazos. Más tarde había sido una anciana que gastó lo que le quedaba de vida entre convulsiones en una silla de ruedas mientras la redecilla que sujetaba su último moño se aflojaba y ondeaba bajo los fluorescentes de la oficina de una galería de arte. ¿Y el tiempo entre medias? Probablemente no habría sido nada más que un asentimiento con la cabeza o el saludo de una mano hacia el despejado cielo azul. Al final todos nos estrellamos estrepitosamente contra el suelo.

Pam me tendió los brazos. La luna llena brillaba a través del gran ventanal, y bajo su luz pude ver la rosa tatuada en la curva de su pecho. Algo nuevo y diferente… pero el pecho era familiar. Lo conocía bien.

—Ven aquí —dijo.

Y fui. Golpeé uno de los carritos del servicio de habitaciones con la cadera mala, proferí un grito ahogado y di los últimos pasos hacia sus brazos a trompicones, pensando que este era un reencuentro agradable, que los dos íbamos a aterrizar en la alfombra, yo encima de ella. Quizá hasta podría romperle un par de costillas. Era ciertamente posible; había ganado casi diez kilos desde que llegué a Duma Key.

Pero ella era fuerte. Olvidaba eso. Soportó mi peso, primero apoyándose contra el marco de la puerta del dormitorio, después enderezándose conmigo entre sus brazos. La rodeé con mi propio brazo y descansé mi mejilla sobre su hombro, simplemente aspirando su fragancia.

¡Wireman! ¡Me he despertado temprano y he pasado un rato maravilloso con mis porcelanas!

—Vamos, Eddie, estás cansado. Ven a la cama.

Me condujo al interior del dormitorio. La ventana aquí era más pequeña, la luz de la luna más delgada, pero la ventana estaba abierta y oía el constante suspiro del mar.

—¿Estás segur…?

—Calla.

Seguro que me han dicho su nombre pero se me escapa, como tantas otras cosas ahora.

—Nunca pretendí hacerte daño. Lo lamento tanto…

Puso dos dedos contra mis labios.

—No quiero tus disculpas.

Nos sentamos el uno junto al otro en la cama, en medio de las sombras.

—¿Qué quieres?

Me lo mostró con un beso. Su aliento era cálido y con sabor a champán. Durante un rato me olvidé de Elizabeth y de Wireman, de cestas de picnic, y de Duma Key. Durante un rato solo éramos ella y yo, como en los viejos tiempos. En los tiempos de los dos brazos. Durante un rato, después de eso, dormí, hasta que la primera luz de la mañana entró sigilosamente por la ventana.

La pérdida de memoria no siempre es el problema; a veces, y quizá a menudo, es la solución.

Cómo dibujar un cuadro (VIII)

Sé valiente. No tengas miedo de dibujar cosas secretas. Nadie dijo que el arte fuera siempre un céfiro; a veces es un huracán. Incluso entonces no debes dudar ni cambiar de rumbo. Porque si te cuentas a ti mismo la gran mentira del arte malo (que tú estás al mando), tu oportunidad de encontrar la verdad se perderá. La verdad no siempre es bonita. A veces la verdad es el chaval grande.

Las pequeñas dicen: Es la rana de Libbit. Una rana con piños.

Y a veces es algo incluso peor. Algo como Charley con sus bombachos azul brillante.

O como ELLA.

He aquí un cuadro de la pequeña Libbit con un dedo en sus labios.

Dice: ¡Chis!

Dice: Si hablas, ella os oirá, así que chis.

Dice: Pueden pasar cosas malas, y pájaros que hablan y vuelan cabeza abajo son solo la primera y la menor de ellas, así que chis. Si intentáis correr, cosas feas pueden salir de entre los cipreses y el gumbo limbo y atraparos en el camino. Hay cosas incluso peores bajo el agua en la playa de la Sombra… peores que el chaval grande, peores que Charley, que se mueve tan rápido. Están en el agua, esperando para ahogaros. Y ni siquiera eso es el final, no, ni siquiera el ahogamiento. Así que chis.

Pero para el verdadero artista, la verdad insistirá. Libbit Eastlake puede acallar su boca, pero no sus pinturas ni sus lápices.

Hay una única persona con la que se atreve a hablar, y un único lugar donde puede hacerlo... un único lugar en Heron's Roost donde el dominio de ELLA parece fallar. Obliga a Nana Melda a ir allí con ella. Y trata de explicar cómo sucedió, cómo el talento exigía la verdad, y la verdad se le resbaló de las manos. Trata de explicar cómo los dibujos han tomado el control de su vida y cómo ha llegado a odiar a la pequeña muñeca de porcelana que Papá encontró con el resto del tesoro; la mujercita de porcelana que fue el derecho de salvamento de Libbit. Trata de explicar su temor más profundo: si no hacen algo, puede que las gemelas no sean las únicas que mueran, solo las primeras. Y las muertes puede que no terminen en Duma Key.

Reúne todo su coraje (y debió de ser muchísimo, para una niña que es poco mayor que un bebé) y le cuenta toda la verdad, siendo como es una locura. Primero cómo creó el huracán, pero eso no fue idea suya; fue de ELLA.

Intuyo que Nana Melda la cree. ¿Porque ha visto al chaval grande? ¿Porque ha visto a Charley?

Intuyo que ha visto a ambos.

La verdad tiene que salir, esa es la esencia del arte. Pero eso no es lo mismo que decir que el mundo deba contemplarla.

Nana Melda dice: ¿Dónde está tu nueva muñeca ahora, la muñeca de porcelana?

Libbit dice: En mi caja del tesoro especial. Mi caja-corazón.

Nana Melda dice: ¿Y su nombre?

Libbit dice: Su nombre es Perse.

Nana Melda dice: Percy es un nombre de chico.

Y Libbit dice: No puedo evitarlo. Se llama Perse. Esa es la verdad.

Y dice: Perse tiene un barco. Parece bueno, pero no lo es. Es malo. ¿Qué vamos a hacer, Nanny?

Nana Melda medita sobre ello mientras permanecen allí en el único lugar seguro. Y creo que sabe lo que es necesario hacer. Podría no ser una crítica de arte (no una Mary Ire), pero intuyo que lo sabía. La valentía se demuestra con actos, no con exposiciones. La verdad puede volver a ocultarse, si es demasiado terrible para que el mundo la contemple. Y eso sucede. Estoy seguro de que sucede todo el tiempo.

Creo que cualquier artista digno de ese nombre posee una cesta de picnic roja.

14

La cesta roja

I

—¿Comparte su piscina, señor?

Era Ilse, en pantalones cortos de color verde y un top halter a juego. Tenía los pies descalzos y la cara sin maquillaje e hinchada por el sueño. El pelo estaba recogido hacia atrás en una cola de caballo, igual que lo llevaba cuando tenía once años, y si no hubiera sido por la plenitud de sus pechos, habría pasado por una niña de esa edad.

—Siempre que lo desee —contesté.

Se sentó a mi lado en el borde alicatado de la piscina. Estábamos hacia la mitad, mi trasero sobre el número 1,5 y el suyo sobre las letras MTS.

—Te has levantado temprano —dije, pero esto no me sorprendía. Illy siempre había sido nuestra hija inquieta.

—Estaba preocupada por ti. Sobre todo cuando el señor Wireman llamó a Jack para decir que esa agradable anciana había muerto. Fue Jack quien nos lo contó, cuando estábamos todavía en la cena.

—Lo sé.

—Lo siento mucho. —Me puso una mano en el hombro—. Y en tu noche especial, además.

La rodeé con mi brazo.

—En definitiva, que solo dormí un par de horas, y luego me levanté porque ya era de día. Y cuando eché un vistazo, ¿quién si no mi padre estaba sentado junto a la piscina, completamente solo?

—Ya no podía dormir más. Solo espero que no despertara a tu ma… —Me detuve, consciente de los ojos redondos y grandes de Ilse—. No vayas sacando ideas, Doña Galletita. Fue exclusivamente consuelo.

No había sido exclusivamente consuelo, pero no estaba preparado para dilucidarlo con mi hija. O conmigo mismo, para el caso.

Quedó un poco abatida, pero entonces se enderezó y me miró, con la cabeza inclinada y el comienzo de una sonrisa en las comisuras de la boca.

—Si albergas esperanzas, es asunto tuyo —dije—. Pero te advierto que no te hagas demasiadas ilusiones. Ella siempre me va a importar, pero a veces las personas van demasiado lejos como para volver atrás. Creo… estoy positivamente seguro de que ese es nuestro caso.

Volvió la vista hacia la tranquila superficie de la piscina, mientras la pequeña sonrisa en su boca se desvanecía. Odiaba verla desaparecer, pero quizá era para bien.

—Muy bien, entonces.

Eso me dio vía libre para pasar a otros asuntos. No quería, yo seguía siendo su padre y ella en muchos aspectos era todavía una niña. Lo cual significaba que, sin importar lo terriblemente mal que me sentía por Elizabeth Eastlake esta mañana, o lo confundido que pudiera estar acerca de mi propia situación, todavía tenía ciertas obligaciones que cumplir.

—Necesito preguntarte algo, Illy.

—Bueno.

—¿No llevas el anillo porque no quieres que tu madre lo vea y se ponga hecha una furia… lo cual entendería perfectamente… o porque Carson y tú…?

—Se lo devolví —respondió en un tono de voz apagado y plano. Después soltó una risita, y una piedra se desprendió de mi corazón—. Pero se lo envié vía UPS, y sin certificar.

—Entonces… ¿se acabó?

—Bueno... nunca digas nunca. —Tenía los pies en el agua, y los mecía lentamente adelante y atrás—. Carson no quería, eso decía, y yo tampoco estoy segura. Por lo menos no sin vernos cara a cara. El teléfono o el e-mail no es la mejor forma de hablar abiertamente de algo como esto. Además, quiero comprobar si la atracción sigue ahí, y de ser así, cuánta queda. —Me miró de soslayo, un poco ansiosamente—. Eso no te desagrada, ¿verdad?

—No, cariño.

—¿Puedo preguntarte algo?

—Sí.

—¿Cuántas segundas oportunidades le diste a mamá?

—¿A lo largo de nuestro matrimonio? —pregunté con una sonrisa—. Diría que unas doscientas, o así.

—¿Y cuántas te dio ella a ti?

—Más o menos las mismas.

—¿Alguna vez tú...? —empezó a preguntar, pero se detuvo—. No puedo preguntarte eso.

Contemplé la piscina, consciente de que un rubor de clase media me subía a las mejillas.

—Dado que estamos manteniendo esta conversación a las seis de la mañana, y que ni siquiera ha llegado todavía el chico de la piscina, y dado que creo conocer cuál es tu problema con Carson Jones, puedes preguntar. La respuesta es no. Ni siquiera una vez. Pero para ser totalmente sincero, tengo que decir que fue más por una cuestión de suerte, y no por una rectitud inquebrantable. Hubo veces que estuve cerca, y en una ocasión fue probablemente solo la suerte, o el destino, o la providencia, lo que evitó que sucediera. No creo que nuestro matrimonio hubiera terminado si el... hubiera ocurrido ese accidente. Creo que hay ofensas peores, pero no lo llaman engaño por nada. Un desliz puede perdonarse como una falibilidad humana. Dos pueden perdonarse como una flaqueza humana. Después de eso... —Me encogí de hombros.

—Él asegura que fue solo una vez... —Su voz era poco más que un susurro. El balanceo de sus pies se ralentizó y se movieron a la deriva bajo el agua de forma ensoñadora—. Asegura que fue ella la que le entró. Y finalmente... ya sabes.

Sí, seguro. Siempre ocurre de esa forma. Por lo menos en los libros y en las películas. Quizá a veces también en la vida real. Solo porque sonara como una mentira interesada no significaba que lo fuera.

—¿La chica con la que canta?

—Bridget Andreisson —confirmó, con un asentimiento de cabeza.

—La del mal aliento.

Una tenue sonrisa.

—Creo recordar que me dijiste no hace mucho que él tendría que elegir.

Un largo silencio. Y después:

—Es complicado.

Siempre lo es. Pregunta a cualquier borracho en un bar al que su mujer le haya expulsado de casa. Permanecí en silencio.

—Le dijo que ya no quería verla más. Y los duetos se han acabado. Lo sé a ciencia cierta, porque revisé algunas de las últimas críticas en internet. —Se sonrojó ligeramente, aunque no la culpaba por comprobarlo. Yo también lo habría hecho—. Cuando el señor Fredericks, el director de la gira, le amenazó con enviarlo a casa, Carson le dijo que podía hacerlo si así lo deseaba, pero que no iba a cantar más con esa puta santurrona rubia.

—¿Fueron esas sus palabras exactas? —pregunté, y su cara exhibió una sonrisa radiante.

—Es baptista, papá. Estoy interpretando. En cualquier caso, Carson se mantuvo firme y el señor Fredericks cedió. Para mí, eso es un tanto a su favor.

Sí, pensé, *pero sigue siendo un embustero que se llama a sí mismo Smiley*.

La cogí de la mano.

—¿Cuál será tu próximo movimiento?

Suspiró. La coleta la hacía aparentar once años; el suspiro hizo que sonara como si tuviera cuarenta.

—No lo sé. Me siento perdida.

—Entonces déjame ayudarte. ¿Lo harás?

—Vale.

—Por el momento, mantente alejada de él —sugerí, y descubrí que eso era lo que deseaba con toda el alma. Pero había más. Cuando pensaba en las pinturas *Niña y barco*, especialmente en la chiquilla en el bote de remos, me entraban ganas de decirle que no hablara con extraños, que mantuviera el secador de pelo lejos de la bañera, y que hiciera footing solo en las pistas de la universidad. Nunca por el parque Roger Williams al anochecer.

Me dirigía una mirada socarrona, y me las arreglé para ponerme en marcha de nuevo.

—Vuelve a la facultad…

—Quería hablar contigo de eso…

Asentí con la cabeza, pero le apreté el brazo para indicarle que no había terminado del todo.

—Finaliza el semestre. Haz tus exámenes. Deja que Carson acabe la gira. Adquiere algo de perspectiva primero, y después quedáis… ¿comprendes lo que estoy diciendo?

—Sí…

Ella lo comprendía, pero no sonaba convencida.

—Cuando quedéis juntos, hacedlo en terreno neutral. Y no quiero avergonzarte, pero seguimos estando solos tú y yo, así que voy a decirlo: la cama no es terreno neutral.

Bajó la mirada hacia sus pies nadadores. Alargué la mano y volví su rostro hacia mí.

—Cuando los problemas no se resuelven, la cama es un campo de batalla. Yo ni siquiera cenaría con ese tío hasta que supieras a qué atenerte con respecto a él. Reuníos en… no sé…. Boston. Sentaos en un banco de un parque y arreglarlo. Aclaralo en tu mente y asegúrate de que él lo tiene claro. Luego id a cenar. Id a un partido de los Red Sox. O vete a la cama con él, si crees que es lo correcto. Solo porque no quiera pensar en tu vida sexual no significa que crea que no deberías tenerla.

Me alivió considerablemente el hecho de que se riera. Ante el sonido, entró un camarero que todavía parecía medio dormido y nos preguntó si queríamos café. Respondimos afirmativamente.

—Está bien, papá —dijo Ilse cuando el camarero fue a buscarlo—. Entendido. De todas formas iba a decirte que me vuelvo esta tarde. Tengo un preliminar de Antro a finales de semana, y un puñado de nosotros hemos creado un grupito de estudio. Nos llamamos a nosotros mismos el Club de los Supervivientes. —Me miró con ansiedad—. ¿Te parece bien? Sé que contabas con que me quedara un par de días, pero ahora que ha pasado esto con tu amiga…

—No, cariño, está bien. —La besé en la punta de la nariz, pensando que si me acercaba, no vería lo complacido que estaba… complacido de que hubiera venido a la exposición, complacido de que hubiéramos pasado algo de tiempo juntos esa mañana, y complacido, sobre todo, porque ella estaría a mil quinientos kilómetros al norte de Duma Key para cuando se pusiera el sol esa noche. Suponiendo que pudiera conseguir un vuelo, claro estaba—. ¿Y en cuanto a Carson?

Permaneció allí sentada en silencio tal vez durante un minuto entero, meciendo sus pies descalzos en el agua. Entonces se levantó y me tomó del brazo, ayudándome a ponerme en pie.

—Creo que tienes razón. Le diré que si se toma en serio nuestra relación, tendrá que esperar hasta el Cuatro de Julio.

Ahora que había tomado una decisión, sus ojos volvían a brillar.

—Eso me permitirá terminar el semestre y tener además un mes de vacaciones de verano. A él le permitirá seguir con la gira hasta su último concierto en el Cow Palace, y además le proporcionará tiempo para averiguar si su lío con la Rubita está tan terminado como piensa. ¿Eso te satisface, padre querido?

—Completamente.

—Aquí llega el café —anunció—. Ahora la pregunta es, ¿cuánto falta para el desayuno?

II

Wireman no se presentó al desayuno de esa mañana, pero él había reservado el Salón Isla de la Bahía desde las ocho hasta las diez. Presidí la mesa ante dos docenas de familiares y amigos, la mayoría de Minnesota. Era uno de aquellos eventos que la gente recuerda y del que habla durante décadas, en parte por encontrar tantos rostros familiares en un ambiente exótico, en parte por la volatilidad de la atmósfera emocional.

Por un lado, existía una muy palpable sensación de «El Chico de Casa lo Hace Bien». La habían percibido en la exposición, y sus juicios de valor quedaron confirmados en los periódicos matutinos. Las críticas en el *Sarasota Herald Tribune* y en el *Venice Gondolier* eran magníficas, pero breves. El artículo de Mary Ire en el *Tampa Trib*, en cambio, ocupaba casi una página entera, y rebosaba lirismo. Debía de haberlo escrito con antelación. Me llamaba «un nuevo e importante talento americano». Mi madre, siempre un poco amargada, habría dicho: «Con eso y diez centavos podrás limpiarte el culo con holgura». Aunque, por supuesto, aquel dicho suyo era de hacía cuarenta años, cuando con diez centavos podías comprar mucho más que hoy en día.

Elizabeth se hallaba en el extremo opuesto, naturalmente. No había ninguna esquela de ella, pero se había añadido un recuadro en la página del periódico de Tampa que traía la crítica de Mary: **FAMOSA MECENAS ENFERMA EN LA MUESTRA FREEMANTLE.** La noticia, de apenas dos párrafos de extensión, manifestaba que Elizabeth Eastlake, toda una personalidad en el escenario artístico de Sarasota y residente en Duma Key, había sufrido aparentemente un ictus no mucho después de llegar a la Galería Scoto, y había sido trasladada en ambulancia al Hospital Memorial de Sarasota. No se conocía su estado al cierre de la edición.

Mi gente de Minnesota era consciente de que en la noche de mi triunfo, una buena amiga había fallecido. Se producían estallidos de carcajadas y ocasionalmente se lanzaban algunas pullas entre sí, y entonces miraban en mi dirección para ver si me sentía molesto. A las nueve y media, los huevos revueltos que había comido reposaban como plomo en mi estómago, y empezaba a sufrir uno de mis dolores de cabeza, el primero en casi un mes.

Me excusé para subir a mi habitación. Había dejado un bolso pequeño en el dormitorio donde no había dormido. El neceser contenía varias tabletas de Zomig, un medicamento contra la migraña. No detendría un tornado de fuerza 5, pero generalmente funcionaba si me tomaba una dosis con suficiente antelación. Me tragué una pastilla con una Coca-Cola del minibar, y cuando ya me marchaba vi que la luz del teléfono parpadeaba. Casi me desentendí, pero entonces caí en la cuenta de que el mensaje podría ser de Wireman.

Resultó que había media docena de mensajes. Los cuatro primeros eran más felicitaciones, que cayeron sobre mi cabeza dolorida como perdigones de granizo sobre un tejado de hojalata. Antes de llegar al cuarto, el de Jimmy, empecé a pulsar el 6 en el teclado numérico, lo que me permitía pasar más rápido al siguiente mensaje. No estaba de humor para halagos.

El quinto mensaje era, en efecto, de Jerome Wireman. Sonaba cansado y aturdido.

—Edgar, sé que has destinado un par de días a tu familia y amigos, y odio pedirte esto, sé que es una putada, pero ¿podemos reunirnos en tu casa esta tarde? Tenemos que hablar, y lo digo de verdad. Jack ha pasado la noche conmigo en *El Palacio*… no quiso que me quedara solo, qué gran chico es. Nos hemos levantado temprano, para buscar esa cesta roja de la que tanto hablaba ella, y… bueno, la encontramos. Mejor tarde que nunca, ¿no? Ella quería que la tuvieras, así que Jack la llevó a Big Pink. La casa estaba abierta, y escucha bien, Edgar… alguien ha estado dentro.

Silencio en la línea, pero le oía respirar. Luego:

—Jack está atacado de los nervios, y tú deberías prepararte para un shock, *muchacho*. Aunque puede que ya te hagas una ide…

Se oyó un pitido, y a continuación empezó el sexto mensaje. Seguía siendo Wireman, ahora bastante enfadado, lo cual hacía que se pareciera más a sí mismo.

—¡Joder, vaya puta mierda de cinta! *¡Chinche pedorra! ¡Ay!* Edgar, Jack y yo nos vamos a pasar por Abbot-Wexler. Es… —Una breve pausa mientras intentaba recuperar la compostura—… la casa de pompas fúnebres que ella quería. Estaré de vuelta a la una. De verdad, deberías esperar a que llegáramos antes de entrar en tu casa. No es que esté destrozada, ni nada, pero quiero estar contigo cuando eches un vistazo a esa cesta y veas lo que hay en tu estudio. No quiero parecer misterioso, pero Wireman no hablará de este asunto de mierda a una cinta que cualquiera podría escuchar. Y hay una cosa más. Llamó uno de sus abogados, y dejó un mensaje en el contestador… Jack y yo seguíamos en el puto desván. Dice que soy el único beneficiario.

Una pausa.

—*La lotería*.

Otra pausa.

—Me lo ha dejado todo.

Otra pausa.

—Que me jodan.

Eso fue todo.

III

Pulsé el 0 para comunicarme con la operadora del hotel. Tras una corta espera, me proporcionó el número de la Funeraria Abbot-Wexler y lo marqué. Me contestó una máquina, que me ofreció todo un abanico verdaderamente asombroso de servicios orientados a la muerte («Para Sala de Exposición y Venta de Urnas, pulse 5»). Esperé pacientemente a que terminara (la opción de hablar con un ser humano real siempre ocupa la última posición en estos tiempos, un premio de consolación para los tontos que no son capaces de lidiar con el siglo veintiuno), y mientras aguardaba repasé mentalmente el mensaje de Wireman. ¿La casa abierta? ¿En serio? Mi memoria postaccidente no era muy fiable, desde luego, pero el hábito sí. Big Pink no era de mi propiedad, y había sido enseñado desde mi más tierna infancia a tener especial cuidado de las pertenencias de otros. Estaba positivamente seguro de que había cerrado con llave. Por lo tanto, si alguien había entrado, ¿por qué no estaba forzada la puerta?

Pensé durante solo un instante en dos niñitas con vestidos

mojados… niñitas con rostros putrefactos que hablaban con la chirriante voz de las conchas bajo la casa… y entonces aparté la imagen con un estremecimiento. Habían sido solo un producto de mi imaginación, sin duda una visión provocada por una mente sobresaturada. Y aunque hubieran sido algo más… los fantasmas no necesitan abrir puertas, ¿verdad? Simplemente las atravesaban, o se materializaban a través de las tablas del suelo.

—… O si necesita ayuda.

Por Dios, casi había perdido mi entrada. Pulsé el 0, y tras unos pocos compases de algo que sonaba vagamente a «Abide with Me», una balsámica voz me preguntó, de forma muy profesional, si podía ayudarme en algo. Reprimí un poderoso deseo irracional de gritar: «¡Es mi brazo! ¡Nunca tuvo un entierro decente!» y colgar a continuación. En cambio, pregunté si Jerome Wireman se encontraba allí, mientras acunaba el teléfono entre la oreja y el hombro y me frotaba un punto sobre la ceja derecha.

—¿Puedo preguntar a qué difunto representa?

Una imagen de pesadilla apareció delante de mí: un juzgado silencioso de muertos, y Wireman exclamando «Protesto, Señoría».

—Elizabeth Eastlake —respondí.

—Oh, por supuesto. —La voz se hizo más cálida, convertida provisionalmente en humana—. Él y su joven amigo han salido; fueron a preparar el obituario de la señora Eastlake, creo. Es posible que tenga un mensaje para usted. No cuelgue, por favor.

Me dejó en espera y «Abide with Me» se reanudó.

Finalmente regresó Digger el Sepulturero.

—El señor Wireman pregunta si usted se reunirá con él y… eh… el señor Candoori, si es posible, en su casa en Duma Key a las dos de esta tarde. Dice: «Si llegas primero, por favor espera fuera». ¿Lo tiene?

—Sí. ¿No sabe si volverá?

—No, no lo mencionó.

Le di las gracias y colgué. Si Wireman poseía un teléfono móvil, nunca se lo había visto encima, y de todas formas no sabía el número, pero Jack sí tenía uno. Desenterré el número de mi cartera y lo marqué. Se desvió al buzón de voz al primer toque, lo que me indicó que estaba desconectado o muerto, bien porque Jack había olvidado cargar la batería bien porque no había pagado la factura. Cualquiera de las dos cosas era posible.

Jack está atacado de los nervios, y tú deberías prepararte para un shock.

Quiero estar contigo cuando eches un vistazo a esa cesta.

Pero ya tenía una idea bastante acertada sobre lo que contenía la cesta, y presumía que a Wireman tampoco le había sorprendido.

No realmente.

IV

La Mafia de Minnesota guardaba silencio alrededor de la mesa en el Salón Isla de la Bahía, e incluso antes de que Pam se levantara, comprendí que habían estado haciendo algo más que hablar de mí mientras estuve fuera. Habían celebrado una reunión.

—Volvemos a casa —anunció Pam—. Es decir, la mayoría de nosotros. Los Slobotnik ya tenían planes para visitar Disney World, los Jamieson van a Miami…

—Y nosotros vamos con ellos, papá —la interrumpió Melinda, que aferraba el brazo de Ric—. Podemos coger un avión de vuelta a Orly desde allí, y en realidad es más barato que el que tú reservaste.

—Creo que podríamos afrontar el gasto —repliqué, pero sonreí. Experimenté una sensación de lo más extraña, mezcla de alivio, decepción y miedo. Al mismo tiempo sentí que las correas que me apretaban la cabeza se abrían y comenzaban a desprenderse. El incipiente dolor de cabeza había desaparecido, tan simple como eso. Podría haber sido efecto del Zomig, pero esa cosa no suele actuar tan rápido, ni siquiera con una buena dosis de cafeína para darle impulso.

—¿Has tenido noticias de tu amigo Wireman esta mañana? —retumbó Kamen.

—Sí —respondí—. Me dejó un mensaje en el contestador.

—¿Y cómo lo lleva?

Bueno. Esa era una larga historia, ¿no es cierto?

—Se las va apañando, con todo el tema de la funeraria… y Jack le echa una mano… pero está algo inestable.

—Ve a ayudarle —aconsejó Tom Riley—. Esa es tu tarea hoy.

—En efecto —agregó Bozie—. Estás sufriendo, Edgar. No tienes necesidad de jugar al buen anfitrión ahora mismo.

—Llamé al aeropuerto —informó Pam, como si yo hubiera protestado, cosa que no hice—. El Gulfstream está listo. Y el conserje del hotel nos está ayudando con el resto de los viajes. Entretanto, nos queda todavía esta mañana. La cuestión es, ¿qué hacemos con ella?

Terminamos haciendo lo que había planeado: visitamos el Museo de Arte John y Mable Ringling.

Y me puse mi boina.

V

A primera hora de la tarde, me encontré a mí mismo parado en la zona de embarque del Dolphin Aviation, repartiendo besos de despedida a mis amigos y familiares, o estrechando sus manos, o abrazándoles, o las tres cosas. Melinda, Ric y los Jamieson ya se habían marchado.

Kathi Green, la Reina de la Rehabilitación, me plantó un beso en la cara con su habitual ferocidad.

—Cuídate, Edgar. Me encantan tus pinturas, pero estoy mucho más orgullosa por tu manera de andar. Has hecho increíbles progresos. Me gustaría que desfilaras ante mi última generación de lloricas.

—Eres dura, Kathi.

—No tanto —replicó, restregándose los ojos—. La verdad es que soy una puñetera blandengue.

A continuación Kamen se encontró descollando sobre mí.

—Si necesitas ayuda, dame un toque ASAP.

—Sí —asentí—. Tú ser el KamenDoc.

Kamen sonrió. Fue como tener la sonrisa de Dios sobre ti.

—Creo que todavía no estás completamente bien, Edgar, pero solo me queda la esperanza de que lo estarás. Nadie se merece más que tú aterrizar de pie y con la cabeza alta cara al sol.

Le di un abrazo. Un abrazo manco, pero él lo compensaba.

Caminé hacia el avión al lado de Pam. Nos detuvimos a los pies de la escalerilla mientras los otros embarcaban. Me sostenía la mano entre las suyas, alzando la mirada hacia mí.

—Solo voy a darte un beso en la mejilla, Edgar. Illy está mirando y no quiero que se haga una idea equivocada —dijo, y eso fue lo que hizo. Después añadió—: Estoy preocupada por ti. Tienes como un halo blanco alrededor de los ojos que no me gusta.

—Elizabeth…

Meneó la cabeza levemente.

—Estaba ahí anoche, antes incluso de que ella llegara a la galería. Incluso en tu momento de mayor felicidad. Un halo blanco. No puedo describirlo mejor. Solo lo había visto una vez con anterioridad, allá en 1992, cuando durante un tiempo parecía que no podrías pagar aquel préstamo antes de la fecha de vencimiento y perderías la compañía.

Las turbinas del avión silbaban quejumbrosamente, y una brisa caliente hacía revolotear su pelo alrededor de la cara, confiriéndole a sus cuidados rizos de salón de belleza un aspecto más joven y natural.

—¿Puedo preguntarte algo, Eddie?

—Claro que sí.

—¿Serías capaz de pintar en cualquier parte? ¿O tiene que ser aquí?

—En cualquier parte, creo. Pero sería diferente en cualquier otro sitio.

Me miraba fijamente, casi de modo suplicante.

—Da igual, un cambio podría ser bueno. Tienes que desprenderte de ese halo blanco. No hablo de que tengas que volver a Minnesota, necesariamente, solo irte… a cualquier otro sitio. ¿Lo pensarás?

—Sí —contesté, pero no hasta que viera lo que contenía la cesta de picnic roja. Y no hasta que hiciera por lo menos una excursión al extremo sur del Cayo. Y sospechaba que podría hacerlo. Porque Ilse fue la única que enfermó, no yo. Lo único que yo experimenté fue uno de mis *flashbacks* del accidente teñidos de rojo. Y aquel picor fantasma.

—Cuídate mucho, Edgar. No sé exactamente qué será de ti, pero todavía queda suficiente del viejo tú al que amar.

Se alzó sobre las puntas de sus pies en sus sandalias blancas (compradas especialmente para este viaje, no me cabía duda), y plantó un suave beso en mi mejilla sin afeitar.

—Gracias —dije—. Gracias por lo de anoche.

—No tienes por qué darlas. Fue muy dulce.

Me apretó la mano. A continuación subió la escalerilla y desapareció.

VI

Fuera de la terminal de Delta otra vez. En esta ocasión sin Jack.

—Solos tú y yo, Doña Galletita —dije—. Parece que nosotros cerramos el bar.

Entonces vi que lloraba, y la envolví con mi brazo.

—Papá, ojalá pudiera quedarme contigo.

—Regresa, cariño. Estudia para tu examen y machácalo. Te veré pronto.

Retrocedió y me miró con una expresión de ansiedad.

—¿Estarás bien?

—Sí, y tú cuídate, también.

—Lo haré. Lo haré.

La abracé de nuevo.

—Venga, ve a facturar. Compra unas revistas, mira la CNN y que tengas un buen vuelo.

—Está bien, papá. Fue algo increíble.

—Tú eres increíble.

Me dio un impetuoso beso en la boca, para compensar el que

su madre había reprimido, tal vez, y atravesó las puertas correderas. Se giró una vez más y se despidió agitando la mano, aunque tras el cristal polarizado ya no era más que una vaga silueta de mujer. Desearía con toda el alma haber tenido una visión más nítida de ella, porque nunca más la volví a ver.

VII

Había dejado dos mensajes para Wireman desde el Museo de Arte Ringling, uno en la funeraria y otro en el contestador automático de *El Palacio*, diciéndole que estaría de vuelta hacia las tres, y pidiéndole que se reuniera conmigo allí. También le pedí que le dijera a Jack que si tenía edad suficiente para votar e irse de fiesta con las chicas de las hermandades de la FSU, entonces tenía edad suficiente para cuidar de su maldito teléfono móvil.

Al final llegué al Cayo casi a las tres y media, pero tanto el coche de Jack como el antiguo Mercedes plateado de Elizabeth se hallaban aparcados en la agrietada superficie pavimentada a la derecha de Big Pink, y ellos dos esperaban sentados en el escalón de la puerta trasera, bebiendo té helado. Jack todavía llevaba su traje gris, pero su cabello presentaba una vez más su acostumbrado desorden, y tenía puesta su camiseta de los Devil Rays bajo la chaqueta. Wireman vestía con unos vaqueros negros y una camisa blanca, con el cuello abierto; una gorra de los Cornhuskers de Nebraska, ladeada hacia atrás, cubría su cabeza.

Aparqué y me estiré nada más bajar del coche, intentando que mi cadera mala se pusiera en movimiento. Ellos se levantaron y se acercaron; ninguno de los dos sonreía.

—¿Se han ido todos, *amigo*? —preguntó Wireman.

—Todos menos mi tía Jean y tío Ben —contesté—. Son unos gorrones expertos, que exprimen cualquier cosa buena hasta la última gota.

Jack esbozó una sonrisa sin mucho humor.

—En todas las familias hay unos cuantos —comentó.

—¿Cómo estás? —le pregunté a Wireman.

—Por lo de Elizabeth, estoy bien. Hadlock dijo que probablemente haya sido para mejor así, y supongo que tiene razón. Que me haya dejado unos ciento sesenta millones de dólares, entre dinero en efectivo, acciones, y propiedades... —Sacudió la cabeza—. Eso es diferente. Quizá algún día me permita el lujo de intentar asimilarlo, pero ahora mismo...

—Ahora mismo está pasando algo.

—*Sí, señor*. Y es muy raro.

—¿Cuánto le has contado a Jack?

—Bueno, te diré algo, *amigo* —respondió Wireman, que parecía un poco incómodo—. Una vez que empecé, fue muy difícil encontrar un punto razonable en el que detenerme.

—Me lo contó todo —admitió Jack—. O eso afirma él. Incluyendo lo que él cree que hiciste para restaurar su vista, y lo que tú crees que le hiciste a Candy Brown. —Hizo una pausa—. Y lo de las dos niñas que viste.

—¿Y te parece bien lo de Candy Brown? —pregunté.

—Si dependiera de mí, te daría una medalla. Y la gente de Sarasota probablemente te dedicaría una carroza en el desfile del día de los Caídos. —Jack metió las manos en los bolsillos—. Pero si me hubieras dicho el pasado otoño que cosas como esta podían pasar fuera de las películas de M. Night Shyamalan, me habría desternillado de risa.

—¿Y si hubiera sido la semana pasada? —pregunté.

Jack meditó sobre ello. Al otro lado de Big Pink, las olas rompían a un ritmo constante. Bajo mi sala de estar y mi dormitorio, las conchas estarían hablando.

—No —respondió—. Probablemente no me habría reído entonces. Supe desde el principio que tenías algo, Edgar. Llegaste aquí, y... —Juntó los dedos de las manos, entrelazándolos. Y pensé que aquello era adecuado, que era así como había sido. Como los dedos de dos manos entrelazados. Y el hecho de que yo solo tuviera una mano nunca había tenido importancia.

No aquí.

—¿De qué estas hablando, *hermano*? —preguntó Wireman.

Jack se encogió de hombros.

—Edgar y Duma. Duma y Edgar. Como si estuvieran esperándose el uno al otro.

Jack parecía un poco avergonzado, pero no inseguro.

—Entremos —propuse, extendiendo el pulgar en dirección a mi casa.

—Cuéntale primero cómo encontramos la cesta —le pidió Wireman a Jack. Este se encogió de hombros.

—No fue gran cosa; no llevó ni dos minutos. Estaba encima de una vieja cómoda en el extremo más alejado del desván. La luz que entraba por uno de los respiraderos la iluminaba directamente. Como si quisiera ser encontrada. —Miró a Wireman, que asintió con la cabeza en un gesto de conformidad—. Total, la bajamos a la cocina y miramos dentro. Pesaba más que mil demonios.

El comentario de Jack sobre el peso de la cesta me hizo pensar en la forma en que Melda, el ama de llaves, la había estado sujetando en el retrato de familia, con los brazos en tensión. Aparentemente también había pesado mucho en aquel entonces.

—Wireman me sugirió que trajera la cesta aquí y te la dejara, dado que yo tenía una llave… lo único es que no la necesité. La casa estaba sin cerrar.

—¿La puerta estaba realmente abierta?

—No. Lo que hice primero fue girar la llave, y en realidad la volví a candar. Me llevé una sorpresa del copón.

—Vamos —dijo Wireman, encabezando la marcha—. Hora de salir a la pizarra y exponer.

Una buena cantidad de la costa de Florida se hallaba desperdigada sobre el suelo de madera noble de la entrada: arena, conchas, un par de cáscaras de sófora, y unas pocas algas secas. También había huellas. Las de playeras pertenecían a Jack. Fueron las otras las que me pusieron la piel de gallina. Distinguí tres juegos de pisadas, uno grande y dos pequeños. Las pequeñas eran huellas de niña. Todos los pies habían estado descalzos.

—¿Ves cómo se difuminan a medida que suben por las escaleras? —señaló Jack.

—Sí —dije. Mi voz era un remoto sonido apenas audible para mis oídos.

—Las fui esquivando, porque no quería borrarlas. Si hubiera sabido entonces lo que Wireman me contó mientras te esperábamos, creo que no habría subido de ninguna manera.

—No te culpo.

—Pero arriba no había ninguna. Solo… bueno, ya lo verás. Y mira.

Me condujo al lado de las escaleras. El noveno escalón quedaba a la altura de nuestros ojos, y gracias a la luz que caía sobre él pude distinguir, muy vagamente, las huellas de pequeños pies descalzos apuntando en dirección contraria.

—Para mí está claro —aseguró Jack—. Las crías subieron a tu estudio y luego volvieron a bajar. El adulto se quedó en la puerta delantera, probablemente como centinela… aunque si esto ocurrió en mitad de la noche, me da que no habría mucho que vigilar. ¿Solías conectar la alarma antirrobo?

—No —respondí, sin mirarle directamente a los ojos—. No me acuerdo de los números. Los guardo en un trozo de papel en mi cartera. Cada vez que entraba por la puerta se convertía en una carrera contra el tiempo: yo frente a los pitidos de ese jodido aparato en la pared…

—Está bien —dijo Wireman, agarrándome el hombro—. Estos ladrones no cogieron; dejaron.

—Tú no crees de veras que las hermanas muertas de la señorita Eastlake te hicieron otra visita, ¿no? —preguntó Jack.

—Lo cierto es que sí. Creo que estuvieron aquí —contesté. Se me ocurrió que eso sonaría estúpido bajo la brillante luz de una tarde de abril, con una tonelada de rayos de sol vertiéndose sobre el Golfo y reflejándose en él, pero no fue así.

—En *Scooby Doo*, resultaría ser el bibliotecario loco —comentó Jack—. Ya sabes, intentando asustarte para que te largaras del Cayo y que pudiera quedarse él solo con todo el tesoro.

—Ojalá —dije.

—Imagina que esas huellas pequeñas fueron dejadas por Tessie y Laura Eastlake. ¿De quién son las grandes, entonces? —preguntó Wireman.

Ninguno de nosotros respondió.

—Vayamos arriba —dije por fin—. Quiero examinar la cesta.

Subimos a Little Pink, evitando las huellas... no para preservarlas, sino simplemente porque ninguno de nosotros quería pisar encima de ellas. La cesta de picnic, exactamente igual a la que había dibujado con el rotulador rojo robado de la consulta de Gene Hadlock, descansaba sobre la alfombra, pero mis ojos se vieron atraídos en primer lugar hacia el caballete.

—Créete que puse pies en polvorosa en cuanto lo vi —confesó Jack.

Me lo creía, pero yo no sentí la necesidad de huir. Todo lo contrario. Me vi en cambio atraído hacia delante, como un tornillo de hierro a un imán. Habían colocado allí un lienzo en blanco, y después, en algún momento en la quietud de la noche —quizá mientras Elizabeth moría, quizá mientras hacía el amor con Pam por última vez, quizá mientras dormía a su lado—, un dedo se había bañado en pintura. ¿A quién pertenecía ese dedo? Lo desconocía. ¿De qué color? Eso era evidente: rojo. Las letras que oscilaban y se arrastraban y chorreaban por todo el lienzo eran rojas. Y acusadoras. Casi parecían gritar.

*donde esta
nuestra hermana?*

VIII

—*Objet trouvé* —dije con una voz seca y estertórea que a duras penas sonaba como la mía propia.

—¿Arte encontrado? ¿Es eso? —preguntó Wireman.

—Seguro. —Las letras parecieron ondular delante de mí, y me restregué los ojos—. Arte graffiti. Les encantaría en la Scoto.

—Quizá, pero a mí esa mierda me da escalofríos —opinó Jack—. Lo aborrezco.

Igual que yo. Y era mi estudio, maldición, el mío. Tenía un contrato de alquiler. Arranqué el lienzo del caballete, esperando por un momento que me quemara los dedos. Eso no ocurrió. Era un simple lienzo, después de todo, uno que yo mismo había estirado. Lo puse de cara a la pared.

—¿Mejor así?

—Sí, la verdad —admitió Jack, y Wireman asintió con la cabeza—. Edgar... si esas niñas estuvieron aquí... ¿pueden los fantasmas escribir en un lienzo?

—Si pueden mover una palanca sobre una tabla de Ouija y escribir en la escarcha de las ventanas, me figuro que también podrían escribir en un lienzo —respondí. Después, bastante a regañadientes, agregué—: Pero no me imagino a ningún fantasma abriendo la puerta delantera. Ni poniendo un lienzo en el caballete, para el caso.

—¿No había ningún lienzo ahí? —preguntó Wireman.

—Casi seguro que no. Los blancos están apilados en la esquina.

—¿Quién es la hermana? —quiso saber Jack—. ¿Quién es la hermana por la que preguntan?

—Debe de ser Elizabeth —aventuré—. Era la única que quedaba.

—Chorradas —dijo Wireman—. Si Tessie y Laura se encontrasen al otro lado del siempre popular velo, no tendrían ningún problema en localizar a su hermana Elizabeth; ha estado aquí mismo en Duma Key durante más de cuarenta y cinco años, y Duma fue el único lugar que llegaron a conocer.

—¿Qué hay de las otras? —pregunté.

—Maria y Hannah murieron las dos —explicó Wireman—. Hannah en los setenta, en Nueva York... en Ossining, creo... y Maria a principios de los ochenta, en algún lugar del oeste. Las dos se casaron, Maria un par de veces. Lo sé por Chris Shannington, no por la señorita Eastlake. Ella en ocasiones hablaba acerca de su padre, pero casi nunca de sus hermanas. Cortó toda relación con el resto de su familia después de que ella y John regresaran a Duma en 1951.

Donde esta nuestra hermana?

—¿Y Adriana? ¿Qué pasó con ella?

Wireman se encogió de hombros.

—*¿Quién sabe?* La historia se la tragó. Shannington piensa que ella y su nuevo marido seguramente regresaron a Atlanta después de que la búsqueda de las pequeñas fuera cancelada; no estuvieron presentes en las exequias.

—Puede que culpara a su padre de lo sucedido —aventuró Jack.

Wireman asintió con la cabeza.

—O quizá sencillamente no soportaba la idea de quedarse por aquí.

Recordé el rostro de Adriana en el retrato de familia, y su mohín que expresaba «Quiero-estar-en-cualquier-otro-sitio», y pensé que Wireman podría haber dado en el clavo.

—En cualquier caso —continuó Wireman—, tiene que estar también muerta. Si siguiera viva, rondaría casi los cien años.

Donde esta nuestra hermana?

Wireman me asió del brazo y me hizo girar para estar frente a frente. Su rostro presentaba un aspecto demacrado y viejo.

—*Muchacho*, si algo sobrenatural mató a la señorita Eastlake para silenciarla, quizá deberíamos captar la indirecta y abandonar Duma Key.

—Es posible que sea demasiado tarde para eso —dije.

—¿Por qué?

—Porque ella está despierta otra vez. Es lo que dijo Elizabeth antes de morir.

—¿Quién está despierta?

—Perse.

—¿Quién es esa?

—No lo sé —respondí—. Pero supuestamente debemos ahogarla a dormir.

La cesta de picnic había sido escarlata cuando era nueva, y se había desteñido solo un poco a lo largo de su prolongada existencia, tal vez porque la mayor parte la había pasado encerrada en el desván. Empecé sopesando una de las asas. El maldito trasto era bastante pesado, de acuerdo; calculé que alrededor de unos diez kilos. El fondo de mimbre, a pesar de estar fuertemente entretejido, se hallaba algo combado hacia abajo. La deposité de nuevo en la alfombra, separé las gruesas asas de madera, y volteé la tapa sobre unas bisagras que chirriaron levemente.

Había lápices de colores, la mayoría de los cuales reducidos a simples cabos de tanto afilarlos. Y había dibujos, realizados por cierta niña prodigio hacía más de ochenta años. Una niñita pequeña que se había caído de un calesín tirado por ponis a la edad de dos años, que se había golpeado la cabeza y que había despertado con convulsiones y una habilidad mágica para dibujar. Lo supe, incluso a pesar de que el dibujo de la primera página no era en absoluto un dibujo… no realmente, sino esto:

Levanté la hoja y debajo encontré esto:

A continuación, los dibujos se convirtieron en auténticos dibujos, aumentando en técnica y complejidad a una velocidad imposible de creer. A menos, claro, que por casualidad fueras un tipo como Edgar Freemantle, que pintarrajeaba poco más que garabatos hasta que un accidente en una obra le arrancó el brazo, le aplastó el cráneo y casi puso fin a su vida.

Había dibujado campos. Palmeras. La playa. Una colosal

cara negra, redonda como un balón de baloncesto, con una sonriente boca roja... probablemente Melda, el ama de llaves, aunque parecía un primer plano exagerado de una niña demasiado grande para su edad. Luego más animales —mapaches, una tortuga, un ciervo, un lince rojo—, de un tamaño más natural, aunque caminaban sobre el Golfo, o volaban por el aire. Encontré una garza, perfecta en todos los detalles, que estaba posada en la barandilla de la terraza de la casa en la que había crecido. Justo debajo de esta había otra acuarela de la misma ave, solo que esta vez se cernía cabeza abajo sobre la piscina. Los taladrantes ojos que proyectaban la mirada fuera de la pintura poseían una tonalidad idéntica a la de la propia piscina.

Ella hacía lo mismo que he estado haciendo yo, pensé, y sentí de nuevo que los escalofríos me recorrían la piel. *Estaba tratando de reinventar lo ordinario, y al transformarlo en un sueño lo creaba nuevo.*

¿Mojarían sus pantalones Dario, Jimmy y Alice si vieran estas obras? No me cabía duda alguna.

Aquí había dos niñitas —Tessie y Laura, seguramente— con grandes sonrisas de calabaza que deliberadamente excedían los límites de sus caras.

Aquí había un papá más grande que la casa junto a la que se erguía —tenía que ser el primer Heron's Roost—, fumando un puro del tamaño de un coche. Un anillo de humo cercaba la luna sobre su cabeza.

Aquí había dos chicas con vestidos pichi de color verde oscuro en un polvoriento camino, con libros de texto en equilibrio sobre sus cabezas, del modo en que algunas chicas nativas de África sostenían sus vasijas: Maria y Hannah, sin duda. Detrás de ellas había una fila de ranas. Desafiando a la perspectiva, el tamaño de las ranas, en lugar de disminuir, aumentaba cuanto más atrás estaban.

Luego venía la fase de los Caballos Risueños de Elizabeth. Había una docena, o más. Los hojeé uno tras otro, y entonces retrocedí hasta uno en particular.

—Este es el que aparecía en el artículo del periódico —comenté, golpeándolo suavemente con el dedo.

—Sigue un poco más. Todavía no has visto *ná* —dijo Wireman.

Más caballos... más familia, interpretados en dibujos a lápiz o carboncillo o en joviales acuarelas, los integrantes de la familia casi siempre con las manos enlazadas como muñecos de papel... después una tormenta, el agua de la piscina azotada, olas levantadas de su superficie, las hojas de una palmera izadas por el viento en estandartes hechos jirones.

Había más de cien láminas en total. Puede que solo se tratara de una niña, pero también se había desencorchado. Dos o tres dibujos más de tormentas... quizá el Alicia que había expuesto a la vista el tesoro escondido de Eastlake, quizá simplemente una espectacular tormenta eléctrica, era imposible afirmarlo con certeza... luego el Golfo... otra vez el Golfo, esta vez con peces voladores del tamaño de delfines... el Golfo con pelícanos que parecían tener arco iris en sus bocas... el Golfo a la hora del crepúsculo... y...

Me detuve, con el aliento atrapado en mi garganta.

Comparado con muchos de los otros que había revisado, este era simplísimo, solo la silueta de un barco contra la luz agonizante, atrapada en el punto de no retorno entre el día y la oscuridad, pero era su sencillez la que le proporcionaba su poder. Ciertamente así lo había creído yo cuando dibujé lo mismo en mi primera noche en Big Pink. Aquí estaba el mismo cable, tensamente extendido entre la popa y lo que en la época de Elizabeth se habría llamado una torreta Marconi, creando un brillante triángulo de color naranja. Aquí estaba el mismo oscurecimiento ascendente de la luz, del naranja al azul. Tenía incluso los mismos trazos garabateados, no totalmente descuidados, que recubrían de color el barco —más esquelético de lo que había sido el mío— y que le conferían el aspecto de un fantasma vagando penosamente hacia el norte.

—Yo dibujé esto —murmuré débilmente.

—Lo sé —dijo Wireman—. Lo he visto. Lo llamaste *Hola*.

Seguí hojeando láminas, pasando apresuradamente con el pulgar un montón de acuarelas y dibujos con lápices de colores, sabiendo lo que finalmente encontraría. Y sí, cerca del fondo llegué a la primera representación de Elizabeth del *Perse*. Salvo que ella lo había dibujado nuevo, una esbelta belleza de tres mástiles, con las velas arriadas, reposando en las aguas verdeazuladas del Golfo bajo un sol marca Elizabeth Eastlake, de la clase que emite alegres rayos de luz. Era una obra maravillosa, que casi suplicaba por una banda sonora estilo calipso.

Pero a diferencia de sus otras pinturas, esta transmitía una sensación de falsedad.

—Continúa, *muchacho*.

El barco… el barco… la familia, cuatro de sus integrantes, al menos, de pie en la playa con las manos enlazadas como muñecos de papel y aquellas sonrisas felices de Elizabeth… el barco, la casa, con lo que parecía un jockey negro cabeza abajo… el barco, aquella espléndida golondrina blanca… John Eastlake…

John Eastlake gritando… la sangre brotándole de la nariz y de un ojo…

Me quedé mirándolo fijamente, mesmerizado. Era la acuarela de una niña, pero había sido ejecutada con una habilidad infernal. Representaba a un hombre con aspecto demente, con un rictus de terror, o de aflicción, o de ambas cosas.

—Dios mío —musité.

—Una más, *muchacho* —dijo Wireman—. Te falta una más.

Pasé la lámina del hombre que gritaba. Las viejas acuarelas resecas producían un enervante sonido, como si fueran huesos. Bajo el padre chillando volvió a aparecer el barco, solo que en esta ocasión era realmente mi barco, mi *Perse*. Elizabeth lo había pintado en la noche, y no con un pincel; podía percibir las antiguas huellas secas de sus dedos de niña en los remolinos de gris y negro. Esta vez era como si ella finalmente hubiera visto a través del disfraz del *Perse*. Los tablones estaban astillados, las velas caídas y llenas de agujeros. A su alrededor, de color azul bajo la luz de una luna que no sonreía ni emitía rayos de felicidad, cientos de brazos esqueléticos emergían del agua en chorreante saludo. Y erguida en la cubierta de proa había una cosa pálida y ancha, vagamente femenina, llevando algo hecho jirones, que podría haber sido una capa, un sudario... o una toga. Era la toga roja, mi toga roja, solo que vista por delante. En la cabeza, tres cuencas vacías miraban escrutadoramente, y una mueca sonriente sobrepasaba los límites de su cara en una mezcolanza de labios y dientes. Era de lejos mucho más horrible que mis pinturas *Niña y barco*, porque iba directa al corazón del asunto sin pausa alguna para que la mente lo asimilara. *Esto es todo lo que resulta abominable*, decía. *Esto es todo lo que siempre temiste encontrar aguardando en la oscuridad. Observa cómo su sonrisa escapa de su rostro bajo la luz de la luna. Observa cómo los ahogados lo saludan.*

—¡Jesús! —exclamé, alzando la mirada hacia Wireman—. ¿Cuándo crees que lo hizo? ¿Después de que sus hermanas...?

—Así debió ser. Tuvo que haber sido su manera de sobrellevarlo, ¿no crees?

—No sé —contesté. Una parte de mí trataba de pensar en mis propias hijas, y otra parte de mí trataba de no hacerlo—. No sé cómo es posible que a una niña... a cualquier niño... se le ocurra algo como esto.

—La memoria de la raza —dijo Wireman—. Eso es lo que los jungianos dirían.

—¿Y cómo es que yo terminé pintando este mismo puto barco? Y puede que esta misma puta criatura, solo que de espaldas. ¿Tienen los jungianos alguna teoría para eso?

—En el de Elizabeth no pone Perse —señaló Jack.

—Habría tenido cuatro años —repliqué—. Dudo que el nombre le hubiera causado mucha impresión. —Pensé en sus pinturas anteriores... las que mostraban esta embarcación como una hermosa mentira blanca en la que ella había creído—. Especialmente una vez que vio lo que era de verdad.

—Hablas como si fuera real —comentó Wireman.

Tenía la boca muy seca. Fui al cuarto de baño, llené un vaso de agua y me lo bebí entero.

—No sé qué creer de esto —dije—, pero me atengo por lo

general a una regla empírica en la vida, Wireman. Si una persona ve algo, podría ser una alucinación. Si dos personas lo ven, las posibilidades de que sea real aumentan exponencialmente. Tanto Elizabeth como yo vimos el *Perse*.

—En vuestra imaginación —puntualizó Wireman—. Lo visteis en vuestra imaginación.

—Has visto lo que mi imaginación puede hacer —dije, apuntando a la cara de Wireman.

No respondió, pero asintió con la cabeza. Estaba muy pálido.

—Dijiste: «Una vez que vio lo que era de verdad» —citó Jack—. Si el barco de esa pintura es real, ¿qué es exactamente?

—Creo que lo sabes —dijo Wireman—. Creo que todos lo sabemos; es condenadamente difícil pasarlo por alto. Tan solo tenemos miedo de expresarlo en voz alta. Continúa, Jack. Dios odia a los cobardes.

—Está bien, es un barco de muertos —declaró Jack. Su voz sonaba apagada en mi estudio limpio y bien iluminado. Se llevó las manos a la cabeza y se revolvió lentamente el pelo con los dedos, confiriéndole un aspecto más desaliñado que nunca—. Pero os diré algo, tíos: si eso es lo que vendrá por mí al final de mis días, creo que desearía no haber nacido nunca.

X

Puse el grueso montón de dibujos y acuarelas a un lado sobre la alfombra, contento de apartar los dos últimos de mi vista. Luego miré el lastre contenido en la cesta de picnic bajo las pinturas.

Era munición para la pistola de arpones. Saqué una de aquellas lanzas gruesas y cortas. Medía unos treinta centímetros de largo, y era bastante pesada. El asta era de acero, no de aluminio; no estaba seguro de si el aluminio se empleaba siquiera en los años veinte. La punta era de tres hojas, y aunque estas se hallaban deslustradas, parecían afiladas. Toqué una con la yema del dedo, y una minúscula gota de sangre apareció en la piel al instante.

—Tendrías que desinfectar eso —aconsejó Jack.

—Por supuesto que sí —dije.

Lo hice rotar bajo el sol vespertino, emitiendo reflejos que danzaban sobre las paredes. El corto arpón poseía su propia belleza fea, una paradoja tal vez reservada exclusivamente a ciertas armas de gran eficiencia.

—Esto no llegaría muy lejos en el agua —comenté—. Es muy pesado.

—Te sorprenderías —declaró Wireman—. La pistola dispara un resorte y un cartucho de CO_2. Produce un estallido bastante fuerte. Y en aquellos días, un alcance corto era suficiente. El Golfo hervía de peces incluso cerca de la orilla. Si Eastlake quería disparar a algo, en general podría hacerlo a quemarropa.

—No comprendo para qué son estas puntas —dije.

—Ni yo —admitió Wireman—. Ella poseía por lo menos una docena de arpones, incluyendo los cuatro montados en la pared de la biblioteca, y ninguno era como estos.

Jack había entrado en el cuarto de baño y volvió con un bote de agua oxigenada. Entonces me quitó el arpón y examinó la punta de tres hojas.

—¿Qué es esto? ¿Plata?

Wireman amartilló el pulgar, extendió el índice a modo de pistola y le apuntó.

—Conserven sus cartones, pero Wireman piensa que el chico ha cantado Bingo.

—¿Y no lo pilláis? —preguntó Jack.

Wireman y yo nos miramos el uno al otro, y luego otra vez a Jack.

—No habéis visto las pelis adecuadas —dijo—. Las balas de plata es lo que se usa para matar a los hombres lobo. No sé si la plata funciona con los vampiros o no, pero obviamente alguien pensaba que sí. O que era posible.

—Si estás sugiriendo que Tessie y Laura Eastlake son vampiros —apuntó Wireman—, desde 1927 deben de haber acumulado una sed de mil demonios. —Me miró, esperando corroboración por mi parte.

—Creo que Jack puede haber dado con algo —dije. Cogí el

bote de agua oxigenada, metí el dedo que me había pinchado y sacudí el bote arriba y abajo un par de veces.

—Ley de Hombre —indicó Jack, con una mueca.

—No a menos que estés planeando beberte esto —repliqué y tras un momento de reflexión, Jack y yo estallamos en carcajadas.

—¿Eh? —preguntó Wireman—. No lo pillo.

—Da igual —contestó Jack, todavía sonriendo abiertamente. Entonces volvió a ponerse serio—. Pero no existen cosas como los vampiros, Edgar. Puede que los fantasmas existan, eso te lo concedo… supongo que casi todo el mundo cree que puede haberlos… pero los vampiros no existen. —Se le iluminó el rostro al tiempo que se le ocurría una idea—. Además, hace falta un vampiro para crear a otro vampiro, y las gemelas Eastlake se ahogaron.

Volví a recoger el arpón corto, girándolo de lado a lado, haciendo que el reflejo de la punta deslustrada rodara por la pared.

—Bueno, pero da que pensar.

—Realmente sí —coincidió Jack.

—Igual que la puerta no cerrada con llave que encontraste cuando trajiste la cesta de picnic —agregué—. Las huellas. El lienzo sacado de la pila y colocado en el caballete.

—¿Estás diciendo que, después de todo, fue el bibliotecario loco, *amigo*?

—No. Solo que… —Se me resquebrajó la voz. Tuve que tomar otro sorbo de agua antes de poder decir lo que era necesario decir—. Solo que quizá los vampiros no son las únicas cosas que vuelven de entre los muertos.

—¿De qué estás hablando? —preguntó Jack—. ¿Zombies?

Pensé en el *Perse* con sus velas raídas.

—Digamos que desertores.

XI

—¿Seguro que quieres quedarte solo aquí esta noche, Edgar? —preguntó Wireman—. Porque no me parece que sea una gran idea. Especialmente con ese montón de viejas pinturas como compañía. —Exhaló un suspiro—. Has logrado que a Wireman se le pongan los pelos como escarpias de primera clase.

Estábamos sentados en la habitación Florida, contemplando el inicio del lento y largo declinar del sol hacia el horizonte. Había sacado algo de queso y unas galletas.

—No sé si funcionaría de cualquier otra forma —dije—. Piensa en mí como en un pistolero en el mundo del arte. Yo pinto solo, compañero.

Jack me dirigió una mirada sobre un vaso frío de té helado.

—¿Estás planeando pintar?

—Bueno… más bien dibujar. Eso sé cómo hacerlo.

Y al recordar cierto par de guantes de jardín (con la palabra MANOS estampada en el dorso de uno, y FUERA en el dorso del otro), intuí que con unos simples bosquejos sería suficiente, en especial si lo hacía con los lápices de colores de la pequeña Elizabeth Eastlake.

Viré en redondo hacia Wireman.

—Esta noche es el velatorio, ¿correcto?

Wireman echó un vistazo a su reloj y lanzó un suspiro.

—Correcto. De seis a ocho. Mañana está previsto otro velorio desde las doce del mediodía hasta las dos. Familiares venidos de lejos que mostrarán sus dientes al intruso usurpador. Ese sería yo. Luego, el acto final tendrá lugar pasado mañana. El funeral en la Iglesia Unitaria Universalista de Osprey. Eso será a las diez. Acto seguido, la incineración en Abbot-Wexler. Caliente-caliente, carbonizado hasta los dientes.

—Qué desagradable —dijo Jack con una mueca.

Wireman asintió con la cabeza.

—La muerte da asco, hijo. ¿Recordáis lo que cantábamos de niños? «Los gusanos se arrastran dentro, los gusanos se arrastran fuera, y la pus se escurre derretida como cera.»

—Qué estilo —comenté.

—Sí —coincidió Wireman. Cogió otra galleta y la contempló. Acto seguido la arrojó violentamente contra la bandeja, donde rebotó y cayó al suelo.

—Esto es una locura. De cabo a rabo.

Jack recogió la galleta, pareció considerar si se la comía o no, y luego la dejó a un lado. Tal vez había llegado a la conclusión de que comer galletas del suelo de una habitación Florida violaba otra Ley de Hombre. Probablemente así era: existían muchas.

—Cuando vuelvas del velatorio esta noche, pasa por aquí a ver cómo estoy, ¿vale?

—Sí.

—Si te digo que estoy bien, simplemente vete a casa. Hazlo.

—Para no interrumpirte si te hallas en íntima comunión con tu musa. O con los espíritus.

Asentí con la cabeza, porque no andaba muy desencaminado. Después me volví hacia Jack.

—Y tú te quedarás en *El Palacio* mientras Wireman está en el velatorio, ¿verdad?

—Claro, si es eso lo que queréis, tíos.

Parecía un poco inquieto ante la idea, y no lo culpaba. Era una casa grande, Elizabeth había vivido en ella durante mucho tiempo, y era donde su recuerdo continuaba más fresco. Yo también me sentiría inquieto, si no hubiera tenido la certeza de que los espectros de Duma Key se hallaban en otro lugar.

—Si te llamo, ven a la carrera.

—Lo haré. Llámame al teléfono de la casa o a mi móvil.

—¿Seguro que tu móvil funciona?

Su rostro mostró una ligera expresión abochornada.

—Tenía poca batería, eso es todo. Lo dejé cargando en el coche.

—Ojalá entendiera mejor por qué sientes la necesidad de seguir jugando con esto, Edgar.

—Porque no está acabado. Durante años lo estuvo. Elizabeth vivió aquí tranquilamente durante años, primero con su padre, y luego ella sola. Tenía sus obras benéficas, tenía sus amigos, jugaba al tenis, jugaba al bridge (o eso me contó Mary Ire), y, sobre todo, tenía el escenario artístico de Suncoast. Era la tranquila y gratificante vida de una mujer mayor con mucho dinero y pocos hábitos malos aparte de sus cigarrillos. Y entonces las cosas empezaron a cambiar. *La lotería*. Tú mismo lo dijiste, Wireman.

—De verdad piensas que algo está provocando todo esto —dijo. No con incredulidad, sino con sobrecogimiento.

—Es lo mismo que crees tú —repliqué.

—A veces sí, pero no es lo que deseo creer. Que exista algo con un alcance tan largo… con una vista tan aguda como para verte… para verme… Dios sabe quién o qué más…

—A mí tampoco me gusta —admití, pero eso estaba lejos de la verdad. Lo cierto era que lo odiaba—. No me gusta la idea de que realmente algo pueda haber alargado la mano y asesinado a Elizabeth… que quizá la aterrorizó hasta la muerte… solo para acallarla.

—Y crees que puedes averiguar lo que está pasando a través de esos dibujos.

—Una parte, sí. No sabré cuánto hasta que lo intente.

—¿Y después?

—Depende. Casi seguramente una excursión al extremo sur del Cayo. Allí hay un asunto inacabado.

—¿Qué asunto inacabado? —preguntó Jack, dejando el vaso de té sobre la mesa.

Meneé la cabeza.

—No lo sé. Puede que me lo digan sus dibujos.

—Siempre y cuando no te adentres tanto en el agua que luego no puedas regresar a la orilla —dijo Wireman—. Eso es lo que les pasó a esas dos pequeñas.

—Lo sé.

Jack me apuntó con el dedo.

—Ten mucho cuidado. Ley de Hombre.

Asentí con la cabeza y le devolví el gesto.

—Ley de Hombre.

15

Intruso

I

Veinte minutos más tarde me senté en Little Pink con el cuaderno de dibujo en mi regazo y la cesta de picnic roja a mi lado. Justo delante, llenando de luz la ventana orientada al oeste, estaba el Golfo. A lo lejos, debajo de mí, se oía el murmullo de las conchas. Había apartado el caballete y cubierto mi mesa de trabajo salpicada de pintura con una toalla. Dispuse encima los restos de sus lápices de colores recién afilados. No quedaba mucho de aquellos lápices, que eran gruesos y en cierto modo antiguos, pero supuse que bastarían. Estaba preparado.

—Y una mierda lo estoy —murmuré.

Nunca iba a estar preparado para esto, y una parte de mí albergaba la esperanza de que nada sucediera. Aunque sospechaba que algo pasaría. Sospechaba que esa era la razón por la que Elizabeth había querido que encontrara sus dibujos. Pero ¿cuánto de lo que contenía la cesta roja recordaba ella en realidad? Me figuraba que Elizabeth había olvidado casi todo lo acontecido cuando niña, incluso antes de que el Alzheimer hiciera acto de presencia para complicar las cosas. Porque el olvido no siempre es involuntario. A veces se busca de forma consciente.

¿Quién querría recordar algo tan horrible que hubiera provocado que tu padre gritara hasta sangrar? Mejor dejar de dibujar totalmente. Quitarse el vicio de golpe. Mejor decir a la gente que apenas sabrías dibujar un monigote, que en lo que se refiere al arte eres como esos acaudalados ex alumnos que animan a los equipos deportivos de la universidad: si no puedes ser atleta, sé un suspensorio. Mejor sacártelo completamente de la mente, y en la vejez, la rampante senilidad se ocupará del resto.

Oh, bueno, cabría la posibilidad de que todavía persistieran residuos de esa vieja habilidad, como el tejido cicatrizado de una antigua lesión en la duramadre del cerebro (causada por una caída de un calesín tirado por ponis, digamos), y puede que necesitaras encontrar un modo de dejarla salir de vez en cuando, para que se expresara, como una acumulación de pus de una infección que nunca sanará del todo. Así que te interesas por las creaciones artísticas de otras personas. Te conviertes, de hecho, en mecenas. ¿Y si eso todavía no es suficiente? Vaya, quizá empieces a coleccionar figuras y edificios de porcelana, y empieces a construirte toda una población, una Ciudad Porcelana. Nadie llamará arte a la creación de ese *tableaux*, pero ciertamente requiere imaginación, y la ejercitación regular de la imaginación (particularmente en su aspecto visual) es suficiente para detenerla.

¿Detener qué?

La picazón, por supuesto.

Esa execrable picazón.

Me rasqué el brazo derecho, lo atravesé, y por enésima vez solo encontré mis costillas. Abrí el cuaderno por la primera hoja.

Comienza con una superficie en blanco.

Me llamaba, como estaba seguro de que aquellas hojas en blanco una vez la habían llamado a ella.

Relléname. Porque el blanco es la ausencia de memoria, el color del no poder recordar. Crea. Exterioriza. Dibuja. Y cuando lo hagas, la picazón se irá. Por un tiempo la confusión remitirá.

«Por favor, quédese en el Cayo», había rogado ella. «Independientemente de lo que ocurra. Le necesitamos.»

Sospechaba que eso podría ser cierto.

Dibujé rápidamente. Solo unos pocos trazos. Algo que podría haber sido un carruaje. O posiblemente un calesín, inmóvil, aguardando al poni que tiraría de él.

—Vivían aquí muy felices —le conté al estudio vacío—. Padre e hijas. Luego Elizabeth se cayó del calesín y empezó a dibujar, el huracán fuera de temporada dejó al descubierto el yacimiento de despojos, las niñitas se ahogaron. Después los demás saltaron a Miami, y los problemas cesaron. Y, cuando regresaron casi veinticinco años más tarde…

Debajo del calesín escribí con letra de imprenta: **BIEN**. Me detuve, y luego agregué: **OTRA VEZ. BIEN OTRA VEZ**.

Bien, susurraron las conchas desde las profundidades. *Bien otra vez.*

Sí, habían estado bien, John y Elizabeth habían estado bien. Y después de que John muriera, Elizabeth continuó estando bien. Bien con sus exposiciones de arte. Bien con sus porcelanas. Entonces, por alguna razón, las cosas habían empezado a cambiar de nuevo. No sabía si las muertes de la mujer y la hija de Wireman habían formado parte de aquel cambio, pero intuía que podría haber sido así. Y en cuanto a su llegada a Duma Key y la mía propia, no cabía duda. No existía una explicación racional para creerlo, pero lo hacía.

Las cosas en Duma Key habían estado bien… después raras… después, durante mucho tiempo, habían estado bien otra vez. Y ahora…

Ella está despierta.

La mesa está goteando.

Si quería descubrir qué estaba sucediendo ahora, tendría que averiguar qué había sucedido entonces.

Peligroso o no, tenía que hacerlo.

II

Cogí su primer dibujo, que en absoluto era un dibujo sino solo una línea incierta atravesando el papel por la mitad. Lo sostuve con la mano izquierda, cerré los ojos, y entonces fingí que lo tocaba con la derecha, justo lo mismo que había hecho con los guantes de jardín de Pam, MANOS FUERA. Intenté visualizar mis dedos derechos recorriendo aquella titubeante línea. Lo logré (más o menos) pero sentí una suerte de desesperación. ¿Pretendía hacer esto con todas las pinturas? Debía de haber doce docenas, y aquella era una estimación conservadora. Además, no me veía precisamente abrumado por la cantidad de información psíquica que recibía.

Tómatelo con calma. Roma no se construyó en una hora.

Decidí que un poco de Radio Hueso Libre no podría perjudicarme y a lo mejor servía de ayuda. Me levanté, sujetando el prehistórico papel con la mano derecha, y, naturalmente, cayó revoloteando al suelo porque no había mano derecha. Me agaché para recogerlo, pensando que me había equivocado, que el dicho era: «Roma no se construyó en un día».

Pero Melda dice hora.

Me detuve, sosteniendo la hoja de papel con la mano izquierda. La mano que la grúa no había conseguido alcanzar. ¿Aquel era un recuerdo real, algo que había surgido del dibujo, o tan solo algo que yo me había inventado? ¿Era solo mi mente, tratando de mostrarse servicial?

—No es un dibujo —murmuré, contemplando la vacilante línea.

No, pero intentaba ser un dibujo.

Mi trasero retornó al asiento de la silla con un golpe sordo. No fue un acto voluntario; fue más un caso de pérdida de rigidez en mis rodillas. Miré la línea, y después a través de la ventana. Del Golfo a la línea. De la línea al Golfo.

Ella había intentado dibujar el horizonte. Había sido su primer objeto.

Sí.

Levanté el cuaderno y agarré uno de sus lápices. No importaba cuál mientras perteneciera a ella. En mi mano, se me antojaba demasiado grande, demasiado grueso. Pero también sentía que era perfecto. Empecé a dibujar.

En Duma Key, eso era lo que mejor se me daba.

III

Bosquejé a una niña sentada en un orinal infantil. Tenía la cabeza vendada y sostenía un vaso en una mano. El otro brazo se enganchaba al cuello de su padre. Llevaba una camiseta interior de tirantes y en sus mejillas tenía espuma de afeitar. De pie en el fondo, apenas una sombra, estaba el ama de llaves. No había pulseras en este dibujo, porque ella no siempre se las ponía, pero la pañoleta envolvía su cabeza, con el nudo delante. Nana Melda, lo más cercano a una madre que Libbit conoció jamás.

¿Libbit?

Sí, así era como la llamaban, como se llamaba a sí misma. Libbit, pequeña Libbit.

—La más pequeña de todas —murmuré, y pasé a la segunda página del cuaderno. El lápiz, demasiado corto, demasiado grueso, no utilizado durante más de tres cuartos de siglo, era la herramienta perfecta, el canal perfecto. Empezó a moverse de nuevo.

Bosquejé a la niña pequeña en una habitación. Aparecieron libros en la pared detrás de ella, y fue un estudio. El estudio de papá. La venda se enroscaba alrededor de su cabeza. Ella estaba en un escritorio, y llevaba lo que parecía una bata de entrecasa. Sujetaba un

(lá-bid)

lápiz en la mano. ¿Uno de esos lápices de colores? Probablemente no —no entonces, todavía no—, pero no importaba. Había encontrado su cosa, su enfoque, su *métier*. ¡Y qué hambre le provocaba! ¡Qué voraz apetito!

Ella piensa: *Quiero tener más papel, por favor.*

Ella piensa: *Soy ELIZABETH.*

—Ella literalmente se dibujó a sí misma de regreso al mundo —murmuré, y se me puso la piel de gallina en todo el cuerpo, de la cabeza a los pies, pues ¿no había hecho yo lo mismo? ¿No había hecho yo exactamente lo mismo, aquí en Duma Key?

Tenía más trabajo pendiente. Pensé que iba a ser una noche larga y agotadora, pero tenía la sensación de que me hallaba a las puertas de grandes descubrimientos, y el sentimiento que me embargaba no era miedo, no entonces, sino una suerte de excitación de sabor cobrizo.

Me incliné y recogí el tercer dibujo de Elizabeth. El cuarto. El quinto. El sexto. Cada vez me movía a mayor y mayor velocidad. Ocasionalmente me detenía para dibujar, pero en general no tenía que hacerlo. Los cuadros se formaban en mi cabeza ahora, y la razón por la que no necesitaba plasmarlos en papel me parecía clara: Elizabeth ya había realizado este trabajo, tiempo atrás, mientras se recuperaba del accidente que casi la mató.

En los días felices antes de que Noveen empezara a hablar.

IV

En cierto momento durante mi entrevista con Mary Ire, ella comentó que descubrir a mi edad que podía pintar como el mejor debió de ser como si alguien me hubiera entregado las llaves de un *Muscle Car* trucado (un Correcaminos o un GTO). Contesté que sí, que era como eso. En otro momento señaló que debió de ser como si alguien me hubiera entregado las llaves de una casa completamente amueblada. Una mansión, en realidad. Contesté que sí, que eso también. ¿Y si hubiera continuado? ¿Si hubiera dicho que debió de ser como si hubiera heredado un millón de acciones de Microsoft, o como si hubiera sido elegido gobernante vitalicio de algún emirato de Oriente Medio rico en petróleo (y pacífico)? Habría contestado sí, claro, apuéstate lo que quieras. Para tranquilizarla. Porque todas aquellas preguntas versaban sobre ella. Pude ver una expresión nostálgica en sus ojos cuando las formulaba. Eran los ojos de una niña con la certeza de que lo más cerca que logrará estar jamás de realizar su sueño de ser trapecista es sentándose en las gradas durante la sesión matinal de los sábados. Muchos críticos que no están destinados a hacer aquello sobre lo que escriben se vuelven celosos y ruines y se sienten insignificantes en su decepción. Mary era una crítica de arte, pero no se comportaba así. Todavía sentía amor por todo. Bebía whisky de un vaso para el agua y quería conocer cómo era cuando Campanilla salía volando de ninguna parte y te palmeaba el hombro y descubrías que de repente habías adquirido la habilidad de pasar volando por delante del rostro de la luna, incluso aunque tuvieras más de cincuenta años y el cuello lleno de arrugas. Así que aunque no fuera como tener un coche rápido ni como si te dieran las llaves de una casa completamente amueblada, le dije que sí lo era. Porque no puedes decirle a nadie cómo es. Lo único que puedes hacer es hablar y hablar y dar vueltas alrededor hasta que todo el mundo esté agotado y llegue la hora de irse a dormir.

Pero Elizabeth había sabido cómo era.

Estaba en sus dibujos, y después en sus pinturas.

Era como si te dieran una lengua cuando habías sido mudo. Y más. Mejor. Era como si te devolvieran tus recuerdos, y en realidad, la memoria de una persona lo es todo. La memoria es la identidad. Tú eres memoria. Incluso desde aquella primera línea, aquella primera línea increíblemente valerosa cuya intención era mostrar el lugar donde el Golfo se encontraba con el cielo, ella había comprendido que la visión y la memoria eran intercambiables, y se había propuesto curarse a sí misma.

Perse no había formado parte de ello. No al principio.

Estaba seguro de eso.

V

Pasé las siguientes cuatro horas deslizándome dentro y fuera del mundo de Libbit. Era un lugar maravilloso y aterrador en el que estar. A veces garabateaba palabras (*el don siempre está hambriento*, *empieza con lo que conoces*), pero sobre todo dibujos. Los dibujos constituían el verdadero lenguaje que compartíamos.

Comprendí la rápida trayectoria seguida por su familia, del asombro a la aceptación y de ahí al aburrimiento. Había ocurrido parcialmente porque la niña era muy prolífica, pero quizá más porque era parte de ellos, era su pequeña Libbit, y siempre existe esa sensación de que nada bueno puede salir de Nazareth, ¿verdad? Pero su aburrimiento solo provocó que el hambre de ella creciera. Buscó nuevas formas de cautivarles, buscó nuevas formas de ver.

Y las encontró, que Dios la ayude.

Dibujé pájaros volando cabeza abajo, y animales caminando sobre la piscina.

Dibujé un caballo con una sonrisa tan grande que sobrepasaba los límites de su cara. Pensé que era justo entonces cuando Perse había entrado en el cuadro. Solo que…

—Solo que Libbit no sabía que era Perse —murmuré—. Ella creía…

Volví a pasar hacia atrás sus dibujos, casi hasta el principio. Hasta la cara negra y redonda con la boca sonriente. A primera vista lo había descartado suponiendo que era el retrato de Nana Melda en la versión de Elizabeth, pero debería haberme fijado más: era una cara de niña, no de mujer. La cara de una muñeca. De improviso mi mano se puso a escribir NOVEEN al lado, con tanta fuerza que el viejo lápiz color amarillo canario de Elizabeth se rompió en el último trazo de la segunda N. Lo arrojé al suelo y agarré otro.

Era a través de Noveen que Perse había hablado al principio, con el fin de no atemorizar a su niña genio. ¿Qué podía ser menos amenazante que una muñequita negra que sonreía y llevaba un pañuelo rojo alrededor de la cabeza, justo igual que su bienamada Nana Melda?

¿Y se impresionó Elizabeth o se asustó cuando la muñeca empezó a hablar? No lo creía. Podría haber poseído un fiero talento, pero seguía siendo solo una chiquilla de tres años.

Noveen le decía las cosas que dibujar, y Elizabeth…

Volví a coger el cuaderno. Dibujé una tarta en el suelo. Esparcida por el suelo. La pequeña Libbit creyó que la travesura fue idea de Noveen, pero había sido Perse, poniendo a prueba el poder de Elizabeth. Perse experimentando como yo había experimentado, tratando de averiguar el potencial de esta nueva herramienta.

A continuación había venido el Alicia.

Porque, había susurrado su muñeca, había un tesoro y la tormenta lo dejaría al descubierto.

Así que no fue un Alicia en absoluto, no realmente. Ni un Elizabeth, porque ella no era Elizabeth aún, ni para su familia ni para ella misma. La gran tormenta del 27 había sido en realidad el huracán Libbit.

Porque a papá le gustaría encontrar un tesoro. Y porque papá necesitaba pensar en algo más aparte de…

—Ella se ha hecho su cama —dije con voz severa, que no sonaba como la mía propia—. Que duerma ahora en ella.

… aparte de en lo furioso que estaba con Adie por haberse fugado con Emery, ese Cuelli-Celuloide.

Sí. Eso sucedió en el extremo sur de Duma Key, allá en el 27.

Dibujé a John Eastlake… aunque solo mostraba sus aletas recortadas contra el cielo, la punta de su *snorkel*, y una sombra debajo. John Eastlake buceando en busca del tesoro.

Buceando en busca de la nueva muñeca de su hija menor, aunque probablemente no lo creía.

Junto a una aleta escribí las palabras: **DERECHO DE SAL-VAMENTO.**

Las imágenes se sucedieron en mi mente, más y más nítidas, como si hubieran estado esperando todos estos años a ser liberadas, y me pregunté brevemente si todas las pinturas (y todos los instrumentos utilizados para crearlas), desde aquellas en las cavernas de Asia central hasta la Mona Lisa, contenían recuerdos ocultos de su creación y de sus creadores, codificados en cada brochazo como ADN.

Nada y patalea hasta que diga para.

Incorporé a Elizabeth en el dibujo de Papá Buceando, de pie con el agua hasta sus rechonchas rodillas, Noveen apretada bajo el brazo. Libbit casi podía haber sido la niña-muñeca del dibujo que Ilse había exigido: el que yo había titulado *El final del partido*.

Y después de ver todas esas cosas, me abraza me abraza me abraza.

Realicé un rápido bosquejo de John Eastlake haciendo justamente eso, con la máscara levantada en la cabeza. La cesta de picnic estaba cerca, sobre una manta, y la pistola de arpones descansaba sobre ella.

Me abraza me abraza me abraza.

Dibújala a ella, susurró una voz. *Dibuja el derecho de salvamento de Elizabeth. Dibuja a* Perse.

Pero no lo haría. Temía lo que pudiera ver. Y lo que pudiera hacerme.

¿Y papá? ¿Qué pasaba con John? ¿Cuánto había sabido?

Hojeé sus dibujos hasta encontrar la pintura de John Eastlake gritando, mientras la sangre le brotaba de la nariz y de un ojo. Había sabido mucho. Probablemente demasiado tarde, pero lo había sabido.

¿Qué les había ocurrido a Tessie y Lo-Lo, exactamente?

¿Y a Perse, para mantenerla callada durante todos estos años?

¿Qué era ella, exactamente? No una muñeca, eso era segurísimo.

Podría haber continuado (una imagen de Tessie y Lo-Lo corriendo por un sendero, algún sendero, cogidas de la mano, ya estaba demandando ser dibujada), pero comenzaba a salir de mi semitrance y estaba casi muerto de miedo. Además, pensé que ya sabía suficiente; Wireman me ayudaría a averiguar el resto, estaba casi seguro de ello. Cerré mi cuaderno de dibujo. Solté el lápiz marrón (del que quedaba poco más que la punta) que había pertenecido a una niña desaparecida mucho tiempo atrás, y me di cuenta de que estaba hambriento. De hecho, tenía un hambre canina. Pero aquella especie de resaca no era nueva para mí, y en la nevera había comida en abundancia.

VI

Descendí las escaleras lentamente, con la cabeza llena de imágenes (una garza cabeza abajo con penetrantes ojos azules, los caballos sonrientes, las aletas del tamaño de un bote en los pies de papá), y no me molesté en encender las luces de la sala de estar. No había necesidad; en abril habría sido capaz de orientarme en la más absoluta oscuridad para llegar hasta la cocina desde el pie de la escalera. Para entonces ya había hecho mía aquella solitaria casa con su mentón sobresaliendo sobre la orilla del agua, y a pesar de todo lo que estaba ocurriendo, no podía imaginarme dejándola.

A medio camino me detuve, y miré a través de la habitación Florida hacia el Golfo.

Allí, fondeado a no más de cien metros de la playa, nítido e inconfundible bajo la luz de un cuarto de luna y un millón de estrellas, estaba el *Perse*. Sus velas habían sido plegadas, pero unas redes de cuerda caían de sus antiguos mástiles como telas de araña. *Los obenques*, pensé. *Esos son sus obenques*. Ella cabeceaba en el agua como el juguete podrido de un niño fallecido mucho tiempo atrás. Las cubiertas, hasta donde podía ver, se hallaban desiertas (tanto de vida como de souvenirs), pero ¿quién sabía lo que podría esconderse en las bodegas?

Iba a desmayarme. Al instante de percatarme de esto, me di cuenta de por qué: había dejado de respirar. Me ordené inhalar a mí mismo, pero durante un terrible segundo, nada sucedió. Mi pecho permaneció tan plano como una página en un libro cerrado. Cuando por fin se levantó, oí un pitido jadeante. Ese era yo, luchando por continuar con vida en estado consciente. Expulsé el aire que acababa de tomar e inhalé más, un poco menos ruidosamente. Unas motas negras flotaron frente a mis ojos en la penumbra, y luego se desvanecieron. Esperé a que el barco hiciera lo mismo (tenía que ser seguro una alucinación), pero permaneció ahí fuera, con sus cuarenta metros de eslora y algo menos de la mitad de manga. Cabeceando sobre las olas. Meciéndose ligeramente de babor a estribor, también. El bauprés hacía un gesto admonitorio, como si fuera un dedo, y parecía decir: «Ouuu, hombre antipático, ahora sí que tienes problem...».

Me abofeteé la cara con tanta fuerza que mi ojo izquierdo se llenó de lágrimas, pero el barco continuaba allí mismo. Me di cuenta de que si estaba ahí, verdaderamente ahí, entonces Jack sería capaz de verlo desde el paseo entablado de *El Palacio*. Había un teléfono en la sala de estar, pero desde donde estaba me quedaba más cerca el de la encimera de la cocina. Y tenía la ventaja de hallarse justo bajo los interruptores de la luz. Quería luces, especialmente las de la cocina, con sus buenos y potentes fluorescentes. Salí de la sala de estar caminando de espaldas, sin apartar los ojos del barco, y accioné los tres interruptores a la vez con el dorso de la mano. Se encendieron las luces, y bajo su eficiente brillo deslumbrante perdí de vista al *Perse*, y a todo lo que se encontraba más allá de la habitación Florida. Alargué la mano hacia el teléfono, y entonces me quedé paralizado.

Había un hombre en mi cocina. De pie junto al frigorífico. Llevaba una especie de camiseta de las llamadas de escote barco, y unos harapos empapados que quizá en algún momento habían sido unos vaqueros azules. Algo que parecía ser musgo le crecía en la garganta, las mejillas, la frente y los antebrazos. Tenía el lado derecho del cráneo aplastado, y pétalos de hueso sobresalían a través del lacio follaje oscuro de su cabello. Uno de sus ojos, el derecho, había desaparecido, y todo lo que quedaba era una cuenca esponjosa. El otro era una alienígena y descorazonadora moneda de plata que poseía poco de humano. Los pies estaban desnudos, hinchados y morados, y la carne desgarrada dejaba ver los huesos de los tobillos.

Me dedicó una mueca burlona, y sus labios se rajaron a medida que se retiraban hacia atrás, revelando dos filas de dientes amarillos encajados en unas ajadas encías negras. Levantó el brazo derecho, y ahí observé lo que debía de haber sido otra reliquia del *Perse*: unas esposas. Uno de sus aros de metal, viejo y oxidado, se ceñía alrededor de la muñeca de la cosa. El otro colgaba abierto como una mandíbula floja.

El otro era para mí.

Emitió un hueco sonido sibilante, tal vez todo lo que sus cuerdas vocales descompuestas podían producir, y empezó a caminar hacia mí bajo los brillantes y eficaces fluorescentes. Dejaba huellas en el suelo de madera, y proyectaba sombra. Percibí un tenue crujido y vi que llevaba puesto un cinturón de cuero empapado… y podrido, pero que por el momento aguantaba.

Me había invadido una extraña parálisis fláccida. Me hallaba consciente, pero no podía correr aun a pesar de que comprendía lo que significaba la argolla abierta, y lo que era esto: una leva de un solo hombre. Me esposaría y me subiría a bordo de aquella fragata, o goleta, o corbeta, o lo que demonios fuera. Pasaría a formar parte de la tripulación. Y aunque a lo mejor no había ningún grumete a bordo del *Perse*, sospechaba que por lo menos había dos marineritas, una de nombre Tessie y otra de nombre Lo-Lo.

Tienes que correr. ¡Al menos arréale con el teléfono, por el amor de Dios!

Pero no fui capaz. Me sentía como un pájaro hipnotizado por una serpiente. Todo lo que pude hacer fue retroceder de espaldas y con paso entumecido hacia la sala de estar… un paso… luego otro… luego un tercero. Ahora me hallaba de nuevo en las sombras. La cosa estaba plantada en el umbral de la puerta de la cocina, mientras la luz blanca de los fluorescentes encendía su húmedo rostro putrefacto y arrojaba su sombra sobre la alfombra de la sala de estar. Continuaba sonriendo abiertamente. Consideré la opción de cerrar los ojos y desear que se fuera, pero eso no iba a funcionar; podía olerlo, como si fuera el cubo de basura de un restaurante especializado en pescado. Y…

—Hora de irse, Edgar.

… podía hablar, después de todo. Las palabras sonaron fangosas, pero resultaron comprensibles.

Dio un paso hacia la sala de estar, y yo respondí con otro hacia atrás, entumecido, sabiendo en mi corazón que eso no serviría, que la compensación no sería suficiente, que cuando se cansara de jugar simplemente se lanzaría hacia delante como una flecha y cerraría aquella pulsera de hierro alrededor de mi muñeca y sería arrastrado, gritando, hacia el agua, hacia el *caldo largo*, y el último sonido que oiría en el lado de los vivos sería la chirriante conversación de las conchas bajo la casa, y entonces el agua invadiría mis oídos.

Igualmente di otro paso atrás, sin estar seguro de si me movía siquiera hacia la puerta, solo lo esperaba… otro más… y una mano cayó sobre mi hombro.

Solté un alarido.

VII

—¿Qué cojones es esa cosa? —me susurró Wireman al oído.

—No lo sé —respondí entre sollozos. Sollozos de miedo—.
Sí, sí lo sé. Mira hacia el Golfo, Wireman.

—No puedo. No me atrevo a apartar los ojos de eso.

Pero la cosa en el umbral ya había visto a Wireman… Wireman, que había entrado por la puerta abierta igual que lo había
hecho ese ser; Wireman, que había llegado como la caballería en
un *western* de John Wayne. La cosa se detuvo tres pasos dentro
de la sala de estar, con la cabeza ligeramente inclinada. El aro de
hierro de las esposas se balanceaba en su brazo extendido.

—¡Jesús! —exclamó Wireman—. ¡Ese barco! ¡El de las pinturas!

—Sigue tu camino —dijo la cosa—. No queremos nada de ti.
Sigue tu camino, y puede que vivas.

—Miente —dije yo.

—Cuéntame algo que no sepa —replicó Wireman, y luego
alzó la voz. Estaba justo detrás de mí y casi me reventó el tímpa-
no—. ¡Fuera de aquí! ¡Se te prohíbe la entrada!

El muchacho ahogado no respondió, pero fue tan rápido
como me temía. En un momento dado se hallaba tres pasos dentro de la sala de estar. Un instante después estaba justo frente a
mí, y tan solo percibí un vago y fugaz parpadeo de esa cosa cruzando la distancia entre medias. Su olor (a putrefacción, a algas,
a pescado muerto convirtiéndose en sopa bajo el sol) se intensificó hasta volverse insoportable. Sentí sus manos, gélidas, cerrarse alrededor de mi antebrazo y grité de sorpresa y terror. No fue
por el frío, fue por su blanda consistencia. Por lo fofas que estaban. Me escudriñó con su único ojo plateado, como si me perfo-
rara el cerebro, y por un momento tuve la sensación de ser rellenado con pura oscuridad. Luego la argolla se cerró en torno a mi
muñeca con un sordo y fuerte chasquido.

—¡Wireman! —chillé, pero Wireman no estaba. Se alejaba
de mí, hacia el otro extremo de la habitación, tan rápido como
podía.

La cosa ahogada y yo estábamos encadenados juntos.

Me arrastró hacia la puerta.

VIII

Wireman regresó justo antes de que el muerto tirara de mí más allá del umbral. Empuñaba algo que parecía una daga sin filo. Por un momento supuse que sería uno de los arpones de plata, pero eso no fue más que una poderosa ilusión; los arpones de plata estaban arriba, con la cesta roja de picnic.

—¡Eh! —exclamó—. ¡Eh, tú! ¡Sí, estoy hablando contigo! *¡Cojudo de puta madre!*

La cabeza de la cosa giró bruscamente con un chasquido, veloz como una serpiente a punto de atacar. Wireman fue casi igual de rápido. Se abalanzó sobre la cosa sosteniendo el objeto romo con ambas manos y le acertó en la cara, justo encima de la cuenca ocular derecha. La cosa profirió un alarido, un sonido que atravesó mi cabeza como esquirlas de cristal. Vi que a Wireman se le crispaba el rostro y retrocedía tambaleándose; vi que luchaba por conservar su arma, y la dejó caer sobre el arenoso suelo de la entrada. No importaba. El hombre-cosa, que había parecido tan sólido, giró hasta volverse insustancial, ropas incluidas. Noté cómo la argolla alrededor de mi muñeca también perdía su solidez. Durante un instante seguí viéndola, y entonces solo fue agua, que chorreó sobre mis deportivas y la alfombra. Había un mancha húmeda más grande en el lugar donde había estado el demonio marinero un momento antes.

Sentí una calidez más espesa en la cara y me limpié la sangre que brotaba de la nariz y me manchaba el labio superior. Wireman había caído sobre una mata de hierba. Le ayudé a levantarse y vi que también le sangraba la nariz. Un hilillo de sangre se deslizaba por su cuello procedente del oído izquierdo, que se movía arriba y abajo acompañando al rápido latido de su corazón.

—Jesús, menudo grito —dijo—. Me lloran los ojos y me pitan los oídos como a un hijo de puta. ¿Puedes oírme, Edgar?

—Sí —respondí—. ¿Estás bien?

—¿Aparte del hecho de que acabo de ver a un tipo muerto desaparecer delante de mis putos ojos? Supongo que sí. —Se agachó, recogió el cilindro romo del suelo, y lo besó—. Gloria a Dios por las cosas moteadas —recitó, y a continuación ladró una risotada—. Incluso cuando no están coloreadas.

Era un candelero. La punta, donde se suponía que encajabas la vela, tenía un color oscuro, como si hubiera tocado algo muy caliente en lugar de algo frío y húmedo.

—Hay velas en todas las propiedades de la señorita Eastlake, porque aquí se va la luz continuamente —explicó Wireman—. Tenemos un generador en la casa grande, pero en las otras no, ni siquiera en esta. Pero a diferencia de las casas más pequeñas, en esta hay candeleros procedentes de la mansión, y resulta que son de plata.

—Y tú lo recordaste —dije. Me maravillé, en realidad.

Se encogió de hombros y luego miró hacia el Golfo. Yo también. No había nada allí salvo la luz de la luna y las estrellas en el agua. Al menos por ahora.

Wireman me asió la muñeca. Sus dedos se cerraron sobre el lugar donde había estado la esposa, y mi corazón pegó un brinco.

—¿Qué? —pregunté, sin gustarme nada el nuevo temor que reflejaba su rostro.

—Jack —dijo—. Jack está solo en *El Palacio*.

Montamos en el coche de Wireman. En mi terror, no me había percatado en ningún momento de los faros ni lo había oído aparcar junto al mío.

IX

Jack estaba bien. Había recibido unas cuantas llamadas de viejos amigos de Elizabeth, pero la última había sido a las nueve menos cuarto, una hora y media antes de que irrumpiéramos de sopetón, ensangrentados y con los ojos abiertos como platos, Wireman todavía blandiendo el candelero. No había aparecido intruso alguno en *El Palacio*, y Jack no había visto el barco que estuvo anclado durante un rato en el Golfo frente a Big Pink. Había estado comiendo palomitas de microondas y viendo *Superdetective en Hollywood* en una vieja cinta de vídeo.

Escuchó nuestra historia con creciente asombro, pero sin verdadera incredulidad; era un hombre joven, tuve que recordarme a mí mismo, que había crecido con series como *Expediente X* y *Perdidos*. Además, concordaba con lo que le habían contado antes. Cuando terminamos, le quitó el candelero a Wireman y examinó la punta, que parecía el filamento quemado de una bombilla fundida.

—¿Por qué no vino a por mí? —preguntó—. Estaba solo, y totalmente desprevenido.

—No quiero herir tu autoestima —contesté—, pero no creo que tú seas exactamente una prioridad para quienquiera que sea el director de esta función.

Jack estaba observando la estrecha marca roja de mi muñeca.

—Edgar, ¿es ahí donde…?

Asentí con la cabeza.

—Joder —musitó Jack en voz baja.

—¿Has encontrado una explicación a lo que está pasando? —me preguntó Wireman—. Si ella envió a esa cosa a por ti, debe de sospechar que lo has hecho, o que te hallas cerca.

—Creo que nadie llegará nunca a saberlo todo —respondí—, pero sé quién era esa cosa cuando estaba viva.

—¿Quién?

Jack me miraba con los ojos abiertos de par en par. Estábamos en la cocina y Jack todavía sostenía el candelero. Ahora lo dejó a un lado sobre la encimera.

—Emery Paulson, el marido de Adriana Eastlake. Ellos regresaron de Atlanta para ayudar en la búsqueda después de la desaparición de Tessie y Laura, todo eso es cierto, pero nunca volvieron a marcharse de Duma Key. Perse se encargó de eso.

X

Entramos en el salón donde había conocido a Elizabeth Eastlake. La mesa larga y baja seguía allí, pero ahora se encontraba vacía. Su superficie lustrada me pareció una parodia perfecta de la vida.

—¿Dónde están? —le pregunté a Wireman—. ¿Dónde están sus porcelanas? ¿Dónde está la Villa?

—Lo metí todo en una caja y la guardé en la cocina de verano —dijo, señalando vagamente—. No existe una verdadera razón, solo... simplemente no podía... *muchacho*, ¿te apetece un té helado? ¿O una cerveza?

Pedí agua. Jack dijo que tomaría una cerveza, si no le importaba. Wireman salió a buscar las bebidas. Consiguió llegar al vestíbulo antes de romper a llorar. Sus sollozos eran prolongados, desgarradores, de los que no puedes sofocar por mucho que lo intentes.

Jack y yo nos miramos el uno al otro y luego apartamos la mirada. Ninguno de los dos hablamos.

XI

Estuvo fuera mucho más tiempo del que en general se tarda en coger dos latas de cerveza y un vaso de agua, pero cuando regresó, había recobrado la compostura.

—Lo lamento —se excusó—. Normalmente no pierdo a un ser querido y le clavo un candelero en la cara a un vampiro en la misma semana. Suele ser una cosa o la otra. —Encogió los hombros en un esfuerzo por mostrarse despreocupado. No tuvo éxito, pero le reconocí el mérito de haberlo intentado.

—No son vampiros —manifesté.

—¿Qué son entonces? —preguntó Wireman—. Expláyate.

—Solo puedo contaros lo que sus dibujos me relataron. Tenéis que recordar que, independientemente del talento que ella poseyera, seguía siendo solo una niña. —Lo pensé mejor y negué con la cabeza—. Ni siquiera eso. Apenas era mayor que un bebé.

Perse era… imagino que podría decirse que Perse era su espíritu guía.

Wireman abrió su cerveza, le dio un sorbo, y a continuación se inclinó hacia delante.

—¿Y qué hay de ti? ¿Perse es también tu espíritu guía? ¿Ha estado ella intensificando lo que haces?

—Por supuesto que sí —contesté—. Ella ha estado poniendo a prueba los límites de mi habilidad y extendiéndolos… Estoy seguro de que eso fue lo que pasó con Candy Brown. Y ha escogido mi material. Ahí es donde está el origen de las pinturas *Niña y barco*.

—¿Y el resto de tu obra? —preguntó Jack.

—Casi toda mía, creo. Pero algunas… —Me detuve, súbitamente asaltado por una terrible idea. Dejé a un lado el vaso y casi lo vuelco—. Oh, cielos.

—¿Qué? —preguntó Wireman—. Por el amor de Dios, ¿ahora qué?

—Trae tu agenda telefónica roja. Ahora mismo.

Fue a buscarla y a continuación me pasó el teléfono inalámbrico. Me quedé sentado un momento con el aparato en mi regazo, dudando de a quién llamar primero. Entonces lo supe. Pero hay una regla de la vida moderna que invariablemente se cumple, incluso más que la que establece que nunca hay un policía cerca cuando lo necesitas: cuando de verdad necesitas a un ser humano, siempre te salta el contestador automático.

Que fue lo que ocurrió cuando llamé a casa de Dario Nannuzzi, a la de Jimmy Yoshida y a la de Alice Aucoin.

—¡Joder! —grité, apretando furiosamente con el pulgar el botón de finalizar conexión cuando se oyó la voz grabada de Alice diciendo «Lamento no estar aquí ahora mismo para atender la llamada, pero…».

—Probablemente siguen celebrándolo —conjeturó Wireman—. Dale tiempo, *amigo*, y todo se calmará.

—¡No tengo tiempo! —exclamé—. ¡Joder! ¡Mierda! ¡Joder!

Apoyó su mano en la mía y habló con voz tranquilizadora.

—¿Qué pasa, Edgar? ¿Cuál es el problema?

—¡Las pinturas son peligrosas! Quizá no todas, pero algunas… ¡sin duda lo son!

Lo meditó y asintió con la cabeza.

—Vale. Pensemos. Probablemente, las más peligrosas sean las de la serie *Niña y barco*, ¿verdad?

—Sí, estoy seguro de que ese es el caso.

—Y casi con certeza siguen en la galería, esperando a ser enmarcadas y despachadas.

Despachadas. Santo cielo, despachadas.* La misma palabra ya asustaba.

—No puedo permitir que eso pase.

—*Muchacho*, lo que no puedes permitir es distraerte.

Wireman no comprendía que esto no era una distracción. Perse podría invocar un gran vendaval cuando quisiera.

Pero ella necesitaba ayuda.

Encontré el número de la Scoto y lo marqué. Pensé que era posible que alguien se encontrara allí, incluso a las once menos cuarto de la noche siguiente a la gran juerga. Pero la regla invariable se mantuvo, y saltó el contestador. Esperé impaciente y después pulsé el 9 para dejar un mensaje generalizado.

—Escuchad, chicos —dije—, soy Edgar. No quiero que enviéis ninguna de las pinturas ni los dibujos hasta que os lo diga, ¿vale? Nada de nada. Tan solo retrasar los envíos unos cuantos días. Poned cualquier excusa, pero hacedlo. Por favor. Es muy importante.

Corté la conexión y miré a Wireman.

—¿Lo harán?

—¿Considerando tu potencial de ingresos? ¿Apostamos? Y acabas de ahorrarte una conversación larga y enrevesada. ¿Podemos volver ya a…?

—Todavía no.

Mi familia y amigos serían los más vulnerables, y el hecho de que se hubieran marchado siguiendo caminos separados no me

* En inglés, la palabra *ship* («barco») cuando actúa como verbo significa «enviar» o «despachar». *(N. del T.)*

ofrecía ningún consuelo. Perse ya había demostrado que su alcance era largo. Y yo había empezado a inmiscuirme. Sospechaba que ella estaría enfadada conmigo, o que me tendría miedo, o ambas cosas.

Mi primer impulso fue llamar a Pam, pero luego pensé en lo que Wireman había dicho acerca de ahorrarme una conversación larga y enrevesada. Consulté mi poco fidedigna memoria en lugar de la agenda de Wireman… y por una vez, bajo presión, no me falló.

Pero me saltará el contestador, pensé. Y lo hizo, pero en un primer momento no lo supe.

—Hola Edgar —saludó la voz de Tom Riley, pero no la voz de Tom. Sonaba carente de toda emoción.

Es la medicación que toma, pensé… aunque no había mostrado aquella inexpresividad en la Scoto.

—Tom, escucha y no digas na…

Pero la voz continuó. Esa voz muerta.

—Ella te matará, ¿sabes? A ti y a todos tus amigos. Igual que me mató a mí. Salvo que yo sigo vivo.

Me temblaron las piernas, a punto de desplomarme.

—¡Edgar! —exclamó Wireman abruptamente—. Edgar, ¿qué te pasa?

—Cállate —espeté—. Necesito oír.

El mensaje parecía haber terminado, pero continuaba oyéndole respirar. Una lenta y superficial respiración procedente de Minnesota. Y entonces volvió a hablar.

—Es mejor estar muerto —declaró—. Ahora tengo que ir a matar a Pam.

—¡Tom! —grité al mensaje—. ¡Tom, despierta!

—Cuando estemos muertos vamos a casarnos. Va a ser una boda a bordo de un barco. Ella me lo ha prometido.

—¡Tom! —Wireman y Jack se agolparon a mi lado, uno agarrándome del brazo, el otro agarrándome del muñón. Yo apenas lo noté.

Y a continuación:

—Deja un mensaje después de la señal.

Se oyó la señal, y después se hizo el silencio.

No colgué el teléfono; lo dejé caer. Me giré hacia Wireman.

—Tom Riley se ha ido a matar a mi mujer —anuncié, y cuando seguí hablando, las palabras no parecieron pronunciadas por mí—. Es posible que ya lo haya hecho.

XII

Wireman no pidió ninguna explicación, tan solo me dijo que la llamara. Me llevé el teléfono a la oreja, pero no pude recordar el número. Wireman me lo leyó, pero no pude pulsar las teclas; el lado malo de mi visión, por primera vez en semanas, se había cubierto por completo de rojo.

Jack lo hizo por mí.

Me quedé parado escuchando el sonido del teléfono en Mendota Heights, esperando la impersonal y clara voz de Pam en el contestador automático… un mensaje diciendo que estaba en Florida pero que devolvería las llamadas pronto… Pam, que ya no estaba en Florida, sino que podría yacer muerta en el suelo de la cocina, con Tom Riley a su lado, igual de muerto. Esta imagen fue tan vívida que pude ver la sangre en los armarios, y en el cuchillo en la mano agarrotada de Tom.

Un timbrazo… dos… tres… al siguiente cobraría vida el contestador automático.

—¿Hola? —Era Pam, que parecía sin resuello.

—¡Pam! —grité—. Por Dios, ¿eres tú de verdad? ¡Contéstame!

—¿Edgar? ¿Quién te lo contó? —Parecía totalmente perpleja, y seguía jadeando como si le faltara el aliento. O quizá no. Aquella era una voz de Pam que reconocía: ligeramente nebulosa, igual que cuando tenía un resfriado, o cuando estaba…

—Pam, ¿estás llorando? —Y a continuación, con retraso—: ¿Contarme qué?

—Lo de Tom Riley. Creí que a lo mejor eras su hermano. O… Dios, por favor, no… su madre.

—¿Qué pasa con Tom?

—Estaba bien en el viaje de vuelta —dijo—, riendo y presumiendo de su nuevo dibujo, jugando a las cartas en la parte de atrás del avión con Kamen y algunos otros. —Ahora rompió a llorar, con fuertes sollozos como electricidad estática, y las palabras saliendo entrecortadas. Era un sonido feo, pero también hermoso. Porque era un sonido vivo—. Él estaba bien. Y entonces, esta noche, se ha matado. Los periódicos seguramente contarán que fue un accidente, pero ha sido un suicidio. Eso es lo que dice Bozie, que tiene un amigo en la policía que le llamó para contárselo, y después Bozie me llamó a mí. Tom se estrelló contra un muro de contención a cien kilómetros por hora, o más, y no había huellas de neumáticos. Fue en la Ruta 23, lo que significa que probablemente venía de camino hacia aquí.

Lo comprendí todo, y sin necesidad de que ningún brazo fantasma me lo explicara. Existía algo que Perse deseaba, porque estaba enfadada conmigo. ¿Enfadada? Furiosa. Tom, empero, había tenido un momento de cordura, un momento de valentía, y había tomado un rápido desvío contra un risco de cemento.

Wireman gesticulaba alocadamente frente a mi cara, queriendo saber qué pasaba. Me aparté de él.

—Panda, te salvó la vida.

—¿Qué?

—Sé lo que sé. El dibujo del que presumía en el avión… era uno de los míos, ¿no?

—Sí… estaba muy orgulloso… Edgar, ¿qué estás…?

—¿Tenía algún nombre? ¿El dibujo tenía algún nombre? ¿Lo sabes?

—Se llamaba *Hola*. No paraba de decir: «Nej parece mucho a Minnesota…» con ese estúpido acento suyo… —Hizo una pausa, que no interrumpí porque intentaba pensar—. Es tu manera especial de saber… —agregó a continuación—, ¿verdad?

Maldito *Hola*.

Wireman me arrebató el teléfono, con delicadeza pero firmemente.

—¿Pam? Soy Wireman. ¿Está Tom Riley…? —Escuchó, asintiendo con la cabeza. Su voz era muy tranquila, muy relajante. Era una voz que le había oído usar con Elizabeth—. De acuerdo… sí… sí, Edgar está bien, yo estoy bien, todos estamos bien aquí. Lamento lo del señor Riley, desde luego. Pero tienes que hacer algo por nosotros, y es sumamente importante. Te voy a poner en el altavoz. —Pulsó un botón del que yo ni siquiera me había percatado anteriormente—. ¿Sigues ahí?

—Sí. —Su voz sonaba algo metálica, pero clara. Y estaba recuperando el control de sí misma.

—¿Cuántos amigos y familiares de Edgar compraron algún cuadro?

Lo meditó durante un momento.

—Nadie de la familia se llevó ninguna de las pinturas, estoy segura de eso —respondió, tras meditar la pregunta, y dejé escapar un suspiro de alivio—. Creo que tenían como la esperanza… o mejor dicho, realmente esperaban que con el tiempo… en un cumpleaños, o quizá en Navidad…

—Entiendo. Así que no compraron nada.

—No he dicho eso. El novio de Melinda también compró uno de los dibujos. ¿De qué va esto? ¿Qué pasa con los cuadros?

Ric. Me dio un vuelco el corazón.

—Pam, soy Edgar. ¿Melinda y Ric se llevaron el dibujo con ellos?

—¿Teniendo que coger tantos aviones, incluido un transoceánico? Pidió que lo enmarcaran y se lo enviaran. No creo que ella lo sepa. Era uno de unas flores pintadas con lápices de colores.

—Entonces ese está todavía en la Scoto.

—Sí.

—¿Y estás segura de que nadie más de la familia compró alguna pintura?

Se tomó quizá diez segundos para considerar la pregunta. Fue una agonía.

—No. Estoy segurísima —dijo por fin. *Mejor será, Panda*, pensé—. Pero Angel y Helen Slobtnik compraron una. *Buzón con flores*, creo que se llama.

Sabía a cuál se refería. Se titulaba en realidad *Buzón con Oxe-*

yes. Y creía que ese era inofensivo, creía que probablemente ese era mío por completo, pero aun así…

—No se lo llevaron, ¿verdad?

—No, porque se iban primero a Orlando, y luego volarían de vuelta a casa desde allí. También pidieron que lo enmarcaran y se lo enviaran.

Ya no preguntaba, solo respondía. Parecía más joven, como la Pam con la que me había casado, la que había llevado mis libros de contabilidad en aquellos días pre-Tom.

—Tu cirujano… no me acuerdo de su nombre…

—Todd Jamieson —dije automáticamente. Si me hubiera parado a pensar, no habría sido capaz de recordarlo.

—Sí, él. También compró una pintura, y solicitó el envío. Quería uno de esos siniestros *Niña y barco*, pero ya estaban reservados. Se conformó con una caracola flotando en el mar.

El cual podría ser problemático. Todos los surrealistas podrían resultar problemáticos.

—Bozie compró dos de los dibujos, y Kamen otro. Kathi Green quería uno, pero dijo que no podía permitírselo. —Hizo una pausa—. Me da que su marido es un imbécil.

Le habría regalado uno si me lo hubiera pedido, pensé.

—Ahora escúchame, Pam —volvió a hablar Wireman—. Tienes trabajo que hacer.

—De acuerdo. —Un poco de niebla seguía empañando su voz, pero mayoritariamente sonaba aguda. Mayoritariamente era la suya propia.

—Tienes que llamar a Bozeman y a Kamen. Hazlo ahora mismo.

—Vale.

—Diles que quemen esos dibujos.

Una breve pausa, y a continuación:

—Quemar los dibujos, vale, entendido.

—En cuanto colguemos —tercié.

—He dicho que entendido, Eddie —replicó ella, con un deje de irritación.

—Diles que les reembolsaré el doble de su precio, o que les

daré unos dibujos distintos, lo que ellos prefieran, pero que esos dibujos no son seguros. No son seguros. ¿Lo has entendido?

—Sí, lo haré ahora mismo. —Y finalmente formuló una pregunta. La pregunta—. Eddie, ¿ese dibujo, el *Hola*, mató a Tom?

—Sí. Necesito que vuelvas a llamar después.

Le di el número de teléfono. Pam parecía estar llorando otra vez, pero aun así me lo repitió a la perfección.

—Pam, gracias —dijo Wireman.

—Sí —agregó Jack—. Gracias, señora Freemantle.

Pensé que preguntaría de quién era esa voz, pero no lo hizo.

—Edgar, ¿me prometes que las chicas estarán bien?

—Si no se llevaron ninguna de las pinturas, estarán perfectamente.

—Sí —dijo ella—. Tus malditas pinturas. Volveré a llamar.

Y se fue, sin un adiós.

—¿Mejor? —preguntó Wireman mientras colgaba.

—No lo sé —respondí—. Espero por Dios que sí. —Presioné el pulpejo de mi mano primero contra el ojo izquierdo, luego contra el derecho—. Pero no lo parece. Tengo la sensación de que no está solucionado.

XIII

Permanecimos en silencio durante un minuto. Entonces Wireman preguntó:

—¿Fue realmente un accidente que Elizabeth se cayera de aquel calesín? ¿Qué opinas?

Intenté aclarar mi mente. Este asunto también era importante.

—Intuyo que sí lo fue. Cuando despertó, sufría amnesia, afasia, y Dios sabe qué más, consecuencia de lesiones cerebrales que en 1925 eran imposibles de diagnosticar. La pintura fue algo más que su terapia; ella era un auténtico prodigio, y ella misma fue su primera gran obra. El ama de llaves, Nana Melda, también estaba asombrada. Salió ese artículo en el periódico, y presumiblemente todos los que lo leyeron se asombraron mientras desayunaban… pero ya sabes lo que la gente…

—Lo que te asombra en el desayuno se olvida a la hora de comer —sentenció Wireman.

—Dios —dijo Jack—, si de viejo me voy a volver tan cínico como vosotros dos, creo que entregaré mi placa.

—Jesus-Krispies para ti, hijo —replicó Wireman, y soltó verdaderamente una carcajada. Sonó como aturdida, pero ahí estaba, y eso era bueno.

—El interés de todo el mundo empezó a decaer —continué—. Y eso también fue probablemente cierto para Elizabeth. Quiero decir, ¿quién sino un crío de tres años se termina aburriendo antes?

—Solo los cachorros y los periquitos —dijo Wireman.

—Su creatividad quemada a la edad de tres años —comentó Jack, desconcertado—. Joder, menuda idea de locos.

—Así que ella empezó a… a… —Me detuve, y por un momento me vi incapaz de hablar.

—¿Edgar? —susurró Wireman sosegadamente—. ¿Estás bien?

No, pero necesitaba estarlo. De lo contrario, Tom no sería más que el comienzo.

—Es solo que él parecía bien en la galería. Se encontraba bien, ¿sabes? Como si hubiera vuelto a recomponer su vida. Si no llega a ser por la intromisión de ella…

—Lo sé —dijo Wireman—. Bebe un poco de tu agua, *muchacho*.

Bebí un poco de mi agua, y me obligué a mí mismo a retomar el asunto entre manos.

—Ella empezó a experimentar. En un período de semanas, creo, pasó de dibujar con lápices a pintar con los dedos, y luego con acuarelas. Además, algunos de los dibujos de la cesta de picnic estaban hechos con pluma, y estoy bastante seguro de que en algunos utilizó pintura de paredes, algo que yo también estoy considerando probar. Cuando se seca adquiere un aspecto…

—Ahórratelo para tu clase de arte, *muchacho* —me cortó Wireman.

—Vale, vale. —Bebí algo más de agua. Comenzaba a encarrilar el tema—. Empezó a experimentar también con diferentes medios, soportes... no sé si es el término adecuado, creo que sí... Pintaba en ladrillos con tiza. Hacía dibujos de arena en la playa. Un día pintó el rostro de Tessie en la encimera de la cocina con helado derretido.

Jack se inclinó hacia delante, con las manos apretadas entre sus musculosos muslos, y frunciendo el ceño.

—Edgar... ¿esto no son solo imaginaciones tuyas, no? ¿Lo viste?

—En cierto modo. A veces lo veía realmente. Otras veces era más como... una ola que salía de sus dibujos, y de usar sus lápices.

—Pero sabes que es cierto.

—Sí.

—¿No le importaba si sus dibujos perduraban o no? —preguntó Wireman.

—No. Lo más importante era hacerlos. Ella experimentó con diferentes medios, y luego empezó a experimentar con la realidad. A cambiarla. Y ahí fue cuando Perse la oyó, creo, cuando comenzó a enredar con la realidad. La oyó y despertó. Despertó y empezó a llamarla.

—Perse estaba con el resto de trastos que encontró Eastlake, ¿verdad? —preguntó Wireman.

—Elizabeth pensaba que era una muñeca. La mejor muñeca de todos los tiempos. Pero no pudieron estar juntas hasta que ella fue lo bastante fuerte.

—¿A qué ella te refieres? —preguntó Jack—. ¿A Perse o a la niña?

—Probablemente a ambas. Elizabeth era solo una cría. Y Perse... Perse había estado dormida durante mucho tiempo. Durmiendo bajo la arena, a cinco brazas bajo las aguas.

—Muy poético —comentó Jack—, pero no sé con exactitud de lo que estás hablando.

—Ni yo —admití—. Porque a ella no la veo. Si Elizabeth dibujó algún retrato de Perse, lo destruyó. Da que pensar que de mayor se dedicara a coleccionar figuras de porcelana, pero quizá sea solo una coincidencia. Lo que sé es que Perse estableció una línea de comunicación con la niña, primero a través de los dibujos, y después a través de su hasta entonces muñeca favorita, Noveen. Y Perse inició una especie de… bueno, programa de ejercicios. No sé cómo lo llamaríais vosotros. Convencía a Elizabeth para que dibujara cosas, y esas cosas sucedían luego en el mundo real…

—Ha estado jugando al mismo juego contigo, entonces —intervino Jack—. Candy Brown.

—Y mi ojo —apuntó Wireman—. No olvides la curación de mi ojo.

—Prefiero pensar que eso lo hice yo solo —dije… pero ¿había sido así?—. Hubo otras cosas, sin embargo. Cosas pequeñas, en su mayoría… como usar algunas de mis pinturas como bola de cristal…

Callé. No quería seguir por allí, porque ese camino conducía de vuelta a Tom. Tom, que debería haber sido sanado.

—Cuéntanos el resto de lo que averiguaste a partir de sus dibujos —pidió Wireman.

—De acuerdo. Comienza con el huracán fuera de temporada. Elizabeth lo invocó, probablemente con ayuda de Perse.

—Tienes que estar vacilándome —dijo Jack.

—Perse le contó a Elizabeth dónde se hallaban los restos, y Elizabeth se lo enseñó a su padre. Entre los desperdicios había… digamos que había una figura de porcelana de una hermosa mujer, de tal vez treinta centímetros de altura. —Sí, podía verlo. No los detalles, sino la figura. Y las perlas, vacías y sin pupilas, que constituían sus ojos—. Era el premio de Elizabeth, su derecho de salvamento, y una vez que salió del agua, se puso a trabajar de verdad.

—¿De dónde vendría una cosa como esa al principio, Edgar? —preguntó Jack muy suavemente.

Una frase ascendió a mis labios, procedente de algún lugar

desconocido, pero que no era mía: «Había dioses antiguos en aquellos días; reyes y reinas ellos eran». No la pronuncié en voz alta. No quería escucharla, ni siquiera en esa habitación bien iluminada, así que únicamente meneé la cabeza.

—No lo sé. Y no sé de qué país era la bandera que enarbolaba ese barco cuando el viento lo arrastró hasta aquí. Quizá el Arrecife Kitt abrió un boquete en el casco y perdió parte de su cargamento. Hay muchas cosas que desconozco... pero creo que Perse tenía un barco de su propiedad, y una vez liberada del agua y completamente unida a la poderosa mente infantil de Elizabeth Eastlake, fue capaz de invocarlo.

—Un barco de muertos —dijo Wireman. Su rostro era el de un chiquillo atemorizado y maravillado. En el exterior, el viento sacudía el espeso follaje del patio; los rododendros asentían con sus cabezas y podíamos oír el estacionario y somnoliento sonido de las olas batiendo contra la orilla. Había amado aquel sonido desde el momento de mi llegada a Duma Key, y todavía lo amaba, pero ahora también me asustaba—. Un barco llamado... ¿cómo? ¿*Perséfone*?

—Si quieres... —contesté—. Es cierto que se me pasó por la cabeza que Perse era la manera de Elizabeth de intentar pronunciarlo. Pero da igual, aquí no estamos hablando de mitología griega. Estamos hablando de algo mucho más antiguo y monstruoso. Y hambriento. Eso sí es algo que posee en común con los vampiros. Salvo que tiene hambre de almas y no de sangre. Por lo menos, eso es lo que creo. Elizabeth tuvo a su nueva «muñeca» durante un mes, a lo sumo, y solo Dios sabe cómo fue la vida en el primer Heron's Roost durante ese período, pero no pudo haber sido buena.

—¿Fue entonces cuando Eastlake fabricó los arpones de plata? —preguntó Wireman.

—No sabría decirte. Hay muchas cosas que no sé, porque mi conocimiento proviene de Elizabeth, y ella era poco mayor que un bebé. No he captado nada de lo que le ocurrió en su otra vida, porque para entonces había dejado de dibujar. Y si recordaba esa época...

—Hacía todo lo posible para olvidarla —finalizó Jack.

Wireman se mostraba cabizbajo.

—Al final, iba bien encaminada en esa dirección.

—¿Os acordáis de los dibujos en los que todo el mundo parecía lucir esas grandes y absurdas sonrisas de drogadicto? —indiqué—. Era Elizabeth tratando de rehacer el mundo que recordaba. El mundo anterior a Perse. Un mundo más feliz. Antes de que sus hermanas se ahogaran, era una chiquilla asustada, pero tenía miedo de decir algo, porque sentía que las cosas que iban mal eran culpa suya.

—¿Qué cosas? —inquirió Jack.

—No lo sé exactamente, pero hay un dibujo de una estatua de jardín, un clásico jockey negro, cabeza abajo, y creo que eso lo representa todo. Creo que para Elizabeth, en aquellos últimos días, todo parecía estar cabeza abajo. —Pasaba algo más con ese jinete de jardín, casi con toda certeza, pero no sabía qué, y en cualquier caso, probablemente no era el mejor momento para ir tras ello—. Creo que en los días previos a la muerte de Tessie y Laura, y justo después de que se ahogaran, es posible que la familia estuviera casi prisionera en Heron's Roost.

—¿Y solo Elizabeth habría sabido por qué? —preguntó Wireman.

—No lo sé —contesté, encogiéndome de hombros—. Nana Melda podría haber sabido algo. Probablemente sabía algo.

—¿Quién estaba en la casa en el período desde que se encontró el tesoro hasta los ahogamientos? —preguntó Jack.

Reflexioné sobre ello.

—Supongo que Maria y Hannah podrían haber ido a casa un fin de semana o dos, y Eastlake pudo haber estado fuera por negocios durante parte de marzo y abril. Las únicas que seguramente estuvieron allí todo el tiempo fueron Elizabeth, Tessie, Laura, y Nana Melda. Y Elizabeth trató de borrar a su nueva «amiga» de la existencia. —Me humedecí los labios con la lengua. Estaban muy secos—. Lo hizo con los lápices de colores que se encontraban en la cesta, justo antes de que Tessie y Laura se ahogaran. Quizá la noche antes. Porque sus ahogamientos fueron un castigo, ¿correcto? Del mismo modo que mi castigo iba a ser que Tom matara a Pam, por husmear. Quiero decir, ¿lo veis?

—Dios todopoderoso —musitó Jack. Wireman estaba muy pálido.

—Hasta entonces, no creo que Elizabeth lo comprendiera. —Lo pensé un instante y luego me encogí de hombros—. Demonios, ni siquiera recuerdo cuánto comprendía yo con cuatro años. Pero hasta entonces, probablemente lo peor que le había ocurrido en su vida… aparte de caerse del calesín, y apostaría a que ni siquiera se acordaba de eso, fuera que papi le diera unos azotes o algún cachete en la mano por intentar coger una de las tartas de frambuesa de Nana Melda antes de que se enfriara. ¿Qué sabía ella sobre la naturaleza del mal? Lo único que sabía era que Perse era traviesa, que Perse era una muñeca mala en vez de buena, que estaba fuera de control y escapando a su control todo el tiempo, que tenía que ser expulsada. Así que Libbit se sentó con sus lápices y algunas láminas de dibujo, y se dijo: «Puedo hacerlo. Si voy despacio y hago mi mejor trabajo, puedo hacerlo». —Me detuve y me pasé la mano por los ojos—. Supongo que es cierto, pero no os lo creáis al pie de la letra. Puede que lo esté mezclando con mis propios recuerdos. Mi mente de nuevo con sus trucos. Con sus putos trucos estúpidos.

—Tómatelo con calma, *muchacho* —dijo Wireman—. Más despacio. Ella trató de dibujar a Perse fuera de la existencia. ¿Cómo se puede hacer algo así?

—Dibujando y después borrando.

—¿Perse no se lo permitió?

—Perse no lo sabía, estoy casi seguro. Porque Elizabeth fue capaz de esconder lo que pretendía hacer. Si me preguntas cómo, no sabría decirlo. Si me preguntas si la idea fue suya… si es algo que se le ocurrió a ella sola, con cuatro años…

—No es tan increíble —observó Wireman—. En cierta forma, es un pensamiento muy infantil.

—No entiendo cómo pudo habérselo ocultado a esta Perse —dijo Jack—. Quiero decir… ¿una chiquilla?

—Yo tampoco lo sé —admití.

—En cualquier caso, no funcionó —dijo Wireman.

—No. No funcionó. Creo que hizo el dibujo, y estoy seguro de que utilizó sus lápices, y creo que cuando terminó, lo borró entero. Probablemente habría matado a un ser humano, igual que yo maté a Candy Brown, pero Perse no era humana. Todo lo que consiguió fue enfurecerla, y se vengó de Elizabeth llevándose a las gemelas, a quienes ella idolatraba. Tessie y Laura no descendieron ese sendero hasta la playa de la Sombra para buscar más tesoros. Fueron conducidas hasta terminar en el agua, y perecieron.

—Aunque no para siempre —dijo Wireman, y supe que estaba recordando ciertas huellas diminutas. Por no mencionar a la cosa que había estado en mi cocina.

—No —convine—. No para siempre.

El viento volvía a soplar, esta vez con tanta fuerza que algo golpeó con un ruido sordo contra la fachada de la casa orientada hacia el Golfo. Los tres pegamos un brinco.

—¿Cómo pilló al tal Emery Paulson? —preguntó Jack.

—No lo sé —respondí.

—Y a Adriana —añadió Wireman—. ¿También la cogió Perse?

—No lo sé —repetí—. Quizá. —Y a regañadientes agregué—: Probablemente.

—No hemos visto a Adriana —dijo Wireman—. Algo es algo.

—No todavía —puntualicé.

—Pero las niñas se ahogaron —dijo Jack, como si intentara dejarlo todo claro—. Esta cosa-Perse las atrajo hasta el agua. O algo.

—Sí —asentí—. O algo.

—Pero después se llevó a cabo una búsqueda. Personas de fuera.

—Necesariamente, Jack —dijo Wireman—. La gente sabía que habían desaparecido. Shannington, por poner un ejemplo.

—Lo sé —dijo Jack—. Es lo que estoy diciendo. Entonces, ¿Elizabeth, su padre y el ama de llaves se limitaron a hacerse los tontos y cerrar el pico?

—¿Qué elección tenían? —pregunté—. ¿Iba John Eastlake a decir a cuarenta o cincuenta voluntarios: «La mujer del saco se llevó a mis hijas, hay que buscar a la mujer del saco»? Puede que ni siquiera lo supiera. Aunque en algún momento debió de averiguarlo. —Estaba pensando en la pintura de él gritando. Gritando y sangrando.

—A mí me convence. No podría haberlo contado —dijo Wireman—. Quiero saber qué ocurrió cuando finalizó la búsqueda. Justo antes de morir, la señorita Eastlake dijo algo acerca de volver a ahogarla a dormir. ¿Se refería a Perse? Y de ser así, ¿cómo funciona eso?

—No lo sé —respondí, sacudiendo la cabeza.

—¿Por qué no lo sabes?

—Porque el resto de las respuestas están en el extremo sur de la isla —respondí—. En lo que sea que quede del Heron's Roost original. Y también creo que es ahí donde está Perse.

—Muy bien, pues —dijo Wireman—. A no ser que estemos preparados para desalojar Duma con presteza, me parece que debemos ir allí.

—Teniendo en cuenta lo que le ha pasado a Tom, ni siquiera tenemos esa opción. Vendí muchas pinturas, y los tipos de la Scoto no las guardarán para siempre.

—Recómpralas —sugirió Jack, y no es que eso no se me hubiera ocurrido ya.

Wireman meneó la cabeza.

—Muchos de los propietarios no querrán vender, ni siquiera por el doble de su precio. Y una historia como esta no les convencería.

Ante esto, nadie dijo nada.

—Pero ella no es tan fuerte a la luz del día —observé—. Sugiero salir a las nueve de la mañana.

—Por mí bien —dijo Jack, y se puso en pie—. Estaré aquí a menos cuarto. Y ahora, a cruzar el puente de vuelta a Sarasota.

El puente. Una idea empezó a revolotear en mi cabeza.

—Eres bienvenido, si deseas quedarte —invitó Wireman.

—¿Después de esta conversación? —dijo Jack levantando las

cejas—. Con todos mis respetos, colega, ni de coña. Pero volveré mañana.

—Pantalones largos y botas forman parte del orden del día —dijo Wireman—. Estará lleno de maleza, y puede haber serpientes. —Se restregó un lado de la cara con la mano—. Parece que me voy a perder el velatorio de mañana en Abbot-Wexler. Los familiares de la señorita Eastlake tendrán que enseñarse los dientes entre sí. Menuda lástima… eh, Jack.

Jack ya se encaminaba hacia la puerta, pero dio media vuelta.

—¿Por casualidad tú no tendrás ninguna de las obras de Edgar, verdad? —le preguntó Wireman.

—Mmm… bueno…

—Desembucha. La confesión es buena para el alma, *compañero*.

—Un boceto —admitió Jack. Arrastró los pies, y me dio la impresión de que se estaba ruborizando—. A lápiz y pluma, en la parte de atrás de un sobre. Una palmera. Yo… eh… lo pesqué de la papelera un día. Lo siento, Edgar. Metí la pata.

—No pasa nada, pero quémalo —le pedí—. Quizá pueda regalarte otro cuando todo esto haya acabado.

Si acaba alguna vez, pensé, pero no agregué tal cosa.

Jack asintió con la cabeza.

—Vale. ¿Quieres que te lleve de vuelta a Big Pink?

—Me quedaré aquí con Wireman —contesté—, pero sí querría volver a Big Pink antes.

—No me lo digas —dijo Jack—. El pijama y el cepillo de dientes.

—No —repliqué—. La cesta de picnic y esos arpones de pla…

Sonó el teléfono, y nos miramos entre nosotros. Creo que supe enseguida que eran malas noticias; noté esa sensación de hundimiento al convertirse mi estómago en un ascensor. Sonó otra vez, y dirigí la mirada hacia Wireman, pero este simplemente me miraba a mí. Él también lo sabía.

Descolgué.

—Soy yo —anunció la pesada voz de Pam—. Agárrate, Edgar. Cuando alguien dice algo como eso, siempre tratas de abrocharte alguna especie de cinturón de seguridad mental. Pero raramente funciona. La mayoría de la gente no tiene ninguno.

—Escúpelo.

—Bozie estaba en casa y le dije lo que me pediste. Empezó a formular preguntas, lo cual no fue una sorpresa, pero le contesté que tenía prisa, y que de todas formas no tenía las respuestas, así que, abreviando, accedió a hacerlo. «Por los viejos tiempos», dijo.

Aquella sensación de hundimiento empeoraba.

—Después llamé a Ilse. No estaba segura de si la pillaría, pero ella acababa de llegar. Parecía cansada, pero está en casa y está bien. Probaré con Linnie mañana, cuando…

—Pam…

—Ya estoy llegando. Después de Illy, llamé a Kamen. Alguien contestó al segundo o tercer tono, y empecé con mi perorata. Creía que le hablaba a él. —Hizo una pausa—. Era su hermano. Me contó que Kamen había parado a por un café en un Starbucks, en el camino de vuelta del aeropuerto. Sufrió un ataque al corazón mientras esperaba en la cola. Una ambulancia lo llevó al hospital, pero fue una mera formalidad. El hermano dijo que Kamen murió en el acto. Me preguntó por qué llamaba, y le dije que ya no importaba. ¿Hice bien?

—Sí. —Sospechaba que el dibujo de Kamen no afectaría a su hermano, ni a ninguna otra persona; pensé que ya había hecho su trabajo—. Gracias.

—Si te sirve de consuelo, podría haber sido una coincidencia; era un tipo muy agradable, pero le sobraban un montón de kilos. Cualquiera que lo mirara podía darse cuenta de eso.

—A lo mejor tienes razón —dije, aunque sabía que no—. Hablaré pronto contigo.

—Muy bien. —Titubeó por un momento—. Cuídate, Eddie.

—Tú también. Esta noche cierra las puertas con llave, y conecta la alarma.

—Siempre lo hago.

Cortó la comunicación. En el exterior de la casa, el oleaje discutía con la noche. Me picaba el brazo. Pensé: *Si pudiera lle-*

gar hasta ti, creo que te cortaría otra vez. En parte para detener el daño del que eres capaz, pero sobre todo para que te callaras.

Pero, naturalmente, no se trataba de mi brazo desaparecido, o de la mano que una vez habitó en su extremo, ese era el problema; el problema era la mujer-cosa de la toga roja, que me utilizaba como una suerte de puto tablero Ouija.

—¿Qué? —preguntó Wireman—. No nos mantengas en suspense, **muchacho**. ¿Qué pasa?

—Kamen —respondí—. Un ataque al corazón. Está muerto.

Pensé en todas las pinturas almacenadas en la Scoto, pinturas que habían sido vendidas. Estarían a salvo mientras permanecieran allí, pero al final el dinero habla y las tonterías vuelan. Esa ni siquiera era una Ley de Hombre: era el puto estilo de vida americano.

—Vamos, Edgar —dijo Jack—. Te llevaré a tu casa, y luego te traeré de vuelta.

XIV

No calificaría exactamente como serena a nuestra excursión a Little Pink (yo llevaba el candelero de plata, y lo transporté en posición de «presenten armas» todo el tiempo que permanecimos dentro), pero transcurrió sin incidentes. Los únicos espíritus en el lugar eran las agitadas voces de las conchas. Metí de nuevo los dibujos en la cesta de picnic, Jack enganchó las asas y la transportó escaleras abajo. Yo le cubrí las espaldas todo el camino, y al salir cerré con llave la puerta de Big Pink. Por si servía de algo.

Mientras volvíamos a *El Palacio*, se me ocurrió una idea... que más bien era recurrente. Mi cámara Nikon había quedado atrás y no quería regresar a por ella, pero...

—Jack, ¿no tendrás una cámara Polaroid?

—Pues sí —respondió—. Una *One-Shot*. Es lo que mi padre llama «vieja pero usable». ¿Por qué?

—Cuando vengas mañana, quiero que te pares un momento

en el puente, del lado de Casey Key. Saca unas cuantas polaroids de los pájaros y las barcas, ¿vale?

—Vale...

—Y, con disimulo, un par del propio puente, especialmente de la maquinaria elevadora.

—¿Por qué? ¿Para qué las quieres?

—Voy a dibujar el puente levadizo sin la maquinaria —expliqué—. Y lo voy a hacer cuando oiga la sirena que avisa de que se está levantando para dejar pasar a un barco. Supongo que ni el motor ni el sistema hidráulico desaparecerán de verdad, pero con suerte podré joderlos lo suficiente para mantener a todo el mundo fuera durante un tiempo. Por lo menos, el tráfico automovilístico.

—¿Hablas en serio? ¿De verdad piensas que puedes sabotear el puente?

—Teniendo en cuenta lo a menudo que se estropea por sí mismo, debería ser fácil.

Volví a mirar el agua oscura, y pensé en Tom Riley, quien debería haber sido sanado. Quien había sido sanado, maldición.

—Solo desearía poder dibujar una buena noche de sueño para mí mismo.

Cómo dibujar un cuadro (IX)

Busca el cuadro dentro del cuadro. No siempre es fácil de ver, pero siempre está ahí. Y si se te escapa, puedes perder el mundo. Eso lo sé mejor que nadie, porque cuando miré el dibujo de Carson Jones y mi hija, de Smiley y su Calabacita, creí saber lo que estaba buscando y se me escapó la verdad. ¿Porque no confié en él? Sí, pero eso es casi gracioso. La verdad era que no habría confiado en ningún hombre que se atreviera a reivindicar para sí mismo a mi amada, a mi favorita, a mi Ilse.

Encontré una foto de él solo antes de encontrar la de los dos juntos, pero me dije que no quería su imagen en solitario, que así no me serviría de nada; si quería conocer sus intenciones hacia mi hija, tendría que alargar mi mano mágica y tocarlos como pareja.

Ya estaba haciendo suposiciones, ¿ves? Y erróneas.

Si hubiera tocado el primero, si hubiera buscado realmente el primero (Carson Jones vestido con su camiseta de los Twins, Carson solo), las cosas podrían haber resultado diferentes. Podría haber sentido su esencial inocuidad. Casi con total certeza. Pero lo ignoré. Y nunca me pregunté a mí mismo por qué, si él era un peligro, la había dibujado a ella sola, mirando a todas aquellas pelotas de tenis flotantes.

Porque la niña con el traje de tenis era ella, por supuesto, como casi todas las chicas que dibujé y pinté durante mi estancia en Duma Key, incluso las que disfracé de Reba, o de Libbit, o, en una ocasión, de Adriana.

Solo hubo una excepción femenina: la toga roja.

Ella.

Cuando toqué la fotografía de Ilse y su novio, había percibido muerte; no lo admití en ese momento, pero era cierto. Mi mano perdida percibió muerte, inminente como la lluvia en las nubes.

Supuse que Carson Jones pretendía dañar a mi hija, y esa fue la razón por la que quise que se alejara de él. Pero él nunca fue el problema. Perse quiso detenerme (estaba, creo, desesperada por detenerme una vez que encontré los viejos dibujos y los lápices de Libbit), pero Carson Jones nunca fue el arma de Perse. Incluso el pobre Tom Riley fue solo un recurso provisional, un apaño.

El cuadro estaba ahí, pero hice una suposición equivocada, y se me escapó la verdad: la muerte que percibí no procedía de él. Colgaba sobre ella.

Y parte de mí debió de comprender que se me había escapado.

¿Por qué si no habría dibujado aquellas malditas pelotas de tenis?

16

El final del partido

Wireman me ofreció una pastilla de Lunesta para ayudarme a dormir. Estuve profundamente tentado, pero rehusé. Cogí uno de los arpones de plata, sin embargo, y Wireman hizo otro tanto. Con su peluda barriga inclinada ligeramente sobre sus calzones azules, y uno de los objetos especialidad de John Eastlake en su mano derecha, parecía una asombrosa versión Real Guy de Cupido. La fuerza del viento había aumentado todavía más; rugía a los lados de la casa y silbaba alrededor de las esquinas.

—Las puertas de los dormitorios abiertas, ¿sí? —preguntó.

—Sí, señor.

—Y si sucede algo durante la noche, aúlla como un demonio.

—Recibido, Houston. Tú haz lo mismo.

—¿Jack estará bien, Edgar?

—Si quema el dibujo, estará perfectamente.

—¿Llevas bien lo ocurrido a tus amigos?

Kamen, quien me enseñó a pensar de refilón. Tom, quien me había aconsejado que no cediera la ventaja de campo. ¿Llevaba bien lo ocurrido a mis amigos?

Bueno, sí y no. Sentía tristeza y aturdimiento, pero mentiría si no dijera que también sentía cierto alivio, leve y vergonzante; los humanos somos, en algunos aspectos, una absoluta mierda. Porque Kamen y Tom, aunque cercanos, quedaban fuera del encantador círculo de aquellos que me importaban de verdad. Aquellas personas que Perse no había sido capaz de tocar. Y si nos movíamos rápido, Kamen y Tom serían nuestras únicas bajas.

—*¿Muchacho?*

—Sí —contesté, sintiendo que me reclamaban desde una gran distancia—. Sí, estoy bien. Llámame si me necesitas, Wireman, y no dudes. No creo que pegue ojo.

II

Yací contemplando el techo, con el arpón de plata a mi lado sobre el colchón. Escuchaba el estacionario soplido del viento y el estacionario movimiento del oleaje. Recuerdo que pensé: *Esta va a ser una noche muy larga.* Entonces el sueño me atrapó.

Soñé con las hermanas de la pequeña Libbit. No con las Malas Malosas; con las gemelas.

Las gemelas corrían.

El chaval grande las perseguía.

Tenía PIÑOS.

III

Desperté con la mayor parte de mi cuerpo en el suelo, a excepción de una pierna, la izquierda, que seguía recostada en la cama y la tenía dormida. Fuera, el viento y el oleaje continuaban rugiendo. Dentro, el corazón me latía casi con tanta fuerza como las olas que rompían en la playa. Todavía veía a Tessie bajando… ahogándose, mientras aquellas manos blandas e implacables la agarraban por las pantorrillas. La visión era perfectamente nítida, una pintura infernal en el interior de mi cabeza.

Pero no fue el sueño de las pequeñas huyendo de la cosa-rana lo que provocaba el fuerte latido de mi corazón, no fue el sueño lo que hizo que me despertara en el suelo con un sabor a cobre en la boca y los nervios ardiendo a flor de piel. Fue, más bien, esa sensación de despertar de un mal sueño dándote cuenta de que has olvidado algo importante; como si no hubieras apagado el horno, por ejemplo, y ahora toda la casa oliera a gas.

Bajé el pie de la cama de un tirón y golpeó contra el suelo en un intenso y punzante hormigueo. Me froté el pie con una mueca de dolor. Al principio fue como frotar un trozo de madera, pero poco a poco esa sensación de entumecimiento empezó a desvanecerse. La adormecida sensación de que había olvidado algo de vital importancia, no.

Pero ¿qué era? Albergaba la esperanza de que nuestra expedición al extremo sur del Cayo pondría fin a este asunto desagradable y purulento. El mayor obstáculo, después de todo, era el propio acto de creer, y mientras que por la mañana no renegáramos de nuestra creencia bajo la brillante luz del sol de Florida, ya lo habíamos superado. Era posible que pudiéramos ver pájaros cabeza abajo, o que una gigantesca monstruosidad rana, como la de mi sueño, tratara de bloquearnos el camino, pero tenía la intuición de que esas cosas eran esencialmente apariciones, excelentes para ocuparse de niñas de seis años, pero no tan buenas contra hombres adultos, en particular cuando estaban armados con arpones con puntas de plata.

Y, naturalmente, yo llevaría mi cuaderno y mis lápices.

Pensaba que Perse ahora tenía miedo, miedo de mí y de mi recién descubierto talento. Solo, si aún no estuviera recuperado de mi experiencia cercana a la muerte (y con pensamientos suicidas, de hecho), podría haber sido un valioso aliado en lugar de un problema. Porque a pesar de toda su palabrería, aquel Edgar Freemantle en realidad no había tenido otra vida; aquel Edgar simplemente había cambiado el decorado de su existencia de inválido, de pinos a palmeras. Pero en cuanto volví a tener amigos… a ver lo que me rodeaba y a tender la mano hacia ello…

Entonces me había convertido en un peligro. No sé exactamente lo que ella tenía en mente, aparte de recuperar su lugar en el mundo, claro, pero debía de haber pensado que para causar daños, el potencial de un talentoso artista manco era enorme. ¡Podría haber enviado venenosas pinturas por todo el planeta,

Dios mío! Pero ahora yo me había revuelto en su mano, igual que había hecho Libbit. Ahora yo era algo que primero tenía que ser detenido y después desechado.

—Llegas un poco tarde para eso, zorra —susurré.

Entonces, ¿por qué seguía oliendo a gas?

Las pinturas, en especial las más peligrosas, las de la serie *Niña y barco*, estaban prudentemente guardadas bajo llave, y fuera de la isla, justo como Elizabeth había deseado. Según Pam, nadie en nuestro círculo de familiares y amigos se había llevado algún dibujo, a excepción de Bozie, Tom y Xander Kamen. Era demasiado tarde para Tom y Kamen, y habría dado lo que fuera para cambiarlo, pero Bozie había prometido quemar el suyo, así que por esa parte todo estaba bien. Incluso Jack estaba cubierto, porque había reconocido su pequeño hurto. Había sido muy inteligente por parte de Wireman preguntárselo, pensé. Solo me sorprendía que no me hubiera preguntado si yo mismo le había regalado a Jack alg…

Mi aliento se convirtió en cristal en la garganta. Supe en ese momento lo que había olvidado. Ahora, en esta profunda arruga de la noche, con el viento bramando en el exterior. Había estado tan obsesionado con la maldita exposición que en ningún momento me había parado a pensar mucho en si existía alguien a quien le hubiera regalado alguna de mis obras antes del evento.

«¿Puedo quedármelo?»

Mi memoria, todavía propensa a mostrarse tan reacia, a veces me sorprendía con ramalazos de brillantes imágenes en Technicolor. Ahora me proporcionó uno. Vi a Ilse en Little Pink, descalza, vestida con pantalones cortos y un top de concha. Estaba parada junto al caballete. Tuve que pedirle que se moviera para que pudiera ver el dibujo que tanto la fascinaba. El dibujo que ni siquiera recordaba haber hecho.

«¿Puedo quedármelo?»

Cuando se apartó, vi a una niña pequeña con atuendo de tenista. Se hallaba de espaldas, pero era el elemento central de la composición. El pelo rojo la identificaba como Reba, mi pequeño amor, aquella novia de mi otra vida. Pero también era Ilse, la

Ilse del bote de remos, y además la hermana mayor de Elizabeth, Adriana, pues ese era el vestido de Adie, el de los elegantes ribetes azules en el dobladillo (no tenía forma de saberlo, pero lo sabía; era información que había surgido en un susurro de los dibujos de Elizabeth... dibujos realizados cuando todavía era conocida como Libbit).

«¿Puedo quedármelo? Este es el que quiero.»

O el que algo quiso que ella lo quisiera.

«Llamé a Ilse —había dicho Pam—. No estaba segura de si la pillaría, pero ella acababa de llegar.»

Rodeando por completo los pies de la niña-muñeca había pelotas de tenis. Otras flotaban en las suaves olas, en dirección a la costa.

«Parecía cansada, pero está bien.»

¿Lo estaba? ¿De verdad lo estaba? Le había dado ese maldito dibujo. Ella era mi Doña Galletita, y no podía negarle nada. Incluso le había puesto título por ella, porque dijo que los artistas tenían que titular sus obras. *El final del partido*. Ese fue el nombre que le di y que ahora repicaba en mi cabeza como una campana.

IV

No había ninguna extensión telefónica en el cuarto de invitados, así que salí sigilosamente al pasillo con el arpón de plata firmemente agarrado en la mano. A pesar de mi necesidad de comunicarme con Ilse lo antes posible, me tomé un momento para espiar a través de la puerta abierta al otro lado del pasillo. Wireman yacía sobre su espalda como una ballena varada en una playa, roncando plácidamente. Su propio arpón de plata descansaba a su lado, junto con un vaso de agua.

Pasé por delante del retrato de familia, bajé las escaleras y entré en la cocina. Aquí el aullido del viento y el rugido del oleaje sonaba más alto que nunca. Descolgué el teléfono y oí... nada.

Por supuesto. ¿Creías que Perse no se ocuparía de los teléfonos?

Luego observé que el auricular tenía botones para dos líneas. En la cocina, al menos, no era suficiente con descolgar el teléfono. Recé una pequeña plegaria entre dientes, pulsé el botón señalado como LÍNEA 1, y fui recompensado con el tono de llamada. Moví el pulgar hacia el botón, y entonces me di cuenta de que no recordaba el número de Ilse. Mi libreta de direcciones estaba en Big Pink, y su número de teléfono había abandonado por completo mi mente.

V

El teléfono empezó a emitir un sonido de sirena. Era tímido (había dejado el auricular boca abajo sobre la encimera), pero sonaba fuerte en la oscura cocina, y me hizo pensar en cosas malas. Coches de policía respondiendo a actos de violencia. Ambulancias yendo a toda velocidad hacia escenarios de accidentes.

Pulsé el botón de apagado, y luego apoyé la cabeza contra la gélida puerta de acero pulido del enorme frigorífico de *El Palacio*. Frente a mí había un imán que rezaba: GORDO ES EL NUEVO DELGADO. Cierto, y muerto era el nuevo vivo. Al lado había un sujetapapeles imantado y el cabo de un lápiz atado a un cordel.

Volví a apretar el botón de LÍNEA 1 y marqué el 411. El operador automático me dio la bienvenida al Servicio de Asistencia de Verizon y me preguntó por la ciudad y el estado.

—Providence, Rhode Island —dije, vocalizando como si estuviera sobre un escenario. Bien por el momento, pero la máquina se atragantó con Ilse a pesar del cuidado que puse al pronunciar su nombre. Me pasaron con una operadora humana, que lo comprobó y me dijo lo que ya había sospechado: el número de Ilse no estaba disponible. Le dije a la operadora que quería contactar con mi hija, y que la llamada era importante. La operadora contestó que podría hablar con un supervisor, que probablemente estaría encantado de realizar una llamada de verificación en mi nombre, pero no hasta las ocho de la mañana, hora del este. Miré el reloj del microondas. Eran las 2.04.

Colgué y cerré los ojos. Podía despertar a Wireman, para ver si tenía a Ilse en su pequeña agenda roja, pero tenía la lacerante intuición de que incluso eso podría llevar demasiado tiempo.

—Puedo hacerlo —dije, pero sin verdaderas esperanzas.

Por supuesto que puedes, dijo Kamen. *¿Cuál es tu peso?*

Era de ciento setenta y cuatro libras, elevado para un adulto que siempre había estado por debajo de ciento cincuenta. Visualicé estos números en mi mente: **174150**. Eran de color rojo. A continuación cinco de ellos se pusieron en verde, uno tras otro. Sin abrir los ojos, agarré el cabo del lápiz y escribí en la libreta: 40175.

¿Y cuál es tu número de la Seguridad Social?, inquirió Kamen a continuación.

Apareció en la oscuridad, en brillantes dígitos rojos. Cuatro de ellos se pusieron en verde, y los añadí a los que ya había garabateado. Cuando abrí los ojos, había escrito 401759082 en la libreta, en una ebria e irregular fila descendente.

Era correcto; lo reconocí, pero todavía me faltaba un dígito.

No importa, me dijo el Kamen del interior de mi cabeza. *El teclado numérico del teléfono es un regalo asombroso para las personas con memoria deficiente. Si aclaras tu mente y tecleas los que ya tienes, marcarás el último número sin problemas. Es la memoria muscular.*

Esperando que tuviera razón, abrí la LÍNEA 1 de nuevo y tecleé el prefijo de Rhode Island seguido de 759-082. Mi dedo nunca vaciló. Pulsé el último número, y en alguna parte de Providence, un teléfono empezó a sonar.

VI

—¿Ho-hola? ¿Quin… es?

Por un momento tuve la certeza de que había equivocado el número, después de todo. La voz era femenina, pero sonaba mayor que la de mi hija. Mucho mayor. Y medicada. Pero resistí mi impulso inicial de decir «Número equivocado» y colgar. «Parecía cansada», había dicho Pam, pero si esta era Ilse, parecía más que cansada; parecía muerta de fatiga.

—¿Ilse?

Ninguna respuesta durante un rato largo. Empecé a pensar que la incorpórea mujer de Providence había colgado. Noté que sudaba, y tan fuerte que podía olerme a mí mismo, como un mono en una rama. Entonces llegó el mismo estribillo:

—¿Ho-hola?... ¿Quin...es?

—¡Ilse!

Nada. Tuve la sensación de que se estaba preparando para colgar. Fuera, el viento bramaba y el oleaje palpitaba.

—¡Doña Galletita! —grité—. ¡Doña Galletita, no te atrevas a colgar el teléfono!

Aquello hizo efecto.

—¿Pap... papá? —Ahí estaba una palabra prodigiosa en aquel mundo deshecho.

—Sí, cariño. Papá.

—Si de veras eres mi padre...

Una larga pausa. Pude verla en su propia cocina, descalza (como había estado aquel día en Little Pink, contemplando el dibujo de la muñeca y las pelotas de tenis flotantes), con la cabeza baja, el pelo colgando alrededor de su rostro. Trastornada, quizá casi hasta el punto de la demencia. Y por primera vez comencé a odiar a Perse igual que la temía.

—Ilse... Doña Galletita... Quiero que me escuches...

—Dime mi nombre de usuario. —Había ahora una cierta astucia indignada en la voz—. Si de veras eres mi padre, dime mi nombre de usuario.

Y si no lo hacía, me di cuenta, colgaría. Porque algo había llegado hasta mi hija. Algo había estado jugando con mi hija, abriendo sus garras sobre ella, extendiendo su red alrededor de ella. Solo que no era un algo. Era Ella.

El nombre de usuario de Illy.

Durante un momento, tampoco pude recordar eso.

Puedes hacerlo, dijo Kamen, pero Kamen estaba muerto.

—Tú no eres… mi padre —dijo la chica trastornada del otro lado de la línea, y volvía a estar a punto de colgar.

Piensa de refilón, aconsejó Kamen tranquilamente.

Incluso entonces, pensé, sin saber por qué estaba pensando eso. *Incluso entonces, incluso después, incluso ahora, incluso así…*

—Tú no eres mi padre, tú eres Ella —declaró Ilse, con esa voz drogada arrastrando las palabras, tan impropia de ella—. Mi padre está muerto. Lo vi en un sueño. Adi…

—¡If so! —grité, sin preocuparme si despertaba a Wireman o no. Ni siquiera pensando en Wireman—. ¡Eres If-So-Girl!

Una larga pausa desde el otro lado.

—¿Cuál es el resto? —preguntó entonces.

Tuve otro momento de horrible vacío, y entonces pensé: *Alicia Keyes, teclas en un piano…*

—88 —respondí—. Eres If-So-Girl-88.

Se produjo otra pausa, muy, muy larga. Pareció durar una eternidad.

Entonces se echó a llorar.

VII

—Dijo que estabas muerto, papá. Eso fue lo único que me creí, no solo porque lo soñara, sino porque llamó mamá y dijo que Tom había muerto. Soñé que estabas triste y que te adentrabas andando en el Golfo. En mi sueño, la resaca te arrastraba y te ahogabas.

—No me he ahogado, Ilse. Estoy bien, te lo prometo.

La historia brotó fragmentada y a ráfagas, interrumpida por las lágrimas y los incisos. Me resultó evidente que el sonido de mi voz la había tranquilizado, pero no la había curado. Divagaba, de una manera extraña, atemporalmente; se refería a la exposición de la Scoto como si hubiera ocurrido una semana antes, por lo menos, y se interrumpió para contarme que un amigo suyo había sido arrestado por «cultivar». Esto provocó que se riera salvajemente, como si estuviera borracha o colocada. Cuando le pregunté qué cultivaba, respondió que daba igual, que hasta era posible que hubiera sido parte del sueño. Ahora volvía a soñar sobria. Sobria... pero no bien. Dijo que Ella era una voz en su cabeza, pero que también provenía de los desagües y del retrete.

Wireman llegó en algún momento de nuestra conversación, encendió los fluorescentes de la cocina y se sentó junto a la mesa, con el arpón frente a él. No habló ni una palabra, tan solo permaneció escuchando mi parte de la charla.

Ilse dijo que había empezado a sentirse extraña («rara y temerosa» fueron sus palabras reales), desde el primer momento en que regresó al apartamento. Al principio era solo una sensación de vacío, pero pronto también experimentó náuseas (similares a las que sufrió el día que habíamos intentado explorar el sur de Duma Key). Y cada vez era peor y peor. Una mujer le habló desde el fregadero, y le dijo que su padre estaba muerto. Ilse dijo que después de eso había salido a pasear para despejarse, pero decidió volver enseguida.

—Deben de ser esas historias de Lovecraft que leí para mi Proyecto de Inglés Avanzado —conjeturó—. No dejaba de imaginarme que alguien me seguía. Esa mujer.

De vuelta en el apartamento, empezó a cocinar algo de avena, suponiendo que asentaría su estómago, pero cuando empezó a espesarse, su sola visión bastó para provocarle náuseas. Cada vez que la removía, parecía ver cosas en ella. Calaveras. Las caras de niñas gritando. Después un rostro de mujer, una mujer con demasiados ojos, afirmó Ilse. La mujer en la avena dijo que su padre estaba muerto y que su madre todavía no lo sabía, pero que cuando se enterara, celebraría una fiesta.

—Entonces me fui a la cama, y fue cuando soñé que la mujer tenía razón y que habías *morido*, papi —dijo, retrocediendo inconscientemente a la dicción de la infancia.

Pensé en preguntarle cuándo había llamado su madre, pero dudaba que lo recordara, y de todas formas no importaba. Pero, por Dios, ¿no había notado Pam nada raro aparte de cansancio, sobre todo después de mi llamada? ¿Estaba sorda? Dudaba que yo fuera el único que percibía esta confusión en la voz de Ilse, esta fatiga. Pero quizá no había estado tan mal cuando llamó Pam. Perse era poderosa, pero eso no significaba que no tuviera que tomarse su tiempo para actuar. Especialmente a distancia.

—Ilse, ¿tienes todavía el dibujo que te regalé, el de la niña pequeña y las pelotas de tenis? Lo titulé *El final del partido*.

—Esa es otra cosa curiosa —comentó. Tuve la impresión de que ella trataba de hablar de forma coherente, del mismo modo que un borracho parado por un policía de tráfico intenta parecer sobrio—. Quería enmarcarlo, pero no llegué a hacerlo, así que lo clavé en la pared de la habitación grande con una chincheta. Ya sabes, el salón-cocina, donde te serví el té.

—Sí.

Nunca había estado en su apartamento de Providence.

—Donde podría mirar... mirarlo... pero entonces, cuando he *volvido*... nn...

—¿Vas a dormirte? No te duermas conmigo, Doña Galletita.

—No dormir... —Pero su voz se debilitaba...

—¡Ilse! ¡Despierta! ¡Despierta, joder!

—¡Papá! —Sonaba conmocionada, pero también volvía a estar completamente despierta.

—¿Qué pasó con el dibujo? ¿Qué tenía de diferente cuando volviste?

—Estaba en el dormitorio. Imagino que lo cambié de sitio yo misma... incluso está clavado con la misma chincheta roja... pero no recuerdo haberlo hecho. Supongo que lo quería más cerca de mí. ¿No es curioso?

No, no creía que fuera curioso.

—No querría vivir si te murieras, papi. Desearía estar muerta yo también. Muerta como... como... ¡muerta como una estatua de mármol! —Y se echó a reír. Yo no: me vino a la mente la hija de Wireman.*

---

* El sentido del texto original se pierde en la traducción. En inglés, *marble* significa «canica», y también «estatua de mármol». *(N. del T.)*

—Escúchame con atención, Ilse. Es importante que me obedezcas. ¿Lo harás?

—Sí, papá. Siempre y cuando no me lleve mucho tiempo. Estoy… —Se oyó un bostezo—… cansada. A lo mejor soy capaz de dormir, ahora que sé que estás bien.

Sí, ella sería capaz de dormir. Justo debajo de *El final del partido*, que colgaba de una chincheta roja. Y despertaría pensando que el sueño había sido esta conversación, y que la realidad era el suicidio de su padre en Duma Key.

Perse había hecho esto. Esa arpía. Esa zorra.

La ira regresó, tan simple como eso. Como si nunca se hubiera marchado. Pero no podía permitir que me jodiera la mente; ni siquiera podía permitir que se me notara en la voz, o Ilse pensaría que iba dirigida a ella. Sujeté el teléfono entre la oreja y el hombro. Luego alargué la mano hacia el delgado cuello cromado del grifo del fregadero, y cerré el puño con fuerza a su alrededor.

—Esto no te llevará mucho, cariño. Pero tienes que hacerlo, y después podrás irte a dormir.

Wireman permanecía sentado perfectamente inmóvil en la mesa, observándome. En el exterior el oleaje martilleaba.

—¿Qué clase de horno tienes, Doña Galletita?

—De gas. Un horno de gas. —Volvió a reírse.

—Bien. Coge el dibujo y mételo en el horno. Luego cierra la puerta y enciende el gas. Al máximo. Quema esa cosa.

—¡No, papá! —exclamó, otra vez espabilada del todo, y tan conmocionada como cuando dije joder, si no más aún—. ¡Me encanta ese dibujo!

—Lo sé, cariño, pero es lo que está provocando que te sientas de ese modo.

Empecé a decir algo más, y me detuve. Si era el dibujo (y lo era, claro que lo era), entonces no necesitaba recalcarlo. Ella lo sabría igual que yo. En lugar de hablar, estrangulé el grifo de un lado a otro, deseando que fuera la garganta de esa zorra arpía.

—Papá, ¿de verdad crees…?

—No lo creo, lo sé. Coge el dibujo, Ilse. Esperaré al teléfono. Cógelo, mételo en el horno y quémalo. Hazlo ahora mismo.

—Yo... vale. Espera.

Se oyó un golpe metálico cuando soltó el teléfono.

—¿Lo está haciendo? —preguntó Wireman.

Antes de que pudiera responder, se produjo un chasquido seguido de un chorro de agua fría que me empapó el brazo hasta el codo. Miré el grifo en mi mano, y luego el lugar irregular por el que se había partido. Lo dejé caer en el fregadero. El agua chorreaba del muñón roto.

—Creo que sí —respondí, y después—: Perdona.

—*De nada*.

Se arrodilló, abrió el armario bajo el fregadero y extendió el brazo hasta detrás del cubo de la basura y del alijo de bolsas. Giró algo, y la corriente de agua que salía a borbotones del grifo destrozado empezó a morir.

—No eres consciente de tu propia fuerza, *muchacho*. O quizá sí.

—Perdona —volví a disculparme. Pero no lo lamentaba. Mi palma sangraba por un corte poco profundo, pero me encontraba mejor. Más despejado. Se me ocurrió que tiempo atrás, ese grifo podría haber sido el cuello de mi esposa. No era extraño que se hubiera divorciado de mí.

Nos sentamos en la cocina y esperamos. La segunda manecilla del reloj sobre el horno hizo un lento viaje alrededor de la esfera, y empezó otro. El agua que brotaba del grifo roto había quedado reducida a un simple riachuelo. Luego, muy débilmente, oí a Ilse.

—Ya he vuelto... lo tengo... yo. —Y entonces gritó. No podría decir si de sorpresa, dolor, o ambas cosas.

—¡Ilse! —chillé—. ¡Ilse!

Wireman se levantó rápidamente, golpeándose la cadera contra el fregadero. Levantó las manos con las palmas abiertas hacia mí, y sacudí la cabeza: «No sé». Ahora podía sentir el sudor corriéndome por las mejillas, aunque en la cocina no hacía precisamente calor.

Me estaba preguntando qué hacer a continuación, a quién llamar, cuando Ilse regresó al teléfono. Parecía exhausta, pero también sonaba como ella misma. Finalmente, parecía ella misma.

—Jesucristo por la mañana —murmuró.

—¿Qué ha pasado? —Tuve que contenerme para no gritar—. Illy, ¿qué ha pasado?

—Se ha ido. Se prendió y ardió. Lo vi a través de la ventanilla. Solo quedan cenizas. Tengo que ponerme una tirita en el dorso de la mano, papá. Tenías razón. Había algo realmente malo, de veras. —Soltó unas risas temblorosas—. La maldita cosa no quería entrar. Se plegó sobre sí misma y… —Esa risa temblorosa de nuevo—. Diría que me corté con el papel, pero eso no es lo que parece, y tampoco es la misma sensación. Parece un mordisco. Creo que me mordió.

VIII

Lo más importante para mí era que ella estuviera bien. Lo más importante para ella era que yo lo estuviera. Ambos lo estábamos. O eso pensaba el insensato artista. Le prometí que la llamaría al día siguiente.

—¿Illy? Una cosa más.

—Sí, papá. —Sonaba totalmente despierta y volvía a tener el control de ella misma.

—¿El horno tiene luz?

—Sí.

—Ve y enciéndela. Dime lo que ves.

—Entonces tendrás que esperar… el inalámbrico está en el dormitorio.

Se produjo otra pausa, esta más corta.

—Cenizas —informó cuando regresó.

—Bien —asentí.

—Papá, ¿qué hay del resto de tus cuadros? ¿Todos son como este?

—Ya me estoy encargando de ello, cariño. Es una historia para otro día.

—De acuerdo. Gracias, papi. Sigues siendo mi héroe. Te quiero.

—Yo también te quiero.

Aquella fue la última vez que hablamos, y ninguno de nosotros lo sabía. Nunca lo sabemos, ¿no? Por lo menos terminamos intercambiándonos nuestro amor. Me queda eso. No es mucho, pero es algo. Otros lo tienen peor. Me digo eso en esas largas noches en que no puedo conciliar el sueño.

Otros lo tienen peor.

IX

Me desplomé en la silla frente a Wireman y me sujeté la cabeza con la mano.

—Estoy sudando como un cerdo.

—Puede que reventar el fregadero de la señorita Eastlake tenga algo que ver en eso.

—Perdo...

—Dilo otra vez y te pego un puñetazo —prometió—. Lo hiciste bien. No todos los hombres consiguen salvarle la vida a sus hijas. Créeme cuando digo que te envidio. ¿Quieres una cerveza?

—La vomitaría por toda la mesa. ¿Tienes leche?

Echó un vistazo al frigorífico.

—Leche no, pero estamos bien provistos de semidesnatada.

—Dame un trago de eso.

—Eres un enfermo, Edgar. Un enfermo pichacorta. —Pero me sirvió un poco de semidesnatada en un vaso de zumo, y me la tomé. Después volvimos arriba, caminando lentamente, agarrando nuestras cortas y gruesas flechas de plata como avejentados guerreros de la selva.

Entré en el cuarto de invitados, me tumbé, y una vez más me quedé contemplando el techo. Me dolía la mano, pero eso estaba bien. Ella se había cortado la suya; yo la mía. Encajaba, de algún modo.

La mesa está goteando, pensé.

Ahógala a dormir, pensé.

Y algo más. Elizabeth había dicho algo más, también. Antes de poder recordarlo, me vino a la cabeza algo mucho más importante. Ilse había quemado *El final del partido* en su horno de gas y no había sufrido más que un corte (o quizá un mordisco) en el dorso de la mano.

Debería haberle dicho que se desinfectara la herida, pensé. *Y también yo debería desinfectarme la mía.*

Me quedé dormido.

Y esta vez ninguna rana gigante apareció en mis sueños para alertarme.

X

Un ruido sordo me despertó al despuntar el sol. El viento seguía soplando, más fuerte que nunca, y había arrastrado una de las tumbonas de Wireman contra la casa. O quizá había sido la sombrilla gay bajo la que compartimos nuestra primera bebida —té verde helado, muy refrescante.

Me puse los vaqueros y dejé todo lo demás tirado en el suelo, incluido el arpón con la punta de plata. No creía que Emery Paulson fuera a visitarme de nuevo, no a la luz del día. Eché una ojeada a la habitación de Wireman, pero eso era una simple formalidad; podía oírle roncando y respirando con un sibilante pitido. Descansaba una vez más sobre la espalda, con los brazos extendidos.

Bajé a la cocina y meneé la cabeza al contemplar el grifo roto y el vaso manchado de semidesnatada seca en los bordes. Encontré un vaso más grande en un armario, lo llené de zumo de naranja, y salí a tomarlo al porche trasero. El viento que soplaba desde el Golfo era fuerte pero cálido, y me levantaba el sudoroso cabello, descubriendo la frente y las sienes. Era una sensación agradable. Balsámica. Decidí caminar hasta la playa y beberme el zumo allí.

Me detuve cuando había recorrido tres cuartas partes de la pasarela de madera, a punto de tomar un sorbo de mi zumo. Incliné el vaso, y parte del líquido se me derramó sobre un pie desnudo. Apenas lo noté.

Ahí en el Golfo, cabalgando hacia la orilla sobre una de las grandes olas impulsadas por el viento, había una pelota de tenis de un brillante color verde.

No significa nada, me dije a mí mismo, pero mi pensamiento hacía aguas por todas partes. Lo significaba todo, y lo supe desde el momento en que la vi. Arrojé el vaso entre la matas de araña y me abalancé hacia delante dando bandazos… aquel año, eso era la versión de Edgar Freemantle de una carrera.

Me llevó quince segundos llegar al final de la pasarela, quizá incluso menos, pero en ese lapso de tiempo vi tres pelotas más flotando en el oleaje. Luego seis, luego ocho. La mayoría hacia mi derecha, hacia el norte.

No me fijaba por dónde iba y me sumergí en el fino aire al final de la pasarela, moviendo los brazos como aspas de molino. Caí en la arena, todavía corriendo, y podría haber continuado en pie si hubiera aterrizado con mi pierna buena, pero no ocurrió así. Un dolor zigzagueante ascendió por mi pierna mala, en un movimiento helicoidal, de la espinilla a la rodilla, de la rodilla a la cadera, y me despatarré en la arena. A unos quince centímetros frente a mi nariz se hallaba una de esas malditas pelotas de tenis, mojada y con la pelusilla apelmazada.

DUNLOP, se leía en un lado, impreso en letras tan negras como una condenación.

Conseguí con esfuerzo ponerme en pie, mirando como un lunático hacia el Golfo. Solo unas pocas pelotas se aproximaban a la costa frente a *El Palacio*, pero más al norte, cerca de Big Pink, divisé toda una flotilla verde; al menos había un centenar, y probablemente muchas más.

No significa nada. Ella está a salvo. Ella quemó el dibujo y está dormida en su apartamento a mil quinientos kilómetros de aquí, sana y salva.

—No significa nada —repetí, pero ahora el viento que me revolvía el pelo era frío y no cálido. Empecé a cojear hacia Big Pink, por la parte baja de la playa donde la arena estaba húmeda, apisonada y brillante. Una nube de piolines alzó el vuelo delante de mí. De vez en cuando una ola que rompía dejaba a mis pies una pelota de tenis. Había montones de ellas ahora, desperdigadas en la compacta arena mojada. Luego llegué a un cajón de embalaje reventado en el que se leía «Pelotas de Tenis Dunlop» y «ARTÍCULOS DEFECTUOSOS DE FÁBRICA». Estaba rodeado de pelotas de tenis, que flotaban y oscilaban.

Eché a correr.

XI

Abrí la puerta y dejé las llaves colgando de la cerradura. Me acerqué al teléfono tambaleándome y vi que la lucecita de nuevo mensaje parpadeaba. Apreté el botón de PLAY. La inexpresiva voz masculina de la máquina me informó de que este mensaje había sido recibido a las 6.48 de la mañana, lo que significaba que había perdido la llamada por menos de media hora. Entonces la voz de Pam surgió de sopetón del altavoz. Incliné la cabeza, del modo en que la moverías para evitar que una ráfaga de puntiagudos fragmentos de cristal te golpeara directamente en la cara.

—¡Edgar, la policía llamó y dicen que Illy está muerta! ¡Dicen que una mujer llamada Mary Ire fue a su apartamento y la mató! ¡Una de tus amigas! ¡Una de tus amigas artistas de Florida ha matado a nuestra hija! —Estalló en un torrente de lágrimas, feas y amargas… y después se echó a reír. Fue horrible, aquella risa. Sentí como si una de aquellas esquirlas de cristal voladoras me hubiera cortado la cara—. Llámame, bastardo cabrón. Llama y explícate. ¡Dijiste que estaría A SALVO!

Siguió más llanto, que se cortó con un clic. A continuación llegó el zumbido de la línea abierta.

Alargué la mano y pulsé el botón de OFF, silenciándolo.

Entré en la habitación Florida y contemplé las pelotas de tenis, todavía cabeceando en las olas. Me sentía desdoblado, como un hombre observándose a sí mismo.

Las gemelas muertas habían dejado un mensaje en mi estudio: «¿Dónde está nuestra hermana?». Esa hermana... ¿Se referían a Illy?

Casi pude oír la risa de la arpía y verla asentir con la cabeza.

—¿Estás aquí, Perse? —pregunté.

Una ráfaga de viento sopló a través de las mosquiteras. Las olas rompían en la orilla con la regularidad de un metrónomo. Los pájaros sobrevolaban a ras del agua, chillando. En la playa divisé otro cajón de pelotas de tenis reventado, medio enterrado ya en la arena. Un tesoro del mar, derecho de salvamento del *caldo*. Ella vigilaba, de acuerdo. Esperando a que perdiera el control, estaba positivamente seguro de ello. Sus... ¿qué? ¿Sus guardianes?... puede que durmieran durante el día, pero no ella.

—Yo gano, tú ganas —murmuré—. Pero te crees que tienes la última palabra, ¿no? Inteligente Perse.

Por supuesto que era inteligente. Había estado jugando a este juego durante mucho tiempo. Intuía que ella ya era vieja cuando los Hijos de Israel todavía escarbaban en los jardines de Egipto. A veces dormía, pero ahora estaba despierta.

Y su alcance era largo.

Empezó a sonar el teléfono. Entré, todavía sintiéndome como dos Edgars, uno atado a la tierra, el otro flotando sobre la cabeza del Edgar terrenal, y levantándolo.

Era Dario, y parecía enfadado.

—¿Edgar? ¿Qué mierda es esa de no enviar las pinturas a...?

—Ahora no, Dario —le interrumpí—. Silencio.

Corté la comunicación y llamé a Pam. Ahora que no estaba pensando en ello, los números salieron sin ningún problema; esa cosa milagrosa de la memoria muscular tomó el control completamente. Se me ocurrió que los seres humanos podrían estar mejor, física y emocionalmente, si aquella fuera la única clase de memoria que poseyeran.

Pam se encontraba más tranquila. No sé lo que habría tomado, pero ya estaba haciendo efecto. Hablamos por espacio de veinte minutos. Lloró durante casi toda la conversación, con acusaciones intermitentes, pero cuando no hice ningún esfuerzo por defenderme, su rabia se colapsó en profunda pena y desconcierto. Capté los detalles fundamentales de lo acontecido, o eso creí entonces. Pero hubo un punto muy importante que se nos escapó a ambos, aunque como un hombre sabio afirmó una vez, «No puedes golpearlos si no puedes verlos», y el oficial de policía que llamó a Pam no creyó conveniente contarle lo que Mary Ire había llevado consigo al apartamento de nuestra hija en Providence.

Aparte de la pistola, claro. La Beretta.

—La policía cree que debió de haber ido conduciendo, y casi sin parar —dijo Pam desanimadamente—. Nunca podría haber metido esa pistola en un avión. ¿Por qué lo hizo? ¿Fue otra puta pintura?

—Sí, ¿qué sino? —respondí—. Compró una, y nunca se me ocurrió. No me acordé de ella, ni una sola vez. Era el puto novio de Illy el que me preocupaba.

Hablando muy sosegadamente, mi ex mujer (que es lo que seguramente era ahora) declaró:

—Tú has hecho esto.

Sí. Yo. Debería haber sabido que Mary Ire compraría al menos una pintura, y que probablemente habría deseado un lienzo de la serie *Niña y barco*... los más tóxicos de todos. Y no habría querido que la Scoto lo guardase, no cuando vivía en Tampa. Por lo que sabía, puede que lo hubiera tenido guardado en el maletero de su destartalado Mercedes cuando me acercó al hospital. Desde allí habría ido directamente a su casa en Davis Islands para recoger la automática que guardaba para protección del hogar. Joder, le habría caído de camino en su viaje hacia el norte.

Al menos debería haber intuido esa parte. Era una persona conocida, después de todo, y sabía qué opinión le merecía mi obra.

—Pam, algo muy malo está sucediendo en esta isla. Yo...

—¿Crees que me importa eso, Edgar? ¿O que me importa por qué lo hizo esa mujer? Has hecho que maten a nuestra hija. No quiero volver a hablar contigo jamás, no quiero volver a verte, y antes me sacaría los ojos que volver a mirar otro cuadro tuyo. Deberías haber muerto cuando esa grúa te llevó por delante. —Había una terrible seriedad en su voz—. Eso sí que habría sido un final feliz.

Se produjo un momento de silencio, y entonces llegó, una vez más, el zumbido de la línea abierta. Consideré arrojar el aparato contra la pared del otro extremo de la habitación, pero el Edgar que flotaba sobre mi cabeza dijo que no. El Edgar que flotaba sobre mi cabeza dijo que eso tal vez proporcionaría a Perse demasiado placer. Por lo que, en cambio, colgué con cuidado, y durante un minuto simplemente me quedé allí, balanceándome sobre los pies, vivo, mientras que mi hija de diecinueve años estaba muerta, no a causa de un disparo, después de todo, sino ahogada en su propia bañera por una crítica de arte demente.

Luego, lentamente, salí por la puerta. La dejé abierta. No existía razón alguna para cerrarla ahora. Había una escoba apoyada contra la pared de la casa, que se utilizaba para barrer la arena del camino de entrada. La miré y me empezó a picar el brazo derecho. Levanté la mano derecha y la sostuve frente a mis ojos. No estaba allí, pero al abrirla y cerrarla, noté cómo se flexionaba. Podía notar también un par de largas uñas clavándose en la palma. Las otras parecían cortas y melladas. Debían de haberse roto. En algún lugar, tal vez sobre la alfombra de Little Pink, había un par de uñas fantasma.

—Lárgate —le ordené—. Ya no te quiero, lárgate y muérete.

No lo hizo. No lo haría. Al igual que el brazo al que una vez estuvo unida, la mano escocía y palpitaba y dolía y se negaba a abandonarme.

—Entonces vete en busca de mi hija —dije, y las lágrimas empezaron a fluir—. Tráela de vuelta, ¿por qué no lo haces? Tráemela. Pintaré cualquier cosa que quieras, solo tráemela de vuelta.

Nada. Tan solo era un hombre manco con picor fantasma. El único espectro era el suyo propio, a la deriva sobre su cabeza, observando toda la escena.

El hormigueo que sentía en la carne se intensificó. Cogí la escoba, llorando ahora no solo por la profunda pena, sino también por el horrible malestar de aquel picor inalcanzable, y entonces comprendí que no podría llevar a cabo lo que necesitaba hacer… un hombre manco no puede partir el mango de una escoba con la rodilla. La volví a dejar apoyada contra la casa y la pisé fuertemente con mi pierna buena. Se produjo un chasquido, y el extremo del cepillo salió volando. Levanté el palo astillado hasta colocarlo delante de mis ojos anegados en lágrimas, y asentí con la cabeza. Lo haría.

Doblé la esquina de la casa hacia la playa, y una parte distante de mi mente registró el elevado tono de la conversación de las conchas bajo Big Pink mientras las olas se precipitaban en la oscuridad y retrocedían.

Tuve un fugaz pensamiento al alcanzar la compactada arena, húmeda y brillante, salpicada aquí y allá con pelotas de tenis. La tercera cosa que Elizabeth le había dicho a Wireman.

Querrás, pero no debes.

—Demasiado tarde —dije, y entonces la soga que amarraba al Edgar sobre mi cabeza se rompió. Se alejó flotando y, durante un rato, no supe nada más.

17

El extremo sur del Cayo

I

Lo siguiente que recuerdo es a Wireman acercándose y levantándome. Recuerdo andar unos pocos pasos, luego acordarme de que Ilse estaba muerta y derrumbarme sobre las rodillas. Y lo más vergonzoso era que, aunque tenía el corazón roto, también estaba hambriento. Famélico.

Recuerdo a Wireman ayudándome a entrar por la puerta abierta y diciéndome que todo había sido un mal sueño, que había sido víctima de una pesadilla, y cuando le respondí que no, que era cierto, que Mary Ire lo había hecho, que Mary Ire había ahogado a Ilse en la propia bañera de Ilse, se había echado a reír y dijo que ahora lo comprendía. Durante un horrible instante le creí.

Señalé con el dedo el contestador automático.

—Reproduce el mensaje —le insté, y entré en la cocina dando tumbos. Cuando la voz de Pam empezó a hablar («¡Edgar, la policía llamó y dicen que Illy está muerta!»), yo comía Frosted Mini-Wheats a puñados, directamente de la caja. Tenía la extravagante sensación de ser parte de una muestra en un portaobjetos. Pronto estaría bajo un microscopio para ser estudiado. En la otra habitación, el mensaje finalizó. Wireman profirió una maldición y lo volvió a reproducir. Yo continué comiendo cereales. El tiempo transcurrido en la playa antes de que Wireman llegara se había perdido. Esa parte de mi memoria estaba en blanco, tanto como en los primeros días de mi estancia en el hospital tras el accidente.

Cogí un último puñado de cereales, y los engullí de golpe. Se me quedaron atascados en la garganta, y aquello era bueno. Aquello era excelente. Esperaba asfixiarme. Merecía morir asfixiado. Entonces se deslizaron hacia abajo. Cojeé arrastrando los pies de vuelta a la sala de estar. Wireman estaba parado junto al contestador automático, con los ojos abiertos como platos.

—Edgar... *muchacho*... En el nombre de Dios, ¿qué...?

—Una de las pinturas —expliqué, y seguí arrastrando los pies. Ahora que tenía algo en el estómago, quería regresar a la inconsciencia. Aunque solo fuera por un rato. Y era más que un deseo, en realidad; era una necesidad. Había roto el mango de la escoba... y luego Wireman llegó. ¿Qué había en la elipsis intermedia? No lo sabía.

Decidí que no quería saberlo.

—¿Las pinturas...?

—Mary Ire compró una. Estoy seguro de que pertenecía a la serie *Niña y barco*. Y se la llevó con ella. Deberíamos haberlo sabido. Yo debería haberlo sabido. Wireman, necesito tumbarme. Necesito dormir. Dos horas, ¿vale? Despiértame después e iremos al extremo sur.

—Edgar, no puedes... No espero que después de...

Me detuve para mirarle. Mi cabeza parecía pesar cincuenta kilos, pero me las arreglé.

—Ella tampoco me espera, pero esto acabará hoy. Dos horas.

La puerta abierta de Big Pink estaba orientada hacia el este, y el sol matinal incidía de manera deslumbrante sobre el rostro de Wireman, encendiendo una compasión tan fuerte que apenas la soportaba.

—Vale, *muchacho*. Dos horas.

—Mientras tanto, intenta mantener a todo el mundo alejado.

No sé si oyó la última parte o no. Yo ya estaba dirigiéndome hacia el dormitorio, y las palabras se iban apagando. Me tiré sobre la cama, y allí estaba Reba. Por un instante consideré la idea de lanzarla al otro lado de la habitación, igual que con el teléfono. En cambio la atraje hacia mí, apreté la cara contra su cuerpo deshuesado y me eché a llorar.

Seguía llorando cuando me quedé dormido.

II

—Despierta.

Alguien me sacudía.

—Despierta, Edgar. Si vamos a hacer esto, tenemos que ponernos en marcha.

—No sé… no me parece que vaya a volver en sí. —Esa voz pertenecía a Jack.

—¡Edgar!

Wireman me abofeteó una mejilla, y después la otra. Y no con gentileza. Una luz brillante me golpeó en los ojos cerrados, inundando mi mundo de rojo. Traté de alejarme de todos aquellos estímulos, cosas malas aguardaban al otro lado de mis párpados, pero Wireman no me lo permitiría.

—*¡Muchacho!* ¡Despierta! ¡Son las once y diez!

Aquello surtió efecto. Me incorporé y le miré. Sostenía la lámpara de la mesilla frente a mi cara, tan cerca que pude sentir el calor de la bombilla. Jack se hallaba detrás de él. La comprensión de que Ilse estaba muerta, mi Illy, me atacó, directa al corazón, pero la aparté de un empujón.

—¡Las once! ¡Te dije dos horas, Wireman! ¿Y si algunos de los familiares de Elizabeth deciden…?

—Calma, *muchacho*. Llamé a la funeraria y les dije que mantuvieran a todo el mundo fuera de Duma. Les conté que los tres habíamos pillado el sarampión alemán. Muy contagioso. También llamé a Dario y le conté lo de tu hija. Todo lo relacionado con los cuadros se mantiene en espera, al menos por el momento. Dudo que eso sea una prioridad para ti, pero…

—Por supuesto que lo es. —Me puse en pie y me froté la cara—. Perse no debe hacer más daño que el que ya ha hecho.

—Lo siento, Edgar —se condolió Jack—. Siento muchísimo

tu pérdida, maldita sea. Sé que no es de mucho consuelo, pero…

—Sí lo es —respondí, y quizá con el tiempo fuera verdad. Si continuaba repitiéndolo; si continuaba tendiendo la mano. Mi accidente me enseñó en realidad una sola cosa: la única manera de seguir adelante es siguiendo adelante. Decir «Puedo hacerlo», incluso cuando sepas que no puedes.

Vi que uno de ellos me había traído el resto de mis ropas, pero para la tarea de hoy prefería las botas guardadas en el armario en lugar de las deportivas situadas a los pies de la cama. Jack llevaba unas Georgia Giants, y una camiseta de manga larga; eso estaba bien.

—Wireman, ¿preparas algo de café? —pregunté.

—¿Tenemos tiempo?

—Tendremos que sacar tiempo. Hay cosas que necesito, pero lo primero de todo es despertarme. Quizá a vosotros también os vendría bien un poco de combustible, muchachos. Jack, ayúdame con las botas, ¿quieres?

Wireman se marchó a la cocina. Jack se arrodilló, me ayudó a ponerme las botas y ató los cordones por mí.

—¿Cuánto sabes? —le pregunté.

—Más de lo que quisiera —contestó—. Pero no entiendo nada. Hablé con esa mujer… ¿Mary Ire?… en tu exposición. Me gustaba.

—A mí también.

—Wireman llamó a tu mujer mientras dormías. No habló con él mucho tiempo, así que entonces llamó a un tío que conoció en la exposición… ¿el señor Bozeman?

—Cuéntamelo.

—Edgar, ¿estás seguro…?

—Cuéntamelo.

La versión de Pam había sido entrecortada y fragmentaria, e incluso ya no estaba clara en mi mente; los detalles estaban oscurecidos por una imagen del pelo de Ilse flotando en la superficie de una bañera rebosante. Puede que fuera una imagen precisa o no, pero era infernalmente brillante, infernalmente específica, y emborronaba casi todo lo demás.

—El señor Bozeman dijo que la policía no encontró ninguna señal de que hubiera forzado la entrada, por lo que piensan que tu hija la dejó entrar, aunque fuera en mitad de la noche…

—O Mary llamó a todos los pisos del portero automático hasta que alguien la dejó entrar. —Me picaba el brazo amputado. Era un picor profundo. Somnoliento. Onírico, casi—. Entonces fue al apartamento de Illy y tocó el timbre. Digamos que fingió ser otra persona.

—Edgar, ¿lo estás imaginando, o…?

—Digamos que fingió pertenecer a un grupo de gospel llamado Los Colibrís, y digamos que le dijo a través de la puerta que algo malo le había ocurrido a Carson Jones.

—¿Quién es…?

—Solo que ella le llama Smiley, y eso es lo que la convenció.

Wireman estaba de vuelta. Igual que el Edgar flotante. El Edgar-de-abajo veía todas las cosas mundanas de una soleada mañana de Florida en Duma Key. El Edgar-sobre-mi-cabeza veía más. No todo, pero lo suficiente para ser demasiado.

—¿Qué sucedió entonces, Edgar? —preguntó Wireman, hablando con mucha suavidad—. ¿Qué piensas?

—Digamos que Illy abre la puerta, y cuando lo hace, encuentra a una mujer apuntándola con una pistola. Conoce a la mujer de alguna parte, pero esa noche ya ha pasado por una experiencia aterradora, está desorientada, y no puede ubicarla… su memoria se atasca. Quizá es mejor así. Mary le ordena darse la vuelta, y cuando lo hace… cuando hace lo…

Me eché a llorar otra vez.

—Edgar, hombre, no —dijo Jack. Él mismo estaba casi a punto de llorar—. Eso son solo conjeturas.

—No son conjeturas —dijo Wireman—. Déjale hablar.

—Pero ¿por qué necesitamos saber…?

—Jack… *muchacho*… no sabemos qué necesitamos saber. Así que deja hablar al hombre.

Oía sus voces, pero muy distantes.

—Digamos que Mary la golpeó con la pistola cuando ella se giró. —Me enjugué las lágrimas de las mejillas con el canto de la mano—. Digamos que la golpeó varias veces, cuatro o cinco. En las películas, te dan un porrazo y te apagas como una bombilla. En la vida real, dudo que sea así.

—No —murmuró Wireman, y por supuesto, este juego del «digamos» resultó ser demasiado preciso. El cráneo de mi If-So-Girl presentaba una triple factura, consecuencia de repetidos golpes con objeto contundente, y sangró en abundancia.

Mary la arrastró. El reguero de sangre atravesaba el salón-cocina (el olor del dibujo quemado muy posiblemente seguía flotando en el aire) y el corto pasillo entre el dormitorio y el rincón que le servía a Illy como estudio. En el cuarto de baño al final de este pasillo, Mary Ire llenó la bañera y ahogó en ella a mi inconsciente hija como a un gatito huérfano. Cuando terminó el trabajo, Mary volvió a la sala de estar, se sentó en el sofá, y se pegó un tiro en la boca. La bala salió por la parte superior del cráneo, salpicando con sus ideas sobre arte, junto a una buena cantidad de cabello, la pared a su espalda. Eran entonces casi las cuatro de la madrugada. El hombre del piso de abajo, que padecía de insomnio, reconoció el disparo como lo que era y avisó a la policía.

—¿Por qué ahogarla? —preguntó Wireman—. No lo entiendo.

Porque es el modus operandi *de Perse*, pensé.

—No vamos a especular sobre eso ahora mismo —contesté—. ¿De acuerdo?

Extendió el brazo y apretó la mano que me quedaba.

—De acuerdo, Edgar.

Y si conseguimos acabar con este asunto, quizá nunca tendremos que hacerlo, pensé.

Pero yo había dibujado a mi hija. Estaba seguro de ello. La había dibujado en la playa.

Mi hija muerta. Mi hija ahogada. Dibujada en la arena para que se la llevaran las olas.

Querrás, pero no debes.

Elizabeth lo había advertido.

Oh, pero Elizabeth…

A veces no tenemos elección.

Bebimos un fuerte café en la soleada cocina de Big Pink hasta que el sudor afloró en nuestras mejillas. Me tomé tres aspirinas, agregué otra capa de cafeína, y a continuación envié a Jack a por dos cuadernos Artesano. Y le dije que afilara todos los lápices de colores que pudiera encontrar mientras estuviera en el piso de arriba.

Wireman llenó una bolsa con suministros del frigorífico: zanahorias, pepinos, un paquete de seis Pepsis, tres botellas grandes de agua Evian, algo de rosbif, y uno de los Pollos Astronautas de Jack, todavía en su cápsula transparente.

—Me sorprende que puedas siquiera pensar en comida —comentó, con un ligerísimo deje de reproche.

—La comida no me interesa en lo más mínimo —repliqué—, pero es posible que tenga que dibujar cosas. De hecho, estoy convencido de que tendré que dibujar. Y eso parece quemar calorías a carretadas.

Jack regresó con los cuadernos y los lápices. Los cogí torpemente y luego le envié de nuevo a por unas gomas de borrar. Sospechaba que podría necesitar otras cosas (¿acaso no las necesitamos siempre?), pero no se me ocurría nada más. Eché un vistazo al reloj. Eran las doce menos diez.

—¿Sacaste polaroids del puente? —le pregunté a Jack—. Por favor, dime que sí.

—Sí, pero pensé… la historia del sarampión…

—Déjame ver las fotos —le pedí.

Jack metió la mano en el bolsillo trasero y extrajo algunas instantáneas. Las examinó y me tendió cuatro de ellas, que distribuí en la mesa de la cocina como si colocara las cartas en un solitario. Cogí uno de los cuadernos Artesano y rápidamente empecé a reproducir la foto que mostraba con mayor claridad los engranajes y las cadenas bajo el puente levadizo, el cual no era más que un mísero armatoste de un solo carril. Mi brazo derecho continuaba picándome: un apagado, somnoliento reptil.

—La historia del sarampión fue una genialidad —admití—.

Mantendrá a casi todo el mundo alejado. Pero «casi» no es suficiente. Mary no habría permanecido alejada de mi hija si alguien le hubiera dicho que Illy tenía la fiebre del p... ¡Joder!

Se me habían empañado los ojos, y un trazo que debería haber sido fiel se desvió hacia la irrealidad.

—Tómatelo con calma, Edgar —dijo Wireman.

Eché un vistazo al reloj: las 11.58 ya. El puente se elevaría a mediodía; siempre lo hacía. Pestañeé para deshacerme de las lágrimas y regresé al dibujo. La maquinaria emergió a la existencia desde la punta del Negro Venus, e incluso ahora, pese a la muerte de Ilse, la fascinación de ver que algo real emergía de la nada (como una forma surgiendo sin rumbo fijo de un banco de niebla) me cautivó. ¿Y por qué no? ¿Cuándo mejor que ahora? Era un refugio.

—Si ella ha poseído a alguien para que nos ataque y el puente está fuera de servicio, le basta con enviarlo por el paso peatonal de la isla de Don Pedro —señaló Wireman.

—Quizá no —repliqué, sin levantar la vista de mi dibujo—. Mucha gente no conoce la Pasarela del Sol, y estoy totalmente seguro de que Perse tampoco.

—¿Por qué?

—Porque fue construida en los años cincuenta, eso me dijiste, y entonces ella dormía.

Reflexionó sobre esto durante un instante, y a continuación dijo:

—Crees que puede ser derrotada, ¿verdad?

—Sí, lo creo. Quizá no se la pueda matar, pero sí ponerla a dormir de nuevo.

—¿Tienes alguna idea de cómo?

Encontrando la gotera en la mesa y arreglándola, estuve a punto de decir... pero aquello no tenía sentido.

—Todavía no. Hay más dibujos de Libbit en la otra casa, la que está al sur del Cayo. Nos dirán dónde está Perse y me dirán qué hacer.

—¿Cómo sabes que hay más?

Porque tiene que haberlos, habría contestado, si justo enton-

ces no hubiera sonado la sirena del mediodía. A casi medio kilómetro por la carretera, el puente entre Duma Key y Casey Key
(el único enlace septentrional entre nosotros y la costa) se estaba levantando. Conté hasta veinte, diciendo Mississippi entre
cada número como cuando era niño. Entonces borré la rueda
dentada más grande de mi dibujo. Al hacerlo, tuve la sensación
(en el brazo amputado, sí, pero también localizada entre mis
ojos, justo por encima del entrecejo) de estar realizando un encantador trabajo de precisión.

—Vale —dije.

—¿Podemos irnos ahora? —preguntó Wireman.

—Todavía no —contesté.

Echó un vistazo al reloj, y luego de vuelta a mí.

—Creí que tenías prisa, *amigo*. Y teniendo en cuenta lo que
vimos aquí anoche, sé que yo sí la tengo. ¿Qué más falta?

—Necesito dibujaros a vosotros dos.

IV

—Me encantaría que hicieras un retrato mío, Edgar —comentó Jack—, y estoy seguro de que mi madre se quedaría totalmente alucinada, pero creo que Wireman tiene razón. Debemos
largarnos ya.

—¿Has estado alguna vez en el extremo sur del Cayo, Jack?

—Eh, no.

De eso había estado casi seguro. Pero mientras arrancaba del
cuaderno el dibujo de la maquinaria del puente, miré hacia Wireman. A pesar del plomo con el que ahora mi corazón y mis emociones parecían estar forradas, descubrí que esto era algo que
realmente quería saber.

—¿Y tú? ¿Has ido alguna vez al Heron's Roost original a fisgonear un poco?

—Lo cierto es que no. —Wireman se acercó a la ventana y miró
fuera—. El puente sigue levantado; desde aquí puedo ver la hoja occidental recortada contra el cielo. Todo va bien, por el momento.

No iba a dejar que desviara la conversación tan fácilmente.

—¿Por qué no?

—La señorita Eastlake me lo desaconsejó —respondió, sin apartarse de la ventana—. Dijo que el ambiente era malo. El agua del suelo, la flora, incluso el aire. Dijo que la Fuerza Aérea realizó pruebas al sur de Duma durante la Segunda Guerra Mundial y consiguió contaminar ese extremo de la isla, que es probablemente la razón de que la vegetación crezca tan exuberante en algunos sitios. Dijo que el roble venenoso es quizá el peor de América, peor que la sífilis antes de la penicilina, así es como lo expresó. Lleva años eliminar todo el veneno, si te arrimas a él. Parece que se quita, y luego vuelve. Y hay por todas partes. O eso dijo.

Aquello era moderadamente interesante, pero Wireman todavía no había contestado realmente a mi pregunta. Así que la formulé de nuevo.

—También afirmaba que hay serpientes. Me horrorizan las serpientes —confesó, dándose finalmente la vuelta—. Desde que era un crío y, estando de acampada con unos amigos míos, desperté una mañana y descubrí que estaba compartiendo mi saco de dormir con una culebra lechosa. De hecho, había conseguido meterse por debajo de mi ropa interior. Me roció con almizcle. Pensé que la hija de puta me había envenenado. ¿Estás satisfecho?

—Sí —asentí—. ¿Le contaste a ella esa historia antes o después de que ella te hablara de la plaga de serpientes en el extremo sur?

—No lo recuerdo —contestó fríamente, y luego lanzó un suspiro—. Probablemente antes. Veo lo que intentas decirme: ella no quería que me acercara.

Lo has dicho tú, no yo, pensé, pero en cambio lo que respondí fue:

—Me preocupa sobre todo Jack, pero es mejor que no corramos riesgos.

—¿Yo? —Jack parecía sobresaltado—. No tengo nada en contra de las serpientes. Y conozco el aspecto del roble venenoso y de la hiedra venenosa. Fui boy scout.

—Confía en mí —dije, y empecé a bosquejar su retrato. Trabajé rápido, resistiendo el impulso de entrar en detalles… como parecía anhelar una parte de mí. Mientras dibujaba, el primer claxon furioso empezó a sonar desde el otro lado del puente.

—Me parece que el puente se ha vuelto a atascar —comentó Jack.

—Sí —convine, sin levantar la vista del dibujo.

V

Dibujé a una velocidad todavía mayor el retrato de Wireman, pero nuevamente tuve que luchar contra el impulso de sumergirme en la obra… porque el trabajo mantenía a raya el dolor y la pena. El trabajo era como una droga. Pero la luz del día era limitada, y mi deseo de volver a encontrarme con Emery no era mayor que el de Wireman. Lo que quería era que esto terminara cuanto antes y que los tres hubiéramos abandonado la isla, lo más lejos posible, para cuando los colores del ocaso empezaran a emerger del Golfo.

—Vale —dije. Había dibujado a Jack en azul y a Wireman en naranja fuego. Ninguno era perfecto, pero creía que ambos bocetos captaban los rasgos esenciales—. Solo queda una cosa más.

—¡Edgar! —gruñó Wireman.

—Nada que necesite dibujar —contesté, y cerré la tapa del cuaderno sobre los dos retratos—. Simplemente sonríe al artista, Wireman. Pero antes, piensa en algo que te haga sentir especialmente bien.

—¿En serio?

—Mortalmente serio.

Frunció el ceño… y después se suavizó. Sonrió. Como siempre, aquel gesto iluminó su rostro por entero y lo convirtió en otro hombre.

Me volví hacia Jack.

—Ahora tú.

Y como realmente intuía que él era el más importante de los dos, le observé muy atentamente.

VI

No teníamos un vehículo con tracción a las cuatro ruedas, pero el viejo Mercedes sedán de Elizabeth parecía un sustituto razonable; había sido construido como un tanque. Fuimos a *El Palacio* en el coche de Jack, que aparcó justo al otro lado de la verja. Jack y yo movimos las provisiones al SEL 500. La tarea de Wireman consistió en ir a por la cesta de picnic.

—Ya que vas dentro, coge unas cuantas cosas más, si puedes —le dije—. Repelente de insectos, y una linterna que sea potente. ¿Tienes alguna?

Asintió con la cabeza.

—En el cobertizo del jardín hay una que funciona con ocho pilas. Es un reflector.

—Bien. ¿Wireman?

Me obsequió con una expresión de «y-ahora-qué», la clase de gesto de exasperación que haces sobre todo con las cejas, pero no dijo nada.

—¿La pistola de arpones?

—*Sí, señor* —respondió, sonriendo abiertamente—. *Para fijaciono*.

Wireman se fue, y entretanto esperé apoyado contra el Mercedes, observando la pista de tenis. La puerta en el extremo más alejado había quedado abierta. La garza semidomesticada de Elizabeth se hallaba dentro, junto a la red. Me miraba con acusadores ojos azules.

—¿Edgar? —Jack me tocó en el hombro—. ¿Todo bien?

No me encontraba bien, y no volvería a encontrarme bien en una larga temporada. Pero…

Puedo hacerlo, pensé. *Tengo que hacer esto. Ella no conseguirá vencer*.

—Perfectamente.

—No me gusta verte tan pálido. Tienes el mismo aspecto que cuando llegaste aquí. —La voz de Jack se quebró al pronunciar el último par de palabras.

—Estoy bien —repetí, y le cogí brevemente por la nuca. Me di cuenta de que, aparte de estrechar su mano, era probablemente la única vez que le había tocado.

Wireman salió agarrando con firmeza las asas de la cesta de picnic con las dos manos. Llevaba tres gorras de visera larga encasquetadas en la cabeza. La pistola de arpones de John Eastlake estaba encajada bajo el brazo.

—La linterna está en la cesta —informó—. Ídem el repelente, Deep Woods Off, y tres pares de guantes de jardín que encontré en el cobertizo.

—Brillante —dije.

—*Sí*. Pero es la una menos cuarto, Edgar. Si vamos a hacerlo, ¿podemos por favor irnos ya?

Miré a la garza en la pista de tenis. Se erguía junto a la red, tan inmóvil como la manecilla de un reloj roto, y me devolvía la mirada despiadadamente. Eso estaba bien; este es, en su mayor parte, un mundo despiadado.

—Sí —respondí—. Vámonos.

VII

En este punto ya tenía memoria. No funcionaba en perfectas condiciones, y a día de hoy a veces confundo nombres y el orden en que sucedieron ciertas cosas, pero cada uno de los momentos de nuestra expedición a la casa en el extremo sur de Duma Key permanecen diáfanos en mi mente, como la primera película que me asombró o la primera pintura que me dejó sin aliento (*Tormenta de granizo*, de Thomas Hart Benton). Pero al principio me sentía frío, divorciado de todo, como un mecenas ligeramente hastiado contemplando un cuadro en un museo de segunda categoría. No fue hasta que Jack encontró la muñeca en la ascendente escalera a ninguna parte cuando empecé a comprender que yo me hallaba dentro del cuadro en lugar de estar solo mirándolo. Y que no había vuelta atrás para ninguno de nosotros a menos que pudiéramos detenerla. Sabía que era fuerte; si podía recorrer toda la distancia hasta Omaha y Minneapolis para conseguir lo que quería, y después llegar hasta Providence para mantenerlo, por supuesto que era fuerte. Y aun así la subestimé. Hasta que no estuvimos realmente en aquella casa en el extremo sur de Duma Key, no comprendí lo poderosa que Perse era.

VIII

Quise que condujera Jack, y que Wireman se sentara atrás. Cuando este preguntó por qué, contesté que tenía mis razones, y pensé que estas resultarían evidentes en un corto espacio de tiempo.

—Y si me equivoco —agregué—, nadie se alegrará más que yo.

Jack dio marcha atrás hasta la carretera y giró hacia el sur. Más por curiosidad que por otra cosa, encendí la radio y fui recompensado con Billy Ray Cyrus, cantando a voz en cuello sobre su dolorido y roto corazón. Jack refunfuñó y alargó la mano, probablemente con intención de sintonizar The Bone. Antes de lograrlo, Billy Ray fue engullido por un estallido de interferencias ensordecedoras.

—¡Jesús, apágalo! —se desgañitó Wireman.

Pero primero bajé el volumen, aunque reducirlo no supuso diferencia alguna. Si acaso, las interferencias de electricidad estática sonaron más altas. Notaba cómo hacían repiquetear los empastes de mis dientes, y apreté el botón de OFF antes de que mis tímpanos comenzaran a sangrar.

—¿Qué fue eso? —preguntó Jack. Había detenido el coche, y tenía los ojos abiertos como platos.

—Llámalo medio ambiente nocivo, no veo por qué no —contesté—. Un pequeño fósil de aquellas pruebas de las Fuerzas Aéreas de hace sesenta años.

—Muy divertido —rezongó Wireman.

—Quiero probar otra vez —dijo Jack, mirando la radio.

—Adelante, estás invitado —le dije, y me puse la mano en la oreja izquierda.

Jack apretó el botón de encendido. En esta ocasión, los rugidos que brotaron de los cuatro altavoces del Mercedes sonaron tan fuertes como el reactor de un caza. Las interferencias de estática me atravesaron la cabeza, incluso con la mano sobre la oreja. Tuve la impresión de que Wireman vociferaba, pero me era imposible asegurarlo.

Jack volvió a apretar el botón de encendido y suprimió la infernal ventisca de ruido.

—Creo que deberíamos pasar de la música —sugirió.

—¿Wireman? ¿Todo bien? —Mi voz parecía proceder de muy lejos, a través de un estacionario zumbido sordo.

—Como bailando rock'n'roll —respondió.

IX

Es posible que Jack consiguiera llegar más allá del punto donde Ilse enfermó; quizá no. Era difícil decirlo con la vegetación tan crecida. La carretera se estrechó hasta una simple franja, cuya superficie se retorcía y combaba por las raíces que corrían bajo ella. El follaje se había entrelazado por encima de nosotros, tapando la mayor parte del cielo. Era como atravesar un túnel viviente. Las ventanas estaban subidas, pero aun así, el coche rezumaba del verde y fecundo olor de la jungla.

Jack puso a prueba los amortiguadores del viejo Mercedes en un bache particularmente atroz, y los bajos golpearon con violencia contra una joroba en el pavimento al otro lado del hoyo. Pegó un frenazo y puso la transmisión en punto muerto.

—Lo siento —farfulló. Le temblaba la boca y sus ojos eran demasiado grandes—. Estoy…

Conocía a la perfección cuál era su estado.

Jack abrió con torpeza la portezuela, se inclinó hacia fuera, y vomitó. Había creído que el olor de la jungla (eso es lo que era a un kilómetro y medio de *El Palacio*) era fuerte en el interior del coche, pero lo que penetró por la puerta abierta fue diez veces más embriagador, espeso, verdoso y ferozmente vivo. Empero, no oí ni un solo pájaro cantando en el tupido follaje. El único sonido era el de Jack perdiendo su desayuno.

Luego le tocó el turno a su almuerzo. Finalmente, se derrumbó de nuevo sobre el asiento. ¿Y ahora seguiría pensando que yo parecía un pinzón de las nieves? Eso era en cierta forma divertido, porque esa tarde de mediados de abril, Jack Cantori estaba tan blanco como un mes de marzo en Minnesota. En lugar de veintiuno, aparentaba unos cuarenta y cinco enfermizos años. «Debió de ser la ensalada de atún», había supuesto Ilse, pero el atún no fue la causa. Algo procedente del mar, de acuerdo, pero no el atún.

—Lo siento —repitió—. No sé lo que me pasa. Imagino que el olor, ese olor podrido a jungla… —El pecho se movió con una sacudida, emitió un profundo sonido gutural, y se inclinó hacia afuera otra vez. En esta ocasión perdió su agarre al volante, y si no le hubiera cogido por el cuello de su camiseta y tirado de él hacia dentro, habría caído de cara sobre su propio vómito.

Se reclinó hacia atrás, con los ojos cerrados, la cara empapada en sudor y jadeando aceleradamente.

—Mejor será que le llevemos de vuelta a *El Palacio* —dijo Wireman—. No me gusta perder el tiempo… demonios, no me gusta perderle a él, pero esta mierda no va bien.

—En lo que a Perse se refiere, todo va perfectamente bien —aseguré. Ahora la pierna mala me picaba casi tanto como el brazo. Era como electricidad—. Es su pequeño cinturón venenoso. ¿Qué hay de ti, Wireman? ¿Cómo están tus tripas?

—Bien, pero mi ojo malo… el que solía ser el malo… me pica como un cabrón, y tengo una especie de zumbido en la cabeza. Seguro que por la maldita radio.

—No es la radio. Y la razón de que le esté afectando a Jack y no a nosotros es porque estamos… bueno, digamos que inmunizados. Es algo irónico, ¿no?

Detrás del volante, Jack gimió.

—¿Qué puedes hacer por él, *muchacho*? ¿Algo?

—Creo que sí. Espero que sí.

Aguantaba los blocs sobre mi regazo, y los lápices y las gomas de borrar en una riñonera. Abrí el cuaderno por la página del retrato de Jack y rebusqué hasta encontrar una de las gomas. Eliminé su boca y los arcos inferiores de sus ojos de esquina a esquina. La picazón en mi brazo era más fiera que nunca, y entonces supe, sin duda alguna, que mi plan funcionaría. Evoqué el recuerdo de la sonrisa de Jack en la cocina, la que le pedí que me dedicara mientras pensaba en algo particularmente bueno, y la dibujé a toda prisa con el lápiz Azul Medianoche. No me llevó más de treinta segundos (los ojos eran la clave, en realidad; cuando se trata de una sonrisa, siempre lo son), pero aquellos pocos trazos cambiaron por completo la noción del rostro de Jack.

Y obtuve algo que no había esperado. Mientras dibujaba, le vi besando a una chica en biquini. No, fue algo más que verlo. Sentí la suave piel de ella, incluso unos pocos granos de arena acurrucados en el hueco inferior de su espalda. Olí su champú y saboreé un tenue fantasma de sal en sus labios. Supe que su nombre era Caitlin, y que él la llamaba Kate.

Volví a guardar el lápiz en la riñonera y cerré la cremallera.

—¿Jack? —inquirí con calma. Tenía los ojos cerrados y el sudor seguía bañándole las mejillas y la frente, pero me dio la impresión de que su respiración se había ralentizado—. ¿Cómo te encuentras ahora? ¿Algo mejor?

—Sí —contestó, sin abrir los ojos—. ¿Qué has hecho?

—Bueno, mientras quede entre nosotros tres, podríamos perfectamente llamarlo como lo que es: magia. Un pequeño contrahechizo que lancé sobre ti.

Wireman pasó la mano por encima de mi hombro, cogió el cuaderno, estudió el retrato y asintió con la cabeza.

—Estoy empezando a pensar que Perse debería haberte dejado en paz, *muchacho*.

A lo que contesté:

—Fue a mi hija. Debería haber dejado en paz a mi hija.

X

Nos quedamos parados en el mismo sitio cinco minutos más, para permitir que Jack recuperara de nuevo el aliento. Finalmente aseguró que se sentía capaz de continuar. El color había regresado a su cara. Me pregunté si nos habríamos metido en los mismos problemas si hubiéramos bordeado la isla por el mar.

—Wireman, ¿has visto alguna vez un bote de pesca anclado frente al extremo sur del Cayo?

Lo meditó durante un instante.

—¿Sabes? Nunca. Habitualmente se quedan en el lado del estrecho junto a la isla de Don Pedro. Es raro, ¿no?

—No es raro, es la hostia de siniestro —comentó Jack—. Como esta carretera.

Había quedado reducida a poco más que una franja por la que el Mercedes rodaba lenta y pesadamente. Uvas de playa y ramas de baniano arañaban los laterales del coche, produciendo un infernal sonido pedregoso. La carretera, combada hacia arriba a causa de los túneles abiertos por las raíces, continuaba virando tierra adentro, y ahora también había empezado a ascender.

Avanzábamos despacio, devorando con lentitud un kilómetro tras otro, con las ramas y las hojas abofeteando y aporreando el vehículo. Seguía esperando que la carretera se desmoronara completamente, pero el espeso follaje entrelazado la había protegido de los elementos hasta cierto punto, y no llegó a venirse abajo del todo. Los banianos dieron paso a un opresivo bosque de pimenteros brasileños, y allí divisamos el primer rastro de vida salvaje: un enorme lince rojo que se detuvo por un momento en los escombros de la carretera, siseando en nuestra dirección con las orejas echadas hacia atrás, y que a continuación se internó entre la maleza. Un poco más adelante, una docena de gordas orugas negras cayeron sobre el parabrisas y reventaron, esparciendo sobre el cristal sus entrañas pegajosas, contra las que poco pudieron hacer el agua y las escobillas de los limpiaparabrisas; lo único que consiguieron fue extender los restos, de tal forma que mirar a su través fue como mirar a través de un ojo con cataratas.

Le dije a Jack que parase. Me apeé del coche, abrí el maletero y encontré un pequeño suministro de trapos impolutos. Usé uno para limpiar el parabrisas, teniendo cuidado de ponerme uno de los pares de guantes que Wireman había encontrado (ya llevaba puesto el sombrero). Pero hasta donde podía decir, solo eran orugas; asquerosas, pero no sobrenaturales.

—No está mal —comentó Jack a través de la ventanilla abierta del conductor—. Ahora abriré la capota para que puedas comprobar... —Calló de repente, con la mirada fija en algún punto a mi espalda.

Me di media vuelta. La carretera había quedado reducida a poco más que una senda, obstruida por viejos trozos de asfalto y mechones de wedelia. Unos treinta metros más arriba, la cruzaban en fila india cinco ranas del tamaño de cachorros cocker spaniel. Las tres primeras eran de un brillante color verde sólido que raramente se da en la naturaleza, si acaso lo hace alguna vez; la cuarta era azul; la quinta tenía un color naranja desteñido que una vez pudo haber sido rojo. Sonreían, pero sus sonrisas poseían algo con aspecto petrificado y fatigado. Avanzaban con saltitos lentos, como si tuvieran las ancas destrozadas. Al igual que el lince, alcanzaron la maleza y desaparecieron en ella.

—Pero ¿qué coño era eso? —preguntó Jack.

—Fantasmas. Vestigios de la poderosa imaginación de una niña pequeña. Y no durarán mucho más, a tenor de su aspecto —respondí, y volví a subir al coche—. Vamos, Jack. Sigue conduciendo mientras aún sea posible.

Otra vez empezó a moverse lentamente. Le pregunté a Wireman qué hora era.

—Las dos pasadas.

Fuimos capaces de llegar con el coche hasta la misma entrada del primer Heron's Roost. Nunca habría apostado por ello, pero lo conseguimos. El follaje se cerró una última vez (banianos y maleza asfixiados con grises barbas de musgo español), pero Jack lo embistió con el Mercedes y de repente la maraña de vegetación quedó atrás. Aquí los elementos habían hecho estragos en el alquitrán, y el final de la carretera era solo un recuerdo con marcas de rodadas, pero estaba lo suficientemente bien como para que el Mercedes cogiera velocidad y ascendiera dando tumbos por una larga pendiente hasta dos columnas de piedra. Una gran cerca de setos rebeldes, que fácilmente mediría unos seis metros de altura y Dios sabía cuánto de ancho, se perdía de vista a cada lado de las columnas; había empezado a extender unos dedos verdes y gruesos colina abajo, hacia la jungla. Una verja de hierro se erguía oxidada y medio abierta, pero dudaba que el Mercedes pudiera entrar por allí.

Este último tramo de carretera estaba flanqueado a ambos lados por centenarios pinos australianos de una altura imponente. Busqué pájaros volando cabeza abajo y no divisé ninguno. Para el caso, tampoco vi ninguno de la variedad normal cabeza arriba, aunque ahora oía el tenue zumbido de los insectos.

Jack se detuvo frente a la puerta y nos miró como disculpándose.

—Esta vieja monada no va a caber por ahí.

Nos apeamos del coche. Wireman se paró a mirar las antiguas placas con liquen incrustado que estaban fijadas a las columnas. La de la izquierda rezaba HERON'S ROOST. La de la derecha decía EASTLAKE, pero debajo había grabado algo más, como rascado con la punta de un cuchillo. En otro tiempo quizá fue difícil de leer, pero el liquen que crecía de los pequeños cortes abiertos en el metal resaltaba la frase: **Abyssus abyssum invocat**.

—¿Alguna idea de lo que significa? —le pregunté a Wireman.

—Pues la verdad es que sí. Es una advertencia que a menudo se da a los abogados recién licenciados. La traducción libre es «Un paso en falso conduce a otro». La traducción literal es «El Infierno invoca al Infierno». —Me miró sombríamente y a continuación volvió la vista al mensaje bajo el nombre de la familia—. Se me ocurre que este podría haber sido el veredicto final de John Eastlake antes de abandonar esta versión de Heron's Roost para siempre.

Jack alargó la mano para tocar el lema grabado de forma irregular, pero pareció pensarlo mejor. Wireman lo hizo por él.

—El veredicto, caballeros… y expresado en el propio idioma de la ley. Vamos. El sol se pone a las 19.15, minuto arriba o abajo, y la luz del día es algo efímera. Nos turnaremos con la cesta de picnic. La *puta* pesa mucho.

XI

Pero antes de ir a ningún sitio, nos detuvimos una vez atravesada la puerta para contemplar detenidamente el primer hogar de Elizabeth en Duma Key. Mi reacción inmediata fue de consternación. En el fondo de mi mente había tejido un hilo argumental claro: entraríamos en la casa, subiríamos las escaleras y encontraríamos lo que había sido el dormitorio de Elizabeth en aquellos lejanos días cuando se la conocía como Libbit. Entonces mi brazo amputado, a veces conocido como el Divino Zahorí Psíquico de Edgar Freemantle, me guiaría hasta un baúl abandonado (o quizá solo una humilde caja). En el interior habría más dibujos, los dibujos perdidos, los que me revelarían dónde estaba Perse y resolverían la adivinanza de la mesa que goteaba. Todo ello antes de la puesta de sol.

Un bonito cuento, y que solo tenía un problema: la parte alta de Heron's Roost ya no existía. La casa se alzaba sobre una loma desprotegida, y los pisos superiores habían sido completamente derruidos por alguna tormenta tiempo atrás. La planta baja todavía seguía en pie, pero se hallaba sepultada en enredaderas de color verde grisáceo, las cuales también trepaban por las columnas de la fachada. Musgo español colgaba de los aleros, convirtiendo la veranda en una caverna. La casa estaba rodeada por un anillo de tejas anaranjadas hechas añicos, siendo todo lo que quedaba del tejado. Asomaban como dientes de gigante del pantanal de hierbajos que había reemplazado al césped. Los últimos veinte metros de la avenida de entrada se encontraban enterrados en ficus estrangulador, igual que la pista de tenis y lo que una vez pudo haber sido una casita de juegos infantil. Más enredaderas trepaban por los lados del alargado edificio anexo semejante a un granero, construido detrás de la pista, y escarbaban entre los restos de las tejas de madera de la casita.

—¿Qué es eso? —preguntó Jack, señalando entre la pista de tenis y la casa principal. Había un alargado rectángulo de sopa de un maléfico color negro fermentando bajo el sol de la tarde. El zumbido de los insectos, en su mayor parte, parecía provenir de aquella dirección.

—¿Ahora? Lo llamaría una fosa de alquitrán —dijo Wireman—. Allá por los Locos Años Veinte, supongo que la familia Eastlake lo llamaba su piscina.

—Imagínate darte un chapuzón en eso —comentó Jack, y se estremeció.

La piscina estaba rodeada de sauces. Detrás había otra espesa plantación de pimenteros brasileños y…

—Wireman, ¿eso son bananeros? —pregunté.

—Ajá. Y probablemente están llenos de serpientes, puf. Mira hacia el oeste, Edgar.

En el lado del Golfo de Heron's Roost, la maraña de hierbas, vides, y plantas trepadoras que en algún momento había sido el jardín de John Eastlake daba paso a las matas de gramíneas araña. La brisa era buena, y la vista aún mejor, haciendo que me diera cuenta de que lo único que rara vez encontrabas en Florida era un lugar elevado. Aquí estábamos a la suficiente altitud como para dar la impresión de que el golfo de México se extendía a nuestros pies. La isla de Don Pedro quedaba a nuestra izquierda, y Casey Key flotaba ensoñadoramente en una bruma gris y azul a nuestra derecha.

—El puente sigue levantado —observó Jack, con voz divertida—. Esta vez están teniendo problemas de verdad.

—Wireman —dije—. Mira hacia allá, al final de aquel sendero antiguo. ¿Ves allí?

Siguió la dirección que señalaba mi dedo.

—¿El afloramiento de roca? Sí, claro que lo veo. No es coral, creo, aunque tendría que acercarme más para estar seguro… ¿Qué pasa con eso?

—Deja de jugar a ser geólogo por un minuto y simplemente mira. ¿Qué ves?

Miró. Ambos lo hicieron, y fue Jack quien lo distinguió primero.

—¿Un perfil? —aventuró, y a continuación lo repitió, ahora sin vacilación—. Un perfil.

Asentí con la cabeza.

—Desde aquí solo se ve la frente, la hendidura de la cuenca del ojo y la parte superior de la nariz, pero apuesto a que distinguiríamos también una boca si estuviéramos en la playa. O lo que pasaría por una boca. Esa es la Roca de la Bruja. Y la playa de la Sombra está justo debajo, apostaría cualquier cosa. Desde donde John Eastlake salía de expedición a la caza del tesoro.

—Y donde las gemelas se ahogaron —agregó Wireman—. Ese es el sendero por el que caminaron hasta allí. Solo…

Guardó silencio. La brisa nos tiraba del pelo mientras observábamos el sendero, todavía visible después de todos aquellos años. Unos pies pequeños descendiendo por él para ir a nadar no habían creado eso. Una vereda entre Heron's Roost y la playa de la Sombra habría desaparecido en cinco años, o quizá en solo dos.

—Eso no es un sendero —señaló Jack, leyéndome la mente—. Eso antes era una carretera. Sin pavimentar, pero da igual, era una carretera. ¿Por qué querría alguien una carretera entre su casa y la playa, cuando no puede estar a más de diez minutos andando?

—No lo sé —contestó Wireman, meneando la cabeza.

—¿Edgar?

—Ni idea.

—Quizá encontró más cosas en el fondo que unas cuantas baratijas —aventuró Jack.

—Quizá, pero…

Capté un movimiento con el rabillo del ojo, algo oscuro, y me giré hacia la casa. No vi nada.

—¿Qué pasa? —preguntó Wireman.

—Nervios, probablemente —contesté.

La brisa, que nos había llegado desde el Golfo, cambió ligeramente de dirección y en su lugar empezó a soplar desde el sur. Traía consigo un hedor a putrefacción.

Jack retrocedió e hizo una mueca de asco.

—¿Qué coño es eso?

—Me atrevería a afirmar que es el perfume de la piscina —conjeturó Wireman—. Jack, me encanta el olor del fango por la mañana.

—Sí, pero ya es por la tarde.

Wireman le brindó una mirada irónica y se giró hacia mí.

—¿Qué opinas, *muchacho*? ¿Continuamos adelante?

Hice un rápido inventario. Wireman tenía la cesta roja; Jack tenía la bolsa que contenía la comida; yo tenía mis utensilios de pintura. No estaba seguro de cuál sería nuestro plan de acción si el resto de los dibujos de Elizabeth habían volado en la tormenta que derruyó el tejado de esa ruina que se erigía justo delante de nosotros (o si no existían más pinturas), pero ya que habíamos llegado tan lejos, debíamos hacer algo. Ilse insistía en ello, desde mis huesos y desde mi corazón.

—Sí —asentí—. Continuamos adelante.

XII

Habíamos alcanzado el punto del camino de entrada donde el ficus estrangulador crecía desmesuradamente cuando vi a esa cosa negra atravesar parpadeando la maraña de hierbajos a la derecha de la casa. Esta vez Jack también lo vio.

—Hay alguien ahí —señaló.

—No veo a nadie —dijo Wireman. Depositó la cesta en el suelo y se pasó el brazo por la frente para limpiarse el sudor—. Cambia conmigo un rato, Jack. Tú coges la cesta y yo llevaré la comida. Eres joven y fuerte. Wireman está viejo y consumido. Morirá pront… ¡Hostia puta! ¿Qué es eso?

Se alejó de la cesta trastabillando hacia atrás y habría caído si no le llego a atrapar por la cintura. Jack soltó un grito de sorpresa y terror.

El hombre irrumpió de la vegetación justo delante a nuestra izquierda. No había forma de que pudiera estar allí (Jack y yo le habíamos visto fugazmente a cincuenta metros de distancia tan solo unos segundos antes), pero lo estaba. Era un hombre negro, pero no un ser humano. Nunca le confundimos con un verdadero ser humano. Principalmente porque pasó por delante de nosotros sin mover las piernas, ladeadas y cubiertas con unos bombachos azules. Ni tampoco agitó la espesa maraña de ficus estrangulador que brotaba a su alrededor. Pero sus labios exhibían la mueca de una sonrisa, y sus ojos giraban con jovial malevolencia. Llevaba una gorra con visera y un botón en la parte superior, y eso era, de algún modo, lo peor.

Pensé que si tenía que mirar esa gorra durante mucho tiempo, me volvería loco.

La cosa desapareció entre la hierba a nuestra derecha, un hombre negro con bombachos azules, de aproximadamente metro sesenta y cinco. La hierba no tenía una altura superior a metro y medio, y un simple cálculo indicaba que no había manera de que desapareciera en su interior, pero lo hizo.

Un momento después, él (eso) se hallaba en el porche, sonriéndonos abiertamente como si fuera el Viejo Criado de la Familia, y entonces, sin pausa alguna, él (eso) se encontró al pie de los escalones, y acto seguido se lanzó una vez más como una flecha hacia los hierbajos, sin dejar de sonreírnos en ningún momento.

Sonriéndonos bajo su gorra.

Su gorra era *ROJA*.

Jack dio media vuelta dispuesto a huir. No había nada en su rostro salvo pánico, balbuceante y sin sentido. Solté a Wireman, y si este hubiera decidido también huir, creo que ese habría supuesto el fin de nuestra expedición; yo solo tenía un brazo, después de todo, y no podría contener a los dos. No podría contener a ninguno de ellos, si realmente pretendían poner pies en polvorosa.

Aterrorizado como estaba, nunca llegué a plantearme el echar a correr. Y Wireman, Dios le bendiga, se mantuvo firme, mirando con la boca abierta al hombre negro aparecer a continuación en el bosquecillo de bananeros entre la piscina y el edificio anexo.

Cogí a Jack por el cinturón y tiré de él hacia atrás. No pude abofetearle en la cara (no tenía mano con la que hacerlo), así que me conformé con gritarle.

—¡No es real! ¡Es su pesadilla!

—¿Su... pesadilla? —Algo semejante a la comprensión despuntó en los ojos de Jack. O quizá solo un poco de consciencia. Me conformaría con eso.

—Su pesadilla, su hombre del saco, lo que le daba miedo cuando se apagaban las luces —dije—. Es solo otro fantasma, Jack.

—¿Cómo lo sabes?

—Ante todo, parpadea como una película antigua —apuntó Wireman—. Míralo.

El hombre negro desapareció, luego volvió a estar ahí, esta vez frente a la escalerilla con herrumbre incrustada por la que se subía al trampolín. Nos dirigió la mueca de una sonrisa bajo su gorra roja. Su camisa, noté, era tan azul como sus bombachos. Se deslizaba de un lugar a otro con sus piernas inmóviles siempre ladeadas en la misma posición, como una figura en una galería de tiro. Desapareció de nuevo, y entonces apareció en el porche. Un momento después se hallaba en la avenida de entrada, casi directamente frente a nosotros. Mirarlo me provocaba dolor de cabeza, y todavía me asustaba... pero solo porque a ella le había asustado. A Libbit.

La siguiente vez que se mostró, estaba en el sendero de doble surco que descendía a la playa de la Sombra, y en esta ocasión pudimos ver el Golfo brillando a través de su blusa y sus bombachos. Desapareció de la vista con un parpadeo, y Wireman se echó a reír histéricamente.

—¿Qué? —preguntó Jack girándose hacia él. Casi encima de él—. ¿Qué?

—¡Es una puta estatua de jardín! —exclamó Wireman, riendo más fuerte que nunca—. ¡Uno de esos jinetes negros que ahora son tan políticamente incorrectos, exagerado hasta tres o quizá cuatro veces su tamaño normal! ¡El hombre del saco de Elizabeth era un jockey de jardín!

Trató de decir algo más, pero no pudo. Se inclinó hacia delante, riendo tan fuerte que tuvo que apoyar las manos sobre las rodillas. Vi dónde estaba la gracia, pero no la compartía… y no solo porque mi hija estuviera muerta en Rhode Island. Wireman únicamente se reía ahora porque al principio había estado tan asustado como Jack y como yo, tan asustado como debió de haberlo estado Libbit. ¿Y por qué se había asustado ella? Porque alguien, muy posiblemente por accidente, le había metido la idea equivocada en su imaginativa cabecita. Apostaba por Nana Melda, y por, quizá, un cuento para dormir cuya intención era tranquilizar a una chiquilla que todavía seguía quejosa por su lesión en la cabeza. Que quizá hasta fuera insomne. Solo que este cuento para dormir terminó alojándose en el lugar equivocado. Y le crecieron PIÑOS.

Míster Bombachos Azules tampoco era como las ranas que habíamos visto en la carretera. Aquellas pertenecían todas a Elizabeth, y no había nada malévolo en ellas. El jockey de jardín, sin embargo… puede que originalmente surgiera de la maltrecha cabeza de Libbit, pero tenía la intuición de que Perse se lo había apropiado para sus propios fines mucho tiempo atrás. Si alguien se aproximaba tanto al primer hogar de Elizabeth, allí estaba eso, totalmente preparado para espantar al intruso. Que terminaría alojado en el manicomio más cercano, quizá.

Lo que significaba que aquí podría haber algo que encontrar, después de todo.

Jack miraba nerviosamente hacia donde el sendero hundido (que en realidad parecía lo bastante grande como para que cupiera un carruaje, o incluso una carreta, mucho tiempo atrás) desaparecía de la vista.

—¿Volverá?

—Qué más da, *muchacho* —dijo Wireman—. No es real. Esa cesta de picnic, por otro lado, necesita ser transportada. ¡Vamos, huskies, adelante!

—Solo con mirarlo sentía que iba a perder la cabeza —comentó Jack—. ¿Lo entiendes, Edgar?

—Naturalmente. Libbit tenía una imaginación muy poderosa, en aquellos días.

—¿Qué le pasó, entonces?

—Olvidó cómo usarla.

—Jesús —murmuró Jack—. Eso es horrible.

—Sí. Y creo que olvidar de esa forma es fácil. Lo que es todavía más horrible.

Jack se agachó, levantó la cesta y miró a Wireman.

—¿Qué hay aquí dentro? ¿Lingotes de oro?

Wireman cogió la bolsa de comida y sonrió con serenidad.

—Metí unos cuantos extras.

Nos abrimos paso entre la vegetación de la avenida, con ojo avizor por si aparecía el jockey. No regresó. En lo alto de los escalones del porche, Jack depositó la cesta de picnic en el suelo con un pequeño suspiro de alivio. Desde detrás de nosotros llegó una ráfaga de aire y el aleteo de unas alas.

Nos giramos y vimos una garza posada en la avenida. Podía haber sido la misma que me había juzgado con ojos fríos desde la pista de tenis de *El Palacio*. Ciertamente la mirada era la misma: azul, aguda y sin pizca de compasión.

—¿Es real? —preguntó Wireman—. ¿Qué opinas, Edgar?

—Es real —confirmé.

—¿Cómo lo sabes?

Podría haber señalado que la garza proyectaba sombra, pero, hasta donde sabía, el jockey también; había estado demasiado ensimismado para notarlo.

—Simplemente lo sé. Venga, entremos. Y no os molestéis en llamar a la puerta. Esto no es una visita social.

XIII

—Bueno, puede que tengamos un problema —anunció Jack.

La veranda estaba profundamente ensombrecida por las marañas suspendidas de musgo español, pero una vez que nuestros ojos se adaptaron a la penumbra pudimos ver una gruesa y oxidada cadena ceñida a la puerta doble. De ella colgaban no uno, sino dos candados. La cadena había sido pasada a través de unos ganchos en cada una de las jambas.

Wireman dio un paso adelante para examinarla más de cerca.

—¿Sabéis lo que pienso? Es posible que Jack y yo seamos capaces de arrancar uno de estos ganchos, si no los dos. Han visto días mejores.

—Años mejores —matizó Jack.

—Quizá —dije yo—, pero las puertas seguramente están cerradas con llave, y si empezáis a sacudir cadenas y a reventar ganchos, vais a molestar a los vecinos.

—¿Vecinos? —preguntó Wireman.

Apunté directamente encima de nosotros. Wireman y Jack siguieron mi dedo y vieron lo que yo ya había visto: una gran colonia de murciélagos marrones durmiendo en lo que parecía una vasta nube de telarañas flotantes. Miré hacia abajo y vi que el porche no estaba simplemente cubierto de guano, sino que este formaba casi una coraza. Hizo que me alegrara mucho de llevar un sombrero.

Cuando alcé la mirada de nuevo, Jack Cantori estaba al pie de los escalones.

—Ni de coña, tíos —dijo—. Llamadme gallina, llamadme mariquita, llamadme lo que os dé la gana, pero no voy a entrar ahí. A Wireman le asustan las serpientes. A mí los murciélagos. Una vez… —Dio la impresión de que tenía más que decir, quizá mucho, pero que no sabía cómo expresarlo. En su lugar, retrocedió otro paso. Tuve un momento para contemplar la excentricidad del miedo: lo que el extraño jockey no fue capaz de conseguir (estuvo cerca, pero eso solo cuenta en el juego de la herradura), una colonia de durmientes murciélagos marrones lo había logrado. Con Jack, al menos.

—Pueden contagiar la rabia, *muchacho*. ¿Sabías eso?

Asentí con la cabeza.

—Creo que deberíamos buscar la entrada de servicio.

XIV

Nos abrimos camino lentamente bordeando la casa. Jack iba en cabeza y cargaba con la cesta de picnic roja. Su camiseta se había oscurecido por el sudor, pero él ya no mostraba la más mínima señal de náuseas. Debería, probablemente todos nosotros deberíamos haberlas sentido. El hedor de la piscina era casi asfixiante. La hierba, que nos llegaba hasta los muslos, susurraba con el roce de nuestros pantalones; rígidos tallos de péndula se nos clavaban en los tobillos. Había ventanas, pero a menos que Jack quisiera probar a subirse a hombros de Wireman, estaban todas demasiado altas.

—¿Qué hora es? —resopló Jack.

—Hora de que te muevas un poco más rápido, *mi amigo* —contestó Wireman—. ¿Quieres que te releve con esa cesta?

—Sí, seguro —dijo Jack, y por primera vez desde que le conocí parecía estar perdiendo de veras los estribos—. Entonces podrás sufrir un infarto y así el jefe y yo tendremos la oportunidad de probar nuestra técnica RCP.

—¿Estás sugiriendo que no estoy en forma?

—En forma sí, pero calculo que te sobran veinticinco kilos para salir de la zona de riesgo cardíaco.

—Dejadlo ya —les exhorté—. Los dos.

—Suéltalo, hijo —dijo Wireman—. Suelta ese *cesto de puta madre*, que yo lo llevaré el resto del camino.

—No. Olvídalo.

Algo negro se movió por el rabillo del ojo, y a punto estuve de no mirar. Creí que sería otra vez el jockey de jardín, revoloteando en esta ocasión al lado de la piscina. O arrastrándose sobre su apestosa superficie plagada de bichos. Gracias a Dios que decidí cerciorarme.

Wireman, mientras tanto, fulminaba a Jack con la mirada. Su hombría había sido puesta en entredicho.

—Quiero relevarte.

Un trozo de la turgente repugnancia de la piscina había cobrado vida. Se despegó de la negrura y cayó sobre el borde de cemento agrietado y sembrado de hierbajos, salpicando porquería en un asqueroso estallido.

—No, Wireman, la tengo yo.

Un trozo de repugnancia con ojos.

—Jack, te lo digo por última vez.

Entonces vi la cola, y comprendí qué era lo que estaba mirando.

—Y yo te digo…

—Wireman —llamé, y le agarré por el hombro.

—No, Edgar, puedo hacerlo.

«Puedo hacerlo.» De qué manera repicaron aquellas palabras en mi cabeza. Me obligué a mí mismo a hablar con lentitud, en voz alta y enérgica.

—Wireman, cállate. Hay un aligátor. Acaba de salir de la piscina.

A Wireman le aterraban las serpientes, a Jack los murciélagos. No tenía ni idea de que a mí me aterraran los caimanes hasta que vi cómo aquel pedazo de oscuridad prehistórica se distanciaba del guiso en descomposición que era la vieja piscina y venía a por nosotros, primero atravesando el cemento cubierto de hierba (al tiempo que barría de un coletazo la última silla de jardín superviviente), y luego deslizándose entre los hierbajos y las enredaderas suspendidas de los pimenteros cercanos. Capté un destello de su arrugado hocico cuando un ojo negro se cerró con fuerza en lo que podría haber sido un guiño, y entonces solo quedó su lomo chorreante asomando aquí y allá entre la trémula vegetación, como un submarino sumergido tres cuartas partes. Venía a por nosotros y, después de avisar a Wireman, fui incapaz de hacer nada más. Algo gris me emborronó la visión. Me dejé caer hacia atrás contra los tablones viejos y alabeados de Heron's Roost. Estaban calientes. Me apoyé allí y esperé a ser devorado por el horror de cuatro metros de longitud que habitaba la vieja piscina de John Eastlake.

Wireman no vaciló en ningún momento. Le arrebató a Jack la cesta roja de las manos, la dejó en el suelo, y se arrodilló junto a ella, levantando una de las tapas mientras lo hacía. Metió la mano y sacó la pistola más grande que yo jamás hubiera visto fuera de una película. Wireman la empuñó con ambas manos, con una rodilla apoyada en el suelo entre la hierba alta y con la cesta de picnic abierta frente a él. Tenía un buen ángulo de visión de su rostro, y pensé entonces, y todavía lo pienso ahora, que parecía absolutamente sereno… en especial para un hombre enfrentándose a lo que podía ser calificado como una serpiente de grandes dimensiones. Aguardó.

—¡Dispárale! —gritó Jack.

Wireman esperaba. Y más allá, divisé a la garza. Flotaba en el aire sobre el alargado edificio anexo cubierto de vegetación que se encontraba detrás de la pista de tenis. Flotaba cabeza abajo.

—¿Wireman? —le dije—. ¿El seguro?

—*Caray* —murmuró, y accionó algo con el pulgar. Un punto rojo en la culata de la pistola desapareció con un guiño. En ningún momento apartó los ojos de la hierba alta, que ahora empezaba a agitarse. Entonces se abrió, y el caimán se lanzó a por él. Los había visto en los documentales del Discovery Channel y del National Geographic, pero nada me preparó para la velocidad con la que esa cosa podía moverse sobre aquellas cortas y gruesas patas. La hierba había barrido casi todo el lodo de su rudimento de cara, y veía claramente su enorme sonrisa.

—¡Ahora! —gritó Jack.

Wireman disparó. La detonación fue tremenda, se alejó rodando como algo sólido, algo pétreo, y el resultado fue tremendo, también. La mitad superior de la cabeza del aligátor estalló en una nube de lodo, sangre y carne. Pero no aminoró el paso; al contrario, aquellas patas retaconas parecieron acelerar mientras recorría los últimos diez metros o así. Pude oír la hierba susurrando con aspereza al rozar contra los costados acorazados de la bestia.

El cañón de la pistola se elevó con el retroceso, y Wireman lo permitió. Nunca había visto una calma semejante, y todavía hoy me asombra. Cuando el arma recuperó su posición mortífera, el aligátor se encontraba a no más de cinco metros. Wireman disparó de nuevo, y la segunda bala levantó la mitad delantera de la cosa hacia el cielo, revelando un vientre blanco verdoso. Por un instante pareció bailar sobre su cola, como un caimán feliz en un dibujo animado de Disney.

—¡Yeaah, feo cabrón! —gritó Jack—. ¡Que te jodan, *joputa*! ¡Que te jodan, hijo de la GRAN PUTA!

La pistola volvió a elevarse con el retroceso. Una vez más, Wireman no puso impedimento. El aligátor cayó violentamente sobre un costado, con el vientre expuesto, los retacos de sus patas sacudiéndose, su cola soltando latigazos y arrancando coágulos de hierba y tierra. Cuando el cañón recuperó su posición normal, Wireman volvió a tirar del gatillo, y el centro del vientre de la cosa pareció desintegrarse. Al instante, el círculo aplastado y hecho jirones en el que yacía fue prácticamente rojo en lugar de verde.

Busqué a la garza. Había desaparecido.

Wireman se puso en pie, y observé que temblaba. Caminó hacia el aligátor, aunque sin llegar a entrar en el radio de alcance de la cola, que seguía dando latigazos, y le descerrajó dos tiros más. La cola dio un último golpe convulsivo contra el suelo, el cuerpo una última sacudida, y entonces quedó inmóvil.

Se volvió hacia Jack y le tendió la automática con mano temblorosa.

—Desert Eagle, .357 —explicó—. Una pistola vieja y grande, fabricada por hebreos con mala hostia… James McMurtry, dos mil seis. Casi todo el peso extra de la cesta era por la munición. Arrojé dentro todos los cargadores que tenía, más o menos una docena.

Jack se acercó a él, le abrazó y le dio dos besos en las mejillas.

—Llevaré esa cesta hasta Cleveland si quieres, y no digas ni una palabra.

—Por lo menos no tendrás que cargar con la pistola —dijo Wireman—. A partir de ahora, la dulce Betsy McCall va en mi cinturón. —Y allí se la puso, después de recargarla y trabar cuidadosamente el seguro. Le llevó dos intentos, a causa de sus manos temblorosas.

Llegué hasta él y también le besé en cada mejilla.

—Oh, Dios. Wireman ya no se siente español. Wireman está empezando a sentirse decididamente francés.

—Para empezar, ¿cómo es que tienes una pistola? —pregunté.

—Fue idea de la señorita Eastlake, después de la última escaramuza con traficantes de cocaína en Tampa-St. Pete —explicó, y se volvió hacia Jack—. Lo recuerdas, ¿no?

—Sí. Cuatro muertos.

—Bueno, la señorita Eastlake sugirió que consiguiera una pistola para defensa del hogar, y conseguí una de las grandes. Ella y yo incluso hicimos prácticas de tiro juntos. —Sonrió—. Ella era buena, y no le importaba el ruido, pero odiaba el retroceso. —Miró al aligátor reventado—. Supongo que cumplió con su misión. ¿Qué viene ahora, *muchacho*?

—Dar la vuelta por detrás, pero... ¿alguno de vosotros vio a la garza?

Jack negó con la cabeza, igual que Wireman, con cara de desconcierto.

—Yo la vi —aseguré—. Y si la vuelvo a ver... o cualquiera de los dos... Quiero que le dispares, Jerome.

Wireman levantó las cejas, pero no dijo nada. Reanudamos nuestra dificultosa caminata por la parte este de la finca desierta.

XV

Encontrar un camino hacia la parte de atrás resultó no ser un problema: no había parte de atrás. Todo a excepción de la esquina más oriental de la mansión se hallaba derruido, probablemente a causa de la misma tormenta que se había llevado los pisos superiores. Allí plantados, contemplando las ruinas cubiertas de maleza de lo que una vez había sido una cocina y una despensa, me di cuenta de que Heron's Roost era poco más que una fachada engalanada con musgo.

—Podemos entrar por aquí —sugirió Jack dubitativamente—, pero no sé si me fío del suelo. ¿Qué opinas, Edgar?

—No lo sé —dije. Me sentía muy cansado. Quizá era solo la adrenalina consumida en nuestro encuentro con el caimán, pero tenía la impresión de que se trataba de algo más. Me sentía derrotado. Habían pasado demasiados años, demasiadas tormentas. Y, para empezar, los dibujos de una niña pequeña eran cosas efímeras.

—¿Qué hora es, Wireman? Nada de chorradas, si a bien tienes. Miró su reloj.

—Las dos y media. ¿Qué dices, *muchacho*? ¿Entramos?

—No lo sé —repetí.

—Bueno, yo sí —dijo con determinación—. He matado a un puto aligátor para llegar aquí, y no me voy a marchar sin al menos echar un vistazo a la vieja hacienda. El piso de la despensa parece sólido, y es lo que más cerca está del suelo. Vamos, vosotros dos, apilemos alguna mierda para subir. Un par de esas vigas deberían bastar. Jack, tú vas primero, y luego me ayudas. Entre los dos tiraremos de Edgar.

Y así es como lo hicimos, sucios, despeinados y sin aliento, trepando con dificultad a la despensa, y desde allí entrando en la casa propiamente dicha, observándolo todo a nuestro alrededor con asombro, sintiéndonos como viajeros en el tiempo, turistas en un mundo que había llegado a su fin ochenta años antes.

18

Noveen

I

La casa apestaba a madera podrida, escayola vieja y telas mohosas. También se percibía un aroma verdoso subyacente. Quedaba parte del mobiliario, estropeado por la acción del tiempo y hundido por la humedad, pero el fino empapelado colgaba de las paredes del salón en tiras, y había un enorme avispero de papel, antiguo y silencioso, adherido al techo del ruinoso vestíbulo delantero. Debajo de él yacían innumerables avispas muertas en una colina de unos treinta centímetros erigida sobre las combadas tablas de ciprés del suelo. En alguna parte de lo que quedaba de la antigua escalera caía agua en aisladas gotas.

—La madera de ciprés y de secuoya de este lugar habría valido una fortuna si alguien se la hubiera llevado antes de que se fuera al infierno —comentó Jack. Se agachó, agarró el extremo de un tablón protuberante y tiró de él. Se dobló como chicle y seguidamente se rompió, no con un chasquido sino con una apática explosión. Unas pocas cochinillas se arrastraron despreocupadamente fuera del agujero rectangular. El olor que brotó como un soplido era frío y húmedo, y oscuro.

—Aquí nadie ha hurgado, nadie ha recuperado nada, y nadie ha hecho el troglodita —observó Wireman—. No hay condones usados ni pantis desechados, ni un solo JOE QUIERE A DEBBIE pintado con espray en la pared. Deduzco que nadie ha estado aquí arriba desde que John encadenó la puerta y se alejó en su coche por última vez. Sé que es difícil de creer…

—No. No lo es —le interrumpí—. El Heron's Roost en este extremo del Cayo ha pertenecido a Perse desde 1927. John lo sabía, y se aseguró de mantenerlo de ese modo cuando redactó su testamento. Elizabeth hizo lo mismo. Pero no es un santuario. —Miré hacia la habitación opuesta al salón formal. Alguna vez pudo haber sido un estudio. Un antiguo escritorio de persiana se asentaba sobre un charco de agua fétida. Había estanterías, pero se hallaban vacías—. Es una tumba.

—Entonces, ¿dónde buscamos esos dibujos? —preguntó Jack.

—No tengo ni idea —admití—. Ni siquiera… —Un trozo de escayola yacía en la entrada, y le pegué una patada. Quería que saliera volando, pero estaba demasiado viejo y mojado, y simplemente se desintegró—. No creo que existan más dibujos. No ahora que veo el lugar.

Eché un nuevo vistazo alrededor, aspirando el hedor a humedad.

—Puede que tengas razón, pero no confío en ti —dijo Wireman—. Porque, *muchacho*, estás de luto. Y eso provoca el cansancio de un hombre. Estás escuchando la voz de la experiencia.

Jack entró en el estudio, chapoteando a través de las tablas húmedas hasta el antiguo escritorio. Una gota de agua cayó sobre la visera de su gorra con un plinc, y alzó la mirada.

—El techo se está hundiendo —informó—. En los viejos tiempos seguro que había por lo menos un cuarto de baño encima, quizá dos, y tal vez una cisterna en el tejado para recoger el agua de lluvia. Puedo ver una tubería colgando. Un año de estos va a terminar cayendo y este escritorio dirá adiós.

—Pues asegúrate de que no seas tú el que diga adiós, Jack —advirtió Wireman.

—Es el suelo lo que me preocupa ahora mismo —replicó—. Está blando de cojones.

—Vuelve, entonces —dije yo.

—En un minuto. Deja que eche un vistazo a esto primero.

Abrió los cajones, uno tras otro.

—Nada —dijo—. Nada... más nada... nada...

Una pausa.

—Aquí hay algo. Una nota, escrita a mano.

—Veámosla —dijo Wireman.

Jack se la llevó, atravesando la parte mojada del suelo con grandes y cuidadosas zancadas. La leí por encima del hombro de Wireman. La nota había sido garabateada en papel blanco por la mano grande de un hombre:

19 de agosto de 1926

Johnny: Tus deseos son órdenes. Este es el último envío de producto bueno & solo para ti, Amigo Mío. El «champaña» no es que sea el mejor que haya conseguido jamás, pero «Qué Diablos». El malta sencillo es OK. CC para «el vulgo» (ja-ja). 5 Ken en el barril. Y como pediste, Table X 2, y en cera. No me atribuyas el mérito, solo fue un golpe de suerte, pero de verdad que es el último. Gracias por todo, Compadre. Te veo cuando vuelva a este lado del charco.

DD

Wireman tocó el «Table X 2» y dijo:

—La mesa está goteando. ¿El resto significa algo para ti, Edgar?

En realidad sí, pero por un instante mi maldita memoria enferma se negó a desvelarlo. *Puedo hacerlo*, pensé... y entonces pensé de refilón. Primero me acordé de Ilse diciendo «¿Comparte su piscina, señor?» y eso dolió, pero lo permití porque esa era la ruta de entrada. Lo que siguió fue el recuerdo de otra chica vestida para otra piscina. La chica era todo pechos y largas piernas vestida con un bañador negro, era Mary Ire tal como Hockney la había retratado... «Gidget en Tampa», como ella misma se había descrito a su versión más joven... y entonces lo tuve. Dejé escapar el aire. No sabía que había estado conteniendo la respiración.

—DD era Dave Davis —expliqué—. En los Locos Años Veinte era un magnate de Suncoast.

—¿Cómo sabes eso?

—Me lo contó Mary Ire —respondí, y una parte fría de mí, que probablemente nunca más se calentaría de nuevo, supo apreciar la ironía: la vida es una rueda, y si esperas lo suficiente, siempre retorna al punto de partida—. Davis era amigo de John Eastlake, y aparentemente le suministraba abundante licor del bueno.

—Champaña —dijo Jack—. Eso es champán, ¿no?

—Bien por ti, Jack —ironizó Wireman—, pero yo quiero saber qué es Table. Y *cera*.

—Es español —respondió Jack—. Deberías saberlo.

Wireman levantó una ceja en su dirección.

—Estás pensando en *será*, con una s. Como en *que será, será*.

—Doris Day, 1956 —apunté—. «El futuro no es nuestro para poder verlo.» —*Y eso es algo bueno, además*, pensé—. Una cosa de la que estoy positivamente seguro es de que Davis tenía razón cuando dijo que esta era la última entrega. —Di un golpecito sobre la fecha: 19 de agosto—. El tipo se embarcó hacia Europa en octubre de 1926 y nunca volvió. Desapareció en el mar, o eso me contó Mary Ire.

—¿Y *cera*? —preguntó Wireman.

—Déjalo estar por ahora —sugerí—. Pero es extraño… solo esta hoja de papel.

—Un poco raro, quizá, pero no es del todo extraño —comentó Wireman—. Si fueras viudo con hijas pequeñas, ¿querrías llevarte a tu nueva vida tu último recibo como contrabandista?

Lo consideré, y decidí que estaba en lo cierto.

—No… pero probablemente lo destruiría, junto con mi alijo de postales francesas.

Wireman se encogió de hombros.

—Nunca sabremos la cantidad de papeles incriminatorios que destruyó… fueran muchos o pocos. Salvo por tomarse un traguito de vez en cuando con sus compadres, puede que sus manos estuvieran relativamente limpias. Pero, *muchacho*…

—Me puso una mano en el hombro—. El papel es real. Lo tenemos. Y si algo ahí fuera quiere atraparnos, quizá también exista algo que vela por nosotros… aunque solo sea un poco. ¿No es eso posible?

—Es agradable pensarlo, en todo caso. Veamos si hay alguna cosa más.

II

Al principio pareció que no. Husmeamos en todas las habitaciones de la planta baja sin encontrar nada, aunque estuve cerca del desastre cuando mi pie se sumergió bruscamente en el revestimiento del suelo de lo que debió de haber sido alguna vez el comedor. Wireman y Jack reaccionaron rápidamente, sin embargo, y al menos fue mi pierna mala la que se hundió; así pude afianzarme con la buena.

No había posibilidad alguna de inspeccionar el nivel superior. La escalera subía hasta arriba, pero más allá del rellano y un único trozo de barandilla recortada solo existía el cielo azul y las hojas ondeantes de una alta palmera. El primer piso era un vestigio, y el segundo estaba completamente sentenciado. Iniciamos el regreso a la cocina y a nuestro improvisado escalón hacia el mundo exterior con una antigua nota anunciando una entrega de alcohol como único fruto de nuestra exploración. Intuía cuál podría ser el significado de *cera*, pero sin conocer el paradero de Perse, resultaba inútil.

Y ella estaba aquí.

Ella estaba cerca.

¿Por qué si no era tan jodidamente difícil llegar hasta aquí?

Wireman iba en cabeza, y entonces se detuvo tan súbitamente que me eché encima de él. Jack chocó contra mí, propinándome un porrazo en el trasero con la cesta de picnic.

—Hemos de comprobar las escaleras —declaró Wireman. Habló con el tono de voz de un hombre que no puede creer que haya sido tan idiota.

—¿Cómo dices? —pregunté.

—Hemos de comprobar las escaleras y buscar un *ja-ja*. Tendría que haber pensado en ello desde el primer momento. Debo de estar marchitándome.

—¿Qué es un *ja-ja*? —pregunté intrigado.

Wireman estaba dando media vuelta.

—El de *El Palacio* está a una altura de cuatro escalones desde el pie de la escalera principal. La idea, ella decía que fue de su padre, era tenerlo cerca de la puerta delantera en caso de incendio. En su interior hay una caja fuerte ignífuga, que ahora no contiene mucho más que unos pocos recuerdos y algunas fotos, pero antes ella guardaba allí su testamento y sus mejores joyas. Después se lo contó a su abogado. Craso error. Él insistió en que trasladara todas esas cosas a una caja de seguridad en Sarasota.

Estábamos ya al pie de la escalera, de nuevo cerca de la colina de avispas muertas. El hedor de la casa era espeso a nuestro alrededor. Wireman me miró, con ojos relucientes.

—*Muchacho*, ella también guardaba en esa caja unas pocas figuras de porcelana muy valiosas. —Inspeccionó los restos de la escalera, que conducía a nada que no fueran escombros sin sentido y cielo azul—. ¿No crees…? Si Perse es algo semejante a una figura de porcelana que John pescó en el fondo del Golfo… ¿no crees que puede estar oculta aquí mismo, en la escalera?

—Supongo que cualquier cosa es posible. Ten cuidado. Mucho.

—Os apuesto cualquier cosa a que hay un *ja-ja* aquí —aseguró—. Repetimos lo que aprendemos de niños.

Barrió las avispas muertas con su bota (produciendo un susurrante sonido, como de papel) y se arrodilló al pie de la escalera. Examinó el primer escalón, luego el segundo, después el tercero.

Cuando alcanzó el cuarto, dijo:

—Jack, dame la linterna.

III

Fue fácil decirme a mí mismo que Perse no estaba escondida en un compartimiento secreto bajo la escalera, que eso habría sido demasiado sencillo, pero me acordé de las porcelanas que a Elizabeth le gustaba ocultar en su lata de galletas Sweet Owen y sentí que mi pulso se aceleraba mientras Jack hurgaba en la cesta de picnic y extraía la monstruosa linterna con el cilindro de acero inoxidable. La depositó en la mano de Wireman como una enfermera pasando instrumental médico a un cirujano en la mesa de operaciones.

Cuando Wireman enfocó la escalera, percibí el minúsculo reflejo del oro: diminutas bisagras colocadas al fondo del peldaño.

—Vale —dijo, y le devolvió la linterna a Jack—. Dirige el haz de luz hacia el borde del peldaño.

Jack obedeció. Wireman tanteó el filo de la contrahuella, que supuestamente se levantaría girando sobre aquellas diminutas bisagras.

—Wireman, solo un minuto.

Se volvió para mirarme.

—Olfatéalo primero.

—¿Qué dices?

—Olfatéalo. Dime si huele a mojado.

Olfateó el peldaño que tenía las bisagras en la parte trasera, y luego se giró de nuevo hacia mí.

—Un poco a humedad, quizá, pero todo aquí huele de ese modo. ¿Quieres ser un poco más específico?

—Ábrelo muy lentamente, ¿vale? Jack, alumbra directamente el interior. Mirad si hay algo mojado, los dos.

—¿Por qué, Edgar? —preguntó Jack.

—Porque «la Mesa está goteando», ella dijo eso. Si veis un recipiente de cerámica… una botella, una jarra, un barril… es ella. Casi seguramente estará rajado, y quizá esté completamente roto.

Wireman inhaló profundamente y expulsó el aire.

—Vale. Como dijo el matemático cuando dividió por cero, ahí va nada.

Trató de levantar el peldaño, sin éxito.

—Está cerrado. Veo una ranura minúscula… tuvo que ser una llave pequeñísima…

—Tengo una navaja suiza —ofreció Jack.

—Un minuto —dijo Wireman, y vi cómo apretaba los labios mientras ejercía presión hacia arriba con las puntas de los dedos. Una vena se destacó en el hueco de la sien.

—Wireman —empecé a decir—, ten cuida…

Antes de poder terminar, la cerradura, vieja, diminuta e indudablemente corroída por el óxido, reventó con un chasquido. El peldaño salió volando hacia arriba y se desprendió de las bisagras. Wireman trastabilló hacia atrás y Jack le agarró. Acto seguido yo sostuve a Jack con un torpe abrazo manco. La enorme linterna cayó al suelo, pero no se rompió, y el haz luminoso rodó, enfocando como un proyector el truculento montón de avispas muertas.

—Hostia puta —dijo Wireman, recobrando la verticalidad—. Larry, Curly y Moe.

Jack recogió la linterna y alumbró el interior del hueco en las escaleras.

—¿Qué ves? —pregunté impaciente—. ¿Hay algo? ¿Nada? ¡Habla!

—Hay algo, pero no es una botella de cerámica —respondió—. Es una caja metálica. Parece una caja de golosinas, solo que más grande —añadió, y a continuación se agachó.

—Quizá sea mejor que no lo hagas —dijo Wireman.

Pero ya era demasiado tarde. Jack introdujo el brazo hasta el codo, y por un momento estuve seguro de que su rostro se alargaría en un grito de terror cuando algo le apresara el brazo y tirara de él hacia abajo y su brazo desapareciera completamente hasta el hombro dentro del agujero. Entonces se enderezó de nuevo. Sostenía en la mano una caja de hojalata con forma de corazón, que nos tendió hacia nosotros. En la tapa, apenas visible bajo las motas de óxido, había un ángel de mejillas sonrosadas.

Debajo, con una caligrafía anticuada, estaban pintadas las palabras:

ELIZABETH
SUS COSAS

Jack nos miró de manera inquisitiva.

—Vamos —le animé. No era Perse, ahora tenía la absoluta certeza. Me sentí al mismo tiempo decepcionado y aliviado—. Tú la encontraste. Adelante, ábrela.

—Son los dibujos —aventuró Wireman—. Tienen que serlo.

Yo también lo creía. Pero nos equivocábamos. Lo que Jack extrajo de la oxidada y antigua caja con forma de corazón fue la muñeca de Libbit, y ver a Noveen fue como regresar a casa.

«Ouuuu», parecían decir sus ojos negros y su boca sonriente de color escarlata. «Ouuuu, he estado aquí metida todo este tiempo, hombre antipático.»

IV

Cuando la vi salir de aquella caja como un cadáver desenterrado de una tumba, sentí que un sobrecogedor e incapacitante terror se apoderaba de mí, originándose en el corazón e irradiando hacia fuera, un terror que amenazaba primero con aflojarme los músculos y luego con desanudarlos por completo.

—¿Edgar? —preguntó Wireman con aspereza—. ¿Estás bien?

Traté de ubicarme y recuperar el control lo mejor que pude. Sobre todo era la sonrisa desdentada de la cosa. Al igual que la gorra del jockey, esa sonrisa era roja. Y al igual que con la gorra del jockey, sentía que si la miraba durante mucho tiempo enloquecería. Esa sonrisa parecía insistir en que todo lo acontecido en mi nueva vida era un sueño que estaba soñando en la UCI de algún hospital, mientras mi retorcido cuerpo era mantenido con vida artificialmente... y quizá eso era bueno, quizá eso era lo mejor, porque eso significaba que nada le había sucedido a Ilse.

—¿Edgar? —Cuando Jack dio un paso hacia mí, la muñeca que sostenía en la mano inclinó la cabeza en una grotesca parodia de preocupación—. No te vas a desmayar, ¿verdad?

—No —respondí—. Déjame ver eso. —Y cuando me la ofreció agregué—: No quiero cogerla. Solo enséñamela.

Hizo lo que le pedí, y entendí de inmediato por qué había experimentado aquella sensación de reconocimiento instantáneo, ese sentimiento de volver al hogar. No por Reba, ni por su más reciente compañera, aunque las tres poseían en común que eran muñecas de trapo. No, fue porque ya la había visto antes, en varios de los dibujos de Elizabeth. Al principio había asumido que se trataba de Nana Melda. Era erróneo, pero…

—Nana Melda se la regaló —dije.

—Seguro —coincidió Wireman—. Y debió de ser su favorita, porque fue la única que dibujó. La pregunta es, ¿por qué la dejó atrás cuando la familia se marchó de Heron's Roost? ¿Por qué la encerró?

—A veces las muñecas caen en desgracia —contesté. Estaba observando aquella sonriente boca de color rojo. Rojo aún, después de todos aquellos años. Rojo como los lugares en donde los recuerdos se escondían cuando estabas herido y era imposible pensar con claridad—. A veces las muñecas empiezan a dar miedo.

—Sus pinturas te hablaron, Edgar —dijo Wireman. Movió un poco la muñeca, y se la entregó de nuevo a Jack—. ¿Y ella? ¿Te contará la muñeca lo que queremos saber?

—Noveen —dije—. Se llama Noveen. Y ojalá pudiera decir que sí, pero solo me hablan los lápices y los dibujos de Elizabeth.

—¿Cómo lo sabes?

Buena pregunta. ¿Cómo lo sabía?

—Simplemente lo sé. Apuesto a que ella podría haberte hablado, Wireman. Antes de que te curara. Cuando todavía poseías aquel pequeño destello.

—Demasiado tarde —dijo Wireman. Hurgó en el alijo de comida, encontró los bastoncitos de pepino, y se comió un par—. Entonces, ¿qué hacemos? ¿Nos vamos? Porque me da que si nos vamos ahora, '*chacho*, nunca reuniremos la fortaleza testicular necesaria para regresar.

Sabía que tenía razón. Y mientras tanto, la tarde transcurría alrededor nuestro.

Jack estaba sentado en la escalera, con el trasero dos o tres peldaños por encima del *ja-ja*. Sostenía la muñeca en la rodilla. Rayos de sol caían a través de la destrozada parte superior de la casa y los espolvoreaba con luz. Eran extrañamente evocadores, y habrían dado lugar a una tremenda pintura: *Hombre joven y muñeca*. La manera en que sostenía a Noveen me recordó a algo, pero no pude poner mi dedo sobre ello. Los botones negros de sus ojos parecían mirarme, casi con petulancia. «He visto mucho, hombre antipático. Lo he visto todo. Lo sé todo. Qué mal que no sea un cuadro que puedas tocar con tu mano fantasma, ¿verdad?»

Sí. Verdad.

—Hubo un tiempo en que podría haber hecho que hablara —comentó Jack.

Wireman puso cara de perplejidad, pero yo sentí ese pequeño clic que se origina cuando finalmente se produce la conexión que intentabas hacer. Ahora supe por qué la manera en que sostenía a la muñeca me resultaba tan familiar.

—Ventriloquia, ¿no? —Albergaba la esperanza de que sonara casual, pero mi corazón empezaba a martillearme las costillas. Tenía la impresión de que aquí, en el extremo sur de Duma Key, muchas cosas eran posibles. Incluso a plena luz del día.

—Sí —confirmó Jack, con una sonrisa medio embarazosa, medio nostálgica—. Me compré un libro sobre el tema cuando tenía solo ocho años, y perseveré sobre todo porque mi padre decía que era tirar el dinero, que me rendía con todo. —Se encogió de hombros, y Noveen cabeceó un poco. Como si también tratara de encoger los hombros—. Nunca fui demasiado bueno, pero lo suficiente para ganar el Concurso de Talentos de sexto curso. Mi padre colgó la medalla en la pared de su despacho. Eso significó mucho para mí.

—Sí —dijo Wireman—. No hay nada como un «¡ese-es-mi-chico!» de parte de un padre incrédulo.

Jack sonrió, y, como siempre, iluminó por completo su rostro. Cambió de postura, y Noveen se movió con él.

—¿Pero sabéis lo mejor? Yo era un crío tímido, y el ventriloquismo hizo que me abriera un poco. Era más fácil hablar con la gente… fingía más o menos que era Morton, mi muñeco, ya sabéis. Morton era un sabelotodo capaz de decir cualquier cosa a cualquiera.

—Todos lo son —dije yo—. Por norma, creo.

—Entonces llegué a la escuela secundaria y la ventriloquia empezó a parecerme una habilidad de idiotas comparada con el *skateboard*, así que lo dejé. No sé qué pasó con el libro. Se titulaba *Proyecta tu voz*.

Permanecimos en silencio. La casa respiraba fría y húmedamente a nuestro alrededor. Un rato antes, Wireman había matado a un aligátor que cargaba contra nosotros. Ahora apenas daba crédito, aun a pesar de que mis oídos todavía zumbaban a causa de los disparos.

Entonces habló Wireman:

—Quiero oír cómo lo haces. Haz que diga: «*Buenos días, amigos, mi nombre es Noveen,* y *la mesa* está goteando».

Jack se echó a reír.

—Sí. Vale, muy gracioso.

—Lo digo en serio.

—No puedo. Si no lo haces durante una temporada, se te olvida.

Y por mi propia experiencia, sabía que quizá fuera cierto. En materia de habilidades adquiridas, la memoria se enfrenta a una bifurcación en el camino. Por una rama se hallan las habilidades tipo «es-como-montar-en-bicicleta», cosas que, una vez aprendidas, casi nunca se olvidan. Pero las habilidades creativas, relacionadas con el siempre cambiante prosencéfalo, han de ser practicadas casi a diario, y se dañan o destruyen con facilidad. Jack afirmaba que la ventriloquia era como eso. Y aunque no tenía razón para dudar de él (implicaba crear una nueva personalidad, después de todo, así como proyectar la propia voz), dije:

—Inténtalo.

—¿Qué? —Me miró. Sonriendo. Desconcertado.

—Vamos, prueba suerte.

—Ya os he dicho que no puedo…

—Inténtalo de todos modos.

—Edgar, no tengo ni idea de cómo hablaría, ni aunque fuera todavía capaz de proyectar la voz.

—Sí, pero la tienes en la rodilla, y solo estamos nosotros, así que adelante.

—Vale, mierda. —Se apartó el pelo de la frente con un soplido—. ¿Qué queréis que diga?

Wireman, muy tranquilamente, por cierto, sugirió:

—¿Por qué no vemos simplemente qué sale?

V

Jack no se movió durante un momento, con Noveen en su rodilla, sus cabezas al sol; pequeñas motas alborotadas de polvo procedente de las escaleras y la antigua alfombra del vestíbulo flotaban alrededor de sus rostros. Entonces afianzó sus dedos en el rudimentario cuello de la muñeca, sobre sus hombros de tela.

La cabeza de la muñeca se irguió.

—Hola, muchachos —saludó Jack, salvo que, como trataba de no mover los labios, salió algo como «Hola, achos».

Meneó la cabeza; el polvo alborotado voló.

—Un momento —se interrumpió—. Menuda bazofia.

—Tómate todo el tiempo del mundo —le dije. Creo que mi voz sonó tranquila, pero el corazón me palpitaba con más fuerza que nunca. Lo que sentía en parte era temor por Jack. Si esto funcionaba, podría ser peligroso para él.

Estiró el cuello y empleó su mano libre para masajearse la nuez de Adán. Tenía el aspecto de un tenor preparándose para cantar. O de un pájaro, pensé. Un Colibrí Gospeliano, quizá.

—Hola, muchachos —repitió a continuación. Mejor, pero…—. No, vaya porquería. Se parece a esa tía rubia… Mae West. Esperad.

Se masajeó nuevamente la garganta. Alzaba la vista hacia la

cascada de luz mientras lo hacía, y no estoy seguro de si sabía que su otra mano, la que sujetaba la muñeca, se estaba moviendo. Noveen me miró primero a mí, luego a Wireman, y después a mí otra vez. Ojos de botón negros. Pelo negro adornado con cintas cayendo en cascada alrededor de la galleta de chocolate de su rostro. Una O roja como boca. Una boca lista para exclamar «Ouuu, qué hombre más antipático» si alguna vez existió una.

La mano de Wireman apresó la mía. Estaba fría.

—Hola, muchachos —saludó Noveen, y aunque la nuez de Jack se meció arriba y abajo, sus labios apenas se movieron al pronunciar la m.

—¡Eh! ¿Qué tal estuvo eso?

—Bien —respondió Wireman, con una tranquilidad en su voz que yo no sentía—. Haz que diga algo más.

—Tendré paga extra por esto, ¿no, jefe?

—Seguro —le dije—. Tiempo y un…

—¿No vas a dibujar *ná*? —preguntó Noveen, mirándome con aquellos redondos ojos negros. Seguro que eran botones de zapatos, estaba casi convencido de ello.

—No tengo nada que dibujar —contesté—, Noveen.

—Ya te digo yo *argo* que puedas dibujar. ¿En dónde está tu cuaderno? —Jack ahora había apartado la vista hacia un lado, mirando las sombras que conducían al salón en ruinas, desconcertado, con ojos distantes. No parecía ni consciente ni inconsciente, sino algo entre medias.

Wireman me soltó la mano y alcanzó la bolsa de la comida, donde había guardado los dos blocs Artesano. Me tendió uno. La mano de Jack se flexionó un poco, y Noveen pareció doblar la cabeza ligeramente para estudiarla, al tiempo que yo levantaba la solapa de la riñonera que contenía mis lápices y descorría la cremallera. Cogí uno.

—Nanay. Usa uno de ella.

Volví a rebuscar y saqué uno de los lápices de Libbit, de color verde pálido. Era el único lo suficientemente largo como para permitir un agarre decente. No debió de ser su color favorito. O quizá sencillamente los verdes de Duma eran más oscuros.

—Muy bien, ¿y ahora qué?

—Dibújame en la cocina, apoyada contra la panera. Así estará bien.

—¿En la encimera, quieres decir?

—¿*Crees'* que quería *desi* en el suelo?

—Jesús —musitó Wireman.

La voz había ido cambiando gradualmente con cada intercambio, y ahora en absoluto pertenecía a Jack. ¿Y de quién era, dado el hecho de que en su origen la única ventriloquia que permitiría hablar a la muñeca procedía de la imaginación de una niña pequeña? Pensé que en aquel entonces habría sido la de Nana Melda, y que ahora estábamos escuchando una versión de aquella voz.

Tan pronto como empecé a trabajar, el picor se extendió rápidamente por mi brazo perdido, definiéndolo, haciendo que estuviera allí. Bosquejé a la muñeca sentada contra una panera de estilo antiguo, y a continuación dibujé sus piernas colgando del borde de la encimera. Sin pausa ni vacilación (algo muy dentro de mí, en el lugar de donde procedían las imágenes, decía que vacilar significaría romper el hechizo mientras se formaba, mientras todavía era frágil), pasé a dibujar a la niñita de pie junto a la encimera. De pie junto a la encimera y mirando hacia arriba. Una niña de cuatro años con un pichi. No podría haberte explicado qué era un pichi antes de dibujar el que cubría el vestido de la pequeña Libbit, allí parada en la cocina junto a su muñeca, allí parada mirando hacia arriba, allí parada

Chisss…

… con un dedo sobre los labios.

Ahora, moviéndome más rápido que nunca, haciendo volar el lápiz, añadí a Nana Melda, viéndola por primera vez fuera de la fotografía en la que sostenía la cesta de picnic roja con los brazos en tensión. Nana Melda inclinada sobre la niña pequeña, su cara inflexible y enojada.

No, enojada no…

Asustada.

Así es como está Nana Melda: asustada, muerta de miedo. Ella sabe que algo pasa, Libbit sabe que algo pasa, y las gemelas también saben; Tessie y Lo-Lo están tan asustadas como ella. Incluso ese idiota de Shannington sabe que algo va mal. Esa es la razón por la que ha tomado la costumbre de quedarse lo más lejos posible, y prefiere trabajar en la granja de la costa antes que venir al Cayo.

¿Y el Señor? Cuando está aquí, el Señor está demasiado furioso con Adie, que se ha fugado a Atlanta, como para ver lo que tiene justo delante de los ojos.

Al principio, Nana Melda pensó que lo que tenía ella justo delante de los ojos no eran más que imaginaciones suyas, algo extraído de los juegos de las pequeñas. Seguramente nunca vio de verdad pelícanos o garzas volando cabeza abajo, ni vio la sonrisa que le dirigieron los caballos que Shannington trajo de Nokomis para que las niñas montaran. Y creía saber por qué las pequeñas se asustaban de Charley; puede que ahora existieran misterios en Duma, pero ese no era uno. Eso era culpa de ella, aunque ella pretendía...

VII

—¡Charley! —exclamé—. ¡Se llama Charley!

Noveen expresó su aprobación riendo con un graznido.

Saqué el otro bloc de la bolsa de comida —casi rompiéndola— y lo abrí tan ferozmente que rasgué la tapa por la mitad. Rebusqué entre los lápices y encontré el muñón del lápiz negro de Libbit. Quería el negro para este dibujo complementario, y quedaba justo lo suficiente para poder cogerlo en un pellizco con el pulgar y el dedo medio.

—Edgar —dijo Wireman—. Durante un minuto creí ver... parecía...

—¡Cállate! —gritó Noveen—. *¡El brazo mojo e'mío ah'ra!* ¡*Vas'a* querer ver esto, seguro!

Dibujé a toda velocidad, y el jockey surgió del blanco como una figura saliendo de una espesa niebla. Fue rápido, con trazos descuidados y apresurados, pero la esencia estaba allí: los ojos de complicidad y los labios anchos en una amplia sonrisa que podría ser bien de regocijo, bien de malevolencia. No tenía tiempo para colorear la camisa ni los bombachos, pero busqué a tientas el lápiz que tenía grabadas las palabras Rojo Puro (uno de los míos) y añadí la horrible gorra, pintarrajeando encima. Y en cuanto la gorra estuvo allí, sabías lo que era en realidad esa sonrisa: una pesadilla.

—¡Enséñamelo! —gritó Noveen—. ¡Quiero ver si *l'has sacao* bien!

Sostuve el dibujo hacia la muñeca, que ahora estaba sentada con la espalda muy recta en la pierna de Jack, mientras este se hallaba desplomado contra la pared al lado de la escalera, con la vista fija en el salón.

—Sí —aprobó Noveen—. Ese es el pendejo que asustó a las niñas de Melda. Casi seguro.

—¿Qué… ? —empezó a preguntar Wireman, y sacudió la cabeza—. Estoy perdido.

—Melda vio la rana, también —explicó Noveen—. La que las pequeñas llaman el chaval grande. La de los piños. Entonces es cuando Melda acorrala a Libbit en la cocina. Para hacerla hablar.

—Al principio Melda pensó que Charley era solo una invención de las niñas para asustarse entre sí, ¿no?

Noveen graznó otra vez, pero sus ojos de botón miraban con una expresión que bien podría ser de terror. Por supuesto, ojos como esos pueden mostrar la expresión que tú quieras, ¿verdad?

—Es cierto, dulzura. Pero cuando vio al viejo Chaval Grande allí en el césped, que cruzaba la avenida y se metía entre los árboles…

La mano de Jack se flexionó. La cabeza de Noveen se sacudió lentamente de un lado a otro, indicio de que las defensas de Nana Melda se estaban derrumbando.

Cambié de bloc, dejando el de Charley el jockey al fondo, y regresé al dibujo de la cocina: Nana Melda mirando hacia abajo,

la niña pequeña mirando hacia arriba, con el dedo en los labios
—¡*Chiss!*— y la muñeca como testigo silencioso desde su posición contra la panera.

—¿Lo ves? —le pregunté a Wireman—. ¿Lo comprendes?

—Más o menos…

—Cuando ella quedó libre, el bollo ya estaba en el horno —dijo Noveen—. Eso es a lo que se reduce todo.

—Quizá al principio Melda pensó que Shannington movía el jockey del jardín de un lado a otro como una especie de juego, porque sabía que las tres niñitas se asustaban de él.

—¿Por qué, en el nombre de Dios? —preguntó Wireman.

Noveen nada dijo, así que pasé mi mano perdida sobre la Noveen de mi dibujo, la Noveen apoyada contra la panera, y entonces la que estaba en la rodilla de Jack habló. Como en cierta forma sabía que haría.

—Nanny no pretendía *ná* malo. Sabía que estaban asustadas de Charley, esto fue *ante'* que empezaran las cosas malas, y *po'eso* les conté un cuento *pa'* dormir *y'ntentar* mejorarlo. Pero hice que fuera peor, como pasa a veces con los churumbeles. Después vino la mujer mala… la mujer blanca mala del mar… *y'sa* zorra hizo que las cosas fueran todavía peores. Hizo que Libbit dibujara a Charley vivo, como broma. Y tenía otras bromas, uy si no.

Volví la hoja con Libbit haciendo chiss y pasé a la siguiente. Empuñé mi Sombra Ardiente (ahora no parecía importar a quién pertenecían los lápices que empleaba) y ejecuté otro bosquejo de la cocina. Aquí estaba la mesa, con Noveen tendida de costado, un brazo sobre la cabeza, como en actitud de súplica. Aquí estaba Libbit, ahora con un vestido de tirantes y una expresión de consternación lograda con no más de media docena de veloces trazos. Y aquí estaba Nana Melda, apartándose hacia atrás de la panera abierta y gritando, porque en su interior…

—¿Eso es una rata? —preguntó Wireman.

—Una marmota grande y ciega —dijo Noveen—. La misma cosa que Charley, vaya. Ella obligó a Libbit a dibujarla en la panera, y estuvo en la panera. Una broma. Libbit estaba arrepentida, ¿pero la mujer mala del agua? Nanay. Ella nunca se arrepiente.

—Y Elizabeth, Libbit, tenía que dibujar. ¿Verdad?

—Eso ya lo sabes —respondió Noveen—. ¿No?

Sí, lo sabía. Porque el don siempre está hambriento.

VIII

Érase una vez una niña pequeña que se cayó y se hizo algo malo en la cabeza, justo de la manera adecuada. Y eso permitió que algo, algo femenino, extendiera sus garras y estableciera contacto con ella. Los asombrosos dibujos subsiguientes constituyeron el señuelo, la zanahoria oscilante al final del palo. Había caballos sonrientes y tropas de ranas con los colores del arco iris. Pero una vez que Perse quedó libre —¿qué había dicho Noveen?— el bollo ya estaba en el horno. El talento de Libbit Eastlake era como tener un cuchillo en la mano. Salvo que ya no era realmente su mano. Su padre no lo sabía. Adie se había ido. Maria y Hannah residían en la Escuela Braden. Las gemelas no comprendían. Pero Nana Melda empezó a sospechar, y…

Volví la hoja atrás y miré a la niña que se llevaba el dedo a los labios.

Ella escucha, así que chisss. Si hablas, te oirá, así que chisss. Pueden pasar cosas malas, y hay otras peores esperando. Cosas terribles en el Golfo, esperando para ahogarte y llevarte a un barco donde vivirás algo que no es vida. ¿Y si intento contarlo? Entonces las cosas malas a lo mejor nos pasan a todos nosotros, y todas a la vez.

Wireman permanecía perfectamente inmóvil junto a mí. Solo sus ojos se movían, a veces mirando a Noveen, a veces mirando al pálido brazo que se hacía visible intermitentemente en el lado derecho de mi cuerpo.

—Pero había un lugar seguro, ¿verdad? —pregunté—. Un lugar donde ella podía hablar. ¿Dónde?

—Lo conoces —aseguró Noveen.

—No, yo…

—Sí, *señó*, lo sabes. *Debrías* saberlo. Solo lo olvidaste un rato. Dibújalo y verás.

643

Sí, tenía razón. Dibujando era como me había reinventado a mí mismo. En ese sentido, Libbit

(*donde esta nuestra hermana?*)

y yo estábamos emparentados. A ambos, dibujar nos sirvió para acordarnos de cómo recordar.

Pasé las hojas hasta una página en blanco.

—¿Necesito uno de sus lápices? —pregunté.

—Ya no. Te vale cualquiera.

Así que hurgué en mi bolso, encontré el Índigo y empecé a dibujar. Dibujé la piscina de los Eastlake sin vacilación; era como renunciar a pensar y permitir que la memoria muscular tecleara un número de teléfono. La dibujé como había sido antaño, nueva y brillante y rebosante de agua limpia. La piscina, donde por alguna razón el agarre de Perse resbalaba y su oído fallaba.

Dibujé a Nana Melda, con el agua hasta las espinillas, y a Libbit, con el agua hasta la cintura, con Noveen embutida bajo el brazo y el pichi flotando a su alrededor. Las palabras emergieron de mis trazos.

¿Dónde está tu nueva muñeca ahora, la de porcelana?

En mi caja del tesoro especial. Mi caja-corazón.

Así que había estado allí guardada, al menos por un tiempo.

¿Y su nombre?

Su nombre es Perse.

Percy es un nombre de chico.

Y Libbit, firme y segura: *No puedo evitarlo. Se llama Perse.*

Muy bien entonces. Y dices que no puede oírnos aquí.

Creo que no...

Eso está bien. Dices que pue'es hacer venir cosas. Pero escúchame, hij...

IX

—Oh, Dios mío —musité—. No fue idea de Elizabeth. Nunca fue idea de Elizabeth. Deberíamos haberlo imaginado.

Levanté la vista del dibujo en el que representaba a Nana Melda y a Libbit en la piscina. Me di cuenta, de un modo distante, que tenía mucha hambre.

—¿De qué estás hablando, Edgar? —preguntó Wireman.

—Deshacerse de Perse fue idea de Nana Melda. —Me volví hacia Noveen, todavía sentada sobre la rodilla de Jack—. Tengo razón, ¿verdad?

Noveen no dijo nada, así que deslicé mi mano derecha sobre las figuras en mi dibujo de la piscina. Por un instante vi aquella mano, con sus uñas y todo.

—A Nanny no se le ocurrió nada mejor —dijo Noveen un segundo después desde la pierna de Jack—. Y Libbit se fiaba de Nanny.

—Lógico —dijo Wireman—. Melda era prácticamente la madre de la niña.

Me había imaginado la treta de dibujar y borrar en la habitación de Elizabeth, pero ahora comprendía más cosas. Había sucedido en la piscina. Tal vez incluso dentro de la piscina. Porque esta era, por alguna razón, segura. O eso había creído la pequeña Libbit.

—No consiguió que Perse se esfumara, pero vaya si se enteró. Creo que hizo daño *a'sa* bruja. —La voz sonaba ya cansada, ronca, y observé que la nuez de Jack volvía a moverse arriba y abajo en su garganta—. ¡Espero que lo hiciera!

—Sí. Probablemente la hirió. Entonces… ¿qué pasó después? —Pero ya lo sabía. No con todos los detalles, pero ya lo sabía. La lógica era cruda e irrefutable—. Perse se tomó su venganza con las gemelas. Y Elizabeth y Nana Melda conocían la verdad. Sabían lo que habían hecho. Nana Melda sabía lo que ella había hecho.

—Nanny sabía —confirmó Noveen. Seguía siendo una voz femenina, pero se iba aproximando a la de Jack progresivamente. Cualquiera que fuera el hechizo, no se prolongaría por mucho más tiempo—. Se lo guardó para sí hasta que el Señor encontró sus huellas en la playa de la Sombra, huellas que se metían en el agua, y después de eso no pudo aguantar más. Sentía que había hecho que mataran a sus pequeñas.

—¿Vio el barco? —pregunté.

—Lo vio esa noche. Es imposible ver ese barco por la noche y no creer.

Pensé en mis pinturas *Niña y barco* y supe que esa era la verdad.

—Pero antes de que el Señor llamara al *cheriff pa'* contarle que sus gemelas se habían *perdío* y que seguro que se habían *ahogao*, Perse ya había hablado con Libbit. Le contó lo que pasó. Y Libbit se lo contó a Nanny.

La muñeca se desplomó, y su cara de galleta redonda pareció estudiar la caja con forma de corazón de la que había sido exhumada.

—¿Qué le contó, Noveen? —preguntó Wireman—. No lo entiendo.

Noveen nada dijo. Jack, pensé, parecía exhausto, aun cuando no había realizado ningún movimiento en absoluto.

Respondí yo en lugar de Noveen.

—Perse dijo: «Intenta librarte de mí otra vez y las gemelas serán solo el comienzo. Inténtalo otra vez y me llevaré a toda tu familia, uno a uno, y te dejaré a ti para el final». ¿No es así?

Los dedos de Jack se flexionaron, y la cabeza de trapo de Noveen asintió lentamente con la cabeza, arriba y abajo.

Wireman se pasó la lengua por los labios.

—Esa muñeca, ¿es el fantasma de quién, exactamente?

—Aquí no hay fantasmas, Wireman —contesté.

Jack soltó un gemido.

—No sé qué ha hecho, *amigo*, pero está agotado —dijo Wireman.

—Sí, pero nosotros no.

Alargué la mano hacia la muñeca, la que había ido a todas partes con la niña artista. Y al hacerlo, Noveen me habló por última vez, con una voz que era mitad suya y mitad de Jack, como si ambos estuvieran luchando por imponerse al mismo tiempo.

—Nanay, *'sa* mano no… necesitas *'sa* mano *pa'* dibujar.

Y, por tanto, extendí el brazo que seis meses antes había usado para levantar de la calzada al moribundo perro de Monica Goldstein, en otra vida y otro universo. Usé esa mano para agarrar la muñeca de Elizabeth Eastlake y levantarla de la rodilla de Jack.

—¿Edgar? —dijo Jack, incorporándose—. Edgar, ¿cómo cojones has recuperado…?

… tu brazo, imagino que preguntó, pero no lo sé con certeza; no le oí terminar. Lo que vi fueron aquellos ojos negros y aquella boca de fauces negras bordeadas de rojo. Noveen. Todos aquellos años que había permanecido allí, en la doble oscuridad, bajo la escalera y en el interior de la caja de hojalata, esperando para verter sus secretos, y su lápiz de labios se había mantenido fresco todo el tiempo.

¿Estás listo?, susurró en el interior de mi cabeza, y la voz no era la de Noveen, no era la de Nana Melda (de eso estaba seguro), no era siquiera la de Elizabeth; era totalmente la de Reba. *¿Estás listo y dispuesto para dibujar, antipático? ¿Estás preparado para ver el resto? ¿Estás preparado para verlo todo?*

No lo estaba… pero no tenía opción.

Por Ilse.

—Enséñame todo el cuadro —susurré, y aquella boca roja me tragó entero.

Cómo dibujar un cuadro (X)

*Prepárate para verlo todo. Si quieres crear (que Dios te ayude en
ese caso, que Dios te ayude si posees la capacidad) no te atrevas a
cometer la inmoralidad de quedarte en la superficie. Sumérgete y
toma tu derecho de salvamento. Hazlo, independientemente del
dolor.*

*Puedes dibujar dos niñas pequeñas, gemelas, pero cualquiera
puede hacer eso. No te detengas ahí solo porque el resto sea una
pesadilla. No omitas añadir el hecho de que están de pie en el
mar, hundidas hasta los muslos, aunque el agua debería cubrir sus
cabezas. Un testigo, Emery Paulson, por ejemplo, podría ver esto
si observara, pero no mucha gente está preparada para ver lo que
tiene justo delante de los ojos.*

Hasta que, por supuesto, es demasiado tarde.

*Ha bajado a la playa a fumar un cigarro. Puede hacer esto en
el porche trasero, o en la veranda, pero algún fuerte instinto com-
pulsivo le ha instado a bajar por la carretera de tierra que Adie
llama Bulevar del Beodo, y luego a descender el empinado sendero arenoso hasta la playa. Esta voz ha sugerido que el cigarro le
sabrá mejor aquí. Puede sentarse en un tronco que las olas han
arrojado en la playa, y contemplar las cenizas del ocaso, mientras
el naranja se difumina y las estrellas se muestran en el azul del
cielo. El Golfo ofrecerá un aspecto placentero bajo esa luz, insinúa
la voz, incluso aunque haya tenido el mal gusto de señalar el inicio de su matrimonio tragándose a dos de sus bienamadas herma-
nitas.*

Pero hay más que ver aparte de una simple puesta de sol, parece. Hay un barco allí. Es antiguo, un bonito y esbelto navío de tres mástiles, con las velas izadas. En lugar de sentarse en el tronco, desciende por la playa hasta donde la arena seca pasa a estar mojada, firme y compacta, maravillándose de esa silueta con forma de golondrina bajo el crepúsculo. Algún efecto atmosférico hace que parezca como si el último resplandor rojizo del día brillara directamente a través del casco.

Está pensando esto cuando llega el primer grito, repicando en su cabeza como una campana de plata: ¡Emery!

Y después llega otro: ¡Emery, socorro! ¡La resaca! ¡El aguaje!

Ahí es cuando ve a las niñas, y su corazón pega un salto, como impulsado por un resorte. Parece elevarse hasta su garganta antes de caer de nuevo en su sitio, donde la velocidad de sus latidos se multiplica por dos. El cigarro sin encender se desprende de sus dedos.

Dos niñitas, y son exactamente iguales. Parecen llevar idénticos vestidos pichi, y aunque Emery no debería ser capaz de distinguir los colores bajo esta luz moribunda, lo hace: uno es rojo, con una **L** por delante; el otro es azul, con una **T**.

¡El aguaje!, *exclama la niña con la* **T** *en su vestido, extendiendo los brazos a modo de súplica.*

¡La resaca!, *exclama la niña con la* **L**.

Y aunque ninguna de las niñas parece correr el más mínimo peligro de ahogarse, Emery no vacila. Su alegría no le permitirá vacilar, ni la optimista certeza de que esto es una oportunidad milagrosa: cuando aparezca con las gemelas, su anteriormente distante suegro cambiará de opinión de inmediato. Y las campanas de plata que aquellas voces hacen repicar en su cabeza... ellas también le impulsan hacia delante. Se lanza velozmente a rescatar a las hermanas de Adie, a recoger a las niñas perdidas y a chapotear de vuelta a la orilla con ellas.

¡Emery! *Esa es Tessie, ojos oscuros en su pálido rostro de porcelana... pero sus labios son rojos.*

¡Emery, deprisa! *Esa es Laura, extendiendo hacia él sus manos blancas y empapadas, con los rizos de cabello lacio pegados contra sus blancas mejillas.*

Él grita: ¡Ya llego, chicas! ¡Aguantad!

Chapotea hacia ellas, ahora con el agua por las espinillas, ahora por las rodillas.

Él grita: ¡Luchad!, *como si estuvieran haciendo algo aparte de estar allí paradas en el agua, que solo les llega a los muslos, a pesar de que los suyos propios ya están cubiertos, y eso que mide un metro ochenta y cinco.*

El agua del Golfo, todavía fría a mediados de abril, le cubre ya hasta el pecho cuando las alcanza, cuando estira los brazos hacia ellas, y cuando le agarran con manos que son más fuertes de lo que deberían ser las manos de cualquier niña; en ese momento ya está lo bastante cerca para ver el brillo plateado en sus ojos vidriosos y para oler el salado hedor a pescado muerto procedente de sus cabellos en descomposición, pero es demasiado tarde. Forcejea, sus gritos de júbilo y sus ruegos para que lucharan contra la resaca se convierten primero en voces de protesta y seguidamente en aullidos de terror, pero para entonces es ya demasiado tarde, demasiado. Los aullidos no duran mucho, en cualquier caso. Las pequeñas manos de las criaturas se han transformado en gélidas garras que cavan profundamente en su carne mientras tiran de él hacia el fondo, y el agua llena su boca, ahogando sus gritos. Ve el barco recortado contra las últimas cenizas frías del crepúsculo, y (¿cómo no lo vio antes? ¿cómo no lo supo?) se da cuenta de que es el casco de un navío naufragado, un barco de peste, un barco de muerte. Algo le está esperando allí, algo envuelto en un sudario, y chillaría si pudiera, pero ahora el agua le llena los ojos, y entonces surgen otras manos, que al tacto no son más que desnudas irradiaciones de hueso, cerrándose alrededor de sus tobillos. Una garra le arranca un zapato, y a continuación le pellizca un dedo del pie... como si pretendiera jugar a «Este cerdito fue al mercado» mientras se ahoga.

Mientras Emery Paulson se ahoga.

19

Abril del 27

I

Alguien gritaba en la oscuridad. Se oyó algo como «Haz que deje de chillar». Entonces se produjo un fuerte sonido sordo, y la oscuridad se encendió con un color rojo intenso, primero a un lado, y luego al fondo. El rojo rodó hacia delante en la oscuridad como una nube de sangre sobre el agua.

—Le has pegado muy fuerte —dijo alguien. ¿Era Jack?

—¿Jefe? ¡Eh, jefe! —Alguien me sacudía, así que todavía poseía un cuerpo. Probablemente eso era bueno. Jack me sacudía. ¿Jack qué? Podía sacarlo, pero tendría que pensar de refilón. Su nombre estaba relacionado con el Canal Meteorológico…

Más sacudidas. Con mayor brusquedad.

—¡*Muchacho!* ¿Sigues ahí?

Mi cabeza dio con algo y abrí los ojos. Jack Cantori estaba arrodillado a mi izquierda, con el rostro tenso y asustado. Era Wireman quien, frente a mí, de pie pero inclinado hacia delante, me sacudía como a un daiquiri. La muñeca yacía boca abajo sobre mi regazo. La bateé con un gruñido de repugnancia (oh, qué antipático, en efecto). Noveen aterrizó en el montón de avispas muertas con un sonido de papel crujiendo.

De repente los lugares a los que me había llevado empezaron a regresar: una visita turística al mismísimo infierno. El sendero a la playa de la Sombra que Adriana Eastlake había llamado, para furia de su padre, Bulevar del Beodo. La playa en sí misma, y las cosas terribles que allí acontecieron. La piscina. La cisterna.

—Tiene los ojos abiertos —observó Jack—. Gracias a Dios. Edgar, ¿puedes oírme?

—Sí —respondí. Mi voz estaba ronca de tanto gritar. Quería comida, pero antes quería verter algo por mi ardiente garganta—. Sed... ¿ayudas a un hermano?

Wireman me tendió una de las botellas grandes de agua Evian, y meneé la cabeza.

—Pepsi.

—¿Seguro, *muchacho*? Puede que el agua sea...

—Pepsi. Cafeína. —Esa no era la única razón, pero valdría.

Wireman dejó la botella de Evian y me dio una Pepsi. Estaba caliente, pero me pimplé la mitad de un trago, eructé, y volví a beber. Miré alrededor y solo vi a mis amigos y una sección de vestíbulo sucio. Aquello no era bueno. De hecho, era terrible. Mi mano, ahora que definitivamente había regresado a mi estado de manco, estaba rígida y palpitaba, como si la hubiera estado utilizando ininterrumpidamente durante al menos dos horas, así que, ¿dónde estaban los dibujos? Me aterraba pensar que sin imágenes, todo se desvanecería igual que un sueño al despertar. Y había arriesgado más que mi vida por esa información. Había arriesgado mi cordura.

Trabajosamente, intenté ponerme en pie. Un relámpago de dolor me atravesó la cabeza en el punto donde me la había golpeado contra la pared.

—¿Dónde están los dibujos? ¡Por favor, dime que hay dibujos!

—Relájate, *muchacho*, están aquí mismo. —Wireman se apartó y me enseñó un taco semiordenado de hojas Artesano—. Estuviste dibujando como loco, y las arrancabas del cuaderno a medida que lo hacías. Las recogí y las fui ordenando.

—Vale. Bien. Necesito comer. Me muero de hambre. —Y me embargó la sensación de que esto era cierto, literalmente.

Jack miraba alrededor con inquietud. El pasillo delantero, que había estado rebosante de la luz de la tarde cuando le arrebaté a Noveen de las manos y caí en un agujero negro, ahora se sumía en penumbras. No estaba oscuro del todo, no todavía, y cuando alcé la mirada pude ver que el cielo sobre nuestras cabezas seguía azul, pero era evidente que la tarde se esfumaba, o casi.

—¿Qué hora es? —pregunté.

—Las cinco y cuarto —informó Wireman. No tuvo que mirar su reloj, lo que me indicó que había estado vigilando atentamente el tiempo—. Aún quedan un par de horas hasta la puesta de sol, más o menos. Así que si solo salen de noche…

—Creo que sí. Es tiempo suficiente, pero todavía tengo que comer. Podemos salir de esta ruina. Hemos acabado con la casa, aunque puede que necesitemos una escalera.

Wireman levantó las cejas, pero no preguntó; se limitó a decir:

—Si hay una, probablemente estará en el establo. El cual parece haber resistido al Padre Tiempo bastante bien, en verdad.

—¿Y Noveen? ¿Qué hay de la muñeca? —preguntó Jack.

—Ponla otra vez en la caja-corazón de Elizabeth y tráetela —respondí—. Merece un sitio en *El Palacio*, junto con el resto de las cosas de Elizabeth.

—¿Cuál es nuestra próxima parada, Edgar? —preguntó Wireman.

—Os lo mostraré, pero antes otra cosa. —Señalé la pistola en su cinturón—. Ese trasto todavía está cargado, ¿no?

—Totalmente. Cargador nuevo.

—Si la garza vuelve, quiero que le dispares. Haz de ello una prioridad.

—¿Por qué?

—Porque es ella. Perse la ha estado usando para observarnos.

II

Abandonamos la casa en ruinas por el camino que utilizamos para entrar, y nos encontramos con un atardecer rebosante de luz clara. El cielo no presentaba ni una nube. El sol proyectaba sobre el Golfo un radiante lustre de plata. En una hora aproximadamente su rastro empezaría a empañarse y se tornaría dorado, pero no todavía.

Recorrimos con dificultad los restos del Bulevar del Beodo; Jack cargaba con la cesta de picnic, y Wireman con la bolsa que contenía la comida y los cuadernos Artesano. Yo llevaba mis dibujos. Las matas de araña susurraban contra las perneras de nuestros pantalones. Nuestras sombras se arrastraban detrás de nosotros, alargándose hasta las ruinas de la mansión. A lo lejos, un pelícano divisó un pez, plegó sus alas, y cayó como una carga de profundidad. No vimos a la garza, ni fuimos visitados por Charley el Jockey de Jardín. Pero cuando alcanzamos la cresta del risco, donde una vez el sendero había descendido entre las dunas que ahora eran empinadas a causa de la erosión, avistamos otra cosa.

Avistamos al *Perse*.

Se hallaba fondeado a unos trescientos metros. Las impecables velas estaban izadas. Se mecía de lado a lado en el oleaje, con un movimiento acompasado como el de un reloj. Desde nuestra posición pudimos leer el nombre completo, pintado en el lado de estribor: *PERSEPHONE*. Parecía desierto, y tenía la certeza de que lo estaba: a la luz del día, los muertos permanecían muertos. Pero Perse no estaba muerta. Mala suerte para nosotros.

—Dios mío, bien podría decirse que ha salido navegando de tus pinturas —musitó Jack casi sin resuello. Había un banco de piedra a la derecha del sendero, apenas visible entre los matorrales que crecían alrededor y las enredaderas que serpenteaban sobre su superficie plana. Se dejó caer sobre él, mirando boquiabierto hacia el barco.

—No. Yo pinté la verdad. Estáis contemplando la máscara que se pone durante el día.

Wireman, de pie al lado de Jack, se protegía los ojos de la luz del sol. Entonces se giró hacia mí.

—¿Se verá desde Don Pedro? No, ¿verdad?

—Quizá algunos lo vean —respondí—. Enfermos terminales, esquizos que actualmente estén dejando de tomar su medicación… —Eso hizo que me acordara de Tom—. Pero está aquí para nosotros, no para ellos. Supuestamente abandonaremos Duma Key en él esta noche. La carretera estará cerrada para nosotros una vez que el sol se ponga. Puede que los muertos vivientes estén todos a bordo del *Perséfone*, pero hay cosas en la jungla. Algunas, como el jockey de jardín, son cosas que Elizabeth creó de pequeña. Otras surgieron cuando Perse volvió a despertar. —Hice una pausa. No quería decir el resto, pero lo hice. Era mi obligación—. Imagino que yo soy el responsable de algunas de ellas. Todos los hombres tienen sus pesadillas.

Pensé en los brazos del esqueleto alzándose bajo la luz de la luna.

—Entonces, el plan para nosotros es irnos en barco, ¿no? —dijo Wireman con aspereza.

—Sí.

—¿Una leva? ¿Como en la jovial y vieja Inglaterra?

—Básicamente.

—No puedo hacer eso. Me mareo —confesó Jack.

Sonreí y me senté a su lado.

—Las travesías por mar no están en el plan, Jack.

—Bien.

—¿Puedes abrir ese pollo, y arrancar un muslo para mí?

Hizo lo que le pedí, y ambos observaron, fascinados, cómo devoraba primero un muslo y seguidamente el otro. Pregunté si alguno quería la pechuga, y cuando rehusaron, también me la comí. Cuando iba por la mitad me acordé de mi hija, que yacía pálida y muerta en Rhode Island. Seguí comiendo, de manera metódica, limpiándome las grasientas manos en los pantalones entre bocado y bocado. Ilse lo habría entendido. Pam no, y probablemente Lin tampoco, ¿pero Illy? Ella sí. Temía lo que nos aguardaba delante, pero sabía que Perse también tenía miedo. De no ser así, no habría intentado con tanto ahínco mantenernos alejados. Todo lo contrario, nos habría dado la bienvenida con los brazos abiertos.

—El tiempo se agota, *muchacho* —dijo Wireman—. La luz del día vuela.

—Lo sé. Y mi hija está muerta para siempre. Pero sigo teniendo un hambre canina. ¿Hay algo dulce? ¿Tarta? ¿Galletas? ¿Un puto pastelito?

Nada. Me conformé con otra Pepsi y unos pocos bastoncillos de pepino mojados en salsa ranchera, que para mí siempre ha tenido el aspecto, y el sabor, de mocos ligeramente azucarados. Por lo menos mi migraña se desvanecía. Las imágenes que habían venido a mí en la oscuridad, las que habían estado esperando todos aquellos años dentro de la cabeza de trapo de Noveen, también se desvanecían, pero tenía mi propio relato ilustrado para refrescarme la memoria. Me limpié las manos una última vez y apoyé en mi regazo el montón de hojas arrancadas y arrugadas: el álbum familiar del infierno.

—Mantén los ojos bien abiertos por si aparece la garza —le dije a Wireman.

Miró a su alrededor, fijó la vista en el barco abandonado que se mecía con ritmo acompasado en el suave oleaje, y volvió a posar sus ojos en mí.

—¿No sería mejor utilizar la pistola de arpones contra la Gran Ave y disparar plata?

—No. La garza no es más que su montura, igual que un caballo para un hombre. Probablemente le encantaría que desperdiciáramos una de las puntas de plata así, pero para Perse se ha acabado conseguir todo lo que desea. —Sonreí sin humor—. Esa parte de la carrera de la dama ha llegado a su fin.

III

Wireman obligó a Jack a levantarse para poder arrancar las enredaderas del banco. Después nos sentamos allí, tres improbables guerreros, de los cuales dos tenían más de cincuenta años y el otro apenas había dejado atrás la adolescencia. Desde nuestra posición dominábamos el golfo de México a un lado, y la mansión en ruinas al otro. La cesta de picnic y la bolsa de comida casi completamente agotada descansaban a nuestros pies. Pensé que tenía veinte minutos para contarles lo que sabía, quizá hasta media hora, y eso aún nos dejaría tiempo suficiente.

Eso esperaba.

—La conexión de Elizabeth con Perse era más estrecha que la mía. Mucho más intensa que la mía. No sé cómo logró soportarlo. En cuanto tuvo la figura de porcelana, lo veía todo, tanto si se encontraba allí como si no. Y lo dibujaba todo. Pero las peores pinturas las quemó antes de dejar este lugar.

—¿Como la del huracán? —preguntó Wireman.

—Sí. Sospecho que le daba miedo lo poderosos que eran sus dibujos, y hacía bien en temerlos. Pero lo vio todo, y la muñeca lo almacenó todo. Como una cámara psíquica. En su mayor parte, he visto lo que Elizabeth vio, y he dibujado lo que Elizabeth dibujó. ¿Lo entendéis?

Ambos asintieron con la cabeza.

—Empieza con este sendero, que en un tiempo fue un camino. Iba desde la playa de la Sombra hasta el establo. —Señalé hacia el alargado edificio anexo cubierto de enredaderas, en donde albergaba la esperanza de encontrar una escalera—. No creo que el contrabandista que introducía el licor en el coral fuera Dave Davis, pero tengo la seguridad de que era uno de los socios de Davis, y que una buena cantidad de alcohol entró en Suncoast, Florida, a través de Duma Key. Desde la playa de la Sombra hasta el establo de John Eastlake, y de ahí cruzaba al continente. Era en su mayoría bebida de primera, destinada a un par de clubs de jazz en Sarasota y Venice. La guardaba como favor a Davis.

Wireman miró hacia el declinante sol, y después a su reloj.

—¿Esto es relevante para nuestra situación actual, *muchacho*? Asumo que sí.

—Apuéstate algo.

Saqué el dibujo de un barril con una gruesa tapa de rosca provista de tapón en la parte superior. Había bosquejado la palabra TABLE en un semicírculo en el lateral, y SCOTLAND debajo, en otro semicírculo. Era un trabajo desigual: dibujaba mucho mejor que escribía.

—Whisky, caballeros.

Jack señaló un garabato vagamente humanoide dibujado en el barril, entre las palabras TABLE y SCOTLAND. La figura había sido realizada en color naranja, levantando un pie hacia atrás.

—¿Quién es la chavala del vestido?

—Eso no es un vestido, es una falda escocesa. Se supone que es un *highlander*.*

Wireman levantó sus enmarañadas cejas.

—No ganarás ningún premio por este, *muchacho*.

—Elizabeth metió a Perse en una especie de barril de whisky enano —caviló Jack—. O quizá fueron Elizabeth y Nana Melda...

Sacudí la cabeza

—Solo Elizabeth.

—¿De qué tamaño es esa cosa?

Levanté las manos a unos sesenta centímetros la una de la otra, lo consideré, y las separé un poco más.

Jack hizo un gesto afirmativo, pero también fruncía el ceño.

—Metió la figura de porcelana y volvió a enroscar la tapa. O le puso el tapón. Hizo dormir a Perse ahogándola. Lo cual me parece una cagada, jefe. Ella estaba bajo el agua cuando empezó a llamar a Elizabeth, por el amor de Dios. ¡En el fondo del Golfo!

—Deja eso por ahora.

Puse el boceto del barril de whisky el último del montón, y les mostré el siguiente. Era Nana Melda, usando el teléfono del salón. Había algo furtivo en la inclinación de su cabeza y en su encorvamiento de hombros, esbozado en uno o dos trazos rápidos, pero decía todo lo que necesitaba ser dicho acerca de lo que pensaban los sureños de 1927 de que una criada negra usara el teléfono, aun en caso de emergencia.

—Creíamos que Adie y Emery se enteraron por los periódicos y volvieron, pero probablemente la prensa de Atlanta no llegó a informar del ahogamiento de dos niñas en Florida. Cuando Nana Melda estuvo segura de que las gemelas habían desapare-

* Habitante de las tierras altas de Escocia. *(N. del T.)*

cido, llamó a Eastlake, el Señor, al continente para darle las malas noticias. Y después llamó a donde fuera que estuviera Adie con su nuevo marido.

Wireman se propinó un puñetazo en la pierna.

—¡Adie le contó a su Nanny dónde se alojaba! ¡Por supuesto que lo hizo! —exclamó.

Asentí con la cabeza.

—Los recién casados debieron de coger un tren esa misma noche, porque estaban en casa antes de que oscureciera al día siguiente.

—Para entonces las dos hijas medianas ya estarían en casa, también —apuntó Jack.

—Sí, la familia entera —confirmé—. Y el agua ahí fuera… —Hice un gesto hacia donde el esbelto barco blanco se hallaba anclado, esperando a la oscuridad—. Estaba cubierta de pequeños botes. La búsqueda de los cuerpos continuó durante tres días, por lo menos, aunque todos ellos sabían que las chiquillas tenían que estar muertas. Imagino que la última cosa en la mente de John Eastlake era averiguar cómo se enteraron de la noticia su hija mayor y el marido. En lo único que podía pensar durante esos días era en sus gemelas perdidas.

—DESAPARECIDAS —murmuró Wireman—. *Pobre hombre.*

Levanté la siguiente imagen. Aquí se veían tres personas en la veranda de Heron's Roost, despidiéndose con la mano, mientras un turismo grande y antiguo avanzaba por la avenida de conchas machacadas hacia las columnas de piedra y el cuerdo mundo de más allá. Había bosquejado unas cuantas palmeras y bananeros desperdigados, pero ningún seto; la cerca no existía en 1927.

En la ventana trasera del turismo, dos pequeños óvalos blancos miraban hacia atrás. Toqué cada uno de ellos en sucesión.

—Maria y Hannah —dije—. Volviendo a la Escuela Braden.

—Es un poco frío, ¿no crees? —comentó Jack.

Sacudí la cabeza.

—Realmente no. Los niños no lloran como los adultos.

—Sí, supongo —admitió Jack, con un asentimiento de cabeza—. Pero me sorprende… —empezó a decir.

661

—¿Qué? —pregunté—. ¿Qué es lo que te sorprende?

—Que Perse las dejara marchar —respondió Jack.

—No lo hizo en realidad. Solo iban a Bradenton.

Wireman posó la mano sobre el dibujo.

—¿Dónde está Elizabeth aquí?

—En todas partes —contesté—. Estamos mirando a través de sus ojos.

IV

—No hay mucho más, pero el resto es bastante malo.

Les enseñé el siguiente boceto. Había sido realizado tan apresuradamente como los otros, y la figura masculina estaba representada de espaldas, pero no tenía dudas de que era la versión viva de la cosa que me apresó con unas esposas en la cocina de Big Pink. Teníamos la vista puesta en él. La mirada de Jack iba del dibujo a la playa de la Sombra, ahora erosionada a una simple cala estrecha, y de vuelta al dibujo. Finalmente, fijó sus ojos en mí.

—¿Es aquí? —preguntó en voz baja—. ¿El punto de vista es desde aquí mismo?

—Sí.

—Ese es Emery —dijo Wireman, tocando la figura. Su voz sonó incluso más baja que la de Jack, y el sudor le brotaba de la frente.

—Sí.

—La cosa que estuvo en tu casa.

—Sí.

—¿Y esas son Tessie y Laura? —preguntó, moviendo el dedo.

—Tessie y Lo-Lo. Sí.

—Ellas… ¿qué? ¿Le atrajeron hasta el agua? ¿Como sirenas en uno de esos viejos cuentos de hadas griegos?

—Sí.

—Esto sucedió de veras —dijo Jack, como para captar su significado.

—Sí, sucedió de verdad —confirmé—. Nunca dudes de su fuerza.

Wireman miró hacia el sol, que se hallaba más cerca del horizonte que nunca. Su rastro había comenzado finalmente a deslustrarse.

—Entonces termina, *muchacho*, tan rápido como puedas, para que podamos acabar con este asunto y largarnos de aquí de una puta vez.

—No tengo mucho más que contaros, de todas formas —dije. Pasé un número de bocetos que eran poco más que vagos garabatos—. La verdadera heroína fue Nana Melda, y ni siquiera sabemos su apellido.

Les mostré uno de los dibujos a medio terminar: Nana Melda, reconocible por el pañuelo alrededor de su cabeza y una superficial pizca de color en la frente y una mejilla, hablando con una mujer joven en el corredor delantero. Noveen estaba recostada cerca, en una mesa que no era más que seis u ocho líneas unidas por una rápida elipse.

—Aquí está ella, contándole a Adriana algún cuento chino sobre Emery, después de su desaparición. ¿Que había tenido que regresar repentinamente a Atlanta? ¿Que se fue a Tampa a comprar un regalo de bodas sorpresa? No lo sé. Cualquier cosa que mantuviera a Adie en la casa, o cerca, por lo menos.

—Nana Melda estaba ganando tiempo —dijo Jack.

—Era lo único que podía hacer. —Señalé hacia la espesa jungla que crecía entre nosotros y el extremo norte del Cayo, vegetación que no tendría que estar allí… al menos, no sin un equipo de horticultores trabajando a todas horas para proporcionarle su sustento—. Todo eso no estaba allí en 1927, pero Elizabeth estaba aquí, y su talento se encontraba en la cúspide. Sospecho que nadie que intentara usar la carretera para salir de la isla tendría alguna oportunidad. Dios sabe lo que Perse habría hecho que Elizabeth dibujara a la existencia entre este lugar y el puente.

—¿Adriana sería supuestamente la siguiente? —preguntó Wireman.

—Luego John, y después Maria y Hannah. Porque Perse

pretendía apoderarse de todos ellos excepto, quizá, de la propia Elizabeth. Nana Melda debió de haber sabido que solo podría retener a Adie un día, pero eso era todo lo que necesitaba.

Les enseñé otra imagen. Aunque bosquejado de forma mucho más apresurada, mostraba una vez más a Nana Melda y a Libbit en el extremo poco profundo de la piscina. Noveen yacía en el borde con un brazo de trapo tocando la superficie del agua. Y junto a Noveen, tumbado sobre su abultado vientre, se hallaba un barril cerámico de boca ancha con la palabra TABLE impresa en semicírculo en el costado.

—Nana Melda le contó a Libbit lo que tenía que hacer. Y le dijo que debía hacerlo sin importar lo que viera en su cabeza, o lo fuerte que gritara Perse para que se detuviera… porque gritaría, le aseguró Nana Melda, si se enteraba. Dijo que su única esperanza era que Perse lo descubriera demasiado tarde como para que supusiera alguna diferencia. Y entonces Melda dijo…

Me detuve. El rastro del sol descendente se hacía más y más brillante. Tenía que continuar, pero ahora era duro. Era muy, muy duro.

—¿Qué, *muchacho*? —preguntó Wireman con delicadeza—. ¿Qué dijo?

—Dijo que era posible que ella también gritara. Y Adie. Y su papá. Pero que no debía parar. «No pares, hija», dijo. «No pares o todo será para nada.»

Como de motu proprio, mi mano sacó el Venus Black del bolsillo y garabateó dos palabras debajo del primitivo dibujo de la niña y la mujer en la piscina:

no pares

Mis ojos se empañaron. Dejé caer el lápiz entre la avena de mar y me enjugué las lágrimas. Hasta donde sé, ese lápiz sigue todavía en el mismo sitio.

—Edgar, ¿qué hay de los arpones con la punta de plata? —preguntó Jack—. No los has mencionado en ningún momento.

—No existía ningún maldito arpón mágico —respondí con

cansancio—. Debieron de ser creados años más tarde, cuando Eastlake y Elizabeth regresaron a Duma Key. Dios sabe a cuál de los dos se le ocurrió la idea, y quienquiera que fuese puede que no entendiera completamente por qué parecía importante.

—Pero… —Jack volvía a fruncir el ceño—. Si no tenían los arpones de plata en 1927… entonces, ¿cómo…?

—Nada de arpones de plata, Jack, sino agua en abundancia.

—Sigo sin pillarlo. Perse vino del agua. Ella es de agua. —Miró hacia el barco, como para cerciorarse de que continuaba allí. Y así era.

—Correcto. Pero en la piscina, su agarre se debilitaba. Elizabeth lo sabía, pero no comprendía las implicaciones. ¿Por qué habría de comprenderlas? Era solo una niña.

—¡Oh, joder! —exclamó Wireman, dándose una palmada en la frente—. La piscina. Agua dulce. Era una piscina de agua dulce. Dulce, en contraposición a salada.

Le apunté con el dedo.

Wireman tocó la imagen del barril cerámico que había dibujado junto a la muñeca.

—¿Este barril estaba vacío? ¿Es el que llenaron con agua de la piscina?

—No me cabe duda.

Dejé a un lado el boceto de la piscina y les mostré el siguiente, cuya perspectiva correspondía casi exactamente a la del lugar en el que nos hallábamos. Sobre el horizonte, una luna recién salida en forma de hoz brillaba entre los mástiles de un barco que esperaba no tener que dibujar nunca jamás. Y en la playa, al borde del agua…

—¡Jesús, qué espanto! —exclamó Wireman—. Ni siquiera lo veo con claridad, y aun así es espantoso.

Me picaba el brazo derecho, palpitando. Quemaba. Alargué el brazo y toqué la imagen con una mano que esperaba no tener que contemplar nunca jamás… aunque temía que no sería así.

—Yo puedo ver por todos nosotros.

Cómo dibujar un cuadro (XI)

No abandones hasta completar el cuadro. No puedo decirte si esa es la regla cardinal del arte o no, no soy profesor, pero creo que esas seis palabras resumen todo lo que he intentado explicarte. El talento es algo maravilloso, pero no le gustan los rajados. Y, si la obra es sincera, si procede de ese lugar mágico donde el pensamiento, la memoria y las emociones se funden, siempre llegará un momento en que querrás abandonar, en que pensarás que si sueltas el lápiz tu ojo se opacará, tu memoria decaerá, y el dolor terminará. Sé todo esto a partir de la última imagen que dibujé aquel día, la de la reunión en la playa. Era apenas un boceto, pero creo que cuando estás trazando un mapa del infierno, un boceto es todo lo que necesitas.

Comencé con Adriana.

Durante todo el día se había sentido desesperada por Em, y sus emociones hacia él abarcaban desde la furia salvaje hasta el temor. Incluso había cruzado por su mente la idea de que «Papá ha Cometido Una Barbaridad», aunque eso parecía improbable; su profunda pena le había dejado aletargado e indiferente desde que la búsqueda finalizó.

Cuando llega el ocaso y Em sigue sin dar señales de vida, podrías pensar que ella se pone más nerviosa que nunca, pero en cambio se tranquiliza, y casi hasta se muestra alegre. Le dice a Nana Melda que Em regresará enseguida, que está completamente segura. Lo siente en los huesos y lo oye en su cabeza, donde suena como el tañido de una pequeña campana. Supone que dicha campana es lo que llaman «intuición femenina», y que no

eres plenamente consciente de ella hasta que te casas. Esto tam-
bién se lo cuenta a Nanny.

Nana Melda asiente y sonríe, pero mira a Adie exhaustiva-
mente. La ha estado vigilando todo el día. El hombre de la chica se ha ido para siempre, es lo que dice Libbit, y Melda la cree,
pero también confía en que el resto de la familia pueda ser salvada... que ella misma pueda ser salvada.

Mucho, sin embargo, depende de la propia Libbit.

Nana Melda sube para echar un ojo a la única bebita que le
queda, tocando las pulseras de su brazo izquierdo mientras asciende las escaleras. Las pulseras de plata eran de su madre, y
Melda se las pone para ir a la iglesia todos los domingos. Tal vez
esa es la razón por la que hoy las ha sacado de su caja de cosas
especiales y se las ha deslizado por el antebrazo hasta que quedaron atascadas en lugar de dejárselas bailando en la muñeca. Tal
vez quería sentirse un poco más cerca de su madre, tomar prestado un poco de la serena fuerza de su madre, o tal vez simplemente quería la asociación de algo sagrado.

Libbit está en su cuarto, dibujando. Está dibujando a su familia, Tessie y Lo-Lo incluidas. Los ocho (Nana Melda también
pertenece a la familia, en lo que a Libbit concierne) se encuentran
de pie en la playa donde han pasado tantos momentos felices nadando y merendando y construyendo castillos de arena, con las
manos enlazadas como monigotes de papel y grandes sonrisas
sobresaliendo de sus rostros. Es como si pensara que mediante el
dibujo podría devolverles la vida y la felicidad con la fuerza pura
de su voluntad.

Nana Melda casi podría creerlo posible. La niña es poderosa.
Pero recrear vida, sin embargo, está más allá de su alcance. Recrear vida auténtica está incluso más allá del alcance de la cosa
del Golfo. Los ojos de Nana Melda se desvían hacia la caja de
cosas especiales de Libbit antes de volver a posarse en la misma
Libbit. Solo ha visto una vez la estatuilla proveniente del Golfo,
una mujer diminuta con una bata de color rosa desteñido, que
quizá en algún momento había sido escarlata, y una capucha de
la que se derramaba su pelo, ocultándole la frente.

Le pregunta a Libbit si todo va bien. Es todo lo que se atreve a decir, lo más lejos a lo que se atreve a llegar. Si realmente existe un tercer ojo oculto bajo los rizos de la cosa de la caja, un ojo mojo clarividente, resulta imposible ser demasiado cuidadoso.

Libbit dice: Bien. Solo dibujando, Nana Melda.

¿Ha olvidado lo que debía hacer? Lo único que puede hacer Nana Melda es esperar que no. Ahora ha de volver abajo, y vigilar a Adie. Su hombre la llamará pronto.

Una parte de ella no puede creer que esto esté sucediendo; otra parte se siente como si hubiera pasado toda la vida preparándose para ello.

Melda dice: Puede que me oigas llamar a tu padre. Entonces, vas a recoger esas cosas que dejaste en la piscina. No las dejes fuera toda la noche, *pa'* que no se mojen con el rocío.

Sigue dibujando, sin levantar la mirada. Pero entonces dice algo que llena de gozo el aterrado corazón de Melda.

—No. Me llevaré a Perse. Así no me asustaré si está oscuro.

Melda dice: Llévate a quien quieras, pero *tra'te* a Noveen, que sigue ahí fuera.

Es todo lo que dice con el tiempo del que dispone, todo lo que se atreve a decir cuando piensa en ese perspicaz ojo mojo especial, y en cómo podría estar intentando mirar en el interior de su cabeza.

Melda vuelve a acariciar sus pulseras mientras baja las escaleras. Se alegra mucho de haberlas tenido puestas mientras estuvo en la habitación de Libbit, incluso aunque la pequeña mujer de porcelana se hallara encerrada en la caja de hojalata.

Llega justo a tiempo para ver el remolino del vestido de Adie cuando esta dobla la esquina al final de pasillo y entra en la cocina.

Es la hora. El juego entra en su fase final.

En lugar de seguir a Adie a la cocina, Melda atraviesa el vestíbulo delantero hacia el estudio del Señor, donde entra sin llamar, por primera vez en los siete años que lleva trabajando para la familia. El Señor está sentado detrás del escritorio, con la corbata desatada, el cuello de la camisa desabrochado y los tirantes colgando en fláccidos lazos. Tiene en las manos las fotos de Tessie y Lo-Lo, enmarcadas en oro. Alza la vista hacia ella, ojos rojos en un rostro que ya ha adelgazado. No parece sorprenderse de que su ama de llaves irrumpa sin previo aviso; tiene el aire de un hombre que está por encima de toda sorpresa, por encima de toda conmoción; pero, por supuesto, resultará que no es así.

Él dice: ¿Qué se te ofrece, Melda Lou?

Ella dice: Tiene que venir ahora mismo.

La mira con ojos llorosos, exhibiendo una tranquila y exasperante estupidez. ¿Ir adónde?

Ella dice: A la playa. Y traiga eso.

Señala a la pistola de arpones, que cuelga en la pared junto con varios arpones cortos. Las puntas son de acero, no de plata, y las astas son pesadas. Ella lo sabe bien; ¿acaso no los ha transportado en la cesta suficientes veces?

Él dice: ¿De qué estás hablando?

Ella dice: No puedo tomarme tiempo pa' explicar. Tiene que venir a la playa ahora mismo, no sea que quiera perder a otra.

Va. No pregunta qué hija, ni vuelve a cuestionar por qué debería querer la pistola de arpones; simplemente la arranca de la pared de un tirón, coge dos de los arpones en la otra mano, y sale por la puerta abierta del estudio a grandes zancadas, primero al lado de Melda, luego por delante de ella. Para cuando alcanza la cocina, donde Melda ha visto por última vez a Adie, corre a más no poder, y ella está quedando rezagada, aun cuando también corre, sujetándose la falda por delante con ambas manos. ¿Y se ha sorprendido por esta repentina interrupción de su letargo, esta repentina acción electrizante? No. Porque, a pesar del manto de su dolor, el Señor también sabía que algo iba mal aquí, y que empeoraba con el paso del tiempo.

La puerta trasera está entornada. La brisa del anochecer penetra retozona a través de ella, y la hace girar sobre sus goznes… salvo que en realidad ya es una brisa nocturna. El ocaso está muriendo. Todavía habrá luz en la playa de la Sombra, pero aquí, en Heron's Roost, la oscuridad ya ha llegado. Melda atraviesa a la carrera el porche trasero y divisa al Señor, que ya está en el camino que baja a la playa. *Apenas es una sombra. Mira a su alrededor en busca de Libbit, pero por supuesto no hay rastro de ella; si Libbit está cumpliendo con lo que se supone que debe hacer, entonces ya estará de camino a la piscina con su caja-corazón bajo el brazo.*

La caja-corazón con el monstruo en su interior.

Corre tras el Señor y le alcanza en el banco, donde el sendero desciende en picado hacia la playa. Está allí parado, congelado. Hacia el oeste, el último vestigio del ocaso es un sombría línea anaranjada que pronto desaparecerá, pero hay suficiente luz para divisar a Adie al borde del agua, y al hombre vadeando hacia ella para darle la bienvenida.

Adriana chilla: ¡Emery!

El sonido de su voz es una mezcla de locura y alegría, como si hubiera estado fuera un año entero en lugar de un día.

Melda grita: ¡No, Ade, apártate de él!

Grita junto al hombre paralizado y boquiabierto, pero sabe que Adie no prestará atención, y no lo hace; Adie corre hacia su marido.

John Eastlake dice: ¿Qué...?

Y eso es todo.

Él se ha liberado de su letargo el tiempo suficiente para correr hasta aquí, pero ahora queda de nuevo paralizado. ¿Es porque ve a las otras dos formas, mar adentro, pero también dirigiéndose hacia la orilla? ¿Caminando en el agua que debería cubrirles las cabezas? Melda cree que no. Ella cree que sigue mirando fijamente a su hija mayor mientras la borrosa figura del hombre que emerge del agua alarga sus brazos chorreantes hacia ella y posa las manos chorreantes alrededor de su cuello, ahogando primero sus gritos de alegría y luego arrastrándola hacia las olas.

Mar adentro en el Golfo, aguardando, oscilando con ritmo acompasado en el suave oleaje como un reloj que cuenta el tiempo en años y siglos más que en minutos y horas, se halla el casco negro del barco de Perse.

Melda agarra el brazo del Señor, le hunde la mano profunda-

mente en el bíceps, y le habla como jamás ha hablado a un hombre blanco en toda su vida.

Ella dice: ¡Ayúdela, hijo de puta! ¡*Ante*' de que la 'hogue!

Tira de él hacia adelante. Él se mueve. Ella no espera a ver si continúa andando o se vuelve a quedar paralizado. Ha olvidado todo lo concerniente a Libbit; Adie es lo único que ocupa su mente. Tiene que impedir que la cosa-Emery la arrastre al agua, y tiene que hacerlo antes de que las bebitas muertas puedan ayudarle.

Ella grita: ¡Suelta! ¡Suéltala!

Vuela hacia la playa, con la falda levantada por delante como una campana. Emery ha metido a Adie en el agua casi hasta la cintura. Adie ahora lucha, pero también se está asfixiando. Melda entra a trompicones en el agua y se lanza sobre el cadáver pálido que tiene sujeta a su mujer por la garganta. Suelta un alarido cuando el brazo izquierdo de Melda le toca, el brazo en el que lleva las pulseras. Es un sonido burbujeante, como si su garganta estuviera llena de agua. Se retuerce como un pez en las garras de Melda, y esta le araña con las uñas como si fueran un rastrillo. Escamas de carne se desprenden con una facilidad nauseabunda, pero no fluye sangre de las pálidas heridas. Los ojos de él giran en sus órbitas, y bajo la luz de la luna se asemejan a los ojos de una carpa muerta.

Él aparta a Adriana de un empujón, para poder lidiar con la arpía que le ha atacado, la arpía en cuyo brazo arde un frío y repelente fuego.

Adie gime: No, Nanny, para, ¡le haces daño!

Adie se lanza hacia delante para tirar de Melda, por lo menos para separarles, y ese es el momento en que John Eastlake, de pie dentro del Golfo, con el agua hasta las rodillas, dispara la pistola de arpones. La lanza de tres hojas acierta a su hija mayor en el cuello, y esta se queda erguida, con cinco centímetros de acero asomando por delante, y otros diez sobresaliendo por detrás, justo por debajo de la base del cráneo.

John Eastlake chilla: ¡Adie, no! ¡Adie! ¡YO NO QUERÍA!

Adie se gira hacia el sonido de la voz de su padre y verdaderamente empieza a caminar hacia él, y eso es todo lo que Nana Melda tiene tiempo de ver. El marido muerto de Adie trata de desprenderse de su agarre, pero ella no quiere dejarle marchar; quiere poner fin a su horrible media-vida y tal vez así mandar un aviso a las dos bebi-horrores para que no se acerquen demasiado. Y piensa (hasta donde puede pensar) que puede hacerlo, porque se ha percatado de una humeante marca chamuscada en la mejilla húmeda y pálida de la cosa, y comprende que ha sido la pulsera.

Su pulsera de plata.

La cosa la busca con sus manos, su boca arrugada se abre como en un bostezo que podría ser de terror o de furia. Detrás de ella, John Eastlake grita el nombre de su hija, una y otra vez.

Melda gruñe: ¡Tú hiciste esto!

Y cuando la cosa-Emery la agarra, ella se lo permite.

Tú y la zorra que te controla, *iba a agregar*, pero las manos blancas de la cosa se cierran alrededor de su garganta igual que lo hicieron en la de la pobre Adie, y solo puede gorgotear. Tiene el brazo izquierdo libre, sin embargo, el de las pulseras, y siente su poder. Lo echa hacia atrás y lo mueve hacia delante dibujando un gran arco. El brazo conecta con el costado derecho de la cabeza de la cosa-Emery.

El resultado es espectacular. El cráneo de la criatura se hunde bajo el golpe, como si una pequeña inmersión hubiera convertido ese armazón rígido en caramelo. Pero sigue siendo rígido, de acuerdo; uno de los fragmentos que asoma de la mata de pelo de Emery le hace un corte profundo en el antebrazo, y la sangre gotea en el agua turbulenta que los rodea.

Dos sombras pasan a su lado, una a su izquierda, una a su derecha.

Lo-Lo grita: ¡Papi!, con su nueva voz de plata.

Tessie grita: ¡Papi, ayúdanos!

La cosa-Emery está intentando ahora escapar de Melda, resbalando y chapoteando, sin querer nada más de ella. Melda introduce el pulgar de su poderosa mano izquierda en el ojo derecho de la cosa, y nota que surge algo frío y fangoso, como las entrañas de un sapo aplastado por una roca. Entonces se da me-

dia vuelta rápidamente, tambaleándose, mientras el aguaje intenta tirar de sus pies.

Estira la mano izquierda y agarra a Lo-Lo por el pescuezo y tira de ella hacia atrás.

Gruñó: ¡Tú tampoco!

Lo-Lo se debate con un grito de sorpresa y agonía… y ningún grito como ese surgiría nunca de la garganta de una niña pequeña, Melda lo sabe.

John aúlla: ¡Melda, basta!

Está arrodillado en la última y fina embestida del oleaje, junto a Adie. El asta del arpón sobresale de su garganta.

¡Melda, deja a mis hijas en paz!

No tiene tiempo para escuchar, aunque se permite dedicarle un pensamiento a Libbit… ¿por qué no ha ahogado todavía a la figura de porcelana? ¿O es que no funciona? ¿Ha conseguido detenerla de algún modo esa cosa que Libbit llama Percy? Melda sabe que todo es posible; Libbit es poderosa, pero sigue siendo solo una chiquilla.

No hay tiempo para pensar en eso. Intenta agarrar a la otra no-muerta, a Tessie, pero su mano derecha no es como la izquierda, no hay plata que la proteja, y Tessie se vuelve con un gruñido y la muerde. Melda es consciente del fino dolor que brota como un tiro, pero no de que le ha arrancado dos de sus dedos y parte de un tercero, que ahora flotan en el agua junto a la pálida niña. Hay demasiada adrenalina azotando su cuerpo para notarlo.

Sobre la cima de la colina, donde los contrabandistas a veces acarrean pallets cargados de licor, se eleva una pequeña luna en forma de hoz, proyectando un tenue resplandor adicional sobre esta pesadilla. Bajo su luz, Melda ve que Tessie se dirige de nuevo hacia su padre, ve que Tessie vuelve a extender los brazos hacia él.

¡Papi! ¡Papi, por favor, ayúdanos! ¡Nana Melda está loca!

Melda no piensa. Echa el cuerpo hacia delante y agarra a la niña por el pelo que ha lavado y trenzado un millar de veces.

John Eastlake chilla: ¡MELDA, NO!

Entonces, mientras recoge la pistola de arpones del suelo y palpa la arena en la que yace el cuerpo de su hija muerta, en busca de la lanza restante, una nueva voz habla. Llega desde detrás de Melda, del barco anclado en el caldo.

Dice: Nunca deberías haberte interpuesto en mi camino.

Melda, todavía sujetando por el pelo a la cosa-Tessie (que forcejea y da patadas, pero la niñera apenas es consciente de ello), gira torpemente en el agua y la ve, de pie en la borda de su barco, bajo un manto rojo. Tiene la capucha bajada, y Melda ve que ni siquiera se halla cerca de ser humana, ella es alguna otra cosa, alguna cosa más allá de la comprensión humana. Bajo la luz de la luna su rostro cadavérico rebosa de conocimiento.

Emergiendo del agua, delgados brazos de esqueletos la saludan.

La brisa le aparta las serpientes de su cabello; Melda ve el tercer ojo en la frente de Perse; lo ve observándola, y toda su voluntad de resistir se apaga al instante.

En ese momento, sin embargo, la cabeza de esa diosa arpía se mueve con brusquedad, como si hubiera oído a algo o a alguien acercándose de puntillas por detrás.

Ella grita: ¿Qué?

Y después: ¡No! ¡Suelta eso! ¡Suéltalo! ¡NO PUEDES HACERLO!

Pero aparentemente Libbit sí puede… y lo ha hecho, porque la forma de la cosa en la balaustrada del barco flaquea, se vuelve acuosa… y entonces queda reducida a nada salvo luz de luna. Los brazos de los esqueletos se deslizan bajo el agua y desaparecen.

La cosa-Emery también se ha ido… esfumado, pero las gemelas gritan juntas en su dolor compartido y en la desolación de su abandono.

Melda le grita al Señor: ¡Todo va' salir bien!

Hace girar a la que tenía agarrada por el cabello. Cree que ya no querrá nada de los vivos, ahora ya no, no durante un tiempo.

Ella grita: ¡Libbit lo hizo, lo hizo! Ella…

John Eastlake aúlla: ¡QUITA LAS MANOS DE MIS HIJAS, NEGRA DE MIERDA!

Y dispara la pistola de arpones por segunda vez.

¿Ves cómo da en el blanco y atraviesa a Nana Melda? En caso afirmativo, el cuadro está completo.

Ay, Dios… el cuadro está completo.

20

Perse

I

El dibujo (que no era la última obra pictórica auténtica de Edgar Freemantle, sino la penúltima), representaba a John Eastlake de rodillas en la playa de la Sombra, con su hija muerta a su lado y la luna en forma de hoz, recién salida, detrás de él. Nana Melda se hallaba en el agua, que le cubría hasta los muslos, con una niña a cada lado; sus rostros húmedos, vueltos hacia arriba, estaban dibujados alargados en una expresión de terror y rabia. El asta de uno de aquellos arpones cortos sobresalía de entre los pechos de la mujer, cuyas manos lo apresaban al tiempo que miraba con incredulidad al hombre al que tan estoicamente había intentado proteger de sus propias hijas.

—Él grito —dije—. Gritó hasta que le sangró la nariz. Hasta que le sangró un ojo. Es un milagro que no se provocara a sí mismo una hemorragia cerebral.

—No hay nadie en el barco —observó Jack—. Por lo menos, no en este dibujo.

—No. Perse se había ido. En realidad, sucedió lo que Nana Melda esperaba. Lo acontecido en la playa distrajo a la arpía el tiempo suficiente para que Libbit se ocupara de ella. Para que la ahogara a dormir. —Toqué el brazo izquierdo de Nana Melda, donde había dibujado dos rápidos arcos y trazado un minúsculo entramado para indicar el reflejo de la débil luz de la luna—. Y sobre todo porque algo le instó a que se pusiera las pulseras de plata de su madre. Plata, como cierto candelero —recalqué, y miré a Wireman—. Así que quizá exista algo en el lado luminoso de la ecuación, velando un poquito por nosotros.

Asintió con la cabeza y apuntó hacia el sol. En pocos instantes tocaría el horizonte, y el rastro de luz que llegaba hasta nosotros, ahora amarillo, se tornaría en oro puro.

—Pero la oscuridad es cuando las cosas malas salen a jugar. ¿Dónde está ahora la Perse de porcelana? ¿Alguna idea de dónde terminó después de todo lo de la playa?

—No conozco con exactitud los detalles de lo que sucedió después de que Eastlake matara a Nana Melda, pero tengo la idea general. Elizabeth… —Me encogí de hombros—. Había echado el resto, al menos durante un tiempo. Se sobrecargó. Su padre debió de haberla oído gritar, y eso es probablemente lo único que aún podría hacer que volviera en sí. Debió de haber recordado que, a pesar de lo horrible de la situación, todavía tenía una hija viva en Heron's Roost. Puede que incluso recordara que tenía dos más a cincuenta o sesenta kilómetros de distancia. Lo que le dejaba con un buen desastre que limpiar.

Jack señaló silenciosamente el horizonte, donde el sol ya se apoyaba.

—Lo sé, Jack, pero estamos más cerca de lo que piensas.

Pasé la última hoja de papel a la parte de arriba del montón. Era el bosquejo más escueto de todos, pero no había confusión posible en reconocer esa sonrisa. Era Charley el Jockey de Jardín. Me puse de pie e hice que apartaran la mirada del Golfo y del barco que allí aguardaba, ahora una silueta negra contra el dorado horizonte.

—¿Lo veis? —les pregunté—. Yo lo vi, mientras subíamos aquí desde la casa. La estatua del jockey verdadera, quiero decir, no la proyección que vimos cuando llegamos.

Miraron.

—No lo veo —dijo Wireman—, y creo que lo haría si estuviera ahí, *muchacho*. Comprendo que la hierba está alta, pero esa gorra roja debería destacar. A no ser que esté en una de las arboledas de bananeros.

—¡Lo tengo! —gritó Jack, y se echó a reír de veras.

—¡Y una mierda! —replicó Wireman, picado, y a continuación—: ¿Dónde?

—Detrás de la pista de tenis.

Wireman miró hacia allí, empezó a decir que seguía sin verlo y se detuvo.

—Seré hijo de puta —murmuró—. La bendita cosa está cabeza abajo, ¿verdad?

—Sí. Y como no tiene pies reales en los que apoyarse, eso es la base de hierro cuadrada que veis. Charley señala el lugar, *amigos*. Pero primero tenemos que ir al establo.

II

No tuve premonición alguna de lo que nos esperaba en el interior del alargado y frondoso edificio anexo, donde hacía un calor sofocante y estaba oscuro. Tampoco tenía ni idea de que Wireman había sacado la Desert Eagle hasta que disparó.

Las puertas eran de las que se deslizan sobre raíles, pero estas nunca más volverían a moverse; estaban oxidadas y separadas a casi tres metros de distancia, y así habían estado durante décadas. Musgo español verde grisáceo pendía como cortinas, oscureciendo el hueco entre las puertas.

—¿Qué estamos busc…? —empecé, y fue entonces cuando la garza surgió batiendo las alas, con sus ojos azules relampagueando, su largo cuello estirado hacia delante, y su pico amarillo abriéndose y cerrándose. Había echado a volar tan pronto tuvo un blanco claro, y no me cabía duda de que su objetivo eran mis ojos. Entonces la Desert Eagle rugió, y la rabiosa mirada azul del ave desapareció, junto con el resto de su cabeza, en un fino rocío de sangre. Chocó contra mí, ligera como un manojo de cables envolviendo un núcleo hueco, y cayó a mis pies. En el mismo instante oí en mi mente un alarido plateado de furia.

No fui solo yo. A Wireman se le crispó el rostro. Jack soltó las asas de la cesta de picnic y se llevó las manos a las orejas. Entonces desapareció.

—Una garza muerta —contó Wireman, con voz no demasiado firme. Pateó el fardo de plumas y me lo quitó de las botas—. Por el amor de Dios, no me denunciéis a Medio Ambiente. El haber disparado a una de estas probablemente me costaría cincuenta de los grandes y cinco años en la cárcel.

—¿Cómo lo supiste? —pregunté.

—¿Qué importa? —contestó, encogiéndose de hombros—. Me dijiste que le disparara si la veía. Tú Llanero Solitario, yo Tonto.

—Pero llevabas la pistola en la mano.

—Tuve lo que Nana Melda habría llamado «una intuición» cuando se puso las pulseras de plata de su madre —dijo Wireman, sin sonreír—. Algo nos está echando un ojo, de acuerdo, dejémoslo así. Y después de lo que le pasó a tu hija, diría que nos deben un poco de ayuda. Pero tenemos que hacer nuestra parte.

—Tan solo ten tu hierro de tirar a mano mientras lo hacemos —le dije.

—Oh, puedes contar con ello.

—¿Jack? ¿Puedes averiguar cómo se carga la pistola de arpones?

Ningún problema ahí. Vía libre.

III

El interior del establo estaba oscuro, y no solo porque el risco entre nosotros y el Golfo bloqueara la luz directa del sol poniente. Todavía quedaba mucha luz en el cielo, y había multitud de grietas y resquicios en el tejado de pizarra, pero las enredaderas habían crecido cubriéndolo por completo. Cualquier luz que entrara por arriba era de un verde intenso e inspiraba poca confianza.

El área central de la construcción estaba vacía salvo por un antiguo tractor que descansaba sobre los sólidos muñones sin ruedas de sus ejes, pero en uno de los compartimientos para maquinaria, la luz de nuestra potente linterna descubrió una pocas herramientas abandonadas y oxidadas y una escalera de madera apoyada contra la pared del fondo. Tenía un aspecto mugriento y su corta longitud resultaba deprimente. Jack trató de trepar por ella mientras Wireman le enfocaba. Botó sobre el segundo travesaño, y oímos un crujido de aviso.

—Deja de saltar y ponla junto a la puerta —le insté—. Es una escalera, no un trampolín.

—No sé —dudó Jack—. El clima de Florida no es que sea el ideal para que se conserven las escaleras de madera.

—A caballo regalado no se le miran los dientes —enunció Wireman.

Jack la levantó, haciendo una mueca ante el polvo y los insectos muertos que llovieron sobre él desprendidos de los seis roñosos peldaños.

—Para ti es fácil decirlo. Con tu peso, no vas a ser el que suba por ella.

—Soy el tirador del grupo, *niño* —dijo Wireman—. Aquí cada cual tiene asignada su tarea. —Se esforzaba por mostrarse displicente, pero su voz sonaba forzada y parecía cansado—. ¿Dónde están los restantes barriletes cerámicos, Edgar? Porque no los veo.

—Quizá al fondo —aventuré.

Acerté. Había tal vez diez de los «barriletes» cerámicos de Whisky Table al fondo del cobertizo. Digo tal vez porque resultaba difícil contarlos.

Estaban hechos añicos.

IV

Rodeando a los pedazos más grandes de cerámica blanca, y entremezclados con ellos, había rutilantes montículos y ramilletes de cristal. A la derecha había dos anticuadas carretillas de madera, ambas volcadas. A la izquierda, apoyado contra la pared, había un mazo con óxido en la cabeza y manchas de moho creciendo en el mango.

—Alguien ha montado una fiesta destrozabarriles —dijo Wireman—. ¿Quién crees tú? ¿Eh?

—Quizá —respondí—. Seguramente.

Por primera vez empecé a plantearme si, después de todo, ella no nos derrotaría. Aún nos quedaba algo de luz diurna, pero menos de la que había esperado, y muchísimo menos de la cantidad con la que habría estado cómodo. Y ahora… ¿en qué íbamos a ahogar su simulacro de porcelana? ¿En una puta botella de agua Evian? En cierto sentido, no era una mala idea: era de plástico y, según los ecologistas, esas malditas cosas perdurarían para siempre. Pero una figura de porcelana nunca cabría por el orificio de la botella.

—Entonces, ¿cuál es el plan B? —preguntó Wireman—. ¿El depósito de gasolina de ese viejo John Deere? ¿Servirá?

La idea de intentar ahogar a Perse en el depósito del viejo tractor me dio escalofríos. Probablemente no sería más que un cordón oxidado.

—No, no creo que eso funcione.

Debió de escuchar en mi voz algo cercano al pánico, porque me asió del brazo.

—Tómatelo con calma —dijo—. Se nos ocurrirá algo.

—Claro… pero ¿el qué?

—La llevaremos de vuelta a Heron's Roost, eso es todo. Allí habrá algo.

Pero con el ojo de mi mente continuaba viendo la forma en que las tormentas habían tratado a la mansión que en otra época dominó este extremo de Duma Key, y la habían convertido en poco más que una fachada. Entonces me pregunté cuántos recipientes encontraríamos verdaderamente allí, sobre todo cuando contábamos con unos cuarenta minutos antes de que llegara la oscuridad y el *Perse* enviara una patrulla de desembarco para poner fin a nuestra intromisión. ¡Dios, haber olvidado un objeto tan esencial como un recipiente hermético!

—¡Joder! —exclamé. Le pegué una patada a una pila de fragmentos y los mandé a volar—. ¡Joder!

—Calma, *vato*. Eso no ayudará.

No, no lo haría. Y a ella le encantaría enfurecerme, ¿verdad? El viejo y furioso Edgar sería fácil de manipular. Traté de mantener el control de mí mismo, pero el mantra del «puedo hacerlo» no funcionaba. Aun así, era todo lo que tenía. ¿Y qué haces cuando no puedes utilizar la ira como recurso? Admites la verdad.

—Muy bien. Pero no tengo la más mínima idea.

—Relájate, Edgar —dijo Jack, y sonreía—. Esa parte va a salir bien.

—¿Por qué? ¿Qué quieres decir?

—Confía en mí.

V

Mientras contemplábamos a Charley el Jockey de Jardín bajo una luz que ahora adquiría un tinte definitivamente púrpura, me vino a la mente un pareado sin sentido de un viejo blues de Dave Van Ronk: «Mamá compró un pollo, pensando que era un pato / Lo puso sobre la mesa, con las patas en lo alto». Charley no era ni un pollo ni un pato, pero sus piernas, que no terminaban en unos zapatos sino en un pedestal oscuro de hierro, apuntaban en efecto hacia lo alto. La cabeza, sin embargo, había desaparecido. Había atravesado con estrépito un entablado cuadrado cubierto de enredaderas y antiquísimo musgo.

—¿Qué es eso, *muchacho*? —preguntó Wireman—. ¿Lo sabes?

—Casi seguro que es una cisterna —contesté—. Espero que no sea una fosa séptica.

Wireman sacudió la cabeza.

—Él nunca las habría enterrado en un montón de mierda por muy malo que fuera su estado mental. Ni en un millón de años.

Jack dirigió la mirada de Wireman a mí, con una expresión de absoluto terror en su joven rostro.

—¿Adriana está ahí abajo? ¿Y la niñera?

—Sí —afirmé—. Creía que lo habías entendido. Pero lo más

importante es que Perse está también ahí. Y la razón por la que pienso que se trata de una cisterna es porque…

—Elizabeth habría insistido en asegurarse de que la tumba de esa arpía fuera de agua —concluyó Wireman con gravedad—. Una tumba de agua dulce.

VI

Charley era pesado, y las tablas que cubrían el agujero en la alta hierba se encontraban más podridas que los travesaños de la escalera. Naturalmente que sí; a diferencia de esta, la tapa de madera se hallaba directamente expuesta a los elementos. Trabajamos con cuidado, a pesar de las sombras cada vez más densas, sin conocer lo profundo que sería debajo. Por fin fui capaz de empujar hacia un lado el molesto jockey lo suficiente para que Wireman y Jack pudieran cogerlo por las ligeramente encorvadas piernas azules. Tuve que pisar sobre la tapa de madera podrida para hacerlo; era necesario, y yo era el más ligero. Se dobló bajo mi peso, emitió un prolongado gruñido de aviso y exhaló una bocanada de aire rancio.

—¡Ya basta, Edgar! —vociferó Wireman.

—¡Agárralo! —gritó Jack al mismo tiempo—. ¡Ah, la puta, se va a caer abajo!

Salí de la tapa combada mientras ellos asían a Charley, Wireman por las rodillas flexionadas y Jack por la cintura. Por un momento creí que, de todas formas, la estatua se hundiría a través del entablado, y que los arrastraría a ambos. Entonces, en un último esfuerzo combinado, profirieron un grito al mismo tiempo y se desplomaron hacia atrás, tirando del jockey de jardín, que cayó encima de ellos. Su cara sonriente y su gorra roja estaban cubiertas de enormes y torpes escarabajos. Unos cuantos gotearon sobre el rostro tenso de Jack, y uno cayó directamente en la boca de Wireman. Gritó, escupió y se puso en pie de un brinco, sin parar de escupir y frotándose los labios. Jack estuvo junto a él un momento después, bailando a su alrededor en círculo y sacudiéndose los bichos de la camisa.

—¡Agua! —bramó Wireman—. ¡Dame agua, se me ha metido uno en la boca! ¡Siento cómo se arrastra por mi puta lengua!

—Nada de agua —dije, mientras rebuscaba en la considerablemente diezmada bolsa.

De rodillas ahora, podía oler el aire que ascendía a través del agujero irregular en la tapa con mucha más intensidad de la que hubiera deseado. Era como el aire que se desprende de una tumba recién profanada. Que, naturalmente, era de lo que se trataba.

—Pepsi.

—*Cheeseburger, cheeseburger*, Pepsi —canturreó Jack—. Nada de Coca-Cola.

Y se echó a reír de manera aturdida.

Le tendí a Wireman una lata de refresco. La miró fijamente con incredulidad durante un momento, y luego tiró de la anilla. Le dio un sorbo, lo escupió en una rociada marrón y espumosa, tomó otro y escupió este también. El resto de la lata se lo bebió de cuatro largos tragos.

—*Ay, caramba*. Eres un tío duro, Van Gogh.

Yo estaba mirando a Jack.

—¿Qué piensas? ¿Podremos mover esto?

Jack examinó la tapa, después se puso de rodillas y empezó a arrancar las enredaderas adheridas a los costados.

—Sí —respondió—. Pero tenemos que quitar esta porquería.

—Deberíamos haber traído una palanca —dijo Wireman, que seguía escupiendo. No le culpé.

—No habría sido de ayuda, creo —objetó Jack—. La madera está demasiado podrida. Échame una mano, Wireman. —Y cuando me puse de rodillas a su lado, añadió—: No te molestes, jefe. Este es un trabajo para tíos con dos brazos.

Sentí otro relámpago de furia ante eso (la vieja ira se hallaba ya muy cerca), y la sofoqué lo mejor que pude. Les observé mientras trabajaban rodeando en círculo la tapa, arrancando las enredaderas y los hierbajos mientras la luz en el cielo perdía intensidad. Un pájaro solitario nos sobrevoló con las alas plegadas. Volaba cabeza abajo. Veías algo como eso y te entraban ganas de registrarte en el manicomio más cercano. Preferiblemente para una larga estancia.

Los dos trabajaban en sentido opuesto, y cuando Wireman se aproximaba al lugar desde donde había empezado Jack, y este se aproximaba al lugar donde había empezado Wireman, pregunté:

—¿Está cargada la pistola de arpones, Jack?

Este alzó la mirada.

—Sí. ¿Por qué?

—Porque, después de todo, habrá que recurrir al foto-finish.

VII

Jack y Wireman se arrodillaron a un lado de la tapa, y yo al otro. Sobre nosotros, el cielo había adquirido un tono índigo que pronto se tornaría violeta.

—Yo cuento —dijo Wireman—. *Uno... dos... ¡TRES!*

Ellos tiraron y yo empujé todo lo que pude con el único brazo que me quedaba. Eso fue bastante bien, porque se había fortalecido durante los meses pasados en Duma Key. Por un momento la tapa se resistió, pero luego se deslizó hacia Wireman y Jack, revelando una luna creciente de oscuridad, una negra sonrisa de bienvenida. Se ensanchó hasta una media luna, y finalmente se convirtió en una luna nueva.

Jack se puso en pie, y Wireman hizo lo propio. Se inspeccionaba las manos en busca de más bichos.

—Sé cómo te sientes —le aseguré—, pero no creo que tengamos tiempo para un despioje completo.

—Recibido, pero a menos que hayas masticado a uno de esos *maricones*, no tienes ni idea de cómo me siento.

—Dinos qué hacer, jefe —pidió Jack. Miraba con inquietud el interior del pozo, que seguía expidiendo aquel hedor cetrino.

—Wireman, tú has disparado arpones, ¿correcto?

—Sí, a dianas, con la señorita Eastlake. ¿No dije ya que yo era el tirador del grupo?

—Entonces tú harás guardia. Jack, enciende esa luz.

Pude ver en su rostro que no quería, pero no había elección; hasta que esto acabara, no habría vuelta atrás. Y si no acababa, nunca habría regreso alguno.

No por la ruta terrestre, al menos.

Cogió la linterna de cañón largo, apretó el interruptor, y enfocó con el potente haz de luz el interior del agujero.

—Oh, Dios —musitó.

Era en efecto una cisterna, revestida de coral, pero en algún momento durante los últimos ochenta años se había producido un corrimiento de tierras, se había abierto una fisura (probablemente en el mismo fondo) y el agua que contenía había goteado fuera. Lo que divisamos bajo la luz de la linterna era una garganta húmeda y cubierta de musgo, de unos tres metros de profundidad y alrededor de metro y medio de diámetro. En el fondo, enroscados en un abrazo que se había prolongado por ochenta años, yacían dos esqueletos vestidos con harapos. Los escarabajos se arrastraban afanosamente a su alrededor. Sapos blancuzcos (chavales pequeños) daban saltitos por encima de los huesos. Un arpón descansaba al lado de un esqueleto. La punta del segundo seguía enterrada en la amarillenta columna vertebral de Nana Melda.

El rayo de luz empezó a oscilar. Porque el muchacho que lo sostenía oscilaba.

—¡No te nos desmayes, Jack! —grité con severidad—. ¡Es una orden!

—Estoy bien, jefe. —Pero sus ojos eran enormes, vidriosos, y detrás de la linterna (en una mano no lo bastante firme todavía) su rostro tenía aspecto de pergamino blanco—. De veras.

—Bien. Alumbra de nuevo ahí abajo. No, a la izquierda. Un poco más… ahí.

Era uno de los barriles de Whisky Table, ahora poco más que una joroba bajo una pesada alfombra de musgo. Uno de aquellos sapos blancos estaba posado sobre él. Alzó su mirada hacia mí, abriendo y cerrando los párpados malévolamente.

Wireman consultó su reloj.

—Tenemos… quizá unos quince minutos antes de que se

ponga completamente el sol. Podría ser un poco más, podría ser menos. ¿Así que…?

—Así que Jack pone la escalerilla en el agujero y yo bajo.

—Edgar… *mi amigo*… tienes solo un brazo.

—Se llevó a mi hija. Asesinó a Ilse. Sabes que esto es responsabilidad mía.

—De acuerdo. —Wireman miró a Jack—. Con lo que nos queda por resolver la cuestión del recipiente estanco.

—No te preocupes —respondió. Cogió la escalera y me tendió la linterna—. Dirige la luz hacia abajo, Edgar. Necesito ambas manos para esto.

Pareció tardar una eternidad en colocar la escalera a su gusto, pero finalmente los pies estuvieron apoyados en el fondo, entre los huesos del brazo estirado de Nana Melda (aún podía ver las pulseras de plata, aunque también cubiertas de musgo) y una de las piernas de Adie. La escalera era en verdad muy corta, y el travesaño superior quedaba a unos sesenta centímetros bajo el nivel del suelo, pero estaba bien; Jack podría sujetarme al principio. Pensé en preguntarle por el recipiente para la figura de porcelana, pero no lo hice. Parecía completamente relajado en ese aspecto, y decidí confiar en él hasta el final. Y, en realidad, era demasiado tarde para cualquier otra cosa.

En mi cabeza oí que una voz, muy baja, casi meditabunda, decía: *Detente ahora y te dejaré libre*.

—Jamás —respondí.

Wireman me miró sin el menor asomo de sorpresa.

—Tú también lo oíste, ¿eh?

VIII

Me tendí sobre el estómago y me metí a rastras en el agujero. Jack me agarraba de los hombros mientras Wireman permanecía a su lado con la pistola de arpones cargada en sus manos y las tres puntas de plata adicionales embutidas en el cinturón. Entre ellos, la linterna yacía en el suelo, rociando de brillante luz la maraña desenraizada de hierbajos y enredaderas.

El hedor de la cisterna era muy fuerte, y sentí un cosquilleo en la espinilla cuando algo me correteó por la pierna. Tendría que haberme metido las perneras de los pantalones por dentro de las botas, pero era un poco tarde para volver y empezar de nuevo.

—¿Encuentras la escalera? —preguntó Jack—. ¿Ya estás en ella?

—No, yo… —Entonces mi pie tocó el travesaño superior—. Aquí está. Sigue sujetándome.

—Te tengo, no te preocupes.

Ven aquí abajo y te mataré.

—Inténtalo —hablé en voz alta—. Vengo a por ti, zorza, así que da tu mejor golpe.

Noté que las manos de Jack me apretaban los hombros de manera irregular.

—Jesús, jefe, ¿estás seg…?

—Completamente. Sigue sujetándome.

La escalera tenía media docena de travesaños. Jack fue capaz de sostenerme por los hombros hasta que descendí tres. En ese momento el suelo quedaba a la altura de mi pecho. Me ofreció la linterna, pero negué con la cabeza.

—Úsala para enfocarme.

—No lo pillas. No la necesitas por la luz, la necesitas para ella.

Durante un minuto seguí sin comprenderlo.

—Desenrosca la tapa de la lente y saca las pilas. Métela dentro. Yo te pasaré el agua.

Wireman lanzó una carcajada sin humor.

—A Wireman le gusta, *niño* —aprobó, y acto seguido se inclinó hacia mí—. Adelante ahora. Zorra o zorza, ahógala y acabemos con ella.

El cuarto travesaño se quebró con un chasquido. La escalera se inclinó y caí con la linterna todavía encajada entre el costado y el muñón; el haz de luz primero se dirigió hacia el cielo oscurecido y luego alumbró los bultos de coral cubiertos de musgo. Mi cabeza golpeó contra uno de ellos y vi las estrellas. Un momento después yacía en una irregular cama de huesos y contemplaba la eterna sonrisa de Adriana Eastlake Paulson. Uno de aquellos sapos pálidos apareció de entre sus dientes musgosos y saltó encima de mí; lo bateé con el cañón de la linterna.

—¡*Muchacho!* —gritó Wireman.

—¡Jefe! ¿Estás bien? —preguntó Jack.

Me sangraba el cuero cabelludo (podía sentir la sangre corriendo por mi cara en cálidos arroyos), pero aparte de eso estaba bien; ciertamente, lo había pasado peor en la Tierra de los Mil Lagos. Y la escalera, aunque en posición oblicua, seguía en pie. Miré a mi derecha y allí se encontraba el barril cubierto de musgo de Whisky Table que nos había traído hasta aquí. Había dos sapos sobre él en lugar de uno. Percibieron que les miraba y me saltaron a la cara, con ojos prominentes y bocas abiertas. No me cabía duda de que Perse hubiera deseado que tuvieran dientes, como el chaval grande de Elizabeth. Ah, qué buenos tiempos.

—Estoy bien —confirmé, mientras apartaba a los sapos con el bate que era mi linterna. Intenté dificultosamente ponerme en pie, y los huesos se rompieron debajo de mí y alrededor mío. Excepto que… No se rompieron. Eran demasiado viejos y estaban demasiado húmedos para quebrarse. Se doblaron primero, y después reventaron.

—Bájame el agua. Puedes dejarla caer dentro de la bolsa, pero trata de no darme en la cabeza con ella.

Miré a Nana Melda.

Voy a coger tus pulseras de plata, le confesé, *pero no es robar. Si estás en algún lugar cerca de aquí y puedes ver lo que estoy haciendo, espero que lo interpretes como que las estás compartiendo conmigo. Una especie de legado.*

Las saqué de entre sus restos y me las puse en mi propia muñeca izquierda, levantando el brazo y dejando que la gravedad las deslizara hasta que quedaron ajustadas. Sobre mí, Jack colgaba cabeza abajo en el interior de la cisterna.

—¡Cuidado, Edgar!

La bolsa cayó. Uno de los huesos que había roto en mi caída atravesó el plástico y empezó a salir un hilillo de agua. Grité de miedo y rabia, abrí la bolsa y examiné el interior. Solo se había perforado una única botella de agua. Las otras dos seguían intactas. Me volví hacia el barril cerámico cubierto de musgo, deslicé la mano en el matorral de cieno que había debajo, y traté de liberarlo. No quería moverse, pero la cosa en su interior se había llevado a mi hija y no tenía intención de ceder. Finalmente rodó hacia mí, y al hacerlo, un trozo de coral de buen tamaño se desprendió del otro lado y golpeó con un ruido sordo el fondo enlodado de la cisterna.

Alumbré el barril. Había solo una delgada capa de musgo en el lado que había estado contra la pared, y pude ver al *highlander* con su falda, levantando un pie hacia atrás en medio de su danza. También pude ver una grieta irregular recorriendo el lado curvo del barril. La había causado aquel trozo de coral cuando se desprendió de la pared. Desde entonces, el barril que Libbit había llenado con el agua de la piscina allá en 1927 había estado goteando y ahora estaba prácticamente seco.

Pude oír que algo vibraba en su interior.

Te mataré si no te detienes, pero si lo haces, te dejaré marchar. A ti y a tus amigos.

Noté que la piel que rodeaba mis labios se estiraba hacia atrás en una mueca sonriente. ¿Acaso vio Pam esa sonrisa cuando cerré la mano alrededor de su cuello? Sí, por supuesto que sí.

—No deberías haber matado a mi hija.

Detente ahora o me llevaré también a la otra.

Wireman me reprendió desde arriba, y la desesperación en su voz era patente.

—Venus acaba de aparecer, *amigo*. Considero eso como una mala señal.

Me hallaba sentado contra una pared húmeda, el coral me pinchaba en la espalda y los huesos me pinchaban en el costado. Cualquier movimiento estaba restringido, y en algún otro país mi cadera palpitaba terriblemente; no aullaba todavía, pero probablemente empezaría pronto. No tenía ni idea de cómo se suponía que subiría la escalera en tales condiciones, pero estaba demasiado enfadado para preocuparme por eso.

—Perdóneme, Doña Galletita —le susurré a Adie, y clavé la linterna en su boca huesuda. Seguidamente cogí el barril cerámico con ambas manos… porque ambas manos estaban allí. Doblé la pierna buena, empujando huesos y porquería a ambos lados del tacón de mi bota, alcé el barril hasta el polvoriento haz de luz, y lo descargué sobre la rodilla levantada. Se produjo una nueva grieta, liberando una pequeña riada de agua fangosa, pero no se rompió.

Perse gritó en su interior y sentí que empezaba a sangrarme la nariz. Y la luz que emitía la linterna cambió y adquirió color rojo. Bajo el resplandor escarlata, las calaveras de Adie Paulson y Nana Melda abrieron la boca y me dedicaron una sonrisa burlona. Miré a las paredes recubiertas de musgo de esta garganta mugrienta donde me había metido por propia voluntad y divisé otros rostros: el de Pam… el de Mary Ire, retorcido de rabia mientras golpeaba el cráneo de Ilse con la culata de su pistola… el de Kamen, henchido de sorpresa irreversible en el momento de caer fulminado de un infarto… Tom, dando un volantazo para estrellar su coche contra el cemento a más de cien kilómetros por hora.

Lo peor de todo, vi a Monica Goldstein, que gritaba: «¡Tú mataste a mi perrito!».

—Edgar, ¿qué está pasando? —Ese era Jack, a mil kilómetros de distancia

Pensé en Shark Puppy en The Bone, cantando «Dig». Me acordé de haberle dicho a Tom: «Aquel hombre murió en su camioneta».

Entonces méteme en tu bolsillo y nos iremos juntos, sugirió ella. *Navegaremos juntos hacia tu verdadera otra vida, y todas*

las ciudades del mundo estarán a tus pies. Tu vida será larga…
puedo disponerlo… y serás el artista del siglo. Te situarán a la
altura de Goya. De Leonardo.

—¿Edgar? —Había pánico en la voz de Wireman—. Viene
gente desde la playa. Creo que los oigo. Esto es malo, **muchacho**.

No los necesitas. No los necesitamos. No son nada excepto…
nada más que tripulación.

Nada más que tripulación. Ante eso, la roja ira descendió
sobre mi mente aun cuando mi mano derecha empezaba a desvanecerse otra vez de la existencia. Pero antes de que se fuera completamente… antes de que perdiera el agarre de mi furia o del
maldito barril agrietado…

—Métetelo por la amiga, zorza húmeda —dije, y volví a levantar el barril sobre mi rodilla, palpitante y dolorida—. Métetelo por la socia. —Lo descargué tan fuerte como pude sobre ese
bulto huesudo, y hubo dolor, pero menos del que esperaba… y,
al final, ese suele ser el camino, ¿no crees?—. ¡Métetelo por la
puta *'quilla*!

El barril no se rompió; como ya estaba rajado, sencillamente estalló, duchando mis tejanos con gotas de la poca cantidad
de agua turbia que aún quedaba dentro. Y una pequeña figura de
porcelana cayó dando vueltas: una mujer envuelta en una capa
con capucha. La mano que unía los bordes de la toga en el cuello no era realmente una mano, sino una garra. Atrapé rápidamente a esa cosa. No quedaba tiempo para estudiarla detenidamente, ellos ya venían, no me cabía duda, venían a por Wireman
y Jack, pero un solo instante fue suficiente para percibir que Perse era extraordinariamente hermosa. Siempre y cuando, claro
está, pudieras ignorar la garra que poseía por mano y la inquietante insinuación de un tercer ojo bajo el cabello alborotado que
le cubría la frente. La cosa era además extremadamente delicada,
casi translúcida. Salvo que cuando intenté partirla entre las manos fue como intentar partir acero.

—¡Edgar! —gritó Jack.

—¡Contenedlos! —ordené bruscamente—. ¡Tenéis que con-
tenerlos!

La guardé en el bolsillo de la camisa, y de inmediato sentí que una calidez enfermiza comenzaba a extenderse por mi piel. Y parecía rasgar. Mi poco fidedigno brazo *mojo* había desaparecido de nuevo, así que encajé una botella de agua Evian entre el costado y el muñón, y desenrosqué la tapa. Repetí este torpe proceso, que tanto tiempo requería, con la otra botella.

Desde arriba, Wireman gritó con voz que casi sonaba calmada.

—¡Atrás! ¡Esto tiene la punta de plata, y lo usaré!

La respuesta a esto fue clara, incluso en el fondo de la cisterna.

—¿Piensas que podrás recargar lo bastante rápido como para dispararnos a los tres?

—No, Emery —replicó Wireman. Habló como si se dirigiera a un niño, y su voz se había endurecido por completo. Nunca le quise tanto como en aquel momento—. Me conformaré contigo.

Ahora vino la parte dura, la parte horrible.

Empecé a desenroscar la tapa de la linterna. Al segundo giro, la luz se apagó y me hallé en una casi perfecta oscuridad. Extraje las pilas D de la manga de acero de la linterna, y busqué a tientas la primera botella de Evian. Mis dedos se cerraron sobre ella, y la vertí en el interior, trabajando por instinto. No tenía ni idea de cuánta cabría en la linterna, y pensaba que una botella la llenaría hasta arriba. Me equivoqué. Alargué el brazo en busca de la segunda y supongo que en ese momento la noche cerrada descendió completamente sobre Duma Key. Digo eso porque fue entonces cuando la figura de porcelana de mi bolsillo cobró vida.

X

Cada vez que dudo de ese último y demencial pasaje en la cisterna lo único que tengo que hacer es mirarme el atasco de cicatrices blancas en el lado izquierdo del pecho. Cualquiera que me viera desnudo no notaría nada particularmente raro; a causa de mi accidente, mis cicatrices son como un mapa de carreteras, y esos pequeños entramados blancos tienden a perderse entre los más vistosos. Pero estas cicatrices fueron causadas por los dientes de una muñeca viva. Una que mordió la camisa y masticó el músculo bajo mi piel.

Una que pretendía abrirse camino a mordiscos hasta mi corazón.

XI

Estuve a punto de volcar la segunda botella antes de conseguir asirla. Fue, sobre todo, a causa de la sorpresa, pero también hubo mucho dolor, y proferí un grito. Sentí sangre fresca empezando a fluir, en esta ocasión resbalando por dentro de la camisa hasta el pliegue entre el torso y la barriga. Ella se retorcía, se contorsionaba, en el interior del bolsillo, y sus dientes se hundían y mordían y araban, excavando más y más profundamente. Tuve que arrancarla de cuajo, desgarrando al mismo tiempo un buen trozo de camisa ensangrentada y de carne. La figura había perdido su suave y frío tacto. Ahora estaba caliente, y se retorcía en mi mano.

—¡Vamos! —desafiaba Wireman desde arriba—. Vamos, ¿lo quieres?

La cosa hundió sus diminutos dientes de porcelana, afilados como agujas, en el tejido de carne entre mi pulgar y el índice. Aullé. Ella podría haber escapado en ese momento a pesar de toda mi furia y determinación, pero las pulseras de Nana Melda resbalaron hacia abajo, y pude sentirla encogiéndose en la palma de la mano, alejándose de ellas. Una de sus piernas logró verdaderamente escabullirse entre el dedo corazón y el anular. Apreté todos los dedos, inmovilizando a la figura. Inmovilizándola a ella. Sus movimientos se entorpecieron. No me atrevería a jurar que alguna de las pulseras la estaba tocando, pues la oscuridad era absoluta, pero casi estoy convencido de que así fue.

Desde arriba llegó un sonido hueco de aire comprimido, el

ruido de la pistola de arpones al dispararse, y entonces se oyó un aullido que pareció desgarrarme los sesos. Por debajo de él (desde detrás de él), pude oír a Wireman vociferando:

—¡Ponte detrás de mí, Jack! ¡Coge uno de...!

Y después nada más, solo los quejumbrosos gritos de mis amigos y las risas rabiosas, sobrenaturales, de dos niñas muertas largo tiempo atrás.

Sujetaba el cañón de la linterna firmemente entre mis rodillas, y no necesitaba que nadie me dijera que cualquier cosa podría ir mal en la oscuridad, especialmente tratándose de un hombre manco. Tenía una única oportunidad. Bajo tales circunstancias, lo mejor es no vacilar.

¡No! ¡Detente! ¡No hagas e...!

La dejé caer en el interior, y de inmediato se produjo un resultado: sobre mí, las risas rabiosas de las niñas se tornaron en alaridos de sorprendido terror. Después oí a Jack. Sonaba histérico y medio loco, pero nunca jamás en la vida me alegré tanto de oír a alguien.

—¡Eso es, vamos, largaos! ¡Antes de que zarpe vuestro puto barco y os deje tiradas!

Ahora me enfrentaba a un problema delicado. Había conseguido asir la linterna con mi única mano, y ella estaba dentro... pero la tapa se hallaba en algún lugar cercano, y no la veía. Y tampoco tenía otra mano con la que palpar el terreno a mi alrededor.

—¡Wireman! —llamé—. Wireman, ¿estás ahí?

Transcurrió un lapso de tiempo suficientemente largo como para sembrar cuatro tipos distintos de miedo y hacerlos germinar, y entonces respondió:

—Sí, *muchacho*. Sigo aquí.

—¿Todo bien?

—Una de ellas me arañó y debería desinfectar la herida, pero por lo demás, sí. Básicamente diría que los dos estamos bien.

—Jack, ¿puedes venir aquí abajo? Necesito que me eches una mano.

Y entonces, allí encogido entre los huesos, sosteniendo la carcasa de la linterna rellena de agua como si fuera la antorcha de la Estatua de la Libertad, rompí a reír.

Algunas cosas son sencillamente tan ciertas que no te queda más remedio que reír.

XII

Mis ojos se habían acostumbrado lo suficiente a la falta de luz como para distinguir una oscura figura que parecía descender flotando por un lado de la cisterna: Jack, bajando por la escalera. La manga de la linterna repiqueteaba en mi mano, débilmente, pero era definitivamente un repiqueteo. Me imaginé a una mujer ahogándose en un estrecho tanque de acero, y deseché la imagen. Era demasiado similar a lo que le había ocurrido a Ilse, y el monstruo que tenía atrapado no se parecía en nada a mi hija.

—Falta un travesaño —le avisé—. Si no quieres morir aquí abajo, más te vale andarte con ojo.

—No puedo morir esta noche —replicó con un hilo de voz temblorosa. Nunca la habría identificado como suya—. Tengo una cita mañana.

—Enhorabuena.

—Graci…

Pasó por alto el travesaño perdido, y la escalerilla se tambaleó. Por un momento tuve la certeza de que iba a caer encima de mí, encima de la linterna levantada. El agua se derramaría, ella saldría con el vertido, y todo habría sido para nada.

—¿Qué pasa? —gritó Wireman desde arriba—. ¿Qué cojones está pasando?

Jack se asentó de nuevo contra la pared, agarrando con una mano un afortunado trozo de coral que de casualidad había encontrado en el último segundo crucial. Pude ver una de sus piernas cayendo como un pistón sobre el siguiente travesaño intacto, y se produjo un considerable sonido de desgarro.

—Oh tío —musitó—. Tío oh tío, hostia puta.

—¿Qué está pasando? —preguntó Wireman casi con un rugido.

—Jack Cantori ha hecho trizas el trasero de sus pantalones

—contesté—. Ahora calla un minuto. Jack, ya estás casi aquí. Ella está en la linterna, pero solo tengo una mano y no puedo coger la tapa. Tienes que bajar y encontrarla. No me importa si me pisas, pero no se te ocurra chocar con la linterna, ¿vale?

—V-vale. Jesús, Edgar. Pensé que me caía de cabeza.

—Yo también. Ven aquí ya, pero despacio.

Bajó, pisándome primero el muslo, que dolió, y luego plantando el pie encima de una de las botellas Evian vacías, que respondió con un crujido. Finalmente pisó sobre algo que se rompió con un húmedo estallido, como un petardo defectuoso.

—Edgar, ¿qué fue eso? —preguntó, y por su voz parecía al borde de las lágrimas—. ¿Qué…?

—Nada —le interrumpí, aunque estaba positivamente seguro de que había sido el cráneo de Adie.

Entonces Jack golpeó la linterna con la cadera, y un poco de agua fría se vertió sobre mi muñeca. Dentro del tubo de metal, algo pegó una sacudida y se dio la vuelta. En mi cabeza, un pavoroso ojo verde oscuro (el color del agua en las profundidades justo antes de que toda luz falle) también se dio la vuelta y miró a mis más secretos pensamientos, al lugar donde la ira supera a la rabia y se vuelve homicida. Vio… y luego mordió. Del modo en que una mujer mordería una ciruela. Nunca olvidaré esa sensación.

—Búscala muy de cerca, Jack… por todos los resquicios. Como un submarino pequeño, y con el mayor cuidado posible.

—Estoy de los nervios, jefe. Un pequeño ataque de claustrofobia.

—Respira hondo. Puedes hacerlo. Pronto estaremos fuera de aquí. ¿Tienes cerillas?

No, ni tampoco un mechero. Puede que Jack no fuera reacio a tomarse seis cervezas un sábado por la noche, pero sus pulmones estaban libres de humo. Consecuentemente, el largo espacio de tiempo que siguió resultaron minutos de pesadilla (Wireman dice que no fueron más de cuatro, pero a mí me parecieron treinta, treinta por lo menos) durante los cuales Jack se arrodillaba, palpaba entre los huesos, se levantaba, se movía un poco, volvía a arrodillarse, volvía a palpar. Se me estaba cansando el brazo. La mano se me estaba quedando entumecida. La sangre continuaba brotando de las heridas en el pecho, ya fuera porque eran lentas en coagular, o porque no estaban coagulando en absoluto. Pero lo peor era la mano, que perdía toda sensación, y pronto comencé a creer que había dejado de sostener el tubo de la linterna completamente, porque no podía verla y no sentía su roce contra mi piel. El extenuado dolor punzante de mis músculos se había tragado la sensación de peso en mi mano. Tuve que luchar con el impulso de raspar el tubo de metal contra la pared de la cisterna para cerciorarme de que seguía allí, incluso a pesar de que sabía que, si lo hacía, podría dejarla caer. Empecé a pensar que la tapa debía de haberse perdido en el laberinto de huesos y fragmentos óseos, y que Jack nunca la encontraría en la oscuridad.

—¿Qué está pasando? —repitió Wireman.

—¡Ya vamos! —respondí. Gotas de sangre se deslizaron en mi ojo izquierdo, provocándome un intenso escozor, y parpadeé para enjugarlas. Traté de pensar en Illy, mi If-So-Girl, y me aterrorizó descubrir que no recordaba su rostro—. Es solo un pequeño incombustible, un pequeño aterraso, lo estamos resolviendo.

—¿Qué?

—¡Un inconveniente! ¡Un pequeño inconveniente, un pequeño retraso! ¡Joder! ¿Estás sordo, Wearman?

Si la linterna está perdiendo agua, la cabeza de ella asomará sobre la superficie en cuestión de segundos. Y entonces será el fin. ¿Lo sabes, no?

Lo sabía. Sentado en la oscuridad, con el brazo levantado, temía hacer cualquier cosa. Sangraba y aguardaba. El tiempo había sido cancelado y la memoria era un fantasma.

—Aquí está —exclamó Jack por fin—. Está cogida entre las costillas de alguien. Espera… la tengo.

—Gracias a Dios. Cristo bendito.

Le vi delante de mí, apenas una figura difusa con una rodilla entre mis piernas torpemente dobladas, plantada en el desbarajuste de huesos que una vez habían formado parte de la hija mayor de John Eastlake. Le alargué el tubo.

—Enrosca la tapa. Con cuidado, porque no podré mantenerla recta mucho más tiempo.

—Afortunadamente, yo tengo dos manos.

Y colocó una sobre la mía, estabilizando la linterna llena de agua mientras volvía a enroscar la tapa. Se detuvo solo una vez, para preguntarme por qué lloraba.

—Alivio —respondí—. Vamos. Termina. Rápido.

Cuando estuvo hecho, le arrebaté la linterna cerrada. No era tan pesada como cuando había estado cargada con las baterías, pero eso me era indiferente. Lo que me preocupaba era cerciorarme de que la tapa estuviera bien encajada. Aparentemente sí. Le dije a Jack que hiciera que Wireman lo comprobara de nuevo cuando llegase arriba.

—De acuerdo —convino él.

—Y trata de no romper ningún peldaño más. Voy a necesitarlos todos.

—Tú supera el roto, Edgar, y después te izaremos nosotros hasta arriba.

—Vale, y yo no le diré a nadie que se te rajó el culo de tus pantalones.

Ante eso se echó a reír. Contemplé su forma oscura trepar por la escalerilla, dando una gran zancada para pasar el travesaño roto. Tuve un momento de duda, acompañado de la terrible visión de unas manos diminutas de porcelana desenroscando la tapa de la linterna desde el interior… sí, incluso a pesar de que estaba seguro de que el agua dulce la había inmovilizado; pero Jack no gritó ni trastabilló, y el mal momento pasó. Había un círculo de oscuridad más brillante, y finalmente lo alcanzó.

—Ahora tú, *muchacho* —dijo Wireman en cuanto Jack salió del pozo.

—En un minuto —respondí—. ¿Se han ido ya vuestras novias?

—Huyeron a la carrera. Imagino que se les acabó el permiso para desembarcar.

—¿Y Emery?

—Creo que eso lo tienes que ver tú mismo. Vamos, sube.

—En un minuto —repetí.

Incliné la cabeza contra el coral recubierto de musgo viscoso, cerré los ojos y extendí la mano. Seguí estirando el brazo hasta que palpé algo liso y redondo. Después mis dos primeros dedos se deslizaron por una hendidura que casi con seguridad era una cuenca ocular. Y como tenía la certeza de que Jack había machacado la calavera de Adriana...

Todo ha acabado lo mejor posible en este extremo de la isla, le dije a Nana Melda. *Y esto no tiene mucho de tumba, pero a lo mejor no estarás en ella mucho más tiempo, querida.*

—¿Me permites quedarme con tus pulseras? Puede que haya algo más que hacer.

Sí. Me temía que aún quedaba otra cosa.

—¿Edgar? —Wireman sonaba preocupado—. ¿Con quién hablas?

—Con quien realmente la detuvo —respondí.

Y como quien realmente la detuvo no me dijo que deseaba que le devolviera sus pulseras, me las dejé puestas e inicié la lenta y dolorosa tarea de ponerme en pie. Fragmentos de hueso desubicados y trozos de cerámica con musgo incrustado llovieron sobre mis pies. Sentía la rodilla izquierda (la buena) hinchada y rígida contra la tela rasgada de mis pantalones. Me palpitaba la cabeza y mi pecho ardía. La escalera aparentaba una altura de un kilómetro, por lo menos, pero podía ver las sombras de Jack y Wireman asomando sobre el borde de la cisterna, esperando a agarrarme cuando... si me las arreglaba para izarme a mí mismo dentro de su alcance.

Pensé: *Esta noche la luna está tres cuartos llena, y no podré verla hasta que salga de este agujero en el suelo.*

Inicié el ascenso.

XIII

La luna se elevaba, gorda y amarilla, sobre el horizonte en el este, proyectando su resplandor sobre la jungla exuberante que dominaba el extremo sur del Cayo, y confería una tonalidad dorada al lado oriental de la mansión en ruinas de John East-lake, donde este había vivido feliz, imagino, con su ama de llaves y sus seis hijas, antes de que la caída de Libbit del calesín cambiara las cosas.

También doraba el antiguo esqueleto incrustado de musgo que yacía en el colchón de enredaderas pisoteadas que Jack y Wireman habían arrancado de raíz para poder destapar la cisterna. Contemplando los restos de Emery Paulson, un fragmento de Shakespeare de mis días de instituto me vino a la mente: «A cinco brazas bajo las aguas tu padre yace enterrado… los que eran ojos son perlas».

Jack tiritaba violentamente, como alcanzado por una ráfaga de viento húmedo y cortante. Se abrazó con fuerza a sí mismo y en parte logró detener el temblor

Wireman se agachó y recogió un delgado brazo errante. Se partió en tres sin sonido alguno. Emery Paulson había estado en el *caldo* durante mucho, mucho tiempo. Un arpón le atravesaba el arpa que formaba el armazón de sus costillas. Wireman lo recuperó, aunque para ello tuvo que desenterrar la punta del suelo.

—¿Cómo conseguisteis mantener alejadas a las Gemelas del Infierno con la pistola de arpones descargada? —pregunté.

Wireman empuñó el arpón y lo esgrimió como si de una daga se tratase.

Jack asintió con la cabeza.

—Sí. Yo le saqué uno del cinturón e hice lo mismo. Aunque no sé por cuánto tiempo habría funcionado a largo plazo… estaban como perros rabiosos.

Wireman volvió a colocarse en el cinturón el arpón con punta de plata que había disparado contra Emery.

—Hablando de a largo plazo, deberíamos ir pensando en otro recipiente para almacenar a tu nueva muñeca. ¿Qué opinas, Edgar?

Tenía razón. De algún modo, era incapaz de imaginarme a Perse pasando los próximos ochenta años en el cañón de una linterna Garrity. Ya me estaba preguntando cuál sería el espesor del revestimiento entre el compartimiento de las pilas y el hueco de la lente. Y la roca que se había desprendido y agrietado el barril de Whisky Table... ¿fue un accidente... o la victoria final de la mente sobre la materia tras años de paciente trabajo? ¿Quizá la versión de Perse de excavar un túnel en el muro de su celda con una cuchara afilada?

Aun así, la linterna sirvió a nuestros propósitos. Dios bendiga la mente pragmática de Jack Cantori. No... eso era demasiado tacaño. Dios bendiga a Jack.

—Hay un platero que trabaja por encargo en Sarasota —dijo Wireman—. *Mexicano muy talentoso*. La señorita Eastlake tiene... tenía unas pocas piezas suyas. Apuesto a que podría encargarle que fabricase un tubo hermético suficientemente grande para contener la linterna. Eso nos proporcionaría lo que las compañías de seguro y los entrenadores de fútbol llaman doble cobertura. Saldría por un pico, pero ¿qué más da? Salvo que exista algún inconveniente en la autenticación del testamento, voy a ser un hombre extremadamente rico. Eso es tener potra, *muchacho*.

—*La lotería* —dije sin pensar.

—*Sí. La* maldita *lotería*. Vamos, Jack. Ayúdame a echar a Emery a la cisterna.

Jack hizo una mueca.

—Vale, pero yo... la verdad es que, no quiero tocarlo.

—Yo ayudaré con Emery —dije—. Tú sostén la linterna. ¿Wireman? Terminemos con esto.

Los dos hicimos rodar a Emery al interior del agujero, y luego arrojamos dentro los restos que se desprendieron de él, o al menos todos los que encontramos. Todavía recuerdo su pétrea sonrisa de coral mientras caía dando vueltas en la oscuridad para unirse con su esposa. Y a veces, por supuesto, sueño con ellos. Oigo a Adie y a Em, en estos sueños, llamándome desde la oscuridad, preguntándome si no me agradaría bajar y unirme a ellos. Y a veces en esos sueños lo hago. A veces me arrojo al interior de esa garganta oscura y fétida simplemente para poner fin a mis recuerdos.

Esos son los sueños de los que me despierto gritando, azotando la oscuridad con una mano que ya no está ahí.

XIV

Wireman y Jack deslizaron la tapa de vuelta a su posición original, y después regresamos al Mercedes de Elizabeth. Fue un recorrido lento y doloroso, y hacia el final apenas si caminaba; daba bandazos. Era como si alguien hubiera atrasado el reloj hasta el pasado octubre. Ya pensaba en las pocas tabletas de Oxycontina que me esperaban en Big Pink. Me tomaría tres, decidí. Tres harían algo más que matar el dolor; con suerte también me darían una paliza que por lo menos me dejaría durmiendo unas cuantas horas.

Mis dos amigos me preguntaron si quería echar un brazo sobre ellos, pero rehusé. Esta no iba a ser mi última caminata esa noche; me había mentalizado para ello. Me faltaba todavía la última pieza del rompecabezas, pero tenía una idea. ¿Qué le había dicho Elizabeth a Wireman? *Querrás, pero no debes.*

Demasiado tarde, demasiado tarde, demasiado tarde.

La idea no estaba clara. Lo que sí era claro era el sonido de las conchas. Podías oír su sonido desde cualquier sitio dentro de Big Pink, pero para captar el efecto completo, en realidad tenías que alcanzar el lugar desde el exterior. Ahí era cuando más sonaban como voces. Demasiadas noches había malgastado pintando cuando podría haber estado escuchando.

Esta noche escucharía.

Cuando traspasamos las columnas, Wireman se detuvo.

—*Abyssus abyssum invocat* —recitó.

—El Infierno invoca al Infierno —tradujo Jack, y suspiró.

Wireman me miró.

—¿Crees que tendremos algún problema para sortear el camino de vuelta a casa?

—¿Ahora? No.

—¿Y hemos acabado aquí?

—Hemos acabado.

—¿Volveremos alguna vez?

—No —respondí. Miré hacia la casa en ruinas, soñando bajo la luz de la luna. Sus secretos habían sido revelados. Me di cuenta de que habíamos dejado atrás la caja en forma de corazón de Libbit, pero quizá fuese para mejor. Que permaneciera aquí—. Nadie vendrá aquí nunca más.

Jack me miró, curioso y un poco asustado.

—¿Cómo puedes saberlo?

—Lo sé —sentencié.

21

Las conchas a la luz de la luna

I

No se nos presentó ningún problema a la hora de sortear la carretera de vuelta a casa. El olor continuaba allí, pero era mejor ahora, en parte porque una buena brisa se había levantado, soplando desde el Golfo, y en parte porque sencillamente era... mejor ahora.

Las luces del patio de *El Palacio* se hallaban encendidas gracias a un temporizador, y ofrecían un aspecto maravilloso, titilando en la oscuridad. En el interior de la casa, Wireman recorrió metódicamente habitación por habitación, encendiendo más luces. Encendiendo todas las luces, hasta que la casa donde Elizabeth había pasado la mayor parte de su vida resplandeció como un trasatlántico atracando en un puerto a medianoche.

Cuando *El Palacio* estuvo iluminado al máximo, nos turnamos en la ducha, pasándonos la linterna llena de agua de mano en mano como un testigo en una carrera de relevos. Siempre había alguien sosteniéndola. Wireman entró el primero, le siguió Jack, y por último yo. Después de ducharnos, cada uno de nosotros fue examinado por los otros dos, restregando con agua oxigenada aquellos lugares donde la piel tenía algún rasguño. Yo me llevé la peor parte, y cuando finalmente me volví a vestir, me escocía todo el cuerpo.

Estaba terminando de atarme trabajosamente las botas con mi única mano, cuando Wireman, con el rostro serio, entró en el cuarto de invitados.

—Hay un mensaje abajo en el contestador que tienes que escuchar —me informó—. De la policía de Tampa. A ver, déjame ayudarte.

Plantó una rodilla en el suelo frente a mí y empezó a atarme los cordones. Observé sin sorpresa que el gris de su cabello se había extendido… y de inmediato un relámpago de alarma me recorrió de arriba abajo. Alargué la mano para asirle por el hombro rollizo.

—¡La linterna! ¿Jack…?

—Relájate. Está sentado en el Salón Porcelana de la señorita Eastlake, y la tiene en su regazo.

Me apresuré, no obstante. No sé qué esperaba encontrar (la habitación vacía, la linterna desenroscada yaciendo en un charco de humedad sobre la alfombra, quizá, o Jack transformado en la hija de puta de tres ojos y manos como garras que había caído del viejo barril rajado), pero tan solo se hallaba allí sentado con la linterna, con un gesto de preocupación. Le pregunté si estaba bien, y le eché un buen vistazo a sus ojos. Si le pasaba algo… malo… supuse que lo percibiría en sus ojos.

—Estoy bien. Pero ese mensaje del poli…

Sacudió la cabeza.

—Bueno, vamos a escucharlo.

Un hombre, que se identificó a sí mismo como Detective Samson, dijo que trataba de localizar a Edgar Freemantle y a Jerome Wireman para formularles algunas preguntas acerca de Mary Ire. En particular, quería hablar con el señor Freemantle, si no había partido hacia Rhode Island o Minnesota, adonde, Samson tenía entendido, estaba siendo trasladado el cadáver de su hija para el entierro.

—No me cabe duda de que el señor Freemantle se halla en un estado de gran pesar por el fallecimiento de su hija —continuó Samson—, y en realidad estas preguntas le correspondería hacerlas al Departamento de Policía de Providence, pero sabemos que el señor Freemantle concedió recientemente una entrevista a esta señora Ire, y me ofrecí para hablar con él y con usted, señor Wireman, si fuera posible. Puedo contarle por teléfono qué es lo que despierta más curiosidad entre la gente de Providence, si no se acaba la cinta...

No lo hizo.

Y la última pieza encajó en su sitio.

II

—Edgar, esto es una locura —dijo Jack. Era la tercera vez que lo repetía, y empezaba a sonar desesperado—. Una chifladura total. —Se volvió hacia Wireman—. ¡Díselo tú!

—*Un poco loco* —convino Wireman, pero conocía la diferencia entre *poco* y *muy* aunque Jack no lo supiera diferenciar.

Estábamos parados en el patio, entre el sedán de Jack y el viejo Mercedes de Elizabeth. La luna había continuado elevándose, igual que el viento. Las olas batían contra la orilla, y a kilómetro y medio de distancia, las conchas bajo Big Pink se hallarían discutiendo toda suerte de cosas extrañas: *muy asustador*.

—Pero creo que podría pasarme toda la noche hablando y seguiría sin cambiar de opinión —agregó.

—Porque sabes que tengo razón —alegué.

—*Tu perdón, amigo*. Podrías tener razón —recalcó—. Te diré algo: la intención de Wireman es postrarse sobre sus rodillas gordas y ancianas y rezar por ti.

—Por lo menos no te lleves eso —pidió Jack, mirando la linterna en mi mano—. Disculpa mi francés, jefe, ¡pero estás como una puta cabra si piensas llevarte eso!

—Sé lo que hago —afirmé, rogando a Dios que fuera cierto—. Y quedaos aquí, los dos. No intentéis seguirme. —Levanté la linterna y apunté con ella a Wireman—. Es tu responsabilidad moral.

—De acuerdo, Edgar. Mi moralidad es algo hecho jirones, pero lo prometo. Una pregunta pragmática: ¿seguro que tendrás suficiente con dos Tylenoles para aguantar en pie todo el camino por la playa? ¿O es que piensas llegar a casa arrastrado por el viento como Crawly Gator?

—Llegaré erguido.

—Llama cuando lo hagas.

—Llamaré.

Entonces abrió los brazos, y di un paso hacia ellos. Me besó en ambas mejillas.

—Te quiero, Edgar —dijo—. Eres un hombre cojonudo. *Sano como una manzana.*

—¿Qué significa eso?

Wireman se encogió de hombros.

—Gozar de buena salud. Creo —respondió.

Jack me tendió la mano (la izquierda, el chico aprendía rápido), pero decidí que un abrazo era lo más apropiado, después de todo.

—Dame la linterna, jefe —me susurró al oído.

—No puedo, lo siento —le susurré en el suyo.

Empecé a recorrer la vereda hacia la parte trasera de la casa, la que me conduciría hasta la pasarela de madera. Al final de aquel paseo entablado, hacía unos mil años, había conocido al gran hombre que ahora dejaba detrás. Había estado sentado bajo una sombrilla a rayas y me había ofrecido té verde helado, muy refrescante. Y había dicho: «Bueno, el forastero renco por fin arribó».

Y ahí se va ahora, pensé.

Di media vuelta. Ellos seguían observándome.

—*¡Muchacho!* —exclamó Wireman.

Pensé que iba a rogarme que regresara para poder seguir meditando sobre esto un poco más, discutirlo un poco más. Pero le había subestimado.

—*Vaya con Dios, mi hombre.*

Me despedí una última vez con la mano y doblé la esquina de la casa.

III

Así pues inicié el último de mis Grandes Paseos Playeros, tan renqueante y doloroso como los primeros que di por aquella orilla cubierta de conchas. Solo que, en la rosada luz de primera hora de la mañana, cuando el mundo se hallaba mayoritariamente en calma, aquellas habían sido las únicas cosas que perturbaban el afable regazo de las olas y las nubes marrones de piolines que huían de mí.

Este fue diferente. Esta noche el viento rugía y las olas bramaban encrespadas, no posándose suavemente sobre la orilla, sino suicidándose contra ella. Mar adentro, las crestas de las olas más grandes estaban pintadas de cromo, y en varias ocasiones creí divisar el *Perse* con el rabillo del ojo, pero cada vez que me giraba a mirar nada había. Esta noche nada había en mi parte del Golfo excepto la luz de la luna.

Avancé dando tumbos, con la linterna bien apretada en mi mano, y rememoré el día que había caminado por aquí con Ilse. Me había preguntado si este era el lugar más hermoso de la tierra, y le había asegurado que no, que había por lo menos otros tres que eran más hermosos… pero no recordaba cuáles le había dicho que eran esos tres, solo que resultaban muy difíciles de pronunciar. Lo que recordaba con mayor claridad era que ella me dijo que me merecía un lugar hermoso, y tiempo para descansar. Tiempo para recobrarme.

Entonces las lágrimas empezaron a fluir, y las dejé. Tenía la linterna en la mano que podría haber empleado para enjugarlas, así que simplemente las dejé fluir.

IV

Oí a Big Pink antes de llegar verdaderamente a divisarla. Las conchas bajo la casa nunca habían sonado tan fuerte. Caminé un poco más y me detuve. Se erguía ahora justo delante de mí, una forma negra que bloqueaba las estrellas. Otros cuarenta o cincuenta pasos, lentos y renqueantes, y la luna comenzaría a rellenar los detalles. Todas las luces estaban apagadas, incluso las que casi siempre dejaba encendidas en la cocina y en la habitación Florida. Podría haber sido un corte de energía causado por el viento, pero no creía que fuese eso.

Me di cuenta de que las conchas hablaban con una voz que reconocí. No tenía más remedio: era la mía propia. ¿Lo había sabido siempre? Supongo que sí. En algún nivel, a menos que estemos locos, creo que la mayoría de nosotros conocemos las distintas voces de nuestra propia imaginación.

Y de nuestros recuerdos, naturalmente. Ellos también poseen voces. Pregunta a cualquiera que haya perdido un miembro, o perdido un hijo, o perdido un sueño largamente albergado. Pregunta a cualquiera que se culpe a sí mismo por una mala decisión, por lo general tomada en un instante brutalmente duro (un instante que por lo habitual es rojo). Nuestros recuerdos tienen voces, también. A menudo tristes, que claman como brazos alzados en la oscuridad.

Continué caminando, dejando huellas que ponían de relieve un pie llevado a rastras. El casco sin luz de Big Pink se aproximaba más y más. No se hallaba en ruinas como Heron's Roost, pero esta noche estaba encantado. Esta noche había un fantasma esperando. O quizá algo un poco más sólido.

Arreció el viento y miré a la izquierda, hacia su enérgico empuje. El barco se encontraba allí ahora, conforme, oscuro y silencioso, y sus velas ondeaban en innumerables jirones, aguardando.

Quizá te convendría ir, sugirieron las conchas mientras permanecía parado bajo la luz de la luna, ahora a menos de veinte metros de mi casa. *Borra la pizarra (puede hacerse, nadie lo sabe mejor que tú) y simplemente hazte a la mar. Abandona esta tristeza. Si quieres jugar tienes que pagar. ¿Y la mejor parte?*

—La mejor parte es que no tengo que ir solo —murmuré.

Arreció el viento. Las conchas susurraban. Y de la negrura bajo la casa, donde ese lecho óseo reposaba a dos metros de profundidad, una sombra más oscura se deslizó fuera y caminó bajo la luz de la luna. Se quedó inclinada durante un momento, como si meditara, y entonces comenzó a venir hacia mí.

Ella comenzó a venir hacia mí. Pero no Perse; Perse había sido ahogada a dormir.

Ilse.

V

No andaba; no esperaba que lo hiciera. Arrastraba los pies. Era un milagro que pudiera siquiera moverse. Un milagro negro.

Tras aquella última llamada telefónica a Pam (no podrías llamarlo una conversación, exactamente), salí de Big Pink por la puerta trasera y partí el mango de la escoba que empleaba para barrer la arena del paseo que conducía al buzón. Después bordeé la casa hasta la playa, bajé hasta el lugar donde la arena estaba húmeda y resplandeciente. No había recordado lo que pasó después, porque no quería recordarlo. Obviamente. Pero ahora lo hice, ahora debía hacerlo, porque mi obra artesanal se encontraba delante de mí. Era Ilse, pero no lo era. Su rostro estaba ahí, después se desdibujaba y no estaba. Su forma estaba ahí, y después resbalaba en la informidad para finalmente perfilarse de nuevo. Al moverse, pequeños restos de gramíneas muertas y trozos de conchas goteaban de sus mejillas y de sus pechos y de sus caderas y de sus piernas. La luz de la luna hizo reconocible un ojo que era desgarradoramente claro, desgarradoramente suyo, y después desapareció, tan solo para reaparecer acto seguido, brillando bajo la luna.

La Ilse que arrastraba los pies hacia mí estaba hecha de arena.

—Papá.

Su voz sonó seca, con cierto tono chirriante subyacente, como si hubiera conchas allí atrapadas, en alguna parte. Supuse que así era.

Querrás, pero no debes, había dicho Elizabeth… pero a veces somos incapaces de ayudarnos a nosotros mismos.

La chica de arena extendió el brazo. Arreció el viento y los dedos al final de la mano se desdibujaron a medida que la ráfaga de aire se los llevaba en finos granos y quedaban reducidos a huesos. Más arena se elevó danzando a su alrededor y la mano engordó de nuevo. Sus rasgos cambiaban como un paisaje de nubes estivales pasando velozmente. Era fascinante… hipnótico.

—Dame la linterna —dijo ella—. Entonces subiremos a bordo juntos. En el barco puedo ser como me recuerdas. O… no tienes necesidad de recordar nada.

Las olas desfilaban. Rompían rugiendo bajo las estrellas, una tras otra. Bajo la luna. Bajo Big Pink, las conchas hablaban ruidosamente con mi voz, discutiendo consigo misma. Trae la socia. Yo gano. Siéntate en la *'quilla*. Tú ganas. Aquí, frente a mí, se erguía una Ilse hecha de arena, una hurí cambiante bajo la luz de una luna de tres cuartos, cuyos rasgos nunca eran los mismos entre un segundo y el siguiente. Ahora era Illy a los nueve años; ahora era Illy a los quince, en el momento de salir a su primera cita verdadera; ahora era Illy con el aspecto que tenía al bajar del avión en diciembre, Illy, la chica universitaria con un anillo de compromiso en el dedo. Aquí se erguía la hija a la que siempre había amado más (¿no era esa la razón por la que Perse la había matado?), con la mano extendida pidiendo la linterna. La linterna era mi tarjeta de embarque a un largo crucero por el mar del olvido. Claro que esa parte podría ser mentira... pero a veces tenemos que correr el riesgo. Y habitualmente lo hacemos. Como dice Wireman, nos engañamos con tanta frecuencia a nosotros mismos que podríamos ganarnos la vida con ello.

—Mary llevó sal consigo —dije yo—. Bolsas y bolsas de sal. Las vació en la bañera. La policía quiere saber por qué. Pero nunca creerían la verdad, ¿no?

Se erguía ante mí, y las olas entrantes rompían atronadoramente a su espalda. Se erguía allí, el viento la arrastraba y se reformaba a partir de la arena bajo ella, alrededor de ella. Se erguía allí y nada decía, tan solo mantenía el brazo extendido para tomar lo que había venido a buscar.

—Dibujarte en la arena no era suficiente. Incluso que Mary te ahogara no era suficiente. Tenía que ahogarte en agua salada. —Bajé la mirada hacia la linterna—. Perse le dijo justo lo que debía hacer. Desde mi cuadro.

—Dámela, papá —dijo la cambiante chica de arena. Seguía alargando la mano. Salvo que con el viento a veces era una garra. Incluso a pesar de la arena que ascendía de la playa para mantenerla rellena, a veces era una garra—. Dámela y podremos irnos.

Exhalé un suspiro. Algunas cosas eran inevitables, después de todo.

—De acuerdo. —Di un paso hacia ella. Otro de los dichos de Wireman me vino a la mente: a la postre, terminamos por desgastar nuestras preocupaciones—. De acuerdo, Doña Galletita. Pero te costará algo.

—¿Costarme qué? —Su voz era el sonido de la arena contra una ventana. El chirriante sonido de las conchas. Pero era también la voz de Ilse. Mi If-So-Girl.

—Solo un beso —respondí—, mientras siga vivo para sentirlo. —Sonreí. No me sentía los labios, que estaban entumecidos, pero noté cómo se estiraban los músculos a su alrededor. Solo un poco—. Supongo que será arenoso, pero fingiré que has estado jugando en la playa. Haciendo castillos.

—De acuero, papá.

Se aproximó, moviéndose en una extraña ventisca de arena y arrastrando los pies, pero sin caminar, y de cerca la ilusión se desmoronó por completo. Era como acercar una pintura a tus ojos y observar cómo la imagen (un retrato, un paisaje, un bodegón) se colapsaba en nada más que pinceladas de color, la mayoría con las marcas del pincel todavía embebidas en ellas. Las facciones de Ilse desaparecieron. Lo que vi donde habían estado no era nada más que un furioso ciclón de arena y diminutos trozos de conchas. Lo que olí no era piel y cabello, sino simplemente agua salada.

Unos pálidos brazos se extendieron en mi busca. El viento se llevó membranas de arena como humo. La luna brillaba a su través. Levanté la linterna. Era corta. Y su cañón era de plástico en lugar de acero inoxidable.

—Sin embargo, quizá quieras echarle un vistazo a esto antes de empezar a repartir besos. Procede de la guantera del coche de Jack Cantori. La que contiene a Perse está guardada en la caja fuerte de Elizabeth.

La cosa se congeló en el acto, y cuando lo hizo, el viento del Golfo arrancó la última apariencia de humanidad. En ese momento me enfrentaba a nada más que un demonio de arena que se arremolinaba. No corrí riesgos, sin embargo; había sido un día muy largo, y no tenía intención de correr riesgos... especialmente si mi hija se encontraba en algún lugar... bueno, en algún otro lugar… y esperando por su descanso final. Balanceé el brazo tan fuerte como pude, con la linterna fuertemente apretada en mi puño y las pulseras de plata de Nana Melda se deslizaron por mi antebrazo hasta la muñeca. Las había limpiado cuidadosamente en el fregadero de la cocina de *El Palacio*, y tintinearon.

Tenía uno de los arpones con punta de plata embutido en el cinturón, oculto tras la cadera izquierda, como medida de seguridad, pero no lo necesité. El demonio de arena explotó hacia fuera y hacia arriba. Un alarido de rabia y dolor me atravesó la cabeza. Gracias a Dios que fue breve, o creo que me habría partido por la mitad. Entonces no quedó nada salvo el sonido de las conchas bajo Big Pink y un tenue oscurecimiento de las estrellas sobre las dunas a mi derecha a medida que la arena era dispersada por el viento en una última ráfaga desorganizada. El Golfo quedó una vez más vacío a excepción de las olas, doradas por la luna, que desfilaban hacia la orilla. El *Perse* ya no estaba, si es que alguna vez había estado allí.

Me abandonó la fuerza en las piernas y me senté de golpe. Quizá terminaría haciendo el resto del camino como Crawly Gator, después de todo. De ser así, Big Pink no estaba lejos, pero ahora mismo simplemente me sentaría aquí y escucharía a las conchas. Descansaría un poco. Después quizá sería capaz de ponerme en pie y caminar esos veinte metros finales, entrar, y llamar a Wireman. Confirmarle que estaba bien. Confirmarle que se había acabado, y decirle que Jack ya podía venir a recogerme.

Pero por ahora simplemente me quedaría aquí sentado y escucharía a las conchas, que ya no parecían hablar con mi voz, ni con la de nadie más. Ahora simplemente me sentaría aquí, yo solo, y contemplaría el Golfo, y pensaría en mi hija, Ilse Marie Freemantle, que había pesado dos kilos y ochocientos noventa gramos al nacer, cuya primera palabra había sido «perro», que en una ocasión había traído a casa un enorme globo marrón coloreado en un trozo de papel de construcción, gritando exultante:

—¡He pintado un dibujo de ti, papi!

Ilse Marie Freemantle.

La recuerdo bien.

22

Junio

I

Piloté el esquife hasta el centro del lago Phalen y apagué el motor. Nos movimos empujados por la corriente hacia la pequeña marca naranja que había dejado allí. Unos cuantos barcos de recreo zumbaban de un lado para otro sobre la cristalina superficie, pero ningún velero; el día estaba perfectamente en calma. Había unos pocos chiquillos en los columpios, unas pocas personas en el merendero, y unas pocas más en la ruta de senderismo que bordeaba el agua. En conjunto, sin embargo, para ser un lago que en realidad se halla dentro de los límites de la ciudad, la zona estaba casi vacía.

Wireman, que con un sombrero de pescador y un suéter Vikings presentaba un aspecto extrañamente no floridiano, hizo un comentario sobre esto.

—Todavía hay colegio —le contesté—. Dale otro par de semanas y habrá lanchas zumbando por doquier.

—¿Y eso convierte a este sitio en el más idóneo para ella, *muchacho*? —preguntó, con aire inquieto—. Quiero decir, si un pescador llegara a atraparla en su red…

—Las redes están prohibidas en el lago Phalen —le informé—, y hay pocos pescadores de caña y carrete. Este lago es sobre todo para embarcaciones de recreo. Y para nadadores, cerca de la orilla.

Me incliné y recogí el cilindro que el platero de Sarasota había fabricado. Medía casi un metro de largo, con una tapa de rosca en un extremo. Estaba lleno de agua dulce, y contenía la linterna sumergida en su interior. Perse se encontraba sellada en una doble oscuridad, y dormía bajo un doble manto de agua dulce. Pronto dormiría a mayor profundidad aún.

—Es un objeto hermoso —comenté.

—Lo es, en efecto —convino Wireman, contemplando los rayos de sol vespertinos que desprendía el cilindro mientras le daba vueltas en la mano—. Y sin nada en lo que pueda clavarse un anzuelo. Aunque me sentiría más tranquilo si lo arrojáramos en un lago cerca de la frontera canadiense.

—Donde cualquiera pudiera pescarlo con una red —dije—. Esconderlo a plena vista… no es una mala política.

Tres mujeres jóvenes en un fueraborda pasaron zumbando a nuestro lado. Saludaron con la mano y les devolvimos el saludo. Una de ellas gritó:

—¡Nos chiflan los tíos guapos! —Las tres gritaron y se echaron a reír.

Wireman les dedicó una sonriente reverencia y se volvió hacia mí.

—¿Qué profundidad tiene aquí? ¿Lo sabes? Esa banderita naranja sugiere que así es.

—Bueno, te cuento. Investigué un poco sobre el lago Phalen, probablemente con bastante retraso, ya que Pam y yo adquirimos la casa de Aster Lane hace veinticinco años. La profundidad media es de casi treinta metros… excepto aquí, donde hay una fisura.

Wireman se relajó y se empujó un poco hacia atrás su gorra, despejando la frente.

—Ah, Edgar. Wireman piensa que sigues siendo *el zorro*… eres perro viejo.

—Quizá *sí*, quizá *no*, pero hay casi ciento veinte metros de agua bajo esa banderita naranja. Ciento veinte por lo menos. Muchísimo mejor que una cisterna de cuatro metros manoseada por una esquirla de coral a la orilla del golfo de México.

—Amén.

—Tienes buen aspecto, Wireman. Descansado.

Se encogió de hombros.

—Ese Gulfstream es la forma perfecta para volar. No hay que aguantar colas en el control de seguridad, nadie mete sus zarpas en tu equipaje de mano para cerciorarse de que no has convertido en una bomba esa mierda de botecitos de jabón espumoso. Y por una vez en mi vida he logrado volar al norte sin parar en la jodida Atlanta. Gracias… aunque por lo que parece me lo podría haber permitido yo mismo.

—Llegaste a un acuerdo con los familiares de Elizabeth, por lo que entiendo, ¿no?

—Sí. Seguí tu consejo. Les ofrecí la casa y el extremo norte del Cayo a cambio del dinero en efectivo y los títulos. Creyeron que era un trato cojonudo, y hasta pude ver a sus abogados pensando: «Wireman es abogado, y hoy tiene por cliente a un idiota».

—Imagino que no soy el único *zorro* en este bote.

—Terminaré con más de ochenta millones de pavos en activos líquidos. Más varios recuerdos de la casa, incluyendo la lata de galletas Sweet Owen de la señorita Eastlake. ¿Crees que intentaba decirme algo con eso, *'chacho*?

Me acordé de Elizabeth cuando metía algunas figuras de porcelana en la lata y luego insistía en que Wireman la arrojara al estanque de los peces. Por supuesto que había intentado decirle algo.

—La familia se queda con el extremo norte de Duma Key, valor urbanístico… bueno, el cielo es el límite. ¿Noventa millones?

—O eso creen.

—Sí —convine, con un tono de voz más sombrío—. Eso creen.

Permanecimos sentados en silencio durante un rato. Me cogió el cilindro y pude ver mi rostro reflejado en él, pero distorsionado por la curvatura. No me importaba mirarlo de ese modo, pero muy rara vez me contemplo en un espejo. No es que haya envejecido; en la actualidad no me gusta el aspecto de los ojos del colega Freemantle. Han visto demasiado.

—¿Cómo están tu mujer y tu hija?

—Pam está en California con su madre, y Melinda ha vuelto a Francia. Se quedó con Pam una temporada tras el funeral de Illy, pero después regresó. Creo que fue la decisión correcta. Está tratando de superarlo.

—¿Y qué hay de ti, Edgar? ¿Lo estás superando?

—No lo sé. ¿No dijo Scott Fitzgerald que no existen los segundos actos en la vida americana?

—Sí, pero cuando lo dijo estaba de alcohol hasta las cejas.

Wireman colocó el cilindro a sus pies y se inclinó hacia delante.

—Escúchame, Edgar, y escúchame bien. En verdad existen cinco actos, y no solo en las vidas americanas, sino en cualquier vida que se viva plenamente. Igual que en las obras de Shakespeare, válido tanto para la tragedia como para la comedia. Porque eso es de lo que están compuestas nuestras vidas: comedia y tragedia.

—Solo ha sido últimamente cuando me han empezado a escasear los momentos desagradables.

—Sí, pero el Acto Tres tiene potencial. Ahora vivo en México. Te lo conté, ¿no? Un hermoso pueblecito de montaña llamado Tamazunchale.

Hice el intento de pronunciarlo.

—Te gusta el modo en que fluye de tu lengua. Wireman puede verlo.

—Posee cierta sonoridad musical —dije esbozando una sonrisa.

—Allí hay un hotel abandonado en venta, y estoy planteándome comprarlo. Harán falta tres años de pérdidas hasta que una operación de esta clase empiece a reportar beneficios, pero actualmente mi monedero está bastante abultado. Aunque no me vendría mal un socio con conocimientos en materia de construcción y mantenimiento. Por supuesto, si sigues centrado en asuntos artístic…

—Creo que ya lo sabes.

—Entonces, ¿qué dices? Casemos nuestras fortunas.

—Simon & Garfunkel, 1969 —apunté—. O por ahí cerca.

No sé, Wireman. No puedo tomar una decisión ahora. Me queda un cuadro más que pintar.

—Sí, en efecto. ¿Cómo de grande será esta tormenta?

—Ni idea. Pero al Canal 6 le va a encantar.

—Pero se avisará con suficiente antelación, ¿no? El daño material está bien, pero no tiene por qué morir nadie.

—Nadie morirá —aseguré, con la esperanza de que fuera cierto, pero en cuanto diera rienda suelta al miembro fantasma, todas las apuestas se cancelaban. Esa era la razón por la que mi segunda carrera debía terminar. Pero habría una última pintura, porque pretendía vengarme completamente. Y no solo por Illy; también por las demás víctimas de Perse.

—¿Has tenido noticias de Jack? —preguntó finalmente Wireman.

—Casi todas las semanas. Irá a la FSU en Tallahassee en el otoño. De mi cuenta. Mientras tanto, él y su madre se han mudado más al sur, a Port Charlotte.

—¿Eso también corrió de tu cuenta?

—En realidad… sí.

Desde que el padre de Jack murió a causa de la enfermedad de Crohn, ellos dos habían pasado por algunos apuros.

—¿Y fue idea tuya?

—Correcto de nuevo.

—Así que piensas que Port Charlotte está suficientemente lejos para estar a salvo.

—Creo que sí.

—¿Y al norte? ¿Tampa, por ejemplo?

—Chubascos, como mucho. Será un huracán pequeño. Pequeño pero poderoso.

—Un pequeño Alicia condensado. Como el de 1927.

—Sí.

Nos quedamos mirándonos el uno al otro, y las chicas cruzaron de nuevo a nuestro lado en su fueraborda, riéndose más alto y saludando de forma más entusiasta que antes. Dulce pájaro de juventud, volando a la sombra del rojo atardecer. Las saludamos.

Cuando se perdieron de vista, Wireman dijo:

—Los familiares supervivientes de la señorita Eastlake nunca tendrán que preocuparse por la obtención de licencias de obra en su nueva propiedad, ¿verdad?

—No, creo que no.

Reflexionó un momento y a continuación asintió con la cabeza.

—Bien. Enviar la isla entera al armario de Davy Jones. Por mí vale. —Recogió el cilindro de plata, dirigió su atención a la banderita naranja sobre la fisura que dividía por la mitad el lago Phalen y luego se volvió a mirarme—. ¿Quieres pronunciar unas últimas palabras, *muchacho*?

—Sí —respondí—. Pero no muchas.

—Pues tenlas preparadas. —Wireman se puso de rodillas y sostuvo el cilindro de plata fuera de la barca. El sol centelleó en él durante un momento, que esperaba que fuera el último en mil años, por lo menos… pero tenía el presentimiento de que Perse era buena en encontrar el camino hacia la superficie. Que ya lo había hecho antes, y lo volvería a hacer. Incluso desde Minnesota, encontraría de algún modo el *caldo*.

Pronuncié las palabras que había estado guardando en mi mente.

—Duerme para siempre.

Wireman abrió los dedos, y se produjo una pequeña salpicadura. Nos inclinamos sobre la borda del bote y observamos cómo el cilindro de plata desaparecía de nuestra vista, deslizándose suavemente con un último resplandor trémulo que señalaba su descenso.

II

Wireman se quedó esa noche y la siguiente. Comimos filetes poco hechos, bebimos té verde por la tarde y hablamos de cualquier cosa menos de los viejos tiempos. Finalmente le llevé al aeropuerto, desde donde volaría a Houston. Allí planeaba alquilar un coche y conducir hacia el sur. Para ver algo del país, dijo.

Me ofrecí a acompañarle hasta el control de seguridad, pero negó con la cabeza.

—No tienes por qué contemplar a Wireman quitándose los zapatos delante de un licenciado en empresariales —dijo—. Aquí es donde nos decimos *adiós*, Edgar.

—Wireman… —empecé, y no pude decir más. Mi garganta estaba llena de lágrimas.

Tiró de mí y me dio un abrazo, besándome con firmeza en ambas mejillas.

—Escucha, Edgar. Es hora de que dé comienzo el Tercer Acto. ¿Me entiendes?

—Sí —respondí.

—Ven a México cuando estés preparado. Y si lo deseas.

—Lo pensaré.

—Hazlo. *Con Dios, mi amigo; siempre con Dios.*

—Y tú, Wireman. Y tú.

Le observé mientras se alejaba caminando con su bolso colgando sobre un hombro. Me sobrevino repentinamente un brillante recuerdo de su voz, la noche que Emery me atacó en Big Pink, el recuerdo de Wireman gritando *cojudo de puta madre* justo antes de golpear con el candelero el rostro de la cosa muerta. Había estado magnífico. Deseé que se volviera una última vez… y lo hizo. Debió de atrapar un pensamiento, habría dicho mi madre. O tuvo una intuición. Eso es lo que Nana Melda habría dicho.

Vio que yo seguí allí parado y su rostro se iluminó con una abierta sonrisa.

—¡Forja tu día, Edgar! —gritó, y la gente se giró a mirar, sobresaltada.

—¡Y deja que el día te forje a ti! —le respondí.

Se despidió con una reverencia, riendo, y luego se encaminó hacia la puerta de embarque. Y, por supuesto, al final vine al sur, a su pueblecito, pero aunque para mí siempre está vivo en sus dichos (nunca pienso en ellos de otra forma que no sea presente), nunca volví a ver al hombre en persona. Murió de un ataque al corazón dos meses después, en el mercado al aire libre de Tamazunchale, mientras regateaba por unos tomates frescos. Creí que habría tiempo, pero siempre pensamos cosas como esa, ¿no? Nos engañamos con tanta frecuencia a nosotros mismos que podríamos ganarnos la vida con ello.

III

En la casa de Aster Lane, mi caballete se hallaba plantado en la sala de estar, donde la luz era buena. El lienzo estaba cubierto con una toalla. Al lado, en la mesa con los óleos, había varias fotos aéreas de Duma Key, pero apenas necesitaba mirarlas; veía Duma en mis sueños, y todavía lo hago.

Arrojé la toalla sobre el sofá. En primer plano de mi pintura (mi última pintura) se alzaba Big Pink, reproducida de forma tan realista que casi podía escuchar las conchas, chirriando con cada ola entrante.

Apoyadas contra uno de los pilares, el perfecto toque surrealista, había dos muñecas de pelo rojizo, sentadas codo con codo. A la izquierda estaba Reba. A la derecha estaba Fancy, la que Kamen había traído de Minnesota. La que había sido idea de Illy. El Golfo, habitualmente de un azul intenso durante mi estancia en Duma Key, lo había pintado de un apagado y ominoso color verde. Por encima, negras nubes cubrían el cielo; se concentraban hasta la parte superior del lienzo y más allá, fuera de la vista.

Me empezó a picar el brazo derecho, y aquella recordada sensación de poder comenzó a fluir, primero dentro de mí, y luego a través de mí. Podía ver mi pintura casi con el ojo de un dios... o de una diosa. Podría abandonar esto, pero no sería fácil.

Cuando creaba dibujos, me enamoraba del mundo.

Cuando creaba dibujos, me sentía entero.

Pinté un rato, y luego dejé el pincel a un lado. Mezclé marrón y amarillo con la yema del pulgar, y toqué el lienzo con ella, apenas rozando la playa pintada… muy ligeramente… y se elevó una bruma de arena, como impulsada por una primera y vacilante ráfaga de aire.

En Duma Key, bajo el cielo negro de una inminente tormenta de junio, empezó a levantarse viento.

Cómo dibujar un cuadro (XII)

Debes reconocer cuándo has terminado, y en ese momento, suelta tu lápiz o tu pincel. Todo lo demás es la vida.

Febrero 2006-Junio 2007

Reflexiones finales

Me he tomado ciertas libertades con la geografía de la costa oeste de Florida, al igual que con su historia. Aunque Dave Davis existió en la realidad, y efectivamente desapareció, aquí es utilizado de forma ficticia.

Y nadie en Florida, a excepción de mí, denomina «Alicia» a los huracanes fuera de temporada.

Quiero dar las gracias a mi mujer, la novelista Tabitha King, que leyó un primer borrador de este libro y aportó valiosas sugerencias; la lata de galletas Sweet Owen tan solo fue una de ellas.

Quiero dar las gracias a Russ Dorr, mi viejo amigo médico, que pacientemente me explicó todo lo relativo al área de Broca y la fisiología de las lesiones por contragolpe.

También quiero dar las gracias a Chuck Verril, que editó el libro con su habitual combinación de diplomacia e inmisericordia.

A Teddy Rosenbaum, mi amigo y corrector: *muchas gracias*.

Y a ti, Lector Constante, mi viejo amigo; siempre a ti.

STEPHEN KING
Bangor, Maine

La fabricación del papel utilizado para la impresión
de este libro está certificada bajo las normas Blue Angel,
que acredita una fabricación con 100% de papelote posconsumo,
destintado por flotación y ausencia de blanqueo
con productos organoclorados.
Por este motivo, Greenpeace acredita que
este libro cumple los requisitos ambientales y sociales
necesarios para ser considerado
un libro «amigo de los bosques».
El proyecto «Libros amigos de los bosques» promueve
la conservación y el uso sostenible de los bosques,
en especial de los Bosques Primarios,
los últimos bosques vírgenes del planeta.